HaffmansTaschenBuch 179

—

KARL MAYs WERKE
Historisch-Kritische Ausgabe

—

Herausgegeben von
Hermann Wiedenroth und
Hans Wollschläger

—

ABTEILUNG III
ERZÄHLUNGEN FÜR DIE JUGEND
BAND 7

DER SCHWARZE MUSTANG

UND ANDERE ERZÄHLUNGEN

VON

KARL MAY

HAFFMANS VERLAG

Veröffentlicht als
HaffmansTaschenBuch 179, Herbst 1992
Konzeption und Gestaltung von
Urs Jakob
Umschlagbild von
Michael Sowa

Satz: Offizin Andersen Nexö Leipzig GmbH
Herstellung: Brodard & Taupin
ISBN 3 251 01179 0

1 2 3 4 5 6 – 97 96 95 94 93 92

Inhalt

Der Text des ›Schwarzen Mustang‹ folgt zeichengetreu
dem Zeitschriften-Erstdruck, Stuttgart 1896/97;
›ein Oelbrand‹ folgt zeichengetreu dem einzigen zu Lebzeiten
Karl Mays erschienenen Druck, Stuttgart 1882/83;
die Texte der kleineren Erzählungen wie auch der offenen Briefe
des Hobble-Frank an die Leser des ›Guten Kameraden‹
folgen zeichengetreu den Zeitschriften-Erstdrucken,
Stuttgart 1887–1891.
Der Editorische Bericht, der über Entstehung und Textgeschichte
Auskunft gibt, findet sich in der Bibliotheksausgabe
KARL MAYs WERKE. Historisch-kritische Ausgabe III.7,
Haffmans Verlag, Zürich.

DER SCHWARZE MUSTANG.

Von
Dr. Karl May.

ERSTES KAPITEL.

Im Firwood-Camp.

Ein schwerer Sturm peitschte den dichtströmenden Regen gegen die sich vor ihm beugenden Tannenwipfel des Hochwaldes; fingerstarke Wasserfäden flossen an den Riesenstämmen nieder und vereinigten sich an den Wurzeln zu erst kleinen, nach und nach aber immer größer werdenden Bächen, welche in zahllosen Wasserfällen von Fels zu Fels in die Tiefe stürzten, um unten in dem engen Thale von dem hochaufgeschwollenen Flusse aufgenommen zu werden. Es war Nacht geworden; von Minute zu Minute rollte ein zürnender Donner über die Tiefe hin, doch, so hell und grell der Blitz jedesmal dabei leuchtete, fiel der Regen so »korpulent« herab, wie der Westmann sich auszudrücken pflegt, daß man trotzdem kaum fünf Schritte weit zu sehen vermochte.

Der rasende Sturm traf oben den Hochwald und die Felsenklippen; seine Macht jedoch reichte nicht bis in die Tiefe, wo die Riesentannen im nächtlichen Dunkel unbeweglich standen, aber es war da auch nicht still, denn die Wasser des Flusses rauschten und brausten so erregt zwischen den Ufern dahin, daß nur ein ungemein scharfes Ohr es hören konnte, daß zwei einsame Reiter flußabwärts geritten kamen; zu sehen waren sie nicht.

Wäre es Tag und hell gewesen, so hätten sie gewiß den verwunderten Blick eines jeden Begegnenden auf sich gezogen, und zwar nicht etwa infolge ihrer Kleidung und Ausrüstung, sondern weil beide von einer wahrhaft angsterregenden Länge waren. Man hätte jahrzehntelang in allen Ländern der Erde suchen können, um zwei so gleichlange und gleichdürre Menschen zu finden.

Der eine war semmelblond und hatte einen bei seiner Höhe geradezu lächerlich kleinen Kopf. Mitten unter zwei gutmütigen Mäuseäuglein saß ein winziges, aufwärts gerichtetes Stumpfnäschen, welches viel besser in das Gesicht eines vierjährigen Kindes gepaßt hätte und in gar keinem Verhältnis zu dem ungeheuer breiten Munde stand, welcher sich fast von dem einen Ohre bis zu dem andern zog. Einen Bart hatte der Mann nicht, und dieser Mangel schien ein angeborener zu sein, denn über dieses frauenglatte Gesicht war gewiß noch nie ein Schermesser gegangen. Er trug ein ledernes Wams, welches ihm wie ein kurzer Mantel faltenreich von den schmalen Schultern hing, dazu enge Lederhosen, welche seine Storchbeine fest umschlossen, halbhohe Schaftstiefel und einen Strohhut, dessen Krempe traurig herabhing und den aufgefangenen Regen in ununterbrochenen Fäden rund um ihn niederströmen ließ. Auf seinem Rücken hing, die Mündung nach unten gerichtet, ein Doppelgewehr. Das Pferd, welches er ritt, war ein kräftiger, starkknochiger Klepper, der gewiß schon fünfzehn Sommer hinter sich hatte, aber alle Lust zu besitzen schien, noch weitere fünfzehn ebenso rüstig zu erleben.

Der andre Reiter hatte dunkles Haar, auf welchem eine uralte Pelzmütze saß, ein sehr schmales und sehr langes Gesicht, und ebenso sehr schmal und sehr lang waren auch die Nase, der Mund und der fadenartige Schnurrbart, dessen Spitzen fast hinter den Ohren zusammengebunden werden konnten. Seine weit über zwei Meter lange Gestalt war, umgekehrt zu seinem Gefährten, oben eng und unten weit bekleidet, denn während er eine sehr weite, faltenreiche Hose trug, deren Enden in rindsledernen Halbstiefeln steckten, umschloß seinen Oberkörper eine lange Filzjacke so eng, als ob sie ihm angegossen worden sei. Auch er hatte ein Doppelgewehr. Daß beide außerdem noch Messer und Revolver besaßen, war ganz selbstverständlich. Er saß auf einem zuverlässigen Mustang, dessen Wiegenfest sich wenigstens ebenso oft wiederholt hatte wie dasjenige des andern Pferdes.

Die beiden Reiter kümmerten sich weder um den Weg noch um den strömenden Regen. Den ersteren zu suchen und zu finden, das überließen sie ihren scharfsinnigen und erfahrenen Pferden, und aus dem letzteren machten sie sich aus dem Grunde nichts, weil er ihnen doch nicht tiefer als bis auf die Haut gehen konnte und dann unten ablaufen mußte.

Sie unterhielten sich trotz des unaufhörlichen Donnerns und Blitzens und trotz der gefährlichen Nähe des an seinen Ufern wühlenden und zerrenden Flusses so unbefangen miteinander, als ob sie im hellen Sonnenschein über eine offene Prairie ritten. Aber wer sie hätte sehen können, dem wäre wohl aufgefallen, daß sie einander trotz der Dunkelheit sehr aufmerksam beobachteten, denn sie kannten sich erst seit einer Stunde, und im wilden Westen ist ein anfängliches Mißtrauen stets an seinem Platze. Sie hatten sich kurz vor Einbruch der Nacht und dem Beginn des Gewitters oben am Flusse getroffen und da erfahren, daß sie beide heut noch nach dem Firwood-Camp[1] wollten, und es war wohl selbstverständlich gewesen, daß sie nicht einzeln, sondern miteinander ritten.

Nach ihren Namen und Verhältnissen hatten sie sich nicht gefragt, und ihre Unterhaltung war bisher so allgemein gewesen, daß sie Persönliches nicht berührten. Jetzt ertönte ein mehrfacher, krachender Donnerschlag, und wiederholte Blitze zuckten blendend über die enge Tiefe hin. Da meinte der blonde Stumpfnäsige:

»*Bless my soul!* Ist das ein Gewitter! Grad wie daheim bei Timpes Erben!«

Der andre hielt bei den beiden letzten Worten unwillkürlich sein Pferd an und öffnete bereits den Mund, um eine schnelle Frage auszusprechen, besann sich aber eines andern und schwieg, indem er sein Pferd weiter trieb. Er erinnerte sich daran, daß man westlich vom Mississippi nicht unvorsichtig sein dürfe.

Die Unterhaltung wurde fortgesetzt, natürlich ziemlich einsilbig, wie es die Oertlichkeit und Lage mit sich brachte. Es verging eine Viertelstunde und noch eine. Da machte der Fluß eine scharfe Biegung nach der Seite, auf welcher sich die beiden Reiter befanden; er hatte das hier erdige Ufer unter-

[1] Tannenwaldlager.

waschen; das Pferd des Blonden konnte nicht schnell genug wenden, es geriet auf die haltlose Scholle und brach ein, glücklicherweise nicht tief; der Reiter riß es empor und herum, gab ihm die Sporen und war mit einem kühnen Satz wieder auf festem Boden.

»*Good god!*« rief er dann aus. »Ich bin schon naß genug vom Regen, wozu also noch ein solches Bad? Hier konnte ich ertrinken! Beinahe so wie damals bei Timpes Erben!«

Er nahm sichere Entfernung von dem Flusse und ritt dann weiter. Sein Gefährte folgte ihm eine Weile schweigend und fragte dann:

»Timpes Erben? Was ist das für ein Name, Sir?«

»Wißt Ihr das nicht?« lautete die Antwort.

»Nein.«

»Hm! Sonderbar! Alle meine Bekannten und Freunde wissen es!«

»Ihr vergeßt, daß wir uns vor wenig über einer Stunde zum erstenmal gesehen haben.«

»Richtig! Da könnt Ihr freilich noch nicht wissen, wer Timpes Erben sind. Ihr werdet es aber vielleicht erfahren.«

»Vielleicht?«

»Ja.«

»Wann?«

»Wenn wir länger beisammen bleiben.«

»Wenn ich es nun jetzt erfahren möchte, Sir?«

»Jetzt? Warum?«

»Weil ich Timpe heiße.«

»Was? Wie? Ihr heißt Timpe? Timpe ist Euer Name?«

»Ja.«

»Wirklich? Ist das wahr?«

»Warum sollte ich mir diesen Namen beilegen, wenn er nicht der meinige wäre?«

»*Wonderful!* Ich suche nach Timpe seit langen Jahren, überall, auf allen Bergen und in allen Thälern, im Osten und im Westen, bei Tag und bei Nacht, bei Sonnenschein und bei Regen, und nun, da ich es längst aufgegeben habe, ihn zu finden, da reitet er hier in diesem Wetter an meiner Seite und läßt mich beinahe in diesem schönen Flusse ersaufen, ohne mir zu sagen, wer er ist!«

»Ihr sucht nach mir?« fragte sein Begleiter verwundert.

»Ja, ja, und zum drittenmal ja!«

»Weshalb?«

»Na, wegen der Erbschaft! Weshalb denn sonst?«

»Erbschaft? Hm! Wer seid Ihr denn eigentlich, Sir?«

»Ich bin auch ein Timpe.«

»Auch einer? Woher denn?«

»Von drüben herüber.«

»Aus Deutschland?«

»Natürlich! Das ist doch ganz selbstverständlich! Oder kann ein Timpe wo anders geboren worden sein?«

»Allerdings, denn ich zum Beispiel bin hier in den Staaten geboren.«

»Aber von deutschen Eltern!«

»Mein Vater war ein Deutscher.«

»So seid Ihr wohl der deutschen Sprache mächtig?«

»Ja.«

»Nun, so redet doch, wenn Ihr einen Deutschen vor Euch habt, deutsch, wie Euch der Schnabel gewachsen ist!«

»Na, Sir, nur sachte, sachte! Ich habe doch nicht gewußt, daß Ihr ein Deutscher seid!«

»Aber nun wißt Ihr es. Ich bin ein Deutscher, ein Timpe sogar, und verlange, daß Deutsche deutsch mit mir reden.«

»Welches ist Eure Vaterstadt?«

»Ich stamme aus Hof in Bayern.«

»Da gehen wir einander nichts an, denn ich stamme aus Plauen im Voigtlande.«

»Oho! Nichts angehen? Mein Vater stammt auch aus Plauen und ist von dort nach Hof verzogen.«

Der Dunkelhaarige hielt sein Pferd an. Der Regen hatte nach einem heftigen Donnerschlage plötzlich aufgehört, und die Wolken waren vom Sturme zerteilt worden. Zwischen ihnen blickten helle, blaue Stellen des Himmels hernieder, und die beiden Männer konnten gegenseitig ihre Gesichter erkennen.

»Aus Plauen nach Hof verzogen?« fragte er. »Da ist es freilich nicht nur möglich, sondern sehr wahrscheinlich, daß wir Verwandte sind, denn der wohl sonderlich klingende Name Timpe ist kein so häufig vorkommender, daß die Träger desselben drüben zu Hunderttausenden herumlaufen, wie die Müllers, Schmidts, Schulzes und andre. Was ist Euer Vater gewesen?«

»Büchsenmacher, und ich bin es auch geworden.«

»Das stimmt, das stimmt! Das ist ja ein Zufall, wie es keinen zweiten geben kann! Aber wollen uns nicht hier aufhalten; das Gewitter kann leicht zurückkehren, und wir haben noch den schwierigsten Teil des Thales vor uns; da wollen wir das jetzige annehmbare Wetter benutzen. Wir können besser weiter sprechen, wenn wir an Ort und Stelle sind. Also kommt, Sir, oder Cousin, wenn Euch das besser gefällt!«

»Cousin? Warum nicht Vetter? Das ist Deutsch und wird wohl auch richtig sein. Also vorwärts!«

Sie ritten weiter. Das Thal wurde bald so eng, daß nur wenig Raum zwischen dem Flusse und der beinahe senkrecht aufsteigenden diesseitigen Felswand blieb. Und dieser Raum bestand nicht etwa aus grasigem Boden, sondern es gab da eine Menge Gesträuch, durch welches sich die Pferde oft geradezu drängen mußten. Hätte sich das Gewitter nicht verzogen gehabt, und wäre es so finster wie vorher geblieben, so dürfte es unmöglich gewesen sein, hier vorwärts zu kommen.

Das hielt eine bedeutende Strecke an, bis das Thal sich wieder verbreiterte, um nach einer halben Stunde wieder eine sehr schmale Schlucht zu bilden, die aber nicht lang war, sondern sehr bald auf den Platz mündete, welcher Firwood-Camp genannt worden war, weil es hier nur Tannen gab, welche in riesiger Größe zum Himmel aufstrebten.

Es kreuzten sich hier zwei Thäler in fast grad rechtwinkeliger Richtung, nämlich das Thal des Flusses, an welchem die beiden Timpes herabgekommen waren, und ein andres, in welchem die im Bau begriffene Eisenbahn die Höhe des Gebirges zu ersteigen strebte. Camp heißt Lager, und daß es hier ein solches, und zwar ein nicht unbedeutendes gab, das sahen die beiden Reiter trotz der nächtlichen Dunkelheit sofort, als sie die Felsenenge vor sich hatten.

Es gab da eine Menge von Baumriesen, die gefällt worden waren, um aus den Stämmen Bretter und aus den starken Aesten Bahnschwellen zu bekommen; der Abfall lieferte das nötige Feuerholz. Die über den Fluß führende Brücke war beinahe fertig, und in der Nähe derselben lag die fliegende Schneidemühle, deren Sägen die Holzmassen zu bewältigen hatten. Weiterhin gähnte schwarz ein tief in den Felsen gesprengter Steinbruch, welcher die Quadern zum Unterbau zu liefern hatte, und links zogen sich mehrere aus Balken und Brettern errichtete schuppenähnliche Bauten hin, welche zur Unterbringung der Menschen, der Werkzeuge und der Vorräte dienten.

Eine dieser hier Shops genannten Buden war außerordentlich lang und tief. Die vier Feueressen, welche das Dach überragten, und die zahlreichen, jetzt erleuchteten Fenster ließen vermuten, daß die Shops den im Camp anwesenden Arbeitern Unterkunft zu gewähren hatte. Infolgedessen wendeten sich die beiden Ankömmlinge dorthin.

Schon von weitem scholl ihnen ein lautes Stimmengewirr entgegen, welches auf die Gegenwart nicht weniger Menschen schließen ließ, und als sie näher gekommen waren, machte sich mit jedem Schritte mehr eine von Branntweindunst geschwängerte Luft bemerklich. Sie stiegen ab und banden ihre Pferde an die wahrscheinlich zu diesem Zweck neben der Thür eingeschlagenen Pfähle und wollten eben eintreten, als ein Mann herauskam, welcher in das Innere zurückrief:

»Der Bauzug muß gleich kommen; ich will ihn expedieren, dann bin ich wieder da. Vielleicht bringt er Neuigkeiten oder gar Zeitungen mit.«

Der Mann sah auf, erblickte die Fremden, trat zur Seite, um sie in das aus der Thür fallende Licht kommen zu lassen, und betrachtete sie.

»*Good evening*, Sir,« grüßte der Blonde. »Wir sind bis auf die Haut durchnäßt. Gibt es hier einen Platz, wo man trokken werden kann?«

»Ja,« antwortete er. »Es gibt sogar Plätze, um trocken schlafen zu können, nämlich falls ihr nicht zu derjenigen Sorte von Menschen gehört, die man lieber gar nicht eintreten läßt.«

»Keine Sorge, Sir! Wir sind ehrliche Westmänner, Gentlemen, die Euch nicht in Schaden bringen, sondern alles, was sie bekommen, bezahlen werden.«

»Wenn eure Ehrlichkeit so bedeutend wie eure Körperlänge ist, dann seid ihr freilich die größten Gentlemen unter der Sonne. Na, geht hinein, links in den kleineren Room, und sagt dem Shopman, ich, der Engineer[1], hätte gesagt, ihr könntet bleiben. Wir sehen uns bald wieder.«

Er ging fort, und sie befolgten seine Aufforderung.

Das Innere der Bude bildete einen einzigen großen Raum, von dem links nur ein kleiner Teil durch eine bloß mannshohe Bretterwand halb abgeteilt war. Es gab da eine Menge primitiver Tische und Bänke, die in die Erde gerammt waren, und zwischen ihnen und an den Wänden hin Massenbetten, deren Füllung hauptsächlich nur aus trockenem Gras und Heu bestand. Vier Herde, auf denen hohe Feuer loderten, sorgten für eine wenig zulängliche Beleuchtung; Lampen oder Lichte gab es nicht, und so kam es, daß bei dem Flackern der Flammen alle Personen und Gegenstände in gespenstiger Unruhe und Bewegung zu sein schienen.

An den Tischen saßen und auf den Lagern hockten wohl an die zweihundert Bahnarbeiter, kleine, langzöpfige Burschen mit gelbem Teint, hervortretenden Backenknochen und schief geschlitzten Augen, die sich erstaunt auf die beiden überlangen Gestalten richteten.

»Pfui Teufel! Chinesen! Das konnten wir uns denken, denn man roch es schon von draußen!« meinte der Dunkelhaarige. »Kommt schnell in den kleinen Room, wo die Luft vielleicht genießbarer ist!«

In dieser Abteilung gab es auch eine Anzahl von Brettertafeln, an welchen aber weiße Arbeiter rauchend und trinkend

[1] Ingenieur.

saßen, derbe, wetterharte Männer, von denen wohl mancher eine bessere Vergangenheit hinter sich hatte, mancher aber auch nur deshalb hierher gekommen war, weil er sich im zivilisierten Osten nicht mehr sehen lassen durfte. Ihre überlaute Unterhaltung verstummte sofort, als sie die beiden Gäste sahen, denen ihre erstaunten Blicke bis hin zum Schenktische folgten, hinter welchem der Shopman bei zahlreichen Flaschen und Gläsern lehnte.

»*Rail-roaders?*«[1] fragte er, indem er ihren Gruß nickend erwiderte.

»Nein, Sir,« antwortete der Blonde. »Wir haben nicht die Absicht, den hier sitzenden Gentlemen ihren Verdienst zu schmälern. Wir sind Westmänner und suchen ein Feuer, an dem wir uns trocknen können. Der Engineer schickt uns zu Euch.«

»Könnt ihr zahlen?« erkundigte er sich, indem er ihre langen Gestalten mit einem scharf taxierenden Blicke überflog.

»Ja.«

»Dann könnt ihr alles haben, was ihr braucht, auch später ein feines, abgesondertes Lager zum Schlafen da hinter den Kisten und Fässern. Setzt euch da an den Tisch am Herd; da gibt es Wärme genug, der andre ist für die Beamten und höhern Gentlemen.«

»*Well!* Ihr rechnet uns also zu den niedrigen Gentlemen. Das hätte ich Euch bei unsrer Länge nicht zugetraut. Thut aber nichts. Bringt uns Gläser, heißes Wasser, Zucker und Rum! Wir wollen uns auch innerlich anwärmen.«

Sie setzten sich an den ihnen angewiesenen Tisch, welcher so nahe am Feuer stand, daß ihre nassen Anzüge bald trocknen konnten, bekamen das Verlangte und brauten sich einen Grog. Die weißen Arbeiter hatten gehört, daß sie keine Konkurrenz zu befürchten hatten; sie waren befriedigt und setzten ihr unterbrochenes Gespräch lärmend wieder fort.

An dem für Beamte und »höhere Gentlemen« bestimmten Tische saß eine einzelne Person, ein junger, vielleicht nicht

[1] Eisenbahner.

ganz dreißig Jahre zählender Mann, welcher wie ein weißer Jäger gekleidet war, aber der kaukasischen Rasse nicht angehörte, was sich aus der Farbe seiner Haut und der Bildung seines Gesichts schließen ließ. Er war jedenfalls ein Mestize, einer jener Mischlinge, welche zwar die körperlichen Vorzüge, aber dazu leider auch die moralischen Fehler ihrer verschiedenfarbigen Eltern erben. Seine Glieder waren kräftig und geschmeidig wie diejenigen eines Panthers und seine Gesichtszüge intelligent, aber seine dunkeln Augen lagen unter den tief gesenkten Lidern und Wimpern sprungbereit versteckt wie ein wildes Katzenpaar, welches eine Beute belauert. Er schien die beiden Fremden gar nicht zu beachten, ließ jedoch seine Blicke oft und verstohlen zu ihnen fliegen und neigte den Kopf zur Seite nach ihnen hin, um zu hören, wovon sie sprechen würden. Er hatte Grund zu erfahren, welche Absicht sie in diese Gegend geführt hatte und ob sie bleiben oder nicht bleiben wollten. Zu seinem Leidwesen verstand er keines ihrer Worte, obgleich sie laut genug miteinander redeten, denn sie bedienten sich einer Sprache, die er nicht kannte, der deutschen.

Als sie ihre Gläser gefüllt hatten, tranken sie sich dieselben zu und leerten sie bis auf den Boden. Der Dunkelköpfige setzte das seinige vor sich hin und sagte:

»So, das war der Willkommen, den wir einander schuldig sind, und nun wieder zur Sache! Also Sie sind eigentlich Büchsenmacher, und Ihr Vater war es auch. Das läßt übrigens, nebenbei bemerkt, darauf schließen, daß Sie ein guter Schütze sind. Nehmen wir einmal an, daß wir wirklich Verwandte seien, so will ich Ihnen offen sagen, daß ich noch nicht weiß, ob ich mich auch verwandtschaftlich zu Ihnen verhalten darf.«

»Warum sollten Sie das nicht dürfen?«

»Wegen der Erbschaft.«

»Wieso?«

»Ich bin um sie betrogen worden.«

»Ich doch auch!«

»Ach wirklich? Sie haben auch nichts bekommen?«

»Keinen Pfennig, keinen roten Heller!«

»Aber es ist doch eine so bedeutende Summe an die Erben drüben ausgezahlt worden!«

»Ja, an Timpes Erben in Plauen, jedoch nicht an mich, obwohl ich ein ebenso echter Timpe bin wie sie.«

»Erlauben Sie mir, diese Echtheit einmal zu prüfen! Wie ist Ihr vollständiger Name?«

»Kasimir Obadja Timpe.«

»Der Ihres Vaters?«

»Rehabeam Zacharias Timpe.«

»Wieviel Brüder hatte Ihr Vater?«

»Fünf. Die drei jüngsten sind nach Amerika gegangen. Sie glaubten, da schnell reich werden zu können, weil dort viele Gewehre gebraucht wurden. Die Brüder waren alle Büchsenmacher.«

»Wie hieß der zweite Bruder, der in Plauen geblieben ist?«

»Johannes Daniel. Er ist gestorben und hat zwei Söhne hinterlassen, nämlich Petrus Micha und Markus Absalom, welche die hunderttausend Thaler geerbt und aus der Stadt Fayette in Alabama geschickt bekommen haben.«

»Das stimmt; das stimmt abermals! Mit Ihrer Orts- und Personenkenntnis beweisen Sie, daß Sie wirklich mein Vetter sind.«

»O, ich kann es noch besser beweisen. Ich habe meine Papiere und Legitimationen heilig aufgehoben; ich trage sie auf meinem Herzen. Ich kann sie Ihnen sofort –«

»Jetzt nicht, jetzt nicht, vielleicht später,« fiel ihm Hasael in die Rede. »Ich glaube Ihnen. Sie wissen doch auch, warum die fünf Brüder und ihre Söhne alle solche biblische Namen haben?«

»Ja. Es war das ein uralter Gebrauch in der Familie, von dem keiner abgewichen ist.«

»Richtig! Und dieser Gebrauch konnte in den Staaten hier leicht beibehalten werden, weil der Amerikaner solche Namen auch bevorzugt. Mein Vater war der dritte Bruder; er hieß David Makkabäus und blieb in New York. Mein Name ist Hasael Benjamin. Die zwei Jüngsten gingen weiter ins

Land und setzten sich in Fayette im Staate Alabama fest. Der Allerjüngste hieß Joseph Habakuk; er starb dort kinderlos und hat das große Erbteil hinterlassen. Der vierte Bruder, Tobias Holofernes, starb in derselben Stadt; sein einziger Sohn, Nahum Samuel, ist der Betrüger.«

»Wieso?«

»Sehen Sie das nicht ein? Ich bin vollständig ahnungslos gewesen. Vater hat zwar in der ersten Zeit mit seinen zwei Brüdern in Fayette Briefe gewechselt, doch ist das nach und nach eingeschlafen, bis man einander schier vergessen hat. Die Entfernungen in den Staaten sind so groß, daß selbst Brüder sich nach und nach aus den Augen kommen. Nach Vaters Tode führte ich das Geschäft fort, schlecht und recht, ohne viel mehr als das Leben herauszuschlagen. Da traf ich in Hoboken mit einem Deutschen zusammen; er war Einwanderer und kam aus Plauen im Voigtlande. Ich erkundigte mich natürlich nach meinen dortigen Verwandten und erfuhr zu meinem Erstaunen, daß sie bare hunderttausend Thaler von dem Onkel Joseph Habakuk in Fayette geerbt hatten. Und ich nichts! Ich glaubte, der Schlag werde mich treffen! Ich hatte meinen Anteil auch zu verlangen und schrieb wohl zehn und noch mehr Briefe nach Fayette, bekam aber keine Antwort. Da verkaufte ich kurz entschlossen mein Geschäft und reiste hin.«

»Ganz recht, ganz recht, lieber Vetter! Nun, und der Erfolg?«

»War gar kein Erfolg, denn der Vogel hatte sich unsichtbar gemacht; er war ausgeflogen.«

»Welcher Vogel?«

»Sonderbare Frage! Das können Sie sich doch nun denken! Man hatte in Fayette geglaubt, der alte Joseph Habakuk sei nur in guten Verhältnissen gestorben; daß er so reich gewesen war, hatte man nicht geahnt. Wahrscheinlich hat ihn sein Geiz abgehalten, es zu zeigen. Sein Bruder Tobias Holofernes war sehr arm vor ihm gestorben, und er hatte dessen Sohn, seinen Neffen Nahum Samuel, zu sich in das Geschäft genommen. Dieser nun ist der Betrüger. Er hat zwar nicht umhin gekonnt, die hunderttausend Thaler nach Plauen zu schicken, mit dem übrigen Gelde aber hat er sich aus dem Staube gemacht, auch mit den hunderttausend Thalern, die mir zufallen mußten.«

»Und mit den meinigen wahrscheinlich auch?«

»Jedenfalls!«

»Der Schurke! Vater zog von Plauen fort, weil er sich wegen der Konkurrenz mit dem Bruder arg verfeindet hatte. Diese Feindschaft wuchs trotz der Entfernung mehr und mehr, so daß keiner mehr etwas von dem andern wissen und hören wollte. Darüber ist Vater gestorben, sein Bruder in Plauen auch. Später schrieben mir dessen Söhne, sie hätten von dem Oheim Joseph Habakuk in Amerika hunderttausend Thaler geerbt. Ich fuhr sofort nach Plauen, um mich zu erkundigen. Da ging es freilich sehr hoch her. Die beiden Vettern wurden nicht anders als Timpes Erben genannt; sie hatten ihr Geschäft aufgegeben und lebten wie die Fürsten. Ich wurde sehr gut aufgenommen und mußte einige Wochen bei ihnen bleiben. Von der alten Feindschaft wurde kein Wort gesprochen, aber ebensowenig konnte ich etwas Näheres und Sicheres über den Onkel Joseph Habakuk und seine Hinterlassenschaft erfahren. Die Vettern ließen mich ihren Reichtum kosten, aber meinen Anteil schienen sie mir nicht zu gönnen. Da machte ich es kurz entschlossen wie Sie: ich verkaufte mein Geschäft, ging nach Amerika und begab mich von New York natürlich sofort direkt nach Fayette.«

»Ah, also auch! Wie fanden Sie es dort?«

»Ganz wie Sie, nur daß man mich auslachte. Man sagte mir, daß die dortigen Timpes niemals wohlhabend gewesen seien.«

»Unsinn! Verstanden Sie damals Englisch?«

»Nein.«

»So hat man Sie dort als Deutschen an der Nase geführt. Was haben Sie dann angefangen?«

»Ich wendete mich nach St. Louis, wo ich bei Mr. Henry, dem Erfinder des berühmten fünfundzwanzigschüssigen Henrystutzens, Arbeit nehmen und soviel wie möglich von seiner Kunst lernen und profitieren wollte, kam aber in der

Stadt Napoleon am Arkansas und Mississippi in die Gesellschaft einiger Prairiejäger, denen ich als Büchsenmacher recht war. Sie ließen mich nicht weiter und veranlaßten mich, mit ihnen nach den Felsenbergen zu gehen. So bin ich also ein Westmann geworden.«

»Und sind Sie zufrieden mit diesem Wechsel?«

»Ja. Lieber freilich wäre es mir, wenn ich meine hunderttausend Thaler erwischt hätte und in *dulci jubilo* leben könnte, so wie Timpes Erben.«

»Hm! Das kann vielleicht noch werden.«

»Schwerlich! Mir ist später auch der Gedanke gekommen, daß der alte Joseph Habakuk doch so reich gewesen und sein Neffe Nahum Samuel mit dem Gelde entwichen sein könne. Ich habe nach dem letzteren gesucht, mehrere Jahre lang, doch vergebens, wie ich Ihnen schon sagte.«

»Ich auch, und ebenso vergebens, doch nur bis vor kurzer Zeit, denn nun habe ich seine Spur.«

»Sei–ne – Spur? Wie – wa – wirk–lich?« rief Kasimir, indem er so schnell von seinem Sitze aufsprang, daß die Anwesenden alle aufmerksam wurden und ihre Blicke auf ihn richteten.

»Still, ruhig!« warnte Hasael. »Man darf sich nicht so bald aufregen lassen. Ich habe aus einem ganz untrüglichen Munde gehört, daß ein gewisser Nahum Samuel Timpe, früher Büchsenmacher und nun ungeheuer reich, jetzt in Santa Fé wohnt.«

»In Santa Fé da drüben? Da müssen wir hin, unverzüglich hin, wir beide, Sie und ich!«

»Bin damit einverstanden, Vetter. Es war natürlich meine Absicht, ihn aufzusuchen und zur Herausgabe des Geldes nebst Zinsen zu zwingen. Daß dies schwer, sehr schwer sein wird, habe ich mir nicht verhehlt, und darum freut es mich, Sie getroffen zu haben, denn zweien muß es leichter werden. Wir treten in einer solchen Weise vor ihn hin, daß er vor Schreck seine Schandthat eingesteht und das Geld augenblicklich aufzählt. Wir sind Westmänner und drohen ihm mit dem Gesetze der Prairie. Nicht?«

»Selbstverständlich, ganz und gar selbstverständlich!« stimmte Kasimir höchst eifrig bei. »Welch ein Glück, daß ich Sie getroffen habe, Sie – Sie – Sie? Ist es nicht eine Dummheit, Vetter, uns Sie zu nennen, da wir so nahe Verwandte und Schicksalsgenossen sind?«

»Kommt mir auch so vor.«

»Also Brüderschaft machen, du sagen, nicht wahr, du?«

»Mir recht. Hier ist meine Hand; schlag ein! Wir füllen die Gläser wieder und leeren sie auf unser Wohl und auf das Gelingen unsres Vorhabens. Da, stoß an!«

»Prosit, Vetter, oder vielmehr: Prosit, lieber Hasael!«

»Prosit! Aber Hasael? Weißt du, man ist in den Staaten möglichst kurz, besonders mit den Namen. Man sagt Jim, Tim, Ben und Bob und spricht nicht alle Silben aus, wenn eine einzige genügt. Mein Vater sagte stets Has' oder vielmehr Has anstatt Hasael, und ich habe mich daran gewöhnt. Mach du es ebenso!«

»Has? Hm! Dann müßtest du zu mir auch Kas' oder vielmehr Kas sagen anstatt Kasimir!«

»Warum nicht?«

»Klingt das nicht sehr dumm?«

»Dumm? Unsinn! Es klingt, sage ich dir; mir gefällt es, und wie es andern klingen mag, das ist mir gleichgültig. Also nochmals prosit, lieber Kas!«

»Prosit, lieber Has! Aufs Wohl von Kas und Has, den neuesten Erben Timpes!«

Sie stießen still begeistert und nur leise ihre Gläser zusammen, um nicht die Aufmerksamkeit der andern Zecher auf sich zu ziehen. Dann meinte der dunkelköpfige Has:

»Also auf nach Santa Fé! Aber das ist nicht so leicht und schnell ausgeführt, denn wir werden zu einem weiten Umwege gezwungen sein.«

»Warum?« fragte der semmelblonde Kas.

»Weil wir durch das Gebiet der Komantschen müßten, wenn wir den kürzesten Weg einschlagen wollten.«

»Ich hörte doch nicht, daß diese Roten jetzt das Kriegsbeil ausgegraben haben!«

»Ich auch nicht; aber die Canaillen sind selbst im tiefsten

Frieden treulos und stets den Bleichgesichtern feind. Zudem traf ich gestern mit einem Pedlar[1] zusammen, der von ihnen kam. Du weißt, daß die Indsmen einem Pedlar niemals etwas Böses thun, weil sie ihn notwendig brauchen. Der sagte mir, daß der große Kriegshäuptling Tokvi-Kava[2] jetzt nicht bei seinem Stamme sei, sondern sich mit einigen seiner besten Krieger entfernt habe, ohne zu sagen, wohin.«

»Tokvi-Kava, der ›schwarze Mustang‹, der Jägerschinder? Mit den besten Kriegern? Und ohne zu sagen, wohin? Das läßt allerdings sehr stark vermuten, daß er wieder auf eine seiner Grausamkeiten sinnt. Ich fürchte mich wahrlich vor keinem Roten, aber sei man noch so mutig, besser ist es immer, einem solchen Burschen gar nicht zu begegnen. Ich schlage also vor, lieber den Umweg zu machen und eine Woche später in Santa Fé anzukommen. Unser Nahum Samuel wird uns wohl nicht grad' jetzt zum zweitenmal davonlaufen.«

»Und wenn er lief, wir haben seine Spur und würden ihn nun ganz gewiß erwischen, denn –«

Er wurde unterbrochen, denn der Engineer kam zurück und brachte noch zwei Männer mit. Kas und Has hatten im Eifer ihres Gespräches das wiederholte Pfeifen einer Lokomotive überhört. Der Arbeitszug war angekommen; der Engineer hatte ihn expediert und wurde nun bei der Rückkehr von seinem Aufseher und dem Magazinverwalter begleitet. Er nickte den beiden Westmännern grüßend zu, und dann setzten sich die drei zu dem Mestizen an den für die »Beamten und höheren Gentlemen« bestimmten Tisch. Sie ließen sich auch Grog geben, und dann erkundigte sich der Mischling:

»Nun, Sir, sind Zeitungen angekommen?«

»Nein,« antwortete der Engineer, »die werden morgen erst eintreffen; aber Nachrichten habe ich erhalten.«

»Gute?«

»Leider nicht. Wir werden von jetzt an sehr wachsam sein müssen.«

[1] Krämer, Händler.

[2] Schwarzer Mustang.

»Warum?«

»Es sind in der Nähe der Rückstation Spuren von Indianern gesehen worden.«

Es war, als ob die halb unter den Lidern verborgenen Augen des Mischlings für einen Moment zornig aufleuchteten, doch klang seine Stimme ganz gelassen, als er sagte:

»Das ist doch kein Grund, ungewöhnlich wachsam zu sein!«

»Ich denke doch!«

»*Pshaw!* Kein Stamm hat jetzt den Tomahawk des Krieges ausgegraben, und wenn es wäre, so darf man von einigen Fußstapfen nicht gleich auf Feinde schließen.«

»Freunde lassen sich sehen. Wer sich versteckt hält, der hat keine guten Absichten; das kann ich mir sagen, obgleich ich kein Scout und Westmann bin.«

»Eben weil Ihr keiner seid, sagt Ihr es Euch. Der erfahrene Westmann würde der Ansicht sein, daß die Roten an der Station vorübergegangen seien, weil sie keine Zeit hatten, sich zu zeigen.«

»Keine Zeit? Die Roten haben stets und immer Zeit, bei den Weißen herumzulungern und sie anzubetteln. Wenn sie sich verstecken, ist ihre Absicht sicher keine gute. Du bist ein tüchtiger Pfadfinder und in dieser Gegend bekannt; ich habe dich engagiert, daß du von morgen an die Umgebung scharf durchstreifst.«

Durch die geschmeidige Gestalt und über das Gesicht des Mestizen ging ein leises Zucken, als ob er zornig auffahren wollte, doch beherrschte er sich wieder und antwortete in ruhigem Tone:

»Ich werde es thun, Sir, obgleich ich weiß, daß es nicht nötig ist. Indianerspuren haben nur zur Kriegszeit böse Bedeutung. Und noch eins: die Roten sind oft bessere und treuere Menschen als die Weißen.«

»Diese Ansicht macht deiner allgemeinen Menschenliebe alle Ehre, aber ich könnte dir mit Beispielen, mit vielen Beispielen beweisen, daß du im Irrtum bist.«

»Und ich mit noch mehreren, daß ich recht habe. Ist jemals

ein Mensch treuer gewesen, als Winnetou zu Old Shatterhand ist?«

»Winnetou ist eine Ausnahme. Kennst du ihn?«

»Gesehen habe ich ihn noch nicht.«

»Oder Old Shatterhand?«

»Auch noch nicht; aber alle ihre Thaten kenne ich.«

»So hast du auch von Tangua, dem Häuptling der Kiowas[1] gehört?«

»Ja.«

»Welch ein Verräter war dieser Schurke! Er warf sich damals, als Old Shatterhand noch Surveyor war, zu seinem Beschützer auf und hat ihm doch fort und fort nach dem Leben getrachtet. Er hätte ihn sicher ausgelöscht, wenn dieser berühmte Weiße nicht ein so kluger, umsichtiger und ebenso kühner wie starker Mann gewesen wäre. Wo findest du da die Treue, von der du sprichst? Und daß die Spuren von Roten nur im Kriege Gefahr bedeuten – haben die Sioux Ogallalah nicht mitten im Frieden wiederholt Eisenbahnzüge überfallen? Haben sie nicht mitten im Frieden Männer getötet und Weiber geraubt? Sie sind dafür bestraft worden, nicht von großen Jäger- und Militärhaufen, sondern von zwei einzelnen Menschen, von Winnetou und Old Shatterhand. Keiner gleicht diesen beiden. Befände sich einer von ihnen hier, so würden mir allerdings selbst hundert Indianerspuren wenig Angst bereiten.«

»*Pshaw!* Ihr übertreibt, Sir! Diese beiden Männer haben Glück, sehr viel Glück gehabt; das ist alles. Es gibt noch ebensolche und auch noch bessere, als sie sind.«

»Wo?«

Der Mestize sah ihm mit stolz herausforderndem Blicke in das Gesicht und antwortete:

»Fragt nicht, sondern seht Euch um!«

»Meinst du etwa dich, dich selbst?«

»Und wenn?«

Der Engineer wollte ihm eine zurechtweisende Antwort

[1] Dieses Wort wird Ke-i-o-wehs ausgesprochen.

geben, wurde derselben aber enthoben, denn Kas kam mit zwei Schritten seiner langen Beine herbei, pflanzte sich hoch vor dem Mestizen auf und sagte:

»Du bist der größte Schafskopf, den es geben kann, mein Sohn!«

Der Mischling sprang im Nu auf und riß sein Messer aus dem Gürtel; aber noch schneller hatte Kas seinen Revolver gespannt, hielt ihm denselben entgegen und warnte:

»Keine Uebereilung, *my boy!* Es soll Menschen geben, die eine Kugel durch ihren Dummkopf nicht vertragen und auch nicht überleben können, und ich habe allen Grund, anzunehmen, daß du so einer bist.«

Der auf ihn gerichtete Lauf des Revolvers verbot dem Mestizen, sein Messer zu gebrauchen, denn eine Kugel ist schneller als die beste Klinge. Darüber wütend, zischte er dem Langen zu:

»Was habe ich mit Euch zu schaffen? Wer hat Euch erlaubt, Euch in unser Gespräch zu mischen?«

»Ich selbst, mein Junge, ich selbst. Und wenn ich mir oder irgend jemand etwas erlaube, so möchte ich den sehen, der es nicht leiden will! Etwa du; he du?«

»Ihr seid ein Grobian, Sir!«

»*Well*, diese Antwort laß ich mir gefallen, denn ich sehe, daß du Geschmack an mir findest. Sorg nur dafür, daß ich auch welchen an dir finde, sonst ergeht es dir wie damals bei Timpes Erben!«

»Timpes Erben? Wer seid Ihr denn eigentlich, Sir?«

»Ich bin einer, der auf Winnetou und Old Shatterhand nichts kommen läßt; mehr brauchst du nicht zu wissen. Leb wohl, *my boy,* und steck dein Stecheisen wieder in den Gürtel, damit du dir damit nicht etwa selbst einen Schaden thust!«

Kas kehrte nach seinem Tische zurück, wo er sich behaglich wieder niederließ. Der Mestize folgte seinen Bewegungen mit sprühenden Augen, seine Sehnen spannten sich, dem Beleidiger nachzuspringen und das Messer in den Leib zu stoßen, doch brachte er es nicht fertig. Es gab in der Haltung des langen dünnen Mannes etwas, was ihm den Fuß bannte.

Er steckte das Messer ein, setzte sich wieder nieder und murmelte, um sich vor seinen Tischgenossen zu entschuldigen, vor sich hin:

»Der Kerl ist offenbar ein Narr und gar nicht im stande, einen vernünftigen Menschen zu beleidigen. Lassen wir ihn schwatzen!«

»Schwatzen?« antwortete der Engineer. »Der Mann scheint im Gegenteil Haare auf den Zähnen zu haben. Daß er für Old Shatterhand und Winnetou gesprochen hat, freut mich von ihm, denn die Thaten und Erlebnisse dieser beiden Helden des Westens bilden mein Leib- und Lieblingsthema. Will doch einmal sehen, ob er sie auch wirklich kennt.«

Und sich an den andern Tisch wendend, fragte er:

»Ihr bezeichnet euch als Westmänner, Sir. Seid ihr jemals Winnetou oder Old Shatterhand begegnet?«

Die kleinen Mausaugen von Kas funkelten vor Vergnügen, indem er antwortete:

»Und ob! Habe beide gesehen.«

»Längere Zeit?«

»Bin zwei Wochen mit ihnen geritten.«

»Was? Du?« rief Has verwundert aus. »Du hast dich in der Gesellschaft dieser zwei größten Westmänner befunden und mir noch nichts davon gesagt?«

»Wann hätte ich es sagen sollen? Wir haben ja noch gar keine Zeit gefunden, von unsern Erlebnissen zu sprechen.«

»O, ihr kennt euch erst seit kurzer Zeit?« fragte der Engineer.

»Haben uns erst heute, kurz vor Abend, zum erstenmal gesehen,« antwortete Kas.

»Sind Euch mit Winnetou und Old Shatterhand Abenteuer begegnet?«

»Das ist eine sonderbare Frage, Sir. Wer bei diesen Männern ist, erlebt immer etwas, oft an einem Tage mehr als sonst in einem Monat oder gar in einem ganzen Jahre.«

»Wetter! Wollt Ihr nicht herkommen und uns davon erzählen?«

»Nein.«

»Nicht? Warum denn nicht?«

»Weil ich kein Geschick zum Erzählen habe, Sir. Es ist mit dem Erzählen eine ganz eigene Sache; das muß angeboren sein. Ich habe es schon oft versucht, aber ich bringe es nicht fertig. Ich fange in der Regel in der Mitte oder hinten an und höre stets vorn oder gar schon in der Mitte auf. Ich kann Euch nur kurz sagen, daß wir damals eine Gesellschaft von acht Weißen waren und in die Gefangenschaft der Upsarokas gerieten, die uns für den Marterpfahl bestimmten. Das hatten Old Shatterhand und Winnetou erfahren. Sie suchten unsre Fährte, folgten ihr, beschlichen die Upsarokas und holten uns in der Nacht heraus, ganz allein, ohne alle Beihilfe, ein Meisterstück, wie es außer ihnen auch der Berühmteste nicht fertig bringt, selbst Euer Halfbreed[1] nicht, welcher dort bei Euch sitzt und vorhin das Maul so vollgenommen hat.«

Der Mestize wollte wieder aufbrausen, doch kam ihm der Ingenieur mit der schnellen, an Kas gerichteten Frage zuvor:

»Wißt Ihr nicht, wo sich die beiden jetzt befinden, Sir?«

»Habe keine Ahnung. Es wurde einmal davon gesprochen, daß Old Shatterhand hinüber in eines der altmodischen Länder sei, Aegypten oder Persien heißt es wohl, aber bald wiederkommen werde.«

»Möchte sie doch gar zu gern einmal sehen! Sind sie denn wirklich so, wie man sie beschreibt? Hat Old Shatterhand wirklich solche Kraft in seiner Faust? Man hat mir gesagt, daß seine Hände trotzdem fast so klein wie Ladieshände seien.«

»Das ist wahr. Und dennoch kracht er mit einem Schlag den schwersten Mann zu Boden. Er ist nicht etwa übermäßig lang und breit, aber seine Muskeln sind wie Eisen und seine Sehnen wie Federstahl. So ist es auch mit Winnetou.«

»Sind sie stolz?«

»Fällt ihnen nicht ein! Die wahren Kinder! Lieb, mild und herzig gut. Dabei durch keine, auch durch die größte Gefahr nicht aus der Fassung zu bringen. Aber wenn es gilt, dann solltet Ihr sie sehen! Diese Augen! Diese Schritte und Bewe-

[1] Halbblut, Halbindianer.

gungen! Dieser Sitz im Sattel! Diese kalte Berechnung jedes Vorteils und dieses stets untrügliche Voraussehen aller, aber auch aller Folgen dessen, was sie thun! Es hat noch nie einen Menschen, rot oder weiß, und sei er noch so pfiffig und verschlagen, gegeben, dem es gelungen wäre, einen von ihnen länger als einen Augenblick zu täuschen.«

»Ihr beschreibt sie wirklich als Halbgötter, Sir. Ich gäbe sonst etwas darum, wenn ich sie einmal sehen könnte. Vielleicht aber bin ich ihnen oder einem von ihnen schon einmal begegnet, ohne es zu wissen.«

»Wird wohl nicht der Fall sein, Sir. Wer sie kennt, der weiß: Wenn einer von ihnen jetzt hereinträte, euch allen unbekannt, ihr würdet doch sofort wissen, daß es Old Shatterhand oder daß es Winnetou ist.«

»Und ihre Waffen? Sind sie wirklich so vorzüglich, wie man erzählt?«

»Will es meinen, Sir! Aus Winnetous Silberbüchse ist noch nicht ein Fehlschuß gegangen; sie hat in ihrer Art nicht ihresgleichen. Der Bärentöter Old Shatterhands ist wie ein brüllender Löwe, dem keine Beute entgehen kann, und wenn sie noch so schnell entflöhe. Und nun erst sein Henrystutzen! Ich bin Büchsenmacher gewesen und verstehe mich darauf. Henry hat, glaube ich, nur zehn oder zwölf solcher Stutzen gefertigt, aber wer hat sie und wo sind sie? Keiner von ihnen ist bekannt, als nur der Old Shatterhands. Dieser Stutzen, ursprünglich ein totes Meisterstück, ist in dieser Hand zu einem lebenden Wesen geworden, hat denken, berechnen und gehorchen gelernt. Old Shatterhand wettet zwar mit jedem fremden Gewehr nach drei Probeschüssen so hoch ihr wollt, auf Ziel; hat er aber seinen Stutzen in der Hand, so würde er Euch niederschlagen, wenn Ihr es wagtet, ihm eine Wette anzubieten. Er weiß, ja, er fühlt die Kugel schon genau im Ziele sitzen, wenn er die Patrone noch in der Tasche hat. Er und sein Stutzen haben nur eine Seele, nur einen Gedanken und nur einen Willen. Begreift Ihr das?«

»Nein.«

»Weil Ihr kein Jäger, kein passionierter Schütze seid. Diese drei Gewehre sind von unschätzbarem Werte. Man kann nicht sagen, welches den andern vorzuziehen ist; ich aber würde unbedingt den Henrystutzen wählen. Böte jemand dem Besitzer zehntausend, zwanzigtausend Dollars und noch mehr, ich bin überzeugt, Old Shatterhand würde lächelnd fortgehen. Vor seinem Tode wird kein Mensch das Gewehr bekommen oder auch nur untersuchen dürfen, denn in einer andern Hand würde der Stutzen bald seinen Wert verlieren und eine ganz gewöhnliche, tote Waffe sein, die keine Seele hat und keinen Gehorsam kennt: es wäre ein Mord an ihm geschehen.«

»*Lackaday!* Ihr werdet geradezu poetisch, Sir! So habe ich noch niemand von einer Waffe sprechen hören. Und doch behauptetet Ihr vorhin, daß Ihr nicht erzählen könntet!«

»Kann ich auch nicht; aber ich war, wie gesagt, früher Büchsenmacher und bin jetzt Jäger. Ich behaupte, daß jedes Gewehr eine, erlaubt mir das Wort, eine Seele hat, die von dem Schützen studiert, verstanden und geliebt werden muß, dann haben beide auch nur einen Willen. Wer kein Fachmann ist und sich noch nie über nichtsnutzige Schießprügel geärgert hat, versteht das nicht und lacht darüber. Wollt Ihr auch lachen, so thut es immerhin, ich habe nichts dagegen.«

»Fällt mir nicht ein! Eure Ansicht ist zwar außergewöhnlich, aber sie gefällt mir fast ebensosehr, wie Ihr mir selbst gefallt.«

»So, ich gefalle Euch, Sir? *Well*, so thut mir den Gefallen, uns zu sagen, wo wir unsre Pferde unterbringen können. Ich möchte sie gern sicher unter Dach und Fach haben, weil Ihr vorhin von Indianerspuren gesprochen habt.«

»Erscheinen Euch diese Spuren auch bedenklich?«

»Natürlich! Das kluge Halfbreed dort mag denken, was er will, ich weiß, woran ich bin.«

»So biete ich Euch den Werkzeugschuppen an, der ein gutes, festes Schloß besitzt; der Verwalter hier wird Euch führen und auch für Futter und Wasser sorgen.«

Der Genannte erhob sich bereitwillig von seinem Platze, und Kas und Has folgten ihm hinaus zu ihren Pferden.

Die weißen Bahnarbeiter hatten der Unterhaltung ihre ganze Aufmerksamkeit geschenkt; das Thema derselben war ihnen ebenso interessant gewesen wie ihrem Vorgesetzten. Dieser benutzte die Abwesenheit der beiden Jäger dazu, dem Mestizen sein Gebaren zu verweisen, was der Genannte mit scheinbarer Ruhe hinnahm, während er innerlich wütend war. Darüber verging einige Zeit, bis sich draußen wieder die Schritte von Pferden hören ließen.

»Was ist denn das?« fragte der Engineer verwundert. »Sie bringen die Pferde zurück, und es ist doch Platz genug für sie im Schuppen.«

Er blickte nach dem Eingang und sah nicht die drei fortgegangenen Personen, sondern zwei ganz andre Männer eintreten. Es war ein Weißer und ein Indianer.

Der erstere war von nicht sehr hoher und nicht sehr breiter Gestalt. Ein dunkelblonder Vollbart umrahmte sein sonnverbranntes Gesicht. Er trug ausgefranste Leggins und ein ebenso an den Nähten ausgefranstes Jagdhemd, lange Stiefel, die bis über die Kniee heraufgezogen waren, und einen breitkrempigen Filzhut, in dessen Schnur rundum die Ohrenspitzen des fürchterlichen grauen Bären steckten. In dem breiten, aus einzelnen Riemen geflochtenen Gürtel steckten zwei Revolver und ein Bowiemesser; er schien rundum mit Patronen gefüllt zu sein, und an ihm hingen mehrere Lederbeutel, in denen wahrscheinlich die einem Westmanne nötigen kleineren Requisiten steckten. Von der linken Schulter nach der rechten Hüfte lag ein zusammengeschlungener, aus mehrfachen Riemen geflochtener Lasso, und um den Hals hing an einer Seidenschnur eine mit Kolibribälgen verzierte Friedenspfeife, in deren künstlerisch geschnittenen Kopf indianische Charaktere eingegraben waren. Ein breiter Riemen hielt auf dem Rücken dieses Mannes ein ungewöhnlich langes und schweres Doppelgewehr fest, während in der rechten Hand ein leichteres, einläufiges ruhte, dessen Schloß kein gewöhnliches zu sein schien; das sah man, obwohl es jetzt durch ein ledernes Etui verhüllt wurde.

Der Indianer war ganz genau so gekleidet wie der Weiße,

nur daß er anstatt der hohen Stiefel leichte Mokassins trug, die mit Stachelschweinsborsten verziert waren. Auch eine Kopfbedeckung hatte er nicht, sondern sein langes, dichtes, blauschwarzes Haar war in einen hohen, helmartigen Schopf geordnet und mit einer Klapperschlangenhaut durchflochten. Um den Hals trug er den Medizinbeutel, eine höchst wertvolle Friedenspfeife und eine dreifache Kette von Grizzlykrallen, ein glänzender Beweis seiner Tapferkeit und seines Mutes, denn kein Indianer darf Trophäen zeigen, die er sich nicht selbst erworben hat. Der Lasso fehlte ebensowenig wie der Gürtel mit den Revolvern, dem Bowiemesser und den Lederbeuteln, und in der Rechten hielt der Indsman eine doppelläufige Büchse, deren Holzteile eng mit glänzenden silbernen Nägeln beschlagen waren. Der Ausdruck seines ernsten, männlich schönen Gesichts war fast römisch zu nennen; trotz des tiefdunklen Sammets seiner Augen glänzte in ihnen ein jetzt ruhiges, wohlthuendes Feuer; die Bakkenknochen standen kaum merklich vor, und die Farbe seiner Haut war ein mattes Hellbraun mit einem leisen Bronzehauch.

Diese beiden Ankömmlinge waren keine Riesen von Gestalt; sie kamen ruhiger und bescheidener herein als wohl der niedrigste Arbeiter des Camps; nichts, gar nichts an ihnen zeigte, daß sie die Absicht hätten, in irgend einer Weise Ansprüche zu erheben oder gar Aufsehen zu erwecken, und doch wirkte ihr Erscheinen grad so, als ob zwei fürstliche Personen zu ihren Unterthanen getreten wären. Das tolle Geschwätz der Chinesen verstummte im Nu; die weißen Arbeiter im kleinen Room standen unwillkürlich von ihren Sitzen auf; der Engineer, sein Aufseher und der Mischling thaten dasselbe; der Shopman versuchte sogar eine Verbeugung fertig zu bringen, welche leider sehr eckig ausfiel.

Die beiden schienen das Aufsehen, welches sie erregten, gar nicht zu bemerken; der Indsman grüßte nur mit einem leichten, aber keineswegs stolzen Neigen seines Kopfes, und der Weiße sagte in freundlichem Tone:

»*Good evening*, Mesch'schurs! Bleibt sitzen, wir wünschen nicht zu stören.« Und sich dann an den Wirt wendend, fuhr er fort: »Kann man bei Euch ein gutes Mittel gegen den Hunger und den Durst bekommen, Sir?«

»*Readily, with pleasure*, Sir!« antwortete dieser. »Zunächst *welcome*, Gentlemen! Es steht alles zu euren Diensten, was ich habe. Nehmt da am warmen Feuer Platz, Mesch'schurs! Es sitzen zwar schon zwei Westmänner da, die einmal hinausgegangen sind, aber wenn euch dies stört, so werden sie Platz machen.«

»Das wollen wir keineswegs. Sie waren eher da als wir und haben also ein größeres Recht. Wenn sie zurückkehren, werden wir sie fragen, ob sie uns bei sich haben wollen. Macht uns zunächst ein warmes Ingwerbier, dann werden wir sehen, was Ihr zu essen habt.«

Sie sahen an den zurückgelassenen Gewehren, wo Kas und Has gesessen hatten, und nahmen an der andern Seite des Tisches Platz.

»Prächtige Kerls!« flüsterte der Engineer seinen beiden Nachbarn zu. »Der Rote blickt wie ein König drein und der Weiße nicht weniger.«

»Und das Gewehr des Indsman!« antwortete ebenso leise der Aufseher. »Die vielen silbernen Nägel daran! Ob das –«

»*Thounder-storm!* Silberbüchse! Winnetou! Seht das schwere Doppelgewehr des Weißen! Ob das der berühmte Bärentöter ist? Und das kleine, leichte Gewehr! Vielleicht gar der Henrystutzen?«

»Dann wäre es Old Shatterhand!«

»Old Shatterhand und Winnetou! Mein Wunsch, mein Herzenswunsch!«

Da hörte man draußen vor dem Eingange die Stimme Kasimirs:

»*All devils!* Was sind das für Pferde hier? Wer ist angekommen?«

»Weiß es nicht,« antwortete die Stimme des Verwalters, welcher mit den beiden Vettern von dem Schuppen zurückgekehrt war.

»Zwei Rapphengste mit roten Nüstern und dem Vollblutswirbel in der Mähne! Die kenne ich, die kenne ich, und auch die Reiter, denen sie gehören. Indianisch aufgeschirrt! Es stimmt, es stimmt! Welch eine Freude! Genau so wie bei Timpes Erben! Kommt herein, kommt schnell herein; Ihr werdet die zwei größten, die zwei berühmtesten Männer des Westens sehen!«

Er kam in langen Schritten, welche beinahe Sprünge genannt werden konnten, in das Innere des Gebäudes. Has und der Verwalter folgten ihm. Sein Gesicht glänzte vor freudiger Aufregung. Als er den Apatschenhäuptling und dessen weißen Freund und Blutsbruder erblickte, schoß er förmlich auf sie zu, streckte ihnen bewillkommnend beide Hände entgegen und rief:

»Ja, sie sind's, sie sind's; ich habe mich nicht geirrt! Was für eine Freude das für mich ist, was für eine große Freude! Gebt mir eure Hände her, Mesch'schurs, daß ich sie euch drücken kann und – «

Er hielt mitten im Satze inne, ließ die Hände sinken, trat einen Schritt zurück und fuhr weniger laut und in entschuldigendem Tone fort:

»Ich bitte um Verzeihung, Mister Shatterhand und Mister Winnetou! Die Freude hat mich konfus gemacht. Leute, wie ihr seid, schreit man nicht in dieser Weise an, sondern man wartet bescheiden, bis man sieht, daß sie sich herablassen wollen, von einem Notiz zu nehmen.«

Da hielt ihm Old Shatterhand seine Rechte hin und antwortete mit einem freundlichen Lächeln:

»Wir haben uns gar nicht herabzulassen, Mister Timpe. Hier im Westen stehen alle ehrlichen Männer einander gleich. Hier ist meine Hand. Wenn Ihr sie drücken wollt, so thut es ganz nach Belieben.«

Kas ergriff sie, schüttelte sie aus Leibeskräften und rief dabei entzückt:

»Mister Timpe, Mister Timpe nennt Ihr mich? Ihr kennt mich also noch? Ihr habt mich nicht vergessen, Sir?«

»Man vergißt nicht so leicht einen Mann, mit dem man solche Dinge erlebt hat, wie wir beide damals mit Euch und Euern Gefährten.«

»Ja, ja, das war eine ungemein dicke Tinte, in welcher wir dazumal steckten. Wir sollten ausgelöscht werden, vollständig ausgelöscht; Ihr habt uns aber herausgeholt. Das werde ich Euch nie vergessen, niemals, darauf könnt Ihr euch verlassen. Wir haben noch vorhin erst von diesem Abenteuer gesprochen. Wird auch Winnetou, der große Häuptling der Apatschen, mir erlauben, ihn zu begrüßen?«

Der Gefragte gab ihm die Hand und sagte in seinem ernsten und dabei doch so milden Tone:

»Winnetou heißt seinen weißen Bruder willkommen und bittet ihn, sich mit hierher zu ihm zu setzen.«

Da stand der Engineer auf, kam herbei, verbeugte sich sehr höflich und sagte:

»Verzeiht mir die Freiheit, die ich mir nehme, Gentlemen! Ihr dürft nicht hier sitzen, sondern ich lade euch ein, mit hinüber an unsern Tisch zu kommen, der nur für Beamte und hervorragende Personen reserviert ist.«

»Beamte und hervorragende Personen?« antwortete nun Old Shatterhand. »Wir sind weder Beamte, noch bilden wir uns ein, über andre emporzuragen. Ihr habt soeben gehört, daß hier im Westen alle ehrlichen Männer einander gleichstehen. Wir sagen Euch Dank für die Einladung, bitten aber, hier bleiben zu dürfen.«

»Ganz wie Ihr wollt, Sir. Wir hätten nur so gern die Ehre gehabt, mit so berühmten Westmännern einen guten ›*drink*‹ thun und uns mit ihnen unterhalten zu dürfen.«

»Der Unterhaltung werden wir uns nicht entziehen. Ich vermute, daß Ihr Beamter dieser Bahnstrecke seid?«

»Ich bin der Engineer; hier seht Ihr meinen Aufseher und meinen Verwalter, und dort sitzt der Scout, den wir engagiert haben für unsre Sicherheit zu sorgen.«

Er zeigte bei diesen Worten mit der Hand auf die Personen, welche er nannte. Old Shatterhand warf einen sehr kurzen, ganz unauffälligen aber dabei doch scharf forschenden Blick auf den Mischling und fragte dann:

»Ein Scout für eure Sicherheit? Wie heißt der Mann?«

»Yato Inda[1]. Er hat einen indianischen Namen, weil er von einer roten Mutter stammt.«

Der weiße Jäger musterte den Mestizen mit einem längern, schärfern Blick und wendete sich dann mit einem so leisen »Hm!«, daß nur der Apatsche es hörte, ab. Was er dachte, das war seinem Gesichte nicht anzusehen. Der Häuptling aber schien Grund zu haben, nicht ebenso zu schweigen; er wendete sich direkt an den Scout:

»Mein Bruder mag mir erlauben, ihn anzureden! Jedermann muß hier vorsichtig sein, und wenn zur Sicherheit dieses Camps ein Scout notwendig ist, so muß es Feinde geben, welche das Lager bedrohen. Wer sind diese Leute?«

Der Mestize antwortete zwar höflich, aber doch nicht so zuvorkommend, wie es einem so berühmten Manne gegenüber geboten war:

»Es scheint, daß den Komantschen nicht zu trauen ist.«

Winnetou machte mit dem Kopfe eine horchende Bewegung, als ob er jedes Wort des Sprechenden besonders abschätzen wolle. Auch nach erhaltener Antwort wartete er noch mehrere Sekunden, wie in sich hinein lauschend; dann fuhr er fort:

»Hat mein Bruder einen Grund, diesen Verdacht zu hegen?«

»Einen eigentlichen, wirklichen Grund nicht; es ist nur eine Vermutung.«

»Mein Bruder heißt Yato Inda. Yato heißt ›gut‹ und ist der Navajosprache entnommen, Inda heißt ›Mann‹ und gehört der Apatschensprache an. Die Navajos sind auch Apatschen, und so vermute ich, daß die rote Mutter meines halbfarbigen Bruders eine Apatschin gewesen ist.«

Dem Mischling war diese Frage sichtlich unangenehm; er versuchte, um die Antwort herumzukommen, indem er in abweisendem Tone erwiderte:

»Ich habe noch nie gehört, daß der große Winnetou neugie-

[1] Guter Mann.

rig sei. Wie kommt es, daß er sich heut um eine unbekannte Indianer-Squaw bekümmert?«

»Weil sie deine Mutter ist,« erklang es fest und scharf aus dem Munde des Häuptlings. »Und weil, wenn ich mich hier befinde, ich wissen will, was für ein Mann für die Sicherheit dieses Ortes zu sorgen hat. Welchem Stamme gehörte deine Mutter an?«

Bei diesem Tone und bei dem großen, offenen Auge, mit dem Winnetou ihn anleuchtete, konnte der Scout nicht schweigen. Er antwortete:

»Zum Stamme der Pinal-Apatschen.«

»Und von ihr hast du das Reden gelernt?«

»Natürlich, ja.«

»Ich kenne alle Sprachen und Dialekte der Apatschen. Sie sprechen viele Laute mit Zunge und Kehle zugleich aus, zu denen du nur die Zunge nimmst, genau so, wie die Komantschen es machen.«

Da fuhr der Mestize auf:

»Willst du damit etwa sagen, daß ich der Sohn einer Komantschin sei?«

»Und wenn ich dies behauptete?«

»Eine Behauptung ist noch kein Beweis. Und wenn meine Mutter eine Komantschin gewesen wäre, so folgt daraus noch lange nicht, daß ich es mit den Komantschen halte.«

»Allerdings nicht; aber kennst du Tokvi-Kava, den ›schwarzen Mustang‹, welcher der grimmigste Häuptling der Komantschen ist?«

»Ich habe nur von ihm gehört.«

»Er hatte eine Tochter, welche die Squaw eines Bleichgesichtes wurde; sie starben beide und hinterließen einen halbblütigen Knaben, welcher von dem ›schwarzen Mustang‹ in größter Feindschaft gegen die Weißen erzogen wurde. Dieser Knabe wurde einst von einem Gespielen mit dem Messer in das rechte Ohr geschnitten. Wie kommt es, daß du wie ein Komantsche sprichst und einen Schlitz in demselben Ohre hast?«

Da sprang der Scout in die Höhe und rief zornig aus:

»Diesen Schnitt verdanke ich grade der Feindschaft der Komantschen; ich habe ihn im Handgemenge mit ihnen bekommen. Wenn du daran zweifelst, fordere ich dich auf, mit mir zu kämpfen.«

»Pshaw!«

Nur dieses eine Wort sagte Winnetou in unbeschreiblich nachlässigem Tone; dann wendete er sich ab und griff zu dem Ingwerbier, welches der Wirt soeben brachte.

Wie gewöhnlich auf so unliebsame Scenen, folgte eine tiefe Stille, ehe an den beiden Tischen das Gespräch wieder aufgenommen wurde. Nachher erkundigte sich der Engineer, ob Old Shatterhand und Winnetou die Absicht hätten, im Camp zu übernachten, und als er eine bejahende Antwort erhielt, bot er ihnen seine Wohnung an und unterstützte seine Gastlichkeit mit dem Hinweise:

»Den beiden vor euch gekommenen Gentlemen hat der Shopman ihr Lager bei sich angewiesen; da gibt es keine Plätze mehr. In der Nässe draußen werdet ihr doch nicht schlafen. Und hier im Schuppen, bei den schnarchenden, unreinlichen Chinamännern? Keineswegs! Wir haben uns Chinesen aus dem Westen verschreiben müssen, weil wir keine weißen Arbeiter finden konnten und weil sie billiger und auch weit leichter in Zucht zu halten sind als das Gesindel, auf welches wir sonst angewiesen gewesen wären. Sagt, Sir, ob Ihr meine Einladung annehmen wollt!«

Old Shatterhand warf einen fragenden Blick auf Winnetou, sah, daß dieser leise bejahend den Kopf neigte, und antwortete:

»Ja, wir nehmen sie an, vorausgesetzt, daß auch unsre Pferde eine gute und sichere Unterkunft hier finden können.«

»Die finden sie. Wir haben die Pferde der beiden andern Gentlemen auch schon in Verwahrung genommen. Wollt ihr meine Wohnung vielleicht einmal ansehen?«

»Ja, zeigt sie uns! Es ist immer gut, den Ort, an welchem man die Nacht zubringt, vorher zu kennen.«

Winnetou und Old Shatterhand nahmen ihre Waffen und

folgten dem Engineer nach einem nicht sehr entfernt liegenden, niedrigen Gebäude, dessen Wände aus Stein gemauert waren, weil es nicht Interimszwecken dienen, sondern später die Wohnung der Brückenwache bilden sollte. Der Beamte öffnete und brannte, als sie eingetreten waren, ein Licht an. Es gab da einen Herd, einen Tisch, einige Stühle und außer verschiedenen Geräten und Geschirr eine breite Lagerstätte, auf welcher es an Platz nicht fehlte. Die beiden Gäste drückten ihre Zufriedenheit aus und wollten gehen, um nun auch ihre Pferde unterzubringen. Da meinte der Engineer:

»Wollt ihr nicht eure Sachen gleich hier lassen? Warum die Decken und Gewehre unnötigerweise mit herumtragen?«

Es war kein Grund vorhanden, ihm unrecht zu geben. Die Mauern waren stark und die Fenster so klein, daß kein Mensch einsteigen konnte; die aus starkem Holze hergestellte Thür hatte ein gutes Schloß, und die genannten Gegenstände schienen also hier ganz sicher aufbewahrt zu sein; sie wurden also hier gelassen, und dann brachte man die Pferde nach dem Schuppen, wo schon diejenigen der beiden Timpe standen. Sie erhielten Wasser und Futter, und dann fragte Old Shatterhand, ob nicht, unvorhergesehener Fälle wegen, ein Arbeiter hier wachen könne. Die Pferde hätten hohen Wert, und ihr Verlust würde fast unersetzlich sein. Der Engineer versprach, für einen Wächter zu sorgen, und dann kehrte man nach dem Shop zurück.

Unterwegs erklärte er, daß sie auch in Beziehung auf das Nachtessen seine Gäste sein möchten und fügte dann hinzu:

»Ich werde also heut abend mit euch und nicht mit meinen Leuten speisen, zumal euch einer derselben, nämlich der Scout, nicht gefallen zu haben scheint. Sagt einmal, Mister Winnetou, habt Ihr Grund, ihm zu mißtrauen?«

»Winnetou thut und sagt niemals etwas ohne Grund,« antwortete der Häuptling.

»Aber er ist stets treu und zuverlässig gewesen!«

»Winnetou glaubt nicht an diese Treue. Mein Bruder wird wohl erfahren, wie lange sie währt. Er nennt sich Yato Inda, den ›guten Mann‹, sein wirklicher Name aber wird wohl lauten Ik Senanda, was in der Sprache der Komantschen soviel wie ›böse Schlange‹ heißt.«

»Gibt es einen Komantschen dieses Namens?«

»Der Mischling, von welchem Winnetou vorhin sprach, heißt so, nämlich der Enkel des ›schwarzen Mustangs‹.«

»Mister Winnetou, Euern Scharfsinn und Euer Urteil in allen Ehren, aber diesmal müßt Ihr Euch irren! Der Scout hat mir so viele Beweise von Treue gegeben, daß ich ihm vertrauen muß.«

»Mein weißer Bruder kann thun, was ihm beliebt; aber wenn Old Shatterhand und Winnetou nachher so sprechen, daß der Scout es hört, so wird alles, was sie sagen, nur zum Scheine sein. *Howgh!*«

Mit diesem letzteren Worte deutete er an, daß er über das jetzige Thema nichts mehr hören oder sagen wolle.

Als sie wieder im Shop angekommen waren, bestellte der Engineer bei dem Wirte ein gutes Abendessen für fünf Personen, denn er betrachtete die beiden Timpe nun auch als seine Gäste und setzte sich zu ihnen an den Tisch. Hier fragte Old Shatterhand den langen, blonden Kas, was ihn jetzt in diese Gegend geführt habe und wohin er von hier aus wolle. Der Genannte erzählte in kurzen Worten seine Erbschaftsgeschichte und auf welche sonderbare Weise er heute mit einem Vetter und Miterben zusammengetroffen sei.

»Nun müssen wir nach Santa Fe,« fuhr er fort, »können aber leider nicht den nächsten und geradesten Weg einschlagen.«

»Warum nicht!«

»Der Komantschen wegen. Wir wenden uns von hier aus östlich und biegen dann nach Süden um.«

»Hm! Kennt ihr den Weg?«

»Nein; aber ein Westmann findet sich überall zurecht. Vielleicht habt Ihr die Güte, uns einen guten Rat zu erteilen.«

»Den sollt Ihr haben. Und wißt Ihr, wie er lautet?«

»Nun?«

»Es sind nur die drei Worte: ›Nehmt uns mit‹!«

»*All devils!* Wir sollen euch mitnehmen, nämlich Euch, Sir, und Winnetou?«

»Ja.«

»Ist das Euer Ernst!«

»Ja. Ich wüßte keinen Grund, Euch unsre Begleitung im Scherze anzubieten.«

»Habt Ihr denn einen Weg mit uns?«

»Sicher. Wir wollen nämlich auch nach Santa Fe, wenn auch nicht einer Erbschaft wegen.«

Da schlug Kas die Hände zusammen, daß es nur so knallte und rief vor Entzücken überlaut:

»Das ist ein Glück! Has, Has, hörst du es? Wir dürfen mit Old Shatterhand und Winnetou reiten! Nun schere ich mich den Kuckuck um das ganze Komantschengesindel. Wir brauchen keinen Umweg zu machen, sondern reiten mitten hindurch. Und dann in Santa Fe haben wir sogleich gelungenes Spiel. Es soll diesem Nahum Samuel Timpe ja nicht einfallen, uns zu betrügen oder zu entwischen! Wir haben Männer bei uns, die ihn bis in die Wolken schwippen!«

»Schreit doch nicht so!« lächelte Old Shatterhand. »Zu solchem Jubel habt Ihr keinen Grund. Es kann auch uns nicht einfallen, mitten durch das Gebiet der Komantschen zu reiten, sondern wir waren, grad so wie Ihr, entschlossen, nach Osten auszubiegen. Ihr seid also einverstanden, daß wir zusammen reiten?«

»Ja, natürlich ja! Es kann uns ja gar nichts Besseres und Vorteilhafteres angeboten werden, als bei Euch sein zu dürfen. Wann meint Ihr, daß wir von hier aufbrechen, Sir?«

»Morgen, sobald wir ausgeschlafen haben. Da erreichen wir am Abend den Alder-Spring[1], an dem wir bis früh lagern werden.«

Er legte auf diesen Namen einen besonderen Ton, denn er beobachtete während dieses Gespräches den halbblütigen Scout heimlich und sah gar wohl, mit welcher Aufmerksamkeit dieser herüberhorchte, obwohl er sich den Anschein zu

[1] Erlenquell.

geben suchte, als ob er nicht den geringsten Anteil nehme. Er war nicht der einzige, welcher ein so großes und heimliches Interesse für die beiden berühmten Freunde hegte.

Nämlich ganz nahe an der Bretterwand, welche den großen, nur von Chinesen besetzten Raum von dem kleinen trennte, saßen schon vor Eintritt der beiden Timpe zwei »Söhne des Himmels«[1] bei einander, welche nichts zu thun zu haben schienen als zu rauchen und zu trinken. Sie mochten eine Art von Vorarbeiter vorstellen, oder im Besitz einer sonstigen kleinen Würde sein, weil keiner ihrer Landsleute sich zu ihnen setzte. Sie konnten alles, was nebenan gesprochen wurde, hören, und verstanden es auch, denn sie befanden sich schon seit mehreren Jahren in den Vereinigten Staaten und waren in San Francisco mit der englischen Sprache vertraut geworden.

Auf die Ankunft von Has und Kas hatten sie nicht mehr geachtet als alle andern auch; als aber drin im kleinen Raum von den Gewehren Old Shatterhands und Winnetous gesprochen wurde und welchen geradezu untaxierbaren Wert dieselben besäßen, da horchten sie schärfer hin. Dann kamen so ganz unerwartet diese beiden Männer, und die Chinesen blickten erst mit Neugierde und dann mit Verlangen durch die Bretterlücken nach ihnen, und es schien, als ob sie ihre Augen gar nicht von den kostbaren Gewehren wenden könnten. Als später der Engineer mit seinen Gästen von dem gemachten Gange zurückkehrte und die letzteren ihre Gewehre nicht mehr bei sich hatten, schien es mit der bisherigen Ruhe der Chinesen aus zu sein. Ihre dünnen Augenbrauen gingen auf und nieder; ihre Lippen zuckten, ihre Finger bewegten sich krampfhaft, sie rutschten auf ihren Sitzen hin und her; sie hatten beide das gleiche Gefühl und den gleichen Gedanken, doch wollte keiner zuerst sprechen. Endlich konnte es der eine nicht länger aushalten; er fragte leise:

»Hast du alles gehört?«

»Ja,« antwortete der andre.

[1] Chinesen.

»Und gesehen?«

»Und gesehen!«

»Auch die Gewehre?«

»Auch!«

»Wie kostbar sie sind!«

»Viele, viele tausend Dollars!«

»Wenn wir sie hätten! Wie müssen wir arbeiten; wie müssen wir uns plagen und uns schinden, damit unsre Gebeine in der Heimat bei den Ahnen begraben werden können!«

Es trat eine Pause ein; sie überlegten. Nach einer Weile that der eine einen langen Zug aus seiner Pfeife und fragte, indem er listig mit den schiefen Augen blinzelte:

»Ahnst du, wo die Gewehre liegen?«

»Ich weiß es,« lautete die Antwort.

»Nun wo?«

»Im Hause des Engineers. Wenn wir sie hätten, könnten wir sie vergraben, und niemand wüßte, wer sie geholt hat.«

»Und später könnten wir sie in Frisco[1] verkaufen. Wir bekämen viel, ungeheuer viel Geld dafür, dann wären wir reiche, sehr reiche Herren und könnten nach dem Reiche der Mitte zurückkehren und alle Tage Schwalbennester essen.«

»Ja, das könnten wir; wir könnten es wirklich, wenn wir nur wollten!«

Nach einer abermaligen Pause, während welcher sie in den gegenseitigen Mienen und Blicken zu lesen suchten, wurde das Gespräch fortgesetzt:

»Das Haus des Engineers ist steinern, und niemand kann durch die Fenster!«

»Und die Thür ist stark und hat ein sehr festes, eisernes Schloß!«

»Aber das Dach! Weißt du nicht, daß es aus Shingles[2] gemacht ist?«

»Ich weiß es. Wenn man eine Leiter hat, kann man eine Oeffnung machen und einsteigen.«

»Leitern gibt es genug!«

[1] San Francisco.

[2] Schindeln.

»Ja; aber wo würde man die Gewehre vergraben? In der Erde? Da verderben sie.«

»Man müßte sie gut einwickeln. Im Lagerschuppen liegen Bastmatten mehr als genug umher.«

Sie hatten bisher im Flüsterton miteinander gesprochen; jetzt rückten sie noch näher zusammen, und die Art und Weise, in welcher sie weitersprachen, konnte nur noch als ein fast unhörbares Zuraunen bezeichnet werden. Darauf verließen sie den Schuppen, der eine mehrere Minuten später als der andre.

Eben als dieser letztere verschwunden war, kam ein neuer Ankömmling. Es war ein Indianer, dessen Anzug aus einem blauen Kalikohemde, ledernen Leggins und ebensolchen Mokassins bestand. Bewaffnet war er nur mit einem Messer, welches im Gürtel steckte. Das Haar hing ihm lang wie bei einem Weibe auf den Rücken hinab, und am Halse trug er an einem Riemen einen großen Medizinbeutel.

Er blieb unter dem Eingange stehen, um sein Auge, aus der Finsternis kommend, an das Licht zu gewöhnen, warf hernach einen Blick durch die große Abteilung und ging dann langsamen Schrittes in die kleinere.

Ein Roter war hier natürlich keine seltene Erscheinung, und so wurde dieser Indsman von den Chinesen kaum beachtet. Auch in dem kleineren Raume, in welchem die Weißen saßen, hatte sein Erscheinen keine andre Wirkung, als daß man ihn mit einem kurzen Blick überflog und dann nicht mehr beachtete. Er ging in der demütigen Haltung eines Menschen, der sich nur geduldet weiß, zwischen den Tischen hindurch und kauerte sich in der Nähe des Herdes nieder.

Als der Scout diesen Indianer kommen sah, ging ein schnelles Zucken über sein Gesicht, so blitzschnell, daß es von keinem der Anwesenden bemerkt wurde. Die beiden gaben sich den Anschein, als ob sie füreinander gar nicht vorhanden wären; aber hie und da flog doch unter den tief gesenkten Wimpern hervor ein Blick herüber oder hinüber, und diese Blicke schienen gegenseitig verstanden zu werden. Da stand der Scout von seinem Tische auf und schritt dem Eingange zu, langsam und nachlässig schlendernd, wie jemand, der bei dem, was er thut, ganz ohne Absicht und Gedanken ist.

Aber es gab zwei, denen gerade diese große und so zur Schau getragene Absichtslosigkeit auffällig vorkam: Winnetou und Old Shatterhand. Sofort richteten sie ihre Augen scheinbar von der Thür weg, aber eben nur scheinbar, denn wer das wohlgeübte Auge eines Westmannes kennt, der weiß, daß es im stande ist, auch von der Seite her soviel Strahlen aufzunehmen, um genau zu sehen, was da geschieht, wohin es nicht zu blicken scheint.

Unter der Thür angekommen, drehte sich der Scout für einige Sekunden um; er sah kein einziges Auge auf sich gerichtet und gab mit einer schnellen, kurzen Bewegung der Hand dem Roten ein Zeichen, dessen Bedeutung nur dem verständlich sein konnte, mit dem es verabredet worden war. Dann drehte er sich wieder um und trat in die dunkle Nacht hinaus.

Dieses Zeichen war ebensowohl von Winnetou wie auch von Old Shatterhand bemerkt worden; sie tauschten nur einen Blick miteinander aus und waren dann, ohne ein Wort gesprochen zu haben, darüber einig, was zu geschehen hatte. Was sie vermuteten, und was sie wollten, war folgendes: Der fremde Indianer stand im heimlichen Einvernehmen mit dem Scout, denn er hatte ein Zeichen von ihm bekommen. Heimlich war dieses Einvernehmen, weil sie darauf bedacht gewesen waren, es nicht sehen und wissen zu lassen. Aus dieser Heimlichkeit war zu schließen, daß es sich um eine böse Absicht handele, welcher unbedingt auf die Spur zu kommen war. Es mußte nun jemand dem Scout folgen, um sein Thun zu belauschen. Da nun mit Sicherheit anzunehmen war, daß es sich um Indianer handle, wollte Winnetou, der ein Indsman war, dieses Beschleichen übernehmen. Leider durfte er da nicht zur Thür hinaus, denn diese war hell beleuchtet, und der Scout stellte sich gewiß so auf, daß er jede Person, die den Schuppen verließ, sehen konnte. Glücklicherweise hatte der Apatsche vorhin bemerkt, daß es hinter den Fässern, Ballen und Kisten eine kleine Thür gab, wohl zu dem Zwecke, diese

Gegenstände herein- und hinausschaffen zu können, ohne daß man erst nach dem Haupteingange mußte. Durch diese Hinterthür wollte der Häuptling hinaus. Da dies aber möglichst unbemerkt zu geschehen hatte, so mußte er warten, bis die Aufmerksamkeit der Anwesenden auf Old Shatterhand gerichtet worden war, was sicherlich sofort geschah, sobald dieser mit dem Indianer zu sprechen begann.

Das war das zweite, was man thun mußte, nämlich den Indianer in das Verhör nehmen, um wo möglich etwas aus ihm herauszulocken, was einen Anhalt geben konnte, auf seine Absichten zu schließen.

Old Shatterhand zögerte auch gar nicht, seine Forschung zu beginnen, und als alle auf ihn hörten und ihre Augen auf ihn richteten, glitt Winnetou von dem Tische fort, um hinter den Fässern zu verschwinden und zu der erwähnten Thür zu gelangen.

Der Indsman war ein kräftig gebauter, in den mittleren Jahren stehender Mann. Bald zeigte es sich, daß er auch in Beziehung auf seine Intelligenz kein Schwächling war. Dies hatte Old Shatterhand freilich vorausgesehen, denn so heimliche und vielleicht auch gefährliche Aufträge pflegt nur ein kluger Krieger zu bekommen.

»Mein roter Bruder hat sich fern von uns gesetzt. Will er nichts essen oder trinken?« so lautete die erste Frage Old Shatterhands.

Der Rote antwortete nur mit einem Kopfschütteln.

»Warum nicht? Hast du weder Durst noch Hunger?«

»Juwaruwa hat Hunger und auch Durst, aber er hat kein Geld,« ließ sich jetzt der Rote hören.

»Juwaruwa, so ist dein Name?«

»So werde ich genannt.«

»Das heißt Elk in der Sprache der Upsarokas[1]. Gehörst du zu diesem Stamme?«

»Ich bin ein Krieger desselben.«

»Wo weidet er jetzt seine Pferde?«

[1] Crows oder Krähenindianer.

»In Wyoming.«

»Und wie heißt der Kriegshäuptling desselben?«

»Er wird ›starker Büffel‹ genannt.«

Old Shatterhand war zufälligerweise vor kurzer Zeit bei den Krähenindianern, die zum Volke der Dakotas gehören, gewesen; er kannte die Verhältnisse derselben und war also im stande, zu beurteilen, ob der Indianer ihn belog. Die Antworten enthielten die Wahrheit.

»Wenn mein Bruder nicht bezahlen kann, so mag er sich zu uns hinsetzen und auch mit uns essen,« fuhr er fort.

Der Indianer warf einen forschenden Blick auf ihn und erklärte:

»Juwaruwa ist ein tapferer Krieger; er ißt nur mit Männern, die er kennt und die ebenso tapfer sind. Hast du einen Namen, und wie lautet er?«

»Man nennt mich Old Shatterhand.«

»Old – – – Shatt – – –!«

Der Name blieb ihm im Munde stecken. Er hatte nur für einen Augenblick seine Ruhe und Selbstbeherrschung verloren, aber doch dadurch verraten, daß er erschrocken war. Er nahm sich schnell wieder zusammen und fuhr in scheinbarer Unbefangenheit fort:

»Old Shatterhand? Uff! So bist du ein sehr berühmtes Bleichgesicht.«

»Mit dem du also essen kannst. Komm her zu uns, und iß und trink!«

Anstatt dieser Aufforderung Folge zu leisten, ließ der Indsman seinen Blick umhergehen und fragte:

»Ich sehe den roten Mann nicht, der an deiner Seite saß. Wo ist er hin?«

»Er wird draußen in dem andern Raum sein.«

»Ich gewahrte nicht, daß er hinausging. Wenn du Old Shatterhand bist, so ist er wohl Winnetou, der Häuptling der Apatschen?«

»Er ist es. Wo hast du dein Pferd?«

»Ich reite nicht.«

»Wie? Ein Upsaroka, der sich so viele Tagesreisen südwärts von seinem Stamme befindet, hat kein Pferd? Hast du es unterwegs verloren?«

»Nein. Ich habe keins mitgenommen.«

»Auch keine Waffen als nur das Messer?«

»Keine.«

»Das muß ja sehr wichtige Gründe haben!«

»Ich habe einen Schwur gethan, ohne Pferd und nur mit dem Messer zu gehen.«

»Warum?«

»Weil die Komantschen auch ohne Pferde und andre Waffen waren.«

»Komantschen? Wo waren sie?«

»Oben, nahe bei unsern damaligen Weidegründen in Dakota.«

»Komantschen so weit im Norden? Sonderbar.«

Old Shatterhand glaubte dem Roten schon längst nicht mehr und ließ seinen Zweifel auch im Tone erklingen. Der Rote warf ihm einen fast höhnischen Blick zu und antwortete:

»Weiß Old Shatterhand nicht, daß jeder indianische Krieger einmal nach Dakota muß, um den heiligen Thon zur Friedenspfeife zu holen?«

»Nicht jeder braucht dies zu thun, und nicht jeder hat es gethan.«

»Die Komantschen aber thaten es. Sie begegneten mir und meinem Bruder; ihn erstachen sie, und mir gelang es, zu entkommen. Dann that ich meinen Schwur und bin ohne Pferd und nur mit dem Messer hinter ihnen her; ich werde nicht ruhen, bis ich sie getötet habe!«

»Da du mich an die heiligen Bräuche mahnst, so wirst du wissen, daß kein Indsman auf dem Wege nach diesen Steinbrüchen einen andern töten darf?«

»Die Komantschen begingen dennoch den Mord!«

»Hm! Aber warum diesen Schwur? Ohne Pferd und nur mit dem Messer! Wie willst du jagen? Wovon hast du unterwegs gelebt?«

»Habe ich dir das zu sagen?« fragte der Indianer stolz,

denn er glaubte, Old Shatterhand vollständig getäuscht zu haben.

»Nein,« antwortete dieser ruhig. »Ich kann nur nicht begreifen, daß du während so langer Zeit und auf einem so langen Wege auf kein Pferd gekommen bist.«

»Ich that den Schwur und habe ihn gehalten.«

»Nein, sondern du hast ihn übertreten!«

»Beweise es!«

»Du hast heut im Sattel gesessen!«

»Uff, uff!«

»Ja, während des Regens.«

»Uff, uff!« wiederholte der angebliche Upsaroka; es klang halb wie Schreck und halb wie Trotz. Er war natürlich aufgestanden, als Old Shatterhand mit ihm zu sprechen begann, und stand nahe vor ihm. Der weiße Jäger bückte sich, strich ihm mit beiden Händen an den Beinen nieder und sagte dann:

»Deine Leggins sind an den Außenseiten naß und nach einwärts trocken. Die Innenseiten, die am Leibe des Pferdes anlagen, hat der Regen nicht treffen können.«

Auf diesen scharfsinnigen Beweis war der Indianer nicht gefaßt gewesen, aber seine Schlauheit gab ihm schnell eine Ausrede ein:

»Man sagt, daß Old Shatterhand der klügste Mann der Weißgesichter sei, und doch kann er sich das nicht erklären, was so sehr leicht zu erklären ist; jedes Kind weiß, daß die Innenseiten der Hosen eher trocken werden als die äußern. Old Shatterhand hat noch viel zu lernen!«

Diese Frechheit war groß; der Jäger blieb dennoch ruhig. Er hatte sich bis jetzt der englischen Sprache bedient, deren der Rote leidlich mächtig war; jetzt aber legte er ihm eine Frage im Dialekte der Upsarokas vor und erhielt keine Antwort. Er sprach noch einige andre Fragen aus, doch mit demselben Erfolge oder Mißerfolge; dann legte er dem Indsman schwer die Hand auf die Schulter und sagte:

»Warum antwortest du mir nicht? Ist dir die Sprache deines eigenen Stammes unbekannt?«

»Ich habe den Schwur gethan, sie nicht eher zu sprechen, als bis der Tod meines Bruders gerächt worden ist.«

»So, deine Schwüre scheinen alle außerordentlich sonderbar ausgefallen zu sein! Noch viel sonderbarer aber ist die Dummheit, in der du dir einbildest, mich betrügen zu können. Grad deine Sprache ist's, die dich verrät. Ich weiß ganz genau, wie ein Upsaroka und wie jeder andre Stamm die Sprache der Bleichgesichter redet. Du bist nicht ein Krähenindianer, sondern ein Komantsche. Hast du den Mut, dies einzugestehen?«

»Die Komantschen sind meine Feinde; das habe ich dir bereits gesagt!«

»Grad, daß du sie deine Feinde nennst, ist für mich der Beweis, daß du einer bist!«

»So machst du mich zum Lügner? Das ist die Sitte der Weißen, ihre roten Gäste zu beleidigen. Ich gehe!«

Er wollte nach der Thür.

»Du bleibst!« gebot Old Shatterhand, indem er ihn beim Arm ergriff.

Da zog der Indianer sein Messer und rief:

»Wer hat das Recht, mich zu halten? Du? Was habe ich dir gethan? Nichts! Ich werde gehen, und jeder, der mich daran hindern will, bekommt dieses Eisen in das Herz!«

Old Shatterhand hielt ihn trotzdem mit der Linken fest, entriß ihm mit einem schnellen Griffe seiner rechten Hand das Messer und wiederholte:

»Du bleibst! Wir warten, bis Winnetou zurückkehrt; dann wird es sich entscheiden, ob du gehen darfst oder nicht. Kauere dich wieder hin, wo du vorhin gehockt hast. Ein Versuch zur Flucht bringt dir eine Kugel in den Kopf!«

Er schleuderte ihn nach der betreffenden Stelle hin; der Indsman stürzte dort nieder; er wollte sich aufraffen, besann sich aber anders und blieb kauern. Old Shatterhand setzte sich wieder zum Essen nieder und legte den gespannten Revolver neben sich, um seiner Drohung Nachdruck zu geben.

Das unterbrochene Abendmahl wurde fortgesetzt, doch kam das Gespräch dabei nicht mehr in Fluß. Nach einiger

Zeit kam der Scout wieder und setzte sich an seinen Platz. Da er den Indianer in derselben Stellung fand, die er vorher eingenommen gehabt hatte, so ahnte er nicht, was inzwischen geschehen war. Der Verwalter und der Aufseher, die bei ihm saßen, erzählten es ihm; er hörte es und blieb äußerlich ruhig, obgleich er innerlich keine geringe Sorge hatte, denn wenn er auch nicht glaubte, von Winnetou bemerkt worden zu sein, war es trotzdem möglich, daß dieser ihn belauscht hatte.

Als der Apatsche vorhin durch die Hinterthür geschlichen war, hatte er sich gesagt, daß der Scout vorn zu finden sei. Er schlich also in einem weiten Bogen nach dieser Seite. Die breite, offene Thür des Shops war hell erleuchtet, und indem man sie, immer weiter gehend, unausgesetzt im Auge behielt, mußte man jeden Menschen sehen, der sich zwischen ihr und diesem Auge befand.

Winnetou schlug seinen Bogen weiter und immer weiter, vergeblich! Er blieb oft halten und lauschte in die Nacht hinaus, ebenso vergeblich. Er kehrte zurück und begann von neuem, wieder ohne Erfolg. Darüber verging die Zeit, bis er eine Gestalt von seitwärts her kommen und sich dem Shop nähern sah. Als sie die Thür erreichte und hineinging, erkannte er, wer es war.

»Uff! Das war der Scout,« sagte er zu sich selbst. »Er scheint doch nichts Heimliches vorgehabt zu haben; darum habe ich hier umsonst nach ihm gesucht. Winnetou hat sich einmal geirrt. Old Shatterhand wird sich sehr darüber wundern.«

Er gab sich nun keine Mühe, heimlich zurückzukehren, sondern benutzte die vordere, helle Thür. Als der Scout ihn kommen sah, fühlte er seinen Puls schneller gehen. Jetzt mußte es sich zeigen, ob der Apatsche etwas erlauscht hatte oder nicht. Dieser setzte sich neben Old Shatterhand, der ihm das Ergebnis des Verhörs mitteilte und am Schlusse leise fragte:

»Hat mein roter Bruder Glück gehabt?«

»Winnetou konnte weder Glück noch Unglück haben, weil er sich im Irrtum befand. Es hat gar nichts vorgelegen.«

»Aber das Zeichen, welches der Scout dem Roten gab?«

»Das war kein Zeichen, sondern eine unwillkürliche Armbewegung.«

»So hätte auch ich mich geirrt, und das möchte ich kaum annehmen. Und dieser Indsman da ist kein Upsaroka, sondern ein Komantsche.«

»Hat er dir, oder mir, oder einem andern etwas gethan?«

»Bis jetzt freilich noch nicht.«

»So darf man ihn auch noch nicht als Feind behandeln. Mein Bruder Shatterhand mag ihn freigeben.«

»Nun wohl, weil du es willst; aber ich thue es nur ungern.«

Er sagte dem Roten, daß er sich entfernen könne. Dieser stand langsam auf und forderte sein Messer zurück. Als er es erhalten hatte, steckte er es mit den Worten in den Gürtel:

»Dieses Messer hat heut mehr Arbeit bekommen, denn ich habe bei mir einen neuen Schwur gethan. Old Shatterhand wird bald erfahren, ob dieser auch so sonderbar ist, wie vorher die andern!«

Nach dieser Drohung entfernte er sich raschen Schrittes. Das Gesicht des Scout hatte während der letzten Minute einen höchst gespannten, ja ängstlich gespannten Ausdruck angenommen; jetzt aber veränderte es sich in der Weise, daß in seinen Zügen ein offenbarer, nicht zu beherrschender Hohn zu lesen war. Old Shatterhand sah dies ebenso wie Winnetou, und letzterer flüsterte ersterem zu:

»Mein Bruder sehe den Mestizen an!«

»Ich sehe ihn.«

»Er verlacht uns!«

»Leider wird er Veranlassung dazu haben.«

»Ja. Seine Handbewegung vorhin war doch ein Zeichen für den Indianer, den du für einen Komantschen hieltest. Wir haben uns nicht geirrt.«

»Du hast ihn draußen nicht gefunden. Wer weiß, was für eine Teufelei da ausgeheckt worden ist. Desto schärfer müssen wir ihn nun von jetzt an im Auge behalten. Ich bin überzeugt, daß er ein sehr gefährlicher Mensch ist.«

Old Shatterhand hatte recht, wenn er den Mestizen einen gefährlichen Menschen nannte, und es war draußen wirklich eine Teufelei verabredet worden.

Als der Scout den Schuppen verlassen hatte, war er zunächst vorsichtig aus dem Lichtkreise gewichen, den die brennenden Feuer hinaus ins Freie warfen. Dann gerade senkrecht von dem Shop aus weitergehend, hatte er ungefähr dreihundert Schritte zurückgelegt, bis er eine leise Stimme hörte, die seinen Namen nannte; aber es war nicht der Name, den er hier im Camp trug, sondern ein ganz andrer, denn die Stimme erklang:

»Komm hierher, Ik Senanda![1] Hier stehen wir.«

Er war also wirklich der, für den ihn Winnetou gehalten hatte, der halbblütige Enkel des »schwarzen Mustang«, des »grimmigsten« Häuptlings der Komantschen.

Indem er dem Rufe folgte, sah er bald drei Indianer vor sich stehen, von denen der eine sich durch eine ungemein hohe und kräftige Gestalt auszeichnete. Das war der Häuptling selbst, welcher ihn mit den Worten begrüßte:

»Willkommen, du Sohn meiner Tochter! Ich sandte Kita Homascha[2], den listigsten meiner Krieger, in das Haus, damit du wissen möchtest, daß ich gekommen bin und auf dich warte. Hast du mit ihm gesprochen?«

»Kein Wort. Seine bloße Ankunft war für mich genug.«

»Du hast klug gehandelt, denn man hätte vielleicht Argwohn schöpfen können. Wir haben hier einen guten Platz und können nicht überrascht werden, weil wir bei der Helle der offenen Thür einen jeden sehen, der aus dem Hause tritt. Auch haben wir es ja nur mit Leuten zu thun, welche nichts von dem Leben des wilden Westens verstehen.«

»Du irrst. Es sind Männer hier, die es besser kennen, als du und ich.«

»Das ist unmöglich. Wen könntest du damit meinen? Sage es!«

»Zuerst kamen zwei sehr lange und sehr dürre Reiter, wel-

[1] Böse Schlange.
[2] Zwei Federn.

che bis morgen hier bleiben. Der eine nannte sich Timpe, und der andre scheint ebenso zu heißen.«

»Timpe? *Pshaw!* Kein tapferer Krieger hat jemals diesen oder einen ähnlichen Namen gehört.«

»Dann kamen zwei andre, über deren Namen ich erschrokken bin.«

»Uff! Ich habe bisher nicht gewußt, daß der Sohn meiner Tochter erschrecken kann. Sind diese beiden Ankömmlinge etwa keine Menschen, sondern böse Gesichter der Savanne oder des Felsengebirges?«

»Sie sind Menschen, aber was für welche! Ein Roter und ein Weißer, der berühmteste Krieger der Indianer und der berühmteste Krieger der Blaßgesichter.«

»Uff, uff! Willst du damit sagen, es sei Winnetou mit Old Shatterhand?«

»Diese sind es allerdings.«

»Die hat der böse Manitou hierher geführt.«

»Nicht der böse, sondern der gute. Erst erschrak ich freilich; dann aber, als ich sie sprechen hörte, kam Freude über mich.«

»Du wirst mir sagen, was du gehört hast, aber nicht hier. Wir müssen fort.«

»Fort? Warum?«

»Weil ich weiß, wie Männer denken und handeln, welche so, wie die beiden Krieger sind. Haben sie mit dir gesprochen?«

»Winnetou fragte mich aus. Er glaubte nicht, daß ich Yato Inda bin und hielt mich für den Sohn deiner Tochter. Ich werde mich dafür zu rächen wissen!«

»Der Apatsche hat jedoch eine so scharfe Nase wie kein andrer. Er hat Verdacht geschöpft und wird dir jetzt folgen, um dich zu beobachten.«

»Das glaube ich nicht, er hat keinen Grund dazu.«

»Er hat stets Grund zur Vorsicht und zur Hinterlist, er, der ärgste Feind der Komantschen, den wir nie angreifen und festhalten konnten. Doch wehe ihm, wenn er endlich in unsre Hände fällt!«

»So öffne die Hände, denn er fällt jetzt hinein! Ich will dir sagen, daß – – –«

»Jetzt und hier nicht,« unterbrach ihn der Häuptling. »Wir müssen uns eine andre Stelle suchen, denn Winnetou wird dich belauschen wollen.«

»Wir sehen ihn ja, wenn er aus der hellen Thür hervortritt.«

»Du kennst ihn nicht. Er berechnet alles und weiß, daß ein Feind, der diesen Camp beschleicht, sich grad dieser Thür gegenüber aufstellen wird, weil er da alles sehen kann. Winnetou wird also grad hierherkommen, und zwar nicht durch die erleuchtete Thür. Gibt es noch eine zweite Thür?«

»Eine kleine, die hinter dem Vorratsraume liegt.«

»Er wird diese benutzen und sich dann im dunkeln hierherschleichen. Wir müssen nach der andern Seite hinüber. Komm!«

Sie huschten in einem weiten Bogen rechts um den Shop, während Winnetou den seinigen links um denselben schlug und sie also nicht mehr vorfand. Dort blieben sie unter einem Baume stehen, und der Scout erzählte, was er gehört hatte. Der Häuptling hörte ihm mit größter Spannung zu und sagte dann, vor Freude beinahe laut werdend:

»Nach dem Alder-Spring wollen sie? Morgen abend werden sie dort sein? Wir ergreifen sie; wir ergreifen sie dort; sie können uns gar nicht entgehen! Welch einen Jubel wird es bei uns geben, wenn wir diese kostbare Beute geschleppt bringen, und sie martern, daß sie heulen wie geschundene Coyoten! Diese beiden Skalpe sind mehr, viel mehr wert, als die vielen Zöpfe, auf die es eigentlich abgesehen ist!«

Er erging sich in noch weiteren Ausdrücken der Freude, bis sein Enkel ihn unterbrach:

»Ja, wir werden sie ganz gewiß fangen und zu Tode martern; aber willst du deshalb auf die Chinesen verzichten, welche ich euch in die Hände liefern sollte?«

»Nein, du hast ja deshalb deinen Namen verändert und bist in den Dienst der Männer vom Feuerroß getreten, und wir sind heut hierher gekommen, um dich zu fragen, ob es nicht bald geschehen kann.«

»Ich bin an jedem Tage bereit, hoffe aber, daß ihr das mir gegebene Wort halten werdet!«

»Wir halten es. Oder meinst du, daß ich den Sohn meiner Tochter betrügen werde? Alles Geld und alles Gold und Silber ist dein; alles andre, die Kleider, die Werkzeuge, die Vorräte und besonders die langen Zöpfe der gelben Männer, gehört uns. Wir sind es gewöhnt, daß die Bleichgesichter uns alles rauben; wir müssen vor ihnen weichen, denn sie sind mächtiger als wir; nun aber kommen auch diese Gelbhäute und bauen Brücken und Eisenwege auf dem Boden, der uns gehört; sie werden alle ihr Leben dafür lassen müssen, und die Krieger der Komantschen werden den Ruhm haben, die ersten roten Männer zu sein, welche die neuen Skalpe der langen Zöpfe besitzen. Wir verzichten nicht darauf, und du wirst uns jetzt alle Auskunft erteilen, die zu einem Ueberfalle nötig ist.«

Nun folgten ausführliche Auseinandersetzungen über die Oertlichkeit und die einzelnen Teile des Camp, über die Art und Weise, in welcher der Ueberfall, falls er gelingen solle, vorzunehmen sei; und über die Beute, welche zu erwarten war. Dann gab der »schwarze Mustang« seinen beiden Begleitern das Zeichen, wieder zu ihm zu stoßen, denn sie hatten sich nach den Seiten hin entfernt, um als Wächter dafür zu sorgen, daß er nicht überrascht und entdeckt werde.

Das Resultat dieser geheimen Zusammenkunft war, daß zunächst morgen abend Old Shatterhand und Winnetou mit Kas und Has am Alder-Spring gefangen genommen werden sollten; die Zeit des Angriffes der Komantschen auf Firwood-Camp werde man dann dem Scout durch einen Boten melden. Hierauf verabschiedete er sich von den drei Verbündeten und kehrte nach dem Shop zurück.

Der »schwarze Mustang« suchte mit den beiden Komantschen eine nahe Stelle aus, wo der Verabredung gemäß die Rückkehr des nach dem Shop gesandten Boten zu erwarten war. Er stellte sich bald darauf ein und berichtete voller Ingrimm, wie von seiten Old Shatterhands mit ihm verfahren worden war. Als er hörte, daß dieser mit Winnetou überfallen werden solle, zischte er vor Freude zwischen den Zähnen hervor: »Er soll es bereuen, daß er sich an mir vergriffen hat, denn ich werde es sein, der ihm die fürchterlichsten Qualen bereitet!«

Eben schickten sich die Roten an, die Stelle zu verlassen und zu den Pferden zu gehen, die sie versteckt hatten, da hörten sie Schritte, welche näher kamen. Augenblicklich warfen sie sich auf den Boden nieder, obgleich derselbe naß und schlammig war. Aber sie lagen den beiden Männern, die vorüber wollten, grad im Wege; der eine stürzte über den Häuptling weg und riß den andern mit sich nieder. Sie wurden im Nu ergriffen und festgehalten.

»Schreit nicht, sonst kostet es euer Leben!« befahl der Häuptling. »Wer seid ihr?«

»Wir sind Arbeiter,« antwortete derjenige, welcher den größten Mut besaß, der an sie ergangenen Aufforderung nachzukommen.

»Steht auf; aber thut keinen einzigen Schritt von hier fort, wenn euch euer Leben lieb ist! Warum schleicht ihr so heimlich hier herum? Wenn ihr Arbeiter seid, die zu diesem Kamp gehören, braucht ihr das doch nicht zu thun!«

»Wir sind nicht geschlichen!«

»Doch! So leise und gebückt geht kein Mensch, der sich sehen lassen will. Was habt ihr da in den Händen?«

»Gewehre.«

»Gewehre? Wozu brauchen Arbeiter Gewehre? Zeigt her; ich will sie sehen!«

Er entriß sie ihnen, betastete sie und hob dann jedes einzelne empor, um es, gegen den Himmel gerichtet, besser betrachten zu können.

»Uff, uff, uff!« ließ er sich dann zwar leise, aber im Tone freudigen Erstaunens hören. »Diese drei Gewehre kenne nicht nur ich, sondern sie sind jedem Roten und Weißen hier im Westen wohlbekannt. Die Flinte mit den vielen Nägeln muß die Silberbüchse Winnetous, unseres Feindes sein. Und wenn das richtig ist, so gehören die beiden andern dem Bleichgesichte Old Shatterhand; es ist der Henrystutzen und der Bärentöter. Habe ich richtig vermutet?«

Die Chinesen schwiegen auf diese an sie gerichtete Frage. Sie sahen, daß sie Indianer vor sich hatten, und fürchteten sich. Sie zitterten förmlich und waren sogar zu feig, einen Fluchtversuch zu wagen.

»Redet!« fuhr er sie an. »Gehören diese Gewehre Old Shatterhand und Winnetou?«

»Ja,« hauchte derjenige von ihnen, der bis jetzt gesprochen hatte.

»So habt ihr sie gestohlen?«

Der Gefragte schwieg abermals.

»Ich sehe, daß ihr Wagare-Saritsches[1] seid, denen solche Männer ihre Gewehre niemals anvertrauen würden. Wenn du es nicht gestehst, stoße ich dir das Messer augenblicklich in den Leib! Sprich!«

Da beeilte sich der Chinese, zuzugeben:

»Wir haben sie heimlich genommen.«

»Uff! Also doch! Winnetou und Old Shatterhand müssen sich sehr sicher fühlen, daß sie sich hier von ihren Gewehren getrennt haben. Ihr seid Diebe. Wißt ihr, was ich mit euch thun werde? Ihr habt den Tod verdient!«

Da warf sich der Chinese auf die Kniee nieder, hob die Hände und flehte:

»Töte uns nicht!«

»Wir sollten euch freilich das Leben nehmen; aber ihr seid gelbe, räudige Schakale, an denen tapfere Krieger ihre Messer nicht besudeln. Wir werden euch also laufen lassen, wenn ihr thut, was ich euch befehle.«

»Sage es; o, sage es! Wir werden dir gehorchen!«

»Gut! Warum habt ihr die Gewehre gestohlen? Ihr könnt sie doch nicht brauchen, denn ihr seid keine Jäger.«

»Wir wollten sie verkaufen, denn wir haben gehört, daß sie sehr, sehr viel Geld wert seien.«

[1] Gelbe Hunde = Chinesen.

»Wir kaufen sie euch ab.«

»Wirklich? Wirklich? Ist das wahr?«

»Ich bin der Häuptling der Komantschen. Mein Name lautet Tokvi Kava, was in der Sprache der Bleichgesichter ›schwarzer Mustang‹ heißt. Habt ihr von mir gehört?«

Jawohl hatten sie von ihm gehört, und zwar nicht etwa etwas Gutes, sondern im Gegenteil so viel Schlimmes, daß der Chinese tief erschrocken antwortete:

»Der ›schwarze Mustang‹?! Ja, wir kennen dich!«

»So wirst du wissen, was für ein großer und berühmter Häuptling ich bin, und daß alles, was ich sage, stets die Wahrheit ist. Ich kaufe dir die Gewehre ab.«

»Wieviel gibst du uns dafür?«

»Mehr, als jeder andre euch geben würde.«

»Was?«

»Euer Leben. Ein solcher Diebstahl wird mit dem Tode bestraft; ich schenke euch aber für die Flinten das Leben.«

»Das Leben? Nur das Leben?« fragte der Zopfträger zitternd und enttäuscht.

»Ist das nicht genug?« zischte ihn der Rote an. »Können solche Burschen, wie ihr seid, mehr bekommen, als das Leben? Was wollt ihr noch?«

»Geld.«

»Geld! Also Metall! Wenn ihr Metall wollt, könnt ihr auch dies haben, nämlich das Eisen unsrer Messer; sie sind so scharf und spitz, daß ihr genug davon bekommen werdet. Wollt ihr es?«

»Nein, nein! Verschone uns!« stöhnte der Chinese. »Wir wollen leben; behalte die Gewehre!«

»Das ist dein Glück, du gelbe Kröte! Und nun höre, was ich dir noch befehle! Old Shatterhand und Winnetou werden sehr bald merken, daß ihre Flinten fort sind; es wird sich ein großer Lärm erheben; sie werden suchen und fragen. Was werdet ihr da thun?«

»Wir werden schweigen.«

»Das müßt ihr. Kein Wort dürft ihr sagen, kein einziges Wort, sonst nehmen sie euch das Leben, weil ihr die Diebe seid. Aber auch von uns dürft ihr nicht sprechen, denn wenn sie erfahren, daß ihr uns getroffen und mit uns gesprochen habt, so erraten sie alles, und ihr seid doch verloren. Werdet ihr diesem meinem Befehle gehorchen?«

»Wir werden schweigen, als ob wir tot wären!«

»Das fordere ich von euch, denn wenn ihr verrietet, daß wir hier gewesen sind, würden wir kommen und Rache nehmen; ihr würdet unter tausend Qualen am Marterpfahle sterben. Und nun noch eine Frage: Sind euch die Namen Iltschi und Hatatitla[1] bekannt?«

»Nein.«

»So heißen die Pferde von Winnetou und Old Shatterhand. Sind diese edlen Tiere mit hier?«

»Das wissen wir nicht; aber sind es vielleicht Rapphengste mit roten Nüstern und Vollblutswirbeln?«

»Ja. Du hast sie gesehen?«

»Nein. Ein Jäger sprach davon, als er sie an der Thür stehen sah.«

»Sie sind es. Wo stehen sie jetzt?«

»Im Schuppen, der dort hinter uns liegt. Wir hörten, daß sie dorthin geschafft wurden.«

»So sind wir mit euch fertig. Also schweigt von allem, was geschehen ist und was ihr gesehen und gehört habt, sonst bezahlt ihr den Verrat mit dem Tode, wie wir euch die Gewehre mit eurem Leben bezahlt haben! Jetzt konnt ihr gehen!«

Er gab jedem von ihnen einen Fußtritt, und dann verschwanden sie schleunigst im Dunkel der Nacht, froh darüber, daß ihnen zwar der Raub wieder abgenommen worden, aber doch wenigstens das Leben geblieben war.

»Uff! Glücklicher konnten wir nicht sein!« sagte der Häuptling im Tone größter Befriedigung zu seinen Leuten. »Wir haben das Zaubergewehr, den Bärentöter und die Silberbüchse. Nun werden wir uns auch noch die Hengste holen, die außer meinem Mustang nicht ihresgleichen haben.«

»Will Tokvi Kava nach dem Schuppen gehen?« fragte der-

[1] »Wind« und »Blitz«.

jenige, welcher unter dem Namen Juwaruwa als Spion im Shop gewesen war.

»Meint mein Bruder, daß ich diese Pferde stehen lassen soll? Wenn mein Mustang nicht wäre, so würden sie die besten Pferde von einem großen Wasser bis zum andern sein. Wir holen sie, denn sie sind wohl eben so viel wert, wie die Gewehre, welche wir den gelben, langzopfigen Burschen abgenommen haben.«

»Tokvi Kava mag bedenken, daß wahrscheinlich Blut dabei fließen wird.«

»Warum?«

»Winnetou und Old Shatterhand werden ihren Pferden Wächter gegeben haben.«

»Wir schleichen uns leise an und stechen sie nieder. Vielleicht sind auch keine Wächter da, weil die Tiere nicht im Freien, sondern im Schuppen stehen.«

Leider hatte er recht, denn das Versprechen, für einen Wächter zu sorgen, war zwar von dem Engineer gegeben, aber noch nicht ausgeführt worden. Die Roten schlichen sich lautlos nach dem Schuppen, dessen Thüre kein wirkliches Schloß, sondern nur einen Riegel hatte. Sie lauschten. Drinnen ließen sich vereinzelte Hufschläge vernehmen, wenn ein Pferd mit dem Beine stampfte. Es war finster im Innern. Ein Wächter wäre gewiß nicht in den vollständig dunkeln Raum eingeschlossen worden; es war also keiner da. Der Häuptling schob den Riegel zurück, öffnete die Thür ein wenig, stellte sich so, daß er von innen nicht gesehen werden konnte und rief einigemal in englischer Sprache hinein, als ob er ein Bekannter des etwa doch anwesenden Postens sei. Es erfolgte keine Antwort. Nun traten die vier Indianer ein.

Die Pferde der beiden Timpes waren ganz nach hinten geschafft worden; die Rapphengste standen fast ganz vorn. Der Häuptling merkte trotz der Dunkelheit sehr bald, welches die von ihm gewünschten Tiere waren.

»Sie stehen hier,« sagte er. »Nehmt euch in acht! Reiten dürfen wir sie nicht, denn sie kennen uns nicht; wir müssen sie führen, und da werden wir draußen sehr bald mit ihnen zu thun bekommen, sobald sie merken, daß es fortgehen soll, und ihre Herren nicht dabei sind.«

Die Rapphengste wurden vorsichtig losgebunden und langsam hinausgeführt. Sie folgten den Komantschen zwar ohne sich zu widersetzen, aber doch in einer Weise, welche zeigte, daß sie Verdacht geschöpft hatten. Die Thür wurde wieder verriegelt, und dann entfernten sich die Indsmen mit ihrem kostbaren Raube. Der tiefe, weiche Schlamm, den der Regen gebildet hatte, ließ die Schritte der Menschen und der Tiere nicht hörbar werden.

Tokvi Kava fühlte sich außerordentlich befriedigt von dem Streiche, den er den beiden berühmten, von ihm aber so sehr gehaßten Männern heut spielen durfte. Er war seiner Sache vollständig sicher und hegte die Ueberzeugung, daß er am heutigen Abend ganz fehlerlos schlau gehandelt habe, und doch irrte er sich. Er hatte in seiner Rechnung vergessen, grad die Hauptfaktoren gehörig in Erwägung zu ziehen, nämlich den Scharfsinn der beiden Bestohlenen und die vorzüglichen Eigenschaften sowie die ebensogute Dressur der Pferde, die nicht gewohnt waren, ohne Erlaubnis ihrer Herren fremden Personen zu gehorchen.

Der größte Fehler aber, der von ihm begangen worden war, bestand darin, daß er den Chinesen gesagt hatte, wer er war. Er nahm zwar mit Sicherheit an, daß sie nichts verraten würden, aber einem Winnetou und seinem weißen Freunde gegenüber war das eine unverzeihliche Unvorsichtigkeit.

ZWEITES KAPITEL

Nach dem Rocky-Ground.

Lieber Leser, hast du einmal von dem »weißen Mustang« gehört? Berufene und nicht berufene Schriftsteller haben über ihn geschrieben; Leute, welche den wilden Westen genau kennen gelernt hatten, und Leute, deren Füße niemals die amerikanische Erde betraten, erzählten von ihm. Ich selbst habe wie oft mit weißen Jägern und roten Männern beisammengesessen, welche behaupteten und darauf schworen, den »weißen Mustang« gesehen zu haben, und es ist mir nicht eingefallen, dieser Versicherung einen Zweifel entgegenzusetzen, denn sie hatten ihn gesehen und doch auch wieder – – nicht gesehen; der »weiße Mustang« war eine Sage, ein Märchen, ein Phantom, ein Gebild der Phantasie, welchem allerdings wirklich Gesehenes zu Grunde lag.

Zur Zeit, als noch Büffel- und Pferdeherden zu tausend und abertausend Stück die weiten Prairien bevölkerten und während des Frühlings nord-, zur Herbstzeit aber südwärts zogen, konnte es einem vorsichtigen Jäger glücken, den »weißen Mustang« zu Gesicht zu bekommen, aber nur einem vorsichtigen, der sich anzuschleichen verstand, und auch da nur von weitem, aus der Ferne. Denn der »weiße Mustang« war der erfahrenste und klügste unter allen Leithengsten, die jemals an der Spitze einer wilden Pferdeherde gestanden haben. Sein Auge durchdrang den dichtesten Busch; sein Ohr hörte das leise Schleichen des Wolfes Tausende von Schritten weit, und seine tiefroten Nüstern erfaßten den Geruch des Menschen aus noch viel größeren Entfernungen. Aus einer von dem »weißen Mustang« angeführten und bewachten Herde hat sich nie ein Jäger ein gesundes Pferd mit dem Lasso herausholen können; wenn ihm je eines zur Beute fiel, so war es krank und für ihn unbrauchbar. Nie hat man den »weißen Mustang« grasen sehen. Er hatte keine Zeit dazu.

Stets und stets und ohne Unterlaß flog er in graziösen und doch so kräftigen Sprüngen rund um seine ruhig weidende Herde, um beim geringsten Anzeichen der Gefahr jenes schrille, trompetenartige Wiehern hören zu lassen, auf welches augenblicklich alles wie im Sturme von dannen stob.

Einigemal soll es gelungen sein, ihn von der Herde abzuschneiden; man wollte ihn fangen, nur ihn allein. Er entwich nur im Galopp; die Verfolger ritten in Carriere, konnten ihn aber trotzdem nicht einholen, und als er dann endlich, sich lang streckend, wie ein Pfeil entflog und fern am Horizonte verschwand, sahen sie ein, daß er sie nur geäfft hatte, um sie von seiner Herde fortzulocken. Ein kühner Vaquero[1], ein Meister im Reiten, wollte ihn einmal allein getroffen und auf einen tiefen Cañon[2] zugejagt haben; der »weiße Mustang« soll ohne Bedenken in die mehrere hundert Fuß tiefe Schlucht hinabgesprungen und unten ruhig weitergetrabt sein. Der Vaquero beteuerte es bei allen ihm geläufigen Schwüren und Flüchen, und alle, die es hörten, glaubten es. In einer Gesellschaft sehr ernster und erfahrener Westmänner erzählte ein Haziendero aus der Sierra, er habe einmal das ungeheure Glück gehabt, den »weißen Mustang« mit einer ganzen Tropa wilder Pferde in einen Corral[3] zu locken, aber der wunderbare Schimmel sei wie ein Vogel über die zwanzig Fuß hohe Umzäunung hinweg- und hinausgeflogen, niemand zweifelte daran.

So erzählten die Alten, und so erzählten die Jungen; der »weiße Mustang« schien nicht nur unverletzlich, sondern sogar unsterblich zu sein, bis er schließlich mit der letzten Pferdeherde, die man beisammen sah, von der Savanne verschwand. Die unerbittliche »Kultur« hat die Büffel und die Mustangs hingemordet, doch noch heut taucht hier oder da irgend ein alter Westmann auf, um zu behaupten, daß der nie erreichbare Schimmel keine Erfindung sei, denn er selbst habe ihn auch gesehen.

[1] Berittener Hirt.

[2] Senkrecht abfallende Schlucht.

[3] Hohe Umzäunung zum Einfangen wilder Pferde und Rinder.

Ja, er war keine Erfindung, und dennoch ein Produkt der Einbildungskraft; es hat ihn nie gegeben, und doch ist er vorhanden gewesen; die ihn gesehen haben, haben sich nicht getäuscht, aber doch geirrt, denn der »weiße Mustang« ist nicht ein Pferd, sondern mehrere, viele Pferde gewesen.

Jede wilde Mustangherde hatte einen Anführer, der stets ein Hengst, und zwar der kräftigste und klügste von allen war, denn er mußte diese Stelle mit Gewalt und List erkämpfen und sich erhalten. Hatte er alle seine Mitbewerber aus dem Felde geschlagen, so gehorchte ihm die ganze Truppe bis zum jüngsten Fohlen herab. Wenn man nun schon bei uns behauptet, daß die Schimmel die härtesten Pferde seien, so galt das in der Prairie erst recht. Dazu kam, daß die hellen Mustangs von den Jägern geschont wurden; es fiel keinem Menschen ein, sich einen Schimmel zum Reiten zu fangen, weil ein solches Tier weithin sichtbar ist und den Reiter in Gefahr bringt. Diese Pferde konnten sich also zur vollen Kraft auswachsen. Ferner liegt oder lag es im Instinkte jedes heller gefärbten Pferdes, vorsichtiger zu sein als ein dunkleres. Sodann braucht eine Herde einen Anführer, der sich durch seine Färbung unterscheidet und mit dem Auge leicht zu finden ist. Je höher der Offizier steht, desto glänzender die Abzeichen seiner Würde. Was der Mensch durch Kunst erreicht, das bietet dem Tiere die Natur. Aus diesen und andern Gründen und Ursachen mag es gekommen sein, daß, wie jeder Westmann weiß, fast jede größere wilde Pferdeherde von einem Schimmel angeführt wurde.

Wenn nun diese hellen Leithengste die kräftigsten, schnellsten, ausdauerndsten und bissigsten Tiere waren, so mußte es ihnen leichter als jedem andern Pferde werden, einer etwaigen Nachstellung zu entgehen. Jeder Westmann hatte einen solchen Schimmel gesehen und seine Schnelligkeit und Klugheit bewundert; er erzählte davon und hörte andre dasselbe erzählen; das Leben auf der unendlichen Savanne erregt die Phantasie; es waren viele Schimmel gewesen, aber nach und nach schuf die Einbildungskraft aus ihnen einen einzigen, den – – »weißen Mustang«, der allüberall gesehen worden, aber nie zu fangen gewesen war. Dieser »eine« lebte nur in der Einbildung; die »einzelnen« aber hatte es wirklich gegeben.

Zur Zeit Winnetous und Old Shatterhands gab es auch einen »schwarzen Mustang«, mit dem es fast dieselbe und doch auch wieder eine andre Bewandtnis hatte. Es war kein wildes, sondern ein geschultes, ein sogar außerordentlich gut dressiertes Pferd, welches sich im Besitze des Häuptlings der Naiini-Komantschen befand. Auch von ihm erzählte man sich die wunderbarsten Dinge. Es besaß alle guten Eigenschaften in bisher noch nie dagewesenem Maße; es war noch in keinem Kampfe verwundet worden, noch nie gestolpert oder gar gefallen, noch nie von einem Verfolger eingeholt worden und – man verzeihe den Trapperausdruck! – noch nie gestorben. Das Pferd hatte schon zur Zeit der Ahnen gelebt; es war mit dem Großvater aus allen Kämpfen unverletzt hervorgegangen; es hatte dann den Vater heil durch Not und Tod getragen, und bewährte sich nun bei dem jetzigen Häuptling in so vorzüglicher Weise, daß er, um sich und das Tier zugleich zu ehren, den Namen desselben, Tokvi Kava, der »schwarze Mustang«, angenommen hatte.

Wie die Indsmen fest überzeugt waren, daß der Henrystutzen Old Shatterhands eine Zauberflinte sei, so fest behaupteten sie auch, natürlich die Angehörigen des Naiinistammes ausgenommen, die es besser wußten, daß der »schwarze Mustang« ein Medizinpferd sei, das Wort Medizin als Zauber, als Bezeichnung von etwas Uebersinnlichem, Unbegreiflichem genommen. Dieser Glaube nun brachte dem Besitzer des Pferdes Ansehen und Vorteile. Man hütete sich, mit ihm persönlich oder mit seinem Stamme anzubinden, denn man hielt ihn für ebenso unverletzlich, wie sein Pferd; er war nicht zu besiegen. Er war ein kluger Mann und nützte das in schlauer Weise aus; die Erfolge stellten sich ein und machten ihn dadurch immer zuversichtlicher. Sein Stolz und seine Rücksichtslosigkeit wuchsen; er wurde der grausamste Feind aller Weißen und gegnerischen Roten und glaubte schließlich selbst daran, daß es keinen Menschen gebe, der sich mit ihm messen könne.

Natürlich hatte man sich unter diesem »schwarzen Mustang« auch nicht ein, sondern mehrere Pferde zu denken; sie waren Abkömmlinge voneinander, gleich gezeichnet und von gleicher Vortrefflichkeit. Das letztere, nämlich die Vortrefflichkeit, konnte nicht geleugnet werden, und so war es begreiflich, daß der Häuptling, als er im Firwood-Camp die beiden Rappen Old Shatterhands und Winnetous stahl, so stolz behauptete: »Wenn mein Mustang nicht wäre, so würden sie die besten Pferde von einem großen Wasser bis zum andern sein.« Er meinte damit den Atlantischen und den Stillen Ozean, also nach seiner Ausdrucksweise ganz Nordamerika. Ob er damit recht hatte, das sollten die spätern Ereignisse zeigen; aber schon heut abend mußte er einsehen, daß er sich wenigstens in einer Beziehung in den beiden Hengsten getäuscht hatte. Sie waren nicht so leicht zu stehlen, wie er dachte.

Im Camp wurde an diesem Abende nicht so zeitig wie sonst schlafen gegangen. Die Anwesenheit solcher Gäste, wie jetzt da waren, hielt die Leute auch nach dem Essen wach. Der Engineer saß mit Winnetou, Old Shatterhand und den beiden Timpes an dem einen Tische, wo Erzählung auf Erzählung folgte. An dem andern saßen der Aufseher und der Verwalter, meist still zuhörend und nur zuweilen ein Wort mit in die Unterhaltung werfend. Zu ihnen hatte sich der Mestize wieder gefunden, der sich vollständig stumm verhielt, doch um so schärfer auf alles lauschte, was gesprochen wurde. Winnetou und Old Shatterhand schienen von seiner Anwesenheit nicht die geringste Notiz zu nehmen; er bemerkte keinen einzigen Blick, den sie zu ihm herübersendeten, und doch hatten sie ihn so scharf im Auge, daß ihnen keine seiner Bewegungen und Mienen entgehen konnte.

Eben erzählte Kas eines seiner Abenteuer, als Winnetou ihn plötzlich mit der Hand aufforderte, zu schweigen.

»Was ist's?« fragte er. »Warum soll ich nicht weiter erzählen?«

»Still!« antwortete der Häuptling der Apatschen. »Es kommen Reiter.«

Sie lauschten und hörten wirklich schnelle Hufschläge näher kommen, die ganz vernehmlich den tiefen Schlamm hoch spritzten und dann draußen vor der Thür anhielten. Ein eigentümliches, freudiges Schnauben erklang.

»Uff!« rief Winnetou, indem er rasch aufstand. »Das sind keine fremden Pferde.«

Old Shatterhand erhob sich ebenso schnell von seinem Sitze und stimmte bei:

»Nein, keine fremden, das sind unsre Pferde. Wie kommen sie hierher? Habt Ihr nicht eine Wache zu ihnen gethan, Mister Engineer?«

»Noch nicht.«

»Warum nicht? Ich habe Euch doch darum gebeten! Wenn ich mich nicht irre, so habt Ihr, als wir von dem Schuppen fortgingen, die Thür desselben selbst verriegelt?«

»Ja, das habe ich gethan, und darum glaubte ich, daß es mit dem Posten nicht so eilig sei.«

»Wir befinden uns im Westen, wo es keinen Grund gibt, irgend eine Vorsicht aufzuschieben!«

»Es muß jemand, irgend ein Arbeiter, die Thür geöffnet haben; da sind die Pferde entwichen.«

»Entwichen? Sie waren fest angebunden, Sir! Dieser Jemand hat nicht nur die Thür geöffnet, sondern auch die Tiere losgebunden, und das ist jedenfalls ein Verhalten, welches mir sonderbar vorkommen muß. Erlaubt, Sir, daß ich mir einmal dieses Windlicht nehme.«

Diese Worte waren an den Shopman gerichtet, der an seinem Ladentische hockte. Ueber ihm hing eine gläserne Windlaterne, welche Old Shatterhand vom Nagel nahm und anbrannte, um dann mit Winnetou hinauszugehen. Die andern folgten neugierig, auch der Mestize, der freilich nichts davon wußte, daß sein roter Großvater vorhin die beiden Hengste gestohlen hatte.

Diese standen wirklich draußen und bewillkommten ihre Herren mit den Zeichen großer Aufregung. Sie schnaubten, wehten mit den Schwänzen, ließen die Ohren spielen, gingen mit den Vorderbeinen hoch, grad wie Hunde, die ihren Besitzer freudig begrüßen. Old Shatterhand leuchtete sie an und rief dann betroffen aus:

»Alle Wetter! Was ist das? Die Pferde kommen nicht aus dem Schuppen! Seht doch den Schmutz und Schlamm, der hier sogar dick auf dem Rücken liegt! Sie sind galoppiert; sie sind weit fortgewesen! Aber wo und mit wem?«

»Mit wem?« fragte der Engineer. »Mit niemandem, natürlich. Wem sollte es einfallen, in solchem Wetter und solcher Finsternis mit fremden Pferden spazieren zu reiten?«

»Reiten? Möchte wissen, wer es fertig brächte, sich auf eines dieser Pferde zu setzen! Es hat niemand darauf gesessen, denn seht, die Sitze sind mit Koth bespritzt.«

»Also habe ich ja recht! Es hat jemand den Schuppen aufgemacht; da rissen sich die Pferde los und echappierten. Sie sind ein Stück herumgerannt und nun wiedergekommen; das ist alles. Ich werde aber untersuchen, wer hieran die Schuld trägt. Es hat des Nachts kein Mensch im Schuppen etwas zu suchen.«

»Unsre Pferde reißen sich nicht los, wenn wir sie angebunden haben, und ebensowenig rennen sie ohne unsre Erlaubnis spazieren!«

Da sagte Winnetou in seiner ruhigen Weise, indem er auf den Zügel seines Pferdes, den er in die Hand genommen hatte, zeigte:

»Mein weißer Bruder hat recht; aber dennoch haben sie sich losgerissen, doch nicht im Schuppen dort, sondern unterwegs.«

An dem Zügel hing ein fest angeknoteter Riemen, der wahrscheinlich eine Schleife gebildet hatte, nun aber zerrissen war. Old Shatterhand untersuchte ihn, warf einen bedeutungsvollen Blick auf den Apatschen und sagte dann zu dem Engineer:

»Ihr habt recht, Sir, und Winnetou irrt sich, was bei ihm freilich selten ist. Die Pferde haben sich im Schuppen losgerissen. Kommt mit! Wir müssen sie fester anbinden. Die andern Gentlemen brauchen sich nicht weiter zu bemühen. Es ist gut!«

Er sagte das in einem solchen Tone der Ruhe und Ueberzeugung, daß die damit beabsichtigte Wirkung nicht ausblieb. Der Aufseher und der Verwalter kehrten mit dem Mestizen an ihre Plätze in den Shop zurück. Kas und Has wollten ihnen folgen; da flüsterte ihnen Old Shatterhand zu:

»Fangt mit dem Halbblut ein Gespräch an, und laßt ihn nicht eher heraus, als bis wir wiedergekommen sind!«

»Warum, Mister Shatterhand?« fragte Kas.

»Das werdet Ihr später erfahren. Nur haltet ihn fest; aber seid freundlich und zutraulich mit ihm!«

»Aber wenn er partout heraus will? Sollen wir da Gewalt anwenden?«

»Nein. Das soll vermieden werden. Aber es kann Euch doch nicht schwer fallen, ihn durch eine interessante Geschichte festzuhalten!«

»Denke es auch. Werde einige famose Sachen erzählen und dabei gute Witze machen, genau so, wie bei Timpes Erben. Komm, alter Has!«

Sie gingen hinein. Winnetou nahm die Pferde bei den Zügeln, um sie zu führen. Old Shatterhand leuchtete voran; der Engineer ging neben ihm und sagte, indem er mit dem Kopfe schüttelte:

»Ich verstehe Euch nicht, Sir. Erst thut Ihr plötzlich so ruhig und gebt mir recht, und dann erteilt Ihr diesen beiden Gentlemen Aufträge, als ob man Yato Inda gar nicht trauen dürfe.«

»Ich habe mich verstellt, denn es gilt, vorsichtig zu sein. Die Pferde sind gestohlen und fortgeschafft worden, haben sich aber unterwegs losgerissen.«

»Unmöglich!«

»Es ist so; ich versichere es Euch!«

»Und wenn es so wäre, könnte da Yato Inda der Dieb gewesen sein?«

»Nein; aber er ist sein Helfershelfer.«

»Ich behaupte, daß er ehrlich ist!«

»Und ich behaupte, daß er nicht Yato Inda, sondern Ik Senanda heißt und der Enkel des ›schwarzen Mustangs‹ ist. Kommt nur erst nach dem Schuppen, da werden wir erfahren, wer den Diebstahl ausgeführt hat!«

»Wie wollt Ihr das erfahren?«

»Der weiche Erdboden wird es mir sagen. Selbst wenn ein Geist der Dieb gewesen wäre, müßte man da die Spuren sehen.«

»Ich nicht, denn ich verstehe von diesen Dingen nichts. Ihr habt da freilich mehr Uebung; dennoch denke ich, daß Ihr einsehet, wie unrecht Ihr meinem Mestizen thut.«

»Wartet es ab, Sir!«

Sie waren während dieses Wortwechsels in die Nähe des Schuppens gekommen. Der Engineer wollte schnell vollends hin. Old Shatterhand hielt ihn am Arme zurück und warnte:

»Nicht so rasch! Ihr könnt uns sonst alles verderben.«

»Was?«

»Die Spuren, die ich sehen will. Wenn Ihr hineintretet, sind sie nicht deutlich zu erkennen.«

»Ganz wie Ihr wollt. Wir haben ja Zeit.«

Old Shatterhand machte einen Bogen, um nicht direkt, sondern von rückwärts an die Thür zu kommen und dadurch die mutmaßlichen Spuren zu schonen. Dann ging er bis zur Thür und leuchtete nieder. Winnetou ließ die Pferde stehen, kam zu ihm hin und bückte sich mit nieder.

»Uff!« rief er aus. »Das sind indianische Mokassins gewesen!«

»Dachte es mir!« nickte Old Shatterhand. »Es waren Rote hier. Aber wie viele?«

»Das wird mein Bruder sehen, wenn wir die Fährte von dem Schuppen weg verfolgen. Hier sind die Menschen- mit den Pferdespuren vermischt.«

»Jetzt noch nicht fort. Wollen noch hier bleiben! Die Hufstapfen zeigen deutlich, daß die Pferde langsam gegangen sind. Das hätten sie nicht gethan, wenn sie entflohen wären, nachdem sie sich losgerissen hatten. Sie sind sehr vorsichtig aus dem Schuppen geführt worden.«

»Er ist verriegelt,« bemerkte Winnetou, indem er auf die Thür zeigte.

»Ein weiterer Beweis, daß ein Diebstahl vorliegt. Pferde können keine Thür verriegeln.«

»Aber Menschen!« fiel der Engineer ein. »Und ein Mensch, natürlich ein Arbeiter, ist es gewesen, der sich im Schuppen heimlich etwas zu schaffen gemacht hat. Dabei haben sich die Pferde losgerissen.«

»Da wäre der Mann erschrocken zu uns gerannt gekommen, um es uns zu melden!«

»Nein. Er hat das freilich nicht gethan, weil er die Vorwürfe fürchtete.«

»*Pshaw!* Die Fährte wird uns ja sagen, wer recht hat, Ihr oder ich. Wieviel weiße Arbeiter habt Ihr, Sir?«

»So viele, wie Ihr im Shop gesehen habt.«

»Sie waren alle da?«

»Alle.«

»Schön! Ich mache Euch darauf aufmerksam, daß keiner von diesen Weißen den Shop verlassen hat. War wirklich ein Arbeiter hier, so muß es ein Chinese gewesen sein.«

»Das meine ich auch.«

»Was haben diese Himmelssöhne für Schuhwerk an den Füßen?«

»Schwere chinesische Schlappen mit dicken Sohlen.«

»*Well!* Das gibt einen so ausgeprägten, eigenartigen Stapfen, daß man sich gar nicht irren kann. Werden nachher sehen. Jetzt treten wir zunächst hier ein.«

Sie öffneten die Thür und gingen hinein. Es war nichts zu sehen. Die Diebe hatten keine Spur zurückgelassen. Darum wurden nun die Pferde hineingeschafft und wieder angebunden, worauf die drei Männer die Untersuchung draußen fortsetzten, indem sie die Fährte vom Schuppen weg verfolgten. Nach wenigen Schritten schon teilte sie sich. Nach rechts führten Menschen- und Tierschritte, von links her gab es nur Menschenspuren.

»Da sind sie gekommen,« sagte Old Shatterhand. »Sieht mein Bruder Winnetou, wie viele es gewesen sind?«

Der Apatsche betrachtete die Eindrücke genau und antwortete dann:

»Diese roten Männer waren so unvorsichtig, nicht hintereinander zu gehen, darum ist ganz deutlich zu sehen, daß es vier Männer waren. Gehen wir noch weiter! Die Fährte geht nach der hinteren Seite des Shop.«

Nach kurzer Zeit gelangten sie an die Stelle, wo die beiden Chinesen mit den Indianern zusammengetroffen waren. Sie war breit ausgetreten und wurde von Old Shatterhand sorgfältig beleuchtet.

»Uff!« rief Winnetou. »Hier haben die roten Männer einige Zeit gestanden und mit zwei gelben Männern gesprochen. Man sieht die Spur der dicken, geraden Sohlen ganz genau.«

»Sagte ich es nicht!« meinte da der Engineer. »Es sind Arbeiter im Schuppen gewesen!«

»Unsinn!« widersprach Old Shatterhand, ziemlich unwillig darüber, daß der Beamte noch immer nicht von seinen falschen Gedanken abzubringen war. »Im Schuppen waren sie nicht, denn ihre Spuren führen nicht bis hin. Ihr seht ja, daß sie bloß hierher und dann wieder zurückgehen. Ich bitte Euch sehr, Eure irrige Ansicht aufzugeben! Es sind Indianer hier gewesen, Komantschen jedenfalls. Das ist keine Kleinigkeit für Euch!«

»*Pshaw!* Jedenfalls arme Teuel, die vielleicht Eßwaren stehlen wollten und unglücklicherweise an eure Pferde geraten sind.«

»Wenn es so wäre, wollte ich es loben. Ich fürchte aber, daß es noch ganz anders kommen wird. Diese Roten scheinen mit Euren Chinesen im geheimen Einverständnisse zu stehen.«

»Oho!«

»Ja! Ihr seht ja, daß sie hier miteinander gesprochen haben. Wenn kein Einverständnis zwischen ihnen vorläge, würden die Indianer die Chinesen ausgelöscht haben.«

»Meint Ihr, Sir?«

»Gewiß! Und seht: erst haben nur drei Rote hier gestanden, der vierte ist aus der Richtung des Shop zu ihnen gekommen. Erratet Ihr, welcher das war?«

»Etwa dieser Juwaruwa, den Ihr nicht fortlassen wolltet?«

»Ja, der war es.«

»So möchte ich nur wissen, welche von meinen Chinesen diese beiden hier gewesen sind!«

»Fragt Eure Langzöpfe, ob Ihr etwas erfahren werdet! Ganz gewiß nicht!«

»Die Betreffenden werden sich freilich hüten, es einzugestehen.«

»Wir werden es trotzdem erfahren.«

»Meint Ihr?«

»Ja.«

»Aus den Spuren?«

»Vielleicht, vielleicht auch nicht; dann aber jedenfalls auf eine andre Weise. Einstweilen wollen wir von ihnen absehen und uns nur mit den Roten beschäftigen. Kommt!«

Sie folgten der jetzt nicht mehr vier- sondern nur noch dreifachen Fährte, bis sie an den Ort kamen, an welchem Tokvi Kava mit dem Mestizen zuletzt gesprochen hatte und von dem aus dieser nach dem Shop zurückgegangen war. Dann wurden sie von der Spur nach der vorderen Seite des Shop geleitet, dorthin, wo die Komantschen auf den Mestizen gewartet hatten. Als auch diese Stelle einer Untersuchung unterworfen worden war, sagte Old Shatterhand:

»Jetzt ist mir alles klar. Es kamen vier Komantschen hierher. Drei warteten, und der vierte ging in den Shop, um dem Mestizen ein Zeichen zu geben, daß er herauskommen solle. Dieser Mensch ging hierher; da sie sich aber hier nicht sicher fühlten, wendeten sie sich nach der Hinterseite des Shop. Darum hat mein Bruder Winnetou hier vergeblich gesucht und nichts gefunden. Der Mestize besprach sich mit den drei Roten und kehrte dann zu uns zurück; sie aber gingen nach der Stelle, wo sie Juwaruwa erwarteten. Dieser kam, und als sie sich nun ganz entfernen wollten, stießen sie auf die beiden Chinesen.«

»Was die aber dort zu suchen hatten?« fragte der Engineer.

»Das werden sie uns sagen,« antwortete Old Shatterhand zuversichtlich.

»Wir wissen aber doch gar nicht, welche zwei von meinen vielen chinesischen Arbeitern es waren!«

»Wir werden es erfahren. Verlaßt Euch darauf!«

»Wollen wir ihre Spur nicht auch untersuchen?«

»Jetzt noch nicht. Wir müssen vorher zu dem Mestizen. Er soll fliehen.«

»Fliehen?« fragte der Engineer, im höchsten Grade erstaunt. »Welch ein Gedanke!«

»Wieso?«

»Entweder ist er der bravste Mensch, für den ich ihn halte, und da braucht er nicht zu fliehen, oder er ist ein Schurke, der uns an die Indianer verraten will, und da darf ich ihn nicht entkommen lassen.«

»So denkt Ihr, ich aber denke anders. Er ist der Enkel des Komantschenhäuptlings Tokvi Kava und hat sich unter ehrlicher Maske bei Euch eingeschmeichelt, um Euch seinem roten Großvater zu überliefern. Dieser hat heut vier Boten zu ihm geschickt oder ist vielleicht gar selbst mit hier gewesen, um die Zeit und Art des Ueberfalles zu bestimmen. Ich möchte behaupten, daß Tokvi Kava mit hier gewesen ist. Was sagt mein Bruder Winnetou dazu?«

»Der ›schwarze Mustang‹ war da,« antwortete der Apatsche mit einer solchen Bestimmtheit, als ob er ihn gesehen hätte.

»Gewiß! Denn nur so ein Krieger wie er konnte auf den Gedanken kommen, unsre Pferde zu stehlen. Er hat gehört, daß wir hier sind, und wird den Ueberfall des Camp einstweilen aufgeben, bis wir dieses verlassen haben. Zu Eurer Sicherheit aber ist unbedingt erforderlich, zu erfahren, was gegen Euch im Werke liegt, und wann es ausgeführt werden soll. Das könnt Ihr aber nicht hören, wenn der Mestize hier bleibt.«

»Sir,« antwortete der Engineer ungläubig, »ich weiß, wer Ihr seid, und was ich von Euch zu halten habe, aber Ihr redet für mich in Rätseln. Ich muß Euch zu meinem großen Schrecken glauben, daß die Roten etwas gegen uns vorhaben, denn sonst hätten sie keine Kundschafter hergeschickt; aber was ich darüber wissen muß, kann ich doch am besten und am sichersten von dem Mestizen erfahren, wenn er wirklich, wie Ihr behauptet, der Verbündete der Roten ist.«

»Ihr denkt, er sagt es Euch?«

»Ich zwinge ihn dazu!«

»*Pshaw!* Ich wüßte nicht, wie Ihr das anfangen wolltet!«

»Ihr werdet mir dabei helfen, Sir!«

»Das kann ich nicht, denn er würde mir eben so wenig sagen wie Euch. Es gibt nur das eine sichere Mittel, alles zu erfahren: wir müssen ihm Angst einjagen, daß er sich aus dem Staube macht.«

»Aber, wenn er fort ist, erfahren wir erst recht nichts, Mister Shatterhand!«

»Im Gegenteil. Habt Ihr nicht gehört, daß wir morgen nach dem Alder-Spring wollen?«

»Ja.«

»Der Mestize hat es auch gehört und wird es den Roten mitgeteilt haben. Ich bin überzeugt, daß sie hinreiten, um uns aufzulauern und zu fangen. Wir werden uns aber nicht erwischen lassen, sondern im Gegenteil sie belauschen.«

»Sir, das ist unendlich gefährlich!«

»Für uns nicht, und für Euch hat es den Zweck, daß Ihr dann wißt, woran Ihr seid.«

»Wie werde ich es denn erfahren? Wollt Ihr etwa wiederkommen?«

»Wenn wir erfahren, daß Ihr Euch in Gefahr befindet, kommen wir ganz gewiß zurück, um Euch beizustehen. Nur müßt Ihr heut den Mestizen laufen lassen.«

»Und wenn er nicht läuft?«

»Er läuft! Wo pflegt er zu schlafen? Etwa bei den Arbeitern?«

»Nein. Er hat sich da hinten an dem Gebüsch ein halbindianisches Wigwam errichtet.«

»Um nicht beobachtet zu werden. Ganz richtig! Er hat ein Pferd?«

»Ja. Es ist stets in der Nähe dieses Wigwams angepflockt.«

»Gut! Mein Bruder Winnetou wird sich jetzt dorthin begeben und sich verstecken, um ihn zu beobachten, damit wir wirklich wissen, ob er fort ist oder nicht. Ich aber gehe in den Shop, um ihm die nötige Angst einzujagen. Macht aber ja keinen Fehler, Sir! Er soll denken, wir wissen nicht, daß die

Pferde von Indianern gestohlen worden sind, sondern vielmehr glauben, wir nehmen an, daß sie sich im Schuppen losgerissen haben.«

»*Well.* Darf ich mit Euch gehen?«

»Ja. Vorher aber beschreibt Ihr Winnetou genau, wo das Wigwam liegt.«

Winnetou hatte zu der ganzen Unterhaltung nur wenige Worte beigetragen; er hörte jetzt die Beschreibung des Platzes auch ganz ruhig an und ging dann fort. Das war so seine Art und Weise und für Old Shatterhand der Beweis, daß er mit allem, was dieser gesagt und geplant hatte, einverstanden war. Als er sich entfernt hatte, gingen die beiden nach dem Shop. Sie fanden den Mestizen in reger Unterhaltung mit den beiden Timpes, denen es gelungen war, ihn vollständig zu fesseln. Er warf einen heimlich sein sollenden, mißtrauisch forschenden Blick auf den weißen Jäger, und dieser that so, als ob er ihn nicht bemerkt hätte. Der gute Kas hielt in der Erzählung, die er eben vortrug, inne und erkundigte sich:

»Nun, Mister Shatterhand, wie habt Ihr es im Schuppen gefunden? Wer hatte recht, Ihr oder Winnetou?«

»Ich. Von einem Pferdediebstahl war keine Rede. Wir hatten vergessen, die Thür zu verriegeln, und da muß irgend ein Tier hineingeraten sein und die Hengste ängstlich gemacht haben. Sie haben sich losgerissen und das Weite gesucht, sich aber glücklicherweise wieder hierhergefunden. Darüber können wir also beruhigt sein, umsoweniger aber über einen andern Umstand.«

»Ueber welchen?«

»Es sind Rote hier gewesen.«

»Einer doch wohl nur? Ich meine diesen sogenannten Juwaruwa, der da im Shop war.«

»Er war nicht allein. Es gehörten noch drei andre Rote zu ihm, die draußen auf ihn warteten.«

»Alle Wetter!« rief Kas, indem er seinen Strohhut weit aus der Stirn schob. »Noch drei andre! So ist dieser elende Halunke also wohl doch noch ein Spion gewesen?«

»Ich bin überzeugt davon und behaupte, daß sich hier im Camp ein Verbündeter von den Roten befindet.«

»*All devils!* Wenn das wahr wäre! Wer könnte das sein?«

»Ich weiß es; aber fragt einmal Yato Inda danach, der da neben Euch sitzt; der weiß es ebenso gut wie ich.«

Da drehte sich der Mestize langsam nach Old Shatterhand um, blitzte ihn mit zornig funkelnden Augen an und fragte in feindseligem Tone:

»Was soll ich wissen, Sir?«

»Was ich diesem Gentleman hier gesagt habe.«

»Ich weiß gar nichts.«

»So kommt, Mesch'schurs; ich will euch etwas zeigen. Yato Inda mag auch mitgehen!«

»Wo ist Mr. Winnetou?« fragte Kas, indem er mit den andern aufstand.

»Im Schuppen bei den Pferden, um zu wachen, daß sie nicht wieder aufgeregt werden.«

Sie gingen alle hinaus, auch die weißen Arbeiter mit; der Mestize aber blieb sitzen. Da wendete Old Shatterhand unter der Thür sich nach ihm um und sagte:

»Ich habe alle aufgefordert, mitzugehen. Wer zurückbleibt, der bekommt es mit mir zu thun. Ich scherze nicht.«

Old Shatterhands drohendes Auge sagte noch mehr, als diese Worte enthielten. Der Mestize stand auf und kam hinterher. Old Shatterhand trug die Laterne wieder und führte die Männer zu der Fährte, welche der Mestize gemacht hatte, als er aus dem Shop zu den auf ihn wartenden Komantschen gegangen war. Er leuchtete auf dieselbe nieder und sagte:

»Seht euch diese Stapfen genau an, Mesch'schurs! Es sind die Spuren eines Halunken, der euch alle ins Verderben führen will. Ich werde euch nachher die Füße zeigen, die ganz genau in diese Eindrücke passen. Den Kerl lynchen wir!«

»Ins Verderben führen?« fragte der Aufseher erschrocken. »Wieso?«

»Er verkehrt mit feindlichen Indianern, die wahrscheinlich das Camp überfallen wollen, und hat sich unter einem falschen Namen bei euch eingeschmuggelt, um ihnen die Sache leicht zu machen.«

»Indianer? Ist das möglich?«

»Ja, der Rote, welcher vorhin hier war, war ein Spion von ihnen, der ihn hinausschicken sollte. Wir sahen, daß sie Zeichen miteinander auswechselten.«

»Wer ist der Schuft? Sagt es, Sir, sagt es!«

»Später! Erst will ich euch Beweise geben. Ihr seht, daß ich seinen Stapfen folge, und werdet bald erfahren, wohin sie führen.«

Old Shatterhand ging auf der Spur weiter, und sie folgten ihm, bis er stehen blieb, auf den Boden leuchtete und sagte:

»Seht her! Hier haben drei Indianer gestanden und auf ihn gewartet, während der vierte, der sich Juwaruwa nannte, sich bei uns im Shop befand und ihm heimlich zuwinkte. Ueberzeugt euch genau, daß diese Eindrücke von Indianern stammen!«

Da sagte Has, indem er seinen langen, schwarzen Schnurrbart grimmig auseinanderzog:

»Das bedarf gar keiner besonderen Ueberzeugung, Sir. Man sieht es doch gleich mit dem ersten Blick, daß es sich um Rote handelt. Alle Wetter! Das Camp steht in Gefahr. Zeigt uns den Burschen, damit wir ihn ein wenig aufhängen! Es gibt hier Bäume genug, die hübsche, starke Aeste haben.«

»Wartet nur noch ein kleines Weilchen! Wir müssen der Spur noch weiter folgen. Ihr sollt ganz genau sehen, wie er gegangen ist.«

Der Mestize stand dabei und hörte natürlich alles, was gesprochen wurde. Old Shatterhand ließ den Schein der Laterne zuweilen über sein Gesicht gleiten und sah dabei den irren, ängstlichen Blick, mit dem das dunkle Auge um sich sah.

Es ging weiter, hinter den Shop herum, wo Old Shatterhand wieder stehen blieb und erklärte:

»Dann sind sie hierher gegangen und lange hier stehen geblieben, wie ihr aus den Spuren erseht. Denn dort, auf der Vorderseite fühlten sie sich nicht sicher, weil Winnetou und ich hier waren. Sie glaubten, wir würden sie beschleichen. Hier haben sie von uns und von dem Ueberfalle gesprochen, den sie planen. Dann sind die drei Roten ein Stück weiter gegangen, um auf Juwaruwa zu warten, der da zu ihnen stieß. Der Verräter aber ist von hier nach dem Shop zurückgekehrt. Ich bin kein Freund von solchen Schauspielen, hier aber haben wir es mit einem Schurken zu thun, der unbedingt gelyncht werden muß.«

»Wer ist es, wer, wer, wer?« wurde rund im Kreise gefragt. Nur der Mestize war still.

»Sogleich, sogleich werdet ihr es erfahren! Nur wollen wir der Fährte noch ein Stückchen folgen, bis sie so deutlich wird, daß ich euch zeigen kann, wie genau sein Fuß hineinpaßt. Kommt, Mesch'schurs!«

Indem er die Männer wieder nach der vorderen Seite des Shop führte, paßte er mit scharfem Blicke auf den Mestizen auf. Dieser folgte langsam nur noch einige Schritte und that dann einige schnelle Sprünge auf die Seite; er war nicht mehr zu sehen. Nun war es Zeit. Der Mischling durfte nicht zu Atem und noch viel weniger auf den Gedanken kommen, hier zu bleiben und sich zu verstecken, um zu belauschen, was die Bewohner des Camps vornehmen würden. Darum blieb Old Shatterhand schon nach kurzer Zeit stehen und sagte:

»Hier ist die Stelle, wo ihr es erfahren sollt. Yato Inda mag her zu mir kommen und – ah,« unterbrach er sich, »wo ist der Mestize?«

»Der Mestize?« wurde gefragt. »Ist er es etwa? Ist er es?«

»Natürlich der! Ich glaubte, ihr würdet es erraten. Er heißt nicht Yato Inda, sondern Ik Senanda und ist ein Enkel des ›schwarzen Mustang‹. Dieser will das Camp überfallen und hat ihn hergeschickt, um die beste Gelegenheit dazu auszuspähen.«

Da erhob sich ein Schreien, Brüllen und Rufen nach dem Entflohenen, welches weithin durch das Thal erschallte. Old Shatterhand aber überrief sie noch mit seiner mächtigen Stimme:

»Wozu dieser unnütze Lärm! Er ist nach seinem Wigwam

gelaufen, um sein Pferd zu holen und zu fliehen. Eilt ihm nach, damit er nicht entkommt!«

»Nach seinem Wigwam?« rief einer immer lauter als der andre. »Ja, nach seinem Wigwam! Ihm nach, dorthin, dorthin, daß wir ihn fangen!«

Sie rannten fort und Old Shatterhand blieb mit dem Engineer allein zurück.

»Nun, was sagt Ihr dazu?« fragte lächelnd der erstere den letzteren. »Ist es nicht gelungen?«

»Ja, wenn Ihr Euch in dem Mestizen nicht dennoch irrt. Es wird mir wirklich schwer, ihn für einen so schlechten Menschen zu halten.«

»Würde er geflohen sein, wenn er es nicht wäre?«

»Das ist freilich wahr. Aber dann müssen wir Gott heilig danken, daß er Euch zu uns geführt hat. Was wäre aus uns geworden! Die Roten hätten uns alles, alles abgenommen, sogar das Leben, denke ich!«

»Das Leben und die Skalpe, wohl auch die Vorräte und alles andre außer dem Gelde; das hat der Mestize jedenfalls für sich ausbedungen. Ich kenne das und habe es wiederholt erlebt. Doch horcht! Hört Ihr nichts, Sir?«

»Ja, dort drüben rennt ein Pferd.«

»Es ist das seinige; er reitet fort, getrieben von der Angst vor dem Richter Lynch. Es wird ihm nicht einfallen, sich hier zu verstecken, um uns zu belauschen. Wir sind ihn los.«

»Aber für wie lange! Er wird zu den Komantschen reiten und mit ihnen wiederkommen.«

»Dann reiten wir ihm nach und sind noch vor ihm wieder hier. Ihr braucht keine Sorge zu haben. Hört Ihr das Brüllen Eurer Leute? Sie suchen noch nach ihm und finden ihn nicht. Ah, nun lassen sie ihren Aerger an seinem Wigwam aus!«

Sie sahen drüben am Gebüsch eine erst kleine Flamme aufzüngeln, welche aber trotz der vom Regen zurückgebliebenen Nässe bald größer und größer wurde. Die Arbeiter hatten das Wigwam angebrannt. Beim Scheine des Feuers sahen die beiden Winnetou auf sich zukommen. Als er sie erreichte, blieb er stehen und sagte:

»Winnetou lag auf der Lauer und hörte den Mestizen gelaufen kommen und in sein Wigwam treten. Da erschallte das Rachegeschrei der Männer, und das Halbblut stürzte vor Angst wieder hinaus, rannte zu seinem Pferde, stieg auf und ritt davon.«

»Wird er weit reiten oder heimlich doch hier bleiben?« fragte Old Shatterhand, um zu hören, was Winnetou über diesen Punkt dachte.

»Er wird weit, weit reiten und nicht eher anhalten, als bis er von uns heut nicht mehr erreicht werden kann. Ich habe das Sausen seines Atems gehört und daraus vernommen, daß seine Angst eine so große war, daß es ihm gewiß nicht einfällt, hier zu bleiben.«

»Das denke ich auch. Wir können also unsre unterbrochene Forschung wieder aufnehmen, ohne befürchten zu müssen, dabei heimlich von ihm beobachtet zu werden.«

»Welche Forschung?«

»Nach den Spuren der beiden Chinesen, die wir noch nicht ausgekundschaftet haben.«

»Dürfen die andern dabei sein?«

»Höchstens die beiden Timpe. Wenn mehr mitgehen, können sie nur die Fährte leicht verderben.«

Die Arbeiter kehrten jetzt von der ergebnislosen Verfolgung des Mestizen zurück. Sie wollten von Old Shatterhand Auskunft über seinen Verdacht und was mit diesem zusammenhing, haben; er forderte sie auf, in den Shop zu gehen und dort eine kurze Zeit zu warten; er werde bald nachkommen und ihnen alles erklären. Dann wendete er sich mit Winnetou, dem Engineer und den beiden Timpes wieder nach der Hinterseite des Shop, wo er vorhin die Spuren der zwei Chinesen gesehen hatte, ohne ihnen zu folgen. Sie fanden sie beim Scheine der Laterne leicht wieder und gingen ihnen nach.

Sie hatten angenommen, daß diese Fährte um zwei Ecken des Gebäudes nach dem Eingange zum Shop führen werde, sahen aber bald, daß dies nicht der Fall war, denn sie ging weiter bis zur Wohnung des Engineers, und zwar nach der hinteren Seite derselben. Dort lehnte eine Leiter, die bis zum Dache ging, an der Mauer.

»Uff!« rief der Apatsche dem Engineer zu. »Lehnt diese Leiter immer hier?«

»Nein,« antwortete der Gefragte, indem er bedenklich mit dem Kopfe schüttelte.

»Lehnte sie aber vielleicht schon da, als wir vorhin im Innern dieses Hauses waren?«

»Ich weiß nichts davon. Die Sache kommt mir außerordentlich verdächtig vor. Wer mag das gewesen sein?«

»Die Chinesen natürlich!« antwortete Old Shatterhand. »Ihr seid wahrscheinlich bestohlen worden, Sir, und wir mit!«

»Uff, uff!« stimmte der Apatsche bei. »Unsre Gewehre sind verschwunden.«

»Seid Ihr, – nehmt es mir nicht übel, Mister Winnetou, aber seid Ihr nicht recht gescheidt?« rief der Engineer erschrocken.

»Sie sind fort,« wiederholte der Häuptling.

»Ja, das sage ich auch,« erklärte Old Shatterhand ohne alle Aufregung.

»Und das sagt Ihr in einem so ruhigen Tone, als ob es sich nur um einige Zündhölzer anstatt um die drei kostbarsten Gewehre des wilden Westens handelte!«

»Was könnte die Aufregung nützen? Sie würde nur schaden. Je ruhiger wir die Sache hinnehmen, desto eher und sicherer bekommen wir unsre Gewehre wieder.«

»Ich kann es mir nicht denken, aber wenn es wirklich so ist, dann müssen die Spitzbuben die Gewehre sofort herausgeben, und ich jage sie fort, nachdem ich sie habe halb oder dreiviertel tot prügeln lassen!«

»Sie können sie nicht herausgeben.«

»Nicht? Warum?«

»Weil sie sie nicht mehr haben.«

»Wer denn?«

»Die Komantschen.«

»Zum Kuckuck! Das wäre schlimm, sehr schlimm für

Euch! Wie kommt Ihr denn auf diesen unglückseligen Gedanken?«

»Auf die einfachste Weise. Die Spuren der beiden Chinesen stoßen mit denen der Komantschen zusammen und gehen dann gleich wieder zurück. Die Roten haben die Gewehre erhalten.«

»So denkt Ihr, daß die Flinten extra für die Indianer gestohlen worden sind?«

»Nein! Vorhin freilich, als ich die Fährten zum erstenmal beisammen sah, war ich geneigt, anzunehmen, daß die Indsmen mit diesen zwei Chinesen im geheimen Einverständnisse seien, jetzt aber bin ich überzeugt, daß dem nicht so ist. Die Chinesen haben den Diebstahl für sich ausgeführt; als sie dann fortgingen, um die Gewehre zu verstecken, sind sie auf die Indianer gestoßen und von diesen gezwungen worden, die Waffen herzugeben.«

»Das ist freilich möglich, aber wir haben ja noch gar keine Sicherheit. Wir können noch gar nicht behaupten, daß es sich wirklich um eure Gewehre handelt. Kommt, wir wollen hineingehen und nachsehen! Hoffentlich habt Ihr Euch getäuscht.«

»Wir täuschen uns nicht. Haben Eure Chinesen Gewehre?«

»Nein.«

»Also! Seht hier diese drei Eindrücke im schlammigen Boden! Sie können nur von Gewehrkolben herrühren. Die Diebe haben, als sie von der Leiter kamen, sich die Hände auf einen Augenblick frei gemacht und die Büchsen an die Mauer gelehnt. Drei Stück, ein großer, ein mittlerer und ein kleinerer Eindruck; das ist der Bärentöter, die Silberbüchse und der Henrystutzen. Weitere Beweise brauchen wir nicht.«

»Es ist wahr; es ist wirklich wahr!« rief der Engineer aus, als er die drei Löcher im Schlamm angesehen hatte. »Wahrhaftig, das sind Chinesen gewesen! Ich lasse sie zu Tode peitschen! Welche zwei aber mögen es unter so vielen gewesen sein?«

»Wir werden sie entdecken. Wir haben hier ihre Spuren, was freilich nicht viel sagen will. Vielleicht finden wir drin im Hause einen Anhaltspunkt. Und wenn das nicht sein sollte, so gibt es im Kopfe eines guten Westmannes noch andre Haken, an denen man dergleichen Spitzbuben aufhängen kann.«

»Wollen es hoffen, Sir! Donner und Doria! Es ist eigentlich eine ganz und gar armselige Blamage für mich und unser Camp. Erst diese Freude und Ehre, so berühmte Westmänner bei uns zu sehen, und nun stellt es sich heraus, daß Ihr auf eine so raffinierte und freche Weise bestohlen worden seid! Ich möchte nur wissen, wie die Halunken auf diesen Gedanken gekommen sind: sie brauchen diese Waffen doch gar nicht; sie können gar nicht mit ihnen umgehen. Welchen Zweck hatten sie eigentlich dabei?«

»Das ist mir freilich auch ein Rätsel, welches sich aber schon noch lösen lassen wird.«

Da sagte Kas, der Blonde:

»Ich weiß nicht, ob es ein guter oder ein alberner Gedanke von mir ist, Sir, aber mir ist soeben eine Art von Erklärung eingefallen.«

»Welche?«

»Ehe Ihr kamt, war die Rede von Euch. Wir sprachen da natürlich auch von Euren Gewehren, und daß sie von einem so hohen Werte sind, daß man ihn eigentlich gar nicht bestimmen kann. Sollten einige von diesen gelben Zopfmännern das gehört haben und dadurch auf den Gedanken geraten sein, die kostbaren Waffen zu stehlen, um sie später zu einem hohen Preise zu verkaufen?«

»Hm! Dieser Gedanke ist gar nicht dumm, Mister Timpe. Vielleicht habt Ihr das Richtige getroffen. Die beiden Abteilungen des Shops sind nur durch einen dünnen Verschlag voneinander getrennt, durch welchen das, was gesprochen worden ist, leicht gehört werden konnte. Und wenn ich mich nicht irre, saßen zwei Chinesen ganz nahe an diesem Verschlage auf einer Bank allein.«

»Das ist richtig,« stimmte der Engineer bei. »Das waren

die beiden Firsthands[1], deren wir uns als Vermittler bedienen.«

»Muß man da nicht annehmen, daß sie ehrliche Leute sind?« fragte Old Shatterhand.

»Das nicht, Sir! Diese Burschen sind alle Halunken, vom ersten bis zum letzten. Sie stehlen nur dann nicht, wenn es nichts zu stehlen gibt, und ihr Hauptgrundsatz ist der, daß es keine Sünde und Schande, sondern vielmehr ein gutes Werk und eine Ehre ist, den Weißen so viel wie möglich zu übervorteilen. Daß ein Chinese es bis zum Firsthand gebracht hat, ist gar kein Grund, darauf zu schließen, daß er ehrlicher als die andern sei, sondern grad im Gegenteile: er ist intelligenter, und also darf man ihm noch weniger trauen. Wollen wir uns die beiden einmal gründlich vornehmen?«

»Ja. Zunächst aber treten wir hier in das Haus, damit Ihr Euch überzeugen könnt, daß die Gewehre verschwunden sind.«

Der Engineer schloß die Thür auf und brannte drinnen ein Licht an. Bei dem Scheine desselben sah man nicht nur, daß die Gewehre fehlten, sondern erkannte auch die Art und Weise, in der sie gestohlen worden waren, denn in der Decke war ein Loch, durch welches die Diebe Zugang gefunden hatten.

Es versteht sich ganz von selbst, daß den beiden Geschädigten der Verlust ihrer unvergleichlichen Waffen nicht gleichgültig war; aber ihre Gewöhnung, sich in allen Lagen zu beherrschen, hatte zur Folge, daß sie kein klagendes Wort darüber äußerten. Der Engineer aber zeigte sich wütend und versicherte, daß er die Thäter totprügeln lassen werde.

»Erst müssen wir sie entdecken,« meinte Old Shatterhand ruhig. »Und selbst dann, wenn wir sie haben, werde ich gegen eine so unmenschliche Bestrafung sein.«

»Sollen sie etwa gar straflos ausgehen, Sir?« fragte der Beamte.

»Nein; aber wir können Justiz üben, ohne grausam zu sein.«

[1] Vorarbeiter.

»Bedenkt, daß wir uns im wilden Westen befinden! Im Osten würde man die Diebe auf einige Zeit einsperren; hier aber gilt das Gesetz der Prairie. Nach diesem wird ein Pferdedieb mit dem Tode bestraft, und ich denke, daß die gestohlenen Waffen mehr wert sind, als ein Pferd. Nicht?«

»Allerdings. Dennoch bitte ich Euch, es lieber uns zu überlassen, die Strafe zu bestimmen; sie wird groß genug, aber nicht ungerecht sein. Jetzt wollen wir nach dem Shop gehen, um die Chinesen vorzunehmen.«

Die Arbeiter waren alle noch munter. Selbst diejenigen, die sich vorher niedergelegt gehabt hatten, saßen wieder an den Tischen, um sich über das, was passiert war, zu unterhalten. Die beiden Firsthands hatten ihre vorigen Plätze eingenommen; sie fühlten sich nicht sicher und betrachteten die Eintretenden mit ängstlich forschenden Blicken. Old Shatterhand forderte sie kurz und in bestimmtem Tone auf:

»Kommt einmal mit uns herein in die andre Abteilung!«

Sie standen auf und folgten. Dabei raunte der eine dem andern zu:

»*Schuet put tek!*«

Dem scharfen Ohre Old Shatterhands entgingen diese Worte nicht; als er sie hörte, breitete sich ein leises befriedigtes Lächeln über sein Gesicht. Der Sprecher hatte sich seiner heimatlichen, also der chinesischen Sprache bedient und dabei sehr leise gesprochen; er war also vollständig davon überzeugt, nicht verstanden worden zu sein, denn selbst falls seine Worte an irgend ein Ohr gedrungen sein sollten, gab es doch hier, so weit von China entfernt und mitten in der Wildnis, gewiß keinen Menschen, welcher der chinesischen Sprache mächtig war. Er ahnte nicht, daß Old Shatterhand sich während seiner langen und weiten Reisen auch in China aufgehalten hatte, und nie ein Land besuchte, ohne vorher die Sprache desselben kennen zu lernen.

Als sie dann drin in der kleinen Abteilung vor ihm standen, ließ er seinen durchdringenden Blick scharf über sie gleiten und sagte, indem er seinen Revolver aus dem Gürtel zog und den Hahn desselben drohend knacken ließ:

»Ihr befindet euch in einem fremden Lande. Kennt ihr die Gesetze desselben?«

Sie hoben ihre Augen frech zu ihm auf, und der eine antwortete:

»Dieses Land hat sehr viele Gesetze, welche davon meint Ihr, Sir?«

»Die, welche sich auf den Diebstahl beziehen.«

»Die kennen wir.«

»So sag einmal, womit der Diebstahl bestraft wird!«

»Mit Gefängnis.«

»Ja, aber nicht hier in dieser Gegend. Wer hier im wilden Westen Waffen oder Pferde stiehlt, der wird entweder erschossen oder aufgehängt. Wißt ihr das?«

»Wir haben davon gehört; aber es geht uns nichts an, denn wir werden uns nie an einem fremden Gut vergreifen.«

»Lüge nicht!«

»Was sprecht Ihr, Sir? Ich habe nicht gelogen! Wir haben vernommen, daß Ihr ein großer und ein berühmter Mann seid; aber auch wir sind keine gewöhnlichen Leute, sondern Firsthands hier, die sich nicht beleidigen lassen!«

»*Pshaw!* Dein Ton soll bald ein andrer werden, Bursche! Wenn ihr aufrichtig gesteht, werden wir glimpflich mit euch verfahren; leugnet ihr aber, so habt ihr keine Nachsicht zu erwarten. Ihr habt unsre drei Gewehre gestohlen?«

Der Mann zeigte eine möglichst unbefangene Miene, schüttelte verwundert den Kopf und antwortete:

»Gewehre gestohlen? Wir? Wie kommt Ihr auf diese Idee, die uns ganz unbegreiflich ist? Sind Euch Eure Gewehre abhanden gekommen?«

Er sagte das in einem so kindlich aufrichtigen und unschuldigen Tone, daß Old Shatterhand ausholte und ihm eine solche Ohrfeige verabreichte, daß der Getroffene zwischen den Tischen hindurch bis an den fernen Schenktisch flog, wo er Mühe hatte, sich langsam aufzuraffen. Der Jäger würdigte ihn keines weiteren Blickes, sondern wendete sich an den andern:

»Du hast jetzt gesehen, wie ich die Lüge und die Frechheit

beantwortete. Sage also die reine Wahrheit! Ihr habt unsre Gewehre gestohlen!«

»Nein!« behauptete trotzdem der Gefragte.

»Ihr seid in das Haus des Engineers eingestiegen?«

»Nein!«

»Als ihr dann die Gewehre verstecken wolltet, sind sie euch von Indianern abgenommen worden?«

»Nein!« behauptete der Chinese zum drittenmal, aber weit weniger zuversichtlich als bisher.

»Mensch, ich warne dich! Dein Kumpan hat dich zwar aufgefordert zu leugnen, aber es ist weit besser für dich, aufrichtig zu sein.«

»Wann soll er mich aufgefordert haben, Sir?«

»Vorhin, als ihr von euren Plätzen aufstandet.«

»Ich weiß nichts, Sir!«

»Du weißt es, denn du hast gehört, daß er leise zu dir ›*schuet put tek*‹ sagte!«

»Ja, das hat er gesagt.«

»Nun, was bedeuten diese chinesischen Worte?«

»Sie heißen: ›Komm, wir gehen mit!‹ Er sagte das, weil wir mit Euch gehen sollten.«

»Höre, du bist ein Pfiffikus; aber mich täuschest du nicht. Kommen heißt ›*lai*‹, und gehen heißt ›*k'iu*‹; *schuet put tek* aber heißt: ›es darf nichts gestanden werden‹. Willst du das etwa auch leugnen?«

Der noch am Schenktische stehende Chinese hatte sich bis jetzt die schmerzende Wange gehalten; nun aber schlug er erschrocken die Hände zusammen; der andre war zwei, drei Schritte zurückgefahren, starrte den Jäger mit weit geöffneten Augen an und fragte stockend und entsetzt:

»Wie? Ihr – – Ihr – – könnt – – könnt – – chinesisch sprechen?«

Old Shatterhand benutzte dieses Entsetzen, den Burschen zu überrumpeln, indem er schnell fragte:

»Wer war der Indianer, der euch die Gewehre abgezwungen hat?«

Der Chinese ging gedankenlos in die Falle, denn er antwortete ohne Ueberlegung:

»Er nannte sich den ›schwarzen Mustang‹, den Häuptling der Komantschen.«

»*Put yen put jii, put yen put jii!*« schrie der erste Chinese vom Schenktische her.

Dieser ängstliche Zuruf heißt so viel wie: »Kein Wort reden, kein Wort reden!«

»*Tien na, agai yn* – mein Himmel, o wehe, wehe!« rief sein Kumpan, der jetzt einsah, was für einen Fehler er begangen hatte.

»Schweigt!« lachte Old Shatterhand. »Ihr habt ja gehört, daß euer Chinesisch euch nichts nützt! Ihr seid jetzt überführt und werdet unbedingt noch heut abend erschossen oder aufgehängt, wenn ihr noch weiter leugnet. Erzählt ihr uns aber genau, wie es geschehen ist, so werden wir euch das Leben schenken.«

»Das Leben schenken?« fragte der zweite Chinese, der weniger hartköpfig als der erste war. »Was wird aber dann unsre Strafe sein?«

»Das richtet sich ganz nach eurer Aufrichtigkeit. Wenn ihr nichts, aber auch gar nichts verschweigt, so kommt ihr jedenfalls besser weg, als ihr es selbst verlangen könnt.«

»So werde ich es sagen; ja, ich erzähle es!«

Der Chinese warf einen fragenden Blick zu seinem Mitdiebe hinüber, der ihm bejahend zuwinkte, denn er sah nun auch ein, daß es geraten sei, den in den Schmutz geratenen Karren nicht weiter hineinzuschieben. Er wagte sich, die brennende Wange wieder haltend, näher heran, und nun erzählten beide, halb freiwillig und halb sich ausfragen lassend, wie sich die Sache ereignet hatte. Als sie alles gestanden hatten, wendete sich der aufrichtigere von ihnen an Old Shatterhand:

»Nun wißt Ihr alles, Sir; wir haben Euch nichts mehr zu sagen und sind deshalb überzeugt, daß Ihr uns die Strafe ganz erlassen werdet.«

Da fuhr der Engineer ihn an:

»Was fällt dir ein, du Dieb? Die Strafe ganz erlassen? Keinesfalls! Weißt du, was es heißt, einem Westmann seine Waffen zu stehlen? Das heißt, ihn in den sichern Tod jagen! Und nun gar solche Gewehre! Ich wollte euch totprügeln lassen; aber da Mister Shatterhand nicht damit einverstanden war und ihr euch auch zu einem Geständnisse herbeigelassen habt, will ich Gnade vor Recht ergehen lassen und euch nur hundert Hiebe zudiktieren.«

Infolge dieser Drohung erhoben beide ein lautes Wehegeschrei. Winnetou ließ ein verächtliches »Uff!« hören und wurde von Old Shatterhand gefragt:

»Welche Strafe hat mein roter Bruder diesen Dieben zugedacht?«

Der Apatsche blickte einige Augenblicke lang vor sich nieder; dann ging ein eigentümliches Halblächeln über seine bronzenen Züge.

»Diese,« antwortete er, indem er mit beiden Händen die Bewegung des Skalpierens machte.

Die Weißen wußten, was er meinte und zeigten sehr ernste Gesichter; die Chinesen hatten die Gesten nicht verstanden und sahen Old Shatterhand fragend an.

»Kniet hier vor mir nieder, eng nebeneinander!« befahl er ihnen.

Sie gehorchten.

»Nehmt eure Mützen ab!«

Sie zogen ihre niedrigen, schirmlosen Mützen von den Köpfen. Im nächsten Augenblicke blitzte sein Messer; die anwesenden Arbeiter und Beamten schrien erschrocken auf, denn sie glaubten, daß er Ernst mache. Zwei schnelle Griffe mit der linken Hand nach ihren Köpfen und zwei ebenso rasche Schnitte mit der rechten Hand, und er hatte ihnen – – – nicht die Köpfe, sondern die Zöpfe abgeschnitten.

Die Zuschauer atmeten erleichtert auf; die Chinesen aber waren zunächst ganz starr vor Schreck. Für einen »Sohn des Himmels« ist es nämlich die größte Schande, seinen Zopf einzubüßen; er gibt unter Umständen lieber das Leben her. Darum waren diese beiden im ersten Momente geradezu bewegungslos; dann stülpten sie plötzlich die Mützen auf die kahlen Köpfe, sprangen auf und rannten laut jammernd fort. Ein allgemeines Gelächter folgte ihnen.

Nur Old Shatterhand und Winnetou lachten nicht; der erstere erklärte vielmehr in sehr ernstem Tone:

»Die Scene mag euch lächerlich erscheinen; sie ist es aber nicht, Mesch'schurs. Die Chinamänner sind nach ihren Begriffen viel strenger bestraft, als wenn sie von irgend einer Jury zu mehrjährigem Gefängnisse verurteilt worden wären.«

»Was? Ist das möglich?« fragte der Engineer. »Und wenn es so wäre, so gelten hier nicht chinesische Begriffe, sondern unsre Gesetze. Für einen so infamen Diebstahl nur die Haare zu verlieren, das kann ich unmöglich gelten lassen!«

»Nicht nur die Haare, sondern auch die Ehre, Sir!« warf Old Shatterhand ein.

»*Pshaw*, Ehre! Diese Diebe haben bewiesen, daß sie keine Ehre besaßen, und was man nicht hat, das kann man nicht verlieren. Ihr habt sie in Eurer Weise bestraft; ich werde dieser Strafe noch einen Nachtrag folgen lassen.«

»Welchen?«

»Ich jage sie fort; ich kann in meinem Dienste keine Spitzbuben brauchen.«

»Ihr werdet gar nicht in die Lage kommen, sie fortzuschikken.«

»Nicht? Wieso?«

»Weil sie dadurch, daß sie keine Zöpfe mehr haben, hier unmöglich geworden sind; sie dürfen sich nicht mehr sehen lassen und werden in dieser Nacht gewiß verschwinden.«

»Wenn das so ist, *well*, da will ich mich zufrieden geben, aber auch aufpassen, damit nicht mit ihnen noch Verschiedenes verschwindet. Diese beiden Zöpfe aber werde ich an mich nehmen, um ein Andenken an diesen hochinteressanten Abend zu besitzen.«

Er bückte sich, um sie aufzuheben. Old Shatterhand aber nahm sie ihm aus der Hand und sagte:

»Erlaubt, Sir! Diese Zöpfe wird ein ganz andrer bekommen.«

»So? Wer?«

»Tokvi Kava, der große und berühmte Häuptling der Komantschen.«

»Der? Warum?«

»Um ihn zu blamieren und zu ärgern.«

»Das verstehe ich nicht.«

»Und es ist doch sehr leicht zu verstehen. Winnetou hatte einen ganz besondern Grund, als er vorhin durch das Zeichen des Skalpierens diese beiden Zöpfe verlangte. Ihr seid doch wohl jetzt überzeugt, daß der ›schwarze Mustang‹ Euer Camp überfallen will?«

»Ja.«

»Worauf wird er es da wohl abgesehen haben? Etwa auf Euer Geld?«

»Schwerlich; das wird sich wohl dieser Yato Inda für seine Verräterei ausbedungen haben; die Roten brauchen keine Dollars; es wird wohl mehr auf unsre Waffen und Munition gerichtet sein.«

»Das allerdings, aber auch auf die Chinesenzöpfe.«

»Meint Ihr?«

»Ja. Wer diese Indsmen so kennt, wie wir sie kennen, der weiß ganz genau, wie sie denken und was sie wollen. Eine so große Anzahl ellenlanger Skalps! Welch eine Beute, und welch eine Ehre! Das soll ihnen aber nicht gelingen, und weil ich niemals ein Unmensch gewesen bin und mit jedem meiner Brüder fühle, gleichviel, ob er von weißer oder roter Farbe ist, so werde ich dem ›schwarzen Mustang‹ als Entschädigung diese beiden Zöpfe feierlichst überreichen.«

»Hallo, ist das ein Wort! Welch ein Aerger muß das für den ›Mustang‹ sein! So etwas kann sich nur ein Old Shatterhand ausdenken!«

»Da irrt Ihr Euch. Ich habe es mir gar nicht ausgedacht.«

»Wer denn?«

»Winnetou.«

»Winnetou? Habe ja kein Wort davon gehört!«

»Aber seinen Wink habt Ihr gesehen.«

»Sollte er dabei wirklich an den ›schwarzen Mustang‹ gedacht haben?«

»Gewiß! Wir beide pflegen uns nämlich auch ohne Worte zu verstehen. Gibt mir mein roter Bruder recht?«

Er wickelte, indem er diese Frage an Winnetou richtete, die Zöpfe zusammen und steckte sie ein. Der Apatsche antwortete:

»Mein Bruder Shatterhand hat mich genau verstanden. Es wird die größte Demütigung für den Häuptling der Komantschen sein, diese Zöpfe ohne Häute von uns zu erhalten.«

»Das mag ja sein,« gab der Engineer in gedehntem Tone zu; »aber so leicht, wie es gesagt ist, kann es nicht gemacht werden. Ehe man den ›Mustang‹ mit den Zöpfen ärgern kann, muß erst sein Angriff hier abgeschlagen worden und er in unsre Gefangenschaft geraten sein. Ihr thut, als ob dies so einfach wie für einen Professor das Buchstabieren sei; mir aber wird himmelangst, wenn ich nur daran denke. Wollen uns niedersetzen und einen Kriegsrat halten, Mesch'schurs!«

Er schob mehrere Tische zusammen, so daß auch die weißen Arbeiter mit Platz hatten, und lud sie ein, herbeizukommen. Man setzte sich also nieder; auch Winnetou und Old Shatterhand thaten das, doch war ihnen anzusehen, daß der zu erwartende Kriegsrat für sie nicht diejenige Wichtigkeit hatte, wie für den Engineer. Auch Kas machte eine sorglose Miene und sagte, indem er sich an die Versammlung wendete:

»Wenn die Stare nicht wissen, was sie machen sollen, so pflegen sie sich auf irgend einer schönen, grünen Wiese zusammenzusetzen und zu schwatzen, grad so wie damals bei Timpes Erben.«

»Ihr scheint diese schwierige Sache nicht sehr ernst zu nehmen, Sir!« antwortete der Engineer in halb beleidigtem Tone. »Wir sind keine Stare, sondern Männer.«

»Wer hat denn gesagt, daß ihr Stare seid?«

»Ihr spracht doch von dieser Art von Tieren!«

»Von Staren und von einer schönen, grünen Wiese, ja. Sitzen wir hier etwa auf einer Wiese!«

»*Pshaw!*«

»Schön! Da hier keine Wiese ist, kann ich euch mit den Staren nicht gemeint haben, Sir. Es muß doch jedem vernünftigen Menschen erlaubt sein, zuweilen auch in schönen Bildern und treffenden Beispielen zu sprechen!«

»*Well!* Und da Ihr mit diesem vernünftigen Menschen doch wohl Euch selbst bezeichnet, so dürfen wir von Euch jedenfalls auch sehr vernünftige Vorschläge erwarten!«

»Das will ich meinen, obgleich ich anstatt mehrerer nur einen einzigen Vorschlag habe, der alles andre in sich begreift.«

»So laßt ihn hören, Sir!«

»Sehr gern und sofort! Ich stelle also den Antrag, daß wir keinen großen Kriegsrat halten, sondern einfach Mister Winnetou und Mister Shatterhand fragen, was gemacht werden soll. Das ist das einfachste, denn etwas Besseres als diese beiden Gentlemen, können wir uns doch nicht aussinnen.«

»Das gebe ich ja zu; aber es ist doch gar so viel zu überlegen. Wann wird der Ueberfall stattfinden? Wieviel Rote werden kommen? In welcher Weise werden sie angreifen? Ich kann mich nur auf meine weißen Arbeiter verlassen, und ihr seht ja hier, wie wenige das sind. Die Chinesen haben keine Gewehre, und wenn sie welche hätten, so würden sie sie doch wegwerfen und ausreißen. Ja, wenn ich so viel Weiße hätte, wie mein Kollege in Rocky-ground! Der hat weit über achtzig Mann, alle wohl bewaffnet; bei den dortigen Sprengarbeiten sind Chinesen nicht zu brauchen.«

»Rocky-ground?« fragte Old Shatterhand. »Hieß dieser Ort schon früher so?«

»Nein; er wurde von uns so genannt.«

»Ist er weit von hier entfernt?«

»Nein. Mit der Maschine ist man in anderthalb Stunden dort.«

»Hm! Die hiesige Gegend ist mir leidlich bekannt, und Winnetou kennt sie noch besser. Freilich bin ich, seit Ihr hier arbeitet, nicht dagewesen und habe also keine Ahnung, wie

Eure Strecke läuft. Könnt Ihr mir nicht den frühern Namen der dortigen Gegend sagen? Es genügt der Name eines Thales, eines Berges oder Flusses.«

»Der Rocky-ground schneidet durch den Fuß eines Berges, welcher keinen englischen Namen hatte; von den Roten wird er Ua-pesch genannt. Was das heißen soll, weiß ich nicht.«

»Uff! Ua-pesch!« rief Winnetou, als ob dieser Name sehr wichtig sei und ihn auf einen guten Gedanken bringe. Als infolgedessen alle ihn ansahen, machte er mit der Hand eine abwehrende Bewegung und fügte hinzu: »Mein Bruder Shatterhand mag an meiner Stelle sprechen. Er weiß es ebenso genau wie ich.«

Die Blicke richteten sich auf den Bezeichneten. Dieser nickte, befriedigt lächelnd, vor sich hin und sagte zum Engineer:

»Ihr wißt nicht, was Ua-pesch bedeutet? Genau dasselbe, wie der Name, den Ihr der Sache gegeben habt, natürlich Steinthal oder Felsenthal. Ihr wißt, daß wir nach dem Alder-Spring wollen. Habt Ihr eine Ahnung, wo diese Stelle liegt?«

»Nein. Ich weiß nur, daß Ihr morgen abend dort eintreffen wollt; es muß also wohl ein Tagesritt von hier sein.«

»Allerdings ein Tagesritt, weil man durch Thäler und Schluchten sehr viele Windungen zu machen hat. Eure Bahn aber scheint in gerader Richtung durchzuschneiden, wie ich höre, denn man braucht ungefähr drei Stunden, um zu Pferde von Eurem Rocky-ground nach dem Alder-Spring zu kommen. Und dieses letztere ist es, was mich und Winnetou so sehr erfreut.«

»Warum erfreut, Sir?«

»Weil es alle Sorgen, die wir ja haben könnten, von uns nimmt und uns gegen die Komantschen eine Karte in die Hand gibt, die sie gewiß nicht übertrumpfen können.«

»Das würde mich riesig freuen. Wollt Ihr es uns nicht erklären?«

»Sagt vorher, in welcher Verbindung Ihr mit Rocky-ground steht!«

»In einer immerwährenden. Wir haben zunächst telegraphische Verbindung, so daß ich in jedem Augenblicke depeschieren kann.«

»Schön! Und die Bahn? Geht der Schienenweg bis hin?«

»Ja, schon seit zwei Wochen. Wir befinden uns hier am Ende des provisorischen Schienenstranges.«

»Welcher Art sind die Wagen?«

»Natürlich noch nicht Personen-, sondern nur Bau- und Materialwagen.«

»Werden auch genügen. Habt Ihr solche Wagen hier?«

»Ein ganzes Dutzend.«

»Und eine Maschine?«

»Nein; die ging gegen Abend nach Rocky-ground zurück.«

»Befindet sich also dort?«

»Ja.«

»Gewiß?«

»Ganz gewiß.«

»So habt die Güte, zu gehen und, ehe wir weitersprechen, nach dieser Lokomotive zu telegraphieren!«

»Was? Wie? Telegraphieren?« fragte der Engineer.

»Nach der Maschine? Telegraphieren? Weshalb? Brauchen wir sie hier?« ertönten rundum die Fragen der andern Anwesenden.

Da sagte Winnetou in seinem ruhigen und doch so bestimmten Tone:

»Mister Engineer mag sofort telegraphieren, ohne lange zu fragen! Mein Bruder Shatterhand weiß ganz genau, was er will.«

Der Beamte widersprach ihm nicht und ging; als er nach einigen Minuten zurückkehrte, sagte er:

»Die Depesche ist fort. Ich habe da eine gewisse Verantwortlichkeit übernommen, hoffe aber, daß ich ihr genügen kann.«

»Habt keine Sorge, Sir; es wird Euch kein Vorwurf treffen!« beruhigte ihn Old Shatterhand.

»Ihr hättet mir aber doch wohl vorher sagen können, was die Maschine hier soll!«

»Ich wollte keine Zeit verlieren, denn sie muß wahrscheinlich erst wieder geheizt werden, ehe sie von dort abgehen kann.«

»Das ist richtig; es wurde mir das sofort zurückgeantwortet. Wer soll denn fahren?«

»Winnetou, ich und unsre zwei neuen Gefährten mit unsern Pferden.«

»Niemand von uns mit?«

»Nein.«

»Aber, Mister Shatterhand, das kann ich nicht verantworten. Für Privatextrazüge sind unsre Maschinen und Wagen nicht da.«

»Es handelt sich gar nicht um eine private Angelegenheit, sondern um Hilfe für Euch, gegen die Komantschen. Ich will Euch in kurzem sagen, wie die Sache stand, ehe wir heut hier ankamen, und wie sie nun jetzt steht. Es handelt sich dabei nicht etwa um Vermutungen, sondern um unumstößliche Gewißheiten. Wir täuschen uns nicht, sondern wir kennen die Absichten der Feinde so genau, als ob wir an ihren Beratungen teilgenommen hätten. Der ›schwarze Mustang‹ wollte das Camp überfallen und sandte seinen Enkel, den Mestizen, unter falschem Namen her, um die Gelegenheit auszuspionieren. Heut abend kamen sie heimlich hier zusammen, um den Tag des Angriffes zu bestimmen. Dieser wäre wahrscheinlich kein naher gewesen, wenn wir uns nicht hier befunden hätten, und der Mestize nicht entlarvt worden wäre; die Roten hätten sich Zeit genommen. Jetzt aber wissen sie, daß wir sie durchschauen, und werden den Streich ausführen, ehe Ihr ihn durch Anlegung von Befestigungen und sonstigen Maßregeln unmöglich machen könnt. Ich bin sogar überzeugt, daß der Ueberfall gleich heut geschehen würde, wenn es da nicht ganz bedeutende Hindernisse gäbe.«

»Hindernisse?« fiel da der Engineer ein. »Ich denke, grad die gibt's heut am allerwenigsten.«

»Wieso?«

»Welch eine Frage! Wenn die Roten in diesem Augenblicke kommen, sind wir verloren!«

»Ja, wenn! Sie können aber nicht kommen, denn sie sind nicht da! Ich setze meinen Kopf zum Pfande, daß der ›schwarze Mustang‹ nur mit zwei oder drei Kriegern hier gewesen ist; sein Lager befindet sich weit, sehr weit von hier. Dazu kommt, daß er uns hier weiß. Der Mestize ist ihm nach und wird ihm sagen, was geschehen ist. Der Häuptling ist also überzeugt, daß wir in dieser Nacht auf der Hut sein werden. Er hat erfahren, daß ich mit Winnetou morgen nach dem Alder-Spring will. Der Besitz unsrer Personen ist ihm mehr, viel mehr wert als alle Beute, die er hier machen könnte. Er wird also schleunigst dorthin reiten, um uns gefangen zu nehmen. Er denkt sich das sehr leicht, weil er sich in dem Besitze unsrer gefürchteten Waffen weiß. Noch leichter wird es ihm dünken, dann, wenn wir in seine Hände gefallen sind, schleunigst hierher zurückzukehren und sich die langen Chinesenskalpe zu holen. Aufschieben darf er das nicht, denn sonst richtet Ihr Euch zur Verteidigung ein. Es gilt nun, ihm zuvorzukommen. Ich muß mit Winnetou eher als er am Alder-Spring sein. Wir müssen ihn beschleichen, seine Krieger zählen, ihn belauschen, um zu erfahren, in welcher Weise er handeln will.«

»Aber, Sir,« fiel da der Engineer ein, »das ist ja ungeheuer gefährlich! Wenn er Euch ertappt, so seid Ihr verloren!«

»Er wird uns nicht ertappen; darauf könnt Ihr Euch verlassen. Ein Westmann kann nur von einer unbekannten Gefahr überrascht werden, nicht von einer, die er kennt. Ein höchst glücklicher Umstand ist der, daß euer Rocky-ground so nahe am Alder-Spring liegt. Wir fahren, sobald die Maschine hier angekommen ist, dorthin, und von da aus reiten wir nach dem Spring, den wir schon früh erreichen. Dort richten wir uns so ein, daß wir alles beobachten können, ohne selbst bemerkt zu werden. Was dann geschieht, hängt von dem ab, was wir erfahren.«

»Werdet Ihr dort wieder zu Euren Gewehren kommen?«

»Wahrscheinlich nicht.«

»Aber es scheint doch, daß es Eure erste Sorge sein muß, sie wieder zu erhalten!«

»Unsre allererste Sorge ist die, Euch zu helfen. Gelingt uns das, so nehmen wir den ›schwarzen Mustang‹ gefangen. Mit ihm gelangen die Gewehre am einfachsten und sichersten wieder in unsern Besitz. Ich bin überzeugt, daß es uns gelingt, ihn zu belauschen. Hören wir, daß Euch Gefahr droht, so reiten wir schnell nach Rocky-ground und bringen die sämtlichen dortigen Arbeiter per Bahn hierher, um die Komantschen in Empfang zu nehmen.«

Bei diesen Worten fuhr der Engineer von seinem Sitze auf und rief in frohem Tone:

»Alle Wetter, ist das ein köstlicher Gedanke! Die Weißen von dort zur Hilfe hierher! Da kann es uns ja gar nicht fehlen; da brauchen wir gar keine Sorge zu haben, denn wir schießen die roten Halunken vom ersten bis zum letzten Manne nieder!«

»Ihr stimmt mir also bei?«

»Natürlich! Ihr habt recht, vollständig recht, Mister Shatterhand. Es ist ganz so, wie ich Euch bereits gesagt habe: Wir werden Euch und Mister Winnetou unsre Rettung zu verdanken haben.«

»So macht Ihr Euch also keine Gedanken mehr darüber, daß ich Euch veranlaßt habe, eine Maschine zu requirieren?«

»Gar nicht, gar nicht, Sir. Ich bin Euch vielmehr außerordentlich dankbar dafür und werde Sorge tragen, daß ihr in Rocky-ground nach Verdienst empfangen werdet.«

»Hm! Was beabsichtigt Ihr da?«

»Ich werde, sobald ihr abfahrt, telegraphieren, daß Old Shatterhand und Winnetou, die zwei berühmtesten Männer des Westens, kommen.«

»Das werdet Ihr nicht thun!«

»Nicht? Warum nicht?«

»Erstens, weil wir nicht mehr und nicht besser sind, als andre Leute auch, und zweitens, weil Ihr damit unsern ganzen Plan gefährden würdet.«

»Meint Ihr?«

»Ja. Es braucht niemand zu wissen, wer wir sind und was wir wollen; es könnte den Komantschen verraten werden.«

»Unmöglich!«

»Sehr leicht möglich sogar!«

»Nein. Wem könnte es einfallen, den Roten eine solche Botschaft zuzutragen!«

»Denkt doch an den Mestizen, der Euer ganzes Vertrauen besaß! Man kann nie vorsichtig genug sein, zumal wenn es sich wie hier um so viele Menschenleben handelt.«

»*Well!* Aber telegraphieren muß ich; ich werde ganz einfach melden, daß vier Passagiere kommen; dazu bin ich gezwungen. Aber es wäre ein ganz verteufeltes Unheil, wenn Ihr Euch in Beziehung auf die heutige Nacht irrtet!«

»Was wollt Ihr damit sagen?«

»Ich meine: wenn die Komantschen doch heut kämen, und Ihr wäret fort!«

»Sie kommen nicht!«

»Das denkt Ihr, Sir! Ich will ja gern zugeben, daß Ihr in solchen Angelegenheiten tausendmal klüger seid, als ich bin; aber Ihr habt vorhin selbst gesagt, daß man nie vorsichtig genug sein kann.«

»Ich widerspreche Euch nicht; thut also immerhin, was Ihr für Eure Pflicht haltet!«

»Ja, was ist denn da meine Pflicht?«

»Laßt an verschiedenen Seiten des Camp mehrere Feuer anbrennen, und setzt Wachen dazu. Sollten sich die Komantschen ja in der Nähe befinden, was ich aber entschieden in Abrede stelle, so werden sie sehen, daß wir auf der Hut sind, und sich nicht heranwagen.«

»Ja, das ist das beste; das werde ich thun.«

Er entfernte sich, um die nötigen Befehle zu erteilen, und bald brannten trotz der herrschenden Nässe sechs mächtige Feuer, welche das ganze Camp erhellten. Er hatte auch in seine Wohnung eine Wache gesetzt, welche ihm das Klingeln des dort befindlichen Telegraphenapparates melden sollte. Vom Schlafe war natürlich keine Rede. Die Vorbereitungen zur Bahnfahrt wurden zeitig getroffen. Für die vier Passagiere und ihre Pferde genügte ein sehr geräumiger Werkzeugwagen, in welchem einige bequeme Sitze hergestellt wurden.

Als das Signal ertönte und die Meldung kam, daß die Maschine in Rocky-ground abgegangen sei, wurden die Pferde in den Wagen gebracht und für die Besitzer derselben noch ein steifer Grog als Abschiedstrunk gebraut. Nach Verlauf von anderthalb Stunden kam die Lokomotive angedampft; der Wagen wurde angehängt; die Reisenden nahmen Abschied und stiegen ein, und der Engineer sandte ihnen die Meldung voraus, daß man in Rocky-ground vier Passagiere zu erwarten habe.

Obgleich das Geleise nur ein provisorisches war und eine beträchtliche Dunkelheit herrschte, flog der kurze Zug mit der Geschwindigkeit eines Eiltrains dahin; das war so amerikanische Weise und Sorglosigkeit. Es tauchte während der ganzen Fahrt kein einziges Licht auf, weil es keinen Haltepunkt gab. Berge, Thäler, Prairien und Wälder waren nicht voneinander zu unterscheiden; es schien, als ob der Zug ohne Unterlaß durch einen endlosen Tunnel brause, und so waren die vier Männer froh, als endlich die Maschine ihre schrille Stimme hören ließ und auch die Lichter des Zieles vorn auftauchten.

Es brannten auch hier mehrere Feuer, bei deren Scheine man zunächst ein langgestrecktes, niedriges Gebäude erkannte, welches einen sehr breiten Eingang hatte. Das Innere schien mehrere Abteilungen zu besitzen, deren eine erleuchtet war. Am Pfosten der Thür lehnte eine schmale, nicht hohe Gestalt, welche in das lederne Habit eines Westmannes gekleidet war. Eine zweite Person stand näher am Geleise, trat, als der Zug hielt, an den Wagen heran, schob die halb offene Thür desselben vollends zurück und sagte:

»Rocky-ground! Steigt aus, Mesch'schurs! Bin doch neugierig, wegen welcher Art von Menschen der Kollege in Firwood-Camp eine nächtliche Extrafahrt veranstalten läßt.«

»Werdet es gleich sehen und erfahren, Sir,« antwortete Old Shatterhand. »Ich vermute natürlich, daß Ihr hier beamtet seid?«

»Bin der Engineer, Sir. Und Ihr?«

»Ihr werdet unsre Namen hören, wenn wir drin beim

Lichte sind. Habt Ihr einen Platz, vier Pferde gut unterzustellen?«

»Werden sehen. Kommt nur erst selbst heraus.«

Er sah, als sie ausstiegen, einem nach dem andern ins Gesicht und brummte dann enttäuscht:

»Hm! Lauter Unbekannte! Sogar ein Roter dabei! Habe etwas andres gedacht!«

»Habt in uns wohl Vorgesetzte oder so etwas Aehnliches erwartet?« lachte Old Shatterhand. »Millionenaktionäre, was? Nehmt es nicht übel, daß wir sehr einfache Menschen Eure Nachtruhe stören! Wir werden gleich weiterreiten; dann könnt Ihr wieder schlafen.«

»Weiterreiten? Dann seid Ihr wohl nur so etwas wie Jäger oder Fallensteller?«

»Allerdings.«

»Und da mutet mir mein Kollege zu, mitten in der Nacht mich eines – – –«

Er wurde unterbrochen. Der schmächtige Mann an der Thür war näher getreten und sagte:

»Bin selbst auch neugierig, was für Mannskinder so mitten in der Nacht per Extrazug im wilden Westen herumkutschieren. Wenn man so in einer Weise – – –«

Er hielt inne. Old Shatterhand hatte ihm den Rücken zugekehrt, drehte sich aber bei dem Klange dieser bekannten Stimme schnell um. Der Kleine erblickte sein Gesicht, unterbrach sich mitten in der Rede und schrie:

»Old Shatterhand! Old Shatterhand!«

»Der Hobble-Frank, der Hobble-Frank!« antwortete dieser, grad ebenso erstaunt.

»Und Winnetou! Winnetou!« rief Frank weiter, als er nun auch den Apatschen erkannte.

»Uff!« antwortete dieser.

Er sagte nur dieses eine Wort, aber es lag in dem Tone desselben alles, was er bei dieser so unerwarteten Begegnung empfand.

»Wahrhaftig, sie sind es! Old Shatterhand und Winnetou!« wiederholte der Kleine, vor Freude beinahe außer sich.

»Kommt in meine Arme; kommt an mein Herz, Mesch'-schurs! Ich kann es nicht lassen, ich muß euch drücken und quetschen, ganz egal, ob ihr es übel nehmt oder nicht!«

Er schlang seine Arme bald um den einen, bald um den andern und rief dabei dem Beamten zu:

»Seht, Mister Engineer, das sind die beiden hochberühmten Westmänner, von denen ich Euch während des ganzen heutigen Abends erzählt habe. Wie hätte ich ahnen können, daß ich sie so schnell danach hier treffen würde!«

Der Engineer hatte eine ganz andre Haltung angenommen; sie war eine fast devote zu nennen; er antwortete:

»Dieser Eurer Erzählung hätte es gar nicht bedurft, Mister Frank. Ich kenne diese beiden Gentlemen schon seit langer Zeit, allerdings nur ihrem Rufe nach, der durch die ganzen Staaten geht. Hätte ich gewußt, daß sie es sind, die mir die Lokomotive brachte, der Empfang wäre ein ganz andrer gewesen. Ich eile, alle meine Leute zu wecken und – – –«

»Halt!« unterbrach ihn da Old Shatterhand. »Wir wünschen unerkannt zu bleiben. Die Gründe dazu werdet Ihr bald erfahren. Wir wollten nicht lange hier bleiben; da wir aber unsern guten Frank so unerwartet getroffen haben, wird es wohl ein Stündchen oder auch noch länger dauern, bis wir fortreiten. Also sagt, habt Ihr einen Ort, wo wir unsre Pferde sicher einstellen können?«

»O, Mister Shatterhand, ich werde Eure Pferde grad wie Menschen behandeln, denn ich weiß, was für edle Tiere Ihr und Winnetou reitet. Wir nehmen sie mit herein in die Halle, wo ihr, wenn ich Euch darum bitten darf, die Güte haben werdet, meine Gäste zu sein.«

Was er »Halle« nannte, war das schon erwähnte langgestreckte Gebäude. Der erleuchtete Teil desselben bildete den Restaurationsraum für die dermaligen Bewohner von Rocky-ground. Daneben gab es ein Gelaß zur Aufbewahrung besserer Güter; es war jetzt leer, und hier wurden die Pferde untergebracht. Man hatte sie also fast unter den Augen und konnte ihrer sicher sein.

Als sie hierauf in die Restauration traten, erhob sich der

Boardkeeper[1] verschlafen hinter seinem Tische. Er war nicht zu Bette gegangen, weil er geglaubt hatte, von den erwarteten Gästen etwas zu verdienen. Man hatte wegen des Extrazuges angenommen, daß es vornehme Herren, vielleicht gar Revisoren der Strecke seien. Und nun sah er zu seiner Enttäuschung, daß es einfache Westläufer waren. Er bekam aber schnell einen andern Begriff von ihnen, als der Engineer ihm die zwei berühmten Namen und eine hierauf folgende Bestellung zuraunte.

Noch ehe man sich setzte, hielt es Old Shatterhand für angezeigt, Kas und Has mit dem Hobble-Frank bekannt zu machen. Er sagte also zu dem letzteren in deutscher Sprache:

»Lieber Frank, es ist mir vergönnt, Ihnen eine Freude zu machen. Ich stelle Ihnen nämlich hiermit – –«

»Halt! Still geschwiegen!« unterbrach ihn da der Kleine. »Sie kennen mich, verehrtester Herr Shatterhand. Nich?«

»Natürlich!« lächelte der Gefragte, welcher wußte, daß Frank jetzt eine seiner Eigentümlichkeiten loslassen werde. Bekanntlich war dem Kleinen, so lange er sich der englischen Sprache bediente, seine Originalität nicht anzumerken; sobald er aber deutsch zu reden begann, konnte man sicher sein, sich irgend einer Seltsamkeit erfreuen zu können.

»*Bon!* Sie, Herr Shatterhand, kennen Ihren Hobble-Frank und wissen also, daß ich ein Mensch bin, der sich seiner abnormen Geistesrechte sehr wohl bewußt is und deshalb seiner Ehre niemals nischt vergibt. Dem Verdienste seine schwedischen Kronenthaler! Die verlange ich für alle Fälle ooch für mich und sehe also schtets darauf, daß ich von meiner devoten Umgebung richtig antituliert werde. Für eenen Mann, wie ich bin, gehört sich das ehrfurchtsvolle Sie, das französische Wuh oder das englische Juh; aber aus Ihrem Munde thut es meinem gefühlvollen Herzen wehe. Ich bin mit Ihnen durch dick und dünn geritten und geloofen; ich habe mit Ihnen gehungert und gekummert; wir haben mit eenander nich nur in Todes-, sondern sogar ooch in Lebensgefahr geschtan-

[1] Wirt.

den; ich bin, so zu sagen, Ihr geistiges Kind und Ihr leiblicher Vater geworden; unsre Seelen sind sich so innig verschwägert, verschwistert und verwandt, daß ich von Ihnen das Wuh, das Juh und das Sie nich hören mag. Thun Sie mir also den Gefallen, und nennen Sie mich ergebenst nich andersch als nur Du! Wollen Sie?«

Old Shatterhand wiegte den Kopf bedenklich hin und her und ließ ein leises »hm!« als Antwort hören.

»Hm?« fragte der Kleine. »Hier wird gar nischt gehummt und gebrummt! Meine Bitte kommt vom Herzen und is gar nich so schwer zu erfüllen. Werden doch sogar große Herren Du genannt, warum also von Ihnen nich ooch ich!«

»Es ist also wohl Brüderschaft gemeint, lieber Frank?«

»Brüderschaft? Fällt mir nich im Troome ein! Brüderschaft machen nur Menschen, die sich nich höher zu benehmen wissen und ihr orthopädisches Rangdewuh verloren haben. Ich thue das nie, denn ich weeß, was ich meinem intellektuellen Territorium schuldig bin. Da müßte ich Sie doch ooch Du nennen, und zu eener solchen Gütergemeenschaft der unpersönlichen Fürwörter könnte ich mich off keenen Fall entschließen. Sie schtehen hier zwischen zwee Schtühlen. Setzen Sie sich, off welchen Sie wollen! Heeßen Sie mich Sie, so nenne ich Sie Du; verehren Sie mir aber das obligate Du, was mir gebührt, so schteht es in den Schternen bombenfest angeschrieben, daß ich Ihnen Ihr trauliches Sie nicht vorenthalten werde. Also machen Sie es kurz! Wie soll es sein?«

»*Well*, ich gehe auf deinen Wunsch ein.«

»Sie nennen mich Du?«

»Ja, denn ich weiß, wie du es meinst.«

»Ganz richtig! Wir sind also een Leib und eene Seele, eene Drossel und eene Philomele! Und nun sprechen Sie ergebenst weiter! Sie wollten mir vorhin eene Freede machen.«

»Ja, und zwar dadurch, daß ich dir in diesen beiden Herren zwei Landsleute vorstelle.«

»Was, wirklich? Also Deutsche?«

»Sogar Sachsen!«

»Is es die Möglichkeet! Sachsen? Woher denn?«

»Hier Herr Hasael Benjamin Timpe aus Plauen.«

»Plauen im Voigtlande?«

»Ja.«

»Das freut mich ungeheuer, ja wirklich ungeheuer. Plauen is mir nämlich sehr ans Herz gewachsen, denn dort habe ich bei Anders im Glassalon mein schönstes Bier getrunken und meine besten Schweinsknöcheln *à la omelette* gegessen; voigtländische Klöße, so grüngenüffte, waren, gloobe ich, ooch dabei. Und der andre Herr?«

»Ist Herr Kasimir Obadja Timpe, ein Vetter von ihm aus Hof.«

»Aus Hof? Hm! So so! Das gehört doch eegentlich nach Bayern; es liegt also eegentlich eene geographisch-ornithologische Landkartenverwechslung vor. Aber in diesem Falle macht es keenen Schaden, weil die Eisenbahnlinie von Plauen nach Hof ganz sächsisch is. Ich kann also Herrn Kasimir Obadja immerhin als Landsmann gelten lassen. Welcher von den beeden is denn eegentlich der wirkliche Vetter, der eene oder der andre?«

»Beide, lieber Frank, natürlich beide.«

»Alle beede also? Hm, ja! Es wird wohl schon so sein; ich war een bißchen irre, denn bei diesem schönen Namen Timpe kann es eenem ganz timpelich zu Mute werden. Hoffentlich gibt es nich noch mehr Leute, welche ooch Timpe heeßen!«

Die beiden Vettern hatten schon von dem Hobble-Frank gehört, ihn sich aber doch nicht so originell gedacht, wie sie ihn jetzt sahen und hörten. Er war ihnen aber gleich so sympathisch, daß Kas schnell antwortete:

»O, Timpes gibt's noch mehr. Nämlich Rehabeam Zacharias Timpe, Petrus Micha Timpe, Markus Absalom Timpe, David Makkabäus Timpe, Tobias Holofernes Timpe, Nahum Samuel Timpe, Joseph Habakuk Tim – – –«

»Halt ein, halt ein, halt ein!« schrie der Hobble-Frank, indem er sich beide Ohren zuhielt. »Wenn das so fortgeht, bekomme ich entweder den Wadenkrampf, oder ich schpringe ins erste, beste Wasser! Um eene solche Völkerzählung anhören zu können, muß man ja Nerven wie Telegraphenkabel und Ohrläppchen wie een Elefant besitzen! Timpe, Timpe, Timpe und immer wieder Timpe! Und nun diese Vornamen dazu! Sagen Sie, was haben Sie denn eegentlich für Onkels, für Tanten und für Paten gehabt, daß sie Ihnen solche Namen anhefteten?«

»Die hießen alle auch Timpe.«

»Alle guten Geister! Jetzt hört es auf! Wenn Sie nur noch een eenziges Mal Timpe sagen, schieße ich Sie gradewegs über den Haufen; ich muß mein Leben retten! Thun Sie mir den Gefallen, und schreiben Sie an das sächsische Ministerium, um sich eenen andern Namen herüberschicken zu lassen, sonst kann ich unmöglich mit Ihnen verkehren!«

»Das können wir uns leichter machen. Wir lassen uns nämlich von guten Freunden bei den abgekürzten Vornamen nennen, also Kas und Has anstatt Kasimir und Hasael. Wollen Sie?«

»Ja, das lasse ich mir eher gefallen; so eenen guten Freund sollen Sie gern an mir haben. Setzen wir uns jetzt, und – – – ah, was is denn das?«

Diese Frage galt den vollen Tellern und Flaschen, welche der Keeper jetzt auf den Tisch stellte; er winkte nach dem Engineer hin, und dieser erklärte, daß er es für eine hochgeschatzte Ehre halten würde, wenn die Gentlemen seine Gäste sein wollten. Nach amerikanischer Ansicht wäre es eine große Beleidigung gewesen, diese Einladung zurückzuweisen; darum wurde sie angenommen. Hobble-Frank und die Timpes sprachen den Gaben wacker zu; Old Shatterhand aß wenig und nahm nur ein Gläschen Wein; Winnetou verzichtete ganz auf den Trank. Er hatte wohl alle Arten von Spirituosen einmal gekostet, sie dann aber nie wieder getrunken; er wußte gar wohl, daß das »Feuerwasser« der größte Feind des roten Mannes ist, und, fügen wir hinzu, des weißen Mannes auch!

Während des Mahles wogte die Unterhaltung erregt hin und her. Old Shatterhand wollte vor allen Dingen wissen, welchem Umstande er sein heutiges Zusammentreffen mit Frank zu verdanken habe. Dieser antwortete:

»Wir sehen uns hier wieder, weil es mir grad wie Ihnen und der Wachtel geht.«

»Sonderbare Zusammenstellung!«

»Gar nich sonderbar! Wenn's der Wachtel in Deutschland nicht mehr gefällt, wird sie unruhig und fliegt übersch Meer; Sie halten's ooch nich lang derheme aus. Wenn man mal an Ihre Thüre klopft, um Sie zu besuchen, sind Sie gewöhnlich ausgeflogen. Man muß Ihnen also nachfliegen, wenn man partuh mit Ihnen schprechen will. Ich hatte verschiedene kleene Anliegen an Sie und setzte mich also offs Elbschiff, um zu Ihnen zu fahren. Als ich ankam, waren Sie fort, und man sagte mir, daß Sie herüber seien, um mit Winnetou zusammenzutreffen. Aber wo, das wußte man nich. Da packte mich das Savannenfieber; ich schloß meine Villa ›Bärenfett‹ zu und dampfte Ihnen nach. Ich wußte ja, daß ich bei den Mescalero-Apatschen gewiß erfahren würde, in welcher Gegend Sie zu finden sind. Wir fuhren, so weit, wie es ging, den Arkansas hinauf, und nahmen dann Pferde, um über Santa Fé nach dem Rio Pecos zu reiten.«

»Wir? Du bist also nicht allein?«

»Nee. Mein Vetter Droll war natürlich mit.«

»Die gute ›Tante Droll‹? Wo steckt er denn? Wo hast du ihn gelassen?«

»Ich habe ihn gar nich gelassen. Und wo er schteckt? Im Bette!«

»Hier?«

»Ja, hier.«

»Aber, Frank, warum weckst du ihn denn nicht?«

»Weil dem lieben Kerl das bißchen Schlaf zu gönnen is. Er is nämlich krank.«

»Krank? Da muß ich ihn ja sehen! Hier im wilden Westen krank, das ist etwas ganz andres als daheim! Ist's gefährlich?«

»Gefährlich nich, aber sehr schmerzhaft, wie es scheint.«

»Was ist's denn für ein Leiden?«

»Een ganz sonderbares. Ich habe noch nie davon gehört

und wollte es erst gar nich glooben. Er hat nämlich die Insel Ischia in den Beenen.«

»Die – – Insel – – Ischia?« fragte Old Shatterhand gedehnt. Er hätte am liebsten laut aufgelacht, that dies aber nicht, sondern blieb ernst, weil er die Eigenheiten des Hobble kannte; wer sich seine lustigen Verwechslungen nicht gefallen ließ, der durfte sich auf Grobheiten gefaßt machen.

»Ja, die Insel Ischia,« nickte Frank ernst.

»Weißt du, wo diese Insel liegt?«

»Natürlich! Sie liegt zwischen dem Wendekreis des Krebses und Hohenzollern-Sigmaringen.«

»Oho!« lachte da Kas, der nicht wußte, daß er den Kleinen damit ungeheuer beleidigte. »Ich bin kein großer Geograph; aber wo diese Insel liegt, das weiß ich zufälligerweise ganz genau. Ich las einmal von den schrecklichen Erdbeben, die dort vorgekommen sind, und habe mich nach ihr erkundigt.«

O weh! Der gute Kas ahnte nicht, daß er jetzt selbst auch ein großes Erdbeben zu erwarten hatte; Frank legte nämlich Gabel und Messer weg, wendete sich ihm langsam zu, sah ihn hoheitsvoll von oben bis herunter an und fragte in seinem kältesten und zugleich verächtlichsten Tone:

»So, Sie wissen das ganz genau? Sagen Sie doch mal, wie heeßen Sie?«

»Timpe.«

»Tim – – Tim – – Timpe! Damit ist eegentlich alles gesagt! Timpe und Ischia! Das klingt grad so wunderbar, wie zum Beischpiel Schtiefelbürschte und Ophelia, oder wie Igelmaul und Morgenröte! Wo soll die Insel Ischia denn wohl nach Ihrer Meenung liegen?«

»Im Meerbusen von Neapel.«

»So!« Er dehnte dieses So eine halbe Ewigkeit lang und fügte dann mit blitzenden Augen die Frage hinzu: »Is das etwa nich zwischen dem Wendekreis des Krebses und Hohenzollern-Sigmaringen?«

»Hm! Das weiß ich nicht; ich habe mich nie um diesen Kreis bekümmert.«

»So schweigen Sie in Zukunft ganz ergebenst, wenn wissenschaftliche symbolische Autoritäten Ihnen die Ehre anthun, Sie mit dem Abglanze ihres Schpektrums anzuleuchten! Sie haben soeben selbst eingeschtanden, daß Sie keen Geograph sind. Wenn Luna lächelt, muß die Tangente schweigen; das merken Sie sich!«

Kas hatte keinen Begriff von der Ungeheuerlichkeit einer Zusammenstellung von Luna mit der Tangente; er meinte in entschuldigendem Tone:

»Ich habe Sie nicht beleidigen wollen, Herr Frank; aber Sie werden doch zugeben, daß kein Kranker die Insel Ischia mit ihren fünfundzwanzigtausend Einwohnern in den Beinen haben kann!«

»Bleiben Sie mir doch mit Ihren Einwohnern vom Leibe! Wer hat denn von diesen gesprochen? Wir sind wegen den Schmerzen, die Droll auszustehen hatte, mit Ach und Krach bis Fort Manners gekommen, wo es zufälligerweise zwee Aerzte gab, die ihn untersuchen mußten. Der eene, der mir gar nich wissenschaftlich komponierte, erklärte die Krankheit für *Pain in the hip*[1]; der andre aber, welcher der gebildetere Poseidon war, traf das Richtige, indem er sie Ischia nannte. Daß das eene Insel is, weeß jedermann, ooch wenn er nich zu den höheren Leviten zählt, wie Figura beweist. Und das mit dem Erdbeben stimmt ganz genau, denn die Schmerzen treten ganz genau in derselben Weise off; Droll bebt am ganzen Leibe, wenn sie kommen.«

Kas schwieg, weil er nicht weiter zu antworten wußte. Old Shatterhand verlor über die Verwechslung von Ischias mit der Insel Ischia kein Wort und fragte, um Frank von seinem unschuldigen Gegner abzulenken:

»Man hat doch früher bei Droll von dieser Krankheit nichts gespürt; sie ist also neu bei ihm?«

»Ja; er hat sie jetzt zum erschtenmal.«

»Haben die Aerzte die Ursache herausgefunden?«

»Die? Das hatten sie gar nicht nötig, denn ich habe sie ihnen gesagt.«

[1] Hüftweh, Ischias.

»Du?«

»Ja, ich! Oder meenen Sie etwa, daß ich so etwas, was klar off allen Fingern liegt, nich sehen kann? Da müßte ich doch mit ägyptologischer Blindheit geschlagen sein!«

»Nun, worin besteht diese Ursache?«

»Sie beschteht in eenem Pferde, welches sich das Schtolpern nich abgewöhnen kann.«

»Wieso?« fragte Old Shatterhand ernsthaft, obgleich er das Lachen verbeißen mußte.

»Ich habe bereits gesagt, daß wir von Arkansas aus zu Pferde waren. Mein Gaul war nich übel, und ich habe ihn heute noch; mit Drolls Schimmel aber waren wir betrogen worden; er war een Stolperer, wie er im Buche schteht. Geschtolpert mußte nämlich sein, und wenn es keenen Graben, keenen Schteen und keene Wurzel gab, der oder die im Wege lag, da schtolperte das Vieh wenigstens über seine eegenen Beene weg.«

»Wer kauft aber auch so ein Tier! Noch dazu einen Schimmel! Du weißt doch, daß kein erfahrener Westmann einen Schimmel reitet, weil die helle Farbe des Pferdes ihn dem Feinde schon von weitem verrät.«

»Das weeß ich wohl; aber wenn man Pferde partuh haben muß und nur Schimmel zu haben sind, was macht man da? Soll man das Tier mit Tinte anmalen, daß beim nächsten Regen aus dem Rappen dann doch een Schimmel wird?«

»Hm, sonderbar! Ich habe doch fast nie eine Anzahl von Schimmels zum Verkaufe stehen sehen; sie kommen ja gar nicht auf, weil niemand sie kauft.«

»Das sagte ich mir nachher ooch; aber da war es zu schpät. Es schtellte sich nämlich heraus, daß der Händler ooch dunkle Pferde hatte, die aber vor uns verschteckt worden waren.«

»So seid Ihr einfach betrogen!«

»Bitte sehr, Herr Shatterhand! Der Hobble-Frank läßt sich nicht betrügen; dazu besitzt er een viel zu durchsichtiges Tellurium; aber wie wollen Sie das Dasein eenes Pferdes berechnen, wenn seine irdische Existenz zwischen den Wänden eenes zugeschlossenen Schtalles schwebt? Können Sie das verschleierte Bild zu Sais in een brauchbares schwarzes oder braunes Reitpferd verwandeln, welches nich die süße Angewohnheit hat, über alle seine vier eegenen Beene zu schtolpern? Und schtolpern that die Bestie, das is nich abzuleugnen.«

»Aber es will mir noch immer nicht gelingen, dieses Stolpern mit der Insel Ischia in Verbindung zu bringen. Hoffentlich ist der Schimmel nicht über die Insel hinweggestolpert!«

Frank schien in diesen Worten doch eine kleine Ironie zu vermuten, denn er sah den Sprecher forschend an; als er aber in dem Gesichte desselben auch nicht die geringste verdächtige Spur bemerkte, antwortete er:

»Nee, das nich; die Insel is nämlich nur een Boomstumpf gewesen.«

»Erzähle es!«

»Das is eene ganz dumme Geschichte, und sie kam ganz plötzlich wie vom blauen Himmel herunter. Wir ritten zwischen Büschen im hohen Grase, ganz fröhlich und wohlgemut, und ahnten nich, daß das verderbliche Schicksal in der Geschtalt eenes im Grase verborgenen Boomschtumpfes über unsern Häuptern schwebte. Da schtolpert der Schimmel mit den Vorderbeenen und thut vor Schreck eenen gewaltigen Satz zur Seite. Droll, der ohne jede blasse Idee ganz leicht und locker im Sattel sitzt, wird abgeworfen, und zwar so, daß er off den Schtumpf grad und genau so wie off eenen Schtuhl zu sitzen kommt. Dabei gab's zweeerlee zu hören, nämlich eenen lauten Schrei und eenen gewaltigen Krach. Den Schrei hat Droll ausgestoßen; aber wer so gewaltig gekracht hat, ob Droll oder ob der Boomstummel, das is ungewiß. Ich gloobe aber, Droll is es ooch gewesen, denn seine Glieder scheinen selbst heute noch nich ganz richtig an Ort und Schtelle zu sein. Er konnte nich offschtehen; ich war ihm zwar behilflich, sich aus dem niedrigen Parterre in eene höhere Etage zu erheben, aber er sank immer wieder in sein eegenes, schmerzliches Selbst zusammen. Er quoll von Seufzern über, so daß der Wunsch, an seiner Schtelle zu sein, in meinem ooch gefühlvollen Innern tief verschlossen blieb. An alledem war der vermaledeite Schimmel schuld.«

Der gute Frank erzählte dies nicht etwa deshalb, um seine Zuhörer zu unterhalten, in so drastischer Weise, sondern es lag das so in seiner drastischen Eigenheit. Er war von Mitleid mit seinem Vetter Droll druchdrungen und ahnte nicht, daß seine Darstellung geeignet war, eher Lachen als Mitleid zu erregen. Die beiden Timpe hingen mit ihren Blicken an seinem Munde, und es war ihnen deutlich anzusehen, daß er ihnen ganz außerordentlich gefiel.

»Sehen Sie nun ein, wie der Schimmel und der Boomstumpf mit der Insel Ischia zusammenhängen?« fragte er Old Shatterhand.

»Ich beginne, es zu begreifen,« antwortete dieser. »Erzähle weiter!«

»Was nun folgt, is noch schmerzlicher als das Bisherige: Ich habe mir alle mögliche Mühe gegeben, meinen Droll wieder in das richtige Geschick zu bringen; ich habe an seinen Beenen gezerrt und gezogen; ich habe sie geschüttelt und gerieben; ich habe ihn hinten geschoben und gestoßen, bis er endlich aufgesprungen is, aber vor Schmerzen, sagte er, und nicht etwa deshalb, weil es besser geworden war. Dann habe ich ihm mühsam off das Pferd geholfen, off das meinige nämlich und nich off das seinige, denn er hat von Stund an das Schtolpern nich mehr vertragen können. Sein bleiches Gesicht is zusammengefallen; seine Oogen sind in ihre Höhlen zurückgetreten, und seine Geschtalt hat in zwee Tagen gewiß fünf oder sechs Pfund verloren. Zwee ganze Tage; nun denken Sie sich! Solange haben wir zugebracht, bis wir in Fort Manners ankamen. Diese zwee Tage vergesse ich in meinem ganzen Leben nich! Dieses Ach und Weh! Dieses Seufzen und Klagen! Dieses Wimmern und Leiern! Mir wollte das Herz in Schtücke zerbrechen, doch schtolperte ich off meinem Schimmel immer mutig und ergeben nebenher. Die Schmerzen schteigerten sich in der Weise, daß ich meinem Schöpfer dankte, als wir das Fort endlich in Sicht bekamen. Dort machten sich die Aerzte über ihn her, mit Schröpfköpfen, Senfteigen und spanischen Fliegen, die von der Insel

Ischia zu schtammen scheinen. Der arme Teufel hat sogar Terpentinöl trinken müssen, was een vernünftiger Mensch selbst dann nicht thut, wenn er die Krankheit nich besitzt.«

»Ist es besser geworden?« fragte Old Shatterhand.

»So nach und nach. Als eene Woche vergangen war, hatten wir ihn so weit, daß an eenen langsamen Weiterritt zu denken war. Er hat es ausgehalten, bis hierher, fühlte aber, als wir hier ankamen, daß er sich wenige Tage Ruhe gönnen müsse.«

»Wie lange seid ihr nun hier?«

»Seit vorgestern. Morgen wollten wir wieder fort.«

»Wohin?«

»Nach Santa Fé hinauf.«

»Das sagtest du schon; ich meine aber, wohin ihr zunächst von hier aus wolltet.«

»Ueber den Alder-Spring nach der Roofside hinauf.«

»Das wäre unter andern Umständen ganz gut, denn ich weiß, daß grad dieser Weg euch bekannt ist, weil ihr ihn früher mit mir geritten seid; diesmal aber hätte er euch leicht verderblich werden können, grad morgen verderblich im höchsten Grade.«

»Warum?«

»Weil der ›schwarze Mustang‹ mit einer bedeutenden Komantschenschar morgen dort sein wird. Ihr wäret ihm wahrscheinlich in die Hände geritten.«

»Der ›schwarze Mustang‹, der ›Jägerschinder‹?« fragte der Engineer erschrocken. »Was hat er am Alder-Spring zu suchen, so nahe bei uns? Sollte das vielleicht uns hier gelten, Mister Shatterhand?«

»Nein, nicht Euch, sondern mir und Winnetou.«

»Wieso euch beiden?«

»Er weiß, daß wir dorthin kommen wollen, und will uns abfassen.«

»*All devils!* Welch ein Glück, daß Ihr das erfahren habt! Nun werdet Ihr Euch natürlich hüten, hinzureiten?«

»Im Gegenteile: wir reiten nun grad erst recht hin.«

»Seid Ihr bei Trost, Sir? Ihr rennt ja dem Bären geradezu in den Rachen!«

»Er mag ihn aufsperren, wir lassen uns nicht beißen.«

»Aber es ist das eine Verwegenheit, zu der Ihr nicht gezwungen seid!«

»Wer sagt Euch das? Wir müssen hin, und es ist sehr leicht möglich, daß auch Ihr hinkommt.«

»Ich? Na, wenn ich aufrichtig sein soll, so will ich Euch sagen, daß ich mich sehr darüber freuen würde, wenn ich Gelegenheit fände, diesen Halunken einige Pfund Pulver auf die roten Häute zu knallen, aber es an den Haaren herbeiziehen, das würde ich doch nicht.«

»Ist auch gar nicht nötig, denn es kommt ganz von selbst. Es handelt sich nämlich um Euren Kollegen und seine Leute im Firwood-Camp.«

»Um den? Wieso?«

»Er soll von den Komantschen überfallen werden.«

»Was? Ist das Euer Ernst?«

»Gewiß. Das ist der Grund, weshalb wir per Extrazug zu Euch gekommen sind. Wir wollen uns Eure Hilfe erbitten.«

»Die sollt Ihr haben, voll und gern. Darum also, darum! Ja, dieser gute Kollege ist zwar ein ganz tüchtiger Engineer, aber in Indianersachen weder erfahren noch ein Held. Er kann sich aber auf mich und meine Leute verlassen.«

»Wieviel Arbeiter habt Ihr hier?«

»Gegen neunzig, lauter Weiße, die gut dreinschlagen können und mit ihren Gewehren umzugehen verstehen. Aber wollt Ihr mir nicht sagen, wie die Sache gekommen ist und wie sie steht?«

»Natürlich müßt Ihr das erfahren; hört also zu! Wenn Ihr dann noch bereit seid, Hilfe zu leisten, kann ich Euch sagen, daß wir wahrscheinlich ohne Blutvergießen, wenigstens unsrerseits, ans Ziel gelangen werden.«

»Weiß es, weiß es, Sir! Habe oft davon gehört, daß Ihr mit List und heiler Haut Dinge fertig zu bringen versteht, die andre mit blutigen Opfern nicht erreichen würden. Bin neugierig, sehr neugierig, was Ihr erzählen werdet.«

Der Engineer war thatkräftiger und mutiger als sein Kollege im Firwood-Camp, und Old Shatterhand hegte die Ueberzeugung, in ihm einen tüchtigen Helfer zu finden. Der letztere beschrieb die Ereignisse des vergangenen Abends, zog seine Schlüsse daraus und erklärte die Absichten, die er nun verfolgte. Als er geendet hatte, sprang der Engineer auf, streckte ihm die Hand entgegen und sagte:

»*Topp*, Sir, schlagt ein! Ihr sollt mich und meine Leute haben, alle, alle, jetzt gleich oder später, ganz so, wie Ihr wollt.«

Und der Hobble-Frank ließ sich in seiner deutschen Muttersprache also vernehmen:

»Gott sei Dank, daß wir hier mit eenander zusammengetroffen sind, denn wenn es in eener späteren chronologischen Zeitperiode geschehen wäre, so hätte ich es versäumt, diesem dunkelschwarzen Mustang zu zeigen, daß der Herr Prairiejäger Heliogabalus Morpheus Edeward Franke, genannt der Hobble-Frank, sich noch immer an der äußerschten Schpitze der energisch-successiven Halunkenvertilgung befindet! Diesem Anführer der Komantschen soll sein letztes Brot gebacken sein. Wenn ich eenmal grimmig bin, da bin ich richtig grimmig. Bei mir gilt die alte, bewährte Kalenderregel *veni, vidi, mardi midi*, oder für diejenigen, die nich Griechisch verschtehen: ›Ich kam und sah und siegte Dienstags um die Mittagszeit!‹ Jetzt gehe ich, um noch eenen brauchbaren Helden unsers imporösen neunzehnten Jahrhunderts zu holen, der dabei nich fehlen darf.«

Er stand auf und verschwand durch den Ausgang. Als er nach kurzer Zeit zurückkam, brachte er Droll mit. Man sah es diesem an, daß er in der letzten Zeit gelitten hatte, doch waren seine Augen munter und seine Bewegungen ließen nicht darauf schließen, daß er gegenwärtig Schmerzen leide. Er freute sich außerordentlich über das ebenso unerwartete wie wunderbare Zusammenfinden und erklärte, unbedingt mit nach dem Alder-Spring reiten zu wollen, sein Zustand möge es gestatten oder nicht.

Dies gab Winnetou, welcher bis jetzt kein Wort gesprochen hatte, Gelegenheit, eine Reihe von Fragen an ihn zu richten, welche bewiesen, daß der Apatsche bedeutende Kenntnisse über den Bau und die Krankheiten des menschlichen Körpers besaß. Es stellte sich heraus, daß es sich bei Droll wirklich um Ischias handelte, und zwar infolge des Falles vom Pferde. Winnetou stand auf, zog seine kleine Ledertasche heraus, in welcher er allerlei Verbandzeug mit sich zu führen pflegte, sah den Inhalt durch und sagte dann in seiner ruhigen Weise:

»Mein Bruder Droll mag mich zu seinem Lager führen; sein Leiden wird ihn schon nach einer Stunde nicht mehr belästigen.«

Er nahm ihn bei der Hand und ging mit ihm fort. Schon nach kurzer Zeit hörten die Anwesenden einen schrillen, durchdringenden Schrei.

»Das war Droll!« rief der Hobble-Frank aus. »Was hat Winnetou mit ihm vor? Wahrscheinlich will er ihm die Insel aus den Beenen schaffen; aber das sollte er doch in eener weniger schmerzhaft-graziösen Weise thun! Ich muß hin zu meiner Tante Droll, denn so een Schrei, der schneidet mir grad wie een Sägwerk durch die Seele.«

Er sprang auf und wollte fort; Old Shatterhand aber hielt ihn fest und sagte:

»Bleib hier, lieber Frank! Winnetou weiß ganz wohl, was er thut, und grad für derartige Leiden gibt es bei den Indianern Mittel, von denen selbst unsre besten Aerzte keine Ahnung haben!«

Gleich darauf trat, wie um diese Worte zu bestätigen, Winnetou wieder ein und sagte:

»Unser Bruder Droll mußte einen sehr starken aber auch sehr kurzen Schmerz erleiden, um schnell geheilt zu werden. Jetzt ruht er von ihm aus, aber schon nach einer Stunde wird er so gesund sein, wie er gewesen ist, ehe er die berühmte Insel unsers Hobble-Frank in die Beine bekam.«

Diese Worte enthielten eine kleine, unschuldige Ironie gegen Frank, welcher dies sehr wohl herausfühlte und, obgleich den ernsten Zügen des Apatschen gar nichts anzumerken war, doch schnell antwortete:

»Wenn Winnetou etwa die Intervention besitzt, mich foppen zu wollen, so mag er doch die gehorsamste Güte haben, nach dem Wendekreise des Krebses zu gehen; er wird finden, daß die Insel zwischen dort und Hohenzollern-Sigmaringen liegt. Was ich eenmal gesagt habe, das habe ich gesagt, und ich hoffe, daß meine Prioritäten off jedem Entoutcas zu finden sind. Zweifeln kann jeder, der es nich verschteht; aber wenn schon, denn schon; ich pflege mich nich gern zu schtreiten und hülle mich, wenn ich von adjustierten Seelen angegriffen werde, in die Schtrahlenaureole meines populär-wissenschaftlichen Schweigens. ›*Vere Angelica-Tinctur, quoniam ud angelus loquitur*‹; dieses Wort paßt off keenen Menschen so gut als wie off mich! Howgh!«

Da er vergeblich auf eine Entgegnung wartete, sah er sich in der Lage, sich schweigend in seine Angelikatinktur zu versenken. Nach Verlauf der angegebenen Stunde stellte es sich heraus, daß Winnetou recht gehabt hatte. Droll kam und erklärte in seiner Altenburger Mundart:

»Is das nich großartig, meine Herre? Ich fühle mich, als ob ich neugebore wäre. Was Winnetou gemacht hat, das weeß ich nich; aber ob er die Nerve nur ausgedehnt oder ganz zerrisse hat, das is egal; ich bin gesund wie een Fisch im Wasser. Nu kann ich wieder reite, und der ›schwarze Mustang‹ soll erfahren, daß die Tante Droll noch derb an ihrem Platze is!«

DRITTES KAPITEL.

Der Ueberfall.

Der Ua-pesch, an dessen Fuße die Station Rocky-ground lag, war bis zu seiner Höhe mit dichtem Walde bestanden. Die Wasser dieses Berges sammelten sich unten zu einem ziemlich breiten Bache, welcher südöstlich floß und später nach Norden bog. An dieser Biegung vereinigte sich mit ihm ein kleinerer Bach, der am Fuße eines andern Berges entsprang, welcher schon damals Corner-top[1] hieß und auch heut noch diesen Namen führt.

Die erwähnte Bezeichnung hatte ihren guten Grund. Sowohl der Ua-pesch wie auch der Corner-top bildeten Ecken; sie waren die Endberge zweier langgestreckter Höhenzüge, die zwischen sich ein breites und sehr langes Thal einschlossen, dessen Krümmungen so zahlreich waren, daß die Eisenbahningenieure es vorgezogen hatten, nicht ihm zu folgen, sondern zwischen Firwood-Camp und Rocky-ground einen kürzeren Weg durch die Felsen zu sprengen. Denn Firwood-Camp lag unweit des Anfanges dieses Thales, von demselben nur durch eine Querberglagerung getrennt.

Von da oben herunter, also dieses vielgewundene Thal entlang, mußten die Komantschen kommen, denn es gab für sie keinen andern Weg nach dem Alder-Spring. Diese Quelle lag, von hohen Erlen umgeben, am Fuße des Corner-top und bildete später den vorhin erwähnten kleinen Bach, der sich mit dem größeren an der Biegung desselben vereinigte. Hatte das Thal die beiden Endberge hinter sich, so bildete es eine weite, ebene Prairie, durch welche die vereinigten beiden Wasserläufe flossen. Aus dem saftigen Grase derselben erhoben sich Büsche, welche wie Coulissen vor- und hintereinander geschoben erschienen und das Anschleichen oder Verbergen selbst größerer Trupps ungemein begünstigten.

[1] Eckgipfel.

Vergegenwärtigte man sich, was im Firwood-Camp geschehen war, und was für Absichten die Beteiligten hegten, so war es nicht schwer, vorauszusehen, was der heutige Tag zu bringen hatte.

Die Komantschen waren überzeugt, daß Old Shatterhand und Winnetou nach dem Alder-Spring reiten würden, und hatten sich vorangemacht, sie dort zu erwarten und gefangen zu nehmen. Um dies zu erreichen, mußten die Roten bei Männern, wie die beiden Genannten waren, außerordentlich vorsichtig sein. Diese letzteren durften nicht ahnen, daß die Komantschen sich an der Erlenquelle befanden, und auch bei ihrer Ankunft durfte kein Umstand verraten, daß der »schwarze Mustang« mit seiner Schar anwesend sei. Darum verstand es sich von selbst, daß die Indsmen sich nicht direkt nach der Quelle begaben, sondern sich in der Nähe derselben verbergen würden; aber wo, das war die wichtige Frage.

Für Winnetou und Old Shatterhand war es nicht schwer, sich in die Gedanken und Berechnungen ihrer Gegner zu versetzen. Weil der Alder-Spring auf der rechten Seite des Thales lag, verstand es sich ganz von selbst, daß sich die Indianer nach der linken halten und eine Strecke hinaus in die Prairie reiten würden, um dann umzukehren und von der entgegengesetzten Seite zu kommen. Auf diese Weise wurde es vermieden, durch verräterische Spuren Verdacht zu erregen. Von der Prairie her in der Nähe der Quelle angekommen, würden sich die Komantschen verstecken, um diejenigen, auf die sie es abgesehen hatten, zu erwarten, zu beschleichen, zu umzingeln und dann zu überfallen. Wer den Indsmen zuvorkommen und sie selbst beobachten wollte, mußte also noch weiter als sie in die Prairie hinausreiten und einen noch bedeutenderen Bogen schlagen. Das war es, was Old Shatterhand und Winnetou sich sagten, und aus diesem Grunde geschah es, daß sie nach ihrem Aufbruche vom Rocky-ground nicht dem Ua-pesch entlang ritten, sondern, sobald es Tag geworden war, weit nach links abschwenkten und hinaus in die Savanne den Weg nahmen.

Es war nach dem gestrigen Gewitter heut ein wunderschöner Morgen angebrochen. Die Sonnenstrahlen verwandelten jeden Tropfen, der an den Halmen oder Blättern hing, in einen Brillanten; die Luft war kräftig, frisch und rein, und die Natur lag rundum in jungfräulicher Schönheit schweigend ausgebreitet. Ein Ritt durch solch eine Gegend und solch einen Morgen mußte ein Hochgenuß für jeden Menschen sein --- nur nicht für einen Westmann, welcher die Absicht hatte, feindliche Indianer zu beschleichen. Das zeitweilige Schnauben und Stampfen der Pferde wurde von der heutigen Luft weit fortgetragen, und das feuchte, schwere Gras hatte eine Fährte zur Folge, welche vielleicht noch am Abend deutlich zu lesen war. Das sind Umstände, die einem Savannenmanne sehr gefährlich werden können, und ihm ist, wie jedem andern Menschen ja wohl auch, sein Leben lieber, als alle Schönheiten der Natur. Darum war es leicht begreiflich, daß Kas das Schweigen, welches bisher geherrscht hatte, mit der Bemerkung unterbrach:

»Wundervoller Morgen heut, grad so wundervoll wie damals bei Timpes Erben! Wollte aber doch, es läge ein tüchtiger Nebel, anstatt dieses Sonnenglanzes auf der Prairie!«

Die sechs Männer ritten paarweise nebeneinander, voran Old Shatterhand mit Winnetou, dann der Hobble-Frank mit der Tante Droll und am Ende Kas mit seinem Vetter Has. Der kleine Hobble hatte dem guten Kas die Bemerkung über die Insel Ischia noch nicht vergessen; sie wurmte ihn noch jetzt in diesem Augenblicke, und darum ergriff er die Gelegenheit, ihm einen kleinen Hieb zu versetzen.

»Sie scheinen een großer Freund von allerhand Nebels zu sein. Ob es wohl off der Insel Ischia ooch welche gibt?«

Kas antwortete ruhig:

»Da müssen Sie nicht mich sondern Droll fragen, der weiß es ganz gewiß, denn er hat die Insel ja in den Beinen gehabt.«

»Aber die Nebel nich, verschtanden? Sie schtammen aus Hof an der bayerischen Grenze; da sind die Nebel derheeme, bei uns in Moritzburg aber is das Wetter schtets so helle wie een geputzter Lampencylinder.«

»Moritzburg? Das berühmte Jagdschloß bei Dresden? Ist dort Ihre Heimat?«

»Heimat? Sonderbare Frage! Een Mann meiner satinierten Bildung und naturgeschichtlichen Bedeutung hat seine Heimat in der ganzen Welt, doch will ich keineswegs in Abrede schtellen, was Moritzburg mir dadurch zu verdanken hat, daß ich dort das erschte Licht der Welt erblickt habe. Es gibt eben Orte, an denen nur große Menschen geboren werden, und man erkennt sie merschtenteels daran, daß sie durch hübsche Jagdschlösser ausgezeichnet sind.«

»Hmm!« brummte Kas dazu.

»Hmmm? Was knuchzen Sie denn so? Leuchtet Ihnen etwa das Jagdschloß nich recht ein?«

»O doch!«

»Na, womit sind Sie denn nicht einverschtanden?«

»Daß in Moritzburg nur große Männer geboren werden.«

»So! Sind Sie etwa dort geboren worden?«

»Nein.«

»Also! Grad das ist doch ooch schon wieder een unwiderleglicher Beweis, daß nur Größen von dort kommen. In Moritzburg sind Kurfürschten, Prinzen und Könige geboren worden, ooch ich habe meinen Lebenswandel dort begonnen, aber es is mir vollschtändig ignorant und unbekannt, daß dort jemals een gewisser Timpe seinen erschten Schritt offs irdische Weltall gethan haben soll; er wäre ja gleich beim zweeten Schritte abgerutscht und in die philharmonische Vergeßlichkeit gesunken. So, nu habe ich meinem Herzen Luft gemacht, und wenn Sie mich zum Freunde haben wollen, so reiben Sie sich ja nich wieder an den schön gerundeten Kanten meiner systematischen Persönlichkeet!«

Jetzt hatte er seinem versteckten Grolle Raum gegeben, und er war wieder der gemütliche Mensch wie immer, vorausgesetzt natürlich, daß man sich hütete, ihm abermals Widerspruch zu leisten. Droll drehte sich im Sattel um und warf den beiden Timpes einen bittenden Blick zu; sie verstanden ihn und schwiegen.

Die sechs Reiter hatten den Ua-pesch jetzt so weit hinter sich, daß anzunehmen war, die Komantschen würden nicht eine so bedeutende Strecke in die Prairie hineinreiten; darum bogen sie jetzt in der Absicht, sich dem Corner-top zu nähern, nach Süden um. Der Alder-Spring lag an der Westseite dieses Berges; Winnetou und Old Shatterhand ritten so, daß sie ihn von Osten erreichen mußten; auf diese Weise verhinderten sie, daß ihre Spuren später von den Roten gesehen werden konnten. Der Corner-top war auf seiner Höhe nicht voll und ganz bewaldet, es gab da Stellen, von denen aus man weithin Umschau halten konnte, und so war es also gar nicht schwer, die Ankunft der Komantschen zu bemerken.

Endlich war der Bogen quer durch die Prairie geschlagen und der Berg an seinem östlichen Fuße erreicht. Es wurde ein gutes Versteck gesucht und gefunden, wo die vier andern mit den Pferden sich verbergen konnten, während Winnetou und Old Shatterhand nach oben stiegen, um von dort aus das Thal zu überwachen.

Vier Sachsen miteinander im wilden Westen, in einem Dikkicht des Corner-top! Gewiß ein seltener Zufall! Der Hobble machte darüber die Bemerkung:

»Es is grad, als hätten die wilden Tauben uns extra zusammengelesen.«

»Warum die wilden und nicht die zahmen?« erkundigte sich Has.

»Weil es hier im Westen keene zahmen gibt. Sehen Sie das nich ein?«

»*Well!* Sie haben recht, lieber Frank.«

»Das will ich meenen. Ich habe nämlich immer recht. In dieser Beziehung werden Sie mich bald durchschauen, während ich in jeder andern Beziehung merschtenteels undurchdringlich bin. Es is nämlich eene der größten Weisheiten unsres subkutanen Lebens, daß man seine Gaben nur für sich behält; da kann man nie verkannt und höchstens nur eemal für dumm gehalten werden. Darum halte ich meine Geistesblitze für gewöhnlich in ihrer Kapsel eingeschlossen, und nur Menschen, die ich sehr bevorzuge, können es erleben, daß ich ihnen das Chlornatrium erweise, sie in die Tiefen meines Verschtandes eindringen und die dortigen Schätze wie off den Fittichen eenes Paternosterwerkes herausholen zu lassen. So eene bevorzugte und weihevolle Schtunde is in diesem Oogenblick für euch gekommen. Ihr werdet nämlich gern wissen wollen, off welche Weise wir heut mit den Komantschen fertig zu werden gedenken. Ich bin gern bereit, euch die nötigen Offschlüsse angedeihen zu lassen und erteile euch die Erlaubnis, euch mit euren Fragen vertrauensvoll an mich zu wenden. Schprich du zuerscht, lieber Vetter Droll.«

Droll wollte nicht widersprechen, kannte aber auch den Wert der Aufschlüsse, welche zu erwarten waren, darum schüttelte er den Kopf und sagte:

»Warum denn ich zuerscht, lieber Frank? Ich kenne dich ja schon lange und bin gern bereit, den Vorrang diesen beeden andern zu überlassen. Der Mensch soll höflich sein.«

»Da haste recht! Ich habe eenen Professor der Zoologie gekannt, der sagte immer: ›Die Höflichkeit ist diejenigte Angewohnheit, die mer sich nich abgewöhnen soll.‹ Und was so een Fachmann sagt, das hat schtets guten Grund und Boden. Also mag nun Kas mal sagen, was er von mir wissen will.«

»Ich?« fragte der Genannte. »Was ich von Ihnen wissen will?«

»Ja doch, ja!«

»Nichts will ich wissen, gar nichts.«

»Was? Nischt, gar nischt? Is das möglich?« fragte Frank in höchster Verwunderung.

»Gar nichts,« nickte Kas.

»Und Sie, Has?«

»Auch nichts,« antwortete dieser.

»Ooch nischt? Schprechen Sie etwa im Ernste?«

»Im vollen Ernste.«

Da machte Frank zunächst ein Gesicht, als ob etwas ihm vollständig Unbegreifliches geschehen sei; dann nahmen seine Züge den Ausdruck des Bedenkens und hierauf des Zornes an und er rief erbost aus:

»Is so etwas die Möglichkeet? Hat jemals schon een Mensch so was erlebt? Nischt wollen sie von mir wissen, gar nischt! Das is doch unerhört! Kann es denn wirklich existierende Menschen geben, die der unbegreiflichen Ansicht sind, daß sie von dem Prairie- und Bärenjäger Heliogabalus Morpheus Edeward Franke nischt hören und nischt zu lernen brauchen? Da liegen wir im Hinterhalte, um die Indianer zu belauschen; wir haben die Absicht, sie zu überlisten und zu besiegen, diese Absicht kann nur durch die gegenwärtige Individualität meiner erfahrenen Persönlichkeit in die unschätzbarste Erfüllung gehen, und da leben menschliche Wesen off der Erde, die der Ansicht sind, daß sie nischt von mir zu hören brauchen! Das geht mir gegen allen Strich; das schtürzt meine ganze Nächstenliebe über den Haufen, da verhülle ich mein Haupt mit der römischen Sammetmantilla und laß Kaffee kochen, wer Kaffee kochen will. Aber wenn die Feinde kommen, die Komantschen, wenn es dann heeßt: ›*Hannibal ad Boardinghouses!*‹ wenn die Angst über sie kommt und die Not am höchsten geschtiegen is, nachher werden sie kommen und mich um Hilfe bitten; aber dann werde ich mich auch bedanken für die sauer gewordene Leberwurscht und vor ihrem Jammer meine Ohren verschließen, wie man die Hausthür verriegelt, wenn man abends zu Bette geht!«

Kas schüttelte staunend den Kopf und sagte:

»Was war das? Was sagten Sie: ›*Hannibal ad Boardinghouses*‹?«

»Ja, grad so und nich anders habe ich gesagt,« antwortete Frank mit den Augen und der Miene eines Panthers, der bereit ist, sich auf seine Beute zu stürzen.

»Das ist doch falsch,« sagte der lange Kas, »so grundfalsch, wie man sich etwas Falscheres gar nicht denken kann!«

Droll winkte ihm Schweigen zu, was aber leider nicht beachtet wurde, denn Kas kannte den Kleinen noch nicht genau. Dieser war schon vorher zornig gewesen; der jetzige Widerspruch reizte ihn noch mehr, und so fuhr er den Unvorsichtigen grimmig an:

»Was – wie? Grundfalsch? Sind Sie etwa nich recht bei Troste? Der weltberühmte Hobble-Frank soll etwas gesagt haben, was nich wahr is, was sogar grundfalsch sein soll, was nich mit der höheren Temperatur der Wissenschaften schtimmt! Hat die Menschheet je so etwas impertinent Kunterbuntes zu hören bekommen! Mich natürlich kann so een unorthographischer Zweifel an meiner unwiderleglichen Kapillarität nich im geringsten aus meiner olymphatischen Ruhe bringen, und so frage ich Sie denn in der sanftesten *H moll*-Tonart meiner bakteriologischen Schtimme: Inwiefern is denn das, was ich gesagt habe, falsch gewesen, he?«

»Es muß heißen: ›*Hannibal ad portas.*‹«

»So? Inwiefern denn wohl?«

»Hannibal ist vor den Thoren! Das war damals der Schrekkensruf der Römer.«

»I, wie Sie das nur so hübsch sagen können! Wer hat Ihnen denn diesen Blödsinn weisgemacht?«

»Von Weismachen kann keine Rede sein. Wir haben das in der Geschichtsstunde gehört.«

»Ach so! Und wer war denn eigentlich der gute Mann, der Ihnen solche Geschichten erzählt hat?«

»Unser Geschichtslehrer natürlich.«

»Also een Deutscher wohl, aus Plauen im Voigtlande, een Angehöriger des neunzehnten Säkulariums?«

»Selbstverständlich!«

»Dieser geistreiche Lehrer der Weltgeschichte is also keen alter Römer gewesen?«

»Nein.«

»Na, da hat man's ja, da hört man's ja! So een Gimpel, dem noch die grünen Walnußschalen der neuesten Jahrzehnte hinter den Ohren hängen, will wissen, wie die alten Römer gesprochen haben! *Portas!* Das is ja gar keen römisch-irisches Wort, sondern jeder nur ganz sachte angebildete Mensch weeß, daß es anschtatt *Portas Portière* heeßen muß, und welchem alten Römer könnte es wohl eingefallen sein, zu rufen, daß Hannibal an der Portiere hänge! So eenen Unsinn hat sich niemals keen Römer nich zu Schulden kommen lassen. Als Peter der Große seinen Admiral Hannibal gegen die Römer ausgerüstet hatte, dampfte dieser schleunigst um das Kap der guten Hoffnung herum, überschtieg mitten im Winter das Kjölengebirge, wobei seine Kamele die Kanonen schleppen mußten, schlug zunächst bei Ligny die Scharen der Thessalonicher und Kolosser und hatte dann das ganze römische Reich zu seinen Füßen liegen. Zwar schickte ihm der Kaiser Herodot den Reitergeneral Holofernes entgegen, doch wurde dieser nicht weit vom Schipkapaß so in die Pfanne gehauen, daß er vor Todesangst die sizilianische Vesper singen ließ und in der nächsten Bartholomäusnacht an seinen Wunden schtarb. Nu gab es für die Römer nur een eenziges Mittel, sich zu retten: sie mußten dafür sorgen, daß dem Hannibal für seine Truppen die Nahrungsmittel fehlten. Sie brannten also Moskau hinter sich ab, verwüsteten die pontinischen Sümpfe und blieben dann beim Berge Ararat halten, um die Folgen der Zerschtörung abzuwarten. Aber sie mußten nur zu bald erkennen, daß sie sich in Hannibal verrechnet hatten. Er war nämlich so pfiffig gewesen, ooch für diesen Fall zu sorgen und hatte eene solche Menge von Proviant mitgenommen, daß an eene Hungersnot gar nich zu denken war. In Anbetracht der winterlichen Kälte hatte er sogar seinem Generalquartiermeister Phidias den Befehl erteilt, transportable Häuser aus Wellenblech und amerikanische Oefen mitzunehmen; die wurden offgeschlagen und teils als Wohn-, teils Wirtshäuser und Restaurationen eingerichtet. Das Heer des Hannibal lebte da herrlich und in Freuden; die Römer aber, als sie das hörten, sahen ein, daß sie verloren waren, und riefen erschrocken aus: ›Hannibal hat Boardinghäuser!‹ Denn daß dieses *ad* das germanische *hat* sein soll, das sieht jeder Deutsche ein, wenn er nich gerade off den sorbenwendischen Namen Timpe getooft worden is. So, jetzt wissen Sie, woran Sie sind, Herr Kasimir Obadja Timpe junior! Und wenn ich ja 'mal schterben sollte, sorgen Sie gefälligst dafür, daß ich nich etwa neben Ihrem seligen Professor der Geschichte begraben werde, denn zu dem langte ich hinüber und schüttelte ihn so lange bei den Ohren, bis er zu der Erkenntnis käme, daß Portieren noch lange keine Boardinghäuser sind!«

Frank hatte in seinem komischen Eifer so schnell gesprochen, daß er tief Atem holen mußte. Kas und Has sahen einander ganz verwundert an; sie wußten nicht, was sie sagen und ob sie lachen oder weinen sollten; glücklicherweise aber bemerkten sie noch zur rechten Zeit die energische Geste der Tante Droll, welche ihnen Schweigen gebot, und sie brachten es fertig. Dies beruhigte den kleinen Eiferer einigermaßen, und er fuhr in gemäßigterem Tone fort:

»Ich dachte, ihr würdet es abermals wagen, mir zu widerschprechen; da mir aber euer unterthäniges Schweigen den Beweis erteilt, daß ihr eure Menage meiner höheren Weisheit unterordnet, fühle ich mich nich ganz abgeneigt, euch mit den Ausschtrahlungen meiner *Fiat justitia* zu begnadigen, und ersuche euch nur inschtändigst, tief in euch zu gehen und zu erkennen, daß es keen Schpaß is, wenn jemand Heliogabalus Morpheus heeßt, den Edeward und Franke gar nich mitgerechnet. Thut also Buße im Sack und in der Asche und vergeßt mir ja niemals wieder, daß es off der Erde unvergleichliche Intelligenzen und Geisteskräfte gibt, die selbst derjenige nich begreift, der sie besitzt. Keen Mensch is zu etwas geboren, außer wenn er dazu geboren is, und jeder Vorzug eenes Menschen vor dem andern is nur dann een wirklicher Vorzug, wenn er ohne Nachteile mit sich selbst verbunden werden kann. Een Mensch kann jeder sein, jeder, aber fragt mich nur nich, was for eener – und dann, een ganz groß angelegter und bedeutender Mensch zu sein, das vermag nur derjenige, der entweder sagen kann ›och ich bin in Arkadien und Moritzburg gewesen‹, oder dessen Schtaubgefäße sich in der Linnéschen Ordnung unterbringen lassen. Es is der Wille der Schöpfung gewesen, daß Verschiedenheet herrschen soll; darum is sich een jeder gleich, und wer andersch is, der kann's nich ändern, aber wer das Glück hat wie ich, in der Philosophie des Eminenten eene hervorragende Schtelle einzunehmen, vielleicht gar erschten Rang Amphitheater, Nummer eens, oder wenigstens erschtes Parkett, Vorderreihe mittelster Platz, grad vor dem Vorhange der Unsterblichkeet, der darf trotz aller Bescheidenheit mit Schtolz sich von der Vor- und Mitwelt trennen, um der Nachwelt zu beweisen, daß sie erschtens ooch der Welt mit angehört, und daß sie zweetens schpäter ooch mal schterben muß! An dieser Weisheet is nimmermehr zu rütteln und zu wackeln; sie is so fest gefügt und unerschütterlich, daß schon Schiller, der berühmte Dichter von Uhlands ›Lenore fuhr ins Morgenrot‹, in seinem ›Götz von Berlichingen‹ gesagt hat: Die Vorwelt flicht der Nachwelt keene Kränze, jedoch der Frühling duftet schon im Lenze!«

Während diese eigenartige Unterhaltung unten im Verstecke geführt wurde, hatten Old Shatterhand und Winnetou den Gipfel des Corner-top erreicht. Dort gab es, wie bereits erwähnt, mehrere lichte Stellen, von denen aus man eine weite Fernsicht hatte. Eine dieser Lichtungen, welche nach Westen lag, war außerordentlich geeignet für den Zweck der beiden Freunde. Man konnte von hier oben aus das Thal, in welchem die Komantschen herabkommen mußten, bis zu seiner nächsten Krümmung, welche weit über eine englische Meile entfernt war, vollständig überblicken. Winnetou setzte sich da nieder, und Old Shatterhand nahm an seiner Seite Platz. Das thaten sie, ohne ein Wort zu sagen. Zwischen diesen beiden waren weder Aufforderungen noch lange Erklärungen nötig, sie kannten einander so genau und hatten sich gegenseitig so innig ineinander hineingelebt, daß jeder die Gedanken und Entschlüsse des andern wußte oder erriet, noch ehe sie den mündlichen Ausdruck gefunden hatten. Es war bei ihnen oft schon vorgekommen, daß sie einen ganzen Tag miteinander geritten waren und dabei ganz Wichtiges erlebt hatten, ohne daß ein einziges Wort zwischen ihnen gefallen war.

So auch jetzt. Sie saßen wortlos nebeneinander, eine Stunde, zwei, ja drei Stunden lang, und keiner hielt es für nötig, auch nur eine Silbe hören zu lassen, obgleich sie einem Ereignis entgegensahen, bei welchem es sich um Tod und Leben handelte. Hätte es jemand gegeben, der sie unbemerkt beobachtete, der wäre sicher der Ansicht gewesen, daß sie von keiner andern Absicht hierhergeführt worden seien als von derjenigen, sich da niederzulegen und auszuruhen. Keine Bewegung ihrer Gesichter, kein Blick ihrer Augen verriet, daß ihre ganze Aufmerksamkeit scharf nach Westen gerichtet war, und daß auf der ganzen Strecke, so weit das Thal überblickt werden konnte, nichts ihren scharfen Sinnen zu entgehen vermochte. Es ist die große Kunst des Westmannes, selbst bei der äußersten Anspannung aller seiner Fähigkeiten und Gefühle äußerlich vollständig teilnahmlos zu erscheinen. Es gibt oder gab manchen berühmten Savannenläufer, der seine schönsten Erfolge und seine Errettung aus den größten Gefahren nur allein dem Umstande zu verdanken hatte, daß er sein ganzes Aeußere, jedes Glied seines Körpers so in der Gewalt hatte, daß man ihm das, was er dachte oder empfand, was er erstrebte oder zu leisten vermochte, unmöglich zutrauen konnte. Old Shatterhand zum Beispiele hat viele, viele Male nur dadurch über seine Gegner oder über feindselige Verhältnisse triumphiert, daß er es wie selten ein andrer verstand, seinem Gesichte selbst dann einen gleichgültigen, ja indolenten Ausdruck zu geben, wenn ein andrer vor Aufregung hätte närrisch werden mögen.

Jetzt lag er mit Winnetou im moosigen Grase; beide hatten sie die Lider tief gesenkt, und weil sie keines ihrer Glieder bewegten, hatte es den Anschein, als ob sie schliefen; trotzdem aber war es sicher, daß sie ganz genau die Drossel hörten, welche hinter ihnen, wohl zwanzig Schritte entfernt, einen Wurm aus der Erde zog, und daß sie ebenso deutlich den Aasgeier sahen, welcher jetzt wie ein halb handgroßer Punkt am westlichen Himmel erschien.

»Uff!« sagte Winnetou einfach.

»*Well!*« nickte Old Shatterhand ebenso einfach, »sie kommen.«

Trotz dieser Worte war kein lebendes Wesen in dem Thale zu sehen, welches noch grad so leer und öde lag wie vorher; aber die Art und Weise, wie der Geier sich in der Luft bewegte, verriet dem Kenner, daß sich unter ihm irgendwelche Wesen befinden mußten, von denen er Beute erwartete. Er schwebte noch etwas links über der Thalkrümmung, kam derselben aber schnell näher. Als er sie erreicht hatte und sich gerade über ihr befand, bog ein Reiter unter ihm um die Ecke, welcher einen Augenblick halten blieb, um das Thal zu überblicken, und dann, als er nichts Verdächtiges bemerkte, ruhig weiterritt; ihm folgten zwei, fünf, zehn, zwanzig, vierzig, achtzig und noch mehr Reiter, welche deutlich zu erkennen waren, obgleich der Entfernung wegen ihre Pferde nur die scheinbare Größe von kleinen Hunden hatten. Wie außerordentlich scharfe Augen Winnetou besaß, bewies er dadurch, daß er trotz dieser Kleinheit sagte:

»Sie sind es wirklich, die Komantschen.«

»Ja,« stimmte Old Shatterhand bei. »Tokvi-Kava reitet an ihrer Spitze.«

»Dieser Häuptling der Komantschen bildet sich ein, ein außerordentlich schlauer Krieger zu sein, und begeht doch einen Fehler, den weder ich noch mein Bruder Shatterhand begreifen kann.«

»*Well.* Er hat einmal behauptet, daß in Beziehung auf Klugheit und Tapferkeit sich niemand mit ihm vergleichen könne. Ich weiß, was Winnetou, mein roter Bruder meint. Er kommt vom Firwood-Camp und ist der Ueberzeugung, daß auch wir heut früh dort aufgebrochen sind und hinter ihm kommen werden. Dabei denkt er nicht daran, daß wir die Spuren, welche seine Krieger in dem feuchtschweren und hohen Grase zurücklassen, bemerken müssen. Nur ein Blinder könnte sie nicht sehen; sie sind aber so deutlich, daß er sie fühlen müßte. Lächerlich!«

Auch über das sonst so ernste und unbewegte Gesicht des Apatschen glitt ein leises, halb verächtliches und halb mitleidiges Lächeln, als er hinzufügte:

»Und dabei will er Old Shatterhand und Winnetou fangen! Uff!«

»Du hättest als kleiner Knabe einen so schweren Fehler nicht begangen.«

»Und du auch nicht, als du noch Greenhorn und ein Anfänger warst. Schau, sie thun genau so, wie wir dachten: Sie wenden sich nach der andern Seite des Thales, damit wir, wenn wir nach ihnen kommen, nicht denken sollen, daß sie eigentlich herüber an den Corner-top und nach dem Alder-Spring wollen, um uns da abzufangen.«

Die Komantschen ritten an der jenseitigen Thalwand hin, bis sie den äußersten Fußpunkt des Ua-pesch erreichten; aber auch da änderten sie ihre Richtung nicht, sondern sie zogen in die Prairie hinaus, als ob sie nach einem entfernten Ziele ganz über dieselbe hinaus wollten.

»Sie werden nach einiger Zeit den von uns vermuteten Bogen schlagen und hierherkommen. Einer von uns beiden muß hinab, um aufzupassen, wo sie dann lagern und sich verstecken werden, der andre hat noch hier oben zu bleiben.«

Er sagte nicht, warum der andre noch bleiben sollte; aber Winnetou erriet es sofort, denn er neigte zustimmend seinen Kopf ein wenig und sagte:

»Um auf Ik Senanda aufzupassen, welcher die weißen Männer von der Bahn des Feuerrosses[1] betrügen und verraten wollte. Er ist gestern abend den Komantschen nach und hat sie wegen der Finsternis nicht finden können, doch weil er den Weg kennt, wird er heut, als es hell geworden war, auf ihre Spur gestoßen sein und bald nach ihnen hier eintreffen. Mein weißer Bruder mag hier warten, um ihn kommen zu sehen; ich steige hinab, um zu erfahren, welches Versteck die Komantschen wählen.«

Er ging, und Old Shatterhand blieb allein zurück. Er dachte nicht im mindesten an die Gefahr, in welcher er sich mit seinen Gefährten befand, denn wer sich fast täglich in Gefahr befindet, dem wird sie schließlich so vertraut, daß sie ihm nicht mehr als Gefahr erscheint; es kann sogar sein, daß er sich nicht wohl fühlt, wenn sie ihm fehlt, sie und die mit ihr verbundene oder durch sie bedingte Anstrengung aller geistigen und körperlichen Kräfte und Fertigkeiten.

Es verging wieder eine Stunde und abermals eine, ohne daß der Erwartete erschien. Er hätte eigentlich nun da sein müssen, doch verlor Old Shatterhand nicht die Geduld, denn es waren zehn und hundert verschiedene Veranlassungen möglich, welche geeignet waren, den verräterischen Halbindianer unterwegs aufzuhalten. Nach abermals einer halben Stunde

[1] Eisenbahn.

endlich sah er ihn kommen und der Fährte der Komantschen nach der gegenüberliegenden Seite des Thales folgen. Da der Scout auf dieser Spur ritt, mußte er den ganzen Umweg der Komantschen hinaus in die Prairie machen; er konnte also kaum eher als in einer Stunde unten am Corner-top eintreffen. Old Shatterhand konnte nun seinen Posten verlassen und stieg so rasch wie möglich zu seinen Gefährten hinab. Er fand sie da, wo er sie verlassen hatte, und Winnetou war bei ihnen. Als er berichtete, daß er das Halbblut habe kommen sehen, bemerkte der Apatsche:

»Er hat sich sehr verspätet. Ahnt mein Bruder, was ihn aufgehalten hat?«

»Es gibt viele Gründe, welche seinen Ritt verlangsamt haben können,« antwortete Old Shatterhand.

»Vielleicht ist er nicht gezwungen worden, sondern hat sich freiwillig verweilt.«

»Das würde mir das liebste sein, nämlich wenn er nach seiner eiligen Flucht vom Camp sich eines andern besonnen und wieder umgekehrt wäre, um uns zu belauschen.«

»Was sagen Sie da?« fragte der Hobble-Frank, als er diese Worte hörte. »Es würde Ihnen lieb sein, wenn er uns belauscht hätte?«

»Ja.«

»Von eenem Feinde beobachtet zu werden, is aber doch schtets eene Sache, für die man sich bedanken muß?«

»Nein, wenigstens in diesem Falle nicht.«

»Das is mir so unverschtändlich, daß ich es nich begreifen kann, obgleich ich sonst een sehr offenes Gemüt und eene noch viel öffentlichere Fassungsgabe besitze. Wenn er uns belauscht hat, so weeß er doch zum Beispiel, daß wir gar nich das Thal heruntergeritten kommen, weil wir mit der Eisenbahn gefahren sind.«

»Wenn er das wüßte, grad dieses wäre mir lieb.«

»Hören Sie, Herr Shatterhand, haben Sie doch die Güte, und braten Sie mir eenen Storch! Unsre Eisenbahnfahrt is doch von allergrößter Wichtigkeet, und wenn so was Wichtiges verraten wird, da kann es keene guten Folgen haben!«

»Mache dir keine Gedanken, lieber Frank! Ich hoffe, daß du mich nicht für unvorsichtig oder gar für leichtsinnig hältst?«

»Das beileibe nich! So een horribler Gedanke kann sich unmöglich in meine leidenschaftliche Gegenliebe schtehlen. Sie wissen, daß Sie mein Vorbild, mein Beispiel, meine Richtschnur, mein Ideal und meine Musterkarte in jeder Beziehung sind; Sie leuchten mir voran off meinem Lebenswege wie die Kummetlaterne am Sattelpferde eenes Niederlausitzer Botenfuhrmannswagens; Sie sind mein Leitschtern, dem ich folge, wie die Hammelherde dem geliebten Schäfersmann; denken Sie sich doch nur, was für een ungeheures Vertrauen das meinerseits voraussetzt! Und da soll es möglich sein, daß ich Sie für leichtsinnig halte? Das würde ja die allergrößte Majestätsbeleidigung sein, freilich viel weniger an Ihrer als vielmehr an meiner Majestät!«

»So halte also diese deine Majestät bei allen ihren vier Zipfeln fest, indem du mir vertraust! Du wirst wahrscheinlich bald erfahren, daß ich recht gehabt habe. Ich werde mich mit Winnetou entfernen, um die Komantschen zu behorchen. Bleibt hier zurück, verhaltet euch still, und verlaßt diesen Ort auf keinen Fall eher, als bis wir zurückgekommen sind!«

»Aber wenn Sie nu aber nich zurückkommen?«

»Wir kommen, wenigstens einer von uns; darauf könnt ihr euch verlassen.«

Und sich an Winnetou wendend, fragte er diesen:

»Weiß mein roter Bruder, wo die Feinde sich gelagert haben?«

»Ich weiß es,« antwortete der Häuptling der Apatschen.

»Ist es weit von hier?«

»Nein.«

»Sind sie schwer zu beschleichen?«

»Für andre würde es schwierig sein, für Old Shatterhand und mich aber ist es leicht. Mein Bruder mag mir folgen!«

Sie legten ihre Gewehre ab, weil diese ihnen beim Anschleichen hinderlich gewesen wären, und gingen. Sie hatten sich natürlich an Stelle ihrer gestohlenen vom Engineer zwei andre Gewehre einstweilen ausgeborgt. Winnetou führte seinen weißen Freund zunächst wohl zehn Minuten lang, ohne sonderliche Vorsicht anzuwenden, durch den Wald; dann erreichten sie eine Stelle, an welcher die stehenden Bäume aufhörten, desto mehr aber sahen sie liegende vor ihren Blicken. Die Riesen des Waldes lagen aus der Erde gewuchtet, mit gewaltigen Wurzelballen und viel zerschmetterten Kronen neben- und wirr durch- und übereinander. Es war ein Windbruch, einer jener Hurrikane, die man im wilden Westen, besonders in den südlichen Gegenden desselben, häufig findet. Hurrikan ist der plötzlich ausbrechende Orkan, welcher einen verhältnismäßig schmalen und scharf begrenzten Strich durcheilt und alles vor sich niederreißt, und Hurrikan nennt man auch den Verwüstungsbereich dieses Sturmes, der in Mittelamerika von noch viel verheerenderer Wirkung ist.

Zwischen den niedergeschmetterten und erstorbenen Stämmen war eine neue, junge Vegetation sehr dicht und ziemlich hoch schon aufgeschossen, so dicht, daß es selbst für ein Wild unmöglich schien, da durchzukommen.

»Hier hindurch?« sagte Old Shatterhand.

Winnetou nickte bejahend und fügte leise hinzu:

»Links hier ist der Felsen; da können wir nicht hinauf; rechts draußen liegt die Prairie, auf welcher die Pferde der Feinde grasen, da würden uns die Wächter sehen; jenseits des Hurrikan, der hier nicht über zweihundert Schritte breit ist, lagern die Krieger; wir müssen also durch.«

»Ist mein roter Bruder schon drüben gewesen?«

»Ja. Mein weißer Bruder wird sehr bald den tief versteckten Weg sehen, den ich mir habe bahnen müssen.«

»Weißt du, wo sich der Häuptling befindet?«

»Ich weiß es. Vielleicht kommen wir soweit an ihn, daß wir hören können, was er spricht.«

Er huschte einige Schritte am Rande des Windbruches hin, legte sich dann auf die Erde nieder und schob sich in das dichte Zweig- und Blätterwerk hinein. Old Shatterhand zögerte nicht, ihm nachzukriechen. Da zeigte sich denn wieder einmal, welch ein unvergleichlicher Mann der Häuptling der

Apatschen war. Er hatte mit dem Messer einen zwei Fuß breiten Weg gebahnt, die hindernden Aeste, Zweige und Schößlinge abgeschnitten und auf den Boden niedergedrückt und dabei soviel Laubwerk stehen lassen, daß es ein Dach über dem Schleichpfade bildete und ihn vollständig unsichtbar machte. Es war unmöglich gewesen, diesen Weg geradeaus zu führen; er bog bald nach dieser und bald nach jener Seite um die gestürzten Bäume herum, ging bald nach rechts und bald nach links, je nach den Schwierigkeiten, welche das Terrain und der Pflanzenwirrwarr dem Apatschen entgegengesetzt hatten, und war nur durch eine Kraftanstrengung zu bahnen gewesen, die selbst Old Shatterhand in hohes Staunen versetzte. Dieses in so kurzer Zeit vollendete Werk war ein Meisterstück, welches nur unter den Händen eines Winnetou hatte entstehen können.

Da er so unvergleichlich vorgearbeitet hatte, brauchten sie ihre Messer jetzt nicht viel in Anwendung zu bringen und hatten vorzugsweise darauf acht zu geben, daß sich das Gesträuch nicht über ihnen bewegte und dadurch zum Verräter wurde. Sie fanden zwei Schlangen im Wege, zwei giftige; die erste floh, und die zweite wurde durch einen schnellen, wohlgezielten Messerhieb des Apatschen getötet. Dieser hielt nach längerer Zeit inne, wendete den Kopf zu seinem Gefährten und deutete auf seine Nase. Old Shatterhand verstand diese stille Aufforderung und sog die Luft langsam und prüfend ein. Er roch den Rauch eines Lagerfeuers und gab dies dem Apatschen durch ein zustimmendes Nicken zu erkennen. Sie näherten sich dem Platze, an welchem sich die Komantschen befanden.

Nun ging es eine Strecke weiter bis zu einer Stelle, an welcher Winnetou dem heimlichen Pfade eine doppelte Breite gegeben hatte. Er winkte den Gefährten zu sich heran und flüsterte, als dieser sich an seiner Seite befand, ihm zu:

»Hört mein Bruder, daß wir uns ganz nahe beim Feinde befinden?«

»Nein,« lautete die ebenso leise Antwort.

»Wir brauchen nur die wenigen Schößlinge vor uns auseinander zu biegen, so sehen wir die Komantschen grade vor uns.«

»Aber es ist nicht das geringste Geräusch zu vernehmen; man hört nicht einen einzigen sprechen. Sollten sie schlafen?«

»Ja. Sie ruhen aus, weil sie die ganze Nacht hindurch geritten sind.«

»Das ist freilich wahr. Und der Häuptling muß ganz besonders ermüdet sein, weil er schon gestern abend nach dem Firwood-Camp und zurück auf dem Weg gewesen ist.«

»*Well.* Mein Bruder mag sehen, wie nahe wir ihm sind, so nahe, daß wir ihn fast greifen können!«

Er bog die Schößlinge ein wenig auseinander und ließ Old Shatterhand durch die so entstandene Lücke blicken. Wie erstaunte dieser, als er Tokvi-Kava nicht weiter als fünf Schritte vor sich liegen sah! Die beiden Lauscher befanden sich am Rande des Windbruches und damit zugleich am Rande einer kleinen Einbuchtung der Prairie. Ein starker, abgestorbener Baumstamm ragte, am Boden liegend, zu ihrer Linken aus dem Wirrwarr des Hurrikans hinaus, und das unter ihm hervor- und neben ihm emporschießende Gras bildete ein weiches Lager, auf welchem sich der Häuptling lang ausgestreckt hatte; er schlief. Weiter hin sah man seine Krieger liegen, welche auch schliefen; sie waren ermüdet und fühlten sich sicher unter dem Schutz der Wachen, welche sie nach der Prairie hin ausgestellt hatten. Der Häuptling hatte nach der Gewohnheit aller Weißen und Roten im wilden Westen sein Gewehr griffbereit neben sich liegen. Am Baumstamme lehnte ein langer, schmaler Pack, dessen Hülle in der Decke Tokvi-Kavas bestand, welche sorgfältig mit seinem Lasso umschlungen war. Old Shatterhands Augen blitzten, als er dieses Paket erblickte, und Winnetou fragte leise, indem er nach demselben winkte:

»Weiß mein Bruder, was in der Decke dort steckt?«

»Unsre Gewehre natürlich!«

»Er schläft, und alle andern schlafen; wir können sie uns holen.«

»Fällt uns nicht ein!«

»Hugh! Mein Bruder trifft doch stets das Richtige! Wir dürfen sie nicht holen, sondern müssen sie jetzt noch liegen lassen.«

»Leider! Die Komantschen dürfen nicht ahnen, daß ihr Aufenthalt entdeckt worden ist; das Verschwinden der Gewehre würde ihnen aber verraten, daß diese Entdeckung auch stattgefunden hat.«

»Es ist nur für kurze Zeit, dann werden wir hoffentlich die Gewehre wieder erlangt haben.«

»Sicher und gewiß! Dennoch wird es mir nicht leicht, mich in die Notwendigkeit zu fügen. Diese Waffen sind nicht nur kostbar, sondern geradezu unersetzlich für uns, und es widerstrebt mir gewaltig, sie auch nur für Stunden in den Händen dieses Menschen zu lassen. Wie leicht ist etwas mit ihnen geschehen, was nicht wieder hergestellt werden kann! Es wird mir wirklich schwer, sehr schwer, aber wir müssen dem Gebot der Klugheit folgen. Horch! War das nicht ein Ruf?«

»Die Stimme eines Wächters,« nickte Winnetou. »Der Scout wird bei den Posten draußen angekommen sein.«

Der Ruf, den Old Shatterhand und Winnetou gehört hatten, wurde von mehreren Stimmen wiederholt. Die Schläfer erwachten und sprangen in die Höhe; auch der Häuptling richtete sich auf. Es war so, wie Winnetou gesagt hatte; der Halbindianer kam geritten. Als er den Häuptling sitzen sah, lenkte er sein Pferd zu ihm hin und stieg bei ihm ab. Tokvi-Kava sagte im Tone der Verwunderung:

»Du bist es, der Sohn meiner Tochter! Habe ich dir erlaubt, uns nachzueilen?«

Als nicht gleich eine Antwort erfolgte, weil sich sein Enkel zunächst zu ihm niedersetzen wollte, fuhr er fort:

»Habe ich dir nicht befohlen, die Bleichgesichter zu beobachten und bei ihnen auszuharren, bis wir kommen oder ich dir einen Boten sende?«

»Das hast du,« antwortete der Gefragte gelassen.

»Und doch bist du von deinem Posten gewichen!«

»Weil ich mußte. Der Vater meiner roten Mutter wird einsehen, daß ich nicht anders konnte.«

»Wenn ich es nicht einsähe, würde es nicht zu deinem Vorteile sein! Es müssen sich wichtige Dinge ereignet haben, daß du es wagst, vom Firwood-Camp hierher zu kommen!«

»Wichtig sind sie allerdings.«

»Und sehr schnell nach unsrer Entfernung müssen sie geschehen sein, denn du bist kurz nach uns auch aufgebrochen. Sprich! Ich werde hören, was du zu deiner Entschuldigung sagst.«

»Du bist der Vater meiner Mutter und kennst mich seit dem Augenblicke meiner Geburt. Habe ich dir jemals Grund zum strengen Tadeln gegeben? Warum empfängst du mich mit Vorwürfen, ohne vorher zu wissen, warum ich komme?«

»Weil es sich um den wichtigsten Fang, den wir jemals machen können, handelt und um die größten Feinde unsres Stammes, nämlich um den Häuptling der Apatschen, und um das verhaßte Bleichgesicht, das sich Old Shatterhand nennt.«

»Du wirst sie nicht fangen,« antwortete sein Enkel so gelassen wie vorher.

»Nicht?« fuhr der Häuptling auf. »Warum?«

»Weil sie fort sind.«

»Schon fort? Natürlich müssen sie jetzt vom Firwood-Camp fort sein, denn sie wollten heut früh aufbrechen und am Abend hier ankommen.«

»Du vergissest, daß ich schon gestern abend das Camp verlassen haben muß. Wenn ich sage, daß sie fort seien, meine ich also nicht heut früh, sondern gestern schon.«

»Uff! Sie haben schon gestern das Camp verlassen?«

»Ja.«

»Aber nach uns erst!«

»Ja.«

»Uff, uff, so müssen wir uns darauf vorbereiten, denn sie können jeden Augenblick hier eintreffen!«

»Sie treffen nicht ein; sie kommen gar nicht hierher.«

»Nicht – hier – her?« dehnte der Häuptling betroffen. »Wohin wollen sie denn?«

»Das weiß ich nicht, jedenfalls aber sehr weit fort von hier, denn sie sind mit dem Wagen des Feuerrosses gefahren. Das thun die weißen Jäger aber nur dann, wenn ihr Weg ein sehr, sehr langer ist, sonst reiten sie.«

»Mit dem Feuerrosse? Weißt du das gewiß?«

»Ja, denn ich habe es gesehen.«

»Und dich nicht getäuscht?«

»Nein. Ich sah sie in den Wagen steigen und sah darauf, daß das Feuerroß mit dem Wagen, in welchem sie sich befanden, in größter Eile davonrannte.«

»Uff, uff, uff! Sie wollten doch hierher nach dem Alder-Spring! Was mag sie so plötzlich fortgetrieben haben?«

»Die Angst.«

»Schweig! Winnetou und Old Shatterhand sind mir verhaßt im höchsten Grade, aber Angst und Furcht, die kennen sie nicht.«

»Ja, sie nicht, aber du mußt bedenken, daß zwei andre Blaßgesichter bei ihnen sind, die nicht so mutig sind wie sie; diesen zuliebe sind sie so schnell aufgebrochen.«

»Du sprichst von Angst, vergissest aber zu sagen, wer es ist, vor dem sie sich so sehr gefürchtet haben.«

»Du bist es, und unsre Krieger.«

»Wir, wir sollen es sein? Sie wissen ja nichts von uns!«

»Von euch nicht, oder nicht genau, aber daß das Camp von roten Kriegern überfallen werden soll, das wissen sie.«

»Uff, uff! Wie sollen sie es erfahren haben? Wer hat es ihnen verraten? Solltest du selbst so unvorsichtig gewesen –«

Da gab der Enkel zum erstenmal seinen Gleichmut auf und fiel ihm zornig in die Rede:

»Sprich nicht von mir! Hast du mich jemals unvorsichtig gesehen? Deine eigene Unvorsichtigkeit war es, die alles verraten und uns um den großen Fang gebracht hat!«

Da legte der Alte die Hand an das Messer in seinem Gürtel und rief:

»Vergiß nicht, mit wem du redest, Knabe, sonst wird mein Messer dich die Ehrfurcht lehren, welche du dem Vater deiner Mutter und dem berühmtesten Kriegshäuptling der Komantschen schuldig bist! Wie darfst du dich unterstehen, mir, dem ›schwarzen Mustang‹, eine Unvorsichtigkeit vorzuwerfen!«

»Weil du mich wegen eines Fehlers tadelst, den du selbst begangen hast!«

»Beweise es!«

»Sag, hätten wir Old Shatterhand und Winnetou heut abend gefangen, wenn sie hierher gekommen wären?«

»Ja, so sicher, wie ich dich hier neben mir habe.«

»Dann wäre alles, was ihnen gehörte, unsre Beute gewesen?«

»Ja.«

»Auch die Pferde?«

»Auch die.«

»Warum hast du da nicht gewartet bis heut abend? Warum hast du dich da schon gestern an diesen Pferden vergriffen?«

»Ver–grif–fen,« wiederholte der Häuptling langsam das Wort, um sich den Vorwurf, den er hörte, zurechtzulegen. »Was weißt du davon?«

»Ich weiß alles. Was ich nicht gleich wußte, das erfuhr ich später, als die Feinde glaubten, daß ich entflohen sei. Es war alles wohl und gut abgelaufen, und wenn ihr euch entfernt hättet, ohne nach dem Schuppen zu den Pferden zu gehen, so befänden sich die größten und berühmtesten Feinde unsres Stammes jetzt unterwegs, um uns geradezu in die Arme zu laufen. Welch ein Jubel wäre überall erklungen, so weit die Krieger der Komantschen streifen! Zwar hatte Kita Homascha, den du zu mir in den Shop schicktest, einen kleinen Verdacht erregt, aber es gelang mir schnell, das Mißtrauen zu zerstreuen, denn die Bleichgesichter konnten uns nichts beweisen. Da aber schnaubten plötzlich die Pferde Winnetous und Old Shatterhands draußen vor der Thür und erregten ein Aufsehen ohnegleichen. Zwar waren die Bleichgesichter klug genug, so zu thun, als ob sie glaubten, die Pferde hätten sich losgerissen, mich aber vermochten sie nicht zu täuschen, denn der Schuppen war verriegelt; die Zügel, mit denen man sie festgebunden hatte und von welchen sie sich losgerissen haben sollten, waren nicht zerrissen, aber an ihnen hing ein Riemen, ein fremder Riemen, mit dem sie angekoppelt gewesen waren, den hatten sie zerrissen. Die Pferde waren also nicht selbst entwichen, sondern gestohlen worden. Von wem? Willst du es etwa leugnen?«

Der Häuptling verzog keine Miene; er sagte weder ja noch nein. Sein Enkel fuhr fort:

»Dein Schweigen gibt mir recht. Natürlich suchten nun die Bleichgesichter nach den Dieben.«

»Die waren doch längst fort!« fiel der Alte ein.

»Waren auch die Spuren fort? Oder meinst du, daß Old Shatterhand und Winnetou nicht gelernt haben, aus deiner Fährte mehr, viel mehr zu lesen, als du selbst ihnen gestehen würdest? Sie fanden eure Spur, sie fanden meine Spur, und sie fanden auch Kita Homaschas Spur. Sie errieten sofort unser Einvernehmen und unsre Absichten; sie wollten mich ergreifen und auf der Stelle lynchen, aber es gelang mir glücklicherweise noch, ihnen zu entspringen. Ich eilte zu meinem Pferde und jagte davon.«

»Uff, uff! War diese Flucht notwendig?«

»Ja.«

»Sie konnten dir nichts beweisen!«

»Die Spuren waren Beweis genug! Auch brannten sie meine Wohnung nieder. Hätten sie das gethan, wenn sie nicht überzeugt gewesen wären? Du kennst die Strenge, mit welcher die Bleichgesichter ihre Prairiegerichte handhaben. Nur die Flucht konnte mich retten. Wäre ich geblieben, so hätten sie mich aufgehängt. Ich war schon weit fort, da kam mir der Gedanke, heimlich zurückzukehren, um zu erlauschen, ob Winnetou und Old Shatterhand vielleicht nun ihren Plan, nach dem Alder-Spring zu reiten, aufgegeben hätten. Dies zu erfahren, war von größter Wichtigkeit für uns. Es war sehr gut, daß ich dies that, denn ich sah sie mit ihren Pferden in den Wagen des Feuerrosses steigen und fortfahren. Sie kommen also nicht nach dem Alder-Spring. Als sie fort waren, verließ auch ich nun Firwood-Camp und ritt hierher, um dir zu sagen, was geschehen ist. Jetzt bin ich da, nun tadle mich, wenn du mich tadeln kannst! Soll eine Strafe sein, so treffe sie nicht mich, sondern den, der durch den Pferdediebstahl den schönen Plan der Komantschen zunichte gemacht hat! Ich habe gesprochen. Howgh!«

Er hatte seinen Bericht beendet und wartete nun auf das, was sein Großvater sagen würde. Dieser hielt den Kopf eine ganze Weile gesenkt; dann hob er ihn mit einer schnellen, energischen Bewegung wieder empor und warf einen forschenden Blick um sich. Das, was er sagte, konnte von keinem Unberufenen gehört werden, denn die Ankunft des Halbbluts hatte den anwesenden Kriegern zwar gesagt, daß etwas entweder geschehen oder im Werke sein müsse, aber keiner von ihnen hatte es gewagt, sich dem so sehr respektierten Häuptlinge ohne besondere Aufforderung zu nähern. Es hatte also auch niemand die Vorwürfe vernommen, welche von dem Enkel und Untergebenen gegen seinen Ahnen und Vorgesetzten ausgesprochen worden waren. Dieser letztere begann mit unterdrückter Stimme:

»Ja, ich habe die Pferde aus dem Schuppen geholt. Iltschi und Hatatitla sind so berühmte Pferde, daß die Weisheit meines Alters sich in die Thorheit der Jugend verwandelte. Ich wollte und mußte sie sofort haben, ohne daran zu denken, daß sie heut mit den Gefangenen doch mein Eigentum sein würden. In deinen Adern fließt mein Blut, und darum wirst du unsern Kriegern nicht mitteilen, welche Folgen diese schnelle That nach sich gezogen hat!«

»Ich werde schweigen,« erklärte der Junge.

»Wissen Old Shatterhand und Winnetou,« fuhr der Alte fort, »wie viel Personen wir gestern im Firwood-Camp waren?«

»Ja.«

»Wissen sie aber auch, wer es war?«

»Nein. Sie wissen nur, daß es feindliche rote Männer waren.«

»Wußten sie von unsrer Absicht, das Camp zu überfallen?«

»Sie vermuten es.«

»Für solche Männer ist eine Vermutung so gut wie eine Gewißheit. Ahnen sie die Zeit des Ueberfalles?«

»Nein. Aber ich muß dir sagen, daß sie mir meinen Namen Ik Senanda ins Gesicht warfen; sie glaubten nicht, daß ich Yato Inda heiße.«

»So halten sie dich für einen Verräter?«

»Ja.«

»Dann sind sie überzeugt, daß du mein Enkel bist und daß ich es bin, der das Camp überfallen will. Was sagten sie zu dem Verluste von ihren drei Gewehren?«

»Ihre Gewehre?« fragte das Halbblut erstaunt. »Haben sie diese verloren?«

»Ja.«

»Uff, uff, uff! Wo?«

»Im Firwood-Camp. Ich habe sie gefunden.«

»Du – hast – sie – gefunden – du – du – du? Die Gewehre von Old Shatterhand und Winnetou?« stieß der Mestize in höchster Ueberraschung hervor.

»Ich!« nickte Tokvi-Kava, indem seine Augen vor Freude funkelten.

»Die Silberbüchse Winnetous?«

»Ja.«

»Das kleine Zaubergewehr Old Shatterhands?«

»Ja.«

»Und den großen Bärentöter?«

»Ja.«

»Wo, wo, wo sind diese kostbaren Waffen? Sage es schnell!«

»Hier,« antwortete der Häuptling, indem er auf das Paket deutete.

»Uff, uff, uff! Heut blickt der große Manitou mit strahlendem Angesicht auf die Krieger der Komantschen herab! Das ist eine Beute, um welche uns alle Stämme der roten Nation beneiden werden! Wie sind diese unvergleichlichen Waffen in deine Hände gekommen?«

»Durch Diebe, welche sie gestohlen hatten und die sie mir geben mußten.«

Er erzählte den Vorgang und brach dann, als er kaum geendet hatte, in den Ausruf aus:

»Uff, uff! Daran habe ich nicht gedacht. Old Shatterhand und Winnetou sind fort, obgleich ihnen diese Gewehre gestohlen worden sind. Ist das nicht auffällig? Steckt vielleicht eine große List dahinter? Diese beiden werden ihre Waffen nicht freiwillig lassen, sondern alles wagen, um sie wieder zu erlangen!«

Sein Enkel schüttelte den Kopf und behauptete:

»Sie werden nichts, gar nichts wagen.«

»Weshalb denkst du das?«

»Wer ein gesundes Hirn hat, muß ganz dasselbe denken. Wodurch sind diese Schakale so berühmt geworden? Nur durch ihre Gewehre. Womit haben sie ihre Thaten verrichtet? Mit ihren Gewehren. Durch diese Gewehre wurden sie Helden, aber ohne sie sind sie nichts. Man hat ihnen diese Waffen gestohlen, da fühlen sie, daß sie nichts mehr vermögen, daß sie bei dem Ueberfalle des Camps nicht widerstehen können, sondern untergehen müssen; darum sind sie so schnell entflohen. Nun weiß ich, warum sie es aufgegeben haben, nach dem Alder-Spring zu reiten, und weshalb sie Firwood-Camp so plötzlich verließen. Sie wissen, daß mit den Gewehren ihre ganze Macht von ihnen gewichen ist und daß sie im Kampfe mit uns verloren sind. Die Angst hat sie fortgetrieben, so weit wie möglich, die Angst vor uns und die Furcht vor dem sicheren Untergange!«

Die Ueberzeugung und Begeisterung des Jungen riß den Alten mit sich fort; er stimmte bei:

»Uff, uff, du hast wahr gesprochen! Es ist die Angst vor uns und vor dem Ueberfalle. Sie sind heulend davongeeilt wie Hunde, welche Schläge bekommen sollen. Ihre Personen sind uns entgangen, aber ihre Waffen haben wir. Nun müssen wir uns die Skalpe der vielen gelben Männer holen. Man wird davon sprechen, daß wir das Camp überfallen wollen, man wird nach Hilfe senden. Wir müssen uns also beeilen, nach dem Camp zurückzukehren, noch ehe Hilfe kommt. Wir haben nicht Zeit, heut hier zu rasten. Da Old Shatterhand und Winnetou nicht kommen, haben wir hier nichts zu suchen, sondern werden sogleich aufbrechen. Unsre Pferde und wir auch sind zwar ermüdet, aber wenn wir so reiten, daß wir nach Anbruch des Abends die Stelle erreichen, welche die Bleichgesichter Birch-hole nennen, so werden die Tiere nicht unter uns zusammenbrechen.«

»Also willst du doch, wie ich dir geraten habe, im Birch-hole auf den Augenblick des Ueberfalles warten?«

»Ja, denn kein Ort eignet sich so gut dazu wie dieser. Ich führe meine Krieger dorthin, und während sie da warten, beschleiche ich das Camp, um zu erfahren, zu welcher Zeit wir es am leichtesten umzingeln können, so daß uns kein einziges Bleich- und Gelbgesicht entkommen kann.«

»Dieses Auskundschaften wirst nicht du thun, sondern ich werde es übernehmen, denn ich kenne den Ort und seine Bewohner besser als du.«

»Nein, du wirst gar nicht mitreiten.«

»Nicht mitreiten?« fragte der Mestize erstaunt.

»Ja.«

»Warum?«

»Eben weil du dort so bekannt bist, was uns leicht verraten könnte. Und noch einen andern Grund gibt es, der für mich noch viel wichtiger ist, nämlich die drei Gewehre hier.«

»Wieso diese Gewehre?«

»Wir kommen auf dem Rückweg wieder hierher. Soll ich sie erst nach dem Camp und dann wieder mit zurückschleppen? Dazu sind sie zu kostbar. Es ist möglich, daß wir kämpfen müssen. Kann ich da nicht in die Gefahr kommen, die Gewehre zu verlieren, oder können sie dabei nicht beschädigt werden? Ich sage dir, daß diese drei Waffen mir lieber sind als alle Skalpe, welche wir in Firwood-Camp erbeuten können. Darum will ich sie keiner Gefahr aussetzen und lasse sie hier, bis wir morgen wiederkommen. Du sollst als Wächter dabei bleiben, denn einen sicherern gibt es nicht.«

Der Mestize fühlte sich durch dieses Vertrauen sichtlich sehr geschmeichelt, dennoch brachte er den Einwand vor:

»Dennoch möchte ich mitziehen, denn ich will den Teil der Beute haben, den du mir versprochen hast.«

»Den wirst du erhalten. Ich habe es gesagt, und was ich dir verspreche, ist wie ein Schwur.«

»Alles Gold und Geld?«

»Ja. Ich verspreche es dir noch einmal. Du bist der Sohn meiner Tochter und mein einziger Erbe. Ein kluger Mann muß an alles denken. Der Ueberfall wird wahrscheinlich ungefährlich sein; aber es kann mich trotzdem eine Kugel oder eine Klinge treffen; dann sollst du der Besitzer dieser Gewehre sein, welche leicht in andre Hände kommen könnten, wenn ich dich nicht hier bei ihnen zurückließe. Ich habe es gesagt und so soll es geschehen. Howgh!«

Als der Mestize dieses hörte, zögerte er nicht länger, seine Einwilligung zu geben. Der Häuptling hielt mit einigen hervorragenden Kriegern, bei denen sich auch Kita Homascha befand, der sich im Camp den Namen Juwaruwa beigelegt hatte, einen kurzen Kriegsrat ab, und dann ritt er mit seinen Komantschen davon, wieder in das Thal hinein, aus welchem sie herabgekommen waren. Ik Senanda, sein Enkel, blieb mit den drei gestohlenen Gewehren allein zurück.

Kaum war nach Entfernung seiner Genossen eine kleine Weile vergangen, welche er dazu benutzte, sein Pferd abzusatteln und anzukoppeln, so konnte er seine Neugierde nicht länger zügeln; er wand den Lasso von dem Paket, öffnete es und nahm die Gewehre vor, um sich an ihrem Anblick zu weiden. Mit welcher Wonne Winnetou und Old Shatterhand, welche natürlich noch immer ganz nahe hinter den Schößlingen steckten, ihm zusahen, läßt sich leicht denken. Eine glücklichere Wendung, als die gegenwärtige für sie war, hätten die Verhältnisse gar nicht für sie nehmen können. Sie beobachteten, mit welcher Begierde der Mestize die Waffen betrachtete, wie seine Augen dabei funkelten, und hörten mit Vergnügen die abgerissenen Ausrufe des Entzückens, welche zurückzuhalten ihm nicht für geboten erschien, weil er glaubte, sich in dieser abgelegenen Gegend ganz allein und ohne beobachtende Zeugen zu befinden. Die drei besten und berühmtesten Gewehre des wilden Westens in seinen Händen zu halten, das erfüllte ihn mit einem Entzücken, wie er sich gar kein größeres denken konnte.

Freilich sollte er dieses Entzücken nicht gar lange genießen, sondern sehr bald auf eine für ihn ganz unerwartete Weise aus demselben gerissen werden. Winnetou bog nämlich die Schößlinge leise, leise auseinander, und schob sich unhörbar zwischen ihnen hindurch. Old Shatterhand folgte ihm mit derselben Vorsicht. Dann richteten sie sich auf. Einige Schritte, welche selbst sein so außerordentlich scharfes Ohr nicht zu hören vermochte, und sie standen hinter ihm. Eben rief er, indem sein Gesicht vor Freude strahlte, aus:

»Ja, das ist die prächtige Silberbüchse des Apatschen; das ist der schwere Bärentöter, der so viel wiegt, wie drei andre Gewehre zusammengenommen, und das ist der unvergleichliche Henrystutzen der weißen »Schmetterhand«, von welchem die abergläubischen Indianer fabeln, daß er eine Zauberflinte sei. Ich weiß es freilich besser, viel besser. Der Zauber besteht nur in zweierlei, nämlich in dem, was die Bleichgesichter die Konstruktion nennen, und in der großartigen Sicherheit, mit welcher Old Shatterhand seine Kugeln zu versenden pflegt. Ich werde dieses Gewehr nicht wieder aus den Händen geben; selbst Tokvi-Kava wird es nicht zurückerhalten, obgleich er der Vater meiner Mutter ist. Ich werde mich so lange üben, bis ich mit dieser Zauberflinte ebenso sicher schieße wie Old Shatterhand, und dann wird mein Ruhm noch weiter, viel weiter erschallen als der seinige!«

Da hörte er hinter sich die Stimme des weißen Jägers:

»Träume ja nicht von Ruhm, elender Mischling! Du wirst niemals lernen, mit diesem Gewehre umzugehen!«

Er wendete sich aufs höchste erschrocken um und sah den Sprecher und Winnetou neben sich stehen. Sein Entsetzen bei ihrem Anblick war so groß, daß er kein Wort hervorbrachte und für den Augenblick nicht der geringsten Bewegung fähig war.

»Ja,« nickte Old Shatterhand ihm, von oben herunter lächelnd, zu, »du wirst niemals mit ihm schießen lernen, denn erstens wüßtest du nicht, wie die dazu gehörigen Patronen angefertigt werden, und zweitens bin ich ja hier, mir mein Gewehr wieder zu holen.«

Als der Mestize den Weißen noch immer wortlos anstarrte, fuhr dieser fort:

»Du sagst, du würdest das Gewehr nicht wieder aus den Händen geben. Bildest du, der ein Nichts in unsern Augen ist, dir denn wirklich ein, daß Winnetou und Old Shatterhand sich ihre Waffen stehlen lassen, ohne sie sich wieder zu holen? Hast du, der elende Wurm, denn wirklich den verwegenen Gedanken haben können, daß wir aus reiner Angst vor euch mit dem Feuerrosse davongefahren seien? Dann war dieser Gedanke eine so unendlich große Albernheit von dir, daß kein Mensch die richtigen Worte zu finden vermag, dir zu sagen, wie dumm, wie unbeschreiblich dumm du bist!«

Jetzt endlich kam wieder Bewegung in die Gestalt des Spions; aber er sprang nicht etwa auf, um einen Versuch der Flucht zu machen, o nein, dazu hielt ihn der große Schreck noch zu sehr und zu fest gefangen, sondern er stand langsam, sehr langsam auf, wie einer, dessen Glieder an einer schmerzhaften Lähmung leiden, und stieß abgerissen und silbenweise die Worte hervor:

»Old – Shat–ter–hand und Win–ne–tou! Wahr–haf–tig – wahrhaftig – sie sind es – sie sind es wirklich!«

»Ja, wir sind es wirklich,« lächelte ihm der Jäger stolz in das vor Angst verzerrte Gesicht. »Aus deinen Zügen starrt der bleiche Schreck uns an. Du hast uns fangen wollen und stehst doch da vor uns wie ein Stümper, der vor Entsetzen nicht einmal die wenigen Worte richtig sprechen kann. Du schlotterst vor Angst! Schäme dich!«

Die Verachtung, welche aus dieser Rede sprach, gab dem Mischling seine Selbstbeherrschung wieder. Er trat, die drei Gewehre noch immer in den Händen, einen Schritt zurück und antwortete:

»Was bildest du dir ein? Ich soll Angst und Entsetzen vor euch fühlen? Mir kann weder Winnetou noch Old Shatterhand Furcht einflößen. Und eure Gewehre wollt ihr wieder haben? Uff! Versucht doch einmal, ob ihr sie bekommt!«

Noch während er diese Worte sprach, wendete er sich zur blitzesschnellen Flucht. Er konnte diese nicht zu Pferde ergreifen, weil sein Tier angekoppelt war und es zu viel Zeit erfordert hätte, es loszubinden; er war also gezwungen, dasselbe im Stiche zu lassen und zu Fuß zu entweichen; das sah er gar wohl ein. Aber war's schade um das Pferd, wenn es ihm gelang, sich mit den köstlichen Gewehren zu retten?! Er sprang also in raschen, weiten Sätzen eine Strecke am Rande des Hurrican hin, um dann in das Gewirr desselben einzudringen. Aber er hatte seine Rechnung ohne die Voraussicht seiner beiden Gegner gemacht. Diese waren zu klug und zu erfahren, als daß sie nicht schon im voraus erraten hätten, was er thun werde; er hatte kaum erst den vierten oder fünften Sprung gethan, so war er von Old Shatterhand eingeholt, von Winnetou sogar überholt und wurde von beiden gepackt und festgehalten. Der weiße Jäger zog den Revolver, hielt ihm denselben auf die Brust und sagte:

»Halt! Du kommst wieder mit zurück und setzest dich nieder. Beim geringsten weiteren Fluchtversuch jage ich dir eine Kugel zwischen die Rippen! Du wärst der richtige Bursche dazu, uns zu entwischen! Lächerlich! Also setze die Beine voran, sonst helfen wir nach!«

Sie brachten ihn wieder nach der Stelle, wo er vorher gesessen hatte und wo seine Flinte noch lag, nahmen ihm ihre Gewehre und sein Messer ab und drückten ihn auf den Boden nieder. Er bebte vor Wut, sah aber ein, daß jeder Widerstand ihm jetzt nur schaden müsse, und daß es am besten sei, sich jetzt zu fügen und auf sich ihm später vielleicht bietende Vorteile zu warten.

Old Shatterhand legte zwei Finger zwischen die Lippen, ließ einen schrillen, weithin hörbaren Pfiff ertönen und setzte sich dann mit Winnetou zu dem Gefangenen. Ohne zunächst ein Wort mit demselben zu sprechen, warteten sie auf die Herbeikunft ihrer Kameraden, denen der Pfiff gegolten hatte. Der Hobble-Frank und Droll wußten von früher

her, welche Bedeutung dieses Zeichen Old Shatterhands für sie hatte, und es dauerte auch gar nicht lange, so kamen sie mit den zwei Timpes um den Windbruch herumgeritten. Sie überschauten die Situation mit schnellen Blicken, und während sie ihre Pferde anhielten und abstiegen, sagte Frank:

»Potz Sapperlot, hat das eene grandiose Wendung hier genommen! Die Roten sind fort, und dafür hat sich dieser Himbeerfritze bei uns zu Gaste geladen! Wo sind sie denn hin, und wer is der sanfte Urian, meine Herren, dem es an Ihrer Seite so außerordentlich gut zu gefallen scheint?«

»Das ist ja der Scout, der die Bewohner von Firwood-Camp den Komantschen an das Messer liefern wollte!« rief Kas aus.

»Der? Hm, den will ich mir doch eenmal aus der nähern sixtinischen Vogelperschpektive betrachten!« Und rund um den Gefangenen herumgehend und ihn musternd, fuhr er fort: »Also das is der Kerl, der die französischen Karnickel für ostindische Matjesheringe gehalten hat? Bong! Er hat die Chinesen abschlachten wollen; dafür soll er nu selber zu Wellfleesch und zu Nürnberger Würschteln verarbeitet werden. Setzt euch nieder, ihr Kameraden, und macht die Ohren off! Herr Shatterhand wird wohl die Freundlichkeit haben, uns zu sagen, wieso, warum, weshalb und ooch noch außerdem.«

Sie ließen sich nieder, und der Genannte erklärte ihnen in kurzen Worten, was hier geschehen und wie der Scout ergriffen worden war.

»Een allerliebster Jüngling is dieser Mensch, das muß man sagen,« meinte dann der Hobble-Frank. »Wenn er so mir nischt, dir nischt die Gewehre erben wollte, so mußte er doch warten, bis die seligen Besitzer den irdischen Schtoob von ihren jenseitigen Füßen geschüttelt hatten und mit dem persischen Mirza *pro defunctis* süß hinüberverblichen waren! Ich schlage vor, wir reiben ihm seine Erbanschprüche so mit Senfteig ein, daß er wie jener römische Kaiser schreit: ›Varus, Varus, es schneit aus allen Regionen nieder!‹ Verdient hat ersch ja mehr als genug. Was sagen Sie dazu, Herr Shatterhand?«

Der Gefragte antwortete, ohne über das Citat des Kleinen eine Miene zu verziehen:

»Er wird seiner Strafe nicht entgehen, lieber Frank. Warte es nur ab!«

»Ja, so schprechen Sie schtets! Ihre ganzen Herzvorkammern sind so mit Menschenliebe vollgestopft und vollgepfropft, daß Sie selbst Ihrem ärgsten Tod- und Busenfeind Schinken in Burgunder mit ellenlangen Maccaroninudeln vorsetzen möchten. Aber damit kommt man heutzutage nich mehr weit. Ich will Gerechtigkeet; ich bin der zartbesaitete Engel der Vergeltung; bei mir heeßt's schtets: Wie die That, so der Lohn, wie der Milchtopf, so der Deckel, und wie die Dose, so der Schnupftabak. Ich verlange Schtrafe für den Verbrecher, denn es schteht schon seit uralten Zeiten in den Fix- und Wandelschternen een Gesetz geschrieben, welches deutlich sagt: wer nich hören will, der muß fühlen, und wer keen Pianoforte hat, der kann nich schpielen. Howgh! Der Hobble-Frank hat geschprochen!«

Seine Rede wurde trotz der Würde, mit welcher sie vorgebracht worden war, nicht beachtet, sondern Old Shatterhand wendete sich an den Gefangenen:

»Gib uns zunächst einmal deinen richtigen Namen an!«

Der Mestize antwortete zornig in dem Englisch, welches diese Leute zu sprechen pflegen:

»Bin ich etwa eine Rothaut, Sir, daß Ihr glaubt, mich du nennen zu dürfen?!«

»Deine Haut ist noch viel schlimmer als rot, Bursche! Man weiß ja ganz genau, daß ihr halbblütigen Menschen nur die schlimmen Eigenschaften eurer Eltern erbt, und du bist der beste Beweis dafür, daß dies kein Irrtum ist.«

»Schimpft, wie Ihr wollt, ich bin ja Euer Gefangener und kann mich nicht wehren; aber ich sage Euch das eine: wer mich du nennt, den nenne ich ebenso. Richtet euch danach!«

»*Well!* Ich werde mich danach richten und sage dir also auch das eine: wenn ein Lump, wie du bist, es wagen sollte, mich du zu nennen, so lasse ich ihm die Jacke ausziehen und den Rücken so ausgiebig mit dem Lasso bearbeiten, daß er den Unterschied zwischen mir und ihm mit Leichtigkeit erkennen lernt. Richte auch dich danach! Und nun sag deinen wirklichen Namen! Ich bin es nicht gewohnt, zweimal zu fragen.«

Old Shatterhand hätte trotz seiner bekannten Humanität seine Drohung ausgeführt; das schien der Mestize wohl zu fühlen, denn er antwortete, ohne das angekündigte Du zu wagen:

»Meinen richtigen Namen habt Ihr gehört. Ich heiße Yato Inda, und meine Mutter gehörte dem Stamme der Pinal-Apatschen an.«

»Das ist Lüge. Du bist Ik Senanda, der Enkel des ›schwarzen Mustangs‹.«

»Beweist es doch!«

»Diese Aufforderung enthält eine Frechheit, durch welche du deine Lage nicht verbesserst.«

»Was Ihr da Frechheit nennt, ist nichts weiter als mein gutes Recht. Warum behandelt Ihr mich als Feind? Ihr seid mir nach den Gesetzen der Savanne Gründe schuldig. Oder ist Old Shatterhand, den man den Gerechtesten unter allen Bleichgesichtern nennt, unter die Räuber und Mörder gegangen?«

Als der brave Kas diese Worte hörte, rief er zornig aus:

»Soll ich diesem Halunken eins hinter die Ohren geben? So eine Unverschämtheit ist mir noch nicht vorgekommen. Das ist ja schlimmer als damals bei Timpes Erben!«

Old Shatterhand winkte ihm Schweigen zu und erklärte dem Gefangenen im ruhigsten Tone:

»Es hat allerdings jeder Angeklagte seine Rechte, und ich bin am allerwenigsten derjenige, der sie ihm verkürzt. Darum will ich deine Frechheit nicht beachten und dich nur sachgemäß fragen: Hast du als Wächter des Firwood-Camp es ehrlich mit dessen Bewohnern gemeint?«

»Ja.«

»Warum verkehrtest du da heimlich mit den Komantschen?«

»Beweist mir, daß ich dies gethan habe!«

»*Pshaw!* Warum bist du da geflohen, als du bemerktest, daß wir die Spuren des ›schwarzen Mustangs‹ richtig lasen?«

»Ich bin nicht geflohen.«

»Was sonst?«

»Mein Ritt war keine Flucht aus Angst vor euch, sondern er wurde in der besten Absicht unternommen.«

»Da bin ich wirklich neugierig, diese gute Absicht kennen zu lernen!«

»Warum sagt sie dir dein Scharfsinn nicht, den man ja an dir rühmt? Ich sah die fremden Spuren grad so, wie ihr sie sahet; ich hörte euern Verdacht. Ihr waret nur die Gäste des Camp und hattet keine Verpflichtungen; ich aber hatte die Bewohner zu beschützen; dazu war ich da, und darum folgte ich augenblicklich dem Verdachte, indem ich fortritt, um die Feinde auszuspähen.«

»Ach, das hast du nicht ganz schlecht gemacht; diese Ausrede ließe sich wirklich hören, wenn ich nicht fragen müßte, warum du ebenso rasch zurückgekehrt bist; um auszukundschaften, was wir im Camp machen würden.«

»Ich bin nicht zurückgekehrt. Wer Euch das weismachte, hat gelogen.«

»So bist du selbst der Lügner.«

»Ich? Wieso?«

»Weil du selbst von dieser deiner Rückkehr gesprochen hast.«

»Wann? Wo?«

»Davon später! Du bist also fortgeritten, um zu erkunden, wo sich die Komantschen befanden. Wie war es möglich, sie in der Finsternis der Nacht zu entdecken?«

»Wer so fragt, der kann kein Westmann sein!«

»*Well!* Du sprichst in einem sehr stolzen Tone. Wahrscheinlich bist du geschickter, als wir hier alle sind. Ich erkenne diese fast übermenschliche Geschicklichkeit auch an, indem ich vor Bewunderung darüber überfließe, daß du den Feinden bis hierher hast folgen und dann gar mit ihnen sprechen können, ohne daß sie dich getötet oder wenigstens festgenommen haben.«

»Darüber braucht ihr gar nicht so zu staunen, es ist vielmehr sehr leicht zu erklären. Die Komantschen wissen nämlich gar nicht, daß ich mütterlicherseits von ihren Feinden, den Pinal-Apatschen abstamme; ich habe mich auch stets mit ihnen auf scheinbar guten Fuß gestellt; sie halten mich also für ihren Freund und haben mich auch heute ohne alle Feindseligkeit bei sich empfangen.«

»Schön! Wie aber kamen unsre Gewehre in deine Hände?«

Diese Frage brachte den Mestizen sichtlich in Verlegenheit, doch suchte er dies zu verbergen und antwortete schnell:

»Grad das ist ein Punkt, der euch von meiner Ehrlichkeit und Freundschaft überzeugen muß. Gestern abend sah ich eure Waffen, die ich noch nicht kannte; heut erblickte ich sie wieder bei den Komantschen, und der ›schwarze Mustang‹ rühmte sich, daß er sie euch gestohlen habe. Um euch zu eurem Eigentum zu verhelfen, stahl ich sie ihm wieder, und er ist von hier fortgeritten, ohne es zu bemerken.«

»Dann muß ich bekennen, daß dies ein Meisterstück von dir ist, welches nachzuahmen wohl keinem andern Menschen gelingen würde. Du scheinst ein Ausbund von Klugheit zu sein, während der ›schwarze Mustang‹, der sich diese Gewehre abnehmen läßt, ohne es zu gewahren, jedenfalls ein Ausbund von Dummheit ist. Du wolltest sie uns also wiederbringen?«

»Ja.«

»Wie willst du es dann aber erklären, daß du mit ihnen zu entfliehen versuchtest, als du uns vorhin hier erblicktest?«

»Das war nur vor Schreck über euer plötzliches Erscheinen, denn ich hatte euch nicht sofort erkannt.«

»Nicht erkannt? Und doch nanntest du unsre Namen!«

Ein Wort hierauf zu sagen, war dem Halbblut freilich ganz unmöglich. Er blickte finster vor sich nieder und rief dann in gut gespieltem Zorne aus:

»Fragt nicht nach Dingen, die ihr nicht zu verstehen scheint! Wenn man sich ganz allein und sicher hier in der Wildnis glaubt und plötzlich von Personen überrumpelt wird, von denen man annehmen muß, daß sie sich weit von hier befinden, so ist es doch sehr leicht zu erklären, daß man in der ersten Ueberraschung anders handelt, als man bei ruhiger Ueberlegung handeln würde. Wenn ihr das nicht einseht, so ist es für mich unnütz, noch ein Wort zu verlieren!«

»Ja, ich bitte dich allerdings, kein weiteres Wort zu verlieren, obgleich wir nicht nur dies, sondern noch vieles andre einsehen. Du scheinst anzunehmen, daß wir uns dir sofort nach unsrer Ankunft hier gezeigt haben, befindest dich da aber im Irrtum. Wir steckten schon hier, noch ehe du geritten kamst. Wir haben schon vorher den ›schwarzen Mustang‹ beobachtet und dann jedes Wort gehört, welches du mit ihm gesprochen hast. Er nannte dich den Sohn seiner Tochter; er übergab dir unsre Gewehre, die du ihm gestohlen haben willst, und als er fort war und wir hinter dir standen, warst du so entzückt darüber, diese Waffen zu besitzen, daß du dir vornahmst, sie ihm, dem Vater deiner Mutter, nicht wiederzugeben; du wolltest dich üben, sogar noch besser zu schießen als ich. Was sagst du dazu, Ik Senanda? Welchen Wert können deine Ausreden nun noch haben? Glaubst du noch immer, uns durch feige Lügen zu täuschen? Denn eine Feigheit, eine ganz verächtliche Feigheit ist es, wenn jemand sich vor Angst nicht getraut, seinen Namen anzugeben. Wir sind gewöhnt, den Mut zu achten. Hättest du offen gesagt, wer du bist, hättest du mutig eingestanden, daß es deine Absicht war, die Bewohner von Firwood-Camp den Komantschen auszuliefern, so wäre das deiner Abkunft von dem ›schwarzen Mustang‹ würdig gewesen und wir würden dich zwar als unsern Feind, aber als einen stolzen, achtbaren Feind behandeln; dein feiges Leugnen aber kann uns nur mit Verachtung erfüllen. Du gleichst nicht dem starken Büffel, der ein ganzes Rudel von Wölfen offen mit den Hörnern nimmt, sondern dem niederträchtigen Koyoten, der seine Beute nur von hinten überfällt und lieber stinkendes Aas verzehrt, als daß er es wagt, sein räudiges Fell der geringsten Gefahr auszusetzen. Nun sag, gestehst du, daß du Ik Senanda, der Enkel des ›schwarzen Mustang‹ bist?«

Es ist sonst nicht die Gepflogenheit eines Westmannes, an unwürdige Subjekte so viel Worte zu verschwenden, aber es lag in der Humanität Old Shatterhands, das Ehrgefühl des Mestizen, wenn er je eine Spur davon besaß, wachzurufen, denn es thut geradezu weh, von einem Menschen zu bemerken, daß er vom Guten gar nichts mehr sein Eigen nennt; dieses Bestreben hatte jedoch nicht den beabsichtigten Erfolg, denn die Feigheit des Scout hielt ihn beim Leugnen fest, er antwortete:

»Ich sage es wieder und kann es gar nicht anders sagen: ich bin nicht Ik Senanda, sondern Yato Inda; ihr habt eure Gewehre wieder, und nun verlange ich, sofort von euch freigelassen zu werden!«

»Gemach, gemach, *my boy!* Da du noch immer leugnest, können wir dich erst recht nicht freigeben, sondern wir werden dich deinem lieben Großvater vor die Augen stellen, um zu erfahren, ob auch er so feig und niederträchtig ist, sein eigenes Fleisch und Blut zu verleugnen.«

Da blitzte das Auge des Mestizen heimtückisch auf, und er fragte:

»Ihr wollt mich zum ›schwarzen Mustang‹ bringen?«

»Ja.«

»*Well!* Versucht doch, ob ihr das fertig bringt!«

»Wir bringen es fertig, darauf kannst du dich verlassen! Aber es wird freilich in etwas andrer Weise geschehen, als du es wünschest. Der Kamm scheint dir jetzt plötzlich wieder hoch zu stehen. Verrechne dich nicht! Du hoffst, durch den ›Mustang‹ aus unsern Händen befreit zu werden; dein zärtlicher *Grand-father* aber wird mit sich selbst genug zu thun haben, denn er wird ebenso sicher unser Gefangener werden, wie du es geworden bist.«

Da beging das Halbblut den Fehler, zornig auszurufen:

»Das wird er nicht! Kein Old Shatterhand und kein Winnetou wird es jemals fertig bringen, den ›schwarzen Mustang‹ zu ergreifen, dessen Ruhm weit über alle Thäler und über alle Berge geht!«

»Ah, jetzt fällst du aus der Rolle! Doch ereifere dich nicht!

Wir haben noch ganz andre Kerls ergriffen, als dieser alte Mustang ist, von dem du ganz richtig sagst, daß sein Ruhm über alle Thäler und Berge gehe; er scheint aber wie die Luft darüber hin zu gehen, denn man bemerkt hier unten nichts davon.«

»Wie könntet ihr ihn fangen? Ihr wißt ja gar nicht, wohin er sich gewendet hat!«

»Ich habe dir ja gesagt, daß wir ihn belauscht haben. Er ist wieder zurück nach Firwood-Camp.«

»Und dorthin wollt ihr ihm folgen?«

»Ja.«

»Ihr sechs Männer? Und habt doch die große Schar der Komantschen gesehen, die er bei sich hat!«

»*Pshaw!* Wir sind nicht so feig, wie du bist. Und diese Komantschen zu zählen, das fällt uns schon gar nicht ein, denn es ist uns ganz gleichgültig, ob es zehn oder ob es hundert sind.«

»Brüstet euch nicht. Es sind Naiini-Komantschen, also die tapfersten Krieger dieses großen Volkes. Und selbst wenn ihr sie nicht fürchtet und wirklich so wahnsinnig sein wolltet, ihnen nachzureiten, um mit ihnen zu kämpfen, ihr würdet sie doch nicht einholen, denn sie haben einen großen Vorsprung, und ehe ihr es ermöglichen könnt, sie zu erreichen, ist Firwood-Camp ein Raub der Flammen geworden!«

»Schau, jetzt zeigst du so ungefähr dein richtiges Gesicht. Ich will dir auch das meinige zeigen, indem ich dir ganz offen und ehrlich sage, daß wir viel eher in Firwood-Camp sein werden als die Komantschen.«

»Das ist unmöglich!«

»Wir werden dir sehr leicht beweisen, daß es möglich ist.«

»Können eure Pferde fliegen?«

»Ja; wir Weißen haben allerdings Pferde, welche fliegen können.«

Da schlug der Scout ein höhnisches Gelächter auf. Old Shatterhand ließ sich dadurch keineswegs zum Zorn bewegen; er legte ihm nur schwer die Hand auf die Schulter und sagte lächelnd:

»Lach jetzt immerhin, Mannikin[1]; es wird nur zu bald die Zeit kommen, da dir das Lachen ganz vergeht! Zunächst werden wir diesen schönen Ort verlassen, an welchem du auf deinen Großvater warten solltest; du wirst ihn wahrscheinlich schon viel eher wiedersehen. Jetzt binden wir dich auf dein Pferd, und ich rate dir, dich ohne Widerstreben drein zu fügen, denn es gibt für uns der Mittel viele, dich zum Gehorsam zu zwingen!«

Der Mestize besaß gar nicht den Mut, Widerstand zu leisten. Wenn es für ihn ein Mittel gab, aus der Gefangenschaft zu entkommen, so sah er es nur in der Verschlagenheit, und da er eine ganz ansehnliche Portion von dieser Eigenschaft besaß und dabei überzeugt war, daß die sechs Männer, in deren Händen er sich befand, gegen den »schwarzen Mustang« nichts auszurichten vermöchten, so hoffte er mit ziemlicher Bestimmtheit, daß seine gegenwärtige Lage von keiner langen Dauer sein werde.

Er war überzeugt, daß man mit ihm der Fährte der Komantschen folgen und also in das mehrerwähnte Thal einbiegen werde, und war daher sehr erstaunt, als er nach dem Aufbruche sah, daß Winnetou und Old Shatterhand, welche voranritten, eine beinahe entgegengesetzte Richtung einschlugen, indem sie nicht um den Corner-top bogen, sondern sich nach dem Ua-pesch wendeten. Er konnte sich den Grund, einen so bedeutenden Umweg einzuschlagen, gar nicht denken, zumal fast nur im Galopp geritten wurde, was doch auf große Eile schließen ließ. Später freilich sah er das Bahngeleise aus der offenen Prairie herüberkommen; es bog nach dem Felsenthale ein, und als die Reiter ihm folgten, begann eine Ahnung in ihm aufzudämmern, welche ihn mit nicht geringer Besorgnis erfüllte. Da er nicht daran dachte, sich zu beherrschen, nahm sein Gesicht einen bedenklichen Ausdruck an. Der Hobble-Frank bemerkte das, weil der Gefangene zwischen ihm und Droll ritt, und sagte in seiner heimatlichen Mundart, von welcher der Scout natürlich kein Wort verstand:

[1] Männchen, Knirps.

»Is das Gesicht, was der Kerl jetzt macht, nicht ein wahres *Gaudeamus abbreviatur* für uns, lieber Droll? Es gibt mir heemlich solchen Schpaß, daß es mir schwer fällt, mein lautes Lachen leise zu unterdrücken. Du nich ooch?«

»Ja,« antwortete sein altenburgischer Vetter. »Er wird wohl itzt so nach und nach zur Einsicht komme, was für een Pferd unser Old Shatterhand eegentlich gemeent habe wird.«

»Welches Pferd?«

»Na, das Pferd, was fliege kann. Hast's denn nich gehört?«

»Freilich hab' ich's ooch gehört. Es war die Lokomotive gemeent, mit der wir nu bald nach Firwood-Camp fliegen werden. Denkst du ooch, daß wir eher hinkommen als der ›schwarze Mustang‹? Es wäre ganz schauderhaft, wenn es uns nich gelänge, das Camp noch vor den roten Halunken zu erreichen!«

»Ja, denn alle Menschen würden dort verlore sein; aber ich bin fest überzeugt, daß wir noch zur rechten Zeit eintreffe werde. Old Shatterhand und Winnetou habe sich die Zeit ganz gewiß so genau berechnet, daß wir gar keene Sorge nich zu habe brauche. Wir reite doch schon itzt, als ob der Teufel hinter uns her wäre. Ich bin seit langer Zeit nich so gejagt wie heut.«

»Ich ooch nich; aber es gefällt mir sehr. Es is een elegantes Hochgefühl, so off dem mittelsten Rücken unsrer Pegasusse über die Räume des irdischen Nordamerika dahinzufliegen. Man fühlt sich schon mehr als een Mensch in vogelartiger Geschtalt, und ich habe zwischen meinen Schulterblättern eene poetische Empfindung, als ob die oberflächliche Haut dort offgeplatzt wäre, um flügelähnlichen Fittichen Platz zu machen, das heeßt, entweder nur zwee Flügel, wie die Vögel haben, oder gar vier Schtück, wie's bei den Tagesschmetterlingen und nächtlichen Zwieselsfaltern gebräuchlich is. So een Ritt wie der jetzige, is geradezu een wahrer Kunst- und Hochgenuß. Aber für dich, du armer Teufel, wird es freilich eene ganz bedeutende horoskopische Anschtrengung sein.«

»Für mich? Warum? Denkste etwa, daß ich nich grad so reite kann wie du?«

»Nee, das denke ich nich; aber es schwebt mir deine Krankheet, deine Insel Ischia vor den unsichtbaren Oogen. Du mußt doch große Schmerzen haben!«

»O, nich im geringsten! Die Insel is fort, ohne die geringste Schpur zurückzulasse; ich fühle sie weder hinten im Kreuz noch unten in den Beenen mehr.«

»Das is ja wunderschön! Wenn sie nur nich etwa in eener andern Körpergegend wieder zum Vorschein und zur Auferschtehung kommt! Solche Krankheeten ziehen manchmal so heemtückischer Weise und anonym, was man bei fürschtlichen Personen *in Cognaco* nennt, im lebendigen Körper herum, und man hat nich eher eene Ahnung von ihrem gegenwärtigen Thatbeschtande, als bis sie ganz plötzlich an eener Schtelle zum Vorschein kommen, wo eegentlich gar keene dazu passende Schtelle mehr vorhanden is.«

»Das gloobe ich nu nich von mir. Ich habe das Gefühl, als ob Winnetou mir fürs ganze Lebe geholfe hätte. Deine Insel denkt nich dran, sich wieder bei mir einzuquartiere. Und das is mir grad recht, denn für solche Schmerze, wie ich ausgeschtande habe, muß ich danke! Ueberhaupt, die Tante Droll und krank, das war, so lange ich leb, noch gar nich dagewese!«

Der liebenswürdige und komische Altenburger wurde bekanntlich deshalb Tante Droll genannt, weil der Anzug, den er im Westen zu tragen pflegte, mehr dem einer alten Frau als demjenigen eines Mannes glich. Er war an diesen Namen so gewöhnt, daß er ihn selbst in Anwendung brachte, wenn er von sich sprach.

Wie aus dem Gespräch der beiden Vettern zu ersehen, war der Ritt fast ein Parforceritt zu nennen. Man ließ die Pferde nur von Zeit zu Zeit im Schritt gehen, und so wurde der Rückweg in viel kürzerer Frist zurückgelegt, als man zum Hinwege gebraucht hatte.

Als man die Haltestelle in Rocky-ground erreichte, war Mr. Swan, der wackere und thatkräftige Engineer, der erste, welcher die Reiter empfing.

»*Halloo!*« rief er ihnen entgegen. »Schon wieder zurück?

Und glücklich gewesen, wie ich sehe? Wie ist es denn gegangen? Habt ihr die Komantschen ge–«

Er hielt mitten in der Rede inne, als er den gefesselten Scout erblickte, fuhr dann aber, sichtlich erfreut, schnell fort:

»*All devils*, das ist ja Mr. Yato Inda, der halbgefärbte Gentleman! Und gebunden? Ist er Euer Gefangener, Sir?«

»Ja,« nickte Old Shatterhand, an den diese Frage gerichtet war. »Habt Ihr vielleicht einen Ort, wo wir ihn unterbringen können, ohne daß er Lust bekommt, spazieren zu gehen?«

»Habe einen solchen Ort, einen ganz vortrefflichen, Sir. Wen ich dahin einquartiere, der kann an keinen unerlaubten Ausflug denken. Will Euch die Stelle zeigen.«

Die Stelle, welche er meinte, war ein Brunnen, welcher sich in Arbeit befand. Obgleich schon ziemlich tief, hatte er noch kein Wasser. Als der Mestize hörte, daß er da hinabgelassen werden sollte, erhob er ein großes Lamento, was ihm aber nichts nützte. An den Rand des Brunnens geführt, um gebunden und dann hinabgelassen zu werden, stellte er sich gar zur Wehr. Da meinte der Engineer zu Old Shatterhand:

»Sollen wir etwa ein so gefährliches Geschöpf, wie dieser Kerl ist, mit Sammet und Seide anfassen? Er ist zwar Euer Gefangener; seine Schandthat galt aber uns Leuten von der Eisenbahn. Erlaubt mir, Sir, ihn zu Verstand zu bringen!«

»Macht mit ihm, was Ihr für gut und richtig haltet,« antwortete der Gefragte. »Ich habe ihn Euch übergeben und mag nichts mehr mit ihm zu schaffen haben, denn seine Absichten waren nicht gegen uns, wenigstens nicht ursprünglich, sondern gegen Euch gerichtet. Er gehört also jetzt Euch; nur sorgt dafür, daß es ihm unmöglich ist, uns heut noch Schaden zu machen!«

»Was das betrifft, Mister Shatterhand, so könnt Ihr Euch heilig darauf verlassen, daß er nicht aus diesem Brunnen kommt, als bis ich ausdrücklich die Erlaubnis dazu gebe. Also zieht ihm den Strick unter den Armen hindurch, und dann hinab mit ihm!«

Als hierauf der Scout wieder mit den gebundenen Händen

und Füßen um sich stieß, wurde er an eine Eisenbahnschwelle befestigt und dann nicht eher mit derselben in den Brunnen hinabgelassen, als bis er unter einer tüchtigen Tracht von Stockschlägen still geworden war. Der Engineer war weit weniger Philanthrop als Old Shatterhand.

Er hatte übrigens in der Zeit vom Morgen an bis jetzt an alles gedacht. Seine Arbeiter hatten ihre Gewehre nachgesehen; eine Maschine war geheizt worden, und es standen Wagen zur vielleicht notwendigen Fahrt nach Firwood-Camp bereit.

Die sechs Westmänner erhielten, während ihre Pferde abgerieben, gefüttert und getränkt wurden, ein so ausgezeichnetes Mittagsmahl, wie es unter den hiesigen Verhältnissen möglich war, und erzählten dabei dem Engineer, was sie seit heute früh erlebt hatten.

»Das ist besser, viel besser gegangen, als ich glaubte,« sagte er dann. »Es freut mich ungeheuer, daß wir diesen halbblütigen Schurken in unsre Hände bekommen haben; er soll nicht so bald wieder Gelegenheit finden, solche Streiche zu planen oder gar auszuführen! Und die Roten sind wirklich nach dem Camp zurück, um es zu überfallen? Wir werden ihnen dabei behilflich sein. Freue mich riesig darauf, wirklich riesig!«

»Ich habe allerdings auf Euch und Eure Leute gerechnet,« bemerkte Old Shatterhand, »denn auf den dortigen Engineer ist grad so viel wie auf gar niemand zu rechnen.«

»Etwas Richtigeres könnt Ihr gar nicht sagen, Sir. Er ist zwar ein Kollege von mir, und von Kollegen soll man eben kollegialisch sprechen, aber er heißt zufälligerweise Leveret[1] und ist in Beziehung auf seinen Mut genau das, was sein Name sagt. Von den Chinesen wollen wir gar nicht reden, denn die rennen beim Erscheinen des ersten Indianers in alle Winde hinaus. Ein solcher Zopfmann spielt, wenn man ihm eine Flinte in die Hand gibt, keine andre Rolle als ein Karpfen, dem man zumutet, eine Luftballonfahrt zu unterneh-

[1] Häschen.

men. Und was die paar Weißen dort betrifft, so sind sie gar nicht der Rede wert.«

»Das ist freilich schlimm, denn unter solchen Umständen können uns diese Leute nur Schaden, aber keinen Nutzen bringen. Am allerbesten wäre es da, wenn wir die Sache auf uns allein nehmen könnten und sie nicht eher etwas zu erfahren brauchten, als bis wir mit den Roten fertig sind.«

»Warum sollte das nicht gehen? Wir werden über neunzig Männer sein, und ich denke, daß wir keinen Grund haben, uns vor den Roten zu fürchten.«

»Einen solchen Grund gibt es freilich nicht; ich möchte sogar behaupten, daß die Sache abzumachen ist, ohne daß von unsrer Seite ein Tropfen Blut vergossen wird; aber wie wollen wir neunzig Mann hoch nach Firwood-Camp kommen, ohne daß die Bewohner dieses Ortes etwas davon bemerken? Es müßte Euch erlaubt sein, den Zug schon vor der Station dort halten zu lassen.«

»Das können wir ja. Wer will es mir verwehren?«

»Gut! Aber müßt Ihr den Abgang des Zuges nicht von hier aus nach dort melden?«

»Eigentlich, ja; aber wenn ich es heut einmal unterlasse, wird der Himmel auch nicht gleich einfallen.«

»Ist Euch das Birch-hole bekannt, wohin der ›schwarze Mustang‹ seine Leute führen will?«

»Grad so bekannt, wie meine eigene Tasche, Sir. Es ist eine tiefe Felsenschlucht, welche hinter dem Camp in den Berg einschneidet. Das Gestein steigt auf allen Seiten fast senkrecht in die Höhe, und es gibt nur den einen, schmalen Eingang, an welchem eine alte, sehr hohe Birke steht, von welcher die Schlucht ihren Namen hat.«

»Hm! Dann ist es nicht sehr pfiffig von dem ›schwarzen Mustang‹, seine Leute grad dort unterzubringen.«

»Warum? Es gibt kein besseres Versteck für sie, und er ahnt doch nicht, daß wir diese seine Absicht kennen. Mir scheint also, er hat ganz gut gewählt.«

»Mir nicht. Kann man die Seiten der Schlucht erklettern?«

»Bloß an einer Stelle, aber auch nur am Tage. Bei Nacht

möchte ich es keinem raten, dem sein ganzer Hals noch einen Vierteldollar wert ist.«

»Gut! Und ist es möglich, von außen her auf die Ränder der Schlucht zu gelangen?«

Da hob der Engineer schnell den Kopf, warf einen forschenden Blick in Old Shatterhands Gesicht und antwortete:

»Ah, Sir, ich glaube, den Plan zu erraten, den Ihr hegt!«

»Nun, welchen?«

»Ihr wollt uns auf die Ränder der Schlucht postieren und, wenn die Roten heimlich in dieselbe eingedrungen sind, auch den Eingang besetzen. Wie?«

»Und wenn es so wäre?«

»So hättet Ihr das Beste erdacht, was sich erdenken läßt, denn wenn wir das thun, so stecken die Indsmen in dem Birch-hole wie die Frösche in einer Reuße und müssen sich, grad wie diese, einzeln herauslangen und die Hälse abdrehen lassen, wenn wir wollen.«

»Das habe ich allerdings auch gedacht. Also, können Eure Leute hinauf?«

»*Yes* und abermals *yes.* Aber ist Mister Winnetou mit diesem Plane einverstanden?«

Der schweigsame Häuptling der Apatschen hatte bis jetzt kein Wort gesprochen. Er pflegte, wenn das Reden überhaupt nötig war, Old Shatterhand für sich sprechen zu lassen und dann um so kräftiger handelnd einzutreten. Jetzt nun, da er aufgefordert wurde, seine Meinung mitzuteilen, antwortete er:

»Old Shatterhand und Winnetou haben stets die gleichen Gedanken. Der Plan meines weißen Bruders ist gut und soll auch so ausgeführt werden, wie gesagt worden ist. Howgh!«

»*Well!*« nickte der Engineer. »Ich bin natürlich voll und ganz damit einverstanden. Wir kommen zeitig genug hin, um noch bei Tage und ehe die Indsmen eintreffen können, auf die Felsen zu steigen. Aber dann, wenn es dunkel geworden ist, müssen wir auch wissen, woran wir sind. Wäre es da nicht gut, für Beleuchtung zu sorgen?«

»Das ist freilich wünschenswert,« antwortete Old Shatterhand. »Welche Mittel oder Werkzeuge stehen Euch denn zur Verfügung, Mister Swan? Wir müßten sie freilich von hier mitnehmen, denn wir können nichts in Firwood-Camp requirieren, weil man dort nicht wissen soll, was geschieht.«

»Wird alles in schönster Ordnung sein, Mister Shatterhand. Als es galt, die hiesige Strecke schnell fertig zu bringen, haben wir häufig des Nachts bei Fackellicht arbeiten müssen, und von daher sind so viele Fackeln übrig, daß wir mehr als genug besitzen. Wir haben auch Petroleumfässer von verschiedener Größe.«

»Fässer zu transportieren, würde zu beschwerlich sein, und doch wäre es außerordentlich vorteilhaft für uns, wenn wir grad am Eingange zur Schlucht ein solches Faß in Brand stecken könnten. Ueber eine solche Flammenfackel könnten sich die Komantschen ganz unmöglich herauswagen.«

»*Well*, so wird Rat geschafft. Wir haben ja Tragen, Stricke und sonst alles, was dazu gehört, ein oder mehrere Fässer leicht zu transportieren.«

»Gut! Aber bedenkt dabei, daß kein Geräusch verursacht und keine in die Augen fallende Spur hervorgebracht werden darf!«

»Keine Sorge! Ich habe da Männer, auf die ich mich verlassen kann. Wir werden auch schnell eine Anzahl von Zündern anfertigen. Ich bitte Euch, mich selbst als Oberfeuerwerker und Beleuchtungsinspektor anzustellen. Ihr könnt Euch darauf verlassen, daß Ihr mit mir zufrieden sein werdet. Seid Ihr einverstanden?«

»Ja. Macht alles fertig, und sorgt dafür, daß wir zeitig an dem Birch-hole ankommen. Eingehendere Bestimmungen sind ja erst dann zu treffen, wenn wir das Terrain in Augenschein genommen haben.«

Bei der großen Ein- und Umsicht des Engineers waren die Vorbereitungen schnell getroffen. Die Pferde blieben unter sicherer Aufsicht zurück, und an den Brunnen, in welchem der Scout steckte, wurde auch ein Wächter gestellt. Dann dampfte der vollbesetzte Zug ab, ohne daß dies nach Firwood-Camp telegraphiert worden war. Die Bahnarbeiter beteiligten sich alle mit Freuden an dem Unternehmen, und als der Train an dem vorherbestimmten Punkte ankam und sie dort ausstiegen, gab es keinen, der um den Ausgang des willkommenen Abenteuers oder um sich selbst besorgt gewesen wäre. Die Stelle, von welcher aus der Zug wieder zurückfuhr, lag so weit von dem Camp entfernt, daß man von dort aus nicht bemerkt werden konnte. Die Bahn beschrieb hier eine Kurve um die Höhe, in welche die Birkenschlucht eingeschnitten war; die Männer befanden sich hinter dieser Höhe, während das Camp vor derselben lag, und der Eingang zur Schlucht war an der Seite des Camp. Wenn man von dem Orte aus, an welchem der Zug gehalten hatte, emporstieg, kam man, von dem Walde gedeckt, an den Rand der Schlucht hinauf, was gar keine Schwierigkeit bot, weil es jetzt noch hell am Tage war. Schwerer war es, die zwei Petroleumfässer, welche der Engineer mitgenommen hatte, unbemerkt und ohne Spuren zu hinterlassen, nach dem Schluchteingange zu schaffen und dort so zu verstecken, daß sie später den Späheraugen und auch den – – Nasen der Indianer entgehen mußten.

Zur Ausführung dieses heimlichen Planes erbot sich Winnetou, welcher, wie alle wußten, derjenige war, der sich am allerbesten dazu eignete, diese Aufgabe zu lösen, von deren Gelingen so viel, vielleicht alles abhing. Old Shatterhand übernahm es, die kampfeslustigen Männer zur Höhe zu geleiten, sie dort aufzustellen und ihnen die notwendigen Verhaltungsmaßregeln zu erteilen.

Oben angekommen, befand man sich unter dicht stehenden Bäumen. Deckung war also mehr als genug vorhanden. Es erfüllte Old Shatterhand mit Genugthuung, zu sehen, wie steil die Felswände in die Schlucht abfielen. Waren die Komantschen einmal da unten und drin, so gab es für sie kein Entkommen. Er verteilte die Leute rund um die vielleicht fünfhundert Schritte lange und durchschnittlich fünfzig Schritte breite Schlucht und gab jeder Gruppe von ihnen diejenigen Weisungen, die ihrer Stellung angemessen waren. Vor allem mahnte er zur größten Ruhe und Vorsicht und machte sie mit den verschiedenen Zeichen und Signalen bekannt, die später in der Nacht notwendig sein könnten und deren Bedeutung sie genau wissen mußten. Dann stieg er vorn, an der nach dem Camp zu gelegenen Seite hinab, um den Apatschen zu suchen.

Dieser lag, auf ihn wartend, nicht weit von dem Eingange hinter einem ziemlich dichtgewachsenen Busche und winkte ihn zu sich heran.

»Mein roter Bruder liegt ruhend hier; er scheint also mit seiner Arbeit schon fertig zu sein?« fragte er.

»Winnetou hat seine Arbeit gethan,« lautete die Antwort. »Die Männer, welche der Engineer mitnahm, sind starke und anstellige Leute. Die Fässer liegen ganz nahe hier und so gut versteckt, daß mein weißer Bruder sehr scharf blicken müßte, um sie zu finden.«

»Und der Engineer selbst?«

»Er steckt mit den Trägern der Fässer dort unter dem Tannendickicht. Du kannst leicht hin zu ihm, wenn du ihm während meiner Abwesenheit Befehle zu erteilen hast.«

»Während deiner Abwesenheit? Du willst also fort?«

»Mein Bruder wird erraten, wohin!«

»Den Komantschen entgegen, um mir zu melden, wenn sie kommen.«

»Ja. Sie werden sich so leise heranschleichen, daß es gut ist, sie schon vorher beobachtet zu haben.«

»Auch handelt es sich um den Häuptling, welcher gesagt hat, daß er selbst es sein will, der das Camp beschleicht. Seiner müssen wir uns vor allen Dingen bemächtigen.«

»Winnetou hat genug Riemen, ihn zu binden, von Rockyground mitgebracht. Ich will jetzt gehen, denn es wird bald dunkel werden. Old Shatterhand mag an dieser Stelle auf meine Rückkehr warten.«

Er huschte fort und verschwand unter den nächsten Bäumen, ohne im weichen Moose eine Spur seines Fußes zurückzulassen. Old Shatterhand legte sich, von den Zweigen vollständig bedeckt, nieder; er konnte jetzt nichts weiter thun, als ruhig warten.

Es lag tiefe Stille rundumher; nur von dem nicht sehr fernen Camp klang zuweilen irgend ein Geräusch herüber. Die Dämmerung brach herein, und Winnetou war noch nicht viel über eine Viertelstunde fort, so gehörte das scharfe, wohlgeübte Auge Old Shatterhands dazu, von dem Orte aus, an dem er lag, den Eingang zu der Schlucht noch zu erkennen. Erst von jetzt an war die Ankunft der Komantschen zu erwarten, denn es mußte als selbstverständlich angenommen werden, daß sie sich hüten würden, ihre Annäherung schon oder noch beim Tageslichte zu bewerkstelligen. Sie hätten sich da der größten Gefahr ausgesetzt, von einem auswärts herumstreifenden Bewohner des Camp gesehen und entdeckt zu werden, wodurch das Gelingen ihres Unternehmens sehr in Frage gestellt worden wäre.

Es wurde schließlich so dunkel, daß Old Shatterhand nur noch einige Schritte weit sehen konnte. Desto weiter reichte sein Gehör, denn je weniger der eine Sinn beschäftigt ist, desto schärfer empfindet der andre. Da vernahm er etwas wie das Streichen eines langen Halmes über niedrige Gräser. Tausend und abertausend andre Menschen hätten dies nicht gehört; er aber horchte mit doppelter Spannung auf.

»Das kann nur Winnetou sein,« dachte er, und wirklich, da erhob sich vier Schritte von ihm die Gestalt des Apatschen aus dem hohen Moose. Er kam vollends herbei, kroch unter den Busch und sagte leise:

»Sie kommen.«

»Weißt du, wo sie die Pferde gelassen haben?«

»Sie haben sie mit.«

»Welch eine Unvorsichtigkeit von ihnen! Sie verdienen Prügel dafür! Die Pferde läßt man doch unter der Aufsicht von Wächtern viel weiter zurück, als die Entfernung von hier nach dem Camp beträgt. Ein einziges Wiehern oder nur Schnauben kann alles verraten.«

»Diese Söhne der Komantschen nennen sich zwar Krieger, sind aber keine.« Obgleich Winnetou diese Worte leise sprach, war ihm doch der Ton der Geringschätzung deutlich anzuhören. »So viele Pferde nach einer so kleinen und so engen Schlucht zu bringen, darüber würde der jüngste Knabe der Apatschen lachen.«

»Uns kann es nur lieb sein, denn die Pferde werden die Verwirrung, welche wir anrichten, verdoppeln. Horch, jetzt schnaubte eines!«

Es näherte sich ein erst unbestimmtes und nach und nach immer deutlicher werdendes Geräusch; es war das dumpfe Stampfen von Hufen im weichen Moose oder Grase. Die Komantschen kamen nach Indianersitte einer hinter dem andern, und jeder führte sein Pferd nach sich am Zügel, wie die beiden Lauscher bemerkten. Am Eingange zur Schlucht blieben sie halten. Es schienen einige hineinzugehen, um die Sicherheit derselben zu erkunden. Nicht lange Zeit nachher ließen sich unterdrückte Rufe der Aufforderung hören, worauf sich die Gänsemarschkolonne wieder in Bewegung setzte. Sie drang in die Schlucht ein, wegen der Dunkelheit so langsam, daß es über eine Viertelstunde dauerte, ehe der letzte Mann vorüber war.

Old Shatterhand und Winnetou huschten unter dem Busche hervor und krochen näher nach der Felsenkante, welche die eine Seite des Thores bildete. Sie hatten kaum fünf Minuten dort gelegen, so vernahmen sie Schritte, welche wieder zurückkamen. Es erschienen drei Männer, welche so nahe bei ihnen stehen blieben, daß sie den einen von ihnen genau erkannten; es war Tokvi-Kava, der Häuptling, welcher den beiden andern den Befehl erteilte:

»Ihr bleibt hier, um die Thür zu dieser Felsenschlucht zu bewachen, und stecht jeden Menschen, der sich naht, augenblicklich mit dem Messer nieder. Unsere Krieger müssen wegen der Pferde mehrere Feuer anzünden, und wenn jemand den Schein derselben auch nur von weitem sähe, wären wir verraten. Die Zeit des Ueberfalles ist noch nicht gekommen, denn die Bleichgesichter werden noch nicht alle unter dem Dache, wo sie Feuerwasser trinken, beisammen sein, dennoch gehe ich jetzt, ihre Wohnungen zu beschleichen. Achtet nicht darauf, wenn ich lange fortbleibe, denn ich komme erst dann wieder, wenn der Augenblick gekommen ist, an dem sie alle sterben müssen. Hugh!«

Nach diesen Worten entfernte er sich mit langsamen, fast unhörbaren Schritten. Er glaubte natürlich, ganz unbeobachtet zu sein, war aber doch nicht allein, denn ihm folgten Winnetou und Old Shatterhand, möglichst tief gebückt und dabei so leise auftretend, daß er ihre Schritte unmöglich hören konnte.

Dies war nicht etwa leicht. Man konnte höchstens fünf Schritte weit sehen; sie durften ihn garnicht aus den Augen lassen und hatten sich also so nahe hinter ihm zu halten, daß er jeden andern Belauscher sicherlich gehört haben würde. Blieb er stehen, so hielten auch sie an und duckten sich bis tief auf die Erde nieder; ging er dann wieder weiter, so setzten auch sie ihre Schritte fort. So unhörbar wie sie, kann selbst der Panther nicht auftreten, und solche Leichtigkeit und Gewandtheit der Bewegungen hat nur die Schlange aufzuweisen. Und das war notwendig, denn das Rollen eines kleinen Steines oder das Knicken des dünnsten Zweigleins konnte alles verderben.

So ging es fort, bis sie ganz sicher waren, aus der Hörweite der beiden Wächter gekommen zu sein. Dabei hatten sie sich dem Camp bereits so weit genähert, daß sie die Helligkeit, welche aus der offenen Thür des Logier- und Restaurationsgebäudes drang, von weitem sehen konnten. Jetzt war es an der Zeit; noch länger zu warten, hätte unvorsichtig genannt werden müssen.

»Jetzt!« raunte Old Shatterhand dem Apatschen zu.

»Uff!« stimmte dieser ebenso leise bei.

Es folgten zwei weite Sprünge vorwärts, die der Komantsche hören mußte; er drehte sich um, bekam aber in dem selben Augenblicke schon den bekannten Faustschlag Old Shatterhands an die Schläfe, so daß er wie ein lebloser Klotz steif und schwer zu Boden fiel. Er hatte einen Schrei ausstoßen wollen, brachte es aber nur zu einem kurzen, zwar scharf und rasch verklingenden Hauch, der, wenn er je gehört wurde, viel eher für den Flügelschlag eines schlafmüden Vogels als für den unterdrückten Todesschrei eines Menschen gehalten werden konnte. Zu gleicher Zeit kniete Winnetou auf ihm, um ihm die Beine zusammen und die Arme auf den Rücken fest zu binden. Old Shatterhand riß eine Handvoll Gras ab, schob es dem Bewußtlosen in den Mund, band einen Fetzen, den er ihm vom Jagdrocke lang herunterriß, darüber, so daß er später den Grasknebel mit der Zunge nicht aus dem Munde stoßen und dadurch Raum zum Schreien bekommen konnte, und sagte dann:

»Den Häuptling haben wir; seine Leute werden wir wohl ebenso leicht bekommen. Tragen wir ihn fort! Du nicht mit, Winnetou; ich nehme ihn allein!«

Er warf sich den langen, knochigen, schweren Mann über die Schulter und schritt mit ihm, gefolgt von dem Apatschen, davon, nach der Schlucht zurück.

Natürlich wendeten sie sich nicht direkt dem Eingange derselben zu, sondern sie hielten sich mehr nach links, so daß sie nach dem Tannendickicht kamen, unter welchem der Engineer mit seiner Abteilung lag. Dieser war zwar ein kluger und umsichtiger Herr, aber doch kein Westmann und hätte, als er die beiden Gestalten so unerwartet ganz nahe bei sich auftauchen sah, wahrscheinlich eine Unvorsichtigkeit begangen, wenn ihm nicht Old Shatterhand mit unterdrückter Stimme bedeutet hätte:

»Still! Wir sind es. Macht keinen Lärm, Mister Swan!«

»Ah, Ihr! Wen bringt Ihr denn da geschleppt?«

»Den schwarzen Mustang,« antwortete der Gefragte, indem er seinen Gefangenen von der Schulter herab- und auf den Boden niedergleiten ließ.

»Den Häuptling dieser roten Halunken? *Thunderstorm!* Das ist so echt Old Shatterhand und Winnetou! Aber er bewegt sich nicht. Ist er etwa tot?«

»Nein. Meine Hand ist ihm etwas unzart an den Kopf geraten, und da hat er das Bewußtsein verloren.«

»Ach, Euer berühmter Jagdhieb, Sir! Was thun wir mit dem Häuptling?«

»Wir legen ihn lang auf die Erde hin und binden ihn da an den Stämmen fest.«

»Aber wenn er erwacht, wird er schreien!«

»Das kann er nicht, denn ich habe ihm einen hübschen Sucking bag[1] zwischen die Zähne gesteckt. Also, bindet ihn recht fest, und gebt gut auf ihn acht! Wir müssen wieder fort.«

»Wohin?«

»Noch zwei Rote holen, welche dort am Eingange Wache halten. Solange die dort sitzen, sind sie uns im Wege.«

Er legte sich mit Winnetou auf den Boden nieder und schob sich mit ihm nach der Stelle hin, wo sie vorhin gelegen hatten, als der »schwarze Mustang« aus der Schlucht getreten war. Als sie diesen Ort erreichten, sahen sie die Wächter fast zum Greifen nahe vor sich sitzen. Die beiden Komantschen unterhielten sich miteinander über Dinge, welche die Lauscher nicht interessierten; etwas Wichtiges war es jedenfalls nicht. Darum verschwendeten die beiden auch keine Zeit damit, sie zu belauschen, sondern warfen sich sofort über sie her, um sie unschädlich zu machen, was ihnen mit Hilfe der Ueberraschung sehr leicht gelang. Als sie sie dann dem Engineer brachten, sagte dieser:

»Schon fertig mit ihnen? Hört einmal, Mesch'schurs, euch möchte ich nicht als Feinde haben, denn wem ihr nicht geneigt seid, mit dem macht ihr verteufelt wenig Federlesens! Gibt es vielleicht noch mehr Rote, die ihr mir auf diese Weise bringen wollt?«

»Nein,« antwortete Old Shatterhand. »Wir arbeiten von jetzt an nicht mehr so *en détail*, indem wir Euch nur ein oder zwei Stück bringen, sondern *en gros*, wie es gut situierten Geschäftsleuten geziemt; das heißt: wir werden die andern gleich auf einmal fangen.«

»Die Zeit dazu ist da?«

»Ja.«

»Gott sei Dank! Ich bin weder Squatter noch Trapper und

[1] Zulp, Saugbeutel.

darum nicht gewöhnt, so lange hier im Grünen zu liegen. Sagt also, was ich zunächst zu thun habe!«

»Laßt eins der Petroleumfässer nach dem Eingang schaffen und dort anbrennen. Diese Fackel wird die Komantschen so erleuchten, daß sie schnell erkennen werden, wie es mit dem beabsichtigten Ueberfalle steht.«

»*Well!* Soll gleich geschehen. Wollen nur schnell diese beiden Roten auch anbinden.«

Als dies geschehen war, brachte er mit seinen Leuten das Faß zwischen dem Gebüsch hervorgerollt; es wurde nach dem Eingange geschafft und angezündet. Natürlich erfolgte eine Explosion, welche den obersten Boden zersprengte; die Dauben aber hielten zusammen, so daß nur ein Teil des Oeles auf die Erde floß und, sich dort verbreitend, weiterbrannte. Die Flamme füllte rasch die ganze Oeffnung zwischen den Felsen aus und leuchtete nicht nur bis in den hintersten Teil der Schlucht hinein, sondern mußte auch nach der andern Seite hin im Camp gesehen werden, wo jedenfalls auch die Explosion gehört worden war.

Diese war mit einem kanonenschußähnlichen Knall erfolgt und hatte die Komantschen aus ihrer Ruhe und Sicherheit gewaltsam aufgeschreckt. Noch fragten sie sich, was für ein Krach das gewesen sei, als sie gleich darauf die Flamme hoch emporlodern sahen. Die Schlucht wurde tageshell erleuchtet, und die Indsmen befanden sich in der Lage eines im Dunkeln arbeitenden Einbrechers, den plötzlich das Strahlenmeer eines elektrischen Lichtes umflutet. Zunächst waren sie stumm vor Schreck, dann brachen sie in ein Heulen aus, von dem man nicht sagen konnte, ob es ein Kriegs- oder ein Angstgeheul sei. Sie drängten nach dem Feuer hin, wo der einzige Ausgang aus dem Thale lag; aber schon füllte ihn die Glut von einer Seite bis zur andern. Zugleich krachten Schüsse herein, die zwar, von Old Shatterhand abgefeuert, absichtlich niemand treffen sollten, aber um so deutlicher sagten, daß der einzige Weg zur Flucht nicht nur vom Feuer verwehrt, sondern auch von bewaffneten Feinden besetzt worden sei.

Die Roten wichen also wieder zurück, nach dem hintern Teil der Schlucht, und richteten ihre Augen nach den Seitenwänden derselben empor, um zu sehen, ob man vielleicht dort hinauf entweichen könne. Da aber bemerkten sie etwas, was ganz und gar nicht geeignet war, sie zu beruhigen und ihren Mut zu erhöhen. Old Shatterhand hatte nämlich den Befehl gegeben, die mitgebrachten Fackeln anzuzünden, sobald man das Petroleumfaß brennen sähe. Dieser Weisung war Folge geleistet worden, und nun sahen die Indianer den Rand der Felsen rundum mit flammenden Lichtern besetzt und hörten drohende Stimmen von oben herunterschallen, welche jedenfalls nicht freundlich gesinnten Menschen angehörten. Eine dieser Stimmen übertönte alle andern:

»Hurra, hurra, das Faß da unten brennt! Jetzt is der Oogenblick gekommen, wo der Rummel losgehen kann. Schteckt die Fackeln an, schteckt sie alle an! Helle muß es werden, helle wie zu Pfingsten Montags früh halb elfe! Laßt ihnen een Licht offgehen, daß es unter ihren Schkalpen endlich an zu dämmern fängt, daß sie den Herrn Heliogabalus Morpheus Edeward Franke vor sich haben, mit dem sie keene Kirschen essen können. Droll, siehste, wie sie loofen und rennen? Hörschte, wie sie heulen und duten? Droll, Droll, wo biste denn mit deiner Anwesenheet hingekommen? Ich vermisse deine Allgegenwart. Wo schteckste denn eegentlich, heh?«

Da antwortete der Angerufene von der andern Seite herüber:

»Hier bin ich, hier, Vetter Frank! Hier sieht mer alles besser, als da drüben. Wennste eenen Ueberblick haben willst, so komm rasch herüber!«

»Nee, ich bleibe, wo ich bin. Mach nur Radau, tüchtigen Radau, daß die Pferde da unten wilde werden und ihren Herren zwischen die Fußzehen schtrampeln. Schießen sollen wir leider nich, aber wirf Schteene nunter, Schteene, das wird die Rothäute rasch mürbe machen!«

Zum Glück für die Komantschen bestand der Boden da oben aus festen Felsplatten. Hätte es Steingrus oder Geröll gegeben, so wäre es ihnen übel ergangen. Dennoch fand sich hie und da ein einzelner Stein, welcher herabgeworfen wurde und nicht ohne Wirkung blieb. Es wurden Menschen und Pferde getroffen; die ersteren heulten vor Schmerz, und die letzteren schlugen mit den Hufen um sich, rissen sich los und galoppierten hin und her, die schon bestehende Verwirrung noch vergrößernd.

Kaum waren zwei oder drei Minuten nach der Inbrandsteckung des Fasses vergangen, so waren alle Indianerpferde scheu und es gab in der Schlucht eine Scene wildester Verwirrung, die gar nicht zu beschreiben ist. Und da kamen nun auch die Bewohner des Camp herbeigerannt, um zu erfahren, auf welche Weise das nächtliche und unbegreifliche Feuer entstanden sei. Einer der ersten von ihnen war Mr. Leveret, der Engineer. Er erblickte zu seinem Erstaunen Old Shatterhand und Winnetou, bei denen nebst andern sein Kollege aus dem Rocky-ground stand.

»Ihr hier Mesch'schurs, ihr?« fragte er ganz atemlos. »Und da brennt ein Petroleumfaß! Was hat das zu bedeuten?«

»Das bedeutet, daß wir die Roten räuchern wollen, Mister Leveret,« antwortete Swan.

»Die Roten? Welche Roten, Sir?«

»Die Komantschen, welche Euch überfallen und ermorden wollten.«

»*Heavens!* Sollte das etwa heute schon geschehen?«

»Natürlich, heute schon. Nun aber stecken sie drin in der Schlucht, deren Ränder von meinen Arbeitern besetzt sind, und hier macht ihnen das Feuer den Ausweg zur Unmöglichkeit.«

»Wie aber sind sie da in die Schlucht geraten, und wie seid Ihr mit Euren Leuten hierhergekommen, Mister Swan?«

»Auf die einfachste Weise von der Welt: Sie sind hergeritten, und wir sind hergefahren, mit einem Zuge natürlich, den ich extra dazu rangieren ließ.«

»Und davon – hab' ich – kein Wort – kein einziges – Wort gewußt!« stotterte der furchtsame Mann, dessen Schreck nachträglich noch zu wachsen begann. »Warum habt Ihr mir denn nichts gesagt?«

»Weil ich keine Zeit dazu hatte.«

»Ihr konntet mir doch telegraphieren!«

»Das habe ich unterlassen, weil ich glaubte, wir würden Euch gar nicht brauchen, um die Absicht der Komantschen zu vereiteln.«

»Das – das will ich – gelten lassen, Sir! Braucht Ihr etwa jetzt noch unsre Hilfe?«

»Nein, wir danken. Wenn Ihr zusehen wollt, so könnt Ihr bleiben; aber verhaltet Euch hübsch ruhig, und hütet Euch, Verwirrung anzurichten!«

»Das fällt mir gar nicht ein! Wenn es Euch so hübsch gelungen ist, die roten Feinde in diese Falle zu locken, so will ich Euch den Ruhm nicht schmälern, sie auch nun noch gefangen zu nehmen.«

»O, was den Ruhm betrifft, so gilt er nicht mir, sondern Winnetou und Old Shatterhand. Wendet Euch also an diese beiden Gentlemen, wenn Euch Eure Kampfbegierde treiben sollte, Eure bewährten Fäuste die Indianer fühlen zu lassen.«

»Danke, Sir, danke wirklich sehr! Ich bin Engineer, aber nicht Westmann und Indianertöter. Warum soll ich Menschen umbringen, und wenn es auch nur Rote sind, die mir bis jetzt noch nichts gethan haben! Ich bin noch ganz außer mir vor Schreck.«

»Aber Euch ist dieser Platz hier anvertraut, Mister Leveret; eigentlich müßtet Ihr mit zu den Waffen greifen!«

»Eigentlich, ja! Und ich würde es auch ganz gern thun, wenn es notwendig wäre. Da aber diese berühmten Gentlemen hier sind und Ihr mit Euren Arbeitern auch anwesend seid, kann ich nicht einsehen, warum ich Euch Eure Verdienste partout schmälern soll. Ich werde mit meinen Leuten reden. Wer von ihnen mit den Roten kämpfen will, dem gebe ich gern die Erlaubnis, sich Euch anzuschließen; mich aber bitte ich aus dem Spiele zu lassen!«

»*Well*, so geht! Eure Leute aber brauchen wir nun auch

nicht erst, und mit den chinesischen Zopfträgern dürft Ihr uns schon gar nicht kommen.«

»Schon recht, Sir, schon recht! Werde es ihnen gleich sagen und ihnen streng befehlen, Euch ja nicht zu stören und zu belästigen!«

Er zog sich froh zurück, so leichten Kaufes davongekommen zu sein. Gestern hatte er sich so begeistert über das Heldentum Old Shatterhands und Winnetous gezeigt, man hätte denken sollen, daß das auf einen thatkräftigen, mutigen Charakter schließen lasse, doch zeigte es sich jetzt, daß grade das Gegenteil der Fall war. Man macht im Leben häufig die Erfahrung, daß die Bewunderer andrer Menschen nicht eine Spur von den Eigenschaften derselben besitzen, sondern sich vielmehr durch die entgegengesetzten auszeichnen. So war es auch hier. Sein Kollege hielt es nicht für der Mühe wert, ihm auch nur einen Blick nachzusenden, und meinte, indem er die Achsel zuckte:

»Ganz so, wie ich euch sagte, Mesch'schurs: Er heißt Häschen und ist ein Häschen oder vielmehr ein ganz gewaltiger Hase. Solche Leute hält man in Zeiten der Gefahr am besten so weit wie möglich entfernt von sich. Doch hört, was geht dort los?«

Es entstand nämlich unter den Chinesen eine stürmische Bewegung, deren Zweck und Richtung nicht gleich zu erkennen war. Sie schrieen in ihrer Muttersprache wirr durcheinander, schoben sich hin und her und drängten schließlich bergan, um die Höhe zu ersteigen. Dabei rissen sie Knüppel aus den Büschen und hoben Steine auf, sie mit hinaufzunehmen. Es war ein großes Glück für die Indianer, daß Old Shatterhand Chinesisch verstand. Diese Abkommen aus dem Reiche der Mitte hatten erfahren, daß sie von den Roten hatten überfallen und skalpiert werden sollen. Bei einem offenen Angriff wären sie gewiß alle wie Spreu auseinandergestoben; hier aber sahen sie ihre Feinde eingeschlossen und unfähig, Gegenwehr zu leisten; das verlieh ihnen einen Mut, von dem sie sonst keine Spur besaßen. Die Feigheit verwandelt sich sehr leicht in Blutdurst, wenn sie sich außer Gefahr befindet, und Gefahr gab es hier nicht im geringsten. Man konnte die Indsmen aus ganz sicherer Entfernung von oben herab durch Würfe töten. Darum drängten die Chinesen nach der Höhe, um sie wie im Sturme zu ersteigen.

»Mein Bruder mag schnell mit mir kommen!« forderte Old Shatterhand den Apatschen auf.

»Diese gelbe Schar wird vor uns zurückweichen, sobald wir ihnen nur in die schiefen Augen sehen,« antwortete Winnetou, welcher die Absicht seines weißen Freundes sofort erkannte.

Sie eilten miteinander an dem Feuer vorbei und schwangen sich von Stein zu Stein so rasch an der steilen Felsenwand empor, daß sie die Chinesen schnell überholten, weil diese einen Umweg über die bequemere Lehne des Berges eingeschlagen hatten. Der Engineer Swan aber war mit seiner ganzen Arbeiterabteilung unten stehen geblieben, folgte ihnen aber mit den Blicken und sagte, sich an seine Leute wendend:

»Die Gelben wollen die Roten lynchen, wie es scheint, und die beiden Jäger stellen sich ihnen entgegen, um dies zu verhindern.«

»Die zwei gegen so viele!« meinte einer der Arbeiter. »Die Chinesen sind wenigstens ihrer sechzig!«

»Meint ihr, daß ein Shatterhand oder ein Winnetou es für nötig hielt, diese Burschen zu zählen? Ob es nur einer ist oder ob es sechzig sind, es ist doch eine und dieselbe Feigheit, die vor jedem Mutigen die Flucht ergreift. Paßt auf, jetzt stoßen sie zusammen!«

Das Feuer leuchtete bis zum Bergeshang hinauf, wo die zwei Westmänner jetzt den Chinesen entgegentraten. Unten in der Schlucht und oben auf der Höhe war tiefe Stille eingetreten, denn alle erkannten, um was es sich handelte, und waren auf den Ausgang dieses Intermezzos höchst neugierig.

Man hörte die gebieterische Stimme Old Shatterhands erschallen; die Chinesen hörten nicht auf ihn, sie drängten vorwärts. Seine Stimme erklang abermals, mit demselben Mißerfolge. Da zogen er und Winnetou die Revolver aus den Gürteln, das wirkte für kurze Zeit; die Schar der Chinesen kam zum Stehen, aber nicht lange, so drängten die Hintersten auf die Vordersten ein, welche fortgeschoben wurden. Das war ein kritischer Moment. Wirklich schießen wollten die beiden doch nicht, sie hatten die Waffen gezogen, nur um mit ihnen zu drohen; aber ihren Befehlen Respekt verschaffen, das mußten sie doch auch, wenn es nicht zu dem beabsichtigten Massacre kommen sollte. Man sah, daß sie die Revolver wieder einsteckten; was sie dann thaten, konnte man nicht deutlich und im einzelnen erkennen, aber man hörte deutlich ihre Stimmen; man hörte ferner die Chinesen schreien, man sah einen dichten Haufen durcheinander stoßender oder gestoßener Menschen, bemerkte einzelne der vordersten Chinesen durch die Luft fliegen und in den Haufen der Ihrigen fallen; es schoß bald rechts, bald links einer wie eine Bombe aus diesem Haufen heraus und kollerte den Berg hinunter; diesen einzelnen folgten mehrere; schon flogen sie zu zweien und zu dreien bergab, sich aneinander haltend und doch miteinander hinunterreißend, manche wurden wie von einer Feder kerzengerade emporgeschleudert, um dann wieder niederzufallen und weiter fortzukugeln. Das anfängliche Wutgeschrei verwandelte sich nach und nach in ein Klagegeheul; Schmerzensrufe und Jammertöne erschollen, der Haufen wurde kleiner, weil seine Bestandteile noch ohne Aufhören auseinanderflogen und den Hang hinunterrollten, es war als ob es in seiner Mitte einen unsichtbaren aber auch unwiderstehlichen Sprengstoff gebe, dessen chemische Zusammensetzung ganz darauf berechnet sei, mit Chinesenleibern Ball zu spielen; die Zahl der bergab Kugelnden vergrößerte sich um so mehr, je kleiner diejenige der Zurückbleibenden wurde, und endlich nahm der erwähnte Sprengstoff die Gestalt Old Shatterhands und Winnetous an, die nun wieder sichtbar wurden und eine letzte Gewaltanstrengung machten, deren Wirkung zwar für die Betreffenden keine angenehme, dafür aber für die Zuschauer eine desto erfreulichere und ergötzlichere war.

Es schien ganz so, als ob ein riesiger Quirl mitten in die Chinesen geraten sei und sich in verhängnisvoller Thätigkeit befinde, natürlich verhängnisvoll für sie, denn sie wurden in einer Weise bald durch-, bald auseinandergetrieben, daß ihnen Hören und Sehen vergehen mußte; es hatte den Anschein, als ob die Erde unter ihren Füßen nicht mehr haltbar sei, denn es gingen mehr und immer mehr Standpunkte verloren; man sah Beine seitwärts, Beine oben, Köpfe seitwärts, Köpfe unten, bis schließlich alles, aber auch alles ins Gleiten, Rutschen, Wanken, Fallen, Kollern und Kugeln kam, so daß man ganz der Wahrheit gemäß behaupten und sogar beweisen konnte, daß eine ganze Chinesenlawine thalabwärts gehe. Sie fuhr hernieder, erst langsam, dann schneller und immer schneller, und als sie unten angekommen war, gab es ein gewaltiges Wimmern und Klagen im Nanking- und Kantondialekte, und es gerieten und verwickelten sich so viel menschliche Gliedmaßen ineinander, daß es für jeden einzelnen Sohn der Mitte ganz bedeutender Selbstkenntnis und anatomischer Geschicklichkeit bedurfte, um die abseits geratenen Teile seines lieben Ichs wieder zusammenzubringen.

Alles, alles, was einen Zopf trug, war mehr oder weniger schnell und prompt da unten angelangt; oben aber standen noch die beiden, welche den unwiderstehlichen Sprengstoff gebildet hatten, Winnetou und Old Shatterhand. So viel Weiße es hier gab, aus so viel Kehlen wurde ihnen Bravo zugerufen. Dann stiegen sie leicht herab, als ob die Arbeit, die sie bewältigt hatten, gar keine Anstrengung für sie gewesen sei, und als sie unten anlangten, war kein einziger Chinese mehr zu sehen; sie hatten alle Angst bekommen, daß die Quirlerei hier unten fortgesetzt werden könne, und waren fortgelaufen. Die beiden siegreichen Schöpfer der Lawine aber gingen einfach und bescheiden, als ob gar nichts Ungewöhnliches geschehen sei, zu dem Engineer hinüber. Als dieser sie mit einer Lobpreisung empfangen wollte, fiel ihm Old Shatterhand in die Rede:

»Diese Gefahr für die Roten ist vorüber, aber es gibt noch eine zweite für sie, die ihnen nicht von den Gelben, sondern von den Weißen droht, welche sich ganz oben auf der Höhe befinden. Sie werfen Steine herab, was wir nicht länger dulden dürfen.«

»Aber, Sir, diese Komantschen sind doch Mörder! Thut es Euch denn wehe, wenn den einen oder andern dieser Burschen ein Steinchen trifft?«

»Nein; aber jeder Verbrecher ist, zumal vor seiner Verurteilung, als Mensch zu behandeln. Wer Tiere quält, taugt nichts; wer aber Menschen unnütz wehe thut, der ist noch viel weniger wert; das ist so meine Meinung, nach welcher ich zu handeln pflege, und ich denke, daß Ihr diesem Beispiele wenigstens so lange folgt, wie ich hier bei Euch bin. Schickt also zwei Männer hinauf, den einen rechts, den andern links, welche diese Ungebühr abstellen. Es soll sich jeder ruhig verhalten, und nicht eher etwas Feindseliges unternehmen, als bis ich das Zeichen dazu gebe!«

»*Well!* Werden dann aber auch die Roten Ruhe geben?«

»Sie werden sich hüten, vor Tagesanbruch etwas zu unternehmen, zumal sich ihr Häuptling in unsrer Gewalt befindet.«

»Das wissen sie noch nicht!«

»Wir binden die beiden gefangenen Posten los und schikken sie zu ihnen in die Schlucht. Es ist auch an der Zeit, nun mit dem ›schwarzen Mustang‹ zu sprechen. Laßt ihn und die zwei andern hierher holen, wo es hell ist und wir ihn leichter und auch schärfer beobachten können als dort im Dunkeln.«

»Sollen den Gefangenen die Fesseln ganz abgenommen werden?«

»Nein, jetzt noch nicht, sondern nur von den Bäumen losbinden mag man sie. Sagt ihnen keinen Namen, und legt sie hier so nieder, daß ihre Gesichter vom Feuer beschienen werden! Ich möchte sie deutlich sehen, wenn sie uns erkennen.«

»Darf ich ihnen antworten, wenn sie auf mich sprechen, zumal dem Häuptling?«

»Ja, aber nur Unwichtiges und Allgemeines. Wir werden uns ein Stück entfernen und dann unbemerkt von hinten herantreten, um zu hören, in welcher Weise er mit Euch spricht und wie er über seine Lage denkt.«

Der Engineer begab sich nach dem Tannendickicht, und Old Shatterhand ging mit Winnetou eine kleine Strecke fort, um von dem »schwarzen Mustang« nicht sogleich gesehen zu werden. Es dauerte nicht lange, so wurde dieser nach der angegebenen Stelle gebracht und dort mit den beiden Posten in der vorhin angedeuteten Weise niedergelegt. Sie lagen mit den Köpfen so, daß Winnetou und Old Shatterhand hinter ihnen standen und also von ihnen nicht gesehen werden konnten. Diese beiden näherten sich ihnen langsamen und leisen Schrittes so weit, daß sie deutlich hören konnten, was gesprochen wurde.

Der Engineer stand vor den drei Gefangenen, blickte sie still forschend an und sagte nichts. Der Häuptling ärgerte sich über diesen Blick; eigentlich hätte er nach Indianerart auch schweigen sollen, zumal er nicht geringen Stolz besaß und sich für den berühmtesten Krieger der Komantschen hielt; aber die Verachtung, welche aus dem Gesichte des Beamten zu ihm sprach, empörte ihn so sehr, daß er seiner Würde nicht gedachte, sondern ihn zornig anfuhr:

»Was schaust du uns so an? Kannst du nicht reden, oder klebt dir aus Angst vor uns der Mund so zusammen, daß du kein Wort über deine Lippen zu bringen vermagst?«

»Angst vor euch?« lachte der Gefragte. »Ihr seht ganz und gar nicht wie Leute aus, vor denen man sich zu fürchten hätte!«

»Deine Rede klingt sehr stolz; aber das Entsetzen würde dich ergreifen, wenn du hörtest, wer ich bin!«

»Bilde dir nichts ein! Magst du sein, wer du willst; du bist ein ganz gemeiner Dieb und Räuber, den wir nachher mit einem recht guten und dauerhaften Stricke aufhängen werden.«

»Du weißt nicht, was du redest! Es gibt keinen Menschen, der es wagen würde, nur daran zu denken, mich aufzuhängen.«

»*Pshaw!* Verbrecher hängt man auf; das ist so bei uns Gebrauch, und du bist ein Verbrecher!«

»Schweig! Ich bin Tokvi-Kava, der oberste Häuptling der Naiini-Komantschen.«

»Das ist wohl möglich, kann mir aber nicht imponieren und ändert an der Sache nichts. Wenn du der Oberste dieser Schurken bist, so wird dein Rang zwar gern von uns berücksichtigt werden, doch nur in der Weise, daß wir dich ein Stück höher hängen als deine Leute.«

»Wenn du nicht vor Angst so redest, so ist's der Wahnsinn, der aus dir spricht. Wenn man einen Menschen aufhängen will, so muß man ihn doch erst gefangen genommen haben!«

»Meinst du etwa, daß du nicht unser Gefangener bist?«

»Ich bin es; aber ihr werdet mich sofort wieder freigeben müssen.«

»Sofort? Ah!«

»Ja, sofort, denn ihr könnt keinen Grund angeben, weshalb ihr mich ergriffen und gebunden habt.«

»Du irrst. Wir haben mehr Gründe, als wir eigentlich brauchen.«

»So gebt sie an! Ich werde euch beweisen, daß diese Gründe nichts taugen. Und selbst wenn ihr gute Gründe hattet, müßtet ihr mich gehen lassen; denn wenn ihr dies nicht thätet, so würden meine Krieger mich holen und euch dadurch bestrafen, daß sie Firwood-Camp verbrennen, alle seine Bewohner töten und die Schienen des Feuerrosses aus der Erde reißen. Ich habe Macht über euch alle, und ihr dürft nur dann auf Gnade rechnen, wenn ihr mich sofort losbindet und mir die Freiheit gebt.«

»Willst du, daß ich dich vor diesen deinen zwei Kriegern verlache? Du wagst es, mir zu drohen, obgleich du vor mir liegst wie eine Schlange, welcher die Giftzähne genommen worden sind! Es fällt mir gar nicht ein, dir die Freiheit wiederzugeben. Und selbst wenn ich es wollte, dürfte ich es nicht thun.«

»Warum nicht?«

»Weil es zwei berühmte Krieger gibt, die dies nicht zugeben würden.«

»Welche Krieger?«

»Old Shatterhand und Winnetou.«

Da lachte der Häuptling laut und höhnisch auf und sagte:

»Jetzt weiß ich es gewiß, daß es doch nur die Angst ist, welche aus dir redet. Du nennst diese Namen, um mir bange zu machen; ich aber weiß, daß sich diese beiden Krieger gar nicht hier befinden.«

»Du weißt nichts!«

»Ich weiß es und werde es dir beweisen. Ja, sie sind gestern abend hier gewesen, aber aus Angst vor mir haben sie das Camp sofort wieder verlassen.«

»*Ridiculous!* Wieder aus Angst vor dir! Es gibt keinen Menschen, der im stande wäre, Old Shatterhand und Winnetou Furcht einzujagen.«

»Warum haben sie da das Camp so schnell verlassen?«

»Bist du so fest davon überzeugt, daß sie sich nicht hier befinden?«

»Sie sind nicht hier; ich habe es gesagt, und Tokvi-Kava weiß stets ganz genau, was er sagt. Sie hatten Angst vor mir und sind mit dem Wagen des Feuerrosses davongeeilt. Howgh!«

Da ertönte hinter ihm die Stimme Old Shatterhands:

»Howgh! Dieses Wort gilt für jeden Krieger als eine Beteurung, als ein Schwur. Indem Tokvi-Kava es ausgesprochen hat, hat er eine Unwahrheit beschworen und wird von nun an unter die Lügner gezählt.«

Während er das sagte, umschritt er die Gefangenen, so daß er nun vor ihnen stand.

»Uff, uff!« rief da der Häuptling erschrocken. »Das ist Old Shatterhand!«

»Ja, das bin ich. Und wer ist der, den du hier neben mir siehst?«

Winnetou war ihm nachgekommen und stellte sich an seine Seite. Als der Komantsche diesen erblickte, entfuhr ihm der Ausruf des vermehrten Schreckes:

»Und Winnetou, der Häuptling der Apatschen! Wo kommen diese beiden Männer her?«

Da nickte ihm Old Shatterhand mit seiner freundlichsten Miene zu und antwortete:

»Du wirst dich außerordentlich freuen, zu hören, daß wir grad von daher kommen, woher auch du gekommen bist, nämlich vom Alder-Spring!«

»Ich war nicht am Alder-Spring!«

»Aber ganz in der Nähe desselben, nämlich beim Hurricane am Corner-top, um uns heut abend am Alder-Spring zu fangen.«

Der Häuptling war über diese Antwort so betroffen, daß es ihm Mühe kostete, sich zu beherrschen, und daß eine Weile verging, ehe er die Behauptung hervorbrachte:

»Das ist nicht wahr. Ich war nicht am Corner-top und kenne keine Absicht, Euch zu fangen. Wer kann mir denn beweisen, daß ich eine Feindseligkeit gegen Euch beabsichtigt habe? Es gibt unter den Bleichgesichtern keines, welches so streng auf dem Pfade der Gerechtigkeit wandelt wie Old Shatterhand; ich bin überzeugt, daß er auch gegen mich gerecht sein wird!«

»Du hast das Richtige gesagt. Ich bin stets bestrebt gewesen, gerecht gegen meine weißen und roten Brüder zu sein; aber wehe dir, dreimal wehe dir, wenn es wirklich dein Ernst ist, jetzt nur Gerechtigkeit von mir zu fordern!«

»Ich habe sie gefordert und fordere sie noch jetzt!«

»Thue es nicht! Wenn du nicht verloren sein willst, so verlaß dich lieber auf meine Gnade als auf meine Gerechtigkeit!«

»Auf deine Gnade? Uff! Tokvi-Kava hat noch nie um Gnade gebettelt und wird dies auch jetzt nicht thun. Deine Gnade und Barmherzigkeit verachte ich, denn ich habe dir nichts gethan und brauche nur ein Zeichen zu geben, so brechen meine Krieger hier aus der Schlucht hervor und zeigen euch den blutigen Weg, der in die ewigen Jagdgründe führt!«

»Armer Narr! Versuche es doch einmal, dieses Zeichen zu geben!«

»Uff! Ich kann nicht, weil mir die Hände gebunden sind.«

»Ah, du kannst nicht! Fast möchte ich dich bedauern. Aber tröste dich! Selbst wenn du dieses Zeichen geben könntest, würde es dir gar nichts nützen. Deine Krieger können nicht kommen, denn sie sind grad ebenso gefangen, wie du gefangen bist.«

»Uff! Das ist eine Lüge!«

»Lüge? Hüte dich, uns zu beleidigen! Lässest du uns noch einmal dieses oder ein ähnliches Wort hören, so lasse ich dich peitschen, wie du, der berüchtigte Jägerschinder, deine unschuldigen Gefangenen hast peitschen, ja zu Tode peitschen lassen! Old Shatterhand und Winnetou lügen nicht; das merke dir! Wir haben über deine Dummheit lachen müssen, als wir hörten, daß du uns fangen wolltest. Ein noch viel höherer, ja ein geradezu unbegreiflicher Grad von Dummheit aber war es, daß du deine Leute hier in das Birch-Hole führtest, um das Camp überfallen zu lassen. Du hast sie da in eine Falle geführt, die wir nur zuzumachen brauchten, um alle deine Krieger so fest zu haben, wie man Vögel in einem Netze fängt!«

Jetzt begann dem Komantschen endlich so nach und nach die Erkenntnis zu dämmern, daß seine Lage eine viel schlimmere sei, als er bisher angenommen hatte. Zwar gab es eine Stimme in ihm, sich dieser Erkenntnis noch zu verschließen; aber die stolze Sicherheit, mit welcher Old Shatterhand vor ihm stand und zu ihm sprach, ließ keinen Zweifel darüber zu, daß das Spiel, welches die Komantschen so leicht zu gewinnen gehofft hatten, für sie verloren sei. Er war gebunden, also vollständig machtlos; er sah das Feuer hoch und breit lodern, welches seinen Leuten den Ausgang aus der Falle verwehrte; aber er kannte den Umstand noch nicht, daß die Höhen der Schlucht rundum besetzt waren, und noch viel weniger wußte er, daß ihm bewiesen werden konnte, welche Absichten er verfolgt hatte, und so hielt er es trotz seiner schlimmen Lage noch immer für möglich, der Strafe entgehen und den, wenn auch vollständig beutelosen Rückzug antreten zu können. Freilich, dumm genannt zu werden, das war für jeden Indianer, um wieviel mehr für ihn, eine Beleidigung, die nur mit Blut abgewaschen werden konnte. Der Grimm, den er darüber empfand, war viel größer als die Sorge, welche ihn zur Vorsicht mahnte, und so knirschte er wütend hervor, indem er an seinen Fesseln zerrte:

»Du nennst Tokvi-Kava dumm! Wäre ich nicht gebunden, ich würde dich zermalmen, wie der Grizzlybär den Koyoten, der ihn ankläfft, mit einem einzigen Schlage seiner Tatze zu Brei zerschlägt!«

»*Pshaw!* Vergleiche dich ja nicht mit dem grauen Bären! Auch das ist eine Dummheit, wie man sie sich gar nicht lächerlicher denken kann!«

»Schweig! Vergiß ja nicht, mit wem du redest! Ich verlange, freigelassen zu werden! Oder vermagst du, die Behauptungen zu beweisen, welche du ausgesprochen hast?«

»Hast du jemals gehört, daß Old Shatterhand etwas behauptet habe, was er nicht beweisen konnte?«

»So sprich!«

»Höre, Halunke, bemühe dich eines andern Tones, wenn du nicht willst, daß dein Rücken sich unter den Hieben krümmt, die ich dir für solche Frechheit geben lasse! Du hast hier keine Befehle zu erteilen. Nicht ich habe mich vor dir, sondern du hast dich vor uns zu verantworten, und wenn du dies nicht höflich thust, so stehen uns genug Mittel zur Verfügung, dich höflich zu machen. Glaube nicht, uns betrügen zu können! Lügen haben keine Wirkung. Uebrigens, wenn du dich so stolz den obersten Häuptling der Naiini-Komantschen nennst, so denke ich, daß du auch viel zu stolz sein wirst, die Unwahrheit zu sagen. Ihr seid hierhergekommen, um das Camp zu überfallen?«

»Nein!«

»Du hattest Ik Senanda, deinen Enkel, hierhergeschickt, diesen Ueberfall vorzubereiten?«

»Nein!«

»Du warst gestern abend hier und hast mit ihm gesprochen?«

»Nein!«

Dieses dreimal Nein hatte einen so bestimmten, abweisenden, stolzen Klang, daß der Engineer zornig ausrief:

»Diese Unverschämtheit! Er muß uns doch geradezu für dumme Jungens halten! Ich habe große Lust, ihm seine alte Jacke ausziehen zu lassen, damit seine rote Haut Bekanntschaft mit einem guten Stocke machen kann!«

Old Shatterhand fuhr, noch immer zu dem Häuptling gewendet, fort:

»Ich gebe diesem weißen Gentleman sehr recht. Es ist eine Feigheit sondergleichen, in einer solchen Lage so bestimmt zu leugnen. Ich würde alles gestehen und dadurch selbst den Feind zwingen, mich zu achten.«

»Was Tokvi-Kava nicht gethan hat, das kann er nicht gestehen,« antwortete der Komantsche.

»So bist du also gestern abend wirklich nicht hier gewesen?«

»Nein!«

»Hast nicht mit zwei Chinesen gesprochen?«

»Nein!«

»Und ihnen unsre drei Gewehre abgenommen?«

»Nein!«

»Auch nicht mit unsern drei Pferden fortgeritten?«

»Nein!«

»Aber leugnen wirst du wohl nicht, deinen Enkel Ik Senanda zu kennen?«

»Den kenne ich.«

»Er hat sich hier Yato Inda genannt?«

»Das ist ganz unmöglich, denn mein Enkel war noch niemals hier.«

»Wo befindet er sich jetzt?«

»Daheim, auf den Weideplätzen unsres Stammes.«

»Du irrst. Du weißt nämlich gar nicht, an welchem Orte er jetzt steckt.«

»Ich weiß es; er ist daheim.«

»Nein. Du hast ihn heut am Vormittage ganz allein am Corner-top zurückgelassen.«

Der Häuptling schloß für einen Augenblick die Augen, als müsse er einen plötzlichen Schreck verbergen; dann antwortete er höhnisch:

»Old Shatterhand scheint träumen zu können, ohne daß er schläft!«

»*Pshaw!* Du hast ihn dort gelassen, um unsre gestohlenen Gewehre zu bewachen.«

»Uff, uff!« fuhr da der Komantsche trotz seiner Fesseln halb empor.

»Gibst du das zu?«

»Nein!«

»Tokvi-Kava, ich verachte dich! Dieses Leugnen beweist uns, daß du keine Spur von Mut und Ehre mehr besitzest. Du bist feiger als ein junger Hund, der vor dem Schatten eines Vogels flieht. Hättest du nur so viel Hirn, wie durch das Zündloch einer Büchse geht, so müßtest du einsehen, daß alles verraten ist, daß wir alles wissen und daß du nur durch die Wahrheit die Spur von Ansehen retten konntest, welches du bei uns noch besaßest. Ich werde dir etwas zeigen, was dir sagen wird, daß euer Ritt nach dem Firwood-Camp nicht nur ein vergeblicher gewesen ist, sondern sogar ein für euch unglückliches Ende nehmen muß. Da schau her! Das hattest du wohl nicht erwartet?«

Old Shatterhand hatte nämlich, ehe er sich vorhin sehen ließ, seine Gewehre hinter dem Gefangenen niedergelegt, und Winnetou war mit seiner Silberbüchse diesem Beispiele gefolgt. Jetzt holte der erstere diese Waffen von der Stelle, an welcher sie lagen, und zeigte sie dem Häuptling der Komantschen. Dieser vergaß vor Schreck, daß er gefesselt war; er stieß einen Schrei aus und wollte aufspringen.

»*Well*, das scheint zu helfen!« lachte der Jäger.

»Die – die – – die Zauberbüchse, – – der – der Bärentöter und – – die – – die Silberflinte!« stammelte Tokvi-Kava. »Wo – wo – wo ist Ik Senanda, der Sohn meiner Tochter?«

»Er ist unser Gefangener.«

»Ihr – – ihr – – habt ihn ergriffen?«

»Ja.«

»Am Corner-top?«

»Ja.«

»Wie – wie – habt ihr ihn dort gefunden? Wie – wie – seid ihr dorthin gekommen?«

»O, wir waren schon dort, ehe er kam!«

»Das – das – kann nicht sein! Ihr seid doch mit dem Wagen des Feuerrosses gefahren!«

»Armer Teufel! Du hast wirklich, wirklich gar kein Hirn im Kopfe! Und so ein Mensch will mich und Winnetou fangen! Wir fanden gestern deine Spur und wußten natürlich sofort, woran wir waren. Du hattest unsre Pferde gestohlen und den Chinesen unsre Waffen abgenommen; die Pferde kamen wieder; unsre Gewehre mußten wir holen. Und grad das, was dich so verblüfft macht, das thaten wir, um dich zu täuschen und um eher als du nach dem Alder-Spring zu kommen: Wir fuhren mit der Eisenbahn.«

»Uff – uff –!« entfuhr es dem Komantschen, dessen Augen vor Erstaunen weit offen standen. »Wer hat euch denn gesagt, daß ich nach dem Alder-Spring wollte?«

»Lächerliche Frage! Wir haben dich verführt, dorthin zu reiten.«

»Ver – führt? Durch – wen?«

»Durch deinen Enkel, den Verräter und Spion. Wir machten ihm weis, daß wir heut abend dort sein wollten, und es geschah ganz so, wie wir gedacht hatten: Er sagte es dir, und du führtest deine Krieger hin, um uns zu fangen. Wir waren aber schon eher dort als du. Wir sahen alles, was ihr thatet, und hörten alles, was gesprochen wurde, denn ich lag mit Winnetou nur vier Schritte weit von dem Baumstamme, an dem du dich ausgestreckt hattest, in dem Dickicht des Windbruches.«

»Uff, uff, uff!«

»Ja, uff, uff, uff! Du hast nicht einmal Selbstbeherrschung genug, dein Erstaunen und deinen Schreck zu verbergen! Als ihr dann fortgeritten waret, um wieder nach dem Firwood-Camp zurückzukehren, nahmen wir deinen Enkel gefangen. Er mußte uns natürlich unsre Gewehre wiedergeben und dann sofort mit uns reiten.«

»Wo befindet er sich jetzt?«

»An einem so hübschen Orte, daß ich es dir gönnen würde, auch dorthin geschafft zu werden.«

»Wo?«

»Das brauchst du jetzt noch nicht zu wissen. Willst du nun noch immer bei deinem unsinnigen Leugnen beharren?«

Der Komantsche blickte still und finster vor sich nieder, bis ihm der scheinbar rettende Gedanke an seine Leute kam. Da sagte er:

»Tokvi-Kava kennt keine Furcht; er hat nicht aus Angst geleugnet.«

»Du gibst also zu, uns bestohlen zu haben?«

»Ja.«

»Du gestehst, daß du Firwood-Camp überfallen wolltest?«

»Ja.«

»Was hättest du mit den Bewohnern dieses Ortes gemacht?«

»Wir hätten sie getötet und skalpiert.«

»Alle?«

»Alle!«

»*Zounds!*« rief da der Engineer aus. »Mich auch?«

Für den Komantschen war es jetzt ganz gleich, ob er einen mehr oder einen weniger hatte umbringen wollen; er antwortete in gleichgültig stolzem Tone:

»Ich habe dich noch nicht gesehen und weiß nicht, wer du bist, aber hätten wir dich mit ergriffen, so wärest du auch mit skalpiert worden.«

»Danke sehr, danke wirklich herzlich, mein lieber, roter Sir! Für dieses liebenswürdige Geständnis werde ich mich noch ganz besonders bei Euch bedanken. Sagt doch, Mr. Shatterhand, was wir jetzt mit diesem ehrenwerten Gentleman und seinen Leuten thun werden!«

»Wir werden ihm zunächst Gelegenheit geben, seine und die Lage seiner Leute kennen zu lernen,« antwortete der Gefragte.

»Auf welche Weise?«

»Wir führen ihn nach dem Rande der Schlucht hinauf, von wo aus er die Situation überblicken kann.«

»Und dann?«

»Dann wird er, wenn er nicht gradezu irrsinnig ist, seinen Leuten den Befehl erteilen, sich zu ergeben.«

»Hm! Wenn sie nun losbrechen, ehe er ihnen diese Weisung geben kann?«

»Ich werde dafür sorgen, daß sie das nicht thun.«

»In welcher Weise, Sir?«

»Das habe ich Euch bereits gesagt.«

Er wendete sich nach den beiden gefangenen Posten zur Seite und fragte:

»Ist euch die Sprache der Bleichgesichter bekannt?«

Er mußte diese Frage zweimal wiederholen, ehe einer von ihnen antwortete:

»Wir haben verstanden, was gesprochen worden ist.«

»*Well!* Ihr sollt jetzt in die Schlucht gehen, um den Kriegern der Komantschen zu sagen, daß wir ihren Häuptling ergriffen haben, und daß wir sie alle, wenn sie sich wehren, niederschießen werden. Ich führe den Häuptling auf die Höhe, damit er sich überzeugen kann, daß jeder Widerstand euer Verderben herbeiführen muß. Er mag dann entscheiden, was für ihn und euch das beste ist. Mag er sich ergeben wollen oder nicht, ich rate euch, nicht eher an einen etwaigen Widerstand zu denken, als bis ihr erfahren habt, was er thun will.«

»Von wem werden wir das erfahren? Wenn ein Bleichgesicht es uns sagt, werden wir es nicht glauben.«

»Ich werde ihm erlauben, es euch selbst zu sagen. Er mag von der Höhe herabsprechen, so daß alle seine Krieger es hören können. Seid ihr damit einverstanden?«

»Ja.«

»So werde ich euch jetzt eure Fesseln abnehmen lassen. Aber glaubt ja nicht, daß ihr diese Gelegenheit benutzen könnt, uns zu entspringen. Ich erlaube euch nur, die wenigen Schritte in die Schlucht hinein zu thun, und werde mein Zaubergewehr auf euch gerichtet halten. Wer nur einen einzigen Schritt zur Seite weicht, der bekommt eine Kugel in den Kopf!«

»Wir können doch nicht durch das Feuer gehen!«

»Doch! Die Flamme ist hier an dieser Seite des Einganges nicht so hoch und breit, daß sie euch gefährlich werden könnte; ihr kommt mit einem einzigen Sprung hindurch.«

»Sollen wir zurückkehren und wieder gefesselt werden?«

»Nein, ihr könnt in der Schlucht bleiben. Sagt euren Kriegern, was ihr gehört und gesehen habt! Wenn ihr das thut, werden sie einsehen, daß es für sie gar nichts andres geben kann, als abzuwarten, wofür ihr Häuptling sich entscheidet.«

Während ihnen die Fesseln abgenommen wurden, stellten Winnetou und Old Shatterhand sich mit angelegten Gewehren so, daß ein Entrinnen gar nicht möglich war. Der eine von ihnen nahm einen Anlauf und sprang an derjenigen Stelle durch das Feuer in die Schlucht, wo es am wenigsten breit war, und der andre folgte ihm sogleich. Hierauf zog Old Shatterhand noch einige Eisenbahner mehr herbei, um den Eingang während seiner Abwesenheit unter scharfer und hinreichender Bewachung zu wissen, und dann wurden dem Häuptling der Komantschen die Füße von den Banden befreit, um ihm zu ermöglichen, mit auf den Berg zu steigen. Die Hände blieben ihm natürlich auf dem Rücken festgebunden; dazu nahmen Winnetou und Old Shatterhand je einen gespannten Revolver in die Hand und drohten, ihn bei dem geringsten Fluchtversuche niederzuschießen. Der Engineer mußte als Anführer der Wachen unten beim Feuer bleiben.

So stiegen Shatterhand und Winnetou mit Tokvi-Kava in der Mitte den Berg hinauf. Sie waren überzeugt, daß er ihnen keine Gelegenheit geben werde, ihre Waffen in Anwendung zu bringen. Er hätte durch den Versuch, zu entspringen, nicht nur sein Leben, sondern auch seine eingeschlossenen Krieger in die größte Gefahr gebracht; das sagte er ihnen zwar nicht, aber doch sich selbst, und folgte also ohne Widerstreben bis hinauf zu einer Stelle, von welcher aus die ganze Schlucht mit einem Blicke zu überschauen war. Das war derselbe Ort, an welchem sich der Hobble-Frank befand. Als er die drei Männer kommen sah und Tokvi-Kava an seinem Federschmucke erkannte, that er einen Freudensprung und rief aus:

»Hurra, da bringen sie eenen gebracht, der, wenn mich meine angeborene Intelligenz nich ganz im Schtiche läßt, der Häuptling dieser roten Kriegspfadbrüder is! Habe ich's erraten, Herr Shatterhand?«

»Ja, er ist's,« antwortete der Gefragte.

»Freut mich, freut mich ungeheuer! Denn sobald wir den

Hauptgimpel gefangen haben, gehen uns die andern Sperlinge ganz von selber off den Leim. Off welche Weise haben Sie ihn denn bei der Schkalplocke erwischt?«

»Nachgeschlichen und niedergeschlagen, lieber Frank.«

»Nachgeschlichen und niedergeschlagen! Das klingt so eenfach und selbstverschtändlich, als wenn die Köchin im Hotel Bellevue von der Katze sagt: Erscht abgeschtochen, dann braungebraten und nachher als Hase offgefressen! Wünsch guten Appetit, meine Herren! Nu soll er wohl die schöne Aussicht hier oben genießen und nachher mit der Drahtseilbahn im Wagen erschter Klasse wieder 'nunterrutschen?«

»So ähnlich haben wir es allerdings mit ihm vor.«

»Wirklich? Na, verehrtester Herr Shatterhand, da könnten Sie mir bei dieser festlichen Gelegenheet eenen großen Gefallen thun!«

»Welchen?«

»Lassen Sie mich mit 'nunterfahren! Aber nur als Schaffner, wenn ich bitten darf!«

»Warum das?«

»Weil es mich in allen Gliedern juckt, ihm den Fahrschein zu coupieren.«

»Ohne Coupierzange?« lächelte Old Shatterhand.

»Lassen Sie mich nur machen; ich bring's ooch ohne Zange fertig, nämlich erschter, zweeter, dritter und ooch vierter Klasse. Ich kenne mich da sehr gut aus und mach das nach der alten, guten Regel:

›Knipps, o knipps in diesen Schein,
Knipps een kleenes Loch hinein!
Knipps in diesen blauen Schein
Een Loch für fünfzehn Pfenn'ge ein!
Knipps in diesen grünen Schein
Een Loch für zwanzig Pfenn'ge ein!
Knipps in diesen roten Schein
Een Loch für dreißig Pfenn'ge ein!
Knipps in diesen gelben Schein

Een Loch für vierzig Pfenn'ge ein!
Knipps, o knipps in jeden Schein,
Knipps een kleenes Loch hinein!‹

und Sie können sich ganz off mich verlassen, wenn ich Ihnen sage, daß ich ihn von hier oben bis hinunter so anhaltend knippsen werde, daß er, wenn er unten angekommen is, von jedermann für een abgeloofenes Rundreesebilletbuch gehalten werden soll! Hoffentlich sind Sie einverschtanden?«

»Nicht ganz. Wenn du so gern knippsen willst, so laß dich, wenn du wieder in der Heimat bist, als Pferdebahnschaffner engagieren; hier aber wird nicht geknippst!«

»So habe ich wieder 'mal den schönsten Beruf und höchsten Lebenszweck verfehlt! Es is wirklich traurig, wenn es dem irdischen Menschen niemals erlaubt is, seiner in die Schterne geschriebenen Begabung schpärlich nachzuwandeln! Was wollen Sie denn aber mit dem Burschen hier oben machen? Soll er etwa von dieser Tribüne aus für seine Leute eene Rede reden?«

»Vielleicht.«

»Das is gar nich nötig, denn ich bin ganz gern bereit, ihm das Konzept dazu so deutlich off den Rücken zu schreiben, daß sie es alle mit der größten Gemütlichkeet von Anfang bis zum Ende 'runterlesen können! Ich bin sogar bereit, das in allen möglichen Arten von Schrift zu thun; je größer und je dicker desto lieber! Da schteht er nu und schtaunt grad wie die Kapelle von Schiller in das Thal von Uhland hinab! Wie mir scheint, kommt ihm unsre schöne Illumination und Gasbeleuchtung sehr bedenklich vor!«

Der kleine Konfusionsrat hatte nicht unrecht. Wenn Tokvi-Kava bis jetzt auf die Hilfe der Seinen gerechnet hatte, so mußte er jetzt einsehen, daß diese Rechnung ein ganz andres als das von ihm gewünschte Facit ergab. Sie hockten, mit ihren Pferden auf das ärgste eingeengt, da unten in der Schlucht, und der einzige Weg zur Freiheit wurde ihnen durch das noch immer hochlodernde Feuer verschlossen.

Dieses Feuer konnte bis zum frühen Morgen und noch länger unterhalten werden; das wußte er, denn er hatte gesehen, daß noch ein großes, volles Petroleumfaß unten lag. Und wenn es das nicht gegeben hätte, so war Erdöl genug im Camp vorhanden, und außerdem lieferte der Wald ja so viel Brennmaterial, daß an den Umstand, daß das Feuer werde ausgehen müssen, gar nicht zu denken war.

Und wenn er die Wände der Schlucht betrachtete, so sah er zwar eine Stelle, an welcher man heraufklettern konnte; ja, ein einzelner Mann, für den oben kein Feind stand; aber eine so große Anzahl von Indsmen – an die Pferde dabei gar nicht zu denken! Und oben brannten Feuer und Fackeln, so daß alles tageshell beleuchtet war, und da zählte er eine Menge Bleichgesichter, welche alle wohlbewaffnet waren und jeden Versuch, die Wand zu ersteigen, mit größter Leichtigkeit zurückweisen konnten! Er sann hin und sann her; er suchte in seinen Gedanken nach irgend einer Möglichkeit; es gab keine. Freilich dachte er einen Augenblick daran, daß seine Indianer ihre Pferde besteigen und im Galopp den Ausgang durch das Feuer erzwingen könnten; aber er mußte auch diesen Gedanken fallen lassen. Erstens hatte er die Wachen gesehen, welche draußen vor dem Feuer standen, und zweitens konnten alle die Bleichgesichter, welche er hier oben sah, mit ihren Kugeln die ganze Schlucht bis hin zum Feuer bestreichen; es wäre keinem einzigen Roten gelungen, zu entkommen, denn es hätte nur einer einzigen Salve bedurft, um den Ausweg mit den Leichen von Indianern und Pferden zu verstopfen.

Dieses niederdrückende Ergebnis seines Nachdenkens nahm ihn so in Anspruch, daß er nicht daran dachte, seine Züge zu beherrschen, und darum stand ihm die Enttäuschung so deutlich auf dem Gesichte geschrieben, daß zwar Winnetou und Old Shatterhand darüber schwiegen, dafür aber der kleine Hobble-Frank nicht umhin konnte, in ironischer Weise zu bemerken:

»Jetzt macht er een Gesicht, grad so wie der Frau von Zappelheimern ihre Gans; als die nämlich fortfliegen wollte, da bemerkte sie, daß sie gar keene wirkliche Gans, sondern een Briefbeschwerer war.«

Frank sah, daß Old Shatterhand ein Lächeln über diesen Vergleich nicht ganz unterdrücken konnte, und fuhr darum fort:

»Das is ja leider schtets das Los des Erhabenen, daß es zwar zwee Beene aber keene Flügel hat. Es geht mir ebenso und dem Häuptling ooch. Er möchte gern een Adler sein und hockt als Ochsenfrosch am Boden. Sein Geist schtrebt zwar nach der jenseitigen Parallele, aber seine körperliche Zusammensetzung wird von der diesseitigen Parallaxe festgehalten und ganz folgerichtig wie een Eiszapfen von der Sonne offgetaut. Er mag's anfangen, wie er will, er kann doch keene Rettung finden. Sein Lebenswandel schteigt abwärts in den Souterrain, und sein zukünftiges Geschick schläft wie der Apollo vom Belvedere im Sauerkraut. Machen wir es kurz mit ihm, Herr Shatterhand! Knipps, o knipps in diesen Schein, knipps een kleenes – – –«

»Sei still, Frank, ich bitte dich!« fiel ihm der Genannte in die Rede. »Laß mich mit deiner Coupierzange in Ruhe!«

»So? Also ooch von Ihnen werde ich verkannt! Schtill soll ich sein, während alle meine innern Drahtsaiten klingen! Meine Seele ertönt wie Gustav Memnon seine Wassersäule, und mein Herz hält Zwiegeschpräch mit der übermächtigen Möglichkeet, daß dieser Häuptling der Komantschen off die Idee kommt, sich – – –«

Wer weiß, was er wieder für ein Ungetüm der Logik hervorgebracht hätte, wenn er nicht unterbrochen worden wäre.

»Uff, uff!« ließ sich nämlich grad jetzt der Häuptling hören, und zwar viel lauter, als er es jedenfalls beabsichtigt hatte. Er erwachte aus seinem Brüten wie aus einem Schlafe und fuhr über seinen eigenen Ausruf zusammen. Er hatte ja eigentlich gar nichts sagen wollen.

Winnetou beabsichtigte überhaupt nicht, zu sprechen, und Old Shatterhand hatte zunächst schweigen und den Häuptling seinen eigenen Gedanken überlassen wollen; jetzt nun, da dieser sich hatte hören lassen, fragte er ihn:

»Nun, hat Tokvi-Kava darüber nachgesonnen, ob es für ihn und seine Komantschen einen Weg zur Freiheit gibt?«

»Ja,« antwortete der Indsman.

»Es gibt keinen solchen Weg.«

»Es gibt einen!«

»Ah! Welchen?«

»Deine Gerechtigkeit.«

»Berufe dich ja nicht wieder auf sie!«

»Ich muß dich doch an sie erinnern!«

»Wenn ich nur auf sie höre, bin ich gezwungen, euch zu verurteilen!«

»Nein! Was haben wir gethan? Haben wir euer Blut vergossen?«

»Nein; aber ihr wolltet es vergießen.«

»Kann man Blut rächen, welches nicht geflossen ist?«

»Nein; aber habe ich denn davon gesprochen, unvergossenes Blut rächen zu wollen?«

»Du hast es nicht gesagt; aber wenn du zugibst, daß Blut, welches nicht geflossen ist, auch nicht gerächt werden kann, so müßt ihr uns freilassen!«

»Du irrst. Welche Strafe ruht nach dem Gesetze der Savanne auf dem Pferdediebstahl?«

Der Gefragte antwortete nach einigem Zögern:

»Der Tod; aber eure Pferde sind wieder zu euch zurückgekehrt!«

»Und welche Strafe ruht auf dem Diebstahle von Waffen?«

»Auch der Tod; aber ihr habt euch eure Gewehre wieder geholt!«

»Daß wir die Pferde und die Waffen wieder haben, ändert nichts an deiner Schuld. Der Diebstahl wurde nicht nur versucht, sondern wirklich ausgeführt. Dein Leben ist verwirkt!«

»So wollt ihr mich töten?« fuhr der Häuptling zornig auf.

»Wir sind keine Mörder. Wir töten nicht, sondern wir bestrafen, denn du hast Strafe gewollt und verlangt.«

»Uff! Wann hätte ich sie verlangt?«

»Als du Gerechtigkeit fordertest. Auf unsre Gnade und

Barmherzigkeit hast du ja ausdrücklich und höhnisch verzichtet.«

Der Komantsche ließ den Kopf wieder sinken und schwieg. Er wußte, daß er nicht umsonst die Milde dieser beiden menschenfreundlichen Männer anrufen würde; aber sein Stolz sträubte sich dagegen, es zu thun. Nach einer Zeit unnützen Nachdenkens fragte er:

»Haben wir das Camp überfallen?«

»Nein.«

»So können uns die Bleichgesichter, welche da wohnen, nichts thun!«

»Irre dich nicht!«

»Irre ich mich?«

»Ja.«

»So sag, wieso?«

»Was wirst du thun, wenn der Grizzly auf dich zukommt, um dich zu fressen?«

»Ich werde ihn töten.«

»Das ist ungerecht. Wie darfst du ihn töten, da er dich noch nicht gefressen hat!«

»Er würde es aber thun, wenn ich ihm nicht das Leben nähme!«

»Das mußt du abwarten!«

»Uff! Der Bär ist ein Tier, aber nicht ein Mensch!«

»Es ist der Wille des großen Manitou, daß der Bär vom Raube und vom Blute lebe, der Mensch aber nicht; also ist ein Mensch, der Blut vergießen will, viel ärger als ein Raubtier, und es ist ganz nach deinen eigenen Worten, daß man einen Menschen, welcher Blut vergießen will, sofort tötet, ohne etwa abzuwarten, bis er es vergossen hat. Du selbst hast euer eigenes Urteil gesprochen!«

»Uff, uff!«

Nach diesem unwilligen Ausrufe des Eingeständnisses trat wieder eine Pause ein. Old Shatterhand hütete sich, sie zu unterbrechen. Der Komantsche mußte selbst wieder beginnen. Dieser ließ eine Weile vergehen, ehe er fragte:

»Wo ist Ik Senanda, den du gefangen hast?«

»An einem sichern Orte, wo er auf sein Urteil wartet.«

»Wie wird dieses Urteil lauten?«

»Der Tod.«

»Wie? Ihr wollt auch ihn töten, der sich gar nicht an dem Ritte nach Firwood-Camp beteiligt hat?«

»Ja. Er hat sich mehr als nur beteiligt, denn er ist der Spion, der Verräter, welcher den Ueberfall vorbereitet hat. Du weißt, daß man Spione henkt, und daß es nie vorkommt, daß einer Gnade findet.«

»So werden wir kämpfen!« drohte er.

»Thut es! Schau da hinab! Kann eine einzige von euern Kugeln treffen? Dagegen bedarf es nur eines einzigen Rufes von mir, so krachen alle unsre Gewehre. Wenn jedes Bleichgesicht nur zweimal schießt, lebt keine einzige Rothaut mehr. Das weißt du auch, ohne daß ich es dir erst zu sagen brauche.«

»Uff! Seit wann ist Old Shatterhand ein so blutdürstiger Mensch geworden?«

»Seit du Gerechtigkeit von mir gefordert hast; denn die Gerechtigkeit verlangt euer Blut, nichts andres und geringeres.«

»Man sagt, du seist stolz darauf ein Christ, ein guter Mensch zu sein?«

»Gut soll jeder Mensch sein; ein Grund zum Stolze aber ist das nicht.«

»Ist es gut, nach Rache zu lechzen?«

»Ich lechze nicht. Versuche es nicht, mich mit solchen Worten zu gewinnen. Was hatten euch die Bewohner dieses Camp gethan, daß ihr sie morden und skalpieren wolltet? Nichts! Du verlangst, daß euch trotzdem nichts geschehe. Seid ihr etwa ebenso unschuldig, wie sie waren? Euch wird nur die Gerechtigkeit, welche du gefordert hast. Gnade willst du ja nicht!«

Wieder sank der Häuptling ratlos in sich zusammen. Er befand sich in einer für ihn fürchterlichen Lage. Er konnte sich und seine Leute weder mit List noch durch Gewalt retten; das sah er ein; aber durfte er, der stolze Häuptling, der sich für den berühmtesten, tapfersten und gefürchtetsten Komantschen hielt, grad diese beiden Männer, die als ihre gehaßtesten Gegner galten, um Gnade und Schonung bitten? Alles, alles, was in ihm lebte, sträubte sich dagegen, und doch sah er keine andre Möglichkeit, dem Tode zu entgehen. Er fürchtete den Tod zwar nicht, nämlich den Tod an sich; aber er fürchtete die Todesart, die ihm hier drohte, denn nach seinem Glauben kann die Seele eines Menschen, der durch Hinrichtung stirbt, nicht in die ewigen Jagdgründe gelangen. Dieser Gedanke flößte ihm eine Angst ein, welche er nicht zu überwinden vermochte. Dabei wallte in ihm ein Zorn empor, ein Haß gegen Winnetou und Old Shatterhand, der ihm den heißen Wunsch eingab, leben zu bleiben, um sich an diesen beiden Menschen rächen, aber ganz fürchterlich, ganz entsetzlich rächen zu können. Und dieser Haß, dieser Wunsch war es, welcher ihn veranlaßte, seinen Stolz zu überwinden und etwas zu thun, was er sonst auf keinen Fall gethan hätte. Er hob langsam den Kopf und fragte mit unsicherer Stimme:

»Was versteht Old Shatterhand unter Gnade?«

»Die Erteilung einer milderen oder gar den Erlaß der ganzen Strafe.«

»Würdet ihr uns die Strafe ganz erlassen?«

»Nein; das ist unmöglich.«

»Aber das Leben könnten wir erhalten?«

»Vielleicht. Winnetou und ich, wir trachten nicht nach eurem Leben. Wir sind Freunde aller weißen und aller roten Männer und vergießen nur dann das Blut eines Menschen, wenn er selbst uns zwingt, dies zu thun.«

»So würdet ihr uns das Leben schenken?«

»Ja.«

»Uff! Wenn ihr das thut, die ihr die größten, die berühmtesten unter diesen Bleichgesichtern seid, so werden die andern eurem Beispiele folgen müssen!«

»Müssen? Davon kann keine Rede sein. Die andern Bleichgesichter sind freie Männer, grad wie wir; sie kennen die Gesetze, nach denen im wilden Westen gerichtet wird, und wir haben ihnen nichts zu befehlen.«

»Du hieltest es aber doch für eine Möglichkeit, daß auch sie unser Leben schonen!«

»Allerdings, Winnetou und ich, wir werden uns Mühe geben, sie dazu zu bewegen. Es wird nicht leicht sein, ihre Rache in Nachsicht zu verwandeln; aber wir hoffen doch, es zu erreichen, wenn du das Deinige nicht versäumst, ihren Zorn zu besänftigen.«

»Was sollen wir thun?«

»Euch ergeben.«

»Ergeben?« fuhr er auf. »Bist du toll!«

»Ist es toll von mir, wenn ich euch retten will? Gut! Ich pflege keine Tollheiten zu begehen; schweigen wir also davon! Ich habe dich hierher geführt, um dir zu beweisen, daß euer Widerstand uns keinen Tropfen Blutes kosten wird, euch aber augenblicklich ins Verderben führt. Diesen Zweck habe ich erreicht. Wenn ich das Zeichen gebe, gehen alle unsre Gewehre los; wir werden euch die Skalpe nehmen, und eure Seelen werden dann in den ewigen Jagdgründen verurteilt sein, als verächtliche Diener und Sklaven unsern Geistern um die Füße zu kriechen. Du hast es nicht anders gewollt. Komm!«

»Wo willst du hin?«

»Wieder hinab.«

»Und was wird dann geschehen?«

»Du wirst, sobald wir hinunterkommen, an einem Baume aufgehängt, und dann geben wir das Zeichen, auf welches der Tod aller deiner Krieger folgt. Also komm!«

Er faßte ihn am Arme, scheinbar um ihn mit sich fortzuziehen; aber Tokvi-Kava riß sich los, wich einen Schritt zurück und fragte, indem seine dunkeln Augen förmlich aufglühten:

»Du kannst uns nur dadurch retten, daß wir uns ergeben?«

»Ja.«

»Wir dürfen leben bleiben?«

»Ich hoffe es.«

»Und zu unserm Stamm zurückkehren?«

»Wenn euch das Leben geschenkt wird, ja. Du glaubst

doch nicht, daß man Lust haben wird, euch hier zu behalten.«

»Und wenn wir frei fortziehen dürfen, fürchtest du da nicht unsre Rache?«

»*Pshaw!* Wer wird sich vor euch fürchten! Du sprichst von Rache? Wenn wir euch das Leben retten, seid ihr uns da nicht vielmehr Dankbarkeit statt Rache schuldig?«

»Rette uns; dann wirst du sehen, was wir thun!«

»So entschließe dich schnell! Ich gebe dir nur so viel Zeit, wie wir Weißen fünf Minuten nennen; dann muß es entschieden sein.«

»Brauche die Zeit nicht, denn ich sage gleich jetzt, daß wir uns ergeben werden. Wie forderst du, daß wir das thun sollen?«

»Siehst du, daß man da rechts am Felsen heraufsteigen kann?«

»Ja.«

»Der Pfad ist so schmal, daß nicht zwei nebeneinander kommen können. Sag deinen Kriegern, daß einer nach dem andern hier heraufkommen soll, doch ohne Waffen. Sie werden natürlich alle zunächst gefesselt werden, bis wir über sie beraten haben. Dann soll –«

»Gefesselt?« unterbrach ihn der Häuptling, zornig auffahrend.

»Ja. Wenn dir das nicht paßt, so mögen sie sterben. Du bist ja auch gefesselt!«

»Uff! Old Shatterhand ist ein schrecklicher Mensch. Er spricht so sanft und ruhig, aber sein Wille ist ein Stein, der nicht erweicht und sich nicht biegen läßt!«

»Sehr gut, daß du dies einsiehst! Verhalte dich danach! Also, bist du einverstanden, daß sie gefesselt werden?«

Der Gefragte zögerte einige Augenblicke; dann reckte er sich stolz und hoch empor und antwortete, vor Grimm sehr laut, fast schreiend:

»Ja!«

»*Well!* Aber sag ihnen, daß wir jeden, der nicht alles unten ablegt und die geringste Waffe mit heraufbringt, sofort töten werden!«

Man sah es deutlich, daß der Häuptling vor Wut zitterte. Er erkundigte sich noch:

»Wenn ich thue, was du willst, wird da der Sohn meiner Tochter auch leben bleiben und die Freiheit erhalten?«

»Ja.«

»Schwöre es mir zu!«

»Old Shatterhand schwört nie. Ich gebe dir mein Wort und werde es halten!«

»Ich glaube es! Du hast den Stämmen der Komantschen schon oft Unheil gebracht, aber gelogen hast du nie.«

»Die Söhne der Komantschen sind an dem Unglück, welches sie mit Winnetou und mit mir hatten, stets selbst schuld gewesen. Wir wollen gern ihre Freunde und Brüder sein; sie aber hassen uns und zwingen uns zur Verteidigung; wenn sie dabei den kürzeren ziehen, haben sie es sich selbst zuzuschreiben. Liegt nicht auch heut die Schuld an euch allein? Wir hatten euch nichts gethan. Warum bestahlst du uns und trachtetest uns nach dem Leben? Und dabei wagt ihr es, uns eure Feinde zu nennen! *Pshaw!*«

»Schweig jetzt hiervon! Es kommt die Zeit, in welcher wir über diese eure Freundschaft weiter sprechen werden! Jetzt gibt es andres zu thun. Laß mir die Fesseln abnehmen, daß ich hinunter zu meinen Kriegern steigen kann!«

»Ah, du willst selbst hinab?«

»Du hast es gehört.«

»Und ohne Banden?«

»Ja.«

»Warum?«

»Es genügt nicht, daß ich einige Befehle von hier hinabrufe. Wenn sie sich ohne Waffen euch ausliefern sollen, muß ich ihnen meine Gründe sagen.«

»*Well,*« antwortete Old Shatterhand, indem er ihn lächelnd musterte. »Magst du eine Hinterlist dabei verfolgen, mir gleich. Ich erteile dir die Erlaubnis, hinabzusteigen; aber von dem Augenblicke an, an welchem du den Grund erreichst, werden die Läufe von neunmal zehn Gewehren auf euch gerichtet sein, und wenn ich nach fünf Minuten rufe und du kommst nicht als erster wieder herauf, geht jeder dieser Läufe zweimal los. Ich hab's gesagt, und so geschieht's. Jetzt geh!«

Er band ihm selbst die Hände los. Winnetou hatte sich mit keinem Worte an der Unterhandlung beteiligt; jetzt, als der Komantsche Miene machte, hinabzusteigen, legte er diesem die Hand an den Arm und sagte:

»Was Old Shatterhand gesagt hat, ist wie ein Schwur, den auch ich halten werde. Wenn er dich ruft und du nicht sofort kommst, ist es meine Kugel, die dich trifft! Ich habe es gesagt. Howgh!«

Der Komantsche drehte sich, ohne zu antworten, von ihm ab und begann den Abstieg, der ihn zu den Seinen führte. Während sie seine Schritte beobachteten, wie auch die Augen aller Komantschen von unten herauf an ihm hingen, fragte Old Shatterhand:

»Ist mein Bruder Winnetou mit allem, was ich gesprochen und bestimmt habe, einverstanden?«

»Mit allem,« nickte der Apatsche. »Mein weißer Bruder hat sehr klug gehandelt. Der Häuptling der Komantschen hat es gar nicht so bemerkt, mit welcher List du ihm die Möglichkeiten und die Waffen, die er noch hätte haben können, aus den Händen gerungen hast.«

»Glaubst du wie ich, daß er wiederkommen wird?«

»Ja. Er wird nicht zögern, denn er glaubt, daß es sonst keinen Weg zur Rettung gibt, und seine Krieger werden ihm gehorchen.«

Als der Komantsche unten angekommen war und die ersten Worte zu seinen Leuten gesprochen hatte, erhob sich ein lautes Geheul. Das war ihre Antwort auf seine Mitteilung, daß sie sich zu ergeben hätten. Um ihn gegen ihren etwaigen Widerspruch zu unterstützen, gab Old Shatterhand mit weithin schallender Stimme einige kurze Befehle. Da kamen alle Weißen, welche sich auf der andern Seite befanden, auf die seinige herüber, um die einzeln heraufkommenden Komantschen dann zu empfangen und gleich zu fesseln, und alle richteten ihre Gewehre nach unten, um auf Old Shatterhands Befehl sofort Feuer zu geben. Auch die unten beim Feuer unter dem Kommando des Engineers befindlichen Weißen richteten ihre Gewehre nach der Schlucht herein. Zu ihnen waren die weißen Arbeiter von Firwood-Camp gestoßen, die sich doch geschämt hatten, ihren Kollegen vom Rocky-ground die Arbeit allein thun zu lassen. Nur Leveret, ihr Engineer, ließ sich nicht sehen, denn er fühlte sich um so sicherer, je weiter er sich vom Kampfplatze befand. Was die Chinesen betraf, so waren sie zwar auf den Ausgang des Abenteuers unendlich neugierig, aber ihre Haut zu Markte zu tragen, das fiel ihnen gar nicht ein. Sie hatten sich in der Ferne niedergelagert, bereit, beim geringsten Zeichen von Gefahr aufzuspringen und auszureißen, und nicht nur die Komantschen waren es, die ihnen diese Furcht einjagten, sondern sie konnten noch immer den weißen Jäger und den roten Apatschen nicht vergessen, welche nur durch die Kraft ihrer Arme ihren dichten Haufen in eine abwärts rollende Lawine verwandelt hatten.

Tante Droll war auch mit von der andern Seite herübergekommen. Er hatte sich neben seinen Vetter Frank niedergestreckt, hielt wie dieser die Mündung seines Gewehres über den Rand der Schlucht hinab und erkundigte sich:

»Hast du, Vetter Frank, alles gehört, was hier gesproche worde is?«

»Wie kannste nur so fehlerhaft und chorographisch fragen!« antwortete der Kleine. »Ich bin doch dabei geschtanden und habe meine Ohren. Warum sollte ich denn da nischt gehört haben?«

»Daßte Ohre hast, das is mer nich ganz unbekannt; aber mancher hat zwee Ohre, ohne daß er höre will, was er höre soll. Is das nich der Häuptling der Komantsche gewese?«

»Ja.«

»Und es is mit ihm verhandelt worde?«

»Ja.«

»Off was hat er sich denn einlasse müsse?«

»Die Komantschen müssen sich ergeben. Sie kommen eenzeln da am Felsen roffgeschtiegen und werden sogleich gefesselt, wenn sie hier oben aus der Beichaise geschtiegen sind.«

»Du, das is wieder mal sehr pfiffig von unserm Old Shatterhand! Hätte se roffschteige könne, wie se wolle, gleich viele so hinter'nander, so hätte das für uns gefährlich werde könne; da se aber so eenzeln und eelitzig komme müsse, könne se uns keen Schade mache. Ich will nur hoffe, daß alles gut von schtatten geht. Schtricke und Rieme sind genug da, um die Burschen zu fesseln. Es ist doch gleich was ganz andersch, wenn mer in de richtige Gesellschaft kommt! Seit mer gestern Old Shatterhand und Winnetou getroffe habe, werde mer nu wieder was erlebe könne.«

»So? Und mit mir kannste wohl nischt erleben? Höre mal, ich bitte mir diejenige reschpektvolle Hochachtung aus, off welche een Mann von meinen acht Matadoren Anspruch erheben kann! Uebrigens haben wir sie nich schon gestern, sondern erscht heute früh getroffen. Wenn dir in deiner Zeitrechnung der falsche Multiplikator abhanden gekommen is, da bilde dir nur ja nich ein, daß ich dir mit meinen altassyrischen Dezimalbrüchen aushelfen werde. Wer da denkt, daß er nischt mit mir erleben kann, der kann grad sehr viel mit mir erleben. Das merke dir in Zukunft ganz ergebenst! Habe ich dir etwa deshalb geschtattet, als mein Vetter und leibhaftiger Cousin geboren zu werden, daß ich mir die gute Laune durch deine falsche Zeitrechnung verderben lassen soll? Behauptet dieser Mensch, bei mir nischt erleben zu können, und dabei kann er nich eenmal das Addieren vom Zusammenzählen unterscheiden!«

»Na, sei nur gut!« bat Droll. »Ich hab's ja gar nich so gemeent! Wer wird nu gleich bei jedem Wort so wie 'ne Bombe platze!«

»Schweig, alter Generalschtabsgimpel! Wie kannste es nur wagen, mich mit der Bombe in dieselbe Perschpektive zu versammeln!«

»Weilste grad so schnell platzest wie sie.«

»Platzen! Was für een Ausdruck für so eene bedeutende Wissenschaftlichkeet. Weeste denn nich, du Grünschnabel, daß die Bombe nich platzt, sondern exportiert?«

»Du willst wohl sage, explodiert?«

»Explodiert? Wie meenste das, lieber Droll?« fragte Frank in seinem freundlichsten Tone.

Aber wer ihn kannte, der wußte, daß grad diese scheinbare Freundlichkeit eine sichere Explosion in Aussicht stellte.

»Na,« antwortete Droll unbefangen und noch ganz ahnungslos: »Explodiere is doch, wenn was knalle thut; Export aber wird mit Ausfuhr übersetzt. Nich?«

»Ja, das is sehr richtig, lieber Droll, sehr richtig.«

»Schön! Freut mich sehr, daßte mer recht gegebe hast!«

»Recht gegeben?« brach nun der Kleine zornig los. »Bildest du dir das wirklich ein? Ich, und jemanden recht geben, der nich mal so viel Grütze hat, sich in die hochinteressanten Eegenschaften der Haupt- und Vorsilbe ex hineinzudenken! Denkt der Mensch wirklich, daß ich den mineralogischen Unterschied zwischen explodieren und exportieren nich weeß! Ja, das war ganz richtig: explodieren heeßt knallen; also das Sodawasser explodiert, die Peitsche explodiert, und die Maulschelle explodiert, weil es eenen Knall dabei gibt. Und das war ooch richtig, daß Export so viel wie Ausfuhr heeßt. Nu sag eenmal, kommt nich das Dominium Ausfuhr von dem Feminium ausfahren her?«

»Das is mir zu gelehrt, aber es wird schon seine Richtigkeit habe.«

»Und wenn man ausfährt, muß man doch wo 'rausfahren?«

»Ja freilich.«

»Zum Beischpiel aus der Haut?«

»Aus – – der – – – Haut?« wiederholte Droll ganz verblüfft.

»Natürlich! Oder haste noch nie den Ausdruck gehört, daß jemand aus der Haut gefahren is?«

»Gehört, ja; aber gesehe hab' ich's noch nich.«

»So haste also ooch noch keene Bombe gesehen?«

»Nee.«

»Na, die fährt eben aus der Haut, wenn sie platzt, und weil Ausfuhr so viel wie Export heeßt, so sagen wir Gelehrten, wenn wir unter vier Oogen sind, daß die Bombe exportiert. Hast du das kampiert?«

»Kampiert? Das is ooch wieder so een fremdes Wort. Nimm mirsch nich übel, lieber Frank; aber soll es nich vielleicht heeßen kapiert? Kampieren heeßt doch Lager mache?«

»Ganz richtig! Und etwas kampieren heeßt, es so fest in den Kopp offnehmen, daß es dort lagern bleibt. Verschtanden?«

Droll kratzte sich hinter dem Ohre und antwortete verlegen:

»Hm, ich hab's weder verschtande noch kampiert, du weeßt ja, daßte mer nich mit solche fremde Dinge kommen darfst. Ich schtamme nu eenmal aus dem Altenburgischen und bin nich in Moritzburg gebore.«

»Leider, leider ja! Die liebe Schöpfung hat uns mit so ganz verschiedenen Geistesgaben ausgeschtattet, und darum is, obgleich du mein wirklicher Vetter bist, unsre Verwandtschaft doch nur eene hinterpommersche Mesalliance zu nennen. Ich bin dir in allen Schtücken über und kann eegentlich gar nich begreifen, wie unsre beederseitigen Eltern off den komischen Gedanken haben kommen können, grad uns zwee beede durch so eene nahe Verwandschaftlichkeet zu verbinden. Es sollte doch wohl jedem halbwegs gebildeten Menschen freischtehen, sich seine Vettern und Tanten selber auszulesen! Wenn man das dürfte, da wäre es gar nich möglich, daß sich die Natur so viele Mißgriffe in der Vetterschaft zu schulden kommen lassen könnte.«

»So? Da willste also nischt mehr von mir wisse?«

»Sei doch so gut und frag nich so konschterniert und deponiert! Ich habe dich ja gerade deshalb so lieb, weil du dümmer bist als ich. Wo wollte ich denn mit sämtlichen Schtrahlen meiner Weisheet hin, wenn ich niemand hätte, den ich damit erleuchten und obskurieren könnte? Es macht mich doch gerade das so glücklich, daß alle meine Worte wie een Regen sind, der mit seinen Tropfen die geistig Armen erfrischt und die eenzelnen Wissenschaften in das große Meer des philosophischen Oceanos schwemmt. Jene Henne sagte, als sie Eier legte: ›Jedem een Ei, aber dem hochschtudierten Schweppermann drei!‹ Du kannst doch nischt dafür, daß ich dieser

Schweppermann bin und zwee Eier mehr bekommen habe als du. Aber habe nur keene Sorge nich! Ich weeß, was ich dir als Cousin und Vetter schuldig bin, und werde dir zuweilen von meinem Ueberflusse eene Portion Rührei mit Schtaudensalat zukommen lassen. Dein schpezieller Schaden soll es nich grad sein, daß die gütige Natur mich zu ihrem Liebling und Geschwisterkind erkoren hat. Mein Wahlspruch ist ja schtets gewesen: ›Singe, wem Gesang gegeben, in dem deutschen Dichterwald, und wer lebt, laß wieder leben, denn im Winter is es kalt!‹ Aber paß off! Old Shatterhand scheint jetzt rufen zu wollen.«

Die gegebene Frist war vorüber, und der Erwähnte bog sich jetzt über die Felsenkante vor, legte die Hand an den Mund und rief in die Schlucht hinab:

»Tokvi-Kava, eta haueh!«[1]

Der Häuptling hörte den Ruf, gab, wie man sah, seinen Leuten noch einen letzten Befehl und wendete sich dann von ihnen, um der Aufforderung Old Shatterhands nachzukommen. Er stieg an derselben Stelle herauf, an welcher er hinabgeklettert war, und während er dies that, sah man, daß seine Leute alle ihre Waffen auf einen Haufen zusammenlegten. Er schien ihnen gesagt zu haben, in welchen Intervallen sie ihm folgen sollten, denn sie standen unten bereit, und erst als er oben angekommen war, folgte ihm langsam der Nächste. Ob es vom Steigen war oder von der Aufregung, welche ihm der Widerspruch seiner Krieger verursacht hatte, man sah es ihm an, daß seine Pulse klopften, als er, die Hände auf dem Rükken zusammenlegend, mit heiserer Stimme sagte:

»Tokvi-Kava hat sein Wort gehalten; hier, fesselt mich wieder! Aber nehmt Euch in acht, daß wir Euch nicht auch einmal Riemen an die Hände legen! Wenn das geschieht, dürft Ihr sicher sein, daß Ihr unter der Sonne nichts mehr zu suchen habt!«

Er wurde gebunden und ein Stück fortgeführt. Der ihm folgte, wurde auch gefesselt und dann Rücken an Rücken mit

[1] »Komm herauf, Tokvi-Kava!«

ihm zusammengebunden. Indem man die Gefangenen auf diese Weise zu zweien aneinander befestigte, wurde man ihrer doppelt sicher.

Es blieb so, wie man gleich zuerst beobachtet hatte: Es folgte jeder Komantsche dem Vorangestiegenen erst dann, wenn dieser die Höhe erreicht hatte, und so gewann man Zeit, die Taschen jedes einzelnen genau zu durchsuchen und ihn mit einem Kameraden zusammen zu binden. Natürlich hatte Tokvi-Kava diese Anordnung mit Absicht getroffen. Weshalb? Um den Feinden die Festnahme seiner Krieger zu erleichtern? Wohl kaum! Oder um sie durch diese Fügsamkeit zu veranlassen, ihm die Freiheit unter annehmbaren Bedingungen zu geben? Vielleicht! Es war auch anzunehmen, daß er es nur gethan hatte, um ihnen zu zeigen, daß ihm jetzt außer der erwarteten Freiheit alles andre gleichgültig sei, und daß er überzeugt war, daß er denen, die ihm jetzt Gehorsam abzwangen, später alles werde heimzahlen können.

Als endlich alle abgefertigt worden waren, lagen weit über fünfzig zusammengebundene Indianerpaare an der Erde. Tokvi-Kava rief Old Shatterhand zu sich und sagte:

»Es ist mir schwer geworden, meine Krieger zum Gehorsam zu bewegen. Wirst du dir nun auch Mühe geben, den Bleichgesichtern unser Leben abzuringen?«

»Ich werde sogar mehr halten, als ich dir versprochen habe,« antwortete der Jäger. »Ich sagte dir, daß ich meinen Einfluß geltend machen wolle. Jetzt, da du uns so gehorsam gewesen bist, gebe ich dir das feste Versprechen, daß euch euer Leben und eure Freiheit sicher ist.«

Da stieß der Komantsche ein schrilles Gelächter aus und rief, indem ein Blitz unendlichen Hasses aus seinem Auge über Old Shatterhand hinschoß:

»Gehorsam? Ich euch? Ist der Löwe dem Hunde oder der Büffel dem Stinktiere gehorsam? Was denkst du, wer du bist? Eine eiterige Beule, die ich aus dem Leibe der bleichen Rasse herausschneiden werde, um sie in dem einsamsten Winkel der Savanne verfaulen zu lassen! Und was ist Winnetou? Der verachtetste und feigste unter den Apatschen. Ein Gift, welches ich voll Ekel ausspucken und mit dem Fuße in die Erde scharren werde! Hast du im Eise des vergangenen Winters den letzten Rest deines Gehirns erfroren, daß du zu behaupten wagst, der ›schwarze Mustang‹ sei dir gehorsam gewesen? Ich schwöre dir beim großen Manitou und bei den Geistern aller unsrer Häuptlinge, denen wir in die ewigen Jagdgründe folgen werden, daß die Zeit kommen wird, in welcher ihr erfahren werdet, wer zu befehlen und wer zu gehorchen hat! Jetzt aber blase ich dich von mir fort, wie man die Schmeißfliege von dem Fleische bläst. Geh fort von mir! Es wird mir übel, wenn ich dich nur sehe!«

Die einzige, ruhige Erwiderung Old Shatterhands war die Frage:

»Willst du dich vielleicht um das Leben reden? Noch bist du unser Gefangener und nicht frei!«

»*Pshaw!*« lachte er verächtlich. »Tokvi-Kava läßt sich von dir nicht bange machen! Old Shatterhand hat gesagt, daß uns unser Leben und unsre Freiheit sicher sei!«

»Ach! So fest verlässest du dich auf mein Wort? Weißt du, welche Ehre du mir damit erweisest? Du hast dich nicht getäuscht. Schütte deinen ganzen Grimm über mich aus, ich halte doch, was ich versprochen habe.«

»Doch nur aus Angst vor uns, aus Angst, denn jeder Tropfen Blutes, den ihr uns nehmen könntet, würde von unserm Stamme von euch gefordert werden, und ihr müßtet am Marterpfahle eines Todes sterben, den noch kein Bleichgesicht gestorben ist. Nur Furcht ist's, pure Furcht, warum ihr es nicht wagt, unsre Haut auch nur zu ritzen!«

»Du darfst uns, ungestraft am Leben, lästern, weil ich dir mein Wort gegeben habe. Weil du weißt, daß Old Shatterhand keine Unwahrheit sagt, bist du überzeugt, frech gegen mich sein zu dürfen. So wie jetzt du, bellt der Hund, dem man die Zähne ausgebrochen hat, daß er nicht beißen kann!«

»Und dieser Hund bist du!« schrie der Komantsche wütend. »Sieh hier meinen Fuß! Er wird dir bald den Tritt versetzen, der dich vor Schmerz zum Heulen bringt!«

»Du darfst viel, sehr viel wagen, weil du mein Versprechen hast,« mahnte ihn Old Shatterhand ruhig lächelnd. »Doch treib es nicht zu weit! Wenn du dich nicht zu beherrschen weißt, werdet ihr es zu bereuen haben.«

»Zu bereuen? Auch dieses Wort gibt dir die Angst nur ein. Sag, was du willst, ich verlache deine Drohung!«

Da wurde das Gesicht des weißen Jägers ernst, und seine Stimme klang voll und schwer, als er sagte:

»*Well*, ganz wie du willst! Ich werde allerdings halten, was ich versprochen habe, aber kein Wort, keine einzige Silbe mehr. Wie ich das meine, wirst du bald erfahren. Ich hatte mir vorgenommen, noch milder zu verfahren, als ich durch mein Versprechen verpflichtet war; das ist jetzt nun vorbei, und meine Mahnung wird sich bald erfüllen; die Reue wird schnell kommen!«

Da zog der Komantsche den Kopf zwischen die Schultern und schnellte sich trotz der Fesseln ein Stück empor, um Old Shatterhand anzuspucken, was ihm auch gelang. Da ballte Winnetou, der sonst so ruhige, überlegene Mann, den nichts aus der Fassung bringen konnte, die Faust und rief zornig:

»Scharlih[1], er hat dich mit seinem Geifer besudelt. Wer soll ihn dafür züchtigen, du oder ich?«

»Nicht du, sondern ich, aber anders, als du denkst,« antwortete sein weißer Freund. »Er ist nicht wert, daß ihn deine Hand berührt.«

Auch andre waren tief empört über die unglaubliche Frechheit des Komantschen, der jetzt, da er seines Lebens sicher war, den nur mit Mühe so lange verschlossenen Grimm hervorbrechen ließ. Eine Menge Stimmen der Weißen ließen sich, schnelle Vergeltung fordernd, hören. Kas, der lange Blonde, ließ seinen kleinen Kopf von einer Seite auf die andre gehen; sein Stumpfnäschen schien noch einmal so groß geworden zu sein; seine sonst so gutmütigen Mausäuglein blitzten, und unternehmend zog er die Schaftstiefel an seinen Storchbeinen empor, wobei er sich mit lauter Stimme erbot:

[1] Karl, der Vorname Old Shatterhands.

»Mister Shatterhand, das ist zu stark; das könnt Ihr ganz unmöglich dulden! Ich bin bereit, ihm das große Maul zu stopfen.«

»Womit?«

»Mit einem Riemen, den ich ihm um den Hals lege; dann bringen wir ihn hoch, dort an den Baum, der einige so schöne Aeste hat, die jedenfalls nur zu dieser Prozedur so hübsch gewachsen sind. Wenn ihm dann der Atem ausgeht, kann ich nicht dafür. Hätte er ihn für was Besseres aufgespart! Wer nicht hören will, der muß fühlen; das ist ein altes, gutes Wort, und das gab es damals schon bei Timpes Erben!«

»Danke! Wenn er geboren worden ist, um aufgehängt zu werden, so wird er schon noch eine dazu passende Schlinge finden, ohne daß grad wir es sein müssen, die sie ihm um den Hals legen.«

»Was?« rief der Hobble-Frank. »Er soll Sie in dieser Weise beleidigt und mit faulen Erdäpfelschälern beworfen haben, ohne daß er seinen philharmonischen Lohn dafür bekommt? Das kann ich nich dulden, das geht mir gegen den Schtrich, wie dem Pudel, wenn er von hinten nach vorn gebürschtet wird! Es gibt am südlichen Firmamente eene helle Schtelle, von welcher das Gesetz der Wiedervergeltung tief herunterhängt. Viele können die Buchschtaben desselben lesen, viele aber ooch nich. Zu denen, die es lesen können, gehöre natürlich in erschter Linie ich, und so halte ich es für meine größte und inkompetente Pflicht –«

»Hier kann nur von meiner Pflicht die Rede sein, nicht von der deinigen, lieber Frank,« unterbrach Old Shatterhand den Redefluß des kleinen Mannes. »Laß es also mir über, diesem roten Patron auf seine Frechheiten zu antworten!«

»Das thu' ich aber nich; das thu' ich wirklich nich, denn wenn ich Ihnen die Macht und Gewalt des renitenten Oberschtaatsanwaltes überlasse, so weeß ich schon im voraus, daß die Rothaut den delikatesten Milchreis mit Austernsauce anschtatt tüchtige Prügel kriegt.«

»Keine Sorge, Frank! Dieses Mal denke ich nicht daran, Nachsicht zu üben.«

»So? Also werden Sie endlich ooch eemal gescheit? Zwar sehr schpät, aber doch! Demnach haben Sie ihm wirklich eene Schtrafe zuverdefendiert?«

»Ja.«

»Da bitte ich Sie um die große Diagnose und Gefälligkeet, mich dabei als den erschten Tragödien- und Soubrettensänger mitwirken zu lassen! Die Rolle brauch' ich gar nich erscht auswendig zu lernen, denn ich drehe dem Alten das Inwendige so nach außen, daß wir ihm mit der größten Splendidität und Leichtigkeet alle beeden Seiten ausklopfen und sympathisieren können. Befehlen Sie also gütigst, Herr Inschpektor und Direktor, wenn der Vorhang offschteigen soll! Das verehrte Publikum trampelt schon mit allen Beenen, und das ganze Haus is ausverkooft!«

»Gut, dein Wunsch soll erfüllt werden. Ist dein Bowiemesser noch scharf?«

»Scharf und schpitz wie een gut eingeölter Blitz, Herr Shatterhand.«

»*Well!* So mögen Kas und Has den Häuptling so fest halten, daß er den Kopf nicht bewegen kann, und du schneidest ihm den ganzen dicken Haarschopf herunter, lässest aber eine Strähne stehen, an die wir diese schönen ostasiatischen Zierden festbinden können.«

Er zog bei diesen Worten die Zöpfe der zwei chinesischen Gewehrdiebe aus der Tasche.

»Hurra, die beeden Kang-Keng-King-Kongzöpfe! Die hatte ich beinahe ganz vergessen! Hurra, hurra, is das een großartiger schtylistischer Gedanke! Ich bin so erfreut und so entzückt, als ob heute mein diatonischer und kynologischer Geburtstag wäre! Dem Manne kann sofort geholfen werden, nämlich von dem Schopfe und zu den Zöpfen! Kommen Sie her, Herr Timpe Nummer eens und Timpe Nummer zwee! Ihr Name hat für mich zwar gar keenen schönen Karbol- und Klarinettenklang, aber bei so eener famosen Operation kann er mich doch nich schtören. Passen Sie off, Mesch'schurs und meine Herren, das große Werk kann beginnen. Der Vorhang geht in die Höhe, aber die Haare müssen 'runter! Ich schpiele den Barbier von Sevilla ohne Borschtenpinsel und Seefenschaum, und der Komantsche wird den ›geschundenen Raubritter‹ geben. Beim erschten Offzug singe ich ihn an: ›Reich mir die Hand, mein Leben!‹ und hierauf trägt er die Gnadenarie aus ›Robert und Bertram‹ vor. Dann beginnt der Chor der Rachebrüder: ›Schab, Hobble, schab, der Schopf der muß herab!‹ Sodann fällt er ein: ›Leise, leise, lieber Frank, sonst wird meine Kopfhaut krank!‹ aus dem Freischütz, wenn ich mich nich irre oder wenn sich Weber nich geirrt hat. Am Schluß des erschten Aktes das Terzett: ›Mond, ich grüß dich tausendmal, der Komantsche is nu kahl!‹ Wenn kurze Zeit schpäter der Vorhang wieder in die Sofitten oder in die Lafetten gezogen wird, schtimme ich mit Harmoniumbegleitung an: ›Weint mit ihm des Schmerzes Thräne, fadendünne ist die Strähne!‹ worauf er ganz alleene mit dem Doppelquartett antwortet: ›Weil ich sonsten ohne Hut mich nich sehen lassen kann, lieber Hobble, sei so gut, bind mir die Chinesen dran!‹ Das thu' ich natürlich ooch, weil meine Rolle es so mit sich bringt, und wenn es geschehen is, fallen sämtliche Mitschpieler und Zuschauer mit dem ganzen Orschester in den Lobgesang ein: ›Jubelt laut, ihr roten Brüder, denn die Zöpfe bammeln nieder! Euer Häuptling is entzückt, daß sein Schädel ward geschmückt; führt ihn im Triumph nach Haus, die Komödie is nu aus!‹ worauf das Publikum offschteht und der Vorhang aber niedergeht. In dieser Weise denke ich mir das Festprogramm, und nu, meine Herrschaften und übrigen Gentlemen, mag das Schtück beginnen. Wer am besten schpielt, kriegt ooch keene Gage!«

Der kleine, lustige Kerl war ganz begeistert von der Aufgabe, die ihm zugeteilt worden war. Er hatte seinen launigen Vortrag zwar in deutscher Sprache gehalten und konnte also nur von den Deutschen vollständig verstanden werden, doch waren seine Gestikulationen und sein Mienenspiel so bezeichnend gewesen, daß auch die andern Weißen sich denken konnten, was er meinte; die Roten aber hatten keine Ahnung davon.

Der Häuptling allerdings sah die Blicke, welche sich auf ihn richteten; er sah das Bowiemesser in der Hand des Hobble-Frank, und er sah die chinesischen Zöpfe, welche dieser von Old Shatterhand erhalten hatte. Er mußte schließen, daß es mit diesen Gegenständen auf ihn abgesehen sei, aber was man vorhatte, das konnte er sich doch nicht denken. Etwas Gutes war es jedenfalls nicht, das sagte er sich, indem er an die Art und Weise dachte, in welcher er Old Shatterhand beleidigt hatte. Es wurde ihm bange, und diese Bangigkeit steigerte sich, als Kas und Has rechts und links von ihm niederknieten und ihn ganz unheimlich verheißungsvoll mit ihren Blicken maßen.

»Was wollt ihr hier? Was soll mit mir geschehen?« fragte er sie.

An ihrer Stelle antwortete Old Shatterhand:

»Du sollst ein Geschenk von mir erhalten, weil du so freundlich und so höflich zu mir gewesen bist.«

»Welches Geschenk?«

»Ihr seid hierher gekommen, um euch die Skalpe der gelben Männer zu holen, habt sie aber leider nicht bekommen können, weil die Chinesen sie selbst behalten wollten. Da du denken kannst, wie sehr ich dir gewogen bin, wirst du einsehen, wie leid es mir thut, daß auch du als Häuptling auf den Besitz eines solchen Skalpes verzichten sollst. Mein gutes Herz hat es darum möglich gemacht, dich nicht nur mit einem Zopfe, sondern sogar mit diesen zwei Zöpfen überraschen zu können. Ich hoffe, daß du diese Gaben dankbar von mir entgegennimmst!«

Tokvi-Kava ließ ein zweifelhaft klingendes »Uff!« hören, da er keine andre Antwort geben konnte, weil er nicht wußte, welche Absicht sich hinter den freundlichen Worten des Sprechers verbarg. Dieser fuhr fort:

»Zöpfe gehören natürlich an den Kopf, und so denke ich, daß es dir lieb ist, wenn ich sie da anbinden lasse, wo du sie zum Andenken an mich tragen wirst.«

»Uff, uff!« antwortete er da, zornig werdend. »Skalpe hängt man nicht an den Kopf, sondern an den Gürtel. Und das sind gar nicht Skalpe, sondern nur Haare der feigen Gelbhäute ohne Haut daran. Der Krieger, welcher solche Haare trüge, würde von den Kindern und von den alten Weibern verlacht und verspottet werden!«

»Du wirst sie aber dennoch tragen, denn ich schenke sie dir und bin gewohnt, daß meine Gaben geachtet werden.«

»Behalte sie; ich mag sie nicht!«

»Ob du sie magst oder nicht, danach frage ich nicht. Sie sind für dich bestimmt, und ich werde sie dir jetzt anheften lassen.«

»Wage es, dies zu thun!« schrie der Rote auf. »Vergiß nicht, daß ich ein Häuptling bin!«

»*Pshaw!* Du weißt ganz genau, daß auch ich ein Häuptling bin, ein Häuptling der weißen Jäger und zugleich ein Häuptling der Apatschen, die mich mit derselben Macht wie Winnetou bekleidet haben. Und wie hast du vorhin gewagt, mit mir zu sprechen! Meinst du, Wurm, daß ich in dir den Häuptling achten müsse, den du in mir verspottet hast? Du bist seit vorhin in meinen Augen nichts, als eine rote Fratze, an welche ich die Zöpfe der Chinesen hängen werde, zur ernst gemeinten Mahnung an deine Krieger, daß ja nicht wieder irgend einer von ihnen sich erdreiste, zu denken, Winnetou und Old Shatterhand seien Knaben, mit denen man machen könne, was man will!«

Die Augen Tokvi-Kavas wurden stier; er biß die Zähne zusammen und zischte zwischen denselben hervor:

»Ich warne dich. Wage es ja nicht, den Kopf eines Kriegshäuptlings mit diesem Abfall gelber Hunde zu beleidigen!«

»Du sprichst von einem Wagnis und wagst es doch selbst, mich zu warnen? Ich habe dich vorhin auch gewarnt. Hast du auf mich gehört? Jetzt kommen die Folgen, da du mir nicht glaubtest, daß du deine Beleidigungen bereuen würdest. Du wirst diesen ›Abfall gelber Hunde‹ tragen, und ich will dir das so bequem wie möglich machen. Du bist nicht bloß mit der Skalplocke, sondern mit dem vollen Haar geschmückt; dieses Haar und dazu die Zöpfe, das würde zu viel sein für deinen Kopf; darum werde ich dir jetzt den Schopf abschneiden lassen, um Platz für die Haare der Chinesen zu bekommen.«

Wäre ein Blitzstrahl neben Tokvi-Kava in den Boden gefahren, er hätte nicht tödlicher erschrecken können. Seine Augen wollten zwischen den Lidern hervorquellen; seine Züge nahmen den Ausdruck eines wilden Tieres an; er richtete sich trotz der Fesseln halb empor, und mit vor unsagbarem Grimme bebender Stimme schrie er laut auf:

»Meinen Schopf willst du abschneiden lassen? Meinen Schopf, die Zierde meines Hauptes, den Ausdruck der Kraft und den Sitz der Adlerfedern, welche meine Würde verkünden und von meinem Ruhme sprechen! Der, der soll abgeschnitten werden?«

»Ja, und zwar sofort.«

»Wage es, wage es doch, wenn du dafür eines Todes sterben willst, welcher soviel Martern hat, wie die Schmerzen von tausend zu Tode gequälten Menschen!«

»*Pshaw!* Diese deine Drohung macht mich lachen. Sie hält mich keinen Augenblick auf, das zu thun, was ich mir vorgenommen habe. Legt ihn nieder und haltet ihn fest!«

Diese Weisung galt den beiden Timpes, welche ihr sofort folgten. Sie zogen den aufgerichteten Oberkörper des Komantschen auf den Boden nieder und hielten ihn da, ohne sich anstrengen zu müssen. Er leistete in diesem Augenblick keinen Widerstand, er verhielt sich so, wie es der kleine Käfer macht, der sich tot stellt, wenn er angegriffen wird. Er lag lang ausgestreckt, hatte die Augen geschlossen und murmelte halblaut vor sich hin:

»Nein, er wird es nicht wagen; er kann es nicht wagen; er darf es nicht thun. Einem Häuptling den Schopf abschneiden, das ist noch nicht geschehen, so lange es rote Krieger und so lange es weiße Menschen gibt!«

»Wenn es wirklich noch nicht geschehen sein sollte, so wird es jetzt geschehen,« beharrte Old Shatterhand auf seinem Willen. »Fang an, Frank! Wir wollen nicht die Zeit unnütz versäumen.«

»Ganz recht,« antwortete der Kleine, indem er die Zöpfe

einstweilen weglegte und mit dem Messer in der Hand zum Häuptling trat. Dieser hörte die Schritte, öffnete die Augen und sah ihn kommen. Nun erkannte er, daß das für unmöglich Gehaltene doch geschehen sollte, und diese Erkenntnis gab ihm Riesenkraft. Er warf, obwohl ihm die Hände auf dem Rücken zusammengebunden waren, mit einer Doppelbewegung seines Oberkörpers die beiden Timpes von sich ab. Sie faßten ihn freilich sofort wieder und strengten alle ihre Kräfte an, ihn nieder zu halten, doch war er ihnen durch die gewaltige Aufregung, in der er sich befand, für den Augenblick so überlegen, daß noch zwei andre Männer auf ihn knieen mußten, ehe sein Kopf so festgehalten wurde, daß der Hobble-Frank sein Werk beginnen konnte. Kaum war dies geschehen, und der Kleine hielt die erste abgeschnittene Strähne in der Hand, so hörte der Widerstand auf und der Körper des Komantschen streckte sich als wie im Tode. Es kam nach der übermäßigen Anstrengung das Gefühl völliger Ohnmacht über ihn, und er ergab sich in sein Schicksal, ohne sich ein einziges Mal zu regen. Er ließ sogar ohne Widerstreben seinen Kopf, wie der Hobble-Frank es brauchte, bald nach rechts, bald nach links wenden, so daß man, wenn es nicht im wilden Westen gewesen wäre, hätte glauben können, daß er chloroformiert worden sei. So wurde ihm der ganze, sehr dichte und lange Schopf mit Ausnahme eines dünnen Restes heruntergeschnitten. Als dies geschehen war, hob Frank die beiden Zöpfe in die Höhe und rief:

»So, jetzt is die Zobelperücke herunter und nu kommen die Schmachtlocken dran. Passen Sie off, meine Herrschaften, wie ich ihn jetzt zum Kurfürschten und abgesetzten Kaiser von China krönen werde! Es gibt in jeder Lebenslage eene gewisse Lage, in welcher der offrecht schtehende Mensch zum Liegen kommt. In dieser Lage befindet sich hier der Häuptling der Komantschen, denn er liegt vor mir, sanft und schtill, wie anderthalb Liter ausgegossene Buttermilch. Er hat unsrer zarten Zuschprache Folge geleistet und sich mit erhabener Geduld in sein hohes Schicksal ergeben. Das is een Verdienst von ihm, welches belohnt werden muß, und darum binde ich ihm denn die Krone off sein teures Haupt und frage Sie, Herr Shatterhand, welchen Titel er fortan führen soll, denn mit den chinesischen Schwänzen im Nacken kann er doch nicht mehr Tokvi-Kava, der ›schwarze Mustang‹ sein!«

Old Shatterhand ging auf diese Frage ein, indem er antwortete:

»Du hast recht, lieber Frank: wir nehmen ihm seinen bisherigen Namen und geben ihm einen andern. Er ist jetzt unter die Chinesen gegangen, welche er gelbe Hunde nannte, und so soll er von jetzt an nicht mehr Tokvi-Kava sondern Mungwi Ekknan Makik heißen.«

Diese drei Worte bedeuten, in das Deutsche übersetzt, soviel wie »Häuptling der gelben Hunde«. Der Hobble-Frank hatte Deutsch gesprochen und Old Shatterhand ihm in derselben Sprache geantwortet. Der letztere rief nun laut, damit auch alle andern es verstehen sollten, erst in englischer und dann in der Sprache der Komantschen:

»Hört, was geschehen ist! Weil der Häuptling der Komantschen sich seines bisherigen Namens nicht würdig gezeigt hat und vorhin, als wir ihn verhörten, so feig war, seine Absichten zu leugnen, wird er von den weißen Männern aus den Reihen der tapferen und mutigen roten Krieger gestrichen. Er ist unwürdig geworden, seine Medizin weiter zu tragen. Wir nehmen sie ihm und hängen ihm dafür eine andre, nämlich die Haare der ›gelben Hunde‹, an den Kopf, und dieser neuen Medizin zu Ehren soll er von heute an nicht anders als Mungwi Ekknan Makik genannt werden. Old Shatterhand hat gesprochen!«

Es gibt im Leben eines Indianers Vorkommnisse und Gegenstände, welche von außerordentlicher, tief einschneidender Wichtigkeit für ihn sind. Das wichtigste Vorkommnis ist die Namengebung, der wichtigste Gegenstand die Medizin. Bei den Indianern gibt es weder Familien- noch Vornamen; es hat sich jeder seinen Namen zu erwerben, zu verdienen, und das geschieht durch hervorragende Thaten oder Eigenschaften. Verliert er diese Eigenschaften, oder gibt er Veranlassung, diese Thaten zu vergessen, so nimmt man ihm den betreffenden Namen und er hat, wenn er nicht gar wegen Ehrlosigkeit vom Stamme ausgestoßen wird, sich unter großen Gefahren und Entbehrungen einen neuen zu erwerben. Ein ehrenvoller Name ist also jedem roten Krieger ebensoviel wert wie sein Leben.

Aehnlich ist es mit der Medizin, deren mühevolle Erwerbung überhaupt sehr häufig mit der Namengebung zusammenhängt. Das Wort Medizin hat dabei nicht etwa die Bedeutung, welche die Weißen ihm beilegen. Als die ersten Weißen zu den Indianern kamen, waren die Heilmittel der ersteren den letzteren vollständig unbekannt; die Wirkung derselben war den Roten unerklärlich, sie hielten sie für Zauberei, für etwas vom guten oder vom bösen Geist Ausgehendes, und gewöhnten sich in der Folge, alles, was ihnen unbegreiflich oder heilig war, alles, was sie mit dem göttlichen Einflusse in Verbindung brachten, Medizin zu nennen.

Die Zeiten sind jetzt ganz andre geworden. Die Horden der wilden Büffel und Mustangs sind verschwunden und mit ihnen die sehnigen, kräftigen und kühnen Gestalten der roten Krieger und weißen Westmänner. Leute wie Old Firehand, Old Surehand, Sam Hawkens und viele andre, deren Ruhm in aller Munde lebte, sind fast zur Sage geworden, und wenn man erfährt, daß Old Shatterhand noch zu den Lebenden gehört, so fühlt man, falls man ihn nicht selbst gesehen hat, sich geneigt, auch dies für eine Mythe zu halten. Aber damals, als die Savannen und Felsenberge, die tief eingeschnittenen Cañons und Schluchten des wilden Westens noch die Schauplätze von Heldenthaten waren, welche man getrost mit den Thaten der homerschen Helden vergleichen kann, damals, als es überhaupt noch einen »wilden Westen« gab, damals war der Indianer noch nicht der gott- und menschverlassene, heruntergekommene oder vielmehr heruntergedrückte Mensch, der er jetzt geworden ist; damals kannte er hohe Pflichten, damals wußte er, was Ehre ist, damals gab es für ihn noch Ideale, noch Begriffe, die ihm viel, viel höher standen als sein irdisches Wohlergehen, und er besaß einen sichtbaren Gegenstand, an welchen er diese Begriffe und dieses Streben nach Idealen knüpfte. Dieser Gegenstand war »die Medizin«.

Was man unter der »Medizin« eines Indianers zu verstehen hat, wird jeder Leser wissen; es kennt jeder auch die Voraussetzungen und Zeremonien, unter denen sie zu erlangen war, und die hohe Wichtigkeit, die sie für das ganze Leben hatte. Medizin konnte jeder Gegenstand sein; aber so verschieden die tausendfältigen Medizinen der Krieger auch nur eines Stammes waren, ihre Bedeutung war doch nur eine, eine einzige: sie war das Symbol alles Erhabenen, alles Heiligen; an ihrem Besitze hing der gute Name, die Ehre, die ganze Zukunft, ja, die Seligkeit des Besitzers, und wehe dem, der sie durch Unachtsamkeit verlor oder dem sie gar durch einen siegreichen Feind entrissen wurde! Er war geschändet, unter Umständen für sein ganzes Leben, wenigstens aber so lange, bis er sich eine andre, eine neue errungen oder die entrissene wieder zurückerobert hatte. Ohne Medizin war er ein im Stamm ganz unmöglich gewordener Mann; sogar seine Verwandten mieden ihn, und er mußte die Glieder seiner Familie fliehen, denn jeder, der mit ihm in Berührung kam oder gar mit ihm verkehrte, wurde dadurch ebenso ehrlos wie er selbst.

Man kann also denken, welche Strafe, welch ein ungeheurer Verlust es für den ›schwarzen Mustang‹ war, wenn ihm seine Medizin genommen wurde! Die Schande, welche er dadurch erlitt, wurde überdies durch den Umstand nicht nur verdoppelt, sondern geradezu verhundertfacht, daß er an Stelle der Medizin die Zöpfe der Chinesen erhalten sollte. Es war dies nicht nur dasselbe, sondern noch viel, viel schlimmer, als wenn zum Beispiel bei uns einem hohen Offizier, einem General, die Epauletten heruntergerissen und an deren Stelle Hasenohren oder Hundeschwänze angeheftet würden. Dieser Offizier würde nur für die Zeit dieses Lebens blamiert sein, während der ›schwarze Mustang‹ das Recht verlor, in die ewigen Jagdgründe einzugehen. Darum wurde, als Old Shatterhand seine Verkündigung ausgesprochen hatte, keine Antwort gehört, sondern es herrschte die tiefe Stille gespanntester Erwartung, ob er wirklich ernst machen und dem Häuptling die Medizin nehmen werde. Aller Augen richteten sich auf ihn.

Er winkte dem Hobble-Frank zu, die Zöpfe an die stehengebliebene Strähne zu befestigen, und trat, als dies geschehen war, zu dem Häuptling heran, dessen Medizinbeutel ihm an einer um den Hals geschlungenen Schnur auf der Brust hing. Er schnitt die Schnur entzwei und band sich selbst die Medizin um den Hals, indem er so laut, daß alle es hören konnten, sagte:

»So, indem ich diesen Beutel mir um den Hals hänge, ist Tokvi-Kava, der Häuptling der Komantschen, aufgehängt worden und hat nicht nur sein Leben, sondern auch seine Seele verloren, denn hier zu meinen Füßen liegt nicht mehr der ›schwarze Mustang‹, sondern Mungwi Ekknan Makik, der gelbe Hund mit den zwei Chinesenzöpfen. Ihr habt es alle gesehen und gehört. Howgh!«

Was nun folgte, spottet jeder Beschreibung. Die Weißen erhoben ein Jubelgeschrei, welches gar nicht enden wollte; die Roten aber brüllten und heulten in Tönen, welche unbegreiflich waren, weil menschliche Kehlen derselben eigentlich gar nicht fähig waren. Sie zerrten und rissen an ihren Banden, sie schnellten sich empor, um sie zu zersprengen, sie wälzten sich hin und her, obgleich sie zu zweien zusammengebunden waren. Dazu brachen sie gegen ihre Sieger in Verwünschungen und Flüche aus, welche das Schlimmste und Fürchterlichste enthielten, was man einem Feinde anthun kann. Old Shatterhand und Winnetou wurden in Ausdrükken beleidigt und verhöhnt, welche von ihnen, obgleich sie ja schon oft mit Feinden zu thun gehabt hatten, noch nie gehört worden waren. Die Weißen hatten vollauf zu thun, die trotz ihrer Fesseln wie Fische hin und her schnellenden Indianer am Boden festzuhalten. Der ›schwarze Mustang‹ gebärdete sich geradezu wie ein Tobsüchtiger. Seine körperliche und geistige Ermattung hatte sich in das gerade Gegenteil verwandelt. Er schien die Kräfte von zehn Menschen in sich zu vereinigen, denn fast so viele Bahnarbeiter gehörten dazu, ihn festzuhalten, und den Geifer von hundert Schlangen zu besitzen, denn die giftigen Beschimpfungen, welche er gegen die beiden Genannten ausspritzte, wollten gar kein Ende nehmen; sie waren so arg, daß sie selbst dem sonst so kalten und unberührbaren Winnetou zu viel wurden. Er befahl den beiden Timpes, dem Widerwärtigen einen Knebel in den Mund zu stecken, und sie führten diese Weisung auf der Stelle aus. Als dann den Roten nach und nach der Atem auszugehen anfing, sagte der Apatsche mit einer Stimme, die an jedes Ohr drang, obgleich sie nicht erhoben war:

»Winnetou hat geglaubt, daß die Söhne der Komantschen auch Menschen seien; ihr Toben und Zischen aber hat ihm bewiesen, daß er sich im Irrtum befand. Er wollte sie als gefangene Krieger behandeln, welche gegen die Bleichgesichter zogen, weil es ihnen befohlen worden war; nun sie aber den Saft giftiger Kröten gegen ihn ausspritzten, wird er sie als Kröten behandeln und dafür sorgen, daß ihnen dieser Saft genommen wird, damit sie sich keinem Manne wieder nähern, um ihn anzuspritzen; sie werden bald erfahren, in welcher Weise dies geschehen wird. Schleift sie den Berg hinab und schafft sie in die Schlucht, wo wir sie noch sicherer haben als hier! Dort soll beraten werden, was mit ihnen zu geschehen hat.«

Als das der »schwarze Mustang« hörte, schrie er:

»Ihr habt nichts zu beraten! Old Shatterhand hat uns das Leben versprochen!«

»Das Leben!« antwortete Winnetou in seinem verächtlichsten Tone. »Wenn dem Häuptling der Apatschen geschehen wäre, was dir geschehen ist, so möchte er gar nicht mehr leben; er würde sich sein eigenes Messer in das Herz stoßen. Du aber wimmerst nach der Fortdauer deiner Schande, und sie sei dir gewährt!«

»Hund!« brüllte der Komantsche laut auf, »ich wimmere nicht. Ich will nur leben, um mich an euch rächen zu können, wie sich noch nie ein roter Krieger gerächt hat!«

»*Pshaw!* Thue es! Wie sehr wir deinen Zorn verachten und

wie wenig wir deine Rache fürchten, zeigen wir euch dadurch, daß wir euch das Leben schenken.«

Er wendete sich mit einer so demütigenden Kopfbewegung, wie sie nur ihm eigen war, ab und ergriff die Hand Old Shatterhands, um mit ihm den Abhang hinabzusteigen. Beide waren zu stolz, einen Blick zurückzuwenden, um zu sehen, in welcher Weise Winnetous Befehl, die Gefangenen hinabzuschleifen, ausgeführt wurde.

Es läßt sich denken, daß dies nicht in der zartesten Weise geschah, obgleich man sich hütete, sie dabei zu verletzen, weil man wohl wußte, daß dies nicht in der Absicht des Apatschen lag. Unten wurde das Feuer auf einer Seite so eingedämmt, daß zwischen ihm und dem Felsen Raum blieb, die Gefangenen hindurchzuschaffen; diese wurden paarweise nebeneinander niedergelegt, und dann wollten sich die Bahnarbeiter über die Waffen derselben hermachen. Old Shatterhand aber wehrte ab, indem er ihnen befahl:

»Halt! Es bleibt jetzt noch alles liegen. Noch wißt ihr nicht, was über diese Sachen beschlossen wird!«

Sie gehorchten. Es waren wohl viele unter ihnen, die sich nicht gewöhnt hatten, ihren Gelüsten eines andern wegen Zügel anzulegen; aber Männern wie Winnetou und Old Shatterhand gegenüber getrauten sie sich doch nicht, widerspenstig zu sein.

Eigentlich waren es vier Personen, welche über das Schicksal der Komantschen zu entscheiden hatten, nämlich die beiden soeben Genannten und die beiden Engineers von Rockyground und Firwood-Camp; aber da der letztere seine Haut in Sicherheit gebracht und dafür gesorgt hatte, daß er nicht wieder zu sehen gewesen war, verstand es sich ganz von selbst, daß er ausgeschlossen wurde. Also setzten sich die drei zusammen nieder, um sich zu besprechen. Swan, der Engineer, hatte niemals einer solchen Beratung beigewohnt. Er legte sich die Frage gar nicht vor, wem die Ehre, das Wort zuerst zu ergreifen, zu überlassen war; sein gar schnelles Naturell ließ ihn nicht darauf warten, welcher von den beiden andern beginnen werde, sondern er fing, kaum daß er sich niedergesetzt hatte, in dem Tone seiner vollsten Ueberzeugung an:

»Es ist doch ganz selbstverständlich ein Faktum, daß diese Burschen sterben müssen, und da schlage ich, weil Pulver und Blei doch Geld kosten und Riemen hier umsonst zu haben sind, vor, daß wir sie alle hübsch nebeneinander an die Bäume hängen. Ich bin überzeugt, Mesch'schurs, daß ihr ganz derselben Meinung seid.«

Ueber das ernste Gesicht des Apatschen glitt ein leises Lächeln, doch antwortete er nicht, weil er gewohnt war, bei solchen Gelegenheiten Old Shatterhand das Wort zu lassen. Dieser nickte, auch lächelnd, dem Engineer zu und sagte:

»*Well*, Sir! Es freut mich sehr, daß Ihr uns so richtig taxiert habt. Wir sind natürlich auch vollständig überzeugt, daß sie sterben müssen, weil wir Menschen nun –«

»Schön, schön!« unterbrach ihn der Beamte. »Erschießen, würde für solche Halunken ja auch viel zu ehrenvoll sein; also hängen, hängen, das ist es, was ich –«

Der Beamte hielt mitten in der Rede inne, weil er von einer so gebieterischen Handbewegung Old Shatterhands unterbrochen wurde, daß ihm das Wort im Munde stecken blieb. Doch seiner Würde als Beisitzer des Prairiegerichtes sich bewußt, fragte er gleich darauf:

»Was ist's? Warum unterbrecht Ihr mich?«

»Um Euch überhaupt zu zeigen, wie es ist, wenn man unterbrochen wird.«

»Wieso?«

»Ihr seid mir vorhin in die Rede gefallen. Ein Savannengericht ist eine ernste Sache, Sir. Da platzt man nicht so schnell mit einer Meinung heraus, ohne vorher diejenigen zu fragen, welche den Westen besser kennen und deren Ansichten also wohl von größerer Wichtigkeit sein dürften.«

»*Well!* Aber Ihr habt doch gesagt, daß Ihr auch meint, die Gefangenen müßten sterben! Nicht?«

»Ja. Doch wenn Ihr mich hättet ausreden lassen, wäre Euch mein Grund nicht entgangen, warum sie sterben müssen. Ich wollte nämlich sagen: Wir sind natürlich auch vollständig überzeugt, daß sie sterben müssen, weil wir Menschen nun einmal alle sterblich sind.«

»Ah, bloß deshalb?«

»Ja.«

»Also sie sollen sterben, weil sie überhaupt sterblich sind, und nicht, weil sie uns an das Leben wollten?«

»Ganz richtig!«

»Hm! Wie meint Ihr das, Mister Shatterhand?«

»Sie müssen sterben, früher oder später, weil sie eben sterbliche Menschen sind; wir aber haben kein Recht, ihren Tod herbeizuführen. Oder noch besser gesagt: Ihr habt dieses Recht nicht.«

»Wieso?«

»Haben sie Euch etwas gethan, was nach den Gesetzen der Prairie mit dem Tode bestraft wird?«

»Das – hm – das allerdings nicht,« antwortete er gedehnt.

»So habt Ihr also auch kein Recht, vom Aufhängen zu sprechen, Mister Swan. Wir, nämlich Winnetou und ich, könnten Tokvi-Kava töten, weil er uns die Pferde und die Gewehre gestohlen hat; wir haben ihm aber trotzdem versprochen, daß weder er noch einer von seinen Leuten getötet werden soll.«

»Habt Ihr dieses Versprechen nicht etwas vorschnell gegeben, Sir?«

»Ich frage dagegen: Habt Ihr jemals gehört, daß Winnetou und Old Shatterhand vorschnell, also voreilig gehandelt haben?«

»Nein, ich bitte um Verzeihung!«

»Also! Wir haben gar nicht nötig, eine lange Beratung zu halten, denn bei uns beiden steht es schon fest, was mit den Komantschen geschehen soll, und ich denke, daß Euch das, was wir für richtig halten, auch annehmbar erscheinen wird.«

»So laßt hören, Mister Shatterhand!«

»Also an das Leben würde es ihnen nicht gehen, selbst wenn wir Grund hätten, sie mit dem Tode zu bestrafen; wir sind doch Christen und also keine Massenmörder!«

»*Well!* Einverstanden! Also weiter!«

»Strafe haben sie natürlich verdient, weil sie das Camp überfallen wollten. Die beste und gerechteste Strafe ist stets diejenige, welche es dem Verbrecher unmöglich macht, seine That zu wiederholen. Wir müssen also den Komantschen die Gelegenheit oder die Macht nehmen, so bald wieder an einen Ueberfall zu denken. Dies geschieht dadurch, daß sie den beabsichtigten Einbruch in das Camp mit ihren Waffen und Pferden bezahlen müssen.«

»*Egad!* Das ist nicht übel; das leuchtet mir ein! Wer aber soll diese Sachen bekommen?«

»Ihr und Eure Arbeiter. Ich betrachte das als Straf- und Gerichtskosten, welche als Belohnung für euren Beistand unter euch verteilt werden.«

»Sehr gut! Und die Leute von Firwood-Camp?«

»Von denen bekommen nur diejenigen etwas, die sich uns schließlich noch angeschlossen haben.«

»Das sind so wenige, daß wir das, was sie bekommen, gern abgeben können. Und weiter?«

»Wir haben dem ›schwarzen Mustang‹ die Medizin genommen, weil er so dummfrech oder frechdumm war, uns zu beleidigen, obgleich er sich in unsrer Gewalt befand; das Ehrgefühl seiner Leute sollte geschont werden. Aber weil sie seinem Beispiel gefolgt sind und uns dann in eben derselben Weise verhöhnt haben, sollen sie auch dieselbe Strafe erleiden: wir nehmen ihnen die Medizinen.«

»Ganz recht, Sir! Was diese Roten als Medizin bezeichnen, ist doch nur ein Firlefanz, über den man lachen muß.«

»Da irrt Ihr Euch sehr. Es handelt sich hier nicht um Firlefanzereien, sondern um religiöse Ueberzeugungen, um die heiligsten und tiefsten Gefühle, welche in ihren Herzen wohnen. Ihr versteht das nicht. Wenn wir ihnen die Medizinen nehmen, rauben wir ihnen nicht bloß ihre kostbarsten irdischen Güter, sondern nach ihrer Ansicht auch beinahe die Möglichkeit, selig zu werden.«

»*Pshaw!* Ewige Jagdgründe! Lächerlich!«

»Das ist keineswegs lächerlich. Wir Christen sprechen vom Himmel, Muhamed redet von sieben Himmeln, die

Brahmanen haben ihr Nirwana, die Lappländer ihre ewigen Renntierwiesen, die Eskimos ihre himmlischen Seehund- und Walfischseen und die Indianer ihre ewigen Jagdgründe. Wie das Stammeln des Kindes den Eltern heilig ist, so wird auch unserm Herrgott das Stammeln eines Menschen, der noch nicht gelernt hat, wie ein Christ zu sprechen und zu beten, wohlgefällig sein. Es ist eine fürchterliche Strafe, welche wir den Komantschen zugedacht haben, und ich würde sie ihnen nicht diktieren, wenn wir nicht in dieser Weise von ihnen verhöhnt worden wären und wenn nicht Winnetou, der selbst ein roter Mann ist, sie ihnen vorhin angedroht hätte, als er sagte, daß er ihnen ihr Gift nehmen werde. Es handelt sich hierbei auch um das erziehliche Motiv und um das Nützlichkeitsprinzip. Sie sollen erkennen, daß mit der Größe des Fehlers auch die Strenge der Strafe steigt und daß man Männer, wie wir sind, nicht ungeahndet in dieser Weise beleidigen darf. Was hier geschieht, wird sich schnell bei allen Roten herumsprechen und uns bei ihnen in Achtung bringen. Ist Winnetou mit mir einverstanden?«

»Mein weißer Bruder hat mir aus der Seele gesprochen,« antwortete der Apatsche. »Was er thut, ist ganz dasselbe, als ob ich es selbst bestimmt hätte. Wir nehmen ihnen die Medizinen.«

»Aber sie werden sich fürchterlich rächen! Oder nicht?« fragte der Engineer.

»Natürlich werden sie an Rache denken, aber nicht an Euch, sondern an uns,« antwortete Old Shatterhand. »Grad dadurch, daß wir ihnen die Medizinen nehmen, lenken wir ihre Rache von Euch weg auf uns. Sie müssen diese Gegend schimpflich verlassen, zu Fuß; sie müssen sich während der Rückkehr nach ihren Weidegründen höchst armselig behelfen, weil sie keine Waffen haben; sie können nicht jagen, sondern höchstens Schlingen legen; sie werden sich meist von Wurzeln, Beeren und wilden Früchten zu ernähren haben; das hält sie lange unterwegs. Und wenn sie heimkommen, werden sie von den Ihrigen gemieden, weil sie keine Medizinen haben. Um wieder als Krieger zu gelten und geachtet zu werden, müssen sie sich neue Medizinen verschaffen, was jahrelang dauern kann. Hierher, nach dem Schauplatze ihres beispiellosen Verlustes, kommen sie also nicht so bald zurück. Dafür aber wehe, dreifach wehe mir und Winnetou, wenn wir jemals das Unglück haben sollten, ihnen in die Hände zu fallen!«

»Habt Ihr denn keine Angst?«

»Angst? Fällt uns gar nicht ein! Wenn man sich im wilden Westen vor allem, was geschehen kann, ängstigen wollte, käme man aus der Angst gar nicht heraus und würde vor lauter Furcht und Sorge unfähig, auch nur eine Woche länger hier zu bleiben. Also wir sind einverstanden. Habt Ihr, Mr. Swan, unserm Beschlusse noch irgend etwas beizufügen?«

»Werde mich wohl hüten!« lachte dieser. »Ihr habt mir vorhin die Lust, An- und Absichten zu haben, ganz gehörig versalzen. Was aber soll mit dem Scout geschehen, der bei uns im Brunnen steckt? Glaubt auch der an Medizinen?«

»Nein. Haut ihn tüchtig durch und laßt ihn dann laufen!«

»Soll besorgt werden, Sir, ganz gehörig besorgt! Meine Leute werden sich über die Beute freuen, die sie bekommen. Die Pferde brauchen sie wohl kaum; aber wenn wir sie mit der Bahn einige Stationen zurücktransportieren, können wir sie verkaufen und ganz hübsche Preise erzielen.«

»Da muß ich bemerken, daß wir, nämlich ich und meine Gefährten, von der Beute nichts beanspruchen als nur zwei Pferde, welche ich für Frank und Droll aussuchen werde, weil diese beiden schlecht beritten sind.«

»*Well!* Sucht die besten aus! Sie sind euch wohl zu gönnen, denn daß wir die Roten so hübsch festgenommen haben, ist doch nicht unser, sondern nur euer Verdienst. Ich nehme an, daß die Beratung nun zu Ende ist.«

»Ja. Ich will dem Häuptling das Resultat derselben mitteilen. Wir werden fürchterliche Wutausbrüche zu hören bekommen, machen uns aber nichts daraus.«

Er stand auf und begab sich mit Winnetou und dem Engineer nach der Stelle, wo Tokvi-Kava lag, zu dessen beiden Seiten sich Frank und Droll niedergesetzt hatten, um ihn im

Auge zu haben. Der neugierige Hobble wartete nicht, bis er etwas zu hören bekam, sondern fragte:

»Die Herren Schtadträte kommen vom Rathause, also is die Plenar- und Kommissionssitzung zu Ende. Was hat denn nu der Reichstag,« dabei deutete er auf Winnetou und Old Shatterhand, »und das Unterhaus,« dabei deutete er auf den Engineer, »für eenen juristisch-aeronautischen Beschluß gefaßt?«

»Wirst es gleich hören,« antwortete Old Shatterhand kurz. Und sich an den Häuptling wendend, fuhr er fort, indem er ihm nicht seinen bisherigen, sondern den neuen, verächtlichen Namen gab: »Mungwi Ekknan Makik mag hören, was über ihn und seine Komantschen beschlossen worden ist!«

Der Häuptling wendete den Kopf zur Seite und schloß die Augen, um zu sagen, daß alles, was er hören werde, ihm ebenso lächerlich wie gleichgültig sei. Old Shatterhand beachtete das natürlich nicht und verkündete laut, um von allen Roten gehört zu werden:

»Die Söhne der Komantschen haben den Tod verdient, weil sie die Leute von Firwood-Camp ermorden und skalpieren wollten; aber wir haben ihnen ihr Leben versprochen und werden unser Wort halten.«

Da warf schon jetzt der Häuptling die geheuchelte Gleichgültigkeit von sich und rief:

»Uff, uff! So nimm uns die Fesseln ab, und gib uns frei, damit wir fortreiten können!«

»Wer kein Pferd hat, kann nicht reiten,« lautete die ebenso ruhige wie einfache Entgegnung.

»Wir haben welche!« antwortete der Häuptling halb selbstbewußt und halb unsicher.

»Ihr habt keine mehr, denn eure Pferde und auch alle eure Waffen werden uns gehören.«

»Unsre Pferde und Waffen?« schrie der Rote. »Du willst uns bestehlen?«

»Schweig!« donnerte ihn da der Jäger an. »Ihr seid Raubmörder, und wir haben euch besiegt. Trotzdem wollte ich nicht streng mit euch verfahren; aber ihr habt uns, trotz meiner Warnung, wiederholt verhöhnt und beleidigt; du glaubtest nicht, daß darauf die Strafe folgen werde und höhntest weiter. Willst du nun, da sie da ist, mich einen Dieb nennen, du, der von jetzt an nicht anders als Mungwi Ekknan Makik heißen wird!«

»Hund!« brüllte der Indianer. »Sprich diesen Namen nicht mehr aus!«

»*Pshaw!* Ich spreche ihn aus, und Tausende werden dich so nennen. Und wenn ich noch so ein Wort wie Hund aus deinem Munde höre, so lasse ich dich blutig peitschen. Die Medizin hast du schon verloren, so ist dir nur noch die Peitsche nötig, um den verächtlichsten aller Würmer aus dir zu machen.«

»Ich werde mich rächen, fürchterlich rächen!«

»Wie denn? Sprich deinen Stamm um Hilfe an! Du darfst dich dort gar nicht sehen lassen!«

»Ich habe hier Boten genug, welche hingehen können, um den ganzen Stamm gegen euch aufzubieten!«

»Es wird keiner von ihnen sich dorthin nähern dürfen, wo ehrliche Krieger sich befinden, denn wir werden auch ihnen allen die Medizinen nehmen.«

Der Häuptling öffnete zwar den Mund, um zu antworten, aber das, was er hörte, war für ihn so ungeheuerlich, daß er kein Wort hervorbrachte. Old Shatterhand fuhr fort:

»Sie hätten sich entfernen dürfen, ohne ihre Heiligtümer zu verlieren; aber da sie so toll gewesen sind, unsern Zorn herauszufordern, so werden wir sie dadurch bestrafen, daß wir ihnen die Medizinen nehmen und dort in das Feuer werfen. Wenn dann der Tag angebrochen ist, könnt ihr gehen. Das Leben, welches ich euch versprochen habe, nehmt ihr mit; alles andre aber laßt ihr hier, auch eure ehrlichen Namen und die Achtung und Ehrfurcht, welche euch nun selbst eure kleinen Kinder und alten Weiber verweigern werden. Ich habe gesprochen. Howgh!«

Hierauf folgte nun, grad so wie auf dem Berge, ein unbeschreiblicher Wutausbruch, der sich noch bedeutend steigerte, als den Roten ihre Medizinen wirklich abgenommen und sodann in das Feuer geworfen wurden. Diese Art der Vernichtung war eine kluge Berechnung von Old Shatterhand. Wenn nämlich der Indianer um seine Medizin kommt, so thut er alles, sie wieder zu erhalten, ehe er sich um eine neue bemüht. Hätten die Bahnarbeiter die Medizinen behalten, so wären die Komantschen auf alle Fälle heimlich hier in dieser Gegend geblieben, um sich unter Mord und Totschlag wieder in den Besitz derselben zu setzen! Bei der völligen Vernichtung derselben aber hatte dieses Bleiben keinen Zweck. So gingen die Beutel alle in den Flammen auf, und es blieb nur einer übrig, derjenige des Häuptlings, welchen Old Shatterhand als Andenken für sich behielt, obgleich er wußte, daß der ›schwarze Mustang‹ alles daran setzen werde, wieder in den Besitz desselben zu gelangen.

Welche Mühe die Weißen dabei hatten, die Roten gehörig im Zaume zu halten, und welche Zornesausbrüche sie dabei anhören mußten, das läßt sich denken. Endlich war dies vorüber, und nun suchte Old Shatterhand die zwei besten Pferde für den Hobble-Frank und Droll aus. Als er dabei einmal an dem Häuptling vorüberkam, fauchte ihn dieser grimmig wie eine Wildkatze an:

»Wie würdest du lachen, wenn ich auf meinem schwarzen Mustang hierhergekommen wäre! Obgleich deine Hand nicht wert ist, nur seinen Geifer zu berühren, wäre er doch dein Eigentum geworden. So aber mußt du auf das beste Pferd, welches es von einem Ende bis zum andern gibt, verzichten. Ich verlache dich!«

»Und ich lache noch mehr über dich,« antwortete der weiße Jäger. »Du hast ja deutlich gesagt, was dein Rappe wert ist. Ein Pferd, welches geifert, taugt nichts. Und wenn es mir geschenkt werden sollte, ich würde es nicht nehmen; es wäre das vielmehr eine Beleidigung für mich, die ich nicht verzeihen könnte. Du magst also deinen Tschatlo behalten!«

Der Komantsche hatte Old Shatterhand ärgern und seinen Neid wecken wollen. Nun mußte er, anstatt dies zu erreichen, eine solche Antwort hören. Tschatlo heißt Frosch. Welche Beleidigung, seinen berühmten Mustang einen Frosch zu nennen! Grad ebenso grimmig wie da, als ihm seine Medizin genommen worden war, fuhr er auf:

»Du selbst hast Geifer im Munde! Der böse Manitou hat dich nur gemacht und gesandt, um alles zu verschimpfen und in Unrat zu verwandeln. Meinst du, daß dein Hengst und der Rappe Winnetous berühmt seien? Sie sind gegen meinen Mustang wie zwei Finger eines Grabindianers, der nur von Kammas, Schmutz und Wurzeln lebt, gegen die siegreiche Lanze eines Komantschenkriegers!«

Old Shatterhand verzichtete auf eine abermalige Entgegnung und entfernte sich. Hierauf wurden erst die Pferde und dann auch die Indianerwaffen nach dem Lose verteilt, damit keiner sagen könne, er sei übervorteilt worden. Während dies geschah, saß Hobble-Frank mit Droll und den beiden Timpes beisammen; sie hatten von der Verteilung nichts mehr zu erwarten und unterhielten sich teils über das Geschehene, teils über ihre ferneren Pläne. Da Old Shatterhand und Winnetou mit den Timpes reiten wollten und Droll und Frank also auch von dieser Partie waren, erging sich der letztere ganz selbstverständlich in Versicherung der großen Thaten, die er im Interesse von Kas und Has ausführen wollte.

»Ich bin Heliogabalus Morpheus Edeward Franke,« sagte er, »und ihr werdet mich kennen lernen. Meine Wohnung am Schtrande der Elbe derheeme heeßt Villa Bärenfett, denn es is keen eenziger Bär in ganz Amerika dick und fett geworden, ohne daß ich ihm nich mit meiner Büchse den Totenschein ausgeschtellt habe. Alle diese Bären sind mit Leichenwagen Nummer eens so nach und nach in meinem Magen begraben worden, und –«

»Mit Haut und Haar?« unterbrach ihn Kas.

»Schprechen Sie doch nich solche Unsinnigkeeten, Sie ausgewanderter Baron Timpe von Timpelsdorf! Mutet mir der Mensch zu, die Bären mit den Fellen gefressen zu haben! Denken Sie etwa, daß mein Magen een Kürschnerladen is oder een Magazin für Reisepelze, Pelzschtiefeln, Boas und

Bisamkragen? Mich machen Sie nich blau; das merken Sie sich. Haben Sie denn eegentlich schon eenen Bären gesehen?«

»Natürlich!«

»Ja, natürlich! Nämlich in dem ABC-Buche und in der Bilderfibel. Ich aber habe sie geschossen!«

»Auch in der Fibel?«

»Schweigen Sie gehorsamst schtill, wenn Leute schprechen, deren Worte Sie mit ehrfurchtsvoller Andacht anzuhören und zu bewundern haben! Sie sind gar nich mal über Ihre Fibel hinausgekommen, ich aber bin schon X-mal in Amerika gewesen.«

»Ich doch auch!«

»Wann denn, he?«

»Jetzt; ich sitze doch hier bei Ihnen!«

»Sie? Bei mir? Hm, ja, es is wahr; jetzt sehe ich Sie erscht! Ich habe nich die geringste Ahnung gehabt, daß Sie sich hier bei mir befinden. Daraus können Sie ganz deutlich erkennen, daß Sie mir Wurscht und Schnuppe sind – die reenste Luft mitsamt Ihrer Fibel! Aber weil das liebenswürdige Schicksal Ihnen so gnädig gewesen is, Sie in meinem Vaterlande, also als meinen Landsmann, geboren werden zu lassen, fühle ich een königlich sächsisches Rühren in meinem edlen Herzen und will mich in Freundlichkeet und mütterlicher Geduld Ihrer Person annehmen. Ohne meine gütige Mitwirkung werden Sie Ihre Erbschaft nie bekommen; darauf können Sie sich so sicher verlassen, wie dreimal sechs grade soviel is wie neunmal sieben mal *pi* – ah, wissen Sie überhaupt, was *pi* is?«

»Nein.«

»Sehen Sie, da haben Sie wieder Ihre geistige Zwerghaftigkeet, wie sie klar zu Tage tritt! *Pi* is die Vor- und Einleitungssilbe zu allem, was geschossen, geblasen oder mit den Fingern geschpielt wird. Geschossen wird mit der Pistole; geblasen wird mit dem Pistong, und geschpielt wird off dem Pianino. Geschtehen Sie ein, daß alle diese Worte een *pi* vorne haben? Also, ich werde mich Ihrer Persönlichkeet und Ihrer Erbschaft annehmen, grad so, wie sich der eene Zwilling – das bin ich – des andern Drillings – das sind Sie – anzunehmen hat. Verhalten Sie sich nach den Vorschriften, die mir angeboren sind, da werden Sie es zu etwas bringen und als een geachteter Mensch und angesehener Timpe in Ihre Heimat zurückkehren können. Verkennen Sie aber mich und die schönen Gaben, welche das ›Mädchen aus der Fremde‹ bringt, so können Sie nur gleich wieder einpacken, denn da gibt es keenen eenzigen Menschen off dem Jahrmarkt, der Ihnen Ihren Pfefferkuchen abkoofen wird. Es is ja möglich, daß Sie zu Ihrem Glücke nach Amerika gekommen sind, aber sicher und gewiß nur in dem eenzigen Falle, daß Sie Ihr Haupt unter meiner Würde beugen, welche schon seit langen Jahrhunderten und durch alle möglichen Generationen off mich und meine Intelligenz vererbt worden is.«

Seine Rede wäre sehr wahrscheinlich in dieser Weise fortgesetzt worden, wenn nicht Winnetou, der in der Nähe stand, jetzt plötzlich mit einer schnellen Bewegung seine Silberbüchse nach oben angelegt und abgedrückt hätte. Der Schuß krachte. Old Shatterhand war noch mit der Verlosung der Waffen beschäftigt. Er drehte sich rasch um, sah den Apatschen mit dem Gewehre stehen und fragte, den Blick sofort auch nach oben richtend:

»Warum hast du geschossen?«

»Es sah jemand von der Felsenkante herab,« antwortete Winnetou.

»Hast du getroffen?«

»Nein; der Kopf verschwand, als ich den Finger anlegte.«

»Hast du ihn deutlich gesehen?«

»Ja.«

»Was hast du sonst noch bemerkt?«

»Es war kein weißer Mann.«

»Also ein Indianer?«

»Winnetou weiß es nicht genau. Der Kopf war nur so lange zu sehen, als ich meine Büchse heben konnte; dann verschwand er wieder.«

»Hm! Es ist niemand mehr oben, der zu uns gehört. Mein roter Bruder mag mit mir hinaufgehen. Der Mann, der es gewesen ist, wird zwar nicht warten, bis wir hinaufkommen, aber es ist doch geraten, einige Posten aufzustellen, denn man kann mit größter Leichtigkeit von da oben aus einen von uns niederschießen.«

Sie stiegen hinauf und nahmen die beiden Timpes mit, um ihnen Posten anzuweisen. Als sie dann nach einiger Zeit wieder herunterkamen und Frank sie fragte, erfuhr er, daß sie niemand gefunden hatten. Oben war es jetzt dunkel, und nach Spuren zu suchen, hätte, selbst wenn es hell gewesen wäre, doch zu nichts geführt, weil die Eisenbahner alles niedergetreten hatten und also, wenigstens in der Nähe der Schlucht, eine Einzelfährte nicht unterschieden werden konnte.

Das war gegen Morgen, und bald darauf begann der Tag zu grauen. Man konnte nicht die Absicht haben, sich lange und unnütz mit den Indianern zu befassen; so ganz in der Nähe des Camp wollte man ihnen die Freiheit denn doch nicht geben; sie waren zwar nun waffenlos, aber bei ihrer großen Zahl und bei der Feigheit der Bewohner dieses Ortes konnten sie, wenn sie einen Massenangriff versuchten, ihnen doch gefährlich werden. Darum wurde beschlossen, sie eine tüchtige Strecke in die Prairie hinauszutransportieren und dann nach und nach in einzelnen Abteilungen freizugeben. Dort war das Terrain offen, und man konnte sie weit sehen und beobachten. Sie mußten sogar annehmen, daß man ihnen heimlich folgen werde, und so stand zu erwarten, daß ihnen schon die Vorsicht verbieten werde, aus Rachsucht nach dem Camp zurückzukehren.

Während also Swan, der Engineer, sich nach dem Camp begab, um nach Rocky-ground zu telegraphieren, daß man den Zug wieder senden solle, gaben Winnetou und Old Shatterhand den Eisenbahnern die Anweisungen, welche für diese nötig waren, die Gefangenen fortzuschaffen. Man band die Indianer auseinander und gab ihnen die Füße frei, sorgte aber dafür, daß ihnen die Hände um so fester auf dem Rücken gefesselt waren, worauf jeder an den Bügel eines Pferdes gebunden wurde; dann stiegen die Bahnarbeiter auf und ritten mit ihren Gefangenen davon. Die andern, nämlich Old Shatterhand und seine Gefährten, gaben ihnen eine halbe Stunde lang das Geleite, bis sie den Wald hinter sich hatten, und kehrten dann zurück, um den Zug zu erwarten.

Jetzt endlich kam Leveret, der Engineer, wieder zum Vorscheine. Als er erfuhr, wie die Komantschen bestraft worden waren, erklärte er es für eine Dummheit, daß sie nicht aufgehängt worden waren, und für eine Ungerechtigkeit, daß man nicht einen Teil der Beute auch für ihn bestimmt hatte; aber Swan, sein mutigerer Kollege, gab ihm eine so deutliche und kräftige Antwort, wie sie ihm gebührte, und so trollte er sich wieder von dannen, ohne Ruhm oder Beute mitzunehmen.

Als später der Zug kam, wurde eingestiegen. Natürlich nahm man auch die beiden Pferde mit, welche jetzt dem Hobble-Frank und Droll gehörten, die ganz und gar nicht unglücklich darüber waren, daß sie auf eine solche Weise Besitzer von zwei so guten Tieren hatten werden dürfen; bessere konnte es für sie ja gar nicht geben!

Es war nur noch die Bestrafung des Mestizen zu erwarten. In Beziehung hierauf, wendete sich, während der Zug dahinrollte, der Hobble-Frank an Old Shatterhand:

»Jetzt habe ich eene Bitte, die Sie mir beileibe ja nich abschlagen dürfen.«

»Welche?«

»Sagten Sie nich, daß dieser Ik Senanda, der sich Yato Inda nannte, Haue bekommen und nachher freigelassen werden soll?«

»Ja.«

»Hören Sie, das is doch eegentlich gar keene hinreichende Schtrafe für so eenen erbärmlichen Tellurius! Prügel kriegt mal jeder Schuljunge, ohne daß er een Mestize is; Prügel haben hoffentlich ooch Sie von Ihrem Vater gekriegt, obgleich Sie damals nich die Absicht hatten, den Komantschen so een Schock Chinesen auszuliefern, und ich, so großartig und *diminuendo* ich schon damals mit meinen Naturgaben veranlagt und ausgezeichnet war, so habe ich doch wirklich ooch die heraldische Erfahrung machen müssen, daß es sorgsame

Väter und sogar freundliche Mütter gibt, welche die Rute da abschneiden, wo sie angewachsen is und damit unverantwortlicherweise dorthin hauen, wo sie ihr Lebtage gar nich anwachsen kann; von dieser Wahrheet bin ich sehr häufig höchst schmerzlich in meinem Innern und off meinem Aeußern berührt worden, obwohl es mir niemals in den Sinn gekommen is, mich off Firwood-Camp als Scout und Verräter engagieren zu lassen. Also, was ich sagen wollte, dem besten Menschen bleibt es nich erschpart, mit dem birkenen Hans aus Schlesien Bekanntschaft zu machen, und da soll dieser Halunke, der eene ganz andre Schtrafe verdient hat, ooch noch wie een ungekochtes Ei behandelt werden und nischt andres als nur eene Tracht Prügel kriegen? Ich bitte Sie, verehrtester Herr Shatterhand, wenn Sie nur halbwegs noch een bißchen Sinn für Gerechtigkeet und Reorganisation im Herzen haben, da müssen Sie einsehen, daß das viel zu wenig is. Ich gebe mir darum die herablassende Ehre, Ihnen eenen Vorschlag zu machen, welcher mir tief im Gemüte liegt und den ich loslassen muß, wenn mein gefühlvolles Herz nich dran erschticken und zu Grunde gehen soll wie een Kanarienvogel, der mit Paprika und Zwiebelsamen gefüttert wird.«

Alle, außer Winnetou, lachten über die Art und Weise, in welcher der Kleine sich auszudrücken beliebte, und Old Shatterhand fragte:

»Welchen Vorschlag willst du hören lassen?«

»Das können Sie sich eegentlich selber denken, zumal ich weeß, daß Ihre Kenntnisse ooch nich ganz von Pappe sind. Jeder schtudierte Jurisprudente und Schtaatsanwalt kennt außer den Paragraphen über die Milderungsgründe ooch den über die sogenannten Verdickungsgründe. Man kann nämlich, zumal bei dem Prügeln, die Schtrafe dünner und ooch dicker offtragen; ich schtimme hier nich für das Dünne, sondern für das Dicke.«

»Du meinst also einen stärkeren Stock?«

»Das meene ich weniger. Ich kann aus meiner eegenen Erfahrung und Sensitivität bezeugen, daß een dünner Hans aus

Schlesien viel weher thut als een dicker, weil er nämlich besser schwippt, wissen Sie, meine Herren, een dicker wirkt bekanntlich nur off diejenige Höhenlage, welche man Epidermis nennt, een dünner aber geht durch und durch, so ähnlich, wie das Licht beim Photographieren durch die ganze Linse geht und dann das schönste Bild zu schtande bringt. Nee, ich meene vielmehr etwas andres. Zur Prügelschtrafe muß noch eene andre kommen, oder wir geben ihr keene Dauer und Konschtabilität, welche dem Verbrechen angemessen is. Der Kerl schteckt doch im Brunnen. Wir gießen so viel Wasser hinein, daß es ihm bis an die Lippen geht und er nur immer nach Luft zu schnappen hat. Das is doch wenigstens eene ehrliche Todesangst, obgleich er nich dran schterben wird. Wenn er die so eenige Schtunden ausgeschtanden hat und durch und durch naß geworden is, dann ziehen wir ihn heraus und halten mit den Hieben nich eher, aber ja nich eher off, als bis er wieder trocken is. Off diese Weise erkältet er sich nich und hat ooch schpäter keenen Grund, uns vorzuwerfen, daß wir das, was sein Vater früher an ihm versäumt hat, nich tüchtig nachgeholt haben. Verdient hat er das mehr als genug; *quod erat demimonschtrum!*«

Als hierauf wieder alle lachten, fragte er, schnell zornig werdend:

»Was gibt's denn da zu lachen? Ich habe im heiligen Eifer für die Dezimalwage der Gerechtigkeet geschprochen; das is doch nischt so Lustiges! Das Schtrafgesetzbuch is nur für ehrliche Leute geschrieben, die es ernsthaft nehmen und es sich zum Beischpiel und Exempel dienen lassen. Wenn Ihnen aber meine offrichtig gemeente Schtrafprozeßordnung nur Schpaß anschtatt der beabsichtigten Abschreckung bereitet, so wasche ich, wie der Rigi sagte, meine Hände in Unschuld mit Karbol- und Mandelseefe und denke, daß – –«

Er hielt inne, denn es brach jetzt ein solches Gelächter aus, daß er seine eigenen Worte nicht mehr hören konnte. Er wartete, darüber ergrimmt, bis es sich gelegt hatte, und rief dann aus:

»Nee, so eene Zucht und Pudelschererei hat man noch

nich erlebt! Das wird ja mit der heutigen Menschheet immer schlimmer! Sagen Sie mir doch nur eenen eenzigen Grund, warum ich bei aller meiner schtaatlichen Würde dazu verurteelt bin, so een höllisches Hohngelächter anhören und erdulden zu müssen? Habe ich denn irgend eenen technischen Vorzug an mir, über den Sie sich so lustig machen können?«

Droll kannte ihn sehr genau; er wußte, daß eine Explosion im Anzuge war, und antwortete also nicht. Auch Kas und Has waren durch Schaden vorsichtig genug geworden, um zu schweigen; darum übernahm es Old Shatterhand, an den er sich nicht in der Weise wie an andre wagte, ihm die Antwort zu geben:

»Wir lachen nicht über dich, sondern über den Rigi, lieber Frank.«

»Ueber den Rigi? Wieso?«

»Ich wasche meine Hände in Unschuld, das hat Pilatus gesagt.«

»Nein, der Rigi hat's gesagt!«

»O, bitte! Es hat niemals ein Mensch den Namen Rigi geführt, sondern so heißt ein Berg am Vierwaldstättersee; ein andrer, nicht weit von ihm an demselben See gelegener Berg wird der Pilatus genannt; das hast du gehört oder gelesen; das schwebt dir vor, und so wurde die Verwechslung des Landpflegers Pilatus mit dem Berge Rigi möglich.«

»So – also so –!« dehnte der Kleine, indem seine Augen funkelten. Er getraute sich aber nicht loszubrechen, weil Old Shatterhand es war, der es sagte. »Also eene Verwechslung soll es sein? Wissen Sie das genau?«

»Ja.«

»Sind Sie denn schon mal dort gewesen an diesem See?«

»Ja, und auch auf beiden Bergen, gestiegen und gefahren. Es führen Zahnradbahnen hinauf.«

»Ach so, Zahnradbahnen! Das muß ooch een schöner Landpfleger von Palästina sein, der sich mit Zahnrädern im Gesicht herumkratzen läßt! Ihr Wort in allen Ehren, Herr Shatterhand, aber da muß ich erscht selber mal hin und mir die Geschichte richtig bevierwaldschtättern, ehe ich es gloobe, daß man sich off solchen Bahnen in Unschuld waschen kann! Bis dahin aber nehme ich meinen Vetoantrag zurück und setze mich dort hinten in die Ecke. Mit Leuten, die mich und meine Metropolitarität bezweifeln, werde ich in Zukunft etwas vorsichtiger sein. Es is nich jeder Mensch dazu geschaffen, seine Lustschpiele in Trauerschpiele verwandelt und aus den herrlichsten Gedanken und Okulationen seines Herzens saure Gurken und gebackene Pflaumen gemacht zu sehen. Wem das Edle nich mehr imprimiert, der is ooch für das Ordinäre ganz total verloren. Ich habe geschprochen. *Howgh!*«

Er schob sich in die hinterste Ecke des Wagens, um zürnend, wie einst Achilleus, der den Feinden furchtbare Peleione, dort denen zu schmollen, die nicht hoch oder tief genug gebildet waren, seine Ueberlegenheit ohne alle Widerrede anzuerkennen. Old Shatterhand, dessen Gutmütigkeit nicht die geringste seiner Eigenschaften war, konnte die Betrübnis des Kleinen, obgleich sie eigentlich komisch war, nicht lange mit ansehen und fragte nach einer Weile:

»Hast du deinen Vorschlag ganz aufgegeben, lieber Frank?«

Der Moritzburger warf ihm einen noch halb zornigen, halb aber schon versöhnlichen Blick zu und antwortete:

»Haben Sie nur keene Sorge! Ich werde gar niemals wieder eenen Vorschlag machen!«

»Das sollte mir leid thun. Du weißt doch, daß ich viel auf deine Ansichten gebe.«

Da nahm die Freundlichkeit im Auge des Hobble noch mehr zu, und es klang unter einem erlösenden Seufzer:

»Das sagen Sie doch jedenfalls nur deshalb, um mich wieder gut zu machen; im Grunde und aus der Perschpektive betrachtet, is es aber doch ganz andersch. Sie wissen, daß Sie meine Brust mit unversöhnlichem Zorn erfüllt haben und wollen nun een Weiermüller-Universalpflaster off meine Entrüstung legen; das kostet nich viel, in jeder Droguenhandlung nur zehn Pfennige für die Schachtel. Spitzbuben, wie der Mestize eener is, möchten Sie das Gesicht mit seidenen Handschuhen schtreicheln, aber mich, der ich doch Ihr größter Freund und Gönner bin, versenken Sie bei jeder passenden Gelegenheet in die tiefste Betrübnis und Konzentration. Wer so zart besaitet is, wie ich es bin, dem darf man nich mit eenem Violonbaß-Fidelbogen kommen, sondern der muß sanft angeklimpert werden wie zum Beischpiel eene Guitarre oder eene Aprikosen-Mandoline. Jedermann sollte bedenken, daß es Menschen gibt, deren Herz sehr leicht gebrochen werden kann, und es gibt zwar Porzellan- und Eisenkitt, aber daß man ooch Herzenskitt zu koofen kriegt, um die Schprünge der geschwollenen Mandeln wieder off das richtige Gleis zu bringen, davon habe ich noch nischt gehört.«

Die andern hatten wieder mit ihrer Lachlust zu kämpfen; Old Shatterhand zeigte sein ernsthaftestes Gesicht, indem er fragte:

»Rechnest du auch mich zu diesen Menschen?«

»Wer sich getroffen fühlt, der braucht nich erscht zu fragen. Und ob ich rechne? Ich rechne gar nich mehr, fällt mir nich ein! Wem gleich zwee Vierwaldstätter Zahnradbahnen um den Kopp geworfen werden, der hat keene Lust zum Rechnen mehr. Und wem man gar zumutet, den Landpfleger Rigi oben off dem Pilatus zu suchen und ihm dort die Hände mit Unschuld zu waschen, mit dem is es erscht recht ganz aus. Ich bleibe also hier in meiner Ecke und lass' mich von keenem Mississippi und Amazonenschtrom herausschwemmen. Ein gebildeter Mensch, der Charakter hat, der soll ooch welchen haben!«

»Das ist sehr richtig! Und weil du nicht nur überhaupt Charakter, sondern sogar einen sehr guten hast, so denke ich, daß du nicht lange mehr dort hinten sitzen bleiben wirst.«

Durch dieses Lob geschmeichelt, ruckte der Kleine schon ein wenig näher und sagte, viel freundlicher als vorher:

»Is das Ihre successive Ueberzeugung wirklich, verehrtester Herr Shatterhand? Sollte mich freuen, wirklich freuen, wenn es so wäre. Ich sage Ihnen, es würde nicht nur für die andern, sondern ooch für Sie sehr gut sein, wenn Sie erkennen und einsehen lernten, daß ich nich so ganz ohne bin.«

»Das sehe ich nicht nur ein, sondern ich weiß es schon seit langer Zeit!«

»So?« flötete der Kleine, indem er wieder näherrückte. »Am Ende is es doch vielleicht nur een anonymer Irrtum, wenn ich denke, daß ich ooch von Ihnen verkannt werde. Da will ich es doch noch eenmal versuchen, ob in Ihrem Verhalten die von mir gewünschte Besserung zu schpüren is!«

Er rückte abermals näher, so daß er nur noch einen Schritt von Old Shatterhand zu sitzen kam, und fuhr dann eifrig und ganz freundlich fort:

»Also, was meinen Vorschlag betrifft, wie soll es da werden? Sind Sie geneigt, ihn mir in der gewünschten Kongestion zu erfüllen?«

»Ja, lieber Frank.«

Da gab sich der vollständig versöhnte Hobble einen solchen Ruck, daß er eng an Old Shatterhand zu sitzen kam, und rief, indem sein Gesicht vor Freude und Genugthuung strahlte, aus:

»So is es recht; so wollte ich es haben! Es is doch keen Bär een solcher Tolpatsch, daß er nich wenigstens eenmal etwas Gescheites thut! Ich kann Ihnen jetzt das Zeugnisduplikat geben, daß Ihre Ehre vollschtändig wiederhergeschtellt is. Also es bleibt bei dem, was ich vorgeschlagen habe?«

»Wahrscheinlich. Natürlich kommt es dabei mit darauf an, wie er sich gegen uns verhält!«

»Ganz richtig! Und weil ich weeß, daß sein Verhalten nich mehr als alles zu wünschen übrig lassen wird, so wollen wir diesen ärgerlichen Vierwaldschtättersee in der tiefsten Tiefe unsrer Herzen begraben und off die Zahnradbahnen unsre gegenseitige Verzeihung und Versöhnung schütten. Es soll nischt mehr geben, was unsre Geister und Gemüter trennt, und wenn Ihre Worte ja eenmal von eenem unverschtändigen Menschen angezweifelt oder gar verlacht werden sollten, wie es vorhin in diesem Wagen geschehen is, so wenden Sie sich nur getrost an mich! Ich bin der Mann, der es verschteht, Ihnen diejenige Achtung zu verschaffen, off welche Sie als mein treuer Freund und Gefährte Anschpruch und Konterdampf erheben können!«

Es war bei der Urkomik seines Verhaltens und seiner Worte beinahe rührend, zu beobachten, welche Mühe sich die andern gaben, den Ernst zu behaupten, welcher unbedingt nötig war, wenn ein Rückfall in seinen Zorn verhütet werden sollte. Sie brachten es auch glücklich fertig, und so verlief die weitere Fahrt, ohne daß er wieder Veranlassung fand, sich über die Fehler und geistigen Gebrechen der Menschheit insgesamt und im einzelnen auszusprechen. Rocky-ground wurde in bester Stimmung erreicht, und wenn es irgend eine Schwierigkeit gab, war es nur die, die beiden Indianerpferde unverletzt aus dem Wagen zu schaffen. Sie waren diese Art des Transportes nicht gewöhnt, und es hatte in Firwood-Camp einen großen Aufwand von Mühe gemacht, sie hineinzubringen.

Die Leute, welche man hier zurückgelassen hatte, waren dabei behilflich, ohne zunächst eine Meldung zu machen, und erst als die Pferde glücklich auf dem Erdboden gelandet waren und der Engineer nun die Frage aussprach, ob sich etwas Ungewöhnliches ereignet habe, antwortete einer, indem er sich verlegen in den Haaren kraute:

»*Well!* Da Ihr danach fragt, Sir, so muß ich nun wohl heraus damit: Es ist ein Pferd gestohlen worden.«

»Welches?« wurde da sofort von sechs Personen fast unisono gefragt.

Es versteht sich ganz von selbst, daß seine Meldung Schreck hervorbrachte. Da die Eisenbahner keine Pferde besessen hatten, konnte das betreffende nur eines der sechs Jäger sein. Wie schlimm, wenn es einer der beiden Rapphengste war, welche Winnetou und Old Shatterhand gehörten! Es gab einen Augenblick der größten Spannung, bis er antwortete:

»Es war ein Schimmel, Mesch'schurs.«

Man konnte jetzt einen mehrfachen Hauch der Erleichterung hören, und Frank erkundigte sich, natürlich in englischer Sprache:

»Meint Ihr den Schimmel, der den schwarzen Flecken rechts am Halse hat?«

»*Yes, Sir.*«

»Gott sei Dank!« rief er aus, jetzt nun in deutscher Sprache. »Vetter Droll, das is dein Stolperfritze, dem du die Insel Ischia zu verdanken hattest. Der mag immerhin geschtohlen sein. Du hast ja een hundertmal besseres dafür!«

»Nur langsam mit dem Urteil, Frank!« mahnte da Old Shatterhand. »Es handelt sich hier weniger um das Pferd als um den Dieb. Ich möchte ahnen, wer er ist. War es etwa der gefangene Mischling, den wir in den Brunnen hineingesteckt haben?«

»Ja, Sir,« antwortete der Mann verlegen, an den diese Frage gerichtet war.

»Wie kommt der aus dem Brunnen heraus? Das kann nur die Folge einer ungeheuren Nachlässigkeit von Euch sein!«

»Die ich streng bestrafen werde!« fügte der Engineer hinzu. »Ich hatte doch einen Wächter an den Brunnen gestellt! Wo ist dieser? Er steht nicht mehr dort, und ich sehe ihn auch sonst nirgends.«

»Er hat sich aus Angst einstweilen aus dem Staub gemacht, bis, wie er sagte, die erste Hitze bei Euch vorüber sei, Mister Engineer.«

»Da kann er lange warten. Ich lasse ihn, wenn er wiederkommt, prügeln, daß er daran denken wird! Nun ist der Scout über alle Berge und wir haben das Nachsehen! Hoffentlich ist er noch nicht sehr weit, und wir können ihn noch einholen. Macht Euch schnell fertig, und – –«

»Gemach, Sir, gemach!« unterbrach ihn Old Shatterhand. »Ueberstürzung kann hier zu gar nichts führen. Wenn meine Ahnung mich nicht trügt, so ist er jetzt schon so weit fort, daß alle Verfolgung Eurerseits vergeblich ist. Ich denke, er ist von hier nach dem Firwood-Camp geritten.«

»Uns grad in die Hände? Unmöglich! Er müßte nicht bei Sinnen gewesen sein!«

»*Pshaw!* Er wußte die Komantschen in Gefahr und ritt hin, sie heimlich zu warnen, ist aber glücklicherweise zu spät gekommen. Er war es jedenfalls, der von oben herunterblickte und nach dem Winnetou geschossen hat, ohne ihn zu treffen.«

»So ist's,« stimmte der Häuptling der Apatschen bei. »Es war nur ein Moment, daß ich ihn erblickte; ich hob zwar schnell das Gewehr, aber er sah ebenso rasch, daß ich es auf ihn richtete, und grad als ich abdrückte, zog er den Kopf zurück, sonst hätte ich ihn getroffen.«

»Ja, deine Kugel ist sicher und verfehlt nie ihr Ziel; aber ein einziger Augenblick ist eine gar zu kurze Zeit für einen Schuß, der treffen soll. Ich denke übrigens, daß dieser Bursche uns schon wieder vor die Läufe kommen wird. Lassen wir ihn einstweilen fort sein! Er wird beobachtet haben, daß seine Komantschen freigelassen werden, und ihnen nachreiten, um sich mit ihnen zu vereinigen. Wenn mir daran läge, ihn zu fangen, wollte ich ihn sehr bald haben; aber wir hatten uns ja doch vorgenommen, ihm die Freiheit zu geben, und so mag er sie auch ohne vorherige Prügel genießen.«

»Aber es thut doch meinem Herzen wehe,« bemerkte Frank, »daß wir ihn nicht einweichen und dann ausklopfen konnten!«

»Er wird später zu dieser Klopferei zu finden sein; tröste also dein betrübtes Herz, lieber Frank! Jetzt verlangt es mich vor allen Dingen, wie es ihm möglich gewesen ist, aus dem Brunnen zu entkommen und dann gar auch das Pferd zu stehlen. Hoffentlich seid Ihr im stande, es uns zu erzählen, Mann!«

Der Eisenbahner fuhr unter dem scharfen, strengen Blicke Old Shatterhands zusammen, als ob er sich in sich selbst verbergen wolle, doch antwortete er:

»Ich bin nicht schuld daran, Sir; das könnt Ihr mir getrost glauben. Der Clifton war's, der den Brunnen bewachen sollte und sich von den Chinesen übertölpeln ließ.«

»Chinesen? Sind Chinesen dagewesen?«

»*Yes*, Mister Shatterhand, zwei Stück waren es, zwei ganze Stück.«

»Ah, das sind höchst wahrscheinlich unsre Gewehrdiebe gewesen. Hatten sie ihre Zöpfe hinten herunterhängen?«

»Habe keinen Zopf zu sehen bekommen; dafür aber hatten sie Geld, schöne Dollars, Halb- und Vierteldollars. Damit gingen sie in den Room zum Keeper[1] und ließen sich geben, was ihr Herz begehrte oder was vorhanden war.«

»Und Ihr seid natürlich so freundlich und so vorsichtig gewesen, tüchtig mit ihnen zu zechen, nicht?«

»Ich nicht, aber der Clifton, Sir. Ihr müßt nämlich wissen, daß er sie gut kannte, denn er hat in Firwood-Camp gearbeitet, ehe er hier von Mister Swan engagiert wurde. Es wird am besten sein, wenn ich Euch alles so der Reihe nach erzähle, wie es geschehen ist.«

»Ja, thut das! Ich bin sehr gespannt darauf, ob Ihr etwas zur Entschuldigung dafür vorbringen könnt, daß Ihr nicht besser an Eure Pflichten gedacht habt. Also sagt der Wahrheit gemäß, wie es gekommen ist!«

»Ich kann es nicht anders erzählen, als wie es geschehen ist, Sir. Es war gegen Abend und wollte grad dunkel werden. Wir hatten unsre Arbeit gethan und machten Feierabend, da kamen die Chinesen, die der Teufel reiten möge, daß sie uns diesen Streich gespielt haben. Clifton saß als Wächter am Brunnen und hatte das Ende des Strickes, an welchem der Mischling unten angebunden war, um den nächsten Baum geschlungen. Sie sahen ihn, und weil sie ihn von Firwood-Camp her gut kannten, gingen sie zu ihm hin, um ihn zu begrüßen. Wir andern folgten ihnen, denn wir waren doch neugierig, was die Chinesen hier bei uns in Rocky-ground wollten. Wir erfuhren, daß sie des geringen Lohnes und der schlechten Behandlung wegen ihre Stellung in Firwood-Camp aufgegeben hätten und sich nun eine neue suchen wollten.«

»Und das habt Ihr geglaubt?« fragte Old Shatterhand.

»Wir hatten keinen Grund, anzunehmen, daß es eine Lüge sei.«

»Ihr hattet Grund! Sie waren doch die Vormänner der chinesischen Arbeiter; das habt Ihr gewußt!«

»Ja.«

[1] Restaurateur.

»Nun, als Vormänner standen sie sich natürlich besser als die andern und hatten also gar keine Veranlassung, so plötzlich aus der Arbeit zu gehen, zumal des geringen Lohnes wegen. Und sodann hättet Ihr Euch sagen müssen, daß, wenn sie wirklich ihre Entlassung selbst genommen hätten, die andern Chinesen, welche jedenfalls nicht soviel verdienten und unter der schlechten Behandlung gewiß noch mehr als ihre Vormänner zu leiden gehabt hätten, jedenfalls nicht geblieben, sondern mit ihnen aus der Arbeit gelaufen wären.«

»Das ist richtig, Sir; aber es hat keiner von uns daran gedacht.«

»Damit stellt ihr euch kein gutes Zeugnis aus!«

»Mag sein! Wir sind einfache Werkleute und haben nicht studiert. Von uns kann man nicht verlangen, daß wir uns jeden Kniff und Pfiff so schnell zurechtlegen, daß wir augenblicklich hinter die Gründe kommen. Clifton sagte ihnen, daß sie wahrscheinlich hier bei uns Stellung bekommen könnten; aber sie wollten nicht hier bleiben, sondern mit dem nächsten zurückfahrenden Bauzuge ein gutes Stück weiter nach dem Osten hinein.«

»Das glaube ich sehr gern. Sie haben ihre Zöpfe verloren, sind also geschändet und müssen sich nach einer Gegend wenden, wo keine Chinesen sind. Weiter!«

»Sie blieben natürlich da, um den Bauzug zu erwarten, und gingen nach dem Trinkraum, wo sie sich beim Keeper zwei Schlafstellen ausmachten. Sie hatten, wie ich schon sagte, Geld mit und ließen sich nicht lumpen. Wir mußten mit ihnen trinken; da kamen wir ins Sprechen und erzählten ihnen, daß ihr hier gewesen und dann fortgefahren wäret, um Firwood-Camp gegen die Komantschen zu schützen. Sie horchten nicht wenig auf; aber, Sir, von Euch und Winnetou schienen sie nichts wissen zu wollen; das hörten wir aus verschiedenen Aeußerungen, die sie thaten.«

»Das glaube ich wohl. Sie haben uns bestohlen und ihre Strafe dafür bekommen; deshalb sind sie ja fort vom Camp. Ich durchschaue sie. Sie haben gehört, daß wir beide es waren, die den Mestizen gefangen nahmen; da ist ihnen der Gedanke gekommen, sich dadurch an uns zu rächen, daß sie ihn befreien.«

»Möglich, daß sie diesen Streich nicht uns, sondern euch haben spielen wollen. Vielleicht ist es noch dazu auch aus einer Art von Freundschaft geschehen, denn sie schienen in Firwood-Camp mit ihm auf gutem Fuße gestanden zu haben. Kurz und gut, sie trugen auch Clifton Schnaps hinaus, eine tüchtige Flasche voll und dann noch eine. Später suchten sie ihn noch einmal auf, und es dauerte eine geraume Weile, ehe sie wieder hereinkamen. Da setzten sie sich, was uns später aufgefallen ist, nicht wieder auf ihre früheren Plätze, sondern so, daß wir, um Raum zu gewinnen, die Thür zumachen mußten und nicht mehr hinaussehen konnten, wo die Pferde standen. Nach einiger Zeit hörten wir ein auffälliges Wiehern, Schnauben und Stampfen. Es mußte mit den Pferden etwas los sein und wir gingen hinaus, obgleich die Chinesen uns davon abhalten wollten. Da waren die beiden schwarzen Hengste losgebunden, und es fehlte der Schimmel mit dem schwarzen Fleck am Halse. Losgerissen hatte er sich nicht, das sahen wir; er war also nicht selbst entwischt, sondern fortgeführt worden. Aber von wem? Wir waren ja alle beisammen, außer Clifton, welcher beim Brunnen wachte. Wir gingen zu ihm, ohne auf die Chinesen zu achten; da lag er total betrunken und fast besinnungslos am Boden und bei ihm der Strick, an dem der Mestize gehangen hatte; wir sahen auch die Riemen da liegen, mit denen ihm die Hände und die Füße zusammengebunden gewesen waren. Natürlich erschraken wir gewaltig und suchten von Clifton zu erfahren, was geschehen war; aber wir konnten nichts aus ihm herausbringen, da er nur unverständliches Zeug lallte. Um ganz sicher zu gehen und uns zu überzeugen, wurde ich an dem Stricke in den Brunnen hinabgelassen, und da fand ich es freilich ganz so, wie ich es befürchtet hatte: der Mestize war fort.«

»Dachte es mir!« sagte Old Shatterhand. »Die Chinesen haben ihn, als Clifton vollständig betrunken war, herausgezogen und von den Fesseln befreit. Dann sind sie wieder in den Trinkraum gegangen und haben schlauer Weise dafür gesorgt, daß die Thür zugemacht werden mußte, damit der Mestize sich eins von den Pferden stehlen könne. Gab es dort Licht?«

»Ja, es brannte eine Laterne bei den Tieren.«

»Da hat er natürlich sehen können, welche Pferde die besten waren und sich, wie sein Großvater, an unsre Rappen gemacht, ist aber dabei auch nicht glücklicher gewesen als dieser; sie haben sich zwar losbinden lassen, sich aber dann gewehrt, und dadurch ist ein Lärm entstanden, der ihn zur höchsten Eile getrieben hat, wenn er sich nicht wollte erwischen lassen. Er hat also dann dasjenige Pferd genommen, welches ihm am bequemsten stand, und das ist der Schimmel gewesen.«

»Das ist richtig, Sir; denn dieses Pferd stand der Thür am nächsten.«

»So hat er gerade das schlechteste erwischt; aber er ist jedenfalls ein guter Reiter und kennt die Gegend zwischen hier und Firwood-Camp genau, sonst hätte er sich ja nicht als Scout engagieren lassen können. Dadurch ist es ihm möglich geworden, trotz der Dunkelheit nach dem Birch-hole zu kommen, freilich viel zu spät für die Absichten, welche er dabei verfolgte. Was sagten denn nachher die Chinesen zu seiner Flucht?«

»Nichts sagten sie, oder, um mich anders auszudrücken, was sie zu einander gesagt haben, die Halunken, das konnten wir nicht hören, denn als wir uns von der Flucht des Gefangenen überzeugt hatten und uns nach ihnen umsahen, waren sie fort.«

»Wohin?« fragte jetzt der Engineer.

»Das konnten wir nicht wissen, denn es war ja finstere Nacht.«

»Alle Wetter! Ob man nicht vielleicht ihre Spuren finden kann? Wir müssen versuchen, diese Schurken einzufangen!«

»Laßt sie laufen, Mister Swan!« riet ihm Old Shatterhand. »Sie sind der Mühe gar nicht wert, die wir uns geben müßten, wenn wir sie fassen wollten. Unser Werk ist ja über alles

Erwarten gut gelungen; wir haben Firwood-Camp errettet, ohne daß nur einem von uns dabei die Haut geritzt worden ist; alles andre, und zumal die Personen der beiden Chinesen, ist von so geringer Bedeutung, daß es lächerlich wäre, unsre Zeit dadurch zu versäumen, daß wir ihnen nachlaufen.«

»Hm! Es juckt mich zwar in allen zehn Fingern nach ihnen, aber ich sehe ein, daß Ihr nicht unrecht habt, Mister Shatterhand. Mögen sie also laufen! Aber diesen Clifton werde ich mir vornehmen. Wo ist er denn hin? Wißt Ihr das?«

»Nein,« antwortete der Eisenbahner. »Als er einige Stunden geschlafen hatte und auf einmal aufwachte, sagten wir ihm, wie er sich von den Chinesen hatte betölpeln lassen. Da wich der Rausch von ihm, und er wurde vor Schreck sofort nüchtern. Natürlich schimpfte er auf sie, was er nur schimpfen konnte, aber dadurch brachte er weder sie noch den Mestizen zurück; da trat die Angst bei ihm ein. Er sagte, daß er sich nicht eher wieder sehen lassen wolle, als bis bei Euch der erste Zorn vorüber sei, band seine Siebensachen zusammen und ging fort.«

»Ihr hättet ihn nicht gehen lassen sollen!«

»Mit welchem Rechte hätten wir ihn festhalten können, Sir? Etwa Gewalt anwenden? Er war ja kein Verbrecher, und wir sind keine Polizisten.«

»Ganz richtig!« stimmte Old Shatterhand ihm bei. »Höchst wahrscheinlich wird auch er nicht wiederkommen, und es hat auch keiner von uns allen einen Grund, sich nach ihm zu sehnen. Und wenn er je zurückkehren sollte, so gebt ihm einen tüchtigen Verweis, Mister Swan, und laßt es dabei bewenden! Jetzt wollen wir hineingehen, um zunächst nach unsern Pferden zu sehen; dann essen wir und schlafen tüchtig aus, weil wir die ganze Nacht durchwachen mußten. Morgen früh werden wir Euch Lebewohl sagen.«

»Schon?« fragte der Engineer. »Ihr könnt Euch doch wohl denken, daß ich Euch gern länger, viel länger hier bei uns haben möchte!«

»Davon sind wir überzeugt. Wir werden Euch stets in gutem Andenken behalten, Sir; für jetzt aber gibt es nichts, was uns hier halten könnte, und wenn wir auch nicht mit der Zeit zu geizen brauchen, so ist es doch nie unsre Art und Weise gewesen, an einem Orte länger zu verweilen, als es nötig ist.«

»Da stimme ich bei,« nickte Kas. »Wir müssen nach Santa Fé hinauf. Unser Vetter Nahum Samuel Timpe, den wir dort zwingen wollen, uns die Erbschaft, um welche er uns betrogen hat, herauszugeben, scheint kein Mann zu sein, der längere Zeit an einem Orte bleibt; das böse Gewissen treibt ihn hin und her, und wenn wir an andern Orten unnütz unsre Zeit verschwenden, so müssen wir gewärtig sein, daß er schon wieder fort ist, wenn wir hinkommen. Ist das nicht auch deine Meinung, Cousin?«

»Natürlich ist sie es,« antwortete Has auf die an ihn gerichtete Frage. »Je eher wir zu unserm Gelde kommen, desto besser ist's für uns. Glücklicherweise haben Mister Shatterhand und Winnetou sich unser und unsrer Sache angenommen; das macht mir mehr Hoffnung, als ich vorher hatte, sie glücklich zu Ende zu bringen.«

Während die beiden Timpes dies zu einander sagten, standen Frank und Droll noch bei ihnen. Die andern waren inzwischen in das Gebäude getreten. Dieser Umstand nämlich, daß Winnetou und Old Shatterhand seine Worte nicht hören konnten, veranlaßten den Hobble, der Ansicht, welche Has soeben ausgesprochen hatte, eine seiner berühmten Bemerkungen folgen zu lassen. Er sagte nämlich, und zwar in deutscher Sprache, weil ihn nur Deutsche hörten:

»Ich weeß gar nich, warum Sie nur immer von andern Leuten reden! Die Familie Timpe scheint an eener großartig-interimistischen Erbkrankheit zu leiden, die gar nich kuriert werden kann, namlich an eener kolossalen Eenseitigkeet, die geradezu ihresgleichen sucht!«

»Wieso Einseitigkeit?« fragte Kas.

»Ich meene die Seite, welche schtets off Old Shatterhand und Winnetou gerichtet is. Sie haben nur immer davon zu reden, daß Sie von diesen beeden Herren in hervorragendster und penetrantester Weise unterschtützt zu werden hoffen.

Ich gebe zwar ooch ganz gerne zu, daß Sie mit dieser Ansicht keene Mücken fangen und nich in die Käse fliegen werden, aber ich will Sie dennoch eenmal ersuchen, sich doch ergebenst ooch off die andre Seite zu wenden, nämlich off die Seite, wo ich schtehe und wo ich zu finden bin, ich, der allgemein verehrte Hobble-Frank aus Moritzburg! Sagen Sie mal, trauen Sie mir denn ganz und gar nischt zu?«

»O doch, Mister Frank,« antwortete Has.

»Das scheint mir aber gar nich so, ganz unterthänigster Herr Hasael Benjamin Timpe! Ich habe mich schon gestern von oben herunter aus der Höhe herabgelassen und Ihnen, weil Sie ohne meine Hilfe nischt fertig bringen können, versichert, daß ich mich Ihrer annehmen und erbarmen will, wie sich een kinderloser Waisenvater der Eltern seiner Pfleglinge annimmt; ich habe Ihnen ferner gesagt, daß ich Sie wie off Adlersflügeln und Schwalbenschwänzen Ihrem Ziele entgegentragen werde; ich habe Ihnen endlich überzeugend und naturgetreu bewiesen, daß mir Ihre Erbschaft höher schteht als meine eegenen und persönlichen Chronometer, und nu muß ich, schon nach so wenigen Schtunden, plötzlich mit anhören, daß Sie alle Ihre Hoffnungen und Gestikulationen immer wieder off andre Leute und Persönlichkeeten setzen! Wenn Sie in dieser Weise fortfahren, mich und mein Profil geringzuschätzen, so wird mir trotz meiner angeschtammten Geduld und Langmütigkeet schließlich doch nischt andres übrig bleiben, als mich Ihnen angeleegentlich zu empfehlen und mich mit meiner Krause- und Pfefferminze an sachverschtändigere Leute und einsichtsvollere Potentaten zu wenden!«

Die beiden Vettern hatten soviel Gewalt über sich, nicht zu lachen; sie zeigten die ernstesten Gesichter, und Kas antwortete, indem er dem Kleinen die Hand beruhigend auf die Schulter legte:

»Aber, bester Herr Franke, Sie ereifern sich da ganz unnötigerweise. Wir kennen Sie ja und wissen also ganz genau, wie groß die Vorteile sind, welche wir von Ihrer Hilfe zu erwarten haben.«

»So? Das wissen Sie also? Warum schprechen Sie denn da

immer von Old Shatterhand und Winnetou, aber nich von mir?«

»Weil man über das, was man für selbstverständlich hält, nicht viel zu reden pflegt. Und Ihre Vorzüge sind doch alle so unendlich selbstverständlich! Nicht?«

Da begann das Gesicht des Hobble vor Wonne zu strahlen; er machte eine so majestätische Handbewegung, wie sie ihm nur möglich war, und sagte:

»O bitte, bitte, Herr Timpe! Sie thun mir zuviel Ehre an! Meine schprüchwörtliche Bescheidenheit kann nur mit Widerschtreben von diesem wohlverdienten Lobe Besitz ergreifen. Wenn Sie in Ihrer Anerkennung fortfahren wollen, so widerschtrebt es meiner bekannten Verschwiegenheet, Ihnen die Gelegenheit dazu abzuschneiden. Also schprechen Sie weiter, immer weiter! Reden Sie, wie Ihnen der Schnabel gewachsen is! Man handelt schtets vernünftig, wenn man die hohen Eigenschaften edlerer Menschen anerkennt; wenn Sie also einsehen, daß ich Ihnen über bin, so ehren Sie sich damit nur selber, und ich werde mich bewogen fühlen, meine Fittiche mit liebevoller Nachsicht um Sie herumzuschlagen. Es is heute in Ihrem Leben und in Ihrem Schicksale een großer Wende- und Kontrapunkt eingetreten. Sie glichen den Schafen, die keenen Hirten haben; Sie liefen nur immer so grade in die Nacht hinein, ohne eenen Halbmond oder Schtern zu haben, der Ihren Gebirgspfad erleuchtete und Ihre Schritte empor zur Milchschtraße lenkte. Nun Sie sich aber unter meinen Schutz und Schirm begeben haben, wird sich das Glück vorn an Ihre Füße und hinten an Ihre Absätze heften; es kann keene Gefahr mehr geben, die ich nich für Sie besiegen werde, und die Erbschaft, nach welcher Sie ohne mich bisher vergeblich mit aller Sehnsucht dekliniert und refusiert haben, wird Ihnen nun unter meinem Beischtande wie eene gebratene Taube in den Mund fliegen. Das, was ich Ihnen jetzt gesagt habe, is een Wort, off welches Sie sich verlassen können, wie ich mich off mich selber, und so fordere ich Sie hier mit off, mir mit der Offrichtigkeet eenes verantwortlichen Ministeriums zu erklären, ob Sie damit einverschtanden sind, daß ich der Schtrahl des Neumondes bin, der von heute an alle Ihre Schritte lenken soll!«

»Ja, wir sind einverstanden,« antwortete Kas.

»Gut, so schließe ich hiermit unsern Drei- und Freundschaftsbund. Hängen Sie sich an meine Arme, denn Sie sind meine Küchlein, und ich bin die Henne! Folgen Sie mir schpäter durchs ganze Leben und jetzt in das Schpeisezimmer hinein, denn ich vermute, daß das Essen schon losgegangen is. Also kommen Sie, Herr Timpe Hasael und Herr Timpe Kasimir!«

Er, der Kleine, stellte sich zwischen sie, und sie, die zwei Meter langen Menschen, mußten bei ihm einhängen und sich von ihm nach der Restauration führen lassen, was einen überaus komischen Anblick bot. –

VIERTES KAPITEL.

Die Bonanza of Hoaka.

Da, wo die Sierra Moro mit den Ausläufern des Ratongebirges einen beinahe rechten Winkel bildet, lagen zwei Indianer an dem Wasser eines Baches. Der eine von ihnen war seinem Aussehen nach gewiß über sechzig Jahre alt und hatte, als ob da etwas zu verbergen sei, einen Lederfetzen um den Kopf gewickelt. Sein eingefallenes Gesicht zeigte den Ausdruck ungewöhnlicher Verbissenheit; neben ihm lag eine Flinte. Der andre war nicht so alt, hatte sein spärliches, aber langes Haar in einen Schopf gewunden und trug den Stempel der List und der Verschlagenheit in seinen ebenfalls eingefallenen Zügen. In dem breiten Riemen, der seinen Gürtel bildete, steckte ein Messer. Diese beiden Rothäute hatten sonderbarerweise keine Waffen außer der Flinte des Alten und dem Messer des Jüngeren. Ihr Aussehen war dasjenige von Leuten, welche längere Zeit ungewöhnliche Entbehrungen, vielleicht gar Hunger und Durst erlitten haben und dabei keine Gelegenheit fanden, die Defekte ihrer Kleidung auszubessern, denn ihre Anzüge waren zerrissen und die Mokassins hingen beinahe in Fetzen an ihren Füßen.

Das Gras war, so weit man auf- und abwärts sehen konnte, an beiden Seiten des Baches niedergetreten, und kräftigere Lagerspuren zeigten, daß die Roten sich hie und da niedergelegt hatten, um mit den Händen in das Wasser zu langen. Die weggeworfenen Schalen eines wilden Kürbisses verrieten, in welcher Weise sie gezwungen gewesen waren, ihren Hunger zu stillen. Wenn ein Indianer wilden Kürbis verzehrt, grün, so wie er ihn am Wasser findet, so muß es schlimm, sehr schlimm mit ihm stehen!

Der Alte legte sich wieder nieder und sah, den Kopf nicht ganz vorschiebend, in das Wasser. Das dauerte eine ganze Weile; dann richtete er sich wieder auf und sagte:

»Uff! Fische sind da, aber mit den Händen kann man sie nicht greifen, und wir haben keinen Haken, um Angeln zu machen. Mein Magen schmerzt; er wird krank von dem halben Kürbis, den ich habe schlingen müssen.«

»Und ich könnte ein ganzes Büffelkalb aufessen, wenn ich es hätte,« murrte der andre.

»Der große Geist hat uns ganz verlassen!« knirschte der Alte. »Tokvi-Kava, der größte Häuptling der Komantschen, muß Hunger leiden! Niemand wird es glauben wollen!«

»Wer trägt daran die Schuld? Winnetou und Old Shatterhand, denen ich das nie und nimmer vergessen werde!«

Der Alte war also der ›schwarze Mustang‹ und der Indianer, welcher bei ihm saß, einer seiner Unglücksgefährten. Es war ein diabolischer, unbeschreiblich häßlicher Ausdruck, der über das Gesicht des Häuptlings ging, als er hierauf antwortete:

»Er muß uns in die Hände fallen, denn wir wissen, wohin er will, und werden ihm den Weg verlegen, diesem weißen Schakal, der sich Old Shatterhand nennt und der noch mehr Schuld an unserm Unglück trägt als Winnetou, der Schakal der Apatschen. Wehe ihnen, wenn wir sie dann haben!«

»Hältst du es wirklich für so gewiß, daß wir sie fangen werden?«

»Ja.«

»Du wirst mir erlauben müssen, daran zu zweifeln.«

»Warum?«

»Wir mußten gehen; sie aber besitzen schnelle Pferde.«

»Aber unser Weg führte so gerade über die Berge wie ein ausgespannter Lasso, während sie ihrer Pferde wegen viele Bogen reiten und lange Umwege machen müssen. Der ›schwarze Mustang‹ kennt alle Berge und Thäler dieser Gegend; er hat genau den Weg berechnet, den er mit seinen Komantschen machen mußte und auch den, auf welchem die Feinde kommen werden. Wir haben einen Vorsprung vor ihnen, und wenn Ik Senanda zurückkehrt und alles mitbringt, was wir brauchen, müssen der Apatsche und die fünf weißen Koyoten, auf welche wir warten, in unsre Hände fallen.«

»Ob er aber alles bringen wird?«

»Ja.«

»Pferde, Pulver, Blei, Flinten, Messer, Kleider und Fleisch?«

»Er wird!«

»Wenn sie im Lager erfahren, was geschehen ist, werden sie ihm nicht nur nichts geben, sondern uns ausstoßen.«

»Uff! Glaubst du, daß er so dumm sein wird, etwas zu sagen? Obgleich dies gar nicht nötig war, habe ich es ihm verboten, etwas zu erzählen. Er weiß, wo wir in diesen Tagen lagern, und da er gestern nicht eingetroffen ist, muß er heute kommen.«

»Der große Geist gebe, daß er kommt und Fleisch mitbringt! Ik Senanda hat uns seine Flinte und sein Messer zurückgelassen, die einzigen Waffen, welche wir haben, über hundert Krieger, welche essen wollen!«

»Darf ein Krieger über Hunger klagen?« verwies ihm der Häuptling seine Worte.

»Niemand hört es als nur du, und du hungerst auch. Ich fürchte keinen roten oder weißen Feind, keinen wilden Büffel und keinen Bär, aber der Hunger ist ein Feind, der im Leibe steckt; mit ihm kann man nicht kämpfen; gegen ihn hilft weder List noch Tapferkeit, er raubt dem Mutigsten das Leben, ohne daß man es ihm verhindern kann. Darum ist es keine Schande, von ihm zu sprechen und über ihn zu klagen.«

»Du hast recht,« stimmte der Häuptling bei. »Er wohnt auch in meinem Leibe und zerfrißt mir die Eingeweide. Du sagtest, daß du dich vor keinem Feinde fürchtest; auch ich habe bis vor kurzem jeden Gegner besiegt, da aber kam ein Feind, der mich überwand, und darum müssen wir Hunger leiden.«

»Wer ist es?«

»Er wohnt, wie der Hunger, auch in meinem Innern; es ist der Zorn, den ich gegen Old Shatterhand hegte und nicht besiegen konnte.«

»Uff, uff!« stimmte der andre bei. Er fügte kein Wort hinzu, aber in dem Tone, in welchem er diesen Ausruf zweimal hören ließ, lag alles, was er sagen wollte.

»Ja, dieser Zorn war der Feind, der mich überwand,« fuhr der Häuptling fort. Bei dem ungeheuern Stolze, den er sonst besaß, war es nur dem Hunger möglich, ihn zu dieser Selbstanklage zu bringen. »Hätte ich Old Shatterhand nicht verhöhnt, hätte ich geschwiegen und still die spätere Rache erwartet, so hätte uns dieses Bleichgesicht die Pferde und die Waffen und auch die Medizinen gelassen; wir hätten heimlich in der Nähe von Firwood-Camp bleiben, auf die Feinde warten können; sie befänden sich jetzt schon in unsern Händen!«

»Da hast du die Wahrheit gesagt. So aber sitzen wir hier und hungern. Wir sind aus dem Lager gegangen, um Fleisch zu holen, haben aber nichts geschossen oder gefangen und nur einen Kürbis gefunden, den wir gegessen haben. Wenn die andern im Schlingenlegen auch so unglücklich gewesen sind wie wir, so wird uns der Hunger bald verzehren. Wie viel Pulver hast du noch?«

»Für höchstens zehn Schüsse.«

»So mag Ik Senanda ja heut kommen, sonst sterben wir an dem Feinde, der in unserm Innern wohnt, denn es ist – uff!«

Er unterbrach sich selbst und ließ diesen Ausruf nicht laut, sondern mit unterdrückter Stimme hören.

»Was ist's?« fragte Tokvi-Kava.

»Schau dorthin!« antwortete sein Gefährte mit dem Ausdrucke der Freude im Gesichte und indem er bachaufwärts deutete.

Der Häuptling wendete den Blick nach der angedeuteten Richtung und machte sofort auch ein andres, froheres Gesicht.

»Büffel!« flüsterte er.

»Ja, sechs Stück! Ein Bulle, drei Kühe und zwei Kälber!«

»Wir bekommen Fleisch!«

Bei diesen Worten griff er nach dem Gewehre; aber seine Hand zitterte, entweder vor Kraftlosigkeit oder vor Aufregung.

»Du zitterst!« warnte ihn der andre. »Wenn dein Schuß nicht sicher ist, geht uns das Fleisch verloren!«

»Schweig! Es war der Hunger; aber ich werde sicher treffen!«

»Die Büffel gehen dem Wasser nach; sie werden hierherkommen, denn sie bringen den Wind.«

»Ja, die Luft kommt mit ihnen, und wir brauchen also nur hier hinter dem Busche liegen zu bleiben.«

Sie duckten sich nieder und beobachteten mit fast fieberhafter Spannung die Tiere, welche in gar nicht langsamem Tempo näher kamen, denn sie schienen sich auf der Wanderung zu befinden und bogen die Köpfe nur zuweilen nieder, um ein Maul voll Gras zu nehmen.

Der Bulle war ein altes, mächtiges und sehr häßliches, weil fast haarloses Tier. Sein hartes, zähes Fleisch konnte kaum genossen werden, und doch mußte grade er geschossen werden, denn hätte Tokvi-Kava nach der Güte des Fleisches sich richten und eine Kuh schießen wollen, so wäre er und sein Gefährte von dem rachsüchtigen und wütenden Büffel auf die Hörner genommen und zerstoßen und zertreten worden. Das Gewehr hatte allerdings zwei Läufe, aber es war ein Schrotlauf dabei.

Die Tiere kamen nahe am Wasser herunter, der Bulle voran, die Kühe mit den Kälbern hinterher. Sie waren noch hundert, dann fünfzig, endlich nur noch dreißig Schritte entfernt, ohne etwas zu merken. Die Kühe verließen sich auf ihren Führer, und dieser schien die Empfindlichkeit der Nase verloren zu haben.

Tokvi-Kava legte an; er zitterte jetzt nicht mehr, schoß aber noch nicht, denn er hatte den Büffel grade von vorn und wollte lieber eine Wendung desselben abwarten. Der Indianer und jeder erfahrene Jäger nämlich gibt dem Büffel die Kugel am liebsten von der Seite her unterhalb der Schulter in das Herz, weil ihr Weg da nur durch Fleischteile geht.

Sie kamen gar noch zehn Schritte näher; da aber schien die eine Kuh Verdacht zu fassen; sie blieb stehen und sog die Luft so laut ein, daß der Bulle es hörte. Er drehte sich halb nach ihr um und bot dem Häuptling also die Seite und die beschriebene Stelle, auf welche es dieser abgesehen hatte. Der Schuß krachte sofort. Der Büffel bekam einen sichtbaren Ruck durch den ganzen Körper, dann stand er still und bewegungslos, bis er den Kopf tiefer und tiefer senkte; nun lief ein konvulsivisches Zittern über ihn hin und hierauf brach er zusammen, ohne einen einzigen Laut von sich gegeben zu haben. Er war in das Herz getroffen worden.

Der Häuptling hatte, sobald der Schuß losgegangen war, in größter Eile wieder geladen. Die Kühe wendeten sich, als sie den Knall hörten, zur Flucht; die eine rannte, gefolgt von ihrem Kalbe, fort; das andre Kalb aber blieb ahnungslos stehen und trottete dann sogar neugierig zu dem toten Büffel hin. Bald aber kehrte seine Mutter, von der Liebe getrieben, die selbst ein Tier besitzt, wieder um, und stieß es mit der Nase von dem Bullen fort, erhielt aber in diesem Augenblicke den zweiten Schuß des Häuptlings, und zwar auch in das Herz, so daß sie nach einigen Sekunden zusammenbrach.

Nun sprangen die beiden Indianer, laute Jubelrufe ausstoßend, auf und zu ihrer Beute hin. Das Kalb machte einige lächerliche Sätze hin und her und wurde dann mit dem Kolben niedergeschlagen.

»Uff, uff, uff!« rief der Häuptling aus. »Mein roter Bruder sieht, daß ich nicht gezittert habe. Beide Kugeln sitzen im Herzen, und nun haben wir Fleisch für alle unsre Männer!«

»Ja, das Fleisch der Kuh ist gut,« meinte der andre.

»Man kann auch das Fleisch eines Bullen essen, wenn man sonst nichts andres hat!«

»Brechen wir die Tiere jetzt gleich auf?«

»Nein, denn diese Arbeit dauert für zwei Männer zu lang. Wir holen einige Krieger oder alle herbei.«

»Ist es nicht besser, daß nur einer von uns gehe und der andre hier bleibe, um das Fleisch zu bewachen?«

»Ja. Ich werde gehen, und mein Bruder mag bleiben.«

»So mag Tokvi-Kava mir sein Gewehr geben!«

»Das brauche ich selbst.«

»Für mich ist es notwendiger als für dich!«

»Es befinden sich in dieser Gegend keine Feinde, gegen welche du kämpfen müßtest.«

»Gerade darum braucht auch Tokvi-Kava die Flinte nicht; der Geruch des Fleisches aber zieht Geier und Koyoten an, deren ich mich erwehren muß.«

»Da hat mein Bruder recht; er mag also das Gewehr hier behalten.«

Er gab es ihm und die Munition und entfernte sich dann, nachdem er noch einen hungrigen, lüsternen Blick auf die drei Tiere geworfen hatte, von denen der Büffel allein weit über zweitausend Pfund wiegen mochte. Wer es nicht selbst gesehen hat, der glaubt es gar nicht, welche ungeheure Menge Fleisch solch ein ausgewachsener Bison aufweist!

Sein Weg führte ihn am Bache abwärts. Er ging rasch und ohne jede Vorsicht in Anwendung zu bringen, welche im wilden Westen fast zu jeder Zeit erforderlich ist. Tokvi-Kava mußte also fest überzeugt sein, daß sich kein feindliches menschliches Wesen in der Nähe befand.

Er war mit dem Gefährten im Thale aufwärts gegangen und kehrte nun abwärts nach dem Lager zurück, welches sich im Ausgange des Thales befand. Er hatte ungefähr zwei englische Meilen zurückzulegen, und so dauerte es ziemlich lange, ehe er es erreichte.

Da lagen dieselben Komantschen, welche Firwood-Camp in so schimpflicher Weise hatten verlassen müssen und ebenso abgerissen und ausgehungert aussahen wie er selbst. So viele ihrer da waren, von doppelt so viel Augen wurde er mit verlangenden Blicken empfangen; sie hatten alle, alle Hunger. Er bemerkte auch diejenigen, welche vorhin fortgegangen waren, um nach den Schlingen zu sehen, in denen man irgend ein Wild zu fangen beabsichtigte. Er brauchte gar nicht nach dem Ergebnisse zu fragen, denn er sah, daß sie nichts mitgebracht hatten. Dagegen war der Umstand, daß er allein und ohne das Gewehr kam, für sie ein Zeichen, daß er, wenn nicht ein Unglück geschehen war, bei dem er den Gefährten und die Flinte verloren hatte, eine gute Jagd gehabt haben mußte. Sie sprangen also auf, und er hatte, ganz der indianischen Zurückhaltung entgegen, die begierige Frage zu hören:

»Hat Tokvi-Kava etwas geschossen? Hat er Fleisch gemacht?«

»Ja,« antwortete er. »Der Hunger hat ein Ende. Ich habe einen Büffel und eine Kuh erlegt und ein Kalb dazu.«

Da wurden hundert Freudenrufe laut, und es gab eine Aufregung, welche die Roten so ganz in Anspruch nahm, daß sie den Reiter, welcher sich dem Lager von der andern Seite näherte, nicht eher sahen, als bis er sie fast erreicht hatte. Es war Ik Senanda, der Enkel des Häuptlings, welcher nach den Weidegründen der Komantschen geschickt worden war, um für die Befriedigung der vorhin aufgezählten Bedürfnisse zu sorgen, ohne aber dort ein Wort darüber verlauten zu lassen, daß der Ritt nach dem Firwood-Camp ein so klägliches und entehrendes Ende gefunden hatte.

Diese Sendung des Mestizen war der einzige Ausweg für den Häuptling gewesen, den er einschlagen konnte, den Seinen die erlittene Schande einigermaßen verbergen und sich als Anführer behaupten zu können. In seiner jetzigen Verfassung durfte er sich dort keineswegs sehen lassen; hatte er aber wieder Pferde und Waffen, so konnte er Winnetou und Old Shatterhand samt ihren Begleitern gefangen nehmen, was ihm große Ehre eintrug; unternahm er dann noch schnell einen glücklichen Zug gegen irgendwelche Feinde, mochten das nun Weiße oder die nächstlagernden Apatschen sein, um sich deren Skalpe und Medizinen zu holen, so konnte die fürchterliche Schlappe, welche er erlitten hatte, vergessen werden und alle seine jetzigen Sorgen und Befürchtungen waren gehoben. Es kam also alles auf den Erfolg an, welchen die Sendung seines Enkels hatte, und es läßt sich also denken, mit welcher Sehnsucht und Spannung er der Rückkehr desselben entgegensah.

Diese Spannung sollte nun jetzt gehoben werden; aber sie wurde das auf eine Weise, die für ihn so schlimm war, daß er es immer von sich gewiesen hatte, an ihre Möglichkeit zu denken. Falls es Ik Senanda gelang, seinen Auftrag mit Erfolg auszuführen, mußte er mit über hundert Pferden und Gewehren kommen und auch Kleidung und Munition für alle mitbringen; in diesem Falle hätte ihn natürlich eine Anzahl andrer Komantschen hierher zu begleiten gehabt, weil ein Einzelner hundert Pferde nicht zu transportieren vermag. Nun aber kam er allein, ganz allein, und führte nur ein einziges Packpferd neben sich am Zügel.

Als das Tokvi-Kava sah, entfärbte er sich so, daß seine rote, verwitterte Haut grau wie Löschpapier wurde, und die andern Komantschen vergaßen alle Freude über die erlegten Büffel und sagten kein Wort, den Ankömmling zu empfangen. Als dieser vom Pferde gestiegen war und sich dem Häuptling näherte, ging dieser eine Strecke fort, um sich bei einem Busche niederzusetzen, so entfernt von seinen Leuten, daß diese nicht hören konnten, was für eine Botschaft ihm gebracht wurde. Ik Senanda ging ihm nach, setzte sich bei ihm nieder und wartete dann, bis er angesprochen wurde. Der Häuptling sah ihm mit einem eigentümlichen, leeren Blicke ins Gesicht und fragte dann mit hohler, vor Enttäuschung rauh klingender Stimme:

»Wo sind die Pferde?«

»Man gab mir keine,« lautete die Antwort.

»Wo sind die hundert Gewehre und Messer?«

»Ich erhielt sie nicht.«

»Was bringst du mit?«

»Nur einige Messer, Pulver und Blei und einen neuen Anzug für dich.«

»Weiter nichts?«

»Nichts!«

»So hast du dich ja anders verhalten, als ich dir befohlen habe?«

»Ich habe ganz und genau nach den Anweisungen gehandelt, welche ich von dir erhielt!«

»Du hast verraten, was in Firwood-Camp geschehen ist!«

»Ich habe nichts verraten!«

»Man hat aber meine Befehle nicht befolgt, und das kann nur den Grund haben, daß man dort unsre Schande kennt!«

»Man kennt sie.«

»So mußt du davon gesprochen haben, denn wir sind direkt von Firwood-Camp gekommen, und es kann vor dir kein Mensch bei den Komantschen eingetroffen sein und es ihnen mitgeteilt haben!«

»Und dennoch wußten sie schon alles, als ich kam.«

»Von wem? Wenn ich erfahre, wer es gewesen ist, werde ich ihm die Kopfhaut bei lebendigem Leibe vom Schädel ziehen!«

Seine Fäuste ballten sich und seine Augen blitzten vor Zorn.

»Du wirst diese Kopfhaut nicht bekommen,« antwortete sein Enkel. »Das Feuerroß rannte hundertmal schneller, als wir gelaufen sind, und hat die Botschaft überall hingetragen.«

»Kommt das Feuerroß etwa auch zu den Naiini-Komantschen?«

»Nein, aber es läuft nicht weit von ihnen vorüber und hält dort einigemal an Orten an, welche von den Bleichgesichtern Station genannt werden. Auf einer solchen Station sind einige von unsern Kriegern gewesen und haben alles erfahren.«

»Uff! Das Feuerwasser und das Feuerroß, beide hat der böse Geist ins Land der roten Männer gesandt, um sie zu verderben. Man wird sehr bald von einem großen Wasser[1] bis zum andern wissen, daß man mir den Schopf und die Medizin genommen hat, und so wird mein Name, welcher der berühmteste war, von jetzt an sein wie der Hauch, welcher von einem Aas aufsteigt, von dem kein Geier fressen will. Aber ich werde mich rächen, rächen an allen, die mich zum Aas gemacht haben!«

»Du bist berühmt und wirst berühmt bleiben,« tröstete ihn sein Enkel. »Wir werden Winnetou und Old Shatterhand fangen und dann die Apatschen überfallen; sie müssen uns ihre Häute und Medizinen geben, und wenn Ihr wieder Me-

[1] Meer.

dizinen habt, so dürft Ihr nach den Jagdgründen des Stammes zurückkehren.«

»Uff! Jetzt dürfen wir das nicht?«

»Nein.«

»Es ist also Beratung darüber abgehalten worden?«

»Ja, eine Beratung aller alten Krieger und weisen Männer.«

»Die haben uns ausgestoßen?«

»Ja.«

»Uff, uff!«

Er legte die Hand an die Augen und blieb eine lange Zeit so sitzen; dann ließ er sie wieder sinken und sagte:

»Ich bin reich. Warum hast du mir weiter nichts gebracht als ein Kleid?«

»Ich durfte nicht.«

»Ich bin ohne Pferd und besitze doch viele Pferde. Wurde es dir auch verboten, eines für mich mitzunehmen?«

»Ja.«

Da richteten sich seine Augen mit angstvollem Ausdruck auf das Gesicht seines Enkels, und er fragte, vor Angst fast stotternd, was er für eine Antwort erhalten werde:

»Aber mein schwarzer Mustang, mein Hengst, der für mich mehr bedeutet als das Leben, will man auch ihn mir vorenthalten?«

»Auch ihn.«

Da sprang er auf; die Wut trieb ihn in die Höhe; er wollte seinem Grimme in Worten Luft machen; Ik Senanda aber hob warnend den Finger und sagte in beruhigendem Tone:

»Tokvi-Kava ist ein großer Häuptling; er weiß, daß ein Krieger sich beherrschen muß; sollen die Leute, welche dort sitzen und alle auf uns sehen, denken, daß er es verlernt habe, der Herr seiner Gedanken und Gefühle zu sein?«

Da setzte sich der Alte wieder nieder, doch dauerte es einige Zeit, bis er äußerlich ruhig schien und zustimmend erwiderte:

»Der Sohn meiner Tochter hat recht. Ich will jetzt nicht an den Schmerz denken, den man mir bereitet, aber dann, wenn ich dahin zurückgekehrt bin, wohin ich jetzt nicht kommen darf, werde ich es allen denen gedenken, die ihn mir bereitet haben. Hast du außer dem, was ich jetzt von dir hörte, vielleicht eine Botschaft an mich auszurichten?«

»Nein.«

»Uff! Es nannten sich so viele alte Krieger meine Freunde, und ich habe sie wirklich für Freunde gehalten. Läßt auch keiner von ihnen mir etwas durch dich sagen?«

»Keiner!«

»So sollen sie alle erfahren, wie Tokvi-Kava solche falsche Freundschaft vergilt. Du bist mein Enkel und noch jung; aber du hast Mut und besitzest ebenso viel List wie ich. Wenn du zu mir sprechen willst, so sprich! Hast du mir einen Vorschlag zu machen?«

»Nein. Du bist derjenige, der zu befehlen hat, und ich gehorche. Was du sagst, ist gut, und was du beschließest, wird von uns ausgeführt werden.«

Der Mestize sagte das im Tone aufrichtigster Ergebenheit und senkte dabei den Kopf als Zeichen, daß er sich ihm mit seinem ganzen Denken und Thun zu eigen gebe, doch hätte ein so scharfer und unparteiischer Beobachter wie zum Beispiel Winnetou oder Old Shatterhand sehr wahrscheinlich die zwar leichten aber doch verräterischen Falten bemerkt, welche sich dabei um seine Mundwinkel legten. Er war, wie die Mischlinge fast alle, kein vertrauenswürdiger Mensch, und wenn es sich um seinen Vorteil handelte, galt ihm sein Großvater auch nicht viel mehr als jede andre Person. Dieser aber hielt ihn, die nahe Verwandtschaft ganz abgerechnet, für seinen besten Freund und schenkte ihm sein vollständiges Vertrauen. Auch jetzt lächelte er ihm voll Liebe zu, so weit bei ihm nämlich von Liebe die Rede sein konnte, und sagte:

»Ich weiß, daß du für mich dein Leben hingeben würdest und daß du jetzt bei unserem Stamme alles gethan hast, meine Ausstoßung zu verhindern. Daß dir dies nicht gelungen ist, liegt nicht in deiner Schuld. Komm, laß uns nun wieder zu den andern gehen, welche erfahren müssen, was der Stamm beschlossen hat!«

Er ahnte nicht, daß Ik Senanda nicht nur gar nichts für ihn, aber desto mehr gegen ihn gethan und gesprochen hatte, denn es war sein größter Wunsch, selbst Häuptling der Naiini zu werden. Sie kehrten also von dem Platze, an welchem sie miteinander gesprochen hatten, zu ihren Leuten zurück, welche zwar schon aus dem Verhalten des »schwarzen Mustangs« und seines Enkels erraten hatten, was für eine Botschaft er erhalten hatte. Da er sie ihnen nun mitteilte, wurden sie durch die Nachricht in die tiefste Niedergeschlagenheit versetzt, denn sie hatten ebenso wie er gehofft, daß der Heimritt Ik Senandas ihnen das Gegenteil von dem, was er ihnen jetzt brachte, bringen werde. Obgleich ihnen, wie man sich vulgär auszudrücken pflegt, nun aller Appetit vergangen war, fühlten sie jetzt ihre schlimme Lage und mit ihr den Hunger noch deutlicher als vorher, und so war ihnen der Befehl des Häuptlings sehr willkommen, aufzubrechen und thalaufwärts bis dahin zu ziehen, wo die von ihm erlegte Jagdbeute lag.

Ehe sie dahin aufbrachen, wurden die wenigen Gewehre, welche Ik Senanda mitgebracht hatte, an die besten Schützen, die auch die dazu gehörende Munition erhielten, verteilt, so daß es nun unter ihnen wenigstens einige gab, die in Beziehung auf Verpflegung und Verteidigung mehr leisten konnten, als mit bloßen Händen möglich war.

Da der Enkel des Häuptlings auch so viel Messer wie Gewehre mitgebracht hatte, ging, als man bei den Büffeln angekommen war, das Zerlegen derselben schnell von statten, und dann, als mehrere Feuer brannten und jeder sein Fleischstück an demselben briet, wäre es für jeden ihnen nicht ganz feindlich gesinnten Menschen ein Genuß gewesen, sie, wie der für diese Art von Essen gebräuchliche Ausdruck lautet, einhauen zu sehen.

Aber der Häuptling ließ ihnen nicht etwa Zeit, sich dann, als sie vollständig gesättigt waren, in Ruhe nur mit der Verdauung zu beschäftigen, sondern es wurde das übriggebliebene Fleisch unter sie verteilt und dann sofort aufgebrochen, um nun ja erst recht nichts zu versäumen, sich an Old Shatterhand und seinen Begleitern zu rächen und dadurch die verlorene Ehre wenigstens zu einem Teile wieder herzustellen;

der andre Teil hatte dann darin zu bestehen, daß sie sich neue Medizinen errangen.

Man wanderte also wieder am Bache abwärts bis an den Lagerplatz, um dann längs der Ausläufer der Sierra Moro südwärts zu ziehen.

Wandern und ziehen, also laufen, sind Ausdrücke, deren sich der Komantsche, den man außerhalb seiner Lagerplätze nur zu Pferde sieht, stets bloß mit Verachtung bedient. Wer nicht reiten kann, sondern laufen muß, der steht tief, sehr tief unter dem Punkte, bei welchem seiner Ansicht nach erst der Mensch beginnt. Und nun waren sie selbst dazu verurteilt, sich der Füße zu bedienen, wozu man sie doch erhalten hatte, nämlich zum Gehen. Ik Senanda war der einzige von ihnen, welcher ein Pferd besaß, aber auch er ritt nicht, und das hatte einen guten Grund. Er hatte bei den Naiini den stolpernden Schimmel gegen ein besseres Tier umgetauscht, doch war dieses jetzt durch den schnellen Ritt ermüdet und mußte für später geschont werden, weil man kein andres hatte, wenn es einen wichtigen und anstrengenden Reiterdienst galt.

Es war am Nachmittage, als der Zug über eine grasige Ebene marschierte, wo die Komantschen auf eine Fährte trafen, welche auf eine nicht geringe Anzahl von Reitern schließen ließ; es mußten gewiß über zwanzig und zwar Weiße gewesen sein, weil ihre Pferde alle beschlagen waren, und ihre Richtung war dieselbe, welche auch die Roten inne hatten. Aus der Beschaffenheit der Spuren war zu ersehen, daß diese Reiter vor kaum einer Stunde hier vorübergekommen waren. Die Komantschen waren über diese Spur nicht wenig erfreut, denn sie dachten da gleich an einen Ueberfall und also an die Gelegenheit, in den Besitz von Pferden und Waffen zu kommen und machten sich also sehr eifrig an die Verfolgung derselben.

Die Spur, die erst längere Zeit parallel mit den Bergen lief, näherte sich denselben später und führte dann gegen Abend zwischen sie hinein. Als Tokvi-Kava dies bemerkte, sagte er zu seinem Enkel:

»Diese Bleichgesichter sind keine unerfahrenen Leute,

denn sie wenden sich, da es bald dunkel wird, nach den Höhen, um nicht auf der offenen Ebene, wo ihre Feuer weit zu sehen wären, übernachten zu müssen. Es wird uns also wohl nicht sehr leicht werden, sie zu überrumpeln, zumal wir so wenig Waffen haben.«

»*Pshaw!* Unsre Zahl ist über dreimal so groß als die ihrige, und was nicht mit Gewalt zu machen ist, werden wir durch List erreichen.«

»List ist zu allen Zeiten und für uns jetzt noch mehr wert als sonst, viel besser als Gewalt. Unsre Krieger haben durch Hunger ihre Kräfte verloren, das mußt du bedenken. Wir müssen vor allen Dingen das Lager dieser Bleichgesichter beschleichen, ehe wir bestimmen können, was wir thun.«

Die Berge hatten Wald, welcher zahlreiches Gebüsch in die Ebene vorschob. Als die Komantschen dieses Gebüsch erreichten, suchten sie sich einen zum Lagern geeigneten Platz in demselben, und als sie einen gefunden hatten, ging der Häuptling mit Ik Senanda fort, um die Weißen aufzuspüren. Die Dämmerung brach schon herein, und so durften sie annehmen, daß sie nicht weit zu gehen haben würden.

Diese Annahme stellte sich als sehr richtig heraus, denn sie waren unter Anwendung der größten Vorsicht kaum eine Viertelstunde vorwärts geschlichen, so spürten sie den Geruch von Rauch in ihren Nasen.

»Wir sind ihnen nahe,« flüsterte der Alte seinem Enkel zu. »Nun müssen wir aber warten, bis es ganz dunkel ist.«

Als die Dämmerung in die Nacht übergegangen war, schlichen sie weiter. Sie hörten bald ein kleines Wasser murmeln, und dann leuchtete ihnen zwischen den Bäumen der Schein eines Feuers entgegen, um welches die Weißen einen Kreis gebildet hatten. In ihrer Nähe gab es einen grasigen Fleck, auf welchem sich die Pferde befanden. Dieser wurde, obgleich man sich kaum erst gelagert hatte, von zwei Männern bewacht, welche ihre Gewehre schußbereit hielten. Das war ein sicheres Zeichen, daß es die Komantschen nicht mit Neulingen oder unvorsichtigen Leuten zu thun hatten.

Für geübte Indianer war es gar nicht schwer, ganz nahe an

die Weißen heranzukommen, weil die starken Baumstämme prächtige Deckung boten. Die beiden Kundschafter krochen so weit hin, wie es mit ihrer eigenen Sicherheit zu vereinbaren war, und konnten dann, jeder hinter einem Baume steckend, nicht nur die Weißen aus der Nähe deutlich sehen, sondern sogar alles hören, was gesprochen wurde.

Ein alter, verwetterter Bursche mit schneeweißem Haare und langem, hellgrauem Vollbarte schien der Anführer der Bleichgesichter zu sein; er war eine höchst charakteristische Gestalt mit scharf markierten Gesichtszügen und hatte jedenfalls schon manches Abenteuer glücklich überstanden. Seine scharfen Augen zeigten trotz seines Alters eine jugendliche Lebhaftigkeit und wenn er sprach, geschah dies so bestimmt und überlegt, als ob er stets gewohnt gewesen sei, zu befehlen. Er wurde von seinen Gefährten, wie die beiden Roten hörten, sonderbarerweise »Majestät« genannt.

Die andern waren fast ohne Ausnahme alle Männer, denen man, sobald man sie nur ansah, zutrauen konnte, die für den Westen nötige Erfahrung zu besitzen. Der Jüngste unter ihnen war ein schmal gebauter und außerordentlich in die Länge gedehnter blonder Lockenkopf, welcher das *Enfant gaté* der Gesellschaft zu sein schien und sich in heiteren Redewendungen gefiel; er wurde Hum, einigemal auch langer Hum genannt. Eben als die Kundschafter ihre Lauscherplätze eingenommen hatten, hörten sie ihn sagen:

»Ihr scheint Euch hier sehr sicher zu fühlen, Majestät, denn Ihr stellt keine Posten aus. Ich glaube, hier grenzt das Gebiet der Komantschen. Wünscht Ihr, von diesen ehrenwerten Gentlemen um Thron und Leben gebracht zu werden?«

»Mein Thron ist hier der Platz, auf dem ich sitze, und ich möchte wohl den Roten sehen, der es fertig brächte, ihn unter mir hinwegzuziehen! Ich befinde mich ja in der Gesellschaft von grad dreißig Unterthanen, von denen jeder ein Held und Ritter Bayard ist. Von wegen der Komantschen aber habt Ihr recht, lieber Hum. Ich wollte Euch nur Zeit zum Essen lassen; dann werden wir, wie gewöhnlich, Wachen ausstellen: sieben Stunden schlafen und stündlich abwechseln, gibt vier Posten; das ist genug, wenn sie nicht stehen bleiben, sondern die ihnen überwiesenen Viertelkreise immerfort abschreiten. So werden wir es halten, bis wir uns in den San Juan-Mountains befinden.«

»Wo wir Millionäre aus uns machen!« fügte Hum hinzu, indem er lustig lachte.

»Ich denke allerdings, daß wir, obgleich Ihr jetzt darüber lacht, dies thun werden.«

»Da mir die Erbschaft meines reichen Onkels zu Wasser geworden ist, habe ich ganz und gar nichts dagegen, daß Ihr mir erlaubt, den noch reicheren Staat Colorado mit zu beerben.«

»*Well!* Da Ihr wieder einmal davon sprecht, was hatte es denn eigentlich für eine Bewandtnis mit diesem Onkel? Hat er Euch enterbt? Das wäre ihm, da Ihr ein so wakkerer Bursche seid, nicht in das Grab hinunter zu verzeihen!«

»Enterbt hat er mich nicht und aber doch ums Erbe gebracht. Er galt für reich, denn er verstand es, sich den Anschein dazu zu geben; mein Vater aber, obgleich ein tüchtiger Geschäftsmann, brachte es zu nichts, warum, das werdet Ihr gleich hören. Als er starb, hinterließ er mir außer Schulden nicht einen baren Cent; der Onkel, welcher keine Kinder hatte, und den ich bat, mir auf die Beine zu helfen, vertröstete mich darauf, daß ich sein Universalerbe sei. Ich plagte mich noch einige Jahre weiter, bis er auch starb; da hinterließ er mir außer seinem vollständig leeren Geldkasten sein Kassenbuch; ich steckte meine Nase hinein und bekam den Schnupfen, und zwar was für einen! Der liebe Onkel war nämlich so pfiffig gewesen, meinen gutmütigen Vater für sich arbeiten zu lassen, ohne ihm durch lange Jahre hindurch auch nur einen Dollar auszuzahlen. Mein Vater hatte geglaubt, daß sein Geld bei dem Bruder sicher stehe, und dann, als er kurz vor seinem Tode alles erfuhr, wollte er den Onkel nicht dadurch blamieren, daß er mir dessen Schlechtigkeit enthüllte. So konnte ich also den Letzteren nicht beerben und bin auch um das Geld gekommen, welches ich geerbt hätte, wenn der Vater weniger vertrauensselig gewesen wäre.«

»Schöner Onkel, das! Wie hieß er denn?«

»Geht mich nichts an; kenne den Namen nicht!«

»Was? Ihr kennt ihn nicht? Es ist ja doch auch der Eurige!«

»Allerdings.«

»Na also! Ihr werdet doch Euern eigenen Namen nicht vergessen haben! Wir nennen Euch den langen Hum. Was Hum bedeuten soll, habt Ihr uns nicht gesagt, und Euern Familiennamen verschweigt Ihr ganz und gar. Warum?«

»Warum? Darum! Weil ich ein heiterer Boy bin und mich nicht gern ärgere; über meinen Namen aber würde ich mich ärgern, so oft ich ihn zu hören bekäme.«

»Aus welchem Grunde?«

»Weil er geradezu lächerlich klingt, zumal für ein amerikanisches Ohr.«

»Hm! Wenn Ihr so ein ausgeprägtes Schönheitsgefühl für hübschklingende Worte besitzt, so können wir freilich nichts dagegen haben, aber was die in das Wasser gefallene Erbschaft betrifft, so könnt Ihr Euch trösten, denn Ihr werdet droben in den San Juan-Bergen von Colorado mehr als hundertfachen Ersatz dafür finden!«

»Wenn auch nicht gerade hundertfachen, aber etwas werden wir doch finden, Majestät, denn Ihr seid nicht der Mann, ehrliche Leute an der Nase so weit hinauf in die Rocky-Mountains zu führen.«

»Nein, so ein Mensch bin ich wirklich nicht. Ich habe den Situationsplan der Mine hier in meiner Tasche: sie wird uns reich machen, sehr reich, wenn auch nicht ganz so reich, wie wir sein würden, wenn wir das Glück hätten, hier in der Sierra Moro die geradezu großartige Bonanza of Hoaka zu entdecken.«

»Habe schon oft von ihr gehört. Ein sonderbarer Name! Bonanza ist spanisch, of ist englisch und Hoaka scheint indianisch zu sein. Nicht?«

»Ja.«

»Was bedeutet dieses Wort?«

»Das kann ich nicht sagen, denn ich habe noch keinen Menschen, auch keinen Indianer, gefunden, der es wußte und es übersetzen konnte. Aber die Bonanza ist Wirklichkeit, unwiderlegliche Wirklichkeit, und es hat schon Hunderte von Gambusinos (Goldsucher) gegeben, die nach ihr gesucht haben. Einige von ihnen sind ihr so nahe gewesen, daß sie große Goldklumpen gefunden haben, aber noch keinem ist es gelungen, den eigentlichen Platz, wo solche Klumpen massenweise liegen, zu entdecken. Wir befinden uns gerade jetzt in der betreffenden Gegend, und wenn wir morgen weiterreiten, werden wir die Punkte berühren, wo die erwähnten Funde gemacht worden sind. Es ist sogar möglich, daß wir jetzt ganz nahe bei der berühmten Bonanza lagern. Denkt euch nur, wenn wir sie durch einen glücklichen Zufall fänden!«

Durch diese Worte wurden alle Anwesenden elektrisiert; sie ließen sich in den verschiedensten Interjektionen hören, und Hum meinte lustig:

»Ich werde beim Einschlafen an sie denken; vielleicht träumt mir dann von ihr, und ich zeige euch den Weg. Da könnten wir wohl auf unsre Minen droben in Colorado verzichten? Was meint ihr dazu, Mesch'schurs?«

»Natürlich könnten wir das,« antwortete Majestät. »Fände ich diese Bonanza of Hoaka, ich würde mich keinen Augenblick bedenken, den Situationsplan hier aus meiner Tasche zu verschenken. Ist es nicht geradezu unbegreiflich, daß es Menschen gibt, welche die Bonanza kennen und sie doch nicht ausbeuten?«

»Wer ist das? Gibt es welche? Ist dieses wahr?« wurde rundum gefragt.

»Ja, es ist wahr; es gibt Indianer, welche den Ort kennen, ihn aber aus Haß gegen die Weißen Geheimnis bleiben lassen; nur wenn sie einmal etwas von den Bleichgesichtern kaufen und bezahlen müssen, gehen sie hin, um sich eine Handvoll kleine Nuggets zu holen; die großen Stücke aber lassen sie liegen. Man ist gerade hier in dieser Gegend auf solche stockdumme und hirnverbrannte Menschen gestoßen. Ich sprach kürzlich in Albuquerke mit einem Pater, dem ein Roter im Estrecho de cuarzo (Quarzenge) begegnet ist. Der Indianer hatte Hunger, und der Pater gab ihm Brot und Fleisch. Da zog der Rote einen Lederbeutel aus der Tasche und gab ihm ein Stück reines Naturgold, also ein Nugget, welches wenigstens fünfzig Gramm gewogen hat, und der Beutel ist ganz voll solcher Stücke gewesen, die einen ganz immensen Wert ausmachten. Was sagt ihr dazu?«

Er bekam nur Antworten der Bewunderung zu hören, und einer, der am praktischsten dachte, erkundigte sich:

»Hat denn der Pater nicht gefragt?«

»Natürlich hat er gefragt; er erhielt aber selbstverständlich keine Auskunft, sondern nur den kurzen Bescheid: ›Ich habe es mir aus der Bonanza of Hoaka geholt, lebt wohl!‹ Mit diesen Worten hat sich der Pater abspeisen lassen und der Bursche ist darauf rasch davongegangen.«

»Da hätte der Pater ihn festhalten und zwingen sollen, zu gestehen, wo die Bonanza liegt!«

»Ein Pater, also ein Geistlicher? Das darf er nicht, das würde gegen Amt und Lehre sein!«

»Was schert mich Amt und Lehre! Wenn ich einen solchen Roten träfe, ich würde ihn erstechen, wenn er es mir nicht sagte. Ja, ich würde mir kein Gewissen daraus machen!«

»Erstechen würde ich ihn nicht sofort, denn man muß nicht gleich ein Mörder sein, und wenn er dann tot ist, kann er erst recht keine Auskunft geben. Nein, ich würde es anders machen. Es gibt viel bessere und ganz sichere Mittel, so einen verschwiegenen Indsman zum Sprechen zu bringen. Leider aber werden wir keine Gelegenheit finden, sie in Anwendung zu bringen!«

»Wo liegt denn dieser Estrecho de cuarzo? Wißt Ihr es, Majestät? Und wie heißt die Uebersetzung von diesem Namen?«

»Er ist spanisch und heißt so viel wie Enge des Quarzes, also Quarzenge, und ich kenne den Ort, denn ich will Euch aufrichtig sagen, daß ich auch zu denen gehöre, die vergeblich nach der Bonanza of Hoaka gesucht haben. Ich bin sogar in dem Estrecho gewesen, habe aber nichts entdeckt, obgleich ich hätte darauf schwören mögen, daß ich da dem Funde nahe sei. Denkt Euch nur auch den Namen! Quarz! Das ist doch gerade das Gestein, welches dem Golde als Hülle dient. Und Enge! Dieses Wort sagt ja ganz deutlich, wie die Bonanza entstanden ist! Es gab in der Enge früher einen Wasserfall, der die Körner und Klumpen aus dem Gestein wusch und in ein Loch zusammenspülte. Da liegen sie nun, im Werte von vielen, vielen Millionen, und man braucht nur hineinzugreifen und sie herauszunehmen, wenn man weiß, wo das Loch ist. Es ist ein Gedanke, der einen geradezu verrückt machen könnte! Und wenn es Euch Spaß macht, kann ich Euch morgen diesen Estrecho de cuarzo zeigen, denn der Weg führt uns nahe dabei vorüber.«

Auch diese Worte brachten eine Aufregung hervor, die sich gar nicht legen wollte. Der Anführer konnte ihr nur dadurch ein Ende machen, daß er in befehlender Weise sagte:

»Laßt es jetzt gut sein, Sennors! Ihr habt gegessen, und es müssen nun die vier Posten ausgestellt werden, denn es fällt mir gar nicht ein, den Komantschen weiter zu trauen, als ich sie mit meinen Augen erreichen kann. Ihr redet so laut, daß man es eine ganze Meile weit hören kann! Wenn ihr nicht Ruhe gebt und still seid, bekommt ihr morgen den Estrecho nicht zu sehen, darauf gebe ich euch mein Wort, und ihr wißt, daß ich mein Wort stets zu halten pflege!«

»*Well*, Ihr sollt Ruhe haben, Majestät,« antwortete Hum in der ihm eigenen lachenden Weise. »Haltet also die Mäuler, Gentlemen, Sennors und Mesch'schurs! Ihr habt gehört, daß ich schlafen und von der Bonanza träumen will! Wer mich im Schlafe und im Traume stört, darf sich morgen keinen Goldklumpen holen. Also gute Nacht, Majestät, gute Nacht!«

Er schob sich den Sattel als Kopfkissen zurecht, streckte sich aus, legte das geladene Gewehr griffbereit neben sich und schloß die Augen.

»Komm!« flüsterte der »schwarze Mustang« seinem Enkel zu.

Sie huschten vorsichtig fort, und es war die höchste Zeit, daß sie dies thaten, denn die vier Posten entfernten sich vom Feuer, und einer von ihnen kam kaum eine halbe Minute nach ihrer Entfernung da vorbei, wo sie gesteckt hatten. Wären sie noch da gewesen, so hätte er sie unbedingt sehen müssen.

Als sie den Lagerplatz der Weißen weit genug hinter sich hatten, blieb der »Mustang« stehen und fragte seinen Begleiter:

»Hast du alles verstanden?«

»Alles,« antwortete er.

»Ich nicht jedes Wort, aber den Sinn ihrer Reden weiß ich ganz genau. Wir werden morgen die Skalpe, die Pferde, die Waffen dieser Bleichgesichter bekommen und dazu alles, was sie sonst noch bei sich haben. Uff!«

Er sagte das so bestimmt, als ob er seiner Sache ganz und gar sicher sei. Ik Senanda war weniger überzeugt; er warnte:

»Du wirst gesehen und gehört haben, daß diese Bleichgesichter keine Greenhorns find, die sich leicht überlisten lassen!«

»Ich überliste sie doch!«

»Ich halte es für besser, sie heute noch zu überfallen.«

»Du redest wie ein junger Krieger, ich aber wie ein Weiser, der gelernt hat, alles genau abzuwägen. Es gehen vier Wachen unaufhörlich rund um den Lagerplatz, sie würden unser Kommen bemerken. Sodann schlafen diese Männer mit den Gewehren in der Hand; sie würden alle, sobald ein Posten ruft, kampfbereit aufspringen und viele von uns niederschießen; ich aber will unsre Krieger schonen, damit mir nicht noch weitere Vorwürfe werden, wenn ich zu unserm Stamme zurückkehre; es soll das Blut keines einzigen Komantschen hier vergossen werden.«

»So bin ich begierig, zu erfahren, wie du dies anfangen willst!«

»Du hast gehört, was sie von der Bonanza sprachen?«

»Ja.«

»Ich kenne diese Bonanza nicht, und es hat mir noch nie jemand ihren Namen genannt, aber ich weiß, wo sich unser Schapo-Gaska (Versteck des Goldes) befindet.«

»Uff!« entfuhr es da dem Mestizen. »Was meinst du mit diesem Verstecke?«

»Ahnst du es nicht?«

»Nein.«

»Du kennst es ebenso wie ich. Wenn du jetzt aufbrichst, um hinzureiten, kannst du schon morgen früh beim Estrecho de cuarzo sein. Ich werde mit unsern Kriegern auch die ganze Nacht gehen, um zu derselben Zeit dort einzutreffen.«

»Willst du dort sein, wenn die Bleichgesichter kommen?«

»Noch viel eher, schon am Morgen oder Vormittag, während sie erst gegen Abend kommen können. Paß auf, was ich dir sage! Du holst aus unserm Schapo-Gaska so viel Nuggets wie dazu nötig sind, kommst nach dem Estrecho und lässest dich dort, nachdem wir dir das Pferd abgenommen haben, von den Bleichgesichtern finden. Sie müssen das Gold sehen und werden dich nach der Bonanza fragen; nach langem Weigern führst du sie in den Estrecho, wo wir sie so einschließen werden, daß sie sich gar nicht wehren und auch nicht entfliehen können.«

»Uff!« sagte da Ik Senanda, indem er kaum ein Lächeln unterdrücken konnte. »Das hast du von Old Shatterhand gelernt!«

»Ein kluger Krieger wird sogar von seinem größten Feinde lernen! Wir machen viel Holz zum Brennen bereit; sobald die Bleichgesichter sich im Estrecho befinden, verstopfen wir mit dem Holze seinen Eingang und brennen es an. Dann sind sie genau so gefangen, wie wir es im Birch-hole waren, und müssen sich uns ganz in derselben Weise gefangen geben.«

Ik Senanda sagte nichts; er dachte nach.

»Hältst du diesen Plan für schlecht?« fragte da sein Großvater.

»Nein, denn was von Old Shatterhand erdacht wurde, ist niemals zu tadeln; aber es gibt etwas dabei, was mir nicht gefällt.«

»Was?«

»Die Weißen werden mich töten.«

»Nein.«

»Ganz gewiß!«

»Nein! Meinst du, daß ich den Sohn meiner Tochter einer Gefahr überliefere, die ihm das Leben kostet?«

»Ich meine, daß du zwar nicht den Willen dazu hast, daß es aber dazu kommen wird. Sobald diese Leute sehen, daß sie überlistet worden sind, werden sie mich natürlich für einen Verräter halten und sich an mir rächen.«

»Sie werden sich nicht rächen können, weil du dich nicht in ihren Händen befinden, sondern ihnen entwichen sein wirst, ehe sie zu der Erkenntnis kommen, daß sie gefangen sind.«

»Kann ich ihnen denn entfliehen, wenn ich gefesselt bin?«

»Denkst du denn, daß sie dich fesseln werden?«

»Ja. Ich muß mich doch scheinbar zwingen lassen, ihnen die Bonanza zu verraten; sie müssen also annehmen, daß ich es nicht gutwillig thue, und werden sich also meiner Person versichern.«

»Aber nicht dadurch, daß sie dich binden. Du bist zu Fuß, während sie Pferde haben. Sie werden denken, daß sie dich, falls du fliehen wolltest, nach wenigen Schritten einholen würden, und dir also keine Banden anlegen. Sobald sie sich im Estrecho befinden, beobachtest du den Eingang zu demselben und kommst augenblicklich zu uns gerannt, wenn du bemerkst, daß wir mit dem Brennholze erschienen sind.«

»Wenn ich aber doch gefesselt werde? Was thue ich dann, um ihrer Rache zu entgehen?«

»Nichts. Dieser Fall ist unmöglich, wenn er aber doch eintreten sollte, so hast du dich ruhig zu verhalten und dich nur auf mich zu verlassen.«

Der Mestize schien nur halb beruhigt zu sein; sein Großvater gab sich Mühe, seine Bedenken zu zerstreuen, und dies gelang ihm schließlich auch, besonders durch die Bemerkung:

»Und wenn sie dich gefangen nehmen und binden würden, und wenn es dir nicht gelänge, ihnen zu entfliehen, so habe ich doch mit ihnen gerade so zu verhandeln, wie Old Shatterhand im Birch-hole mit mir verhandelt hat, und meine erste

Bedingung, sie zu schonen, würde natürlich die sein, daß sie dich ausliefern müßten.«

»Schonen? Ich denke, du willst ihnen das Leben nehmen?«

»Das werde ich auch; aber solchen Feinden darf ich gegen deine Freiheit Gnade versprechen, ohne daß es unbedingt nötig ist, mein Wort zu halten. Sind die Bleichgesichter jemals wahr und aufrichtig gegen uns gewesen?«

»Nein.«

»Bist du nun einverstanden?«

»Ja. Ich werde thun, was du von mir verlangst, denn du kannst den Sohn deiner Tochter nicht verlassen, und alle Krieger der Komantschen werden meinen Mut preisen, daß ich meine Freiheit und mein Leben gewagt habe, um dir diese weißen Männer in die Hände zu liefern.«

»So komm!«

Sie kehrten nun nach dem Platze zurück, wo die Komantschen auf sie warteten. Dort angekommen, teilte der »schwarze Mustang« ihnen in kurzen Worten mit, was sie gesehen und gehört hatten und was infolgedessen von ihm beschlossen worden war. Die Roten durften nun nicht ausruhen und schlafen, sie hatten vielmehr einen anstrengenden Nachtmarsch vor sich, aber trotzdem nahmen sie die Rede des Häuptlings mit Jubel auf, der allerdings nicht in laute Ausrufe ausartete. Sie bekamen da Gelegenheit, Pferde, Waffen und über dreißig Skalpe zu erbeuten, wodurch wenigstens eine Anzahl von ihnen ihre Ehre teilweise wiederherzustellen vermochte. Sie brachen schon nach wenigen Minuten nach dem Estrecho de cuarzo auf, während der Mestize nach dem Schapo-Gaska seines Großvaters ritt.

Ihr Weg war deshalb beschwerlich, weil sie einen großen Teil desselben bei Nacht zurücklegen mußten und sie gezwungen waren, Gegenden zu durchwandern, die ihrem Marsche Schwierigkeiten boten, denn die bessere und bequemere Route durften sie nicht einschlagen, da dieselbe höchst wahrscheinlich von den Weißen benutzt wurde, welche dann möglicherweise die Spuren der Komantschen entdecken konnten.

Diese letzteren marschierten also unverdrossen die ganze Nacht über Berge und durch unbequeme Thäler und Schluchten. Als es Tag wurde, machten sie einen kurzen Halt, um sich zu verschnaufen und ein Stück kaltes Büffelfleisch zu verzehren. Dann ging es wieder weiter, und zwar mit solchem Eifer, daß sie um die Mitte des Vormittags in der Nähe des Estrecho anlangten.

Die Gegend, in welcher dieser lag, war eine für ihre Zwecke sehr günstige. Es gab da einen schmalen, dicht bewaldeten Höhenzug, welcher sich von West nach Ost erstreckte. Kurz vor dem Ende desselben lag ein tiefer, von Nord nach Süd verlaufender Einschnitt, welcher durch die langsam fortfressende Thätigkeit des Wassers, aber auch durch einen plötzlichen Ausbruch vulkanischer Gewalten entstanden sein konnte und den letzten, steil und wirr abfallenden Teil der Höhe von ihr trennte. Der genannte schmale Bergzug bildete also eine in die Ebene verlaufende Zunge, von welcher die äußerste Spitze abgeschnitten worden war. Die Zunge war, wie bereits erwähnt, dicht bewaldet, die abgeschnittene Spitze aber, jedenfalls aus ganz natürlichen Gründen, vollständig kahl. Sie bestand aus harten Quarzfelsen, in deren kompakte Masse eine stellenweise kaum zehn Schritt breite Rinne ziemlich tief hineinführte, um plötzlich vor einer senkrecht aufsteigenden Felswand zu enden. Auch die Seiten dieser Rinne stiegen so glatt und steil empor, daß es keine einzige Stelle gab, welche erklettert werden konnte. Es war, als ob die Natur hier mit einer riesigen Steinsäge gearbeitet habe, um dem menschlichen Fuße auch nicht den kleinsten Anhalt finden zu lassen. Es gab auch keinen Baum, keinen Strauch, überhaupt keine Pflanze, welche für ihre Wurzeln hier Platz und Nahrung gefunden hatte.

Dieser Einschnitt war der Estrecho de cuarzo, von welchem »Majestät« gemeint hatte, daß er von einem früher hier arbeitenden Wasserfall gebildet sein müsse.

Die Komantschen zogen sich nach ihrer Ankunft in den Wald hinein, ohne sich dem Eingange zum Estrecho zu nähern; das thaten sie, um die Entstehung von Spuren zu vermeiden. Nur ihr Häuptling ging nach der Enge, um sich zu überzeugen, daß er sich mit seinen Leuten ganz allein in dieser Gegend befand. Als er mit einem befriedigenden Resultat zu ihnen zurückkehrte, waren sie schon fleißig damit beschäftigt, für die später beabsichtigten Feuer dürres Holz zu sammeln und zu großen aber leicht tragbaren Bündeln zu vereinigen.

Nicht viel später sahen sie den Mestizen über die Ebene geritten kommen. Er konnte nicht genau wissen, wo sie sich befanden, und wurde also herbeigeholt. Als er sein fast zum Zusammenbrechen ermüdetes Pferd, welches er vor den Weißen nicht sehen lassen durfte, übergeben hatte, zeigte er dem Mustang die mitgebrachten Nuggets, bekam von diesem noch einige eingehendere Verhaltungsmaßregeln und entfernte sich dann, um seine nicht ganz ungefährliche Rolle zu spielen. Die Zurückbleibenden hatten bei ihrer großen Anzahl bald mehr Holz zusammen, als für ihre Zwecke nötig war, und konnten sich nun von der anstrengenden Wanderung, die sie hinter sich hatten, ausruhen. Sie sahen der Ankunft der Weißen mit begieriger Spannung entgegen. –

Diese, welche nicht ahnten, welch eine große Gefahr ihrer im Estrecho wartete, hatten, da sie nichts zum zeitigen Aufbruch drängte, bis in den Morgen hinein geschlafen und dann ihren Lagerplatz verlassen, ohne eine Spur der beiden Feinde zu bemerken, von denen sie beschlichen und belauscht worden waren. Sie ritten bis Mittag, wo sie, weil es sehr heiß geworden war, ihren Pferden und auch sich selbst eine Stunde Ruhe gönnten; dann ging es weiter, bis sie vielleicht noch drei englische Meilen von dem Estrecho entfernt waren. Ihr Weg führte sie jetzt in eine Thalsenkung hinab, in welcher sie einen einzelnen Baum stehen sahen. Der Anführer, welcher mit Hum, seinem Liebling, voranritt, deutete dorthin und sagte:

»Seht ihr den Baum da unten? Ich kenne ihn; er ist mein Merkzeichen, welchem ich entnehme, daß wir, wenn wir so langsam wie jetzt weiterreiten, in einer Stunde beim Estrecho ankommen werden.«

Die Männer richteten infolge dieser Worte ihre Blicke auf den Baum, und einer von ihnen, welcher sehr scharfe Augen hatte, meinte:

»Ich sehe außer dem Baum noch etwas, Majestät. Wenn ich mich nicht irre, liegt ein Tier darunter. Es kann auch ein Mensch sein.«

»Hm! Ein einzelner Mensch hier, in dieser entlegenen und doch so gefährlichen Gegend? Sollte es etwa gar ein Gambusino sein, der von der Bonanza gehört hat und hier nach Gold sucht? Den wollen wir uns ja scharf betrachten!«

Schon nach kurzer Zeit sahen sie, daß es allerdings kein Tier sondern ein Mensch war, welcher lang ausgestreckt unter dem Baume lag und zu schlafen schien. Um ihn zu überraschen, stieg der Anführer mit noch einigen seiner Begleiter von dem Pferde und ging mit ihnen leise voran, während die andern langsam nachgeritten kamen.

Der Mann unter dem Baum mußte fest schlafen, denn er hörte die sich Nähernden nicht, die ihn sogleich umringten, als sie den Baum erreichten. Ein Stück Leder, das er wie einen Beutel zusammengefaltet hatte, steckte in seinem Gürtel, aber nicht ganz; der obere Teil desselben blickte daraus hervor; er war ein wenig auseinander gegangen und ließ die Augen der Weißen auf ein mehr als haselnußgroßes Stück gediegenen Goldes fallen.

»*Tempestad!*« entfuhr es den Lippen des Anführers. »Der Mann hat Nuggets! Er ist ein Halbfarbiger, wahrscheinlich ein Mestize. Nuggets! Hier in der Nähe des Estrecho! Sollte –?! Dem müssen wir sofort auf die Zähne fühlen!«

Jetzt kamen die Männer zu Pferde heran. Das Hufgetrappel weckte den Schläfer. Er schlug die Augen auf, sah die Weißen und sprang ganz erschrocken in die Höhe. Wie unwillkürlich fuhr er mit der Hand nach dem Gürtel; er fühlte, daß der Beutel sich ein Stück hervorgeschoben hatte, und stopfte ihn so ängstlich schnell und hastig zurück, daß man Verdacht fassen mußte, auch wenn man das Gold nicht gesehen hatte. Es war natürlich kein andrer als Ik Senanda, welcher seine Rolle ausgezeichnet spielte. Er hatte hier auf die Weißen gewartet, sie schon von weitem kommen sehen und sich nur so gestellt, als ob er eingeschlafen sei. Der Beutel war mit Absicht von ihm in eine Lage gebracht worden, daß er aufklaffte. Die Aufmerksamkeit der Bleichgesichter sollte ja gleich auf den Umstand gerichtet werden, daß er Gold besaß. Sie gingen auch schnell und ohne alles Mißtrauen in das ihnen vorgehaltene Netz; ihr Führer fragte in strengem Tone:

»Darf man vielleicht fragen, wer Ihr seid, halbroter Boy?«

»Ich heiße Yato Inda,« antwortete der Gefragte. Er gab sich also den vertrauenerweckenden Namen, den er sich schon im Firwood-Camp beigelegt hatte.

»Yato Inda? Das heißt guter Mann, wenn ich mich nicht irre. Wer war Euer Vater?«

»Ein weißer Jäger.«

»Und Eure Mutter?«

»Eine Tochter der Apatschen.«

»Da stimmt der Name. Zu welchem Zweck treibt Ihr Euch denn hier in dieser Gegend herum, die den Komantschen gehört und wo es gar keine Apatschen gibt?«

»Mein Stamm will mich nicht mehr dulden.«

»Weshalb?«

»Weil ich ein Freund der Bleichgesichter bin.«

»Hm! Ihr seid also ein Ausgestoßener? Auch das stimmt, denn Ihr habt nur ein Messer; man hat Euch also das Gewehr genommen.«

»Yato Inda wird zu den Bleichgesichtern gehen und sich dort ein Gewehr kaufen.«

»So! Daß die Roten Euch ausgestoßen haben, ist ein Umstand, der Euch uns empfiehlt; aber wenn Ihr Euch ein Gewehr kaufen wollt, müßt Ihr doch Geld haben?«

»Yato Inda braucht kein Geld.«

»Nicht? Glaubt Ihr, daß man Euch ein Gewehr schenken wird?«

»Nein. Die Bleichgesichter verschenken nichts; aber sie sind auch zufrieden, wenn sie für Gewehre und Feuerwasser nicht rundes Geld, sondern goldene Nuggets bekommen.«

»Ah, Feuerwasser! Du scheinst das wohl sehr gern zu trinken?«

»Sehr!« antwortete der Mestize in dem aufrichtigsten und unbefangensten Tone, den es geben kann.

»So habt Ihr also zwar kein rundes Geld, aber dafür goldene Nuggets?«

»Yato Inda hat keine, aber er wird so lange suchen, bis er welche findet.«

»Das klingt doch grade, als ob Ihr nach der berühmten Bonanza of Hoaka suchtet!«

Majestät glaubte, das sehr pfiffig gesagt zu haben; der noch schlauere Mestize ließ ihn bei dieser Meinung und erwiderte, indem er ein dummstolzes Gesicht dabei zeigte:

»Hat mein weißer Bruder auch von dieser Bonanza gehört? Er scheint sie für eine Lüge, für eine Erfindung zu halten?«

»Das thue ich allerdings, denn so viel Gold, wie da beisammenliegen soll, kann es gar nicht auf einer Stelle geben.«

»Uff!« rief der Mestize noch viel selbstbewußter aus. »Es ist keine Unwahrheit. Diese Bonanza ist wirklich vorhanden.«

»Wirklich? Kennt Ihr sie etwa?«

»Ich weiß, wo sie ist, und – – uff, uff!« verbesserte er sich in erschrockenem Tone, »ich weiß, daß sie vorhanden ist.«

Man kann sich denken, wie groß die Spannung war, mit welcher die Weißen dieses Examen verfolgten, und wie sehr ihr Anführer innerlich triumphierte, als der Mestize sich in dieser Weise verplapperte. Dieser trat rasch einen Schritt näher an das Halbblut heran und sagte:

»Du hast dich versprochen; du hast mehr gesagt, als du wolltest. Du weißt nicht nur, daß es eine Bonanza of Hoaka gibt, sondern du weißt auch, wo sie liegt!«

Er nannte den Mestizen jetzt du, um ihn einzuschüchtern, und das schien ihm auch zu gelingen, denn der Genannte stotterte, als ob er sich in größter Verlegenheit befände:

»Ich – ich – weiß – weiß das nicht, denn ich – darf es nicht sa – –«

»Sagen, du darfst es nicht sagen! Jetzt ist es heraus; jetzt habe ich dich, Bursche!«

»Nein – nein – nein! Ich – ich weiß es nicht!«

»Schweig! Du weißt es! Wo liegt die Bonanza? Wirst du es gestehen? Wirst du die Wahrheit sagen?«

»Ich – ich kann nichts gestehen, denn – denn ich weiß es nicht!«

»So! Schurke, der du bist, ich werde dir beweisen, daß du uns belügst. Paß auf!«

Er fuhr ihm mit einem schnellen Griff nach dem Gürtel und riß den Beutel heraus. Da dieser nicht zusammengenäht war, sondern nur aus einem zusammengefalteten Leder bestand, ging er dabei auseinander, und mehr als eine Handvoll Nuggets, die er enthielt, fielen auf die Erde nieder. Der Mestize stieß einen Schrei des Entsetzens aus und bückte sich schnell nieder, um die auf dem Boden zerstreuten Goldkörner eiligst zusammenzulesen; aber die Weißen waren noch rascher als er; die von ihnen nächststehenden warfen sich nieder und rissen die Nuggets an sich, ehe er eines davon zu erlangen vermochte. Die »Majestät« packte ihn mit beiden Händen am Arme, riß ihn empor und donnerte ihn an:

»Siehst du jetzt, Halunke, daß du überführt worden bist? Wo hast du diese Nuggets her?«

Der Mestize öffnete den Mund, antwortete aber nicht; er that, als ob er vor Schreck kein Wort hervorbringen könne, und stotterte erst dann, als die Frage einige Male wiederholt worden war:

»Diese – diese Nuggets habe – habe ich gefunden.«

»Natürlich! Das wissen wir auch! Aber wo?«

»Dort – dort – da – gestern – da fand ich den Beutel im Walde.«

»Im Walde? Den Beutel? Infamer Lügner! So einen Beutel voller Nuggets wirft niemand im Walde weg. Du hast das Gold aus der Bonanza und wirst uns sofort sagen, wo sie liegt!«

»Das – das – kann ich nicht sagen!«

»So! Aber ich werde dir gleich beweisen, daß du es sagen

kannst! Ich gebe dir eine einzige Minute Zeit. Wenn wir dann noch keine Antwort haben, bekommst du so viel Kugeln in den Leib, wie wir hier Flinten haben! Also entscheide dich!«

Die Weißen richteten alle ihre Gewehre auf ihn; da rief er in vortrefflich gespieltem Schreck:

»Schießt nicht; schießt nicht! Ihr habt ja gehört, daß ich ein Freund der Bleichgesichter bin! Ich habe deshalb ohne Gewehr und Pferd den Stamm verlassen müssen; soll ich deshalb nun auch noch getödtet werden?«

»Nicht deshalb, sondern deines Leugnens wegen. Wenn du wirklich ein Freund der Weißen bist, so beweise das durch deine Aufrichtigkeit!«

»Ich darf nicht! Es ist den roten Männern streng verboten, die Bonanza zu verraten.«

»Du bist kein Indianer, sondern ein Halbblut, also ist es dir nicht untersagt. Und wenn ich ein Indsman wäre und würde von meinem Stamme ausgestoßen, so würde ich mich auf alle Weise zu rächen suchen. Dazu hast du jetzt die allerbeste Gelegenheit, indem du uns sagst, wo die Bonanza of Hoaka liegt.«

»Rache? Ah – ah – uff! Rache!« rief er, als ob er jetzt im Begriffe stünde, sich eines Besseren zu besinnen.

»Ja, Rache, Rache für die großartige Beleidigung, die man dir angethan hat!«

Der Mestize stand noch unentschlossen da; seine Miene sagte deutlich, daß er mit sich kämpfte, und als die Weißen alle ermunternd auf ihn einsprachen, sagte er in schon bereitwilligerem Tone:

»Wenn ich – auch wollte – ich kann – kann es doch nicht sagen!«

»Warum nicht?«

»Weil – weil – weil ich eben ausgestoßen worden bin. Ich darf nie zu meinem Stamme zurückkehren; ich muß zu den Bleichgesichtern gehen und bei ihnen wohnen und leben; dazu brauche ich aber Gold, viel Gold, weil man den Weißen alles bezahlen muß. Das aber würdet Ihr mir nehmen, wenn ich Euch verriete, wo die Bonanza liegt!«

»Welch eine Dummheit! Wie groß, wie riesengroß sie ist, das wirst du sogleich erfahren. Wie viel Gold wird wohl in der Bonanza zu finden sein?«

»Uff!« rief er, wie unbedacht triumphierend. »So viel, daß fünfzig Pferde es nicht forttragen könnten.«

»Ist es die Möglichkeit!« schrie Majestät da förmlich auf. »Ist das wahr? Ist's wirklich wahr?«

»Ja. Ich habe es liegen sehen.«

»Wann?«

»Schon oft, und heute Vormittag zum letztenmal.«

»Hört ihr es, ihr Männer? Habt ihr's gehört? Nehmt euch um Gottes willen zusammen, daß euch nicht der Verstand überschnappt! So eine Masse, so eine ungeheure Masse von Gold! Das reicht ja zu, um die ganzen Vereinigten Staaten zu kaufen! Und da denkt dieser dumme Mensch, daß er alles allein nur für sich braucht, um eine Flinte und Feuerwasser bezahlen zu können! Mensch, ich sage dir, wenn du nur so viel Gold hast, wie du mit deinen Händen zu tragen vermagst, kannst du dir die größten Wünsche erfüllen und Feuerwasser trinken, so lange du lebst! Aber du sollst gar nicht so wenig davon bekommen. Wenn du uns die Bonanza zeigst, so werden wir teilen; du bekommst die eine Hälfte, und wir nehmen die andre; dann kannst du alle deine Apatschen auslachen und herrlicher leben als der Präsident, den ihr den weißen Vater nennt!«

»Herrlicher – als der – als der weiße Vater? Ist das wahr?« fragte er so freudetrunken, als ob er sich das Leben des Präsidenten noch tausendmal wonniger vorstellte, als das Leben in den ewigen Jagdgründen.

»Ja, ja! Ich gebe dir hiermit den heiligsten Schwur darauf. Du wirst dann alles, alles bekommen, was dein Herz begehrt.«

»Auch Feuerwasser, so viel ich nur trinken will?«

»Mehr, viel mehr Feuerwasser, als selbst der Mississippi fassen könnte! Nur sage schnell, schnell, wo sich die Bonanza befindet!«

Sein Gesicht war verklärter und immer verklärter geworden; es war klar, daß er jetzt ganz nahe daran stand, das kostbare Geheimnis zu verraten, doch sprach er noch einen letzten Gedanken aus:

»Ihr seid über dreißig Krieger, und ich bin allein und ohne Waffen. Wenn ich euch die Bonanza zeige, werdet ihr alles für euch nehmen und mich fortjagen, so daß ich gar nichts bekomme!«

»Das ist Unsinn, hundertfacher, ja tausendfältiger Unsinn! Wir sind ehrliche Leute und geben dir die Hälfte. Ich habe es gesagt und werde mein Wort halten! Sagst du es uns aber nicht, so wirst du ohne Gnade und Barmherzigkeit erschossen, und zwar sofort, auf der Stelle, hier auf demselben Platze, wo du stehst. Also wähle, wähle rasch! Entweder den Tod oder so viel Feuerwasser, wie du in deinem ganzen Leben trinken kannst!«

Die Majestät war unbeschreiblich aufgeregt, und die andern Weißen waren es nicht minder. Ueber fünfzig Pferdelasten gediegenes Gold! Das war ja kaum auszudenken! Ihre gierigen Blicke sogen sich jetzt förmlich an die Lippen des Halbblutes fest. Bei diesem schien die abermalige Androhung des Todes ebenso sehr den Ausschlag zu geben wie die Hoffnung auf einen ganzen Mississippi voll Feuerwasser. Er antwortete zum Entzücken all der einunddreißig Männer:

»Yato Inda will euch sein Vertrauen schenken, er will glauben, daß er sich die Hälfte des Goldes nehmen darf, und wird euch darum zeigen, wo die Bonanza of Hoaka liegt.«

Da brach ein allgemeiner Jubel aus, ein Jubel, wie ihn der Westmann mit dem Worte »*shout*« zu bezeichnen pflegt. Selbst Majestät focht mit den Armen wie mit Windmühlenflügeln in der Luft herum und that einen Freudensprung nach dem andern, trotz seines Alters, seines grauen Bartes und seines schneeweißen Haupthaares. Nur ein einziger besaß Gewalt genug über sich, seine Aufregung einigermaßen zu beherrschen, nämlich der lange Hum, dessen Gesicht zwar auch vor Freude strahlte, der aber so laut in den Lärm der andern hineinrief, daß ihn alle hörten:

»Mylords und Gentlemen, Sennores und Mesch'schurs! Es steht uns eine ungeheure Freude bevor, aber unsre Rechtlichkeit soll nicht geringer, soll nicht kleiner sein. Wir haben diesem Manne die Hälfte des Goldes versprochen, und ich denke, daß wir ihm dieses Versprechen halten werden! Ehrlos der, welcher nicht dieser meiner Meinung ist!«

»Ja, ja; ja, ja!« lachte die Majestät, und »ja, ja; ja, ja!« lachten auch die andern.

Dieses Lachen sagte mehr als deutlich, daß das Wort »ehrlos« sie gar nicht abhalten werde, doch das zu thun, was sie sich im stillen vorgenommen hatten. Der Mestize that, als ob ihm dieses Lachen gar nicht auffällig sei und ihn noch viel weniger in seinem Vertrauen erschüttern könne; er erklärte vielmehr:

»Wenn ich euch jetzt nach der Bonanza führen soll, braucht ihr gar nicht weit mit mir zu reiten.«

»Nicht weit?« fragte die Majestät. »Dachte es mir! Die Bonanza liegt im Estrecho, nicht wahr?«

»Ja.«

»So würden wir sie nun finden, auch ohne daß du sie uns zeigst!«

»Nein,« antwortete er jetzt in zuversichtlichem Tone. »Ihr könntet trotzdem viele, viele Jahre danach suchen und würdet sie doch nicht finden.«

»So komm und geh voran! Aber versuche ja nicht, dich aus dem Staube zu machen! Du würdest sofort von einunddreißig Kugeln durchlöchert werden!«

Er that, als ob er diese Drohung gar nicht gehört hätte, und machte sich, indem er voranschritt, ohne Weigern auf den Weg; er wußte ja, daß sie ihrem sichern Untergange entgegengingen. Die Ausführung seines Planes war ihm viel, viel leichter gelungen, als er es sich vorgestellt hatte.

Es versteht sich ganz von selbst, daß die bethörten und vertrauensseligen Weißen jetzt von weiter nichts, als nur von der Bonanza sprachen. Hum war still, er ritt ganz hinterher und ging mit sich zu Rate, wie er es wohl anzufangen habe, seine Gefährten zu einem ehrlichen Verhalten zu bewegen. Nach einiger Zeit gesellte sich die Majestät zu ihm, um ihn lachenden Mundes zu fragen:

»Das, was Ihr vorhin von der Rechtlichkeit sagtet, ist doch wohl nur ein Scherz von Euch gewesen? Nicht?«

»Nein, Sir. Dieser Mann liefert uns ohne alle Gegenleistung die Hälfte seiner Schätze aus; da würden wir ja die armseligsten Schurken sein, wenn wir ihm das gegebene Versprechen nicht hielten.«

»Also war es Eure wirkliche und ernste Meinung? *Pshaw!* Ich bin niemals unehrenhaft gewesen und werde es auch nie sein; aber jedermann weiß, daß man den Indianern kein Versprechen zu halten braucht.«

»Das ist so schändlich gedacht, Sir, daß ich – hm! Ueberdies ist dieser Yato Inda kein Indsman; sein Vater war ein Weißer!«

»Das ist ja erst recht ein Grund, sich nichts, gar nichts aus ihm zu machen, denn diese Mischlinge sind noch viel schlimmer, verräterischer und treuloser als die reinblütigen Indianer. Er mag uns die Bonanza zeigen, und dann kann er gehen, wohin es ihm beliebt.«

»Ohne seine Hälfte?«

»Natürlich ohne sie! Ihm so eine schauderhafte Menge Gold zu lassen, das würde ja der reine Wahnsinn von uns sein!«

»Wahnsinn oder nicht, ich gebe es nicht zu, daß er betrogen wird!«

»Laßt Euch nicht auslachen! Was wollt Ihr gegen unser Vorhaben, gegen unsre dreißig Stimmen machen? Ihr könnt doch nichts, gar nichts gegen uns ausrichten!«

»O doch!«

»Was denn? Was habt Ihr vor?« klang es jetzt in scharfem Tone.

»Was ich thun oder lassen werde, das wird sich ganz nach Eurer Ehrlichkeit richten.«

»Soll das etwa eine Drohung sein, Sir?«

»Wenn Ihr nicht rechtlich mit dem Mestizen verfahrt, ja, dann ist es eine Drohung!«

Winnetou nannte das Gold *deadly-dust* (tödlicher Staub), weil er es schon in zahlreichen Fällen erfahren hatte, welches Unglück das schnell und leicht erworbene Metall den »glücklichen« Findern gebracht hatte. Auch hier, wo man die Bonanza noch gar nicht zu Gesicht bekommen hatte, zeigten sich schon die Folgen der Gier nach dem Besitze. Der Anführer, dessen Liebling Hum bisher immer gewesen war, warf alle Freundschaft hinter sich und drohte, indem sein Gesicht den Ausdruck unerbittlicher Feindschaft annahm:

»Wagt es ja nicht etwa, den Mestizen zu warnen oder sonst etwas gegen das, was wir zu thun willens sind, vorzunehmen! Wenn es sich um die Bonanza of Hoaka handelt, verstehe ich keine Spur von Spaß, und die andern denken da grade so wie ich. Ich will Euch warnen und Euch sagen: Eine Kugel würde Euch sicher sein!«

Nach dieser Drohung, die er im vollsten Ernste meinte, trieb er sein Pferd an, um wieder bei dem Halbblut an der Spitze des Zuges zu reiten, und Hum blieb als Hinterster zurück, ja, er verlangsamte die Schritte seines Pferdes noch mehr, denn die nahe vor ihm reitenden Gefährten hatten sein Gespräch mit dem Anführer gehört und wendeten sich zu ihm zurück, um ihn mit nicht weniger schweren Drohungen zu bedenken.

Er nahm sich in seinem rechtlichen Sinne trotzdem vor, keine Gefahr zu scheuen, um dem Mestizen zu dem Seinigen zu verhelfen; nur mußte er, um dies zu thun, warten, bis der Schatz gehoben war. Bis dahin hatte es keine Eile, und so kam es, daß er, der sich beleidigt und in seiner Ehrlichkeit gekränkt fühlte, immer weiter zurückblieb, bis er die Gefährten aus den Augen verlor. Er hatte nicht etwa weniger Verlangen nach dem vielen Golde als sie, aber der Aerger über den Betrug, den sie ausführen wollten, ließ ihn zögern, ihnen in gleicher Eile nach dem Estrecho zu folgen.

So kam es, daß er die Felsen, welche die Bonanza bergen sollten, später zu Gesicht bekam als sie. Als sein Auge darauf fiel, stutzte er und hielt sein Pferd an; einen Augenblick später sprang er sogar aus dem Sattel, um nicht so leicht bemerkt zu werden, denn er sah dort beim Estrecho Gestalten hin und her laufen, welche er unmöglich für seine Kameraden halten konnte. Gleich darauf zuckte eine helle Flamme empor, und es drang ein vielstimmiges Geheul zu ihm herüber, welches ihm bewies, daß er Indianer vor sich hatte.

Er erschrak, allerdings nicht wegen sich selbst. Zum Glück brach eben jetzt die Dämmerung herein, welche die Roten verhinderte ihn zu sehen, und überdies waren diese so mit dem Estrecho beschäftigt, daß sie gar keine Aufmerksamkeit mehr für die Richtung hatten, in welcher er sich von ihnen aus befand. Sie glaubten, alle Weißen in der Falle zu haben, und Ik Senanda war auch dieser Meinung, denn er hatte, an der Spitze des Zuges marschierend, fast gar nicht rückwärts geblickt und also nicht bemerkt, daß der lange Hum zurückgeblieben war.

Dieser fragte sich natürlich, was er unter den obwaltenden Umständen zu thun habe, und kam auf den ganz richtigen Gedanken, daß er, um seinen Gefährten nützlich sein zu können, vor allen Dingen sich selbst schonen müsse. Er hatte zu erfahren, in welcher Lage sie sich befanden und in welcher Weise er ihnen nützlich sein könne, mußte sich aber sehr hüten, dabei von den Indianern bemerkt zu werden. Darum wartete er, bis es vollständig dunkel geworden war, und ritt dann weiter, aber nicht etwa geradeswegs auf das jetzt noch deutlicher als vorher sichtbare Feuer zu, sondern er hielt sich mehr nach links, nach Osten, um sich in sicherer Entfernung von dem Thatorte hinter irgend einem Felsen seines Pferdes zu entledigen und dann vorsichtig anzuschleichen.

Die Flamme brannte an der westlichen Seite der Felsenspitze; er ritt der östlichen zu und fand dort einen verborgenen Winkel, in welchem er sein Pferd anpflockte, und zwar in einer solchen Entfernung von den Roten, daß er bei gutem Schritte eine Viertelstunde zu gehen hatte, um in ihre Nähe zu kommen.

Er brauchte aber längere Zeit, weil er sich mit Vorsicht bewegen mußte. In westlicher Richtung hinhuschend, gelangte er endlich an die Bodentiefung, welche die Spitze des Estrecho von dem Haupthöhenzuge abschnitt. Er legte sich nieder und kroch bis an die Ecke, von welcher aus er linker Hand von sich das Feuer in einer Entfernung von vielleicht zweihundert Schritten brennen sah. Es loderte so hoch und breit empor, daß sein Schein bis an die Ecke drang und sie fast tageshell erleuchtete. Weiter durfte er sich unmöglich vorwagen, denn er sah eine ganze Anzahl von Roten, welche unaufhörlich beschäftigt waren, neue Holzbündel in die Flammen zu werfen; es wäre gar nicht anders möglich gewesen, als daß sie ihn gesehen hätten.

Das waren aber nicht die einzigen Indianer, die er sah. Die Helligkeit stieg auch an den Felsen empor, und als er seine Augen nach dort richtete, erblickte er noch viele andre Indsmen, welche aus irgend einem ihm noch unbekannten Grunde da hinaufkletterten und sich auf der Höhe zu verteilen schienen. Was wollten sie dort? Das fragte er sich lange vergeblich, bis er eine Stimme herunterschallen hörte. Der Wortwahl und dem Ausdrucke nach mußte der Sprechende ein Roter sein, denn er bediente sich jenes Gemisches von Englisch und Indianisch, in welchem nur die Indianer sich auszudrücken pflegen. Man konnte zwar nicht jedes einzelne Wort verstehen, aber doch den Sinn der Rede verfolgen, und dieser lautete, kurz zusammengefaßt:

»Legt alle eure Waffen von euch, und zieht euch in den Hintergrund des Estrecho zurück! Wer einen Schuß thut oder sich sonst gegen uns wehrt, der muß am Marterpfahle sterben; wer sich aber ohne Widerstand ergibt, dem werden wir die Freiheit und das Leben schenken!«

»Ah, jetzt weiß ich es!« dachte Hum. »Die Weißen sind von Indianern bei der Bonanza eingeschlossen worden. Bonanza? Hm! Da geht mir nicht nur ein einziges *tallow-candle* (Talglicht), sondern gleich ein ganzer *soap-boiler* (Seifensieder) auf! Es gibt gar keine Bonanza hier, sondern dieser infame Mestize hat für diese Roten den Spion gemacht und uns mit seinen Nuggets nur deshalb bethört, um uns alle ihnen in die Hände zu treiben. Wie gut ist's, daß ich ein ehrlicher Mensch bin, denn wenn ich das nicht wäre, so säße ich jetzt ebenso tief in der Skalpiertinte wie sie! Sie müssen heraus, unbedingt heraus, und das kann nur durch mich geschehen! Aber wie? Sie sind nur dreißig, während es mir scheint, daß die Indsmen dreimal so viel zählen.«

Er sann eine Weile über eine mögliche Weise nach, seinen Gefährten Hilfe zu bringen, und sagte sich dann:

»Es ist schwer, ungeheuer schwer, wenn nicht ganz und gar unmöglich, in diesem Falle irgend etwas zu unternehmen, aber ich bin ganz gern bereit, mein Leben daran zu wagen. Hin zum Feuer kann ich nicht, und hier an den Felsen hinauf kann ich auch nicht, weil es dort oben fast ebenso hell wie hier unten ist. Und doch muß ich hinauf, um zu sehen, wie die Ziege im Sodawasser schwimmt. Hm, was hier an der nördlichen Seite unmöglich ist, bringe ich vielleicht an der südlichen fertig. Ich werde es probieren, denn probieren ist besser als lamentieren. Also fort von hier!«

Er kehrte um und eilte am Felsen hin zurück, um die Spitze desselben zu umbiegen und so nach der andern Seite zu kommen. Er hatte aber kaum hundert Schritte zurückgelegt, als plötzlich eine kleine, schmächtige Gestalt vor ihm auftauchte und ihn, überraschenderweise in deutscher Sprache, die ihm ganz geläufig war, anrief:

»Halt, geliebter Unbekannter! Mit wem loofen Sie denn so um die Wette? Lassen Sie Ihre Beene gefälligst schtehen bleiben, sonst schieße ich Sie oogenblicklich hier mit meiner Flinte durch und durch!«

Es war ein Weißer, der zu ihm sprach, noch dazu ein Deutscher, also jedenfalls keine feindliche Person; aber Hum war in der Weise von dem Gedanken eingenommen, sehr rasch nach der andern Seite des Estrecho zu kommen, daß er weder daran dachte, wie seltsam und unerklärlich diese plötzliche Begegnung war, noch sich die Zeit nahm, der Aufforderung Folge zu leisten und stehen zu bleiben. Er antwortete nur hastig, auch in deutscher Sprache:

»Lassen Sie mich! Ich habe keine Sekunde zu versäumen!«

Indem er hierauf weitereilte, hörte er dieselbe Stimme hinter sich:

»Der hat das Loofen ooch von keener Gartenschnecke gelernt! Na, weit kommt er nich; ich seh' den Hieb schon sitzen!«

Hum wußte nicht, was das bedeuten sollte, erfuhr es aber nach wenigen Augenblicken, denn noch waren diese Worte kaum verklungen, so richtete sich eine zweite Gestalt vor ihm empor, hielt ihn mit einer Hand im Laufe auf und schlug ihm die andre Faust so an den Kopf, daß er lautlos zusammenbrach. Er befand sich nun, wenigstens für den Augenblick, in einer nicht bessern Lage als seine Gefährten, die er hatte retten wollen, obgleich sie sich ihm in der letzten Stunde nicht mehr so freundschaftlich wie vorher gezeigt hatten.

Sie waren, wie schon erwähnt, ihm vorausgeritten und unter der Führung des Mestizen an den hohen Quarzfelsen gekommen, in welchen der Estrecho de cuarzo schmal und tief einschnitt. Sie folgten ihm auch ohne Besinnen und mit vollem Vertrauen hinein und schöpften auch dann noch keinen Verdacht, als er stehen blieb und, sie an sich vorüberweisend, sagte:

»Wenn die Bleichgesichter alle herein sind, mögen sie absteigen und ihren Pferden die Beine zusammenhobbeln. Ich werde bis dahin die verborgene Mine schnell öffnen, um ihnen die Bonanza dann gleich zeigen zu können.«

Er kniete dabei an der Felswand nieder und begann, in dem dort am Boden angesammelten Steingrus zu wühlen, als ob er da den Eingang zur Bonanza freilegen wolle. Sie ritten auch bis zum letzten Mann an ihm vorüber, und nur Majestät, der aus dem Sattel gestiegen war, blieb bei ihm stehen und fragte begierig:

»Hier also liegt das Gold so massenhaft vergraben?«

»Ja,« nickte der Mischling.

»So will ich dir helfen, damit es schneller geht!«

»Das Loch ist hier so eng, daß nur ein einzelner Mann graben kann.«

Er beabsichtigte, den Anführer zu beschäftigen, um dessen Aufmerksamkeit von sich abzulenken, und dieser ging in seiner Ungeduld auch ahnungslos auf diesen Gedanken ein, indem er ihm gebot:

»So tritt zur Seite! Ich will es selber machen.«

Er kauerte sich nieder und begann mit den Händen das Geröll so eifrig zu entfernen, daß er gar nicht daran dachte, auf den Mestizen acht zu geben. Dieser sah ihm nur eine ganz kurze Zeit zu, nicht einmal eine Minute lang, trat dann einige Schritte zurück, überzeugte sich mit einem schnellen Blick, daß keiner von den Weißen, die alle noch mit ihren Pferden beschäftigt waren, nach ihm sah, und huschte dann mit lautlosen Schritten nach dem Eingange zurück, wo die schnell herbeigeeilten Komantschen sich schon bemühten, ihre Holzbündel aufzuhäufen, und der Häuptling schon sein Punks (Prairiefeuerzeug) handhabte, um Feuer zu machen.

»Uff!« sagte Tokvi-Kava in hochbefriedigtem Tone. »Sie sind in die Falle gegangen, und ich bin sehr zufrieden mit dir!«

»Uff!« antwortete Ik Senanda. »Die Gefahr ist glücklich an mir vorübergegangen!«

»Das habe ich dir vorhergesagt. Der Zunder glimmt schon. Nun werden wir die Bleichgesichter sehr bald heulen hören!«

Die Dämmerung senkte sich nieder, und hier in der Felsenenge war es noch dunkler als draußen im Freien. Majestät scharrte in den Steinen, als ob sein Leben davon abhängig sei. Dabei sagte er zu dem vermeintlich noch neben ihm stehenden Mestizen:

»Es ist so finster hier, daß man fast gar nichts sehen kann. Wir werden einige Feuer anbrennen; Holz gibt's ja da draußen im Walde genug.«

Als keine Antwort erfolgte, wendete er den Kopf, bemerkte aber den nicht, an welchen diese Worte gerichtet waren. Selbst jetzt schöpfte er noch nicht Verdacht, sondern er richtete sich nur auf, um den Namen Yato Inda einigemale laut zu rufen. Erst als hierauf keine Antwort erfolgte, wurde er besorgt und fragte seine Leute nach dem Mestizen. Keiner konnte Auskunft erteilen. Weiter als bis zu der Stelle, wo er in den Steinen gewühlt hatte, war er nicht in die Enge eingedrungen, und da er sich dort nicht mehr befand, konnte er nur in der Richtung nach dem Ausgange gesucht werden. Nun endlich zeigte sich der Verdacht, und zwar ebenso stark wie plötzlich.

»Zounds!« rief der Anführer. »Der Mestize wird uns doch nicht entwichen sein!«

Er bekam keine Antwort, aber alle hatten ganz denselben Gedanken.

»Wir müssen rasch hinaus!« fuhr er fort. »Da draußen ist es heller als hier. Vielleicht sehen wir ihn noch laufen!«

Er wendete sich dem Eingange zu, und die andern wollten ihm folgen, doch blieben alle schon nach wenigen Schritten erschrocken stehen, denn sie sahen in diesem Augenblicke da vorn eine Flamme aufgehen, welche sich in einigen Sekunden so vergrößerte und verbreiterte, daß sie den schmalen Ausgang vollständig ausfüllte und unpassierbar machte.

»Himmel, was ist das!« schrie er auf. »Ist das dieser Mestize gewesen? Wer hat – –«

Er sprach die angefangene Frage gar nicht aus; sie wurde ihm auch ohnedies beantwortet, denn draußen erhob sich hinter dem Feuer das Kriegsgeheul der Komantschen, daß es schien, als ob zu beiden Seiten die Felsen zitterten. Die Weißen standen sprachlos vor Entsetzen; es war ihnen sofort klar, in welcher Lage sie sich befanden. Die Majestät faßte sich zuerst, aber nur zu einem Fluche:

»Alle Wetter! Wir sind eingeschlossen! Dieses Halbblut hat uns an die Indianer verraten. Es sind Komantschen; ich erkenne sie an ihrem Geheul. Hier an den Wänden kann keine Eichkatze hinauf, viel weniger noch ein Mensch; wir müssen es doch da vorn mit dem Feuer versuchen. Steigt auf die Pferde und nehmt die Gewehre zur Hand! Wir können vielleicht durch die Flammen setzen, ehe sie noch größer werden. Der rascheste Entschluß ist hier jedenfalls der beste. Jenseits des Feuers geben wir den roten Teufeln unsre Kugeln.«

»Wie viele sind ihrer denn?« fragte einer.

»Das weiß ich natürlich nicht; aber in einer solchen Lage darf man die Feinde nicht zählen. Wir müssen hinaus, und wenn es ihrer tausend sind. Nehmt euch nur in acht, daß das bißchen Pulver, welches ihr habt, nicht explodiert. Ein schneller Sprung muß jeden durch die Flamme tragen. Also vorwärts jetzt, *my boys!*«

Die Weißen hatten alle ihre Pferde schnell wieder losgehobbelt und sich in den Sattel geschwungen. Majestät voran, ritten sie, ihre Gewehre schußbereit haltend, dem Ausgange zu. Dies hätte im Galopp geschehen sollen, wenn jeder mit einem einzigen Satze durchs Feuer kommen sollte, aber das war leider wegen der Enge und wegen einer plötzlichen scharfen, wenn auch ganz kurzen Wendung, welche der Estrecho machte, nicht möglich. Als Majestät diese Biegung hinter sich hatte, sah er das Feuer ganz nahe vor sich, ein Umstand, den er nicht in Berechnung gezogen hatte. Die Distanz war nun zu kurz, um einen Anlauf zu nehmen; dazu scheute sein Pferd und weigerte sich, weiterzugehen. Und als er versuchte, es durch Schläge vorwärts zu bringen, hörte er eine laute, befehlende Stimme, welche ihm von jenseits des Feuers zurief:

»Halt! Die Bleichgesichter mögen ja nicht weiter reiten! Ich bin Tokvi-Kava, der Häuptling der Komantschen und habe sechsmal fünfzig Krieger hier bei mir. Ihr könntet, wenn ihr so toll wäret, es zu thun, nur einzeln durch das Feuer reiten und würdet ebenso einzeln von uns niedergeschossen werden!«

»Tokvi-Kava, der Jägerschinder!« rief Majestät aus, indem er sich zurück an seine Leute wendete. »Habt ihr gehört, was er sagte? Der Mensch hat recht: Wir sind vollständig eingeschlossen und können nicht hinaus. Er wird unsre Skalpe wollen, und wir können vom größten Glücke sagen, wenn er sich so weit bereden läßt, daß wir mit dem nackten Leben davonkommen!«

Als ob der »schwarze Mustang« diese Worte gehört hätte, war seine Stimme jetzt wieder zu vernehmen:

»Wenn die Bleichgesichter sich wehren, sind sie verloren. Ich werde ihnen aber das Leben schenken, wenn sie sich uns ergeben.«

Da die hintersten der Weißen dieses Versprechen nicht verstanden hatten, teilte Majestät es ihnen mit. Es wurde eine kurze Beratung gehalten, deren Ergebnis war, daß mit den Roten verhandelt und durch List so viel wie möglich Zugeständnisse von ihnen erlangt werden sollten. Darum rief jetzt Majestät dem Häuptlinge zu:

»Was habt ihr gegen uns, daß ihr uns als Feinde behandelt? Wir haben euch doch nichts gethan!«

»Alle Bleichgesichter sind unsre Feinde,« erhielt er zur Antwort. »Es gibt für euch keinen einzigen Weg zur Flucht, und ihr könnt euer Leben nur dadurch retten, daß ihr euch uns ohne alle Gegenwehr ausliefert. Werft die Waffen weg!«

»*Behold!* So weit sind wir noch lange nicht! Es ist ja wahr, daß ihr uns eingeschlossen habt; aber versucht es doch einmal, uns hier herauszuholen! Grade unsre Gewehre werden euch da beweisen, daß es ein Unsinn ist, uns als wehrlose Gefangene zu betrachten.«

»Uff! Sieh dich in deinem Gefängnis doch erst einmal ordentlich um. Droben auf den Felsenkanten stehen über hundert Krieger der Komantschen, welche bereit sind, auf einen Wink von mir ihre Kugeln auf euch herabzusenden.«

»Fatale Lage!« knirschte da die Majestät, freilich nicht so laut, daß die Indianer es hören konnten. »Wenn es so ist, so putzen sie uns von da oben aus weg, ohne daß wir ihnen auch nur einen von unsern Zähnen zeigen können. Es bleibt uns wahrhaftig nichts andres übrig, als durch eine schlaue Verhandlung mit dem Mustang für uns so viel wie möglich herauszuschlagen. Wollen doch einmal hören, was er uns für Bedingungen stellt!«

Und sich wieder nach dem Feuer wendend, rief er laut:

»Deine Leute mögen da oben stehen, so lange sie wollen; wir fürchten uns nicht. Aber ich habe gehört, daß Tokvi-Kava ein tapferer und gerechter Häuptling ist, der niemals Feindschaft hegt gegen Menschen, welche ihn nicht beleidigt oder gar geschädigt haben. Darum bin ich überzeugt, daß du die jetzige Feindseligkeit sofort einstellen wirst, wenn du hörst, wer wir sind, und daß wir in dieser Gegend nichts suchen, sondern sie nur rasch durchreiten wollen. Ich bin also bereit, mit dir zu sprechen.«

»So komm heraus!«

»Der stolze Häuptling der Komantschen kann nicht im Ernste verlangen, daß ich zu ihm gehe. Wir sind nur dreißig Mann, während er, wie er selber sagt, dreihundert Krieger bei sich hat. Ich würde alles auf das Spiel setzen, wenn ich mich von hier entfernte, während er hingegen gar nichts wagt, wenn er zu uns herein in den Estrecho kommt.«

»Ich bin Häuptling und habe es nicht nötig, einem Bleichgesichte nachzulaufen,« antwortete der Mustang stolz.

»*Well!* Aber, wenn du nicht kommst, würde es scheinen, als ob du dich fürchtest, und wir würden annehmen, daß du lange nicht so viel Krieger bei dir hast, wie du sagtest. Wenn du also wirklich ein tapferer und mutiger Mann bist und wirklich unter dem Schutze von sechsmal fünfzig Komantschen stehst, darfst du nicht verlangen, daß ich die wenigen Leute verlasse, welche bei mir sind.«

Tokvi-Kava mußte einsehen, daß der Weiße recht hatte; er war überdies vollständig überzeugt, daß die Weißen sich ganz in seiner Gewalt befanden und ihm nicht das geringste anhaben konnten; darum antwortete er:

»Wie darfst du es wagen, an meinem Mute zu zweifeln! Ich werde dir beweisen, daß ich euch als Hunde betrachte, welche nicht beißen können, weil ihnen die Mäuler zugebunden sind. Aber die Bleichgesichter haben doppelte Zungen, und in ihren Herzen wohnt der Verrat; sie werden sich meiner Person bemächtigen wollen, wenn ich zu ihnen komme.«

»Nein. Bei uns ist der Unterhändler stets unantastbar. Du wirst also bei uns ganz ebenso sicher sein, wie in der Mitte deiner Krieger.«

»Ich kann also zurückkehren, sobald es mir beliebt?«

»Ja.«

»Auch wenn ich nicht mit dir einig werde?«

»Auch dann.«

»Ihr werdet mich nicht festzuhalten suchen?«

»Nein.«

»Sprichst du die Wahrheit?«

»Ja. Ich versichere dir, daß ich keine Hintergedanken habe.«

»Wir glauben an den großen Geist, den ihr Gott nennt; was ihr bei ihm schwört, müßt ihr halten. Versprich mir also bei eurem Gott, daß ihr, wenn ich gehen will, mich nicht anrühren werdet!«

»Ich schwöre und verspreche es dir.«

»So werde ich kommen.«

Es dauerte eine kleine Weile, bis das brennende Holz ein wenig beiseite geschoben wurde, so daß zwischen der Flamme und dem Felsen eine Lücke entstand, welche der Häuptling durchsprang. Dann kam er hoch erhobenen Hauptes und stolzen Schrittes zu den Weißen, deren Anführer gegenüber er sich niedersetzte. Majestät wußte, daß nach der Ansicht der Indianer der Sieger das Gespräch zu beginnen habe; darum schwieg er und wartete, bis der Mustang nach längerer Zeit die Verhandlung durch die Frage einleitete:

»Die Bleichgesichter haben eingesehen, daß es von ihnen Wahnsinn wäre, sich gegen uns zu wehren?«

»Nein,« antwortete der Weiße. »Das haben wir noch nicht eingesehen.«

»So seid ihr alle ohne Hirn geboren worden! Kein Mensch kann diese Felsen erklettern, und kein Pferd oder Reiter wird durch die Glut des Feuers kommen. Von da oben sehen zweihundert Augen herab, und hundert Gewehre sind bereit, euch in kurzer Zeit zu vernichten, welche ihr Bleichgesichter eine Minute nennt.«

»*Pshaw!* Diese Gewehre fürchten wir nicht. Es gibt hier im Estrecho überhängende Stellen genug, welche uns Schutz vor euern Kugeln bieten.«

»Wie lange wird dieser Schutz währen!« meinte der Mustang verächtlich. »Es ist gar nicht nötig, daß wir Kugeln an euch verschwenden. Wir haben draußen Wasser und Wild, so viel wir wollen, ihr aber nicht; wir brauchen also nur zu warten, bis ihr vom Hunger und vom Durste hinausgetrieben werdet.«

»Das kann lange dauern!«

»Uff! Je länger es dauert, desto mehr wird unsre Nachsicht schwinden, die wir jetzt noch mit euch haben wollen. Dann dürft ihr auf kein Erbarmen rechnen. Wenn ihr euch aber jetzt ergebt, werdet ihr erfahren, daß noch Gnade in unsern Herzen lebt.«

»Gnade? Was haben wir verbrochen, daß du von Gnade sprichst? Beweise einem meiner Leute eine einzige, wenn auch noch so kleine That, die er gegen euch begangen hat; dann will ich zugeben, daß du von Gnade reden darfst!«

»*Pshaw!* Tokvi-Kava, der berühmte Häuptling der Komantschen, hat nichts zu beweisen. Wir haben das Beil des Krieges gegen alle Bleichgesichter ausgegraben und müßten also eigentlich alle, die in unsre Hände fallen, am Marterpfahle sterben lassen. Es ist also ein großes Erbarmen von uns, wenn wir euer Leben nicht verlangen, sondern es euch schenken wollen. Dieses Erbarmen währt aber nur ganz kurze Zeit; es wird verschwunden sein, wenn ich von hier weggegangen und zu meinen Kriegern zurückgekehrt bin. Entschließe dich also schnell! Die Söhne der Komantschen wünschen euer Blut; jetzt werden sie mir gehorchen; sobald sie aber hören, daß meine gütige Rede nicht in eure Ohren gedrungen ist, kann ich sie nicht länger abhalten, euch die Skalpe zu nehmen!«

Er sagte das in so bestimmtem Tone, daß seine Worte die beabsichtigte Wirkung nicht verfehlten. Majestät sprach, um sich zu vergewissern, die Frage aus:

»Du verlangst also, daß wir uns euch ergeben, und versprichst, falls wir dies thun, unser Leben zu schonen. Hoffentlich ist mit dem Leben auch unsre Freiheit gemeint?«

»Wir schenken euch das Leben, und ihr könnt gehen, wohin ihr wollt,« versprach der Häuptling, obgleich er gar nicht daran dachte, dieses Versprechen zu halten.

»So sag, was du unter der Forderung verstehst, daß wir uns ergeben sollen!«

»Ihr liefert uns alle eure Waffen ab.«

»Die Pferde etwa auch?«

»Nein. Die Krieger der Komantschen sind so reich an guten Pferden, daß sie die schlechten, die ihr habt, mit Verachtung von sich weisen.«

»Und unser übriges Eigentum?«

»*Pshaw!* Alles, was ihr besitzet, ist für uns so wertlos wie die dürren Grashalme, welche der Wind von dannen trägt. Wir wollen eure Waffen, weiter nichts!«

»Aber dann können wir nicht jagen, um uns zu erhalten, und sind ganz wehrlos gegen Feinde, falls uns solche begegnen!«

»Ihr behaltet ja eure Pferde, und das nächste Fort der Bleichgesichter liegt nicht weit von hier. Ihr könnt es schnell erreichen und dann dort alles, was ihr braucht, bekommen. Jetzt habe ich alles gesagt, was ich zu sagen hatte, um euch das Leben zu erhalten. Ich darf meine Krieger nicht länger warten lassen und werde mich entfernen. Sag also schnell, was du beschlossen hast und zu thun gedenkst!«

Er stand auf und wendete sich ab, als ob er gehen wolle. Das machte die erfahrene und sonst so bedachtsame Majestät ängstlich und die andern Weißen ebenso. Der Mustang wurde aufgefordert, noch einige Augenblicke zu bleiben; der Anführer sammelte die Stimmen seiner Leute, und es ergab sich, daß sie alle ohne Ausnahme in ihrer gegenwärtigen Lage es für geraten hielten, ihr Leben und ihre Freiheit höher anzuschlagen, als den Besitz ihrer Gewehre, welche sie allerdings, wie der Häuptling gesagt hatte, schon im nächsten Fort durch andre ersetzen konnten. Sie glaubten seinen Versicherungen und dachten gar nicht daran, daß er auch nur den Gedanken hegen könne, sie ihrer Waffen nur zu berauben, um sie dann ganz ohne Gefahr hinmorden zu können. Als ihm ihr Entschluß mitgeteilt wurde, blitzte es in seinen Augen auf; er sagte aber in freundlichem Tone:

»Die Bleichgesichter haben sehr klug gewählt; sie mögen ihre Gewehre, Pistolen, Revolver und Messer samt dem Pulver und den Patronen dort in der Nähe des Feuers niederlegen. Wenn wir dann das Feuer kleiner gemacht und diese Sachen geholt haben, werden wir fortreiten, und ihr könnt bleiben oder auch fortgehen, ganz wie es euch gefällt.«

Er war überzeugt, nun gewonnenes Spiel zu haben und triumphierte in seinem Innern. Ebenso überzeugt waren die Weißen, das Beste erwählt zu haben, und sie wären unbedingt und rettungslos verloren gewesen, wenn nicht grade jetzt etwas passiert wäre, wodurch der hinterlistige Plan des Komantschen zu schanden gemacht wurde. Sie hörten nämlich das Geräusch eines herabstürzenden Gegenstandes beinahe gerade über sich, und fast in demselben Augenblicke schlug ein menschlicher Körper in ihrer unmittelbaren Nähe auf den Felsenboden nieder. Das Feuer leuchtete bis an die betreffende Stelle, und so sah man, daß es ein Indianer war.

»Uff, uff!« rief der Häuptling erschrocken. »Dieser unvorsichtige Mann hat sich zu weit über die Kante des Estrecho gebeugt und ist herabgestürzt! Sein Körper muß –«

Er sprach nicht weiter, denn es krachte neben ihm ein zweiter Indianer zu Boden, dem gleich darauf ein dritter noch folgte. Die Weißen wichen erschrocken zurück; der Mustang aber blieb in höchster Bestürzung stehen; er konnte sich den tödlichen Absturz dieser drei Roten nicht erklären, bis er auf den Gedanken kam:

»Drei sind es, gleich drei! Einer hat das Gleichgewicht verloren und hat die andern beiden, die ihn halten wollten, mit herabgerissen. Wer von da oben herabstürzt, muß tot sein; es kann kein Leben mehr in ihm sein!«

Er bückte sich nieder, um die Verunglückten zu betrachten. Die Weißen traten wieder hinzu und drängten sich zusammen, um dasselbe zu thun. Da rief hinter ihnen eine kräftige, sonore Stimme:

»Macht Platz, Mesch'schurs, macht Platz! Ich habe die drei herabgeworfen, um den vierten, nämlich den Häuptling, zu bekommen!«

Zwei kräftige Arme brachen sich Bahn durch die eng zusammenstehenden Männer, welche den neuen Ankömmling mit dem höchsten Erstaunen betrachteten. Wo kam er her?

Durch das Feuer nicht, und am Felsen herunter wohl auch nicht. Konnte er fliegen? Er war ganz in Leder gekleidet, trug einen sehr breitrandigen Hut auf dem Kopfe und lange Stiefel an den Beinen, während zwei Gewehre über dem Rücken hingen.

Der Häuptling hatte die Worte des Fremden auch gehört, und fuhr beim Klange dieser Stimme ganz erschrocken aus seiner niedergebückten Haltung auf. Er sah ihn vor sich, wich einen Schritt zurück und rief in einem Tone, als ob er ein Gespenst vor sich sehe:

»Old Shatterhand! Uff – – uff – – uff! Es – ist – – wirklich – – – Old Shatterhand!«

»Ja, ich bin es,« antwortete dieser. »Wie es scheint, komme ich grade zur richtigen Zeit, um einen deiner neuen Schurkenstreiche zu verhüten.«

Der Mustang war so bestürzt, daß er sich vor Angst nicht schnell genug fassen konnte; er stotterte:

»Das – – das ist – – unmöglich! Old Shatterhand – – mußte doch auf – – auf einem andern – – andern Wege nach – – nach Santa Fé! – – – «

»*Pshaw!*« unterbrach ihn der so plötzlich und auf so unbegreifliche Weise erschienene Jäger lachend. »Zerbrich dir nicht den Kopf, alter Raubgeselle! Es ist mir natürlich nicht eingefallen, so zu reiten, wie du es wünschtest. Und wenn du nicht willst, daß ich dich immer wieder störe, so dürft ihr nicht Spuren hinterlassen, in deren Stapfen man Fischzüchtereien anlegen könnte. Ah, warte, Bursche! Darauf bin ich vorbereitet, aber mir entkommst du nicht!«

Der Häuptling hatte jedoch seine Selbstbeherrschung wieder erlangt und that einige Sprünge, um in der Richtung nach dem Feuer zu entfliehen; aber Old Shatterhand war noch rascher hinter ihm her, faßte ihn im Genick, riß ihn nieder und gab ihm zwei so kräftige Faustschläge an den Kopf, daß der Fluchtbereite besinnungslos hinkollerte. Dann wendete er sich an die noch immer in ihrem Erstaunen verharrenden Weißen:

»*Good evening*, Gentlemen! Hoffentlich nehmt ihr es

nicht übel, daß ich in die freundschaftliche Unterhaltung zwischen euch und diesem Häuptling der Komantschen so ohne alle Erlaubnis hineingeflogen bin?«

»Uebel nehmen?« antwortete der Anführer. »Fällt uns nicht im Traume ein! Ich bin noch ganz starr vor Staunen, Sir. Aber es ist richtig, Ihr seid Old Shatterhand, richtig und wirklich Old Shatterhand!«

»Es scheint also, daß ihr mich kennt?«

»*Yes!* Habe Euch vor zwei Jahren da oben in *Spotted Tail Agency* gesehen, wo ein Häuptling der Crows glaubte, er könne besser reiten als Ihr; er verlor natürlich die Wette und mußte fünfzig Biberfelle zahlen, die er aber am andern Tage von Euch zurückgeschenkt bekam. Er war dann natürlich Eures Lobes voll.«

»Mit der Wette, das stimmt, und auch die Zeit ist richtig; ich erinnere mich aber nicht, euch dort gesehen zu haben.«

»Das läßt sich denken, Sir. So ein kleiner Westskipper, wie ich bin, hat nicht das Zeug dazu, die Augen eines Old Shatterhand oder Winnetou auf sich zu ziehen.«

»*Pshaw!* Jeder Mensch hat seinen Wert. Darf ich Euren Namen hören?«

»Mein Name ist Euch jedenfalls ganz unbekannt; er kommt mir selbst so selten zu Ohren, daß ich ihn beinahe vergessen habe. Man pflegt mich nur Majestät zu nennen.«

»Ah, Majestät! Wenn Ihr das seid, so habe ich von Euch gehört. Ihr sollt ein ganz sattelfester und fährtengerechter Westmann sein, und so wundert es mich um so mehr, daß Ihr Euch von dem Mustang und seinem Enkel so ahnungslos habt hinter das Licht führen lassen.«

»Von seinem Enkel?«

»Ja.«

»Kenne ich gar nicht!«

»Ihr kennt ihn nur zu gut. Der Mestize, der Euch hierhergeführt hat, ist der Sohn eines Weißen, dessen Squaw die Tochter des Mustang war.«

»*Heavens!* Da beginne ich allerdings die Sache zu begreifen. Aber, Sir, woher wißt Ihr, daß uns dieser Halunke hierhergeführt hat?«

»Seine Fährte und Eure Spuren haben es mir gesagt. Ihr seid von ihm und dem Häuptlinge an Eurem Lagerplatze belauscht worden.«

»Wirklich? Ist es so, ist es so! Und wir dummen Menschen haben das nicht bemerkt! Wir waren eben dabei, den Komantschen unsre Waffen auszuliefern.«

»Die Waffen? Welch großartige Thorheit von Euch!«

»Gar keine Thorheit von uns, Sir! Wir waren dazu gezwungen, wenn wir unser Leben retten wollten.«

»Euer Leben dadurch retten? Wieso?«

»Wir sollten eigentlich getötet werden; aber der Häuptling versprach uns gegen Auslieferung der Waffen nicht nur das Leben, sondern auch die Freiheit.«

»Und das habt Ihr ihm geglaubt?«

»Natürlich!«

»Natürlich, sagt Ihr? Hört, die Sache ist nicht so ganz natürlich, wie Ihr anzunehmen scheint. Er hat nicht die Absicht gehabt, sein Versprechen zu erfüllen, sondern Euch nur waffenlos machen wollen, um Euch dann in aller Gemächlichkeit töten zu können.«

»*Tempestad!* Das glaubt Ihr?«

»Ich glaube es nicht nur, sondern ich bin überzeugt davon. Mir scheint, daß Ihr die Hauptsache gar nicht wißt. Wie viel Komantschen glaubt Ihr wohl, hier gegen Euch zu haben?«

»Dreihundert.«

»Es sind nur hundert, und diesen haben wir die Waffen, die Pferde und die Medizinen abgenommen. Infolgedessen wurden sie aus dem Stamme gestoßen und ziehen nun herum, sich Waffen und Skalpe zu holen. Beides wollten sie Euch nehmen und Eure Pferde dazu. Diese hundert Mann haben kaum ein halbes Dutzend Flinten und Messer bei sich; Pferde haben sie gar nur zwei.«

»Alle Teufel! Da hätten wir sie ja in Grund und Boden schießen können!«

»Allerdings. Das könnt Ihr übrigens noch thun.«

»Das dürfen wir nicht. Wir haben Frieden versprochen und ferner, daß wir den Häuptling nicht anrühren werden.«

»*Pshaw!* Haltet Euer Wort; ich will nichts dagegen haben, obgleich er Euch das seinige gewiß nicht gehalten hätte. Aber ich habe ihm nichts versprochen und darf ihn also anrühren; ich habe das auch schon zur Genüge gethan, wie Ihr seht. Er wird bald wieder zum Bewußtsein kommen, darum wollen wir ihn jetzt fesseln, damit er dann keine Dummheiten machen kann.«

»Was werdet Ihr nachher mit ihm thun, Sir?«

»Hm! Mir speziell hat er jetzt nichts gethan, und auch Euch ist noch nichts geschehen; sein Leben gehört also weder Euch noch mir; wir müssen ihn also laufen lassen; aber ohne ein Andenken sollte das nicht geschehen.«

»*Well!* Er soll eines bekommen, an das er denken wird; nur werden wir ihn vorher ins Gebet nehmen. Ein Verhör muß nach dem Gesetze der Savanne auf alle Fälle stattfinden. Aber, Mister Shatterhand, ich bin noch immer nicht aus dem Staunen heraus, Euch hier zu sehen. Wie seid Ihr denn hierhergekommen?«

»Auf die einfachste Weise von der Welt. Wie wir mit dem Mustang zusammengetroffen sind, werdet Ihr noch erfahren; daß wir den Komantschen dabei die Waffen, die Pferde und die Skalpe abgenommen haben, wißt Ihr schon. Sie hatten erfahren, daß wir nach Santa Fé wollten; darum stand zu erwarten, daß sie uns auf diesem Weg auflauern würden, um sich zu rächen; mithin schauten wir fleißig nach ihrer Fährte aus.«

»Die konntet Ihr doch nicht sehen!«

»Warum nicht?«

»Weil sie nicht vor, sondern hinter Euch waren, denn Ihr hattet Pferde, sie aber besaßen keine mehr.«

»Ihr rechnet falsch. Grade weil sie keine Pferde hatten, konnten sie direkt über die Berge wandern, während wir zu Umwegen gezwungen waren; so kamen sie uns voraus. Wir fanden ihre Spuren an einem Wasser, wo sie einen Bisonstier, zwei Kühe und zwei Kälber erlegt hatten, und folgten ihnen.

Heute früh erreichten wir ihren gestrigen Lagerplatz und sahen da auch den Eurigen und daß Ihr beschlichen worden waret. Natürlich folgten wir ihnen wieder und kamen hier grade an, als das Feuer angebrannt wurde, welches Euch den Ausgang aus dem Estrecho verwehren sollte. Wir teilten uns, um die Bande zu umzingeln – – –«

»*Halloo!* So habt Ihr wohl eine Gesellschaft von sehr vielen Köpfen bei Euch?«

»Nein. Wir sind nur sechs Mann.«

»Sechs Mann? Wenn Ihr nicht Old Shatterhand hießet, so würde ich Euch für verrückt halten. Sechs Mann wollen hundert Komantschen umzingeln!«

»Warum nicht? Diese hundert Mann haben fast gar keine Waffen, während ich allein in meinem Bärentöter, dem Henrystutzen und den beiden Revolvern neununddreißig Kugeln habe. Und sodann ist Einer bei uns, der mehr wert ist als hundert Komantschen.«

»Wer ist das?«

»Winnetou.«

»Was? Der Häuptling der Apatschen ist auch da? Gott sei Dank! Da haben wir nichts, aber auch gar nichts mehr zu fürchten! Ohne Euch wären wir verloren gewesen; Ihr habt uns das Leben gerettet. Das werden wir Euch nie, nie vergessen, Sir!«

»Ist nicht der Rede wert! Also wir teilten uns, die Komantschen zu umzingeln. Dabei wurde ein Gefährte von Euch von mir niedergeschlagen; er nennt sich Hum und war vor Eifer, Euch zu retten, so unvorsichtig, uns keine Auskunft geben zu wollen, weshalb ich ihn als Feind behandeln mußte.«

»Der gute Mensch! Wir haben ihn schlecht behandelt, und dafür wollte er uns retten! Er ist klüger als wir gewesen und auch besser!«

»Das ist freilich wahr. Ich habe ihn auch schnell wieder freigegeben. Dann schlichen wir uns auf den Felsen, um in den Estrecho hinabsehen zu können. Droben hatten sich Komantschen aufgestellt, die Euch aber nichts schaden konnten, weil sie keine Waffen hatten. Gegen das Feuer blickend, sah ich Euch in Unterhandlung mit dem Häuptlinge und bemerkte auch einen Felsenvorsprung, den ich benutzen konnte, zu Euch herabzukommen. Wir banden drei Lassos zusammen, welche bis zu diesem Vorsprunge reichten. Eben als ich hinabgelassen werden sollte, kamen drei Komantschen, welche sich grade da aufstellen wollten, wo wir standen. Ein Ruf von ihnen hätte uns verraten; ich töte höchst ungern einen Menschen; hier aber gab es keine Wahl; die Burschen bekamen meine Faust und stürzten da zu Euch herab; dann folgte ich an den Lassos bis zu dem Vorsprunge nach, wo ich die Riemen wieder befestigen und mich vollends herablassen konnte. So bin ich zu Euch gekommen. Ihr seid gerettet, denn meine Gefährten stehen draußen hinter und vor den Komantschen; sie befinden sich im Dunkeln, während die Roten vom Feuer beschienen sind. Ich brauche nur das verabredete Zeichen zu geben, so krachen ihre Schüsse. Ach, seht, der Häuptling regt sich! Er wird gleich wieder zu sich kommen, und dann werden wir hören, wie er über seine gegenwärtige Lage denkt.«

Der Häuptling wachte auf und wurde von Old Shatterhand ins Verhör genommen. Er gestand nicht zu, den Weißen nach dem Leben getrachtet zu haben, und da ihm nichts bewiesen werden konnte, durfte er auch nicht am Leben gestraft werden. Als er hörte, daß Winnetou mit noch fünf Mann, denn Hum war auch dabei, bereit zum Angriffe draußen stand, bekam er Angst und versprach, mit seinen Komantschen augenblicklich fortzuziehen, wenn man nicht auf sie schießen wolle. Dies wurde zugestanden. Majestät aber hatte sich vorgenommen, ihm einen Denkzettel mitzugeben, und war der Meinung, daß auch der verräterische Mestize einen verdient habe. Der Häuptling wurde also angewiesen, seinen Enkel zu rufen, angeblich damit dieser als Zeuge an dem Abschlusse des Uebereinkommens Teil nehme. Er ahnte den eigentlichen Grund nicht und rief den Mestizen, der auch wirklich so schamlos war, dieser Aufforderung Folge zu leisten. Er wurde sofort gefesselt wie Tokvi-Kava, und dann bekamen beide das ihnen zudiktierte Andenken, welches in soviel Hieben bestand, daß sie dann, als sie losgelassen wurden, mit nur sehr langsamen Schritten zu ihren Komantschen zurückkehren konnten. Wenn man bedenkt, wie fürchterlich es für einen roten Krieger ist, geprügelt zu werden, so kann man sich denken, mit was für glühenden Rachegedanken sie sich aus dem Estrecho entfernten. Schon kurze Zeit später überzeugten sich die Weißen, daß die Indianer in einer langgezogenen Einzellinie sich von dannen machten.

Nun schürten die ersteren das von den letzteren angezündete Feuer fort, an dem sie sich niedersetzten, um das Ereignis dieses Tages gründlich durchzusprechen. Als Majestät dabei die Bonanza of Hoaka erwähnte, fragte ihn Old Shatterhand:

»So war es also nicht auf den Estrecho, sondern auf diese Bonanza abgesehen?«

»*Yes*, Sir. Die Bonanza sollte eben hier in dem Estrecho zu finden sein.«

»So!« lächelte der Jäger. »Kennt Ihr die Bedeutung dieses Namens?«

»Nein. Es gibt überhaupt keinen Menschen, der das weiß.«

»Es gibt doch welche. Winnetou weiß es, und auch ich kann es Euch sagen.«

»So wißt Ihr etwa gar, wo die Bonanza liegt?« fragte er schnell und cifrig.

»Ja.«

»So sagt rasch, wo, wo?«

»Sehr gern! Hoaka ist ein Wort aus der Acomasprache und bedeutet soviel wie Himmel. Bonanza of Hoaka heißt also Bonanza des Himmels. Während die golddurstigen Bleichgesichter hier überall herumstöberten, um das gleißende Metall zu finden, und dabei meist zu Grunde gingen, predigten die alten Padres von den wahren Schätzen, die nur im Himmel zu suchen sind. Dadurch hat sich der Ausdruck Bonanza of Hoaka herausgebildet; er lebt in der Sage; er spukt in den Köpfen der Diggers und Gambusinos, und er hat sogar, wie ich höre, Besitz von Euren Köpfen ergriffen, Mesch'schurs.«

»So, also so ist die Sache!« meinte Majestät höchst enttäuscht. »Also einer Illusion, einer alten Sage wegen haben wir uns dem Martertode nahe gebracht! Da wollte ich doch, wir hätten diesen beiden Schurken, die sich das zu nutze gemacht haben, jedem fünfzig mehr aufgezählt, als sie vorhin erhalten haben!«

»Tröstet Euch! Sie haben genug bekommen und werden es lange fühlen und gewiß niemals vergessen. Niemand würde sich so freuen wie Mister Swan, der Engineer von Rockyground, wenn er hörte, daß der Mestize und sogar auch der Häuptling die Strafe wohlgezählt erhalten haben, die er dem Mischling dort zugedacht hatte.«

»Das is freilich wahr, daß der große Freede haben würde,« stimmte der Hobble Frank bei, die Gelegenheit ergreifend, das Gespräch mit seinem Senf zu würzen. »Ich schtimme zwar eegentlich nich für die Prügelschtrafe, denn erschtens berührt sie denjenigen, der een sanftes Gemüt besitzt, nich angenehm, und zweetens verletzt sie nich nur die Schtelle, off welche sie offgetragen und zentralisiert wird, sondern sie tötet ooch das Ehrgefühl derjenigen Persönlichkeeten, die gar keen Ehrgefühl mehr besitzen und schtört die Säfte des Körpers und des Geistes aus ihrer tiefsten Bedürfnislosigkeit und Ruhe auf. Aber es gibt gewisse Subjektivitäten, die ohne Prügel nicht gut leben können, und wenn bei eenem Menschen, wie grade bei den Indianern, die Haut schon von Natur eene angenehme rote Farbe hat, so kann es nach meiner Ueberzeugung gar nischt schaden, wenn sie nach eenigen Dutzend Hieben noch een bißchen röter wird. Also ich schtimme eegentlich nich dafür, aber ich reiße mir ooch den Kopp nich runter, wenn sie mal in Anwendung kommen; nur darf's bei mir nich selber sein, denn was dem eenen recht is, das kann sich der andre ooch ganz billig koofen, und es gibt grade bei der Prügelschtrafe Oogenblicke, wo mir selbst das Teuerste zu billig und das Billigste zu teuer ist; *quod erat Dämon schtratus*!«

Der lange Hum kannte den Kleinen und seine Eigentümlichkeiten noch nicht; er hielt es darum für angezeigt, den kuriosen Fehler des Hobble zu verbessern und sagte also:

»Verzeiht, Mr. Frank! Es heißt nicht *Dämon stratus*, sondern *demonstrandum*.«

Da blitzte ihn der Moritzburger mit zornigen Augen an und antwortete mit fauchender Stimme:

»So? So? I, was Sie da nich sagen! Heernse, mein Gutester, wissen Sie vielleicht, wie ich heeße?«

»Ja. Sie haben es mir doch gesagt. Ihr Name ist Franke.«

»Franke? Bloß Franke? Nur Franke? Da muß ich Ihnen doch den Schtaar mal schtechen! Ich bin nämlich geboren und getooft als Heliogabalus Morpheus Edeward Franke, Prairiejäger aus Moritzburg. Verschtanden? Wer so eenen ambulanten Namen trägt, dem ist natürlich die ganze lateinische Kalligraphie geläufig, und wem es einfallen sollte, dies zu bezweifeln, der verdient gradezu offgehängt zu werden. Darum wäre es noch viel besser für Sie gewesen, wenn Sie Ihr *demonschtrandum* für sich behalten hätten, denn Sie sind damit in eene ganz unschterbliche Blamage hineingeraten. Ich wiederhole noch eenmal, wer so eenen großartigen Namen trägt, wie der meinige is, der is gegen jeden Hefenpilz geschwefelt. Nun sagen Sie mir doch eenmal den Ihrigen!«

»Ich heiße Hum.«

»Hum? Hum! Das is ja gar keen Name. Sie müssen doch anders heeßen!«

»Allerdings.«

»Na, wie denn da?«

»Ich spreche nicht gern von meinem Namen.«

»Warum?«

»Weil er, offen gestanden, mein Schönheitsgefühl beleidigt.«

»Ach, sehen Sie doch mal an! Da also schtecken die Borschdorfer Aepfel im Gänsebraten! Sie haben eenen Namen, der das Schönheitsgefühl assimiliert! Und da wagen Sie es, eenen Heliogabalus Morpheus Edeward verbessern zu wollen? Ich bin wahrhaftig im Schtande und gebe Ihnen Ihr ganzes Schulgeld zurück! Ihr Name scheint ja noch viel schrecklicher zu klingen als die Schtandesamtsnotiz von David Makkabäus Timpe!«

Beim Klange dieses Namens horchte der lange Hum auf und fragte rasch:

»Timpe? Wie kommen Sie zu diesem Namen?«

»Ich? Ich komme gar nich dazu; er is nich meiner. Ich wollte mich ooch bedanken! Wenn ich Timpe hieße, so schpräng ich da ins Meer, wo das Wasser am dicksten is!«

»Aber Sie haben vielleicht jemand gekannt, der Timpe hieß?«

»Ja; ich habe allerdings zwee solche bedauernswerte Personen gekannt; ich kenne sie sogar noch.«

»Drüben in Ihrem Vaterlande?«

»Nee. Durch den Namen Timpe wäre mir ja das ganze deutsche Vaterland verleidet und kalfatert worden. Nee, hier in Amerika habe ich sie kennen gelernt.«

»Wo?«

»In Rocky-ground.«

»Wohnen sie etwa dort?«

»Nee, sie wohnen jetzt hier am Estrecho de Cuarzo, und wenn Sie sie sehen wollen, so is es gar nich notwendig, daß Sie Ihr Fernrohr aus der Säbelscheide ziehen, wenn Sie nämlich eens haben sollten. Sie brauchen sich nur die beeden Jünglinge anzusehen, da den kastanienbraunen Has und dort den semmelblonden Kas; die sind schon seit langer Zeit ganz hoffnungslos mit dem unheilvollen Namen Timpe behaftet.«

»Wirklich? Sie, Sie heißen Timpe?« fragte Hum, indem er sich an die beiden Vettern wendete.

»Ja,« antwortete Kas. »Ich heiße Kasimir Obadja Timpe, und dort mein Vetter nennt sich Hasael Benjamin Timpe.«

»Wo sind Sie geboren?«

»In Plauen im sächsischen Voigtlande. Sie scheinen sich für unsern Namen zu interessieren?«

»Allerdings.«

»Weshalb? Haben Sie etwa jemand gekannt, der auch so heißt wie wir?«

»Ja.«

»Wo? Bitte, sagen Sie es uns? Es ist uns das nämlich von großer Wichtigkeit.«

»Gern, sehr gern! Aber sagen Sie mir vorher, aus welchem Grunde Sie Ihr schönes Sachsen verließen?«

»Wir haben nicht nötig, es zu verschweigen. Wir suchen hier nach einer Erbschaft, um welche wir betrogen worden sind.«

»Betrogen? Wieso? Von wem?«

Es war Hum anzusehen, daß der Gegenstand dieses Gespräches seine ganze Aufmerksamkeit in Anspruch nahm. Kas antwortete:

»Ein Vetter ist uns damit durchgebrannt. Er hieß Nahum Samuel Timpe und soll jetzt in Santa Fé stecken. Darum sind wir jetzt nach dieser Stadt unterwegs, um den Betrüger zu entlarven.«

»*All devils!* Von wem soll denn diese Erbschaft stammen?«

»Von unserm Oheim Joseph Habakuk Timpe, welcher kinderlos in Fayette gestorben ist.«

»Meine Herren, das ist mir wirklich sehr, sehr interessant. Sagen Sie mir nur noch, woher Sie wissen, daß dieser Onkel ein Vermögen hinterlassen hat!«

»Von meinen Vettern Petrus Micha Timpe und Markus Absalom Timpe in Plauen, welche grade hunderttausend Thaler erhalten haben.«

»Und da sind Sie herüber, um sich auch Ihren Teil zu holen?«

»Ja. Erst habe ich wiederholt geschrieben, ohne aber Antwort zu erhalten, und so machte ich mich dann auf, um den Betrüger zu fassen, der mit der ganzen Summe durchgebrannt ist.«

Da ließ Hum ein schallendes Gelächter hören und rief in verschiedenen Pausen dazwischen:

»Und deshalb wollen Sie nach Santa Fé? Das ist gar nicht notwendig. Sie können ihn hier fangen, hier am Estrecho, wo Sie sitzen!«

»Was? Wie? Sie scherzen! Sie machen sich lustig über uns!« fragten Kas und Has schnell durcheinander.

»Es ist mein völliger Ernst, obgleich ich lache. Merken Sie denn noch immer nichts? Sie haben Ihre Vornamen Kasimir und Hasael in Kas und Has abgekürzt; ich sprach von meinem nicht schön klingenden Namen und werde Hum genannt. Das ist die Abkürzung von Nahum. Mein Name ist nämlich Nahum Samuel Timpe, und ich bin der betrügerische Vetter, den Sie suchen. Nun greifen Sie rasch zu!«

Has und Kas waren zunächst sprachlos vor Erstaunen; der stets redefertige Hobble-Frank aber rief begeistert aus:

»Jetzt haben wir ihn! Jetzt is uns der richtige Kriminal-Timpe in das Garn geloofen! Wenn er nich sofort das ganze Geld berappt, hängen wir ihn off wie eene Fledermaus, nämlich mit dem Koppe abwärts nach dem Innern der Mutter Erde gerichtet. Es is doch wahr: Der Hochmut kommt schtets vor dem Fall. Jetzt wird er von der Polizei in sein eegenes Demonschtrandum eingeschponnen!«

Nun sprangen Kas und Has auf, um mit Fragen, Vorwürfen und Drohungen auf Hum einzustürmen. Dieser hörte aber gar nicht darauf, sondern zog ein sorgfältig verwahrtes Papierpaket aus der Tasche, entnahm demselben einen Brief und reichte ihnen den letzteren, dabei immer lachend, mit den Worten hin:

»Diese jetzt wertlosen Papiere, die mich aber viel Geld gekostet haben, sind die ganze Hinterlassenschaft des Onkels Joseph Habakuk. Sie sollen sie alle sehen und prüfen; jetzt aber lesen Sie zunächst einmal dieses Schreiben, welches der verwüstliche Erblasser damals aus Plauen erhalten hat! Es kam kurz vor seinem Tode an, und ich habe es geerbt. Es ist das einzige Erbstück, welches ich nicht mit meinem Vermögen zu bezahlen gehabt habe. Sie können es behalten.«

Die Beiden fielen begierig über den Brief her; sie lasen ihn zu gleicher Zeit; aber je weiter sie darin kamen, desto länger wurden ihre Gesichter, und als sie fertig waren, ließen sie ihn fallen und sahen Hum aus tief enttäuschten Gesichtern an.

»Nun, bin ich ein Betrüger?« fragte Hum. »Der Oheim hat mich selbst um mein ganzes Erbe betrogen, und Ihre Vettern haben sich einen Spaß mit Ihnen gemacht, weil die Timpes in Plauen mit den Timpes in Hof verfeindet waren. Die in Plauen hatten das Glück, hunderttausend Thaler in der Lotterie zu gewinnen, und machten ihren Verwandten in Hof weiß, sie hätten diese Summe von Onkel Joseph Habakuk geerbt. Sie schrieben dem Onkel kurz vor seinem Tode diesen Brief darüber, in dem sie sich über Euch lustig machten, und so lachhaft diese Sache ist, es thut mir doch herzlich leid, daß sie so weit getrieben wurde, bis sie uns hier im wilden Westen zusammenführte. Wenn Ihr mich nun noch arretieren wollt, so stehe ich Euch gern zur Verfügung!«

Obgleich der Brief den unumstößlichen Beweis der Unschuld Nahums führte, bedurfte es doch einer ganzen Weile, bis Kas und Has sich in die neue Anschauung der Sache fanden. Es wurde ihnen nicht leicht, auf die Hoffnung, doch noch zu ihrem Erbe zu gelangen, nun gänzlich zu verzichten. Da stand er endlich auf und streckte ihnen beide Hände entgegen und sagte:

»Laßt es Euch doch nicht grämen! Ihr bekommt ein nur eingebildetes Vermögen nicht; ich aber habe durch Joseph Habakuk ein wirkliches Vermögen verloren, welches mein Vater mir hinterlassen hätte, wenn er nicht von seinem Bruder betrogen worden wäre. Habe ich mich dreinfinden müssen, so wird es wohl auch Euch möglich sein, einer Hoffnung zu entsagen, die überhaupt ja doch ganz unbegründet war. Ihr habt dafür anstatt eines betrügerischen Verwandten einen ehrlichen Vetter gefunden, der sich riesig darüber freut, mit Euch hier zusammengetroffen zu sein, und gern bereit ist, alles Heil und Unheil des Lebens mit Euch zu teilen. Und das ist, denke ich, doch wohl auch etwas wert!«

Das griff dem kleinen Hobble tief in die Seele. Er, der soeben noch davon gesprochen hatte, daß Hum verkehrt aufgehängt werden solle, rief jetzt begeistert aus:

»Was schtehen Sie denn da wie zwee gebackene Pflaumen vor der Küchenthür! Dieser liebe und vortreffliche Hum hat mir ganz aus der Leber und aus der Milz geschprochen. Es gibt nischt Besseres in der Welt als ein Vetter, den man hochachten und konjugieren kann; ich habe diese Erfahrung hier an meinem Vetter Droll gemacht. So eene Verwandtschaft des Leibes und des Geistes is köstlicher als Levkojen und Narzissen; sie schtählt die Nerven und schtärkt die Knochen des blutsverwandten Seelenadels. Schperren Sie sich also nich so lange gegen den glücklichen Konsumverein der Freundschaftlichkeet, sondern schlingen Sie die Hände kräftig ineinander, und lassen Sie mich den erschten Schritt der Versöhnung thun, indem ich Ihnen aus Wielands Fridolins Gang nach der Bürgschaft zurufe:

›Ich sei, gewährt mir die Bitte,
In eurem Bunde der Vierte!‹«

Die Verwechslung, deren Frank sich schuldig machte, erregte allgemeine Heiterkeit. Kas und Has mußten in das Lachen der andern einstimmen und griffen endlich nach Hums Händen, wobei der erstere sagte:

»Du hast recht, Vetter; es gibt für uns keinen Grund, dir länger zu zürnen, und das Geld hätte uns ja vielleicht auch nicht glücklich gemacht. Wir stehen ja hier an der Bonanza of Hoaka, aus deren Namen wir lernen sollen, daß es andre Schätze gibt, nach denen man zu trachten hat. Wir wollen fortan gut zusammenhalten, so gut, daß man, um eine treue Freundschaft zu bezeichnen, einst sagen wird: Grad wie bei Timpes Erben!«

»Ja, wie bei Timpes Erben!« stimmte der Hobble bei. »Ich habe zwar diesem Namen bis jetzt keinen infulsorischen Beigeschmack abgewinnen können, aber was kein Verschtand der Verschtändigen sieht, das merkt der Rheumatiker, wenn es zieht. So sage ich denn meiner bisherigen Abneigung Lebewohl, und da Sie sich durch lauter abgekürzte Namen auszeichnen, so werde ich, als Vierter im Bunde, diesem Beispiele folgen und ooch zwee Silben schtreichen. Sagen Sie also in Zukunft nur Heliogabalus Morpheus Edeward zu mir; das Franke können Sie weglassen; der Erdkreis weeß es dennoch ganz genau, daß man den weltberühmten Frank darunter zu verschtehen hat. Ich habe geschprochen. Howgh!« – – –

EIN OELBRAND.

Erzählung aus dem fernen Westen

von

Karl May.

ERSTER TEIL.

Tötendes Feuer.

Einer nicht ganz leichten Verwundung wegen hatte ich in Fort Caß am Zusammenfluß des Bighorn mit dem Yellowstrome einige Wochen lang das Lager gehütet, und das war eine recht trübselige Zeit gewesen. Nicht daß es mir an Mitteln gefehlt hätte, die Zeit meines gezwungenen Verweilens mir so angenehm wie möglich zu machen; ich hatte vier volle Maultierladungen Felle mitgebracht und ein schönes Sümmchen dafür gelöst; aber die hier gebotenen Genüsse gipfelten in Tabakrauchen und Brandytrinken. Der Tabak bestand zur Hälfte aus Surrogat, und der Brandy schien verdünnte Schwefelsäure zu sein. Außerdem gab es drei oder vier Spiele Karten, deren Bilder kaum mehr zu erkennen waren, und eine Bibliothek von drei Bänden, nämlich Shakespeares Heinrich VIII., bestehend aus Einband und Titelblatt; die andern Blätter waren bereits zu Pfropfen verwendet worden! – Voltaires Karl XII. – einmal in den Feldkessel gefallen und die Blätter infolgedessen fest zusammengeklebt; – und der vierte Band der Chronik des *Oeil de Boeuf* – hatte im Zuckerkasten des Majors gelegen und war von den Ameisen halb aufgefressen worden. Ausflüge konnte ich der Wunde wegen nicht mitmachen, und Besuche erhielt ich fast gar nicht, da ich überhaupt kein besonderes gesellschaftliches Talent besitze und übrigens an den Herren Militärs kein großes Wohlgefallen fand. Die Soldaten waren aus allen möglichen problematischen Elementen zusammengeworfen, und die Herren Offiziere konnten mir nicht sympathischer sein, da ich über die Erfüllung ihrer Pflichten ganz anders dachte als sie. So hatte ich mich während der Zeit meines Krankenlagers recht einsam gefühlt, und als der Arzt mir endlich den ersten Ausflug gestattete, beschloß ich, von dieser Erlaubnis gleich einen etwas umfänglicheren Gebrauch zu machen, als er es wohl beabsichtigt hatte.

Ich nahm mir daher ein gutes, indianisches Rindenkanot, legte meine Waffen zu mir und ruderte mich den Bighorn hinauf: ich wollte mir eine rechte Güte thun und wieder einmal eine ganze Nacht im Urwalde verbringen.

Proviant hatte ich nicht mitgenommen; zum Trinken gab es Wasser genug, und den Braten sollte mir meine Büchse liefern. So hatte ich mich seit frühmorgens mit einigen kurzen Unterbrechungen den Fluß hinauf gearbeitet und machte am Abend an einer Stelle Halt, welche vielleicht fünfzehn englische Meilen vom Fort entfernt sein konnte.

Das war ein stiller, einsamer Ort, so ganz nach meinem Geschmack. Der Fluß bildete hier eine seeartige Erweiterung mit mehreren tiefen, schmalen Buchten, an deren einer ich landete und das Kanot befestigte. Es wollte bereits dunkel werden; ich brannte mir ein Feuer an und briet mir einige Fische, welche ich während der Fahrt geangelt hatte. Als ich diese einfache Mahlzeit beendet hatte, legte ich noch mehr Holz in die Flamme, wickelte mich in meine Decke und legte mich nieder.

Aber von Einschlafen war noch keine Rede. Ich hatte so lange Zeit auf meinen alten, treuen Freund, den Urwald, verzichten müssen, und heute, da ich zum erstenmale wieder in seinen Armen lag, durfte ich ihm das Herzeleid nicht anthun, einzuschlafen, ohne seinen ernsten, tiefen, schwermütigen Stimmen zu lauschen.

Diese Stimmen sind von dem großen Meister der Schöpfung alle in Moll gesetzt, sind ja auch die einfachen Gesänge der Naturvölker stets in Moll komponiert. Ich lauschte der Abendhymne des Waldes, jenem leisen aber sonoren Sausen, welches von tief gestimmten Aeolsharfensaiten zu kommen scheint. Es umgibt und umklingt einen von allen Seiten; es kommt aus allen Richtungen, und doch kann man nicht sagen, wo es beginnt und wo seine Noten geschrieben stehen. Dazu erklang in leichtem Rhythmus das kosende Plätschern und Glucksen der Wellen. Ein Eichkätzchen kam am Stamme einer Rüster herab, betrachtete mich mit seinen kleinen, neugierigen Aeuglein und kehrte dann beruhigt in seinen Kober zurück. Zuweilen sprang in dem Scheine, den das Feuer über das Wasser warf, ein Fisch empor und fiel mit lautem Klatschen wieder in sein Element zurück. Die brennenden Zweige prasselten in der Glut; eine Kopperhead, zu den Kreuzottern gehörend, raschelte davon; sie hatte vielleicht ihr Sommerlogis grade in der Nähe des Feuers gehabt und machte sich jetzt aus dem Staube. Ein aus dem ersten Schlafe geweckter Käfer arbeitete sich mit mikrophonem Rascheln durch das abgefallene Laub; eine kleine Mosquitenschar tanzte um den aufsteigenden Rauch einen sehr bewegten Reigen und ließ dabei ein feines, silbernes Klingen hören, welches plötzlich durch das unstäte, heftige Summen eines großen, dicken Nachtfalters unterbrochen wurde, der mit tölpelhafter Rücksichtslosigkeit mitten unter sie hineinschoß, aber auch sofort seine Strafe erlitt: er versengte sich die Flügel und fiel in die Flamme. *Vis-à-vis* von mir, auf der andern Seite der schmalen Bucht, erhob ein Frosch seine Stimme; er mußte ein riesenhafter Kerl sein, denn sein Quaken war ein förmliches Brüllen zu nennen. Er schien sich über meine Gegenwart höchst beleidigt zu fühlen, denn er ließ nicht jenes kurze, tief befriedigte »Quak!« oder jenes lang gezogene, glückselige »Qu – aaaak!« hören, mit dem ein normal gestimmter Froschbariton sein breites Maul aus dem Wasser schiebt, sondern es war ein höchst ärgerliches Belfern, ein beleidigendes, aller Rücksicht und Hochachtung bares Räsonieren, was er hören ließ, die reinste, ausgesprochenste Verbalinjurie, und – – – doch halt, was war das?

Der Frosch brach plötzlich ab, und ich hörte, daß er in das Wasser zurückfuhr. Er war gestört worden; aber wodurch? von wem?

Wer jahrelang und unter tausend Gefahren sich im »wilden Westen« aufgehalten hat, der weiß jeden, auch den kleinsten Laut der Natur zu beurteilen. Ein Zweig knickte drüben, ein dürrer, dünner Zweig, der auf dem Boden gelegen hatte; ich hörte es deutlich, und so leise dieser Ton gewesen war, sagte er mir doch, daß er von dem Fuße eines Menschen verursacht worden sei. Zerbricht ein Aestchen, ein Zweig in der Höhe, so hat dies wenig zu bedeuten, denn es ist vom Winde oder von einem Tiere geschehen, knickt das Holz aber am Boden, so ist die Möglichkeit vorhanden, daß ein Mensch in der Nähe ist. Und ein alter Waldläufer weiß an dem Geräusch sehr genau zu entscheiden, ob der Zweig von dem elastischen Fuße eines schleichenden Tieres oder dem weniger biegsamen eines Menschen zerbrochen wurde. Er weiß sogar durch langjährige Uebung zu bestimmen, ob das Geräusch durch den hartsohligen Stiefel eines Weißen oder den weichen, nachgiebigen Mokassin eines Indianers hervorgebracht ist.

Ich wäre in diesem Augenblicke eine jede Wette eingegangen, daß sich ein Indianer da drüben jenseits der Bucht befinde, und dies konnte nach dem gegenwärtigen Stande der Dinge keineswegs ein beruhigender Gedanke für mich sein.

Ich gestehe nämlich freimütig, selbst auf die Gefahr hin, vielerorts anzustoßen, daß ich das bisherige Verhalten der Weißen gegenüber den Roten nicht billige. Auch der Indianer ist Mensch und steht im Besitze seiner Menschenrechte; es ist eine schwere Sünde, ihm das Recht, zu existieren, abzusprechen und die Mittel der Existenz nach und nach zu entziehen. Man halte im Vereinigten Staaten-Kongreß noch so schöne Reden; man sende dem sogenannten »Wilden« Missionäre, Agenten und alle möglichen anderen Sorten von »Zivilisatoren«, der Unparteiische aber wird die Rede von der That zu unterscheiden wissen.

Der Indianer befand sich im vollständigen Besitze des Landes; er war Herr des Bodens und seiner Erzeugnisse; er lebte auf diesem Boden nach seiner individuellen Art und Weise und befand sich wohl dabei. Keine einzige indianische Ueberlieferung spricht von einem solchen Blutvergießen, wie es kurz nach der Einwanderung der Weißen begann und noch heute fortgesetzt wird. Die ersten Weißen wurden fast wie Götter aufgenommen und geehrt, aber diese Götter zeigten bald sehr menschliche oder vielmehr unmenschliche Eigenschaften. Man denke nur an die spanischen Konquistadores, welche das heilige Kreuz auf ihren Fahnen trugen, aber Fluren und Felder vernichteten, Städte und Dörfer zerstörten und dadurch, daß sie die Wasserleitungen in Ruinen legten, das Land in eine große Oede verwandelten. Finsterer Zelotismus, fieberhafte Goldgier, Verrat und maßlose Selbstsucht haben das Leben von Millionen friedlicher Menschen vernichtet und unsre Geschichte um die Fortentwicklung einer eigenartigen, wohlberechtigten Kulturform gebracht. So in Peru und in Mexiko. Und in den Vereinigten Staaten? Der Indianer soll sterben, und er wird also sterben, es ist daher unnütz, zu philosophieren; aber man beurteile ihn nicht nach Berichten aus zehnter und zwölfter Hand, auch nicht nach seinen jeweiligen Feindseligkeiten, zu denen er immer wieder getrieben wird; man suche ihn auf, vertraue sich ihm an und lerne ihn kennen! Er ist enthaltsam, gerecht, wahr, treu und tapfer. Hat man ihn betrogen und getäuscht, so verurteile man ihn nicht, wenn er Gleiches mit Gleichem vergilt. Treibt man ihn, ohne ihm Wort zu halten, aus einer Reservation in die andere, so wundere man sich nicht, daß er sich nicht zum heimatslosen »Ewigen Juden« geboren fühlt, sondern das kleine, ihm zugesagte Stückchen desjenigen Landes verteidigt, welches einst ihm ganz gehörte. Der Indianer liegt im Sterben, tausendfach verwundet und verletzt; sein Scheiden ist kein friedliches; sein Todeskampf ist vielmehr ein fürchterlicher. Das Feuerwasser, die Pocken und andre ähnliche Geschenke der Weißen haben seine Kräfte noch nicht zur Neige gebracht; er, der einstige Riese, ist noch stark genug, manchen Angreifenden im gewaltigen Todeskampfe zu erdrücken. Sein hartes Sterbebette ist das Felsengebirge, in dessen Schluchten und Kañons die letzten Kämpfe stattfinden werden. Er weiß, daß die Pueblos, Zuni, Queres und alle, welche sich ergeben haben, den langsamen, ehrlosen Tod des Verschmachtens, der Entartung gestorben sind oder noch sterben werden; er will sterben wie Held Roland, das Schwert in der Faust. Alle die sogenannten friedlichen Indianer verschwinden nach und nach, ohne ihren Namen und das Gedächtnis einer männlichen That zu hinterlassen; aber die Komanchen und Apachen im Süden und die Sioux im Norden werden, vertrieben aus ihren Savannen, sich in die Rocky

Mountains zurückziehen und Schritt um Schritt im Blute ihrer Feinde waten, bis man den letzten von ihnen niederschlägt. Diese Kämpfe werden jahrhundertelang im Munde ferner Generationen fortleben, und um jeden Schädel, den der Pflug oder der Spaten des Landmanns aus der Erde stößt, wird die Sage ihr Gewebe spinnen, und die Urenkel der Sieger, gerechter als ihre Ahnen, werden dem erschlagenen Indsman ihre Teilnahme widmen und vielleicht auch – – die Konsequenzen dieses Totschlages zu tragen haben.

Das ist meine Ansicht als Mensch und als – Deutscher. Was dieses letztere Wort sagen soll, braucht man nicht erst zu erklären, obgleich es nicht im mindesten eine ethische Ueberschätzung, eine gedankenlose Selbstgerechtigkeit ausdrükken soll.

Während meines gezwungenen Aufenthaltes in Fort Cast war eine Soldatenabteilung nach Westen detachiert worden, um »Fleisch zu machen«. Sie hatte eine Schar Sioux vom Stamme der Tetongs angetroffen, welche bereits mit der Büffeljagd beschäftigt war. Nun gilt es als Savannengesetz, daß die Jagd dem gehört, der sie zuerst unternommen hat; anstatt aber weiter zu ziehen, hatten die Dragoner sofort Anspruch auf die Beute erhoben; es war zu einem Kampfe gekommen, und die Indianer hatten unter Zurücklassung zahlreicher Gefallenen den überlegenen Waffen der Feinde weichen müssen. Die Offiziere hatten sich gegen mich dieses Sieges mitten im Frieden und auf einem vollständig freien, neutralen Gebiete höchlichst gerühmt, und es war mir nicht gelungen, ihnen eine andre, gerechtere Anschauung beizubringen. Es stand mit Gewißheit zu erwarten, daß die Sioux diesen Friedensbruch rächen würden, und darum hatte ich jetzt, als ich in meiner Nähe das Knicken eines Zweiges vernahm, alle Veranlassung, auf meiner Hut zu sein.

Ich hielt die Augen scheinbar geschlossen, blickte aber unter den gesenkten Lidern scharf hinüber, wo das Geräusch sich hatte hören lassen. Die Bucht war hier höchstens zwanzig Fuß breit, und der jenseitige Rand des Gesträuches wurde von meinem Feuer hell erleuchtet. Man muß sehr scharfe, geübte Sinne besitzen, um in einer solchen Lage das Richtige zu treffen; oft aber thut der einfache Instinkt mehr als alle Schärfe der Wahrnehmungsorgane. Ich bemerkte, daß einige Zweige langsam beiseite geschoben wurden; zwei dunkelglühende Augen erschienen, schlossen sich aber sofort wieder. Der Mann da drüben war ein alter, erfahrener Krieger; er wußte, daß man des Abends das Leuchten zweier Indianeraugen recht gut bemerken kann, und ließ die seinigen also nur auf einen Moment aufblitzen. Ich sah ihren Glanz fünf- oder sechsmal erscheinen, dann erhielten die zur Seite geschobenen Zweige ihre ursprüngliche Lage wieder: der Mann hatte sich überzeugt, daß ich allein sei.

Ich hatte nur die Augen, nicht aber das Gesicht gesehen, ich wußte also nicht, ob er sich mit den Kriegsfarben bemalt hatte, ob er sich in friedlicher oder feindlicher Absicht hier befand. Jedenfalls war es geraten, das Schlimmere anzunehmen. War er allein? Befand er sich als Spion hier am Flusse? Oder befand sich eine Indianerschar in der Nähe, die mein Feuer bemerkt und ihn abgeschickt hatte, um zu sehen, wer an demselben lagere? Ich hatte allen Grund, anzunehmen, daß er allein sei. Zu Rekognoszieren schicken die Indsmen gewöhnlich junge Leute aus, die sich üben sollen; dieser Mann aber war alt und erfahren. Ich war überzeugt, daß er sich um die Bucht herumschleichen werde, um unbemerkt an mich zu kommen. Dann trat einer von zwei Fällen ein: Kam er im Frieden, so trat er plötzlich zwischen den Bäumen hervor, um mit stolzem Gruße an meiner Seite Platz zu nehmen und mir zu sagen, daß ich doch vorsichtiger sein möge; kam er aber als Feind, so wurde ich eine Leiche, ohne ihn vorher nur einen Augenblick lang bemerkt zu haben. In beiden Fällen galt es, ihm zu beweisen, daß ich wenigstens ein ebenso guter Westmann sei wie er.

Ich wartete eine Weile, dann schlug ich meine Decke auseinander, die ich ja um mich gelegt gehabt hatte, und drapierte sie, aber ohne mich zu erheben oder das geringste Geräusch zu verursachen, so am Boden hin, daß es von weitem den Anschein hatte, als ob ich noch darunter liege; dann nahm ich meine Büchse und kroch in das Dunkel der Bäume hinein.

Er mußte von links herbeikommen; ich fand unter einigen eng beisammenstehenden wilden Kirschensträuchern ein ausgezeichnetes Versteck. Vorhin hatte ich beim Scheine der kurzen Dämmerung gesehen, daß man die kleine Bucht recht gut in fünf Minuten umgehen könne; bei dem jetzt herrschenden Dunkel aber und bei der Vorsicht, welche er beobachten mußte, konnte er vor einer Viertelstunde nicht bei meinem Feuer sein.

Diese Zeit verging. Ich hielt die Augen geschlossen; er hätte ja den phosphoreszierenden Glanz derselben bemerken können, und verließ mich allein auf mein gutes Gehör. Es hatte mich noch nie im Stiche gelassen und blieb mir auch jetzt treu: Ein ganz, ganz leises, fast unbemerkbares Wehen sagte mir, daß er komme. Es war kein Geräusch, es war nur der Luftdruck, den seine Bewegung hervorbrachte. Und da, da trat auch mein Geruch in Thätigkeit: Es näherte sich mir ein eigentümlicher, unangenehmer Geruch, den ich kannte; der Mann hatte ein Opossum erlegt, ausgeweidet und gegessen. Dieses Beuteltier hat einen schlechten Geruch und wird von den Indianern nur dann gegessen, wenn es nichts anderes gibt. Dieser Geruch haftete ihm noch an, und daß er einen solchen Braten nicht verschmäht hatte, war mir der sicherste Beweis, daß er ein Kundschafter sei. Er hatte, um Zeit, Mühe und Umwege zu ersparen und das Geräusch verräterischer Schüsse zu vermeiden, das erste beste Opossum aus seinem Baumloche hervorgeholt und an diesem Fleische seinen Hunger gestillt.

Jetzt war er da, so nahe bei mir, daß ich ihn fast mit der Hand erreichen konnte. Er kroch an mir vorüber, langsam und lautlos, mit dem Leibe am Boden wie eine Schlange. Wer dieses Anschleichen nicht selbst versucht hat, glaubt gar nicht, welch eiserne Muskeln und stählerne Nerven dazu gehören, sich mit lang gestrecktem Körper nur auf den Spitzen der Füße und Finger über die Erde hinzuschieben. Benutzte man dabei die Sohlen der Füße, die Teller der Hände oder gar das Knie, so würde wiederholtes Geräusch ganz unvermeidlich sein. Als vorher der Zweig knickte, waren jedenfalls die Muskeln des Indianers ermüdet gewesen und er hatte infolge dessen den Boden für einen Augenblick mit dem Knie berührt. Die Stelle, auf welche man die Finger setzen will, wird vorher mit den Spitzen derselben sorgfältig untersucht, ob da nichts Zerbrechliches ꝛc. vorhanden ist. Genau auf dieselbe Stelle kommen dann im Weiterschleichen die Fußspitzen zu ruhen. Mancher ganz gute Schütze und ganz brave Westmann bleibt während seines Lebens doch ein schlechter Anschleicher. »*La-ya-tishi*, mit den Fingern sehen« nennen die Navajoes sehr bezeichnend diese für den Feind so gefährliche Fertigkeit.

Jetzt war er an mir vorüber, und nun mußte ich handeln. Ich ließ die mir hinderliche Büchse unter den Büschen liegen und kroch ihm nach; ich erreichte ihn und schnellte mich auf seinen lang gestreckten Körper. Mit der Linken sein Genick umspannend, schlug ich ihm die geballte Hand auf den Hinterkopf – er brach besinnungslos zusammen. Nun nahm ich mein Lasso vom Gürtel und schlang es ihm dergestalt um die Arme und Beine, daß er sich nicht bewegen konnte, dann trug ich ihn, nachdem ich zuvor meine Büchse geholt hatte, nach dem Feuer. Hier legte ich ihn nieder und fachte die Glut von neuem an, um sein Erwachen genau beobachten zu können.

Es dauerte lang, ehe er die Augen aufschlug, aber trotz der scheinbar gefährlichen Situation, in welcher er sich befand, verriet kein einziger Zug seines ehernen Gesichtes eine Spur von Ueberraschung oder Schreck. Es schloß die Augen wieder und blieb wie leblos liegen, aber ich bemerkte doch, wie sich leise und heimlich seine Muskeln spannten, um die Festigung der Fesseln zu prüfen. Er trug den bloßen Haarschopf eines gewöhnlichen Indianers und war nur mit Hemde, Hose und Mokassins bekleidet, alles aus Leder gearbeitet. In seinem Gürtel sah ich ein Messer und einen Tomahawk, den Medizinsack und einen Kugelbeutel. Der letztere bewies mir, daß er sein Gewehr, vielleicht auch sein Pferd in der Nähe versteckt habe, um sich ungehindert anschleichen zu können. Ich wußte, daß er auf keinen Fall das Gespräch beginnen werde, und fragte daher in jenem Gemisch von Englisch und Indianisch, welches längs der Indianergrenze im Gebrauche ist:

»Was wollte der rote Mann bei meinem Feuer?«

»*Tcha-tlo!*« antwortete er knirschend.

Dieses Wort stammt aus dem Navajoes-Dialekte und bedeutet Frosch, Großmaul, Quaker, unnützer Redner, Feigling, der sofort sich verbirgt; es enthielt also eine Beleidigung, die ich aber überhörte. Warum sprach dieser Mann im Navajoes? Er sah mir mehr wie ein Siou aus.

»Du hast recht, dich über diesen Frosch zu ärgern,« antwortete ich; »er hat dich verraten. Hättest du ihn nicht gestört, so wärst du nicht mein Gefangener. Was denkst du wohl, was ich nun mit dir thue?«

»*Ni niskhi tsetsetsokhiskhan shi* – töte und skalpiere mich!« antwortete er.

»Nein, das thue ich nicht,« sagte ich. »Ich bin nicht dein Feind; ich bin ein Freund aller roten Männer. Ich nahm dich nur gefangen, um mich vor Schaden zu bewahren. Zu welchem Volke gehörst du?«

»*Shi tenuai!*«

Das Wort *tenuai* heißt »Männer«; so nennen sich die Navajoes; er meinte also »ich bin ein Navajo«; ich aber antwortete:

»Warum sagst du mir die Unwahrheit? Ich kenne die Sprache der Tenuai; du sprichst sie nicht gut. Ich höre an deiner Aussprache, daß du ein Mann der Tetongs bist. Rede deine eigene Sprache oder die Sprache der Weißen. Ich liebe die Wahrheit und werde dir auch die Wahrheit sagen!«

Da richtete er zum erstenmale das Auge voll und forschend auf mich und sagte:

»Die Bleichgesichter sind über das große Wasser herübergekommen. Dort gibt es lichthaarige, die Engländer, und dunkelhaarige, die Spanier. Zu welchen gehörest du?«

»Zu diesen nicht und zu jenen auch nicht!« antwortete ich.

»Das ist gut! Sie sind Lügner mit lichtem Skalp und Lügner mit dunklem Skalp. Aber zu welchem Stamme gehörst du sonst?«

»Ich gehöre zu dem großen Volke der Germany, welche Freunde der roten Männer sind und noch niemals ihre Wigwams angegriffen haben.«

»Uff!« sagte er überrascht. »Die Germany sind gut. Sie haben nur einen Gott, nur eine Zunge und nur ein Herz.«

»Kennst du sie?« fragte ich, nun meinerseits überrascht.

»Nein,« antwortete er. »Aber ich habe von einem großen weißen Jäger gehört, der ein Krieger der Germany ist. Er tötet den Grizzly mit dem Messer; er wirft jeden Feind mit einem Schlage seiner Faust zu Boden; seine Kugel geht nie fehl, und er redet die Sprachen aller roten Männer. Er ist ihr Freund und darf mitten unter allen weilen, denn keiner wird ihm ein Leid thun.«

»Wie heißt er?«

»Die roten Männer nennen ihn Vauva-shala, tödliche Hand, die weißen Jäger aber rufen ihn Old Shatterhand. Er kennt alle Tiere der Ebene und des Gebirges, denn Winnetou, der große Häuptling der Apachen, ist sein Lehrer gewesen.«

»Würdest du das Kalummet mit ihm rauchen?«

»Er ist ein großer Häuptling; ich müßte warten, bis er selbst mir die Pfeife des Friedens anböte.«

»Er wird sie mit dir rauchen. Sage mir deinen Namen!«

»Man nennt mich *Pokai-po*, das tötende Feuer.«

»Uff! So bist du der zweite Häuptling der Sioux vom Stamme der Tetongs!«

»Ich bin es,« antwortete er mit stolzer Einfachheit.

»Ich habe von dir gehört. Ein Häuptling der Sioux soll nicht gefesselt vor mir liegen. Du bist frei!«

Ich nahm ihm das Lasso von den Gliedern. Er richtete sich empor, blickte mich ganz erstaunt an und sagte:

»Warum gibst du mich frei? Warum tötest du nicht den größten Feind der Bleichgesichter?«

»Weil du ein tapferer und gerechter Krieger bist. Du bist der Feind der Bleichgesichter nur deshalb geworden, weil sie selbst ihre Freundschaft mit euch gebrochen haben. Aber es gibt sehr viele große und mächtige Völker der Bleichgesichter, und darunter sind viele, welche Freunde der roten Männer sind. Du darfst nicht alle weißen Männer hassen, weil einige falsch und untreu waren. Du wolltest mich überfallen, ich aber nahm dich gefangen; dein Skalp gehörte mir, ich aber gab dich frei. Laß uns die Pfeife des Friedens rauchen und dann als Brüder von einander scheiden!«

Ich griff zur Pfeife, welche ich nach Trapperart am Halse hängen hatte, und stopfte sie. Er war sicher froh, mit heiler Haut zu entkommen, aber dennoch fragte er sich im stillen, ob es sich mit seiner Häuptlingsehre vertrage, von einem unbekannten Weißen die Pfeife angeboten zu erhalten. Darum fragte er:

»Bist du denn ein Häuptling der Weißen, und wie lautet dein Name?«

»Das tötende Feuer braucht sich nicht zu schämen, das Kallummet mit mir zu rauchen,« antwortete ich. »Ich bin Old Shatterhand, der Bruder aller roten Männer.«

Die Indianer sind gewohnt, selbst die überraschendste Nachricht mit der größten äußerlichen Ruhe aufzunehmen, aber kaum hatte ich den Namen genannt, welcher mir von irgend einem müßigen Trapper gegeben worden war und sich dann von Mund zu Mund fortgesprochen hatte, so sprang der Häuptling in die Höhe und rief:

»Old Shatterhand! Redest du die Wahrheit?«

»Kann das tödliche Feuer von einem gewöhnlichen Jäger überlistet und besiegt werden? Habe ich dich nicht vorhin mit einem einzigen Schlage meiner Hand niedergestreckt?«

»Aber wo ist da Winnetou, der große Häuptling der Apachen?«

Winnetou und ich waren als unzertrennlich bekannt; daher diese Frage.

»Er ist an den Quellen des Tonqueflusses, wo er mich erwartet. Ich mußte nach dem Fort Caß, um eine Wunde zu heilen. Das tötende Feuer mag Platz nehmen neben mir; oder soll Feindschaft zwischen uns beiden sein?«

»Wir wollen Brüder sein,« sagte er im feierlichen Tone. »Deine Feinde sind meine Feinde, und meine Brüder sind deine Brüder. Du sollst willkommen sein in allen Zelten der Sioux, und unser Leben ist wie ein einziges; einer soll für den andern sterben!«

Von diesem Augenblicke an konnte ich sicher sein, einen neuen Freund gewonnen zu haben, der jederzeit bereit war, sein Leben für mich hinzugeben. Ich rauchte die Pfeife an, blies den Rauch nach den vorgeschriebenen Richtungen und reichte sie ihm dann hin. Er wiederholte die Zeremonie und rauchte den Inhalt des Kopfes schweigend zu Ende. Die Pfeife war ein Geschenk Winnetous. Der Thon zu dem Kopfe stammte aus den heiligen Brüchen des Nordens, und jede ausgestoßene Rauchwolke galt als ein unverbrüchlicher Schwur zum großen Geiste, die geschlossene Freundschaft bis zum Tode treu zu halten. Die Freundschaft der »Bleichgesichter« wird oft auch bei Tabaksqualm und Spiritusduft geschlossen, aber was ist sie wert? Sie hört auf, sobald der Qualm sich verzogen und der Spiritus sich verflogen hat!

Jetzt gab es keine Geheimnisse mehr zwischen uns, und ich erfuhr nun, was ihn an den Bighorn geführt hatte: Er war als Kundschafter da, und ohne mein Zusammentreffen mit ihm wäre die Besatzung des Forts und die übrige Bewohnerschaft desselben höchst wahrscheinlich verloren gewesen.

»Die Krieger der Tetongs kamen an die Pässe des Gebirges, um den Büffel zu jagen, der dort vorüber kommt,« sagte der Häuptling. »Sie hatten eine gute Jagd, denn der Büffel kam mit seinen Frauen und Kindern in einer großen Herde, wie man sie seit vielen Sommern nicht gesehen hatte. Die Söhne der Tetongs sind stark und tapfer, darum lagen die Büffel und die Kühe zu großen Scharen tot am Boden. Da aber kamen die Bleichgesichter, welche bunte Kleider tragen, und verlangten, daß man die Büffel ihnen überlasse. Sie hatten mehr Feuergewehre als die roten Männer. Diese wehrten sich, mußten aber weichen und ließen dreimal fünf und noch drei Tote zurück. Waren die Bleichgesichter in ihrem Rechte?«

»Nein,« mußte ich leider antworten.

»Das denken die roten Männer auch. Darum haben sie den Medizinmann gefragt und einen großen Rat gehalten. Der große Geist hat ihnen einen Sieg verheißen, wenn sie die verräterischen Bleichgesichter angreifen. Nun sind sie ausgezogen, um den Feind zu bestrafen. Sie liegen im Walde und haben das tödliche Feuer ausgesandt, nach Fort Caß zu gehen, um zu sehen, wie viele Feinde sich dort befinden und was man thun muß, um die festen Wohnungen der Bleichgesichter zu erobern.«

Das hatte ich kommen sehen! Dieser Siou sah mich heut zum erstenmale; er wußte, daß ich jetzt zu den Bewohnern des Forts gehörte, und dennoch vertraute er mir das alles an. Ist es zu verwundern, daß ich ihn für meiner Freundschaft würdiger hielt als diejenigen, welche seine Rache so – gelind gesagt – unbesonnen herausgefordert hatten? Aber durfte ich ruhig zusehen, daß das Fort überfallen wurde? Nein! Und grade aus diesem Grunde befand ich mich gegenwärtig in einer gar nicht beneidenswerten Lage.

»Wird mein Bruder Old Shatterhand mit mir zu den Kriegern der Tetongs kommen, um das Fort zu überfallen?« fragte er, als ich längere Zeit sinnend schwieg.

»Nein,« antwortete ich aufrichtig.

»Warum nicht? Du hast mit mir ja das Kalummet geraucht!«

»Ich bin dein Freund, aber auch alle Bleichgesichter sind meine Brüder.«

Ich gestehe offen, daß es mir nicht leicht wurde, diese Worte auszusprechen, und ich bekam die Folgen denn auch sofort zu hören:

»Du sagtest selbst, daß sie unrecht gehandelt haben, und dennoch willst du der Bruder dieser Verräter und Lügner sein! Ich freute mich, als ich vernahm, daß du Old Shatterhand seist, aber ich sehe doch, daß es schwer ist, der Freund eines Bleichgesichtes zu werden!«

Was sollte ich antworten? Ich konnte leichter mit einer ganzen Herde wilder Büffel anbinden, als diesem einfachen Wilden beweisen, daß es jetzt meine Pflicht sei, sein Vorhaben an seine Feinde zu verraten.

»Ihr wollt die Bleichgesichter töten, weil Manitou es euch befohlen hat?« fragte ich.

»Ja.«

»Nun wohl! Auch ich muß meinem Manitou gehorchen, und er sagt, daß er allein der Rächer sei.«

»Warum hat denn dieser Manitou nicht bereits längst seine roten Kinder gerächt? Oder ist dein Manitou ein anderer als der meinige? Das tödliche Feuer ist in den Städten der Bleichgesichter gewesen und hat die Reden ihrer Priester vernommen. Kennt Old Shatterhand diese Reden? Wer Menschenblut vergießt, der soll auch sterben, sagt euer Buch; deshalb sollen auch die Bleichgesichter im Fort sterben! Einer soll den andern lieben, sagt euer Buch. Warum wurden dreimal fünf und noch drei Krieger der Tetongs getötet, die doch nichts Böses gethan hatten? Ihr sollt gehorchen euern Häuptlingen, sagt euer Buch. Wenn ein roter Mann zu euch kommt und einen tötet, so wird auch er getötet, denn eure Häuptlinge sagen, daß sie das Recht dazu haben. Wenn aber ihr zu uns kommt und tötet zehnmal zehnmal zehn Männer von uns, so dürfen wir euch nicht töten, denn unsre Häuptlinge haben kein Recht dazu, sagen die eurigen. Sind denn die roten Männer Hunde und Koyoten? Es mag Bleichgesichter geben, welche uns nicht für Koyoten halten, und du gehörst zu ihnen. Ich weiß, daß du mir recht gibst, daß dir aber dein Glaube gebietet, die bösen Bleichgesichter des Forts zu warnen. Gehe hin, und thue es!«

Er erhob sich und schaute halb trotzig und halb traurig in das Feuer. Auch ich stand auf und fragte:

»Wo stehen die Krieger der Tetongs?«

»Am Flusse aufwärts.«

»Wie groß ist ihre Zahl?«

»Zehnmal zehn, dreimal genommen, und noch fünfmal zehn dazu.«

Ein Weißer hätte mir diese beiden Fragen jetzt nicht noch beantwortet. Ich sagte:

»Ich werde die Bleichgesichter nicht warnen, sondern du selbst sollst es thun.«

»Das tötende Feuer soll seine Feinde warnen?« fragte er, ganz erstaunt.

»Ja,« antwortete ich. »Du setzest dich mit in mein Kanot und fährst mit mir nach dem Fort. Dort verlangst du Genugthuung für deine erschlagenen Krieger. Erhältst du sie nicht, so habe ich meine Schuldigkeit gethan, und du kannst den Ort überfallen, ohne daß ich ein Wort sage.«

Er blickte sinnend vor sich nieder und sagte:

»Sie werden das tötende Feuer ergreifen und festhalten.«

»Du bist mein Bruder; ich verspreche dir, daß du gehen kannst, sobald du willst.«

»Sie sind treulos; sie werden dir es versprechen, aber nicht Wort halten. Kannst du dann das tötende Feuer in Schutz nehmen?«

»Glaubst du, daß Old Shatterhand sich vor diesen Bleichgesichtern fürchtet? Wenn sie mir nicht Wort halten, so werde ich mit der Büchse und dem Tomahawk mit ihnen reden.«

»Ich glaube dir und werde kommen, ganz allein, aber nicht in deinem Kanot sondern auf dem Rosse, wie es einem Häuptling der Sioux geziemt. *Enokh e-i anash*, lebe wohl!«

Im nächsten Augenblicke war er im Dunkel des Waldes verschwunden. Dies lag ganz und gar in der indianischen Art und Weise, obwohl ein Europäer der Ansicht gewesen wäre, daß wir noch gar vieles mit einander zu besprechen gehabt hätten. Der Wilde redet weniger und handelt desto mehr.

An Schlaf durfe ich jetzt freilich nicht denken, denn es galt, zur rechten Zeit im Fort zu sein. Es war anzunehmen, daß der Häuptling sehr bald aufbrechen werde.

Ich verlöschte das Feuer, band das Kanot los und begann die Rückfahrt, den Fluß abwärts. Das ging bedeutend schneller als die Bergfahrt, und der Morgen war noch nicht zwei Stunden alt, so sah ich das Fort am Zusammenflusse der beiden Wasser vor mir liegen. Als ich das Kanot angebunden hatte und die Höhe langsam emporstieg, bemerkte ich eine Art von Lager, welches vor den Palissaden des Forts errichtet war. Es bestand aus einfachen Zweighütten und schien eine Schar von Trappern zu Bewohnern zu haben, denn es lag eine

Menge von Fallen und anderen zur Pelztierjagd erforderlichen Instrumenten da herum. Diese Leute waren während meiner Abwesenheit hier angekommen und machten, so viele ich ihrer grade jetzt bemerkte, einen nicht eben günstigen Eindruck auf mich.

Acht bis zehn von ihnen standen beisammen und übten sich im Schießen. Sie hatten ein kleines Brett an den Stamm eines Nußbaumes genagelt und mit Kreide ein Zentrum gemalt, nach welchem sie zielten. Ich wollte vorübergehen, nachdem ich ihnen einen guten Morgen geboten hatte, doch schien ich mich da in ihnen verrechnet zu haben. Der eine stellte sich mir geradezu in den Weg. Er duftete trotz der frühen Morgenstunde bereits gewaltig nach Brandy und brüllte mich mit einer Stimme an, als ob ich eine englische Meile von ihm entfernt stehe:

»Hollah, Master, hier geht man nicht vorbei. Wir haben einen Schießstand errichtet, wo gewettet wird. Der schlechteste Schuß gibt einen Drink, jedem ein volles Glas, und ein jeder, der sich außerhalb der Palissaden befindet, muß mitmachen.«

Dieser Kerl war mir außerordentlich widerlich. Wo hatte ich seine Physiognomie nur bereits einmal gesehen? Getroffen hatte ich diesen Mann bereits irgendwo, aber wann und an welchem Orte? Er mußte sich einmal in einem schlimmen Kampfe befunden haben, denn er hatte einen Hieb erhalten, der ihm die rechte Seite des Gesichtes vollständig abrasiert hatte. Er war schauderhaft anzusehen mit seiner bebarteten linken und der rohfleischfarbenen rechten Hälfte des Gesichtes.

»Man muß mitmachen? Wer hat das bestimmt, Sir?« fragte ich.

»Ich, Master,« antwortete er. »Ihr müßt nämlich wissen, daß ich der Anführer dieser ehrenwerten Gentlemen bin. Wir sind nach Fort Caß gekommen, um neue Munition zu kaufen und werden dann wieder ein wenig Biber fangen.«

»So wünsche ich Euch viel Glück im Geschäft, Sir. *Good bye!*«

Ich wollte gehen, er aber hielt mich am Arme fest.

»*Zounds!* Wollt Ihr wohl stehen bleiben und einen Drink mit uns schießen! Ich habe Euch gesagt, daß ein jeder muß!« meinte er.

»*Pshaw!* Und ich sage Euch, daß ich nicht will!«

Ich schüttelte seinen Arm ab und ging.

»Ah, ein Gentleman, der zwar ein Schießzeug trägt, aber nicht schießen kann!« lachte er höhnisch, und die andern stimmten in sein Gelächter ein. »Seht ihn an! Er hat gewichste Stiefel wie ein Dancingmaster und eine Haltung wie ein Noblingkutscher. Wir werden ihn schon noch zwingen, uns zu zeigen, was er mit seiner Sonntagsbüchse zu leisten vermag!«

Ich beachtete dieses Geschwätz natürlich gar nicht und trat durch das geöffnete Thor in das Fort, wo ich mich sofort zum Major begab. Dieser hatte sich soeben von seiner Nachtruhe erhoben und empfing mich entschieden mürrisch.

»Wo haben Sie gesteckt, Sir?« fragte er mich. »Man hat Sorge um Sie gehabt. Ein Bewohner des Forts soll nicht über Nacht fortbleiben. Sie wissen, daß ich für jedes Unglück verantwortlich gemacht werde!«

Das war ja geradezu ein Verweis, den ich erhielt! Ich hatte im Fort nur meinen dort ja bisher unbekannten Namen angegeben; daß ich der so oft genannte Old Shatterhand sei, wußte niemand, sonst hätte der Major sich wohl eines solchen Tones nicht bedient.

»O bitte, Sir,« sagte ich daher, »es ist mir nicht bekannt, daß ich mich bei meiner Ankunft auf Fort Caß meiner Selbständigkeit begeben hätte. Ich als Zivilist betrachte diesen Ort als gut geeignet, mir neue Kleider, Patronen u.s.w. zu kaufen und mir einige Ruhe zu gönnen, mich aber einer Disziplin zu unterwerfen, ist ganz und gar nicht meine Absicht gewesen. Uebrigens habe ich während meiner Abwesenheit für das Wohl der Ihrigen vielleicht nicht weniger gesorgt als Sie selbst.«

»Was soll das heißen?« fragte er kurz.

»Fort Caß sollte überfallen werden.«

»Ah!« rief er erbleichend. »Von wem?«

»Von dem Häuptling der Tetongs. Er steht mit dreihundertfünfzig Indianern hier in der Nähe. Zufälligerweise ist er mein Freund und hat mir versprochen, aus Rücksicht auf unsere Freundschaft vorläufig von jeder Feindseligkeit abzusehen. Er wird heut Fort Caß besuchen, um Genugthuung zu verlangen. Wird ihm diese verweigert, so stehe ich für nichts.«

»Oh, Sie haben ja übrigens auch sonst für gar nichts zu stehen,« antwortete er. Er hatte sich von der ersten Ueberraschung erholt und fügte hinzu: »Ihr Ton kommt mir recht eigentümlich vor!«

»Ich gehe auf denselben Ton ein, den Sie selbst anschlugen. Ich traf den Häuptling im Walde und habe mich beeilt, Sie zu benachrichtigen.«

»Sie trafen ihn im Walde, Sir, wie kommen Sie dazu, der Freund eines Häuptlings der Tetongs zu sein? Ich hielt Sie für einen verirrten Sommerfrischler, der sich zu weit vorgewagt hatte und für dieses Mal mit einer kleinen Schußwunde davongekommen war. Sie hatten zwar erschrecklich viele Waffen an sich herumhängen, als sie kamen, aber einen Schuß hat Sie noch niemand thun sehen.«

»Jeder nach seinem Gusto; ich kaufe mir die Munition nicht, um sie zwecklos zu verpuffen.«

»Mag sein,« sagte er ungläubig. »Wo und wann trafen Sie den Häuptling?«

»Ich bin nicht in der Lage, Ihnen genaue Auskunft zu geben. Es ist den Indianern Unrecht geschehen, und ich bin der Freund ihres Häuptlings; ich habe für das Fort gethan, was ich thun konnte, aber einen Verrat an dem Freunde werde ich nicht begehen.«

»Ah, Sie wollen nicht sagen, wo die Rothäute stehen?« fragte er.

»Nein.«

»Ich werde Sie zwingen!«

»*Pshaw!* Es ist mir nicht angst! Ich kenne die Situation so genau, daß ich sogar dem Häuptling freies Geleit versprochen habe.«

Das war dem Offizier denn doch zu viel.

»Sind Sie bei Sinnen, Sir!« rief er. »Ich werde den Häuptling ganz im Gegenteile festhalten; er wird als Geisel hier bleiben!«

»So werde ich ihm entgegenreiten, um ihm zu sagen, daß er nicht kommen soll!«

»Ich werde Sie daran zu verhindern wissen!« drohte er.

»Versuchen Sie das!« antwortete ich ruhig. »Zunächst werde ich jeden niederschießen, der es wagt, seine Hand an mich zu legen, und sodann werde ich einen wahrheitstreuen Bericht der Tetongangelegenheit nach Washington senden. Man wird dort einsehen, daß man sich nicht stets zu wundern braucht, wenn die Indsmen zu den Waffen greifen.«

Er starrte mich ganz erschrocken an, und als ich Miene machte, zu gehen, rief er:

»Halt, Sir! Ich kann in dieser Sache erst dann etwas unternehmen, wenn ich mich mit dem Offizierskorps beraten habe.«

»Gut, thun Sie das, und geben Sie mir dann Nachricht, ob der Häuptling freies Geleit haben soll oder nicht!«

Ich verließ ihn und ging nach dem Store, wo ich mir einen kleinen Raum gemietet hatte. Im Stalle dort stand mein Mustang. Er hatte lange ausgeruht und wieherte freudig auf, als ich ihn in den Hof zog, um ihn zu satteln. Ich that dies, weil ich auf alles gefaßt sein wollte. Ich füllte die Satteltaschen mit meinen Habseligkeiten und that ganz so, als ob ich für immer abreisen wolle; dann begab ich mich in meine Kammer zurück, um das Kommende abzuwarten.

Nach einiger Zeit sandte man mir einen Unteroffizier mit der Botschaft, daß man beschlossen habe, dem Häuptlinge freies Geleit zu bewilligen, doch war dies nicht im stande, mich vollständig zu beruhigen.

Der Raum, in welchem ich mich befand, lag dicht an der Stube, in welcher die Gäste und Käufer verkehrten; es herrschte heute dort ein ganz ungewöhnlicher Lärm, und ich vernahm bald, daß er von den fremden Fallenstellern verursacht wurde. Einmal waren zwei von ihnen in den Hof herausgetreten und unterhielten sich mit gedämpften Stimmen. Sie standen der einfachen Bretterwand meines Raumes nicht nahe, und so hörte ich nur einige abgebrochene Sätze von ihrer Unterredung.

»Prachtvoller Mustang ... mehr wert als alle unsere Klepper.«

»Wem mag er sein?« fragte der andere.

»Jedenfalls einem der Offiziere.«

»Da dürften wir uns nicht daran wagen ... armseliges Leben nun ... Goldstaub und Nuggets alle ... verspielt ... wird es wohl glücken ... Oelprinz ... hat Millionen liegen.«

»Ist es wirklich der Schwager von ...?«

»Sicher! ... kennt ihn ganz genau ... seit zwei Jahren am Shayansee ... genau erkundigt ... bloß Flowing-wells, baut aber jetzt auch große Pumping-wells mit Dampfbetrieb.«

»Wird ein feines Geschäft ... nur keiner überleben, sonst ... daß die Sache an den Tag kommt.«

Jetzt erhob sich in der Schenk- und Ladenstube abermals ein greulicher Lärm, so daß ich kein weiteres Wort verstehen konnte, und dann verließen die beiden den Hof. Von wem und was hatten sie sich unterhalten? Je mehr ich über das Gehörte nachdachte, desto verdächtiger kam es mir vor. Es sollte etwas nicht an den Tag kommen, und darum sollte keiner leben bleiben. Hatte man es etwa auf einen Oelprinzen abgesehen? Wessen Schwager war dieser? Was hatte es für eine Bewandtnis mit dem Goldstaub und den Nuggets? Hatte ich es mit einer Bande Pferdediebe zu thun? Oder trieben diese als Fallensteller maskierten Leute etwa gar das Handwerk von Bushheaders, welche besonders gern einsame Farmen oder Reisende überfallen, welche mit Goldsand aus Kalifornien über die Berge herüberkommen. Indem ich mir Mühe gab, über das Belauschte ins Klare zu kommen, hörte ich draußen auf dem Platze ein lautes Rufen:

»Ein Roter, ein Roter, ein Häuptling kommt!«

Dieser Ruf wurde auch im Store vernommen, und alle dort

Anwesenden eilten hinaus, um den Indianer zu sehen. Ich that dasselbe und sah wirklich das »tödliche Feuer« bereits die Anhöhe heraufkommen. Er war ganz allein, draußen aber, wohl eine englische Meile entfernt, hielten drei Reiter mitten auf einer lichten Stelle, von welcher aus man das Fort im Auge haben konnte.

Der Häuptling sah heut ganz anders aus. Sein prächtig aufgezäumter Rappe trug eine langwallende Mähne und schleifte den Schweif fast an der Erde hin. Der Reiter hatte sein Haar zu einem helmartigen Schopfe gewunden, in welchem drei Adlerfedern, die Zeichen der Häuptlingswürde, steckten. Die Nähte seiner Leggins und seines Jagdhemdes waren ganz mit dem Haar erlegter Feinde befranst; an seinem Gürtel hingen nicht weniger als dreizehn in Zöpfe geflochtene Skalpe schuppenartig neben einander, und sein Mantel bestand ganz aus dem köstlichen Felle der gelben Ratte, die jetzt fast ausgestorben ist. Bewaffnet war er mit Messer, Tomahawk, doppelläufiger Büchse nebst Bogen und Köcher.

Als er durch das Thor einritt, eilte ihm alles entgegen. Er trug zwar nicht die Kriegsfarben im Gesicht, aber das Kommen eines Tetong war jetzt unter allen Umständen bedeutungsvoll.

Ich trat an sein Pferd heran und streckte ihm die Hand entgegen.

»*Hos takh-shon enokh* – guten Morgen!« grüßte er einfach. »Ich komme allein. Erhält das tödliche Feuer freies Geleit?«

»Ja,« antwortete ich. »Man hat es mir versprochen.«

»Mein Bruder glaube nicht alles, was man sagt! Der Häuptling der Tetongs wird seine Waffen nicht ablegen.«

Da trat derselbe Unteroffizier herbei, welcher mich benachrichtigt hatte, und sagte dem Tetong, daß er im Beratungssaale erwartet werde, vorher aber die Waffen abzulegen habe. Der Häuptling würdigte ihn keines Blickes, sondern wendete sich an mich:

»Wo ist dieser Ort?«

»Ich werde dich führen,« antwortete ich ihm.

»Halt!« gebot der Unteroffizier. »Der Zutritt ist außer dem Häuptling einem jeden andern verboten.«

Auch ich sagte kein Wort, sondern nahm den Rappen beim Zügel und führte ihn nach dem Beratungssaale. Dieser war nichts anders als die Turnhalle der Mannschaft, in die man jetzt einige Stühle gesetzt hatte. Der Häuptling sprang vom Pferde und trat ein; der Unteroffizier aber meinte zu mir:

»Ich habe Befehl, das Pferd des Roten fortzubringen!«

»Es gehört mir!« antwortete ich und führte das Tier nach dem Store, wo ich es an einen Haken band.

Nun holte ich meine Gewehre aus meiner bisherigen Wohnung und hing sie über. Jetzt war ich auf alles vorbereitet und wartete.

Eine Wache von vier Mann hielt am Eingange zur Halle Wacht, und an der andern Seite des Platzes hielten noch sechs Mann sich bereit, auf einen Wink zu Hilfe zu eilen. Man plante einen Verrat, aber ich war entschlossen, den Häuptling zu verteidigen. Ich hatte ein Messer, zwei sechsschüssige Revolver, eine geladene Doppelbüchse und einen fünfundzwanzigschüssigen Henrystutzen; wenn es mir gelang, den Saal abzusperren, so war ich meines Sieges gewiß.

So wartete ich wohl eine halbe Stunde, da erscholl im Saale ein Pfiff; die vier Mann Wache traten sofort ein, und die sechs andern setzten sich auch von fern her in Bewegung. Alle Neugierigen, welche sich bisher in einer ehrerbietigen Entfernung gehalten hatten, drängten sich herbei. Schnell stieg ich auf meinen Mustang, ergriff den Rappen des Tetong beim Zügel und ritt auf die Halle zu. Ich war eher dort als die sechs Dragoner.

»*Get you gone* – packt euch! Fort!« rief ich und drängte die Pferde zwischen die Menge hinein.

Sobald ich die Thür erreichte, sprang ich ab, trat ein und zog auch die Tiere nach, die nun mit dem hintern Teile ihrer Leiber den Eingang so ausfüllten, daß kein Mensch passieren konnte. Ein Blick in das Innere der Halle zeigte mir den Stand der Angelegenheit. Der Pfiff hatte die vier Dragoner gerufen, um den Häuptling zu entwaffnen und gefangen zu nehmen; die sechs andern sollten nachkommen, konnten aber nun nicht eintreten.

Der Tetong stand mit erhobenem Tomahawk in der Ecke, bereit, denjenigen zu töten, der die Hand an ihn legte, doch aller Augen waren jetzt auf mich gerichtet. Die Offiziere waren bewaffnet, die Dragoner ebenso, doch machte mir das nicht bange.

»Was ist das! Was wollen Sie, Sir?« rief mir der Major entgegen.

»Sie an Ihr Wort erinnern,« antwortete ich. »Sie versprachen mir freies Geleit für den Häuptling der Tetongs.«

»Das hat er erhalten; er hat frei hereingedurft.«

»Ah! Aber er darf nicht frei hinaus?«

»Nein, denn so viel habe ich nicht versprochen.«

»Gut, Sir! *Pokai-po, bite ta-ata* – tötendes Feuer, komme her zu mir!«

Der Gerufene wollte sich in Bewegung setzen, da aber zog der Major den Revolver und richtete ihn auf mich.

»Hinaus, sonst schieße ich!« gebot er.

»*Pshaw!*« antwortete ich, indem ich nun direkt auf ihn zuschritt. »Tötendes Feuer, sage diesen Bleichgesichtern, wer ich bin!«

»Old Shatterhand!« antwortete der Indianer.

»Old Shatterhand!« wiederholten die Offiziere.

Die verblüfften Mienen waren ein wahres Gaudium für mich. Der bloße Name thut oft mehr, als der Träger desselben jemals fertig bringen kann.

»Ja, Old Shatterhand bin ich, Mesch'schurs,« sagte ich. »Wollen Sie es glauben, oder soll ich es Ihnen beweisen? Ich habe meinem roten Freunde freies Geleit versprochen, und ich werde es ihm geben. Vorher erlauben Sie mir, an ihrer Beratung mit teilzunehmen. Tötendes Feuer spricht nicht gut englisch, und Sie verstehen die Dialekte der Sioux nicht genug; ein Dolmetscher ist notwendig. Beginnen wir also! Ob mit den Waffen oder mit der friedlichen Unterhandlung, das steht in Ihrem Belieben!«

Mancher wird in meinem Verhalten ein großes Wagnis erblicken, aber es war keins. Ich kannte meine Leute. Ein deutscher Major oder Obristwachtmeister hätte mich ganz einfach *ad acta* heften lassen, die guten Yankees aber hatten vor meinem Trappernamen einen solchen Respekt, daß die Unterhandlung von neuem begonnen wurde, und dank der Mühe, welche ich mir gab, verzichtete der Häuptling auf die Sühne, welche er vor meiner Ankunft verlangt hatte; er hatte das Leben von achtzehn Weißen beansprucht, ein Weißer für jeden gefallenen Tetong; ich brachte es dahin, daß er achtzehn Karabiner verlangte, und sie wurden ihm – ganz gegen das Gesetz – bewilligt.

Nun gab ich auch den Eingang wieder frei. Es hatte kein Mensch eintreten können, weil die beiden Pferde ihre Position mit den Hinterhufen verteidigten. Als wir die Halle verließen, ertönte aus der vordern Reihe der Neugierigen eine Stimme:

»Warum schlägt man diese Rothaut nicht tot? Was will sie hier unter Gentlemen? Teert und federt sie!«

Der Sprecher war kein andrer als der Fallensteller, welcher mich zum Schießen hatte zwingen wollen.

»Ja, teeren, federn!« brüllten seine Gesellen.

Handelten diese Leute in irgend einem Auftrage, oder wollten sie aus eigenem Antriebe einen Skandal anstiften, um dabei im Trüben fischen zu können, ich weiß es nicht, aber es streckten sich sofort zehn und zwanzig Arme nach dem Indianer aus. Wie auf Verabredung drängte sich ein breiter Keil von Menschen im Nu zwischen uns beide, so daß ich von ihm getrennt wurde. Ich sah sein Schlachtbeil blitzen; ein vielstimmiger Schrei der Wut erscholl.

»Major, ich mache Sie verantwortlich!« rief ich dem Offiziere zu, welcher erschrocken in meiner Nähe stand.

Ich ließ den Rappen, den ich noch gefaßt hielt, los und sprang auf meinen Mustang. Es fielen bereits Revolverschüsse. Ich nahm das Pferd hoch und gab ihm beide Sporen; es schnellte mit einem weiten Satze mitten in den Menschenknäuel hinein, und nun gebrauchte ich den Kolben meiner Büchse ebenso kräftig wie die Hufe meines braven Tieres.

Der Indianer hatte sich verteidigt, war aber von der Menge in seinen Bewegungen gehemmt, gedrückt und niedergerissen worden. Er wehrte sich noch am Boden mit aller Kaltblütigkeit eines Indsman. Meine Hiebe machten ihm Luft. Er schnellte empor, mit der Büchse wieder in der Hand, die ihm entfallen war; ihr Kolben krachte auf die Köpfe der Angreifer nieder. Alles schrie und brüllte durcheinander; Messerklingen blitzten, Revolverschüsse knatterten; ich blieb unversehrt und rief dem Häuptling zu:

»*To-ok kava* – spring aufs Pferd!«

Er verstand mich trotz des Geheules rund umher und flog zu seinem Rappen, welcher, scheu geworden, mit allen vieren um sich schlug. Mit einem Satze schwang er sich auf.

»*Usta nai* – komm, mir nach!«

Mit diesen Worten trieb ich mein Pferd zum Sprunge an; er that dasselbe durch den einfachen Schenkeldruck, da er die herabhängenden Zügel noch nicht hatte fassen können. Er stieß den gellenden Triumphschrei der Sioux aus und dann schossen wir davon, über den Platz hinweg und auf das Thor zu. Es war verschlossen, aber seitwärts waren die Planken niedriger.

»Hi – ho – hi!« rief er und flog hinüber, ich ihm nach.

Ein vielstimmiger Schrei des Erstaunens erscholl, dann rasten unsre Tiere die Anhöhe hinab und in die Ebene hinein. Niemand folgte uns, und so ließen wir die Pferde bald langsamer gehen, obgleich es keine Schande ist, unter solchen Umständen lieber die Flucht zu ergreifen als sich niederschießen zu lassen. – – –

ZWEITER TEIL.

Der rote Olbers.

Und wieder saß ich eines Abends beim Lagerfeuer, doch nicht allein, denn mein Pferd weidete ganz in meiner Nähe. Es ist immer eine Beruhigung, ein gutes Tier bei sich zu haben, da dasselbe oft schärfere Sinne hat als selbst der geübteste Jäger. Ein Mustang wittert die Annäherung eines jeden feindseligen Wesens und thut dies dem Besitzer durch ängstliches Schnauben kund.

Ich hatte die Gegend von Fort Caß verlassen und befand mich jetzt am östlichen Arme des Bighorn, um von da über die Dark-hills hinüber zu gehen nach den Wassern des Tonque, an denen mich Winnetou, der Häuptling der Apachen, erwartete.

Als ich mit dem »tötenden Feuer« aus dem Fort geritten war, hatten wir nicht die mindeste Verfolgung bemerkt und waren auf die drei Vorposten gestoßen, ohne weiter belästigt worden zu sein. Von da ritten wir am Flusse aufwärts und trafen bald auf die Schar der Tetongs, welche ihren Anführer mit Ungeduld erwartete.

Es wurde sofort eine Beratung gehalten. Der Häuptling erzählte, was ihm geschehen war, und alle waren ergrimmt und bereit, diese neue Treulosigkeit zu rächen.

»Ja, sie soll gerochen werden,« sagte das tötende Feuer, »aber meine Brüder werden erkennen, daß die Bleichgesichter, welche bunte Kleider tragen, jetzt gewarnt sind und uns erwarten. Wir werden daher eine Zeit vergehen lassen, bis sie vergessen haben, aufmerksam zu sein. Aber unsere Tomahawks müssen trotzdem aus dem Gürtel gezogen werden. Der Mann mit dem halben Gesichte hat gesagt, man solle den Häuptling der Tetongs mit Teer und Federn beschmieren; er hat mich ergriffen und geschlagen; er und seine Männer, sie sollen die Hand der roten Krieger fühlen.«

Es wurde nun beschlossen, durch einige geschickte Kundschafter das Fort bewachen zu lassen, um zu sehen, wann die Fallensteller es verlassen würden; dann wollte man ihnen nach, um sie zu züchtigen.

Ich war bei dieser Beratung nicht anwesend, sondern der Häuptling teilte mir das Resultat derselben mit. Ich hatte nicht die Macht, den Beschluß der Indianer zu ändern, und da ich nicht Lust hatte, ihrem Angriffe auf die Weißen beizuwohnen, so blieb ich nur einen Tag bei ihnen und brach dann auf, um Winnetou aufzusuchen.

Ich ritt am Flusse aufwärts und folgte dann dem rechten Oberlauf desselben. Nach einem zweitägigen Ritte befand ich mich nun an meinem heutigen Lagerplatze und wollte morgen nach Osten biegen, um über die Dark-hills zu gehen.

Meine Abendmahlzeit hatte ich gehalten und ließ nun, da es nicht kühl war und ich hier von Mücken nicht belästigt wurde, mein Feuer ausgehen. Ich war ermüdet und stand eben im Begriff, einzuschlafen, als mein Pferd auf jene Weise schnaubte, welche die Anwesenheit von etwas Verdächtigem melden soll. Ich lauschte, konnte aber nichts bemerken, trotzdem der Mustang das Schnauben wiederholte.

Ich erhob mich also und trat zu ihm. Er rieb den schön gebauten Kopf an meiner Schulter, öffnete die Nüstern und sog die Luft ein, welche leise von Süd herunterstrich. Ich folgte dieser stillen Aufforderung – wirklich, die Luft roch brenzlich, sie führte Rauch mit sich. Stammte dieser Geruch noch von meinem bereits verlöschten Feuer, oder gab es da südwärts eine zweite Lagerstätte?

Ich mußte mich überzeugen und schlich in der angegebenen Richtung vorwärts. Meines Pferdes, welches ich zurückließ, war ich natürlich sicher. Es war angehobbelt[1] und hätte auch, ohne gefesselt zu sein, den Platz nicht eher verlassen, als bis ich zu ihm zurückkehrte.

Je weiter ich vorwärts kam, desto leichter bemerkbar, desto stärker wurde der Geruch; der Rauch wurde dichter, und endlich sah ich den hellen Schein des Feuers zwischen

[1] Trapperausdruck für angebunden.

den Bäumen leuchten. Ich verdoppelte die Vorsicht und sah nun, hinter einer mächtigen Eiche stehend, vier Männer um das Feuer liegen. Sie waren Weiße und trugen die dauerhafte Kleidung der Fallensteller. Ein jeder hatte die Waffen bei der Hand liegen, doch zeigten sie sämtlich kein gefährliches Aussehen. Ich schob mich unhörbar noch weiter vor, stand dann auf und war nach drei raschen Schritten neben ihnen.

»*Good evening*. Mesch'schurs!« grüßte ich. »Habt ihr nicht noch einen Platz bei euch am Feuer?«

Sie hatten bei meinem Erscheinen sofort die Waffen ergriffen, waren aufgesprungen und umringten mich jetzt, die Büchsen schußfertig im Anschlage.

»Wer seid Ihr?« fragte der eine.

»Nichts, weiter nichts als ein einsamer Westläufer, der sich freut, Kameraden gefunden zu haben.«

»Oho! Ihr seht nicht aus wie ein Westläufer, mein Junge! An Euch ist ja alles so sauber und blitzeblank, daß Ihr vom Westen gar noch nicht viel gesehen haben könnt. Woher kommt Ihr, he?«

»Von Fort Caß.«

»Ah! Und wohin wollt Ihr?«

»Hinüber nach dem Tonque, um einen Freund zu treffen, der mich dort erwartet.«

»Wer ist dieser Freund?«

»Winnetou, der Apache.«

»*Good lak!* Ist's wahr?«

»Ich habe es ja deutlich genug gesagt!«

»Ihr kennt Winnetou? Wirklich? Ah, das müßt Ihr uns erklären! Setzt Euch zu uns; sagt uns aber vorher, in welcher Gesellschaft Ihr Euch befindet!«

»Ich bin allein.«

»Allein? Ich will gejagt sein, wenn das wahr ist! Ihr seht mir ganz und gar nicht aus wie ein Mann, der das Herz hat, sich so allein im alten Walde umherzutreiben!«

»Danke, Master! Ihr haltet mich also für ein Greenhorn?«

»So ähnlich. Also, was für Leute sind bei Euch?«

»Kein Mensch. Ich nehme es Euch nicht übel, daß Ihr vorsichtig seid, aber dieses Mal seid Ihr im Irrtume. Ich bin ein Deutscher, und es sollte mir leid thun, wenn ich das Aussehen eines Buschheaders hätte.«

»Na, das nun eben nicht! Also ein Deutscher seid Ihr? Ja, einem Deutschen ist es zuzutrauen, daß er im Festtagsstaate im Walde herumläuft, um von irgend einem Indsman gefälligst skalpiert zu werden. Wo habt Ihr Euer Pferd?«

»Ganz in der Nähe am Flusse.«

»So holt es! Ich gehe mit, und wehe Euch, wenn ich finde, daß Ihr uns belogen habt!«

Ich ging, und er schritt hinter mir her. Als wir meinen Lagerplatz erreichten, wo ich die zurückgelassene Büchse und meine Decke vom Boden aufhob, meinte er:

»Wahrhaftig, es ist so! Ihr seid allein. Aber Mensch, wer wagt sich denn so einzeln in diese Gegend, die jetzt von Sioux wimmelt?«

»*Pshaw!* Die Sioux thun mir nichts!«

»Nichts? Warum denn grad Euch nichts?«

»O, wir sind dicke Freunde,« lachte ich.

»*Egad*, Ihr seid ein sonderbares Menschenkind. Nehmt Euer Pferd, und kommt mit zum Feuer. Wir können uns einiges erzählen, ehe wir schlafen.«

Als wir zurückkehrten, sahen die andern drei ihn mit fragenden Augen an.

»Es ist so,« sagte er, mit dem Kopfe nickend. »Dieser Master ist ganz allein hier im Walde, und er behauptet sogar, daß die Sioux seine dicksten Freunde sind.«

Sie betrachteten mich mit sehr ungläubigen Blicken. Es war zu sehen, daß sie sich über mich nicht klar werden konnten. Der Westmann gibt nicht das mindeste auf sein Aeußeres; je herabgekommener er aussieht, desto mehr hat er durchgemacht; ich aber hielt meine Waffen stets blank und hatte auf Fort Caß ja auch Zeit gehabt, mein Habit in Ordnung zu bringen, so daß ich ihnen allerdings wie ein Neuling erscheinen konnte. Ich nannte ihnen meinen Namen.

»Habe ihn noch nicht gehört,« sagte der eine. »Ihr könnt noch nicht sehr lange in dieser Gegend sein. Aber wie kommt

Ihr zur Freundschaft mit dem berühmten Winnetou und dann mit den Sioux, die doch seine Feinde sind?«

»Das werdet ihr erfahren, vorher aber sagt mir auch ein weniges von euch!«

Sie nannten mir ihre Namen, und dann fuhr derjenige, welcher bisher gesprochen hatte, fort:

»Ihr dürft es uns nicht übel nehmen, Sir, daß wir sehr vorsichtig sind, denn wir haben infolge einer Unvorsichtigkeit ein großes Unglück gehabt. Wir sind Fallensteller. Wir hatten vom Frühjahre an gearbeitet und einen hübschen Vorrat von Pelzen zusammengebracht; es waren sechs ganze Gruben voll; da schloß sich uns ein Fünfter an, dem wir vertrauten, und während einer Nacht, da er die Wache hatte, kamen seine Spießgesellen; am Morgen war er verschwunden und mit ihm unsere sämtlichen Felle sogar nebst den Pferden.«

»O weh! Wo und wann ist dies geschehen?«

»Vor zwei Wochen droben am Huntsmanfork.«

»Habt ihr keine Ahnung, wer die Diebe gewesen sind?«

»Genug Ahnung, aber was hilft sie uns! Der Verlust wäre noch zu tragen, aber die Spitzbuben haben uns auch sämtliche Fallen mitgenommen. Wir haben kein Geld, um neue zu kaufen, und müssen uns nun mit armseligen Schlingen behelfen, bis wir etwas fangen und einige Dollar lösen. Wir haben die Spuren der Diebe verfolgt, aber es half uns nichts. Als sie den Yellow erreichten, haben sie sich ein Floß gebaut und sind mit diesem auf und davon. Wer kann dann folgen!«

»Waren es ihrer viele?«

»Eine ganze Bande, wenigstens dreißig Mann, wie die Spur zeigt.«

»Ah! Die Stelle, an der sie das Floß bauten, befindet sich oberhalb von Fort Caß?«

»Zwei Tageritte.«

»Warum seid ihr nicht nach dem Fort gegangen?« fragte ich, indem mir eine Ahnung kam.

»Was hätte es uns genutzt? Es ist kein anderer als der rote Olbers gewesen mit seiner Schar. Er hält sich bereits seit einiger Zeit am oberen Missouri auf, und was der einmal in den

Händen hat, das kommt nie wieder an den rechten Herrn zurück.«

Ich hatte die Fallen, welche im Lager vor dem Fort gelegen hatten, nur flüchtig bemerkt, als ich von meiner Kanotfahrt zurückkehrte, aber der Westmann hat ein scharfes Auge für jede Kleinigkeit, und so hatte ich auch unwillkürlich die Zeichen noch im Gedächtnisse, welche sich auf zweien von ihnen befunden hatten. Jeder Trapper nämlich versieht seine Fallen mit einem bestimmten Zeichen. Daher fragte ich:

»Hattet ihr eure Fallen nicht gekennzeichnet?«

»O doch!«

»Ich habe Fallen gesehen mit einem W. B. und auch mit fünf Sternen, die ein stehendes Kreuz auf dem Bügel bildeten.«

»*Behold*, das sind unsere Fallen! Wo waren sie, Master?« fragte der Mann sehr schnell.

»Sagt mir erst, wer dieser rote Olbers ist!«

»Niemand weiß, woher er kommt, aber ein Yankee ist er jedenfalls, und zwar einer der unsaubersten. Man hat ihn drüben in Kalifornien gesehen, wo er in den Diggins sehr dunkle Geschäfte gemacht haben soll. Er mußte sich aus dem Staube machen und tauchte zuerst bei Fort Benton wieder auf, wo er den großen Mogul spielte und mit Nuggets nur so um sich warf; er soll viele Tausende von Dollar an Goldkörnern verspielt und verschleudert haben –«

»Wann war dies?« unterbrach ich ihn, da eine Erinnerung in mir auftauchte.

»Das war vor vier Jahren um die jetzige Jahreszeit. Später sah man ihn unten in Santa Fé, dann in Bents Fort, und überall, wo er war, geschahen große Räubereien. Jetzt hat er eine ganze Bande beisammen, aber ich hoffe, daß er einmal ergriffen wird; dann ist der Strick sein sicheres Eigentum!«

»Habt Ihr ihn gesehen? Könnt Ihr ihn mir beschreiben?«

»Ich weiß nur, daß er ein halbes Gesicht hat; auf der rechten Seite fehlt die Haut mit fast dem ganzen Fleische. Er muß sich einmal unter einem sehr scharfen Messer befunden haben.«

»Er ist's! Eure Fallen sah ich in Fort Caß.«

»Hollah, in Fort Caß! Also doch! Die mit W. B. sind mein; ich heiße ja William Brandes. Wir müssen sie uns wieder holen!«

»Auf dem Fort befinden sie sich nicht mehr. Ich wohnte bei dem Besitzer eines Store, und als ich am letzten Tage die Miete bezahlte, erfuhr ich, daß er vom roten Olbers eine ganze Menge Felle gekauft habe; die Fallen aber waren ihnen nicht feil gewesen. Die Diebe befinden sich nicht mehr im Fort, wie ich vermutete. Uebrigens hatte dort niemand eine Ahnung, daß dieser Mensch der rote Olbers sei.«

»Wißt Ihr nicht, wohin er sich wenden wird?«

»Vielleicht,« antwortete ich. Es fiel mir das Gespräch ein, welches ich im Store belauscht hatte, und so fragte ich: »Seid ihr vielleicht in der Gegend des Shayansees bekannt?«

»O sehr. Wir haben den letzten Winter dort verbracht. Diese Gegend gehört dem reichen Wittler. Er hat vor zwei Jahren dort eine Oelquelle entdeckt und schickt jetzt Hunderte von Fässern den Missouri hinab. Ich glaube gar, daß er jetzt einen Bohrer angelegt hat, um das Geschäft zu vergrößern.«

»Kennen Sie seine Familie?«

»Warum sollte ich nicht, Sir? Er hat Frau und drei Kinder, nämlich zwei Söhne und ein Töchterchen, und außerdem wohnt eine Schwester bei ihm, deren Mann irgendwo elend umgekommen sein muß. Er befand sich in Kalifornien und schrieb den Seinen, daß er mit einer tüchtigen Ladung Gold nach Hause kommen werde, ist aber nie angekommen. Er muß Kalifornien vor vier Jahren verlassen haben.«

»Hieß er vielleicht John Helming?« fragte ich in höchster Spannung.

»Versteht sich, Sir, John Helming hat er geheißen. Habt Ihr ihn etwa gekannt?«

»Nein,« antwortete ich erregt, »aber gesehen habe ich ihn, gesehen als Leiche, ermordet und beraubt von diesem elenden roten Olbers – – –«

»Mein Gott!« riefen die vier Männer. »Erzählt, erzählt, Sir!«

»Nein, dazu ist keine Zeit jetzt; das können wir unterwegs thun. Nun ich klar sehe, müssen wir sofort aufbrechen. Dieser Olbers reitet jetzt nämlich mit seiner Bande nach dem Shayansee, um die Besitzung Wittlers zu überfallen und auszurauben, wie er bereits den Schwager beraubt und ermordet hat. Die Spitzbuben werden eure Fallen wohl noch bei sich führen, da sie hier in dieser Abgeschiedenheit großen Wert haben; ihr kommt also vielleicht wieder zu eurem Eigentume.«

»Aber, Sir, gebt uns doch wenigstens eine Andeutung!«

»Nun, ich befand mich vor vier Jahren zum zweitenmale in Amerika und stieg mit Winnetou da oben am Hellgate-Paß herum. Dort fanden wir eines Nachmittags die Leichen mehrerer Männer; sie waren noch warm, und die Mordthat war vor kaum einigen Minuten geschehen. Es waren fünf Tote, die gänzlich ausgeraubt worden waren. Nur bei dem einen fand ich ein altes Notizbuch, auf welchem der Name John Helming stand. Wir bedeckten die Leichen einstweilen, so gut es ging, und verfolgten dann die Spuren der Mörder. Es waren ihrer viele. Sie hatten den Toten die beladenen Maultiere abgenommen und kamen also nur langsam vorwärts. Als wir sie einholten, zählte ich vierzehn Mann, aber doch machten wir uns über sie her. Sie waren uns überlegen, und ich war fast noch ein Neuling hier im Westen; kurz und gut, wir zogen den kürzeren. Sie verloren einige Männer, und der Anführer verlor einen Teil seiner Gesichtshaut. Er hatte bei einem Streiche Winnetous den Kopf noch zur rechten Zeit zur Seite gebogen, und darum wurde ihm nicht der Kopf gespalten, sondern die Schneide des Beiles glitt ihm längs der Wange herab und zeichnete ihn so für alle Zeit. Wir begruben die Toten, und das Notizbuch nahm ich zu mir. Ein Regen verwischte die Spuren der Mörder. Ich habe die Sache mit dem Notizbuche öfters annonciert, aber niemand hat sich gemeldet. Jetzt trage ich es hier im Gürtel. Als ich mich drüben aufmachte, um die Savanne abermals zu sehen, steckte ich es zu mir. Man kann nie wissen, was man erlebt und erfährt.«

Ich erzählte nun in Kürze weiter von meinem Aufenthalte in Fort Caß, und als ich geendet hatte, rief Brandes:

»Sir, das ist ganz außerordentlich! Ihr müßt sofort nach dem Shayansee und wir mit Euch!«

»Ja, auch ihr, doch nicht mit mir. Ich bin beritten, ihr aber müßt laufen. Ihr könnt direkt über die Berge, ich aber muß nach dem Tonque, um Winnetou zu treffen. Wir trennen uns hier, werden aber wohl zu gleicher Zeit am See eintreffen. Uebrigens dürft ihr nicht vergessen, daß das »tötende Feuer« mit seinen Tetongs hinter den Dieben her ist; sie können also weder ihren Raub ausführen noch uns entkommen. Ich bleibe keine Viertelstunde länger und breche sofort auf.«

»Wir auch, wir auch, Sir. Aber was sollen wir dem Oelprinzen sagen, wenn wir eher kommen als Ihr?«

»Sagt ihm, daß er sich schleunigst gegen den Ueberfall dieses Olbers rüsten soll. Ueber seinen Schwager wird er das weitere erfahren, sobald ich bei ihm bin!«

Es ist nur unter ganz dringenden Umständen geraten, zu Pferde bei Nacht durch eine unbekannte Waldwildnis zu dringen, doch Uebung und Ortssinn lassen vieles überwinden. Als der Morgen anbrach, befand ich mich bereits am Fuße der Höhen, und nun konnte ich meine Schnelligkeit verfünffachen. Noch am Vormittage erreichte ich die Wasserscheide, und gegen Mittag hatte ich den oberen Lauf des Tonque vor mir.

Nun galt es, Winnetou zu finden. Das scheint schwerer zu sein, als es eigentlich war. Wir hatten uns schon öfters getrennt und doch selbst in der felsigsten Einöde, im tiefsten Urwalde wiedergefunden. Wir hatten unsere Zeichen, die kein anderer bemerken konnte.

Ich ritt das Wasser entlang und beobachtete die in demselben liegenden Steine. Da, bereits nach einer Viertelstunde, bemerkte ich zwei neben einander im Wasser liegende Kiesel, zwischen denen drei dünne Zweige eingeklemmt waren; zwei waren kahl, und der dritte hatte seine Seitenästchen und

Blätter noch. Die Spitze zeigte aufwärts. Das war eines unsrer Zeichen. Winnetou hatte es errichtet. Die Spitze des belaubten Zweiges sagte mir, wohin er geritten sei, und die beiden andern Zweige zeigten genau gegen den Punkt des Himmels, wo die Sonne zu der Zeit gestanden hatte, an welcher er das Zeichen errichtete. An der Frische der Blätter konnte ich den Tag, ob heute, gestern oder noch eher, erkennen.

Auf diese Weise erfuhr ich, daß der Apachenhäuptling heute vormittag um neun Uhr hier gewesen sei. Da er hier nicht nötig zu haben glaubte, seine Fährte zu verwischen, so fand ich sehr bald die Spur seines Pferdes und folgte derselben. Ich fand den Ort, an welchem er in der heißesten Tagesstunde geruht hatte, und da stak auch das sichere Zeichen, daß er hierher zurückkehren werde, um sein Nachtlager hier aufzuschlagen. Dieses Zeichen bestand einfach aus einem kleinen, dünnen Pulverholzästchen, welches mit dem einen Ende im Boden steckte. Es konnte dazu jede Holzart, Holunder ꝛc. ꝛc. benutzt werden, deren Mark sich leicht entfernen läßt. Das sah so zufällig aus, daß der erfahrenste Trapper, der scharfsinnigste Wilde nicht auf den Gedanken gekommen wäre, hier vor einer deutlich lesbaren Schrift zu stehen. Auf solche Weise beherrscht man die öde Llano, die weite Prärie, das wilde Gebirge und den dichten Urwald. Durch solche unscheinbare Mittel sind Männer wie Winnetou, Old Fireland, der lange Hilbers, Fred Walker, Sam Hawkens und andere zu ihrer Berühmtheit gekommen. Ich kannte sie alle und hatte von ihnen viel, ja alles gelernt. Es ist mit dem wilden Westen wie mit dem Wasser: man darf nicht zagen, man muß sich, um schwimmen zu lernen, mutig hineinstürzen; es trägt den Menschen von selber, und die Lehrlingszeit vergeht um so schneller, je größeren Eifer man der Uebung widmet.

Ich hobbelte mein Pferd an, ließ es grasen und legte mich nieder. Dies war noch nicht lange geschehen, so hörte ich in der Ferne den Knall einer Büchse. Das war der scharfe, sonore Ton, den nur Winnetous mit Silbernägeln beschlagenes

Gewehr hervorbrachte. Für den Laien ist es fast unbegreiflich, daß zwei Jäger einander an dem Knalle ihres Gewehres erkennen sollen; aber wer jahrelang die Stimme einer Büchse gehört hat, der weiß dieselbe von dem Tone eines jeden andern Gewehres zu unterscheiden.

Ich zog sofort meine Büchse hervor und feuerte sie ab; ich war überzeugt, daß Winnetou ihren Knall auch sofort erkennen werde. Ich hatte mich nicht getäuscht, denn bereits nach zehn Minuten hörte ich den nahenden Galopp eines Pferdes und dann hielt der berühmte Häuptling der Apachen vor mir.

»*Ni ti, Schar-lih? Nsho-peniyil! Shi mazakan ni yaltile* – Du hier, Schar-lih? Willkommen! Ich hörte deine Büchse sprechen.«

Schar-lih, so sprach er nämlich meinen englischen Vornamen Charles oder Charley aus. Er sagte seine Worte in einem Tone und mit einer Miene, als ob wir uns erst vor fünf Minuten getrennt hätten und uns an einem Orte befänden, wo gar keinerlei Nachdenken erforderlich ist, sich wieder zu treffen.

Er sprang aus dem Sattel, ließ sein Pferd frei laufen und stand nun vor mir als das Prachtexemplar eines Indianers.

In den Augen eines Westmannes hatte er allerdings den Fehler, der auch an mir so oft getadelt worden war: er vernachlässigte sein Aeußeres nie. Die Wildnis war nie im stande, seinen Anzug so zu beschmutzen und seine Waffen so zu berosten, wie es bei andern geschieht. Seine breiten Schultern und seine starke, mit Narben bedeckte Brust waren ganz nackt. Um die Hüften trug er als Shawl eine Santillodecke, über welcher ein wasserdichter Ledergürtel lag, dessen Inneres gleich demjenigen des meinigen zur Aufbewahrung wertvoller Kleinigkeiten diente, in welchem aber auch das Skalp messer, der glänzende Tomahawk und zwei Revolver steckten. Eine Wildlederhose, welche sich eng um seine muskulösen Schenkel legte, war an den Seiten mit den Skalplokken getöteter Feinde geschmückt. Das vorn offene Jagdhemd, aus dem feinsten Rehleder bereitet, trug denselben Schmuck. Gamaschen, deren Zeug aus den Haaren der von ihm Erlegten geflochten war, bedeckten seine Unterschenkel, und an den Füßen saßen ein Paar Mokassins, an welchem eine fleißige indianische Squaw sicherlich monatelang gearbeitet hatte. Von den Schultern hing der aus dem schweren Felle eines grauen Bären gefertigte Mantel herab. Um den Hals hing an einer aus Bärenzähnen bestehenden Kette das Kallummet. Sein Kopf war unbedeckt, und das Haar war zu einer helmartigen Frisur geordnet, in welcher die drei Häuptlingsfedern steckten. Um seine Hüften hing das unzerreißbare Lasso, und in der Faust hielt er seine kostbare, silberbeschlagene Büchse, aus welcher, von seiner Hand geschossen, noch niemals eine Kugel fehlgegangen war. Seine Stirn war hoch, seine Nase fast römisch zu nennen, und die fast unmerklich hervortretenden Backenknochen vermochten nicht, dem männlich schönen, ernsten und dabei doch wohlwollenden Ausdruck seines Gesichtes Eintrag zu thun.

Das war Winnetou, der berühmteste Häuptling der roten Männer, der aber dennoch niemals einen Stamm befehligte, sondern einsam oder nur mit einem Freunde die Savannen und Gebirge durchritt, um zu zeigen, daß auch ein Indianer ein Held und Mensch sein kann.

Er nahm an meiner Seite Platz, und ich bot ihm eine der Zigarren an, welche ich mir im Fort gekauft hatte. Kein Pariser Elegant hätte dieselbe mit größerer Zierlichkeit zum Munde führen und anrauchen können.

»Mein Bruder Schar-lih ist wieder gesund?« fragte er.

»Ja, gesund und reich. Ich habe für die Felle über zweihundert silberne Dollar erhalten; sie befinden sich in meinem Gürtel.«

»Sie sind dein! Winnetou braucht keine Dollar. Er weiß, wo das Gold und das Silber in der Erde wächst. In welcher Richtung will nun mein Bruder jagen?«

»Nach dem Shayan hin; ich will einen Dieb und Mörder jagen. Geht mein Bruder Winnetou mit?«

»Winnetou ist da, wo sein Bruder Schar-lih ist. Wer ist der Mörder?«

»Es ist der Mörder der fünf Männer, welche wir vor vier Wintern am Hellgate-Paß begruben.«

Das war sicher auch für ihn eine überraschende Kunde, aber seine Züge blieben unbeweglich; er war ein Indianer durch und durch.

»Mein Bruder Schar-lih erzähle!« sagte er.

Auch ich war gewohnt, mit ihm einsilbig zu verfahren; vielleicht hatte grade dies mir seine so ungewöhnliche Zuneigung erworben. Ich berichtete also in kurzen Worten nur das, was nötig war. Er hörte wortlos und ohne eine Miene zu verziehen zu und rauchte dann höchst gemächlich seine Zigarre zu Ende. Dann erhob er sich.

»Hat mein Bruder Patronen mitgebracht?« fragte er endlich.

»Genug,« antwortete ich kurz.

Da erhob er sich, warf die Büchse am Riemen über die Schulter und bestieg sein Pferd. Ich that ganz dasselbe. Er lenkte direkt in das Wasser, und nun erst bemerkte ich, daß hier eine Furt vorhanden sei. Hinter seinem Sattel war ein runder, von abrasiertem Hirschleder umgebener Pack aufgeschnallt; er enthielt das Fleisch, welches der Apache vorhin geschossen hatte, und so waren wir mit allem Nötigen versorgt.

Wir verstanden einander, ohne ein Wort zu sprechen. Winnetou war eben jetzt nach dem Shayansee aufgebrochen, das war seine Antwort auf meine Erzählung. Auf ihn konnte ich mich verlassen; er kannte das ganze Gebirge, von Mexiko an bis hinauf zum Frazerflusse.

Wir ritten der Grenze zwischen Wyoming und Nebraska entgegen. Es war ein böser Weg, quer über die schwarzen Berge hinüber, besonders als es dunkel wurde und der Apache noch immer keine Neigung zeigte, zur Nachtruhe anzuhalten.

Mein Mustang war ermüdet, aber er hielt gut aus, bis endlich Winnetou spät am Abend vom Pferde stieg und selbst das Feuer anbrannte, um das Fleisch nach seiner indianischen Weise zu bereiten. Da er der Nachtwache mit keinem Worte erwähnte, so glaubte ich, daß er die Gegend für sicher halte, und legte mich, als er wortlos zur Ruhe ging, neben ihm zum Schlafe nieder.

Am andern Morgen wurde der Weg fortgesetzt, immer durch unwirtliche Gegenden. Ich merkte, daß der Apache die einsamsten Striche aufsuchte, damit ja kein Mensch von unsrer Wanderung nach dem See von Shayan etwas bemerke. Es mußte ihn doch gewaltig interessieren, den Menschen in die Hände zu bekommen, der uns damals entgangen war, weil uns seine Truppe an Zahl so unverhältnismäßig überlegen gewesen war.

Auch dieser Tag verging. Wir machten heute früher Halt zum Nachtlager als gestern, und die Vorsicht, welche der Apache dabei entwickelte, ließ mich vermuten, daß wir in der Nähe unseres Zieles angekommen seien, denn hier mußte wegen der mutmaßlichen Anwesenheit der Buschklepper in dieser Gegend jetzt sorgfältiger verfahren werden als bisher.

Bereits am nächsten Morgen erreichten wir einen ansehnlichen Wasserlauf, welcher tief und breit genug war, größere Boote zu tragen.

»Der Shayan!« sagte Winnetou.

Er ritt so zuversichtlich vorwärts, daß ich überzeugt wurde, die Gegend sei ihm von früher her sehr wohl bekannt. Der Fluß verbreiterte und vertiefte sich immer mehr, doch waren die Ufer von Urwald bestanden. Plötzlich bog Winnetou vom Ufer ab und in den Wald hinein, der so hochstämmig war, daß wir zwischen den Bäumen genugsam Raum zum Reiten fanden. Das Terrain stieg an; wir hatten eine ganz ansehnliche Höhe zu überwinden und gelangten schließlich auf eine Art von Hochebene, auf welcher der Urwald in niederes, von grasigen Stellen unterbrochenes Buschwerk überging.

Da trieb mir die Luft einen Geruch entgegen, den ich von früher her kannte – Petroleumduft. Wir näherten uns dem Shayansee. Dies bemerkte ich auch an der Aufmerksamkeit, mit welcher der Apache den Boden nach etwaigen Fußspuren untersuchte. Jetzt machte er eine plötzliche Schwenkung, galoppierte mir eine kurze Strecke voraus, streckte dann den Arm aus und sagte:

»*Tu-indchule shayan* – der Shayansee!«

Der Petroleumgeruch war bei jedem Schritte der Pferde jetzt stärker geworden, und ich hatte daher vermutet, sehr bald auf das Wasser des Sees zu stoßen, aber als ich nun neben dem Apachen hielt, sah ich, daß wir noch immer eine ziemliche Strecke zu reiten hatten, um an das wirkliche Ufer zu kommen. Wir hielten nämlich am Rande eines tiefen, eirunden Beckens, dessen Wände von steil aufsteigenden Felsen gebildet wurden. Es hatte ganz das Aussehen, als sei diese große Einsenkung der ausgebrannte Krater eines feuerspeienden Berges. Mehrere Hundert Fuß tief unter uns lag auf dem Boden dieses Kraters der See, welcher einen Durchmesser von sicherlich einer guten Wegstunde hatte. Zwischen seinem Ufer und den östlichen Felsenwänden des Beckens sah ich zwischen größeren und kleineren Gebäuden ein sehr reges, geschäftiges Treiben. Dort stand ein ganz aus rohen Steinen gebautes Haus, in dessen Nähe mehrere hölzerne Hütten errichtet waren. Ueberall lagen Fässer, Dauben, Reifen, Faßböden, die ersteren teils leer, teils mit Petroleum gefüllt. Eine Dampfsäge war in Thätigkeit, große Stämme zu Dauben zu zerschneiden; überall sah man Anlagen, wie sie zur Gewinnung des Petroleums erforderlich sind. Dort aus dem Felsen floß das leuchtende, aber so übel riechende Oel. Man sah, daß es früher in den See gelaufen war, jetzt aber wurde es in mehreren großen Reservoirs aufgefangen, so daß kein Tropfen verloren gehen konnte. Und weiter links arbeitete eine zweite Dampfmaschine, um einen Erdbohrer zu bewegen, welcher die Tiefen des Erdinnern erschließen sollte, wo noch größerer Vorrat des Bitumen vorhanden war.

Der See hatte keinen Zufluß, von der Oelquelle natürlich abgesehen; sicherlich aber befanden sich mehrere Quellen auf seinem Boden, denn er hatte einen ziemlich bedeutenden Abfluß, welcher an der Nordostseite des Beckens die Felsen durchbrach und sich, wie ich später sah, in den nahen Shayan ergoß. Dieser Abfluß geschah durch einen Felsenspalt, welcher eine Breite von höchstens zwölf Fuß hatte und die einzige Gelegenheit bot, ohne besondere Schwierigkeit von außen her an den See, also in das Innere des einstigen Kraters zu gelangen. Vom Rande der Felsen herabzuklettern, schien nur auf der westlichen Seite nicht ganz ungefährlich zu sein. Aus dem steilen Gesteine schossen einzelne Tannen schlank und hoch empor, und die gefährlichen Risse, Spalten, Löcher, Ecken und Kanten wurden von üppigen Ranken- und Dorngewächsen trügerisch ausgeglichen. An der östlichen Seite aber blickten die scharfen Kanten des Kessels fast senkrecht in die Tiefe nieder; es gab zwar hier und da einen Vorsprung, einen schmalen Absatz oder eine sonstige Unebenheit, welche ein kühner Alpenjäger zum Auf-, vielleicht auch Abstieg hätte benutzen können, aber um dies zu unternehmen, mußte man geradezu Todesverachtung besitzen.

Wir ritten jetzt am Rande des Kraters hin und dann auf der Außenseite desselben wieder hinab, bis wir zu dem erwähnten Ausflusse gelangten. Hier in dieser Felsenspalte gab es Raum nur für einen einzelnen Reiter, da der übrige Teil der Sohle von dem Abflusse des Sees eingenommen wurde, der gleich einem Bache dahinfloß und ein dunkles, fettes, ölhaltiges Wasser besaß.

Als sich vor uns der Krater öffnete, erblickten wir einige schmale, lange und sehr seichte Kähne, welche jedenfalls dazu dienten, die gefüllten Petroleumfässer nach dem Shayan zu bringen, wo sie dann auf größere Boote verladen wurden, um nach dem Missouri hinabzugehen.

Uns links wendend, kamen wir zu den oben angegebenen Anlagen, wo wir von den da beschäftigten Arbeitern mit Staunen betrachtet wurden. Ein Indianerhäuptling war hier am See wohl noch nie gesehen worden, wenigstens so lange die Oelkolonie bestand. Ich fragte nach Mr. Wittler und erfuhr, daß das massive Steingebäude sein Wohnhaus und zugleich Kontor sei. Wir ritten darauf zu, längs des Ufers hin.

Der See schien sehr tief zu sein und in seinem öligen Wasser kein lebendes Wesen zu beherbergen. So ziemlich in seiner Mitte ragte eine Insel hervor, auf welcher sich, von allerlei

Gebüsch umgeben, ein zwar nur aus rohen Balken erbauter aber hübscher Pavillon erhob. Daß dieses Häuschen fleißig besucht oder benutzt wurde, bewiesen drei Kähne, welche am Ufer lagen.

Die Zahl der Arbeiter, welche hier angestellt waren, schien nicht sehr beträchtlich zu sein, aber es waren lauter halb wilde, kräftige Gestalten, welche schon etwas vor sich bringen konnten. Man sah uns vom Hause aus kommen, und unter der Thür trat uns ein Mann entgegen, in dessen Gesicht mehr Gutmütigkeit und Offenheit lag, als es sonst bei den Yankees der Fall zu sein pflegt.

»Ist Mr. Wittler zu sprechen, Sir?« fragte ich.

»Ja, ich bin es selbst,« antwortete er. »Ihr seid Jäger und sucht ein Obdach? Tretet ein und seid mir willkommen!«

»Ihr irrt, Sir,« sagte ich, vom Pferde steigend. »Zwar sind wir Jäger, aber dem Westmann ist's in der Stube und Kammer zu eng; er braucht kein Obdach. Wir kommen vielmehr in einer für Euch wichtigen Angelegenheit.«

»Ah, eine Geschäftssache, Sir? Und dieser Indsman ist Euer Führer zu mir gewesen?«

»Nein, auch das nicht. Wir sind lediglich gekommen, um Euch vor einem großen Unglück zu warnen, welches Euch bedroht.«

»*Heigh-ho!* Ist's wahr? Ein Unglück? Bitte, tretet ein, Mesch'schurs; ich stehe Euch sogleich zu Diensten!«

Ich folgte seiner Einladung, Winnetou aber, der im Sattel geblieben war, hatte sich den Oelprinzen scheinbar gar nicht angesehen; er ritt jetzt weiter, immer am Ufer hin.

»Warum reitet Euer Begleiter fort, Sir?« fragte Wittler. »Will er nicht mit hereinkommen?«

»Laßt ihn, Sir! Er will sich den See und seine Ufer ansehen und hat eine sehr dringende Veranlassung dazu, von der Ihr sogleich hören werdet. Die Absicht, welche er hegt, ist Euch zum Nutzen.«

Er führte mich in diejenige Abteilung des Hauses, welche als Kontor diente, und lud mich ein, Platz zu nehmen. Ich that es; er setzte sich mir gegenüber und sagte:

»Verzeiht, daß ich mich nicht sofort gastlich zeige! Aber Ihr redet von einem Unglücke, und das muß ich erst hören, ehe ich Euch den Meinigen vorstelle.«

»Ihr thut ganz recht, Sir,« antwortete ich, indem ich den Gürtel öffnete und das weiter oben erwähnte Notizbuch hervorzog. »Sind nicht schon vier Fallensteller eingetroffen, welche vorigen Winter bei Euch blieben?«

»Ah, Brandes mit seinen Kameraden! Nein. Wollen sie zu mir? Was ist's mit ihnen?«

»Auch Sioux vom Stamme der Tetongs haben sich noch nicht sehen lassen?«

»Nein. Mein Gott! Sollen wir von den Sioux überfallen werden?«

»Nicht von ihnen, sondern von dem roten Olbers, Sir.«

Er erbleichte und sprang auf. Er schien ein braver Mann aber nicht ein Held zu sein.

»Ueberfallen! Vom roten Olbers!« rief er. »Was thue ich, was beginne ich?«

»Beruhigt Euch, Sir,« sagte ich mit möglichstem Phlegma; »es ist noch nicht so weit. Sagt mir zunächst, ob Ihr vielleicht dieses Notizbuch kennt!«

Er nahm es in die Hände und öffnete es. Ich sah, daß ein freudiger Schreck über sein Gesicht flog. Er holte tief Atem und rief:

»Gott sei Dank, endlich, endlich eine Nachricht! Das Buch gehört meinem Bruder. Warum schickt er es mir? Warum kommt er nicht selbst?«

»Weil er nicht kann; er ist tot.«

Ich hielt es für überflüssig, ihn auf diese Nachricht erst vorzubereiten, wie ich es bei einer Dame gethan hätte; er war ja ein Mann. Aber dennoch traten ihm sofort die Thränen in das Auge.

»Tot!« sagte er. »Also doch!«

»Ja. Setzt Euch wieder nieder, Sir, und hört mir zu! Ich und der Indianer, welcher jetzt mit mir gekommen ist, wir haben ihn begraben, ihn und seine unglücklichen Gefährten.«

Ich erzählte ihm jenes Ereignis am Hellgate-Paß und lenkte dann gleich, um alle Klagen abzuschneiden, seine Aufmerksamkeit auf die Gegenwart, indem ich ihm sagte, daß ich in Fort Caß mit dem Mörder zusammengetroffen sei, und ihm dann das Weitere auseinandersetzte. Er vergaß auch wirklich die Trauer über den Tod des Bruders und dachte nur an die Gefahr, welche ihm drohte.

»Also dieser Olbers kommt wirklich?« fragte er entsetzt.

»Ich bezweifle es gar nicht. Die geraubten Nuggets sind alle; seine späteren Schandthaten haben ihm nichts eingebracht, und nun will er Euch besuchen, da er Reichtümer bei Euch vermutet.«

»So muß ich sofort alles verstecken, alles, hinunter in den Keller; der ist sogar feuerfest!«

»Zunächst müßt Ihr wohl daran denken, Vorbereitungen zu treffen, den erwarteten Angriff abzuschlagen. Haben Eure Arbeiter Waffen?«

»Alle!«

»Nun, so ist ja gar nicht viel zu befürchten! Ihr seid gewarnt und könnt diese Buschheaders also gehörig heimschikken.«

»O, davon verstehe ich nichts. Nur keinen Kampf! Können wir sie denn nicht mit List von uns abhalten, Sir?«

Ich zuckte die Achseln.

»Dazu reicht meine List nicht aus, Mr. Wittler. Ihr werdet kämpfen müssen, und ich bin bereit, Euch beizustehen. Mein Begleiter ist der berühmte Apachenhäuptling Winnetou. Er nimmt zehn solcher Buschklepper auf sich, zumal bei einem nächtlichen Kampfe, wie er ja zu erwarten ist; ich habe auch gelernt, mich meiner Haut zu wehren, wenn es not thut; rechnet Ihr dazu Eure Arbeiter, welche ja gar nicht wie Memmen aussehen, so bleibt für Euch nichts übrig als das bloße Zusehen oder Abwarten.«

»Ich bin Euch dankbar, Sir, sehr dankbar!« sagte er im Tone der Erleichterung. »Ich ersuche Euch, den Oberbefehl über meine Leute zu übernehmen. Sie werden Euch gern gehorchen.«

Das war ja für mich sehr ehrenvoll! Ich, der Unbekannte, sogleich General *en chef!*

»Es handelt sich hier wohl weniger um einen Oberbefehl als um ein energisches Zusammenwirken. Wir werden noch darüber sprechen; jetzt aber bitte ich Sie, mich den Gliedern Ihrer Familie vorzustellen, obgleich ich leider keinen Frack anlegen kann.«

Ich fand in Mrs. Wittler und Mrs. Helming zwei Damen, welche mehr Energie zu besitzen schienen als der Oelprinz, von dem es mich übrigens wunderte, daß er es bei seinem Abscheu vor einem Kampfe gewagt hatte, sich hier am Shayansee niederzulassen. Die Kinder, zwei Knaben und ein Mädchen, freuten sich königlich, einmal einen Fremden zu sehen, und ich hatte ihnen hundert Fragen zu beantworten, entzog mich aber dann ihrer Wißbegierde, um Winnetou aufzusuchen und zugleich Wittler Gelegenheit zu geben, den Damen mitzuteilen, was er von mir erfahren hatte.

Ich hatte mich doch weit über eine Stunde mit der Familie beschäftigt, und der Apache hatte Zeit gefunden, um den See zu galoppieren. Ich sah ihn eben über ein hohes Felsenstück, welches im Wege lag, voltigieren; er hielt es gar nicht für der Mühe wert, es zu umreiten. Als wir zusammentrafen, meinte er:

»Alle müssen sterben! Man besetzt den Ausgang, sobald die diebischen Bleichgesichter hereingekommen sind. Sie können in der Nacht nicht an den Felsen empor und werden von unsern Kugeln gefressen werden. Howgh!«

Dieses letzte Wort pflegte er dann auszusprechen, wenn er eine Meinung bekräftigen wollte. Ich stimmte ganz seiner Ansicht bei, wollte aber nichts verabsäumen und machte also dieselbe Tour um den See wie er. Ich wurde dadurch nur in der Ansicht bestärkt, daß die Buschklepper verloren seien, wenn sie den Angriff wagten.

Jetzt begab sich auch Winnetou mit in das Wohnhaus. Man hatte uns ein Mahl bereitet, wobei uns aber nur die Kinder Gesellschaft leisteten. Wittler und die Damen entschuldigten sich damit, daß sie zu beschäftigt seien. Sie schafften alles

Wertvolle in den Keller. Jetzt lächelte ich über den Eifer, später aber sah ich ein, daß er von großem Nutzen gewesen war.

Während des Mahles saß Winnetou so, daß er durch das Fenster blicken konnte. Er sprang plötzlich auf.

»Uff!« rief er erstaunt und deutete mit der Hand hinaus.

Ich drehte mich um, warf einen Blick hinaus und erkannte – den roten Olbers, welcher vom Abflusse des Sees her langsam auf das Haus zu geritten kam. Er schien sich jede Einzelheit des Terrains genau betrachten zu wollen. Ich eilte zur Thür, riß sie auf und rief nach Wittler. Er kam herbeigeeilt; er hatte meiner Stimme angehört, daß es etwas Ungewöhnliches gebe.

»Der rote Olbers kommt!« sagte ich.

»Mein Gott!« rief er, vor Schreck zurückfahrend.

»Keine Angst! Er kommt nur rekognoszieren. Wir könnten ihn fortlassen, um ihn dann mit den Seinen desto sicherer zu haben; aber wir halten ihn fest; die andern entgehen uns nicht. Schnell, schnell, empfangt ihn im Kontor, thut, als ob Ihr nichts ahntet, und laßt ihn ruhig sprechen. Ich bin neugierig, womit er seine Anwesenheit begründen wird. Ich warte mit Winnetou, bis er wieder heraustritt, und nehme ihn fest.«

»Aber, Sir, dieser Mörder – – –«

»Schnell!« unterbrach ich ihn. »Er steigt bereits vom Pferde!«

Ich mußte den Mann förmlich fortschieben, so voller Angst war er. Wir hörten Olbers in den Flur treten und nach Mr. Wittler fragen; dieser ging mit ihm in das Kontor. Nach einigen Minuten postierten wir uns leise vor die Thür desselben. Ich malte mir bereits aus, welch ein Gesicht er machen werde, wenn er heraustreten und mich da erblicken werde. Ich horchte. Ich vernahm einige laute Worte und einen darauf folgenden wilden Fluch. Es schlug etwas gegen die Thür. Ich ahnte, daß dies nichts Gutes bedeute, und öffnete. Da stand Wittler, schreckensbleich und mit offenem Munde. Olbers war nicht zu sehen.

»Wo ist er?« fragte ich dringend.

Der Mann deutete wortlos gegen das Fenster.

»Fort?«

»Ja,« antwortete er. »Ich hatte viel Mut; ich sagte ihm, daß er der Mörder meines Bruders sei und daß ich Gäste habe, die ihn fangen wollen. Da warf er mich gegen die Thür und sprang durch das Fenster.«

Ich hatte keine Zeit zu antworten und meinem Aerger Luft zu machen. Dieser feige Mann hatte doch nur vor lauter Angst Olbers einschüchtern wollen. Draußen erscholl der Hufschlag eines Pferdes. Ich sprang vor das Haus, Winnetou mit. Olbers galoppierte *ventre-à-terre* dem Ausgange des Sees zu. Selbst wenn ich den Arbeitern hätte zurufen wollen, ihn festzuhalten, wäre es vergeblich gewesen.

Winnetou überschaute die Situation mit seiner gewöhnlichen Kaltblütigkeit.

»Ich verfolge ihn,« sagte er. »Mein Bruder Schar-lih mag diesem Weibe sagen, was es zu thun hat, und mir dann nacheilen; er wird meine Fährte leicht finden.«

Sein Pferd weidete in ziemlicher Entfernung, kam aber auf seinen Pfiff sogleich herbei. Er sprang auf und jagte davon. Als vorsichtiger Mann hatte er, als wir vom Tische aufstanden, seine Büchse ergriffen und brauchte also gar nicht erst in das Haus zurückzukehren. Mit dem Worte »Weib« hatte er Wittler gemeint.

»Ihr glaubt nicht, was Ihr für einen unverzeihlichen Fehler begangen habt,« sagte ich zu diesem. »Nun werden uns diese Spitzbuben vielleicht gar entgehen.«

»Immerzu!« antwortete er. »Sie werden nun jedenfalls nicht mehr daran denken, uns zu überfallen.«

»Das weiß man nicht. Ich folge jetzt dem Apachen. Stellt Posten aus, und laßt sie die Augen offen halten. Wir beabsichtigten erst, die Bande in das Thal zu lassen und dann unschädlich zu machen, nun wir aber fort sind, werdet Ihr klug thun, jeden niederzuschießen, der den Eingang erzwingen will. Ob wir wiederkommen, weiß ich nicht, zeitig, spät, heut, morgen oder auch gar nicht. *Fare well*, Sir!«

Während dieser Rede hatte ich meine Gewehre ergriffen, mein Pferd herbeigepfiffen, stieg auf und folgte Winnetou.

Die Arbeiter blickten mich verwundert an, war ich doch nun der dritte Reiter, der in rasender Eile das Thal verließ. Seit der Flucht Olbers und jetzt waren höchstens zwei Minuten vergangen. Ich erreichte die Durchbruchsspalte, flog hindurch und am Wasser hinab. Ich sah deutlich die Tapfen von Winnetous Pferd. Dieser hatte, wie ich jetzt bemerkte, zum Ueberfluß den Tomahawk ergriffen, und längs des Verfolgungsweges jeden erreichbaren Ast abgehauen. So konnte ich ihm schneller folgen als er dem Fliehenden.

Es ging über Stock und Stein, zwischen Büschen und Felsen hindurch. Mein Mustang griff aus wie selten. Nach kurzer Zeit hatte ich Winnetou erreicht. Er saß nicht auf seinem Pferde, sondern er hing an demselben, das eine Bein über dem Sattel, das andere unter dem Bauche und den Arm im Halsriemen des Tieres. Sein Ohr horchte auf den Hufschlag vor uns, und sein Auge war scharf auf den Boden gerichtet. Auch ich ließ die Bügel fahren, schob den Arm in den Riemen und nahm also ganz dieselbe Stellung ein wie Winnetou, nur er auf der rechten und ich auf der linken Seite unserer Pferde. Auf diese Weise konnte uns keine Spur entgehen.

So jagten wir fort, bis mir plötzlich auf meiner Seite ein Abdruck im moosigen Boden auffiel. Ich riß mein Pferd zur Seite.

»*Ni sisi* – halt an!« rief ich, indem ich mein Pferd zum Stehen brachte.

Im Nu war auch Winnetou von dem seinigen herab und stand an meiner Seite.

»*Ti teshi ni utsage* – was siehst du hier?« fragte er.

Ich warf einen forschenden Blick zwischen die links von uns stehenden Sträucher und war mir sofort im klaren.

»Sieh hier die tiefen Eindrücke zweier Absätze!« sagte ich. »Er ist mitten im Galopp vom Pferde gesprungen. Er hat das Tier aufgegeben, um sich zu retten. Er hat geglaubt, daß wir diesem folgen werden und nicht ihm. Hier ist er in das Gesträuch hinein. Er wird sich nach dem Bache wenden, um im Wasser seine Spur unsichtbar zu machen und dann, sobald er sich sicher fühlt, das Ufer wieder zu betreten.«

Der Apache bückte sich nieder, untersuchte die Spur, sagte sein halblautes, zustimmendes »Howgh!«, bestieg dann sein Pferd wieder und ritt nach links hinüber und grad auf das Wasser zu. Ich folgte ihm, und wir ritten in die dunkle Flut hinein, welche uns noch nicht bis an die Steigbügel ging.

»*Shi ti ni, akayia* – ich hier, du dort!« sagte Winnetou.

Er wollte das rechte und ich sollte das linke Ufer im Auge behalten. So wateten wir den Bach hinab. Unserm Auge durfte kein Zweig, kein Grashalm, kein Sandkorn entgehen. Wie sich nach ungefähr zehn Minuten zeigte, ritt ich auf der Seite, auf welcher unsere Aufmerksamkeit belohnt wurde: ungefähr zwei Schritte vom Ufer entfernt, hatte irgend ein Zufall einen Zweig geknickt, der noch am Aste hing; infolgedessen waren seine Blätter verdorrt, aber trotzdem waren sie naß.

»Halt, hier!« sagte ich, indem ich an das Ufer sprang, aus Vorsicht aber das Pferd noch im Wasser ließ.

Ich betrachtete den Boden und fand, daß das Gras niedergetreten, aber mit der Hand künstlich wieder aufgerichtet worden war.

»Hier ist er an das Ufer gegangen. Er hat das Wasser von der Lederhose geschüttelt, und dabei sind diese Blätter naß geworden. Seine Fußspur hat er auszuwischen versucht.«

Winnetou fand, daß ich recht hatte; er schritt wieder voran. Seinem scharfen, geübten Auge konnte die Fährte nicht entgehen, obgleich sie möglichst unkenntlich gemacht worden war. Aus dem letzteren Grunde mußten wir, um die Spur nicht zu verlieren, die Pferde führen. Das war höchst beschwerlich und zeitraubend. Olbers hatte sich immer die Stellen herausgesucht, an denen eine Spur nicht haftete. So kamen wir nur ganz und gar langsam vorwärts, während er wenigstens fünfmal so schnell gegangen war.

Die Eindrücke seiner Füße führten uns in einem weiten Halbkreise um den See herum, nach der östlichen Seite desselben. Wir kamen wieder auf die Höhe, wo das Buschwerk bedeutend lichter stand. Hier hatte er gemeint, weniger vorsichtig sein zu dürfen, und so stiegen wir wieder zu Pferde; seine Spur war deutlich zu sehen.

Dadurch konnten wir das Versäumte einigermaßen nachholen. Es mochten seit unserem Aufbruche aus dem Oelthale drei Stunden vergangen sein, als wir uns höchstens zwei englische Meilen von demselben entfernt befanden. Da lief die Fährte, der wir folgten, in einen ziemlich großen, freien Grasplatz aus, welcher ganz von Pferdehufen zertreten war. Hier hatten seine Leute auf ihn gewartet.

Eine kurze Untersuchung brachte uns in die Richtung, in welcher sie davongeritten waren; sie führte nach Osten. Sollten sie ihr Vorhaben aufgegeben haben und nicht mehr an den Ueberfall denken? Wir mußten uns überzeugen. In diesem Falle kehrten auch wir nicht nach dem See zurück, wenigstens nicht bevor wir Olbers ergriffen hatten; das verstand sich ganz von selbst.

So verging der Nachmittag, und der Abend dunkelte bereits herein. Da bog sich die Fährte plötzlich nach Nord und nach fünf Minuten gar wieder nach West zurück. Ich erschrak. Die tiefen Hufeindrücke bewiesen, daß die Buschheaders von jetzt an ein rascheres Tempo eingeschlagen hatten.

»Uff!« rief Winnetou. »Was denkt mein Bruder Schar-lih jetzt?«

»Sie haben sich anders besonnen und sind wieder umgekehrt. Sie werden das Thal doch noch überfallen!«

»Howgh!«

Er sprach nur dies eine Wort, aber er setzte sein Pferd in Galopp, der Spur nicht die mindeste Aufmerksamkeit mehr schenkend. Jetzt galt es ja nur, den See so schnell wie möglich zu erreichen.

Es wurde dunkel, und die Sterne gingen auf. Mir lag es auf der Seele wie ein bevorstehendes großes Unglück. Wir trieben die Pferde zur größten Eile an, aber das Dunkel und die vielen Hindernisse hielten uns auf. Doch endlich nahten wir uns dem See wieder; schon drang uns der Petroleumgeruch entgegen. Da, da hörten wir tief unten Schüsse fallen, und ein Unglück verkündendes Geschrei scholl uns entgegen. Wir erreichten den Rand des Kraterkessels und blickten hinab.

Wir sahen unten schwarzglühende Flammen hoch emporlodern, und ein dicker Rauch wallte in die Höhe. Schüsse krachten, Schreie erschallten – – –

»Sie sind bereits unten,« rief ich; »sie haben die Reservoirs entzündet; das Petroleum brennt. Hinab, schnell, schnell!«

Wir jagten am Rande des Kessels hin und dann hinab, dem Eingange zu. Daß wir da lebendig hinabgekommen sind, kann ich heut noch nicht begreifen. Aber noch lag die schwierigste Partie vor uns, ein Trümmergewirr, welches wir heut am Tage passiert hatten. Aber jetzt bei Nacht – – –?

»*Tkli ti sisi* – die Pferde hier lassen!« rief Winnetou.

Wir sprangen ab, banden die Pferde an die Bäume und eilten dann weiter. Stolpernd, stürzend, uns immer wieder aufraffend erreichten wir endlich die Abflußspalte. Ich war voran und drang in die enge Spalte ein.

»Halt! Niemand darf hindurch!« rief uns eine Stimme entgegen.

Das konnte nur einer der Feinde sein, welchen der rote Olbers hier als Wache zurückgelassen hatte. Ich hielt seinetwegen keinen Augenblick im Laufe inne. Ich konnte ihn zwar nicht sehen, aber ich hielt den Kolben meiner Büchse vor und rannte ihn damit nieder. Ich hörte ihn ins Wasser stürzen.

Jenseits des Einganges sahen wir eine Menge Pferde stehen; es waren diejenigen der Mordbrenner. Der Schein der hochlodernden Flammen erleuchtete das Terrain. Wir sahen die Angreifenden. Sie hatten jetzt bereits die hölzernen Hütten geplündert und angebrannt und bemühten sich jetzt, in das Wohngebäude einzudringen, aus dessen Fenstern Schüsse fielen. Eine andere Abteilung machte eben jetzt eines der Boote los, um nach der Insel zu rudern, auf welcher sie Schätze vermuten mochten.

Wir rannten vorwärts, dem Wohnhause zu, über Steine, Holzhaufen und hohe Fässer springend. Jetzt kamen wir an dem Erdbohrer vorüber. Ich hörte die Maschine gehen und dachte, trotzdem die Gegenwart uns in Anspruch nahm, an ein anderes Erlebnis in Couteau du Missouri, wo während meiner Anwesenheit der Bohrer das unterirdische Oel in dem Augenblicke erreicht hatte, in welchem in der Nähe eine Lampe gebrannt hatte; an ihr hatten sich die Gase entzündet, und der ganze Bluff war ausgebrannt.

Doch hatte ich jetzt natürlich nicht Zeit zu solchen Rückblicken; die Erinnerung war auch nur einen Moment lang mit der Schnelligkeit des Gedankens an mir vorübergeflogen. Wir eilten weiter, bis wir in Schußweite kamen. Da blieb der Apache halten, legte an, zielte und drückte ab – ein Feind fiel. Auch ich erhob das Gewehr, aber ich kam nicht dazu, einem dieser Menschen das Leben zu nehmen: hinter uns geschah nämlich ein Krach, als sei die Erde auseinandergeborsten; der Boden unter meinen Füßen wankte, so daß ich fast niedergestürzt wäre; es folgte ein Brausen, ein wahrhaft höllisches Zischen, Aechzen und Stöhnen, und dann – o Herrgott, hilf! Da war's ja, ganz dasselbe wie dort im Couteau du Missouri!

Ein allgemeiner, fürchterlicher Schrei erscholl, und ich wandte mich um. Dort, wo der Erdbohrer in Thätigkeit gewesen war, stieg jetzt das Petroleum wenigstens fünfzig Fuß hoch empor und zwar in einem Strahle von der Dicke eines Menschen. Der Bohrer war auf das Oel gestoßen, und die leichteren, zuerst emporgetriebenen Gase hatten sich an den flammenden Feuern entzündet. Nun war die ganze Luft ein einziges, großes Feuermeer. Der Oelstrahl brannte auch bereits und bildete eine riesige Feuergarbe, welche oben weit auseinanderstäubte und dann in glühenden Fäden niedersank.

Die Masse des herausquellenden Oeles floß über und bildete einen breiten, brennenden Strom, der sich mit ungeheurer Schnelligkeit weiter wälzte. Der Kampf stand still; kein Mensch dachte mehr an Angriff und Verteidigung. Ich erkannte, daß es Rettung nur durch die Boote geben konnte, denn zu Fuß konnten wir nicht an der Feuergarbe vorüber. Ich faßte Winnetou an und riß ihn mit mir fort.

Eben als wir in das Boot sprangen, rief vom Wohnhause her eine Stimme:

»O, meine Frau, meine Kinder!«

Es war der Oelprinz, den der Schreck vor die Thür getrieben hatte. Er stand im Begriff, uns nachzuspringen.

»Wo sind sie?« rief ich zurück.

»Im Pavillon auf der Insel!«

»Gut! Versteckt Euch im Keller, Sir, und laßt keinen Feind hinein!«

Er trat zurück und verschloß die Thür; aber sofort stürzten sich die Feinde auf das Haus; das Wort Keller hatte ihnen gesagt, wo sie Rettung vor der brennenden Luft finden könnten. Einige eilten an das Ufer, um sich des dritten Bootes zu bemächtigen.

»Sie dürfen es nicht haben, denn wir brauchen es auch für die Frauen und Kinder hinüber, Winnetou!« sagte ich.

Er sprang hinüber und stieß vom Ufer ab. Ein Schrei der Wut scholl hinter uns her.

»Die Munition und Gewehre ins Wasser!« warnte ich den Indianer.

Ich legte meinen Gürtel, die Patronentasche, die Revolver und die beiden Gewehre in das Brackwasser des Bootes, denn ich wußte, was kommen werde. Winnetou that ebenso, dann legten wir uns in die Ruder.

In solchen Augenblicken scheint der Mensch zehnfache Stärke zu besitzen. Unsere beiden Boote schossen wie Pfeile durch die Flut. Wir kamen an dem ersten Boote vorüber. Im Augenblicke der Detonation waren die Insassen desselben so erschrocken gewesen, daß sie die Ruder falsch gehandhabt hatten; das Fahrzeug war gekentert, und die Männer schwammen im Wasser.

Am Ufer krachte, zischte, schoß, donnerte und prasselte es; wir achteten nicht darauf. Je weiter wir kamen, desto reiner wurde die Luft, aber die Glut folgte uns nach. Der brennende Oelstrom erreichte die vollen Oelfässer. Sie zerborsten mit dem Krachen eines Armstronggeschützes und ergossen ihren sofort auch brennenden Inhalt in den kochenden Strom, der jetzt das Wasser erreicht hatte und nun mit rasender Geschwindigkeit sich auf demselben ausbreitete.

»Schnell, schnell, um Gotteswillen, Winnetou, sonst packt uns das Feuer!« rief ich.

Ich ruderte, daß ich glaubte, die Muskeln würden springen. Das Bohrloch strömte immer neue Gase aus, welche uns einholten; aber wir hielten aus und erreichten die Insel. Dort lagen die beiden Frauen und die drei Kinder halb tot vor Angst am Ufer. Wir rissen sie zu uns herein, ich die Frauen und Winnetou die Kinder, dann stießen wir wieder ab, um am entgegengesetzten Ufer Rettung zu suchen.

Eben als wir die Insel verließen, sahen wir, daß die Buschheaders ihr Boot wieder aufgerichtet hatten und auf die Insel zu hielten. Es schien ihnen eins der Ruder abhanden gekommen zu sein, darum trieben sie nur langsam weiter.

Die nächstfolgende Viertelstunde kann ich nicht beschreiben. Drüben brannte jetzt das ganze Ufer; dort gab es ein einziges Petroleumfeuer, und dieses Feuer floß auf dem Wasser vorwärts, uns immer nach. Oft, wenn die Flamme sich teilte, sah man Menschen, welche am Felsen emporzuklettern versuchten. Ihr Entkommen war sehr zweifelhaft.

Die Luft wurde immer fürchterlicher; sie hatte das Feuer und die Schärfe wie der Reflex eines Spiegels, auf welchen der Sonnenstrahl fällt. Ganze Ballen feurigen Oeles flogen durch die Luft und stürzten um uns her in das Wasser, wo sie augenblicklich brennende Kreise bildeten. Es war mir, als ob ich glühendes Eisen atme; meine Pulse flogen, mein Kopf glühte, meine Zunge lag wie ein zentnerschweres Stück Fleisch im Munde. Die Sinne wollten mir vergehen; ich begann zu phantasieren: ich war eine Dampfmaschine und mußte mein Fahrzeug an das Ufer bringen. Das Boot flog vorwärts und das Ufer auf uns zu. Noch einige kräftige Schläge, dann erhob ich mich. Das Boot rannte an, und ich stürzte in das Wasser; das brachte mich wieder zu mir.

Ich faßte die Frauen und riß sie an das Land; auch Winnetou war da. Aber was und wohin nun? Auch wir waren verloren. Das brennende Oel kam immer näher. Damals auf dem Couteau du Missouri hatte mich die Schnelligkeit des Pferdes gerettet, jetzt aber – – –

»Hi-ho-hi!« erscholl es über uns am Felsen.

Wir blickten empor und sahen viele braune Gestalten, welche in einer Zickzacklinie herabgeklettert kamen. War das möglich? Gab es da einen Weg?

»Pokai-po pa-e – das tötende Feuer kommt!« erscholl es jetzt.

Ja, das tötende Feuer kam hinter uns, um uns zu verderben, aber das »tötende Feuer«, der Häuptling der Tetongs, kam von oben herab, um uns zu retten. Es war mehr als tageshell, und man konnte jeden Schritt sehen, den die Indianer thaten. Mein Auge hing nur an ihnen, was sonst vorging, das ging mich nichts an. Die beiden Frauen wimmerten, und die Kinder weinten; ich drückte die Kleinen an mich, aber ich wendete den Blick nicht von den Wilden.

Endlich hatte der erste von ihnen den Boden erreicht. Es war der Häuptling selbst.

»Das tötende Feuer kommt,« sagte er, »um Old Shatterhand und dem Häuptlinge der Apachen einen Weg zu zeigen, der auf diesem Felsen aufwärts geht. Der Häuptling der Tetongs kennt ihn seit langer Zeit, und seine Leute sind gekommen, um die Squaws und die Kinder emporzutragen.«

Es gab keine Zeit zu einer würdigen Vorstellung zwischen den beiden Häuptlingen, denn der Tod war hinter uns. Die Insel stand schon längst in Flammen. Der letzte der Tetongs war herabgestiegen, und nun begann der Aufsteig.

Das tötende Feuer stieg voran; dann folgte ich und Winnetou; nach uns kamen die übrigen mit den Frauen und Kindern. Wie ich hinaufgekommen bin, das weiß ich heut nicht mehr; ich weiß nur, daß mich Flammen umzuckten, daß ich Feuer trank und daß mein Kopf größer war als der allergrößte Luftballon. Sicher weiß ich nur, daß ich lange und fest geschlafen habe.

Als ich erwachte, war es bereits Abend des nächsten Tages; ich lag im Zelte des Siouxhäuptlings, und neben mir lag Winnetou, der noch schlief. Meine Hände schmerzten mich; ich betrachtete sie beim Scheine des Zeltfeuers: ich hatte mir das Fleisch von den Händen gerudert. Aber dieser Schmerz verschwand sofort, als ich meine sämtlichen Waffen neben mir liegen sah. Die braven Tetongs hatten sie aus dem Boote genommen. Hätte ich sie nicht in das Brackwasser gelegt, so wären sämtliche Patronen explodiert.

Ich versuchte aufzustehen, und es ging, aber die giftigen Gase schienen alle meine Eingeweide zerfressen zu haben. Die Kleider hingen mir wie Zunder auf dem Leibe; Bart, Kopfhaar, Brauen und Wimpern, alles war verschwunden, und so war es auch bei Winnetou.

Draußen vor dem Zelte wurde ich mit Jubel von den dort lagernden »Wilden« empfangen. Nun sah ich, daß das Zelt ganz am Rande des Kraters stand. Unten stieg der Strahl des brennenden Petroleums noch hoch empor, aber fast zweihundert Tetongs waren beschäftigt, den verderblichen Strom nach und nach einzudämmen. Der Krater sah aus wie eine Hölle, und die Indianer erschienen wie Teufel, die um die riesige Flammenfontäne tanzten.

Es stand noch ein zweites Zelt da, welches die Frauen und Kinder enthielt, die zwar ebenso versengt waren wie ich, aber doch noch lebten. Die Stelle, auf welcher das Wohnhaus gestanden hatte, war jetzt ein rußiger Steinhaufen, unter welchem die Sioux den Besitzer mit einigen seiner Leute, die sich mit ihm in den Keller gerettet hatten, besinnungslos hervorgezogen und dann nach langer Mühe zum Bewußtsein gebracht hatten. Von der Truppe des roten Olbers war kein einziger entkommen, wie es schien; sogar der Posten, den ich mit dem Kolben in das Wasser gestoßen hatte, war außerhalb des Abflusses gefunden worden, ertrunken in den Wellen, von denen er, der Betäubte, fortgerissen worden war.

Daß die Sioux vom Stamme der Tetongs erschienen waren, und zwar grad noch zur rechten Zeit für uns, läßt sich sehr leicht erklären. Sie waren ja der Bande des roten Olbers gefolgt, um die Beleidigung, welche ihrem Häuptling widerfahren war, zu rächen. Ich fand an ihnen ernste, wahre Freunde, bei denen ich mich in Gesellschaft Winnetous erholte von den Folgen des Oelbrandes, welche noch schlimmer waren, als ich zuerst geglaubt hatte. – – –

IBN EL 'AMM.

Von

P. van der Löwen.

Der Ueberfall der Löwen.

Es war ein ziemlich langer Zug von Habanié-Arabern und Fohri-Negern, welcher sich im Wadi Salamat gegen die Berge des Dschebel Marra bewegte. Alle diese schwarzen oder tiefbraunen Männer saßen auf Eseln, denn im Sudan ist das »Schiff der Wüste« nicht zu Hause.

Voran ritt der tapfere Rakab es Seraf, zu deutsch Giraffenhals, welchen Namen er wegen der ungewöhnlichen Länge seines Halses erhalten hatte. Er war ein Sendbote des Mahdi und wollte seine Schar dem Schwager desselben, dem bekannten Schech El Obed zuführen.

Wegen der nächtlichen Kühle war die Karawane bereits vor Sonnenaufgang aufgebrochen; der Tag war noch nicht erschienen, und so hatten die Gläubigen ihr Morgengebet noch nicht gesprochen.

Da trieb Es Ssaghir, der »Kleine«, sein Tier an die Seite des Führers. Er verdankte diesen Namen seiner Zwerggestalt, war aber als ein mutiger Mann bekannt und ritt das einzige Pferd der Karawane, eines jener berühmten Garbani, welche über den Tsadsee nach dem Osten gebracht werden.

»Schau!« sagte er, nach vorwärts deutend, wo zwischen den auseinandertretenden Felsenhöhen sich ein lichter Streifen des Horizontes sehen ließ, »es naht die Morgenröte, die Zeit, in welcher Saba-Bey den größten Hunger hat. Wollen wir nicht vorsichtig sein und lieber lagern, bis er wieder zu Bett gegangen ist?«

Saba-Bey ist der Löwe. Der Bewohner jener Gegenden scheut sich, den Namen des Löwen laut zu nennen. Er denkt, das Tier hört es und wird dadurch herbeigerufen. Darum machte Rakab es Seraf sofort eine warnende Handbewegung und antwortete leise:

»*Dachel Allah* – um Gottes willen! Sprich nicht so laut, sonst kommt der Herr des Erdbebens gerannt, und holt uns beide aus dem Sattel! Er soll sein Lager hier in der Nähe haben; darum müssen wir ganz heimlich vorüberreiten. Sage den Leuten, daß sie kein Geräusch machen dürfen und die ersten Worte der achtundvierzigsten Sure beten sollen!«

Es Ssaghir richtete den Befehl aus, und bald flüsterte jede Lippe:

»Wahrlich, dir ist ein großer Sieg verliehen, auf daß dir Gott alle deine Sünden vergebe und seine Gnade an dir vollende und dich leite auf den richtigen Weg und dir beistehe mit seinem mächtigen Schutze.«

So zog die Karawane möglichst geräuschlos weiter. Die Ufer des jetzt wasserlosen Wadi (Flußbett) hatten sich wieder verengt. Sie stiegen steil empor und verschlossen mit einer scharfen Krümmung den Reitern die Aussicht nach vorn.

Da plötzlich erscholl jenes tiefe Brüllen, welches röchelnd beginnt, schnell zu fürchterlicher Stärke anschwillt und dann sich in ein donnerartiges Rollen verliert – das Brüllen eines Löwen. Der Araber nennt es *Rad*, d.i. Donner, und bezeichnet den Löwen als den »Herrn des Erdbebens«.

Alle, Menschen und Tiere erzitterten.

»*Allah akbar, Allah kerihm* – Gott ist groß, Gott ist gnädig!« rief es durcheinander. »*Kawahm, kawahm* – schnell, schnell, reitet Galopp!«

Im nächsten Augenblicke sausten die Reiter im Carriere dahin, daß die beladenen Packtiere, welche sie bei sich hatten, kaum zu folgen vermochten. Die Stimme des Löwen hatte ein mehrfaches Echo erweckt, so daß man nicht genau wußte, von woher sie erschollen war, ob von vorn, von hinten oder von einem der zu beiden Seiten aufstrebenden Felsenufer.

Als die fliehenden Reiter die Krümmung hinter sich hatten, wurde das Wadi breiter, und vorn, wo sich das linke Ufer senkte, sah man die ersten Strahlen der Morgenröte erglühen. Das ist die Zeit des Fatscher, des ersten Gebetes, welches kein wahrer Gläubiger versäumen oder später vornehmen darf. Darum hielt Rakab es Seraf trotz der Angst, in welcher sich alle befanden, sein Reittier an und rief mit lauter Stimme:

»*Haï es sallah* – auf zum Gebete! *Esch schems*, das Licht des

Tages, beginnt emporzusteigen. Gebt Allah die Ehre, der sie und uns geschaffen hat!«

Er sprang vom Esel, und die anderen folgten seinem Beispiele. Er kniete nieder, das Gesicht nach Mekka gerichtet, machte mit den Händen die Bewegungen des Waschens und betete laut die erste Sure des Korans, welche ihm die anderen nachsprachen.

Die Tiere standen schnaufend still, die Packesel in der Nähe eines stachelreichen Mimosengebüsches, welches am Fuße des linken Ufers stand, da wo eine enge Seitenschlucht in den Felsen lief. Sie waren höchst unruhig und zitterten unter ihren Lasten, was aber die frommen, eifrigen Beter nicht beachteten.

In vielstimmigem Chore erscholl das Gebet:

»Im Namen des allbarmherzigen Gottes! Lob und Preis sei Gott, dem Weltenherrn, dem Allerbarmer, der da herrschet am Tage des Gerichtes. Dir wollen wir dienen, und zu dir wollen wir flehen, auf daß du uns führest den rechten Weg, den Weg derer, die deiner Gnade sich erfreuen, und nicht den Weg derer, über welche du zürnest, und nicht – – –«

Weiter kamen die Knieenden nicht in ihrem Gebete. In dem erwähnten Mimosengebüsche hatten gleich am Anfange leise Bewegungen stattgefunden, und jetzt, in diesem Augenblicke, erscholl das entsetzliche Brüllen abermals, aus unmittelbarster Nähe, und zwar nicht einfach, sondern aus den Kehlen mehrerer Löwen.

Einen Augenblick lang herrschte die tiefste Stille. Die Männer waren wie vor Schreck erstarrt. Dann sprang der Neger Er Rih als der erste vom Boden auf und schrie:

»*Ma uhna, ma uhna, mudad* – zu Hilfe, zu Hilfe! Reißt aus, reißt aus!«

Er rannte davon. Aber donnernd ertönte die Stimme des Führers und Vorbeters Rakab es Seraf:

»– – – und nicht den Weg der Irrenden!«

Er vollendete also als echter Muselman, welcher an das Kismet glaubt, trotz der ungeheuren Gefahr sein Gebet, und dieses Beispiel wirkte so, daß alle ihm diese Worte noch nachsprachen. Freilich geschah das nicht in andächtiger Ruhe, sondern sie waren auch aufgesprungen und rannten vor Angst wirr durcheinander.

Diese Angst hatte freilich ihre volle Berechtigung, denn ein ungeheurer Löwe hatte sich in mächtigem Sprunge auf einen der Packesel geworfen, ihn niedergerissen und zermalmte ihm krachend mit einem einzigen Bisse das Genick; eine Löwin, die ihm an Mächtigkeit der Glieder fast nichts nachgab, warf sich eben auf einen zweiten Esel, welcher ihr mit einem angstvollen Satze entgehen wollte, und ein zweiter, schon ganz ausgewachsener männlicher Löwe trat in demselben Augenblicke aus dem Gebüsch hervor und stieß, sein Opfer wählend, in stolzer, selbstbewußter Haltung ein tiefes, herausforderndes Brüllen aus. Im Hintergrunde schlich eine junge, doch sehr starke Löwin sich an ein anderes Packtier heran, welches vor Furcht der Gefahr gerade entgegengerannt und in das Gesträuch hineingesprungen war.

Dem furchtsamen Neger Er Rih war es ebenso ergangen. Er rannte wie besessen gerade auf den alten Löwen zu und erhielt dabei von einem der Esel, welcher hinten so hoch und kräftig ausschlug, daß sein schweres Gepäck aus dem Sattel geschleudert wurde, einen solchen Schlag an die Brust, daß er zu Boden stürzte. Im nächsten Augenblicke warf sich der Löwe auf ihn.

Die wilde Scene, welche der gegenwärtige Moment bot, spottet jeder Beschreibung. Menschen und Tiere rannten wirr durcheinander. Die ersteren wurden umgerissen und gerieten unter die Hufe der letzteren. Wer eine Stimme hatte, rief, schrie, brüllte, jammerte und zeterte aus Leibeskräften. Der Bewohner des Südens ist nicht so kaltblütig und geistesgegenwärtig wie der Nordländer. Daß nach Art und Weise der berühmten Löwenjäger Jules Gérard und Gordon Cumming ein einzelner Mann sich mutig und selbstvertrauend mit sicherer Büchse dem König der Tiere entgegenstellt, das ist ihm etwas Unerhörtes und Unbegreifliches. Zudem waren die Männer der Karawane nur mit alten Lunten- oder Steinschloßflinten bewaffnet, also höchst ungenügend solchen Tieren gegenüber.

Nur zwei hatten ihre Besinnung nicht verloren, nämlich der tapfere »Hals der Giraffe« und Es Ssaghir, der Kleine. Der letztere sprang auf sein Pferd, um von allen gesehen zu werden, und rief mit schallender Stimme:

»Flieht nicht, ihr Männer, ihr Helden! Bleibt stehen, ihr Schurken, ihr Feiglinge, ihr Hunde! Nehmt eure Waffen, ihr Lieblinge, ihr Tapfern, ihr Elenden! Schießt auf den Ibn el 'amm! Er ist gekommen mit seiner Frau und seinen beiden Kindern, um uns und unsere Esel zu fressen. *Allah jenahrl hasa schejtan* – Allah verdamme diesen Teufel!«

Ibn el 'amm heißt »Vetter väterlicherseits«. So wird der Löwe genannt, wenn man sich scheut, das eigentliche Dingwort auszusprechen.

Der Kleine galoppierte auf den Alten zu, sprang vom Pferde, hielt ihm, der dem Neger eben den Kopf zerbiß, die Mündung des Gewehres gerade vor das Auge und drückte los, sprang dann aber augenblicklich weit zur Seite. Das mächtige Tier zuckte zusammen, blieb einen Augenblick lang unbeweglich, fiel dann auf die Seite und streckte die Glieder – es war tot.

Ein unbeschreiblicher Jubel erhob sich. Das Beispiel des Kleinen wirkte. Die Fliehenden sammelten und rüsteten sich zum Angriffe.

»Der Ibn el 'amm ist tot! *Hamdulillah* – Allah sei Preis!« schrieen die Leute. »Tötet seine Frau und seine Kinder! Schießt die ganze Sippschaft tot!«

Einer schob den andern voran; die Lunten begannen zu rauchen; Schüsse krachten; Kugeln pfiffen. Natürlich traf unter zwanzig nur eine; aber es war das Fieber des Kampfes über die Leute gekommen, und sie glaubten ja alle, daß Allah ihre Schicksale im Buche des Lebens verzeichnet habe. Sie hielten sich also wacker.

Freilich gab es einen gräßlichen Kampf. Mehrere der Leute wurden von den Tieren getötet, viele schwer oder leicht verwundet, endlich aber lagen doch die Löwen mit arg zerschossenen Fellen tot auf der Walstatt. Keiner der Angreifer, Es Ssaghir den Kleinen ausgenommen, konnte behaupten, daß er den tödlichen Schuß gethan habe, sondern die Frau und die Kinder des »Vetters väterlicherseits« waren wohl am Blutverluste verendet, der eine Folge der zahlreichen Verwundungen war.

Nun fielen die Sieger über die Besiegten her, rauften sie, traten sie mit Füßen, spuckten sie an und gaben ihnen alle erdenklichen Schimpfnamen, an denen die arabische Sprache ja so reich ist.

Die Toten wurden mit Steinen zugedeckt, damit sie nicht von El Büdj, dem gewaltigen Bartgeier verzehrt werden könnten, und die Verwundeten verbunden. Die Felle der drei Löwen wurden in so viele Stücke zerschnitten, daß jeder Sieger eins derselben als Andenken erhalten konnte. Es Ssaghir aber erhielt die Haut des Ibn el 'amm, den er ja allein erlegt hatte. Es war eine Trophäe, unter deren Schwere sein Packtier weidlich zu schwitzen hatte. Die anderen trugen leichter. –

Als die Karawane dann später an ihrem Bestimmungsorte ankam, wurde das Abenteuer natürlich in allen Tönen ausposaunt. Als der Mahdi Mohammed Achmed davon hörte, meinte er:

»Dieser Neger Er Rih ist wie die Luft gewesen, feig und schnell zur Flucht. Er hat sterben müssen, weil er sein Gebet nicht beendete. Er wird beim jüngsten Gericht von der Brücke der Prüfung hinunter in die Hölle stürzen. Rakab es Seraf aber ist ein wackerer Führer. Ich werde ihn zum Mulasim[1] erheben. Und der Held Es Ssaghir ist klein von Gestalt aber groß von Mut. Er soll in meine Leibwache treten und den Ehrennamen *Abu el bundukija*, Vater der Flinte, führen bis Allah ihn von hinnen ruft. *Fi aman allak* – Gott schütze ihn!« – – –

[1] Lieutenant.

EIN PRAIRIEBRAND.

Ein Prairiebrand.

Den nordwestlichen Teil der Vereinigten Staaten Nordamerikas nehmen die unendlichen Prairien ein. Diese steppenartigen Ebenen gleichen einem trockenen Meere, auf welchem straffe, dürre Gräser von hügeligem Wuchs die Wellen bilden. Streicht ein Windstoß über jene Gräser, so wogt das Meer in lebhaftem Wellenschlage und seine Brandung erstirbt am fernen Horizonte.

Der Staat Illinois, zwischen Mississippi, Ohio, dem Wabasch- und dem Oberen See gelegen, hat im Norden noch die ausgedehntesten Prairien, welche zwei Drittel des ganzen Gebietes einnehmen. Ferner ist Iowa, zwischen dem Mississippi und Missouri, ein Prairienstaat. In ihm wechseln, wie in Minnesota, diese Grasfluren mit Wald und Gewässer. Auch durch die mittleren und südlichen Staaten der Union ziehen sich Prairien. Missouri, im Norden äußerst fruchtbar und der Garten des Westens genannt, ist im übrigen Prairie. Ebenso hat Louisiana seine Prairien, die in Texas eine noch größere Ausdehnung gewinnen.

Seit 1869 durchschneidet die Pacificeisenbahn, dieses Wunder aller Eisenbahnbauten, die nordamerikanischen Prairien. Die ursprünglichen Bewohner der endlosen Grassteppen, die Rothäute oder Indianer, werden von der vorschreitenden Civilisation immer weiter zurückgedrängt; auch sterben sie durch die Berührung mit den Weißen massenhaft dahin.

Im Gegensatze zu unseren traulich von Hecken und Waldrändern umhegten deutschen Wiesen besitzen die Prairien eine erhabene Unbegrenztheit, die gleich der Unermeßlichkeit des Oceans den menschlichen Sinn mit ehrfurchtsvoller Ahnung der obwaltenden Schöpfermacht erfüllt. Ueber einen derartigen Eindruck der Prairie läßt der Schriftsteller Sealsfield seinen Oberst Morse sich also äußern: »Ich habe mir, so mag ich wohl sagen, einen lebendigen Gott gewonnen, einen Gott, den ich früher nicht kannte; denn jener, den ich in der Prairie kennen gelernt, ist mein eigener Gott, mein Schöpfer, der sich mir in der Herrlichkeit seiner Werke geoffenbart, der mir von dieser Stunde an vor Augen stand und stehen wird, solange Odem in mir ist.«

Von unseren deutschen Wiesengräsern unterscheiden sich die Gräser der Prairien, wie schon oben angedeutet, durch starre, steife Haltung und hügeligen Wuchs. Ebenso weichen die den Prairiegräsern eingemischten Blütenpflanzen durch staudenartige Höhe und dichte Gruppierung von unseren Wiesenblumen ab. Das wichtigste Gras der Prairie ist das Büffelgras, *Tripsacum* oder *Sesleria distichoides*. »Wo nichts mehr gedeiht,« sagt Karl Müller in seinem »Buch der Pflanzenwelt«, »wo der Boden immer schlechter und sandiger wird, gibt dieses wohlthätige kurze Gras allein seine Herrschaft nicht auf und ernährt, im Vereine mit eigentümlichen Kleearten, den Bison und den Büffel, welche in zahlreichen Herden den endlosen Grasocean westlich vom Mississippi wild durchschweifen. Aus diesem Grunde ist auch das Gras bezeichnend Buffalogras genannt worden, und nicht mit Unrecht könnte es die eigentliche Lebenspflanze der Prairien heißen. Denn wie an dieselbe das Leben der wilden Rinder gebunden ist, ebenso knüpft sich das Leben der in mannigfache Stämme zerspaltenen Prairie-Indianer an diese Herden, und zwar in so bedeutender Art, daß die Ausrottung der Büffel sofort auch das Aussterben jener Indianerhorden nach sich ziehen müßte.«

Auffallend ist in der eigentlichen oder »westlichen Prairie« die Armut an baum- und strauchartigem Pflanzenwuchs. Die Ursache dieser Armut finden einige in den zahllosen Büffelherden, welche allen jungen Baumwuchs zertrampeln, andere in den häufigen Prairiebränden, welche alles Strauchwerk versengen.

Ja, diese Brände, sie sind die furchtbarste Erscheinung der Prairie! Der Ocean hat seine Stürme, die Prairie ihre Brände. Dort schlingen die kalten Wogen alles hinab, hier verzehren alles die heißen Flammen. Dort winkt dem Menschen ein

Wellengrab, hier ein Flammengrab. Das eine wie das andere ist grausig; doch am grausigsten dünkt uns das letztere. Wer diesem Grabe entrinnt, hat freilich ein Schauspiel erlebt, dessen furchtbare Pracht von keiner anderen Erscheinung erreicht wird.

Hören wir den Bericht eines Augenzeugen.

Der Amerikaner J. T. Irving hatte sich auf einem Jagdzuge durch die Prairie beim Verfolgen von Truthühnern, welche den Jäger in einen Grenzwald gelockt hatten, von seiner Gesellschaft getrennt. Der hohe Stand der Sonne mahnte ihn endlich, daß es nahe am Mittag und daher Zeit sei, sich wieder an seine Gefährten anzuschließen.

»Ich verließ nun den Wald,« erzählt Irving, »und richtete meinen Weg über die offene Prairie nach der Gegend, wo ich die Spur der Reisetruppe finden mußte. Aber vergebens strengte ich mein Gesicht an, beschleunigte ich meine Schritte, schaute ich mich um, verschoß ich mein Pulver. Nichts war zu sehen, kein Laut zu hören. Das hohe Gras ward von dem Winde durchweht, aber ein lebendiges Wesen war nicht zu sehen. Die Prairie war eine Einöde. Ich fing nun an zu fürchten, daß ich über die Spur der Gesellschaft bereits hinausgekommen sein möchte; aber doch schien es mir wieder unmöglich, daß ich die Tritte eines so großen Zuges hätte übersehen sollen. Mit hastigen Schritten erstieg ich einen Hügel, der eine weite Aussicht gewährte; eine Wildnis von Grasflächen und kleinen wellenförmigen Hügeln breitete sich vor meinen umherspähenden Blicken aus; aber von meinen Gefährten war nichts zu entdecken: über mir der Himmel, unter mir der Prairieboden, und ich das einzige lebende Wesen in dieser Wildnis. Es wurde Zeit, einen Ruheplatz für die Nacht zu suchen, und ich sah mich nach einem Baume um, aber so weit mein Gesicht reichte, war keiner zu sehen. Ueberall dürres Gras, Gestrüpp und wieder Gras. Ich war dem Seefahrer gleich, der sich mitten auf dem Ocean befindet ohne Kompaß und Karte. Welchen Weg sollte ich einschlagen? Ging ich nach Westen, so konnte ich möglicherweise meinen Gefährten mich nähern, aber es war ungewiß, und ich hätte mich von den Wohnungen der Weißen entfernt, zu denen ich in der Richtung nach Osten gewiß gelangen mußte. So entschloß ich mich denn, nach Osten zu steuern, solange der Hunger mir Kräfte ließ und bis ich das Ufer des Missouri erreicht haben würde.

»Meine Schritte wurden schneller und ängstlicher, denn ich mußte vor allem ein Obdach finden. Es war zu Ende Oktober; der Wind war bereits empfindlich kalt, und ich hatte nur meinen leichten Jagdrock ihm entgegenzusetzen. Die Sonne war eben im Begriff, unter den Horizont herabzusinken; da erblickte ich einen noch mehrere Meilen entfernten Waldstreif. Das wirkte auf mich wie der Sporn des Reiters auf ein ermüdetes Pferd. Mit frischem Mute lief ich die Abhänge der Hügel hinab und bahnte mir einen Weg durch das struppige Gras. Aber nun ging die Sonne unter, und sobald das Dunkel eintrat, verschwamm alles vor meinen Augen, und der Wald, welcher kaum noch zwei (englische) Meilen entfernt sein konnte, war nicht mehr zu sehen. Ich bestieg abermals einen Hügel, um auf seinem Gipfel den Aufgang des Mondes abzuwarten, denn ich fürchtete, in der Dunkelheit die Richtung zu verlieren.

»Ein trauriges Gefühl bemächtigte sich meiner, wie ich so da saß, nichts als die trostlose Wüste um mich, den kalten Himmel mit seinen funkelnden Sternen über mir. Der Wind hatte sich in einen Sturm verwandelt und brauste pfeifend daher, dann und wann das Geheul eines Wolfes mit sich herüberbringend. Ueber eine Stunde lang saß ich, auf meine Büchse gelehnt, die Augen auf den östlichen Horizont gerichtet, ungeduldig auf das Erscheinen des Mondes harrend. Nie habe ich seinen Aufgang so freudig betrachtet als jetzt, wo er über der grenzenlosen Fläche emporstieg.

»Alsbald setzte ich meine Wanderung fort, und nach einem angestrengten Marsche von einer Stunde erreichte ich den Wald. Von den Indianern hatte ich bereits gelernt, ein mit Zweigen überdecktes Lager zu bereiten, und es dauerte nicht lange, so wärmte ich mich an einem lustig auflodernden Feuer, das ich neben dem Stamme eines umgefallenen Baumes angezündet hatte. Meine Eßlust war stark, aber meine Ermüdung noch stärker, und bald war ich eingeschlafen. Doch die zunehmende Gewalt des Sturmes weckte mich wieder. Bisweilen sank das Brausen zu dumpfen Tönen herab, dann schwoll es wieder höher an und tobte heulend und pfeifend durch die krachenden Bäume. Ich setzte mich eine Weile an das verglimmende Feuer, dann vergrub ich mich wieder in mein Bett von Laub und Gestrüpp; aber der Schlaf war verscheucht. Es lag etwas Grausenhaftes in den Tönen des Windes. Bisweilen schien es mir, als hörte ich Stimmen durch den Wald schreien, dann war plötzlich jeder Laut verstummt. Meine Ohren sogen begierig jeden Laut ein, und es überfiel mich eine abergläubische Furcht, die ich Mühe hatte zu bekämpfen. Ich nahm meine Büchse zur Hand, denn meine Sinne waren so verwirrt und befangen, daß ich jeden Augenblick einen bewaffneten Indianer in meiner Nähe zu sehen glaubte. Endlich stand ich wieder auf und brachte das Feuer aufs neue in Brand. Da brach ein heftiger Windstoß durch den Wald und wehte Funken und Asche nach allen Seiten hin. Augenblicklich schossen fünfzig kleine Feuer ihre leckenden Zungen in die Luft, als lachten sie triumphierend mich an. Kaum waren sie geboren, so stiegen sie auch schon zu einer hohen pyramidalen Flamme auf und hüpften leicht über die zerstreuten Büschel dürren Grases dahin. Im nächsten Moment waren sie auch schon draußen auf der Prairie, und nun leuchtete eine wogende Linie glänzender Flammen in die dunkle Atmosphäre hinein.

»Eine neue Windsbraut war im Anzuge. Ein Klagen und Winseln in der Nähe kündigte sie aus der Ferne an; so wie sie näher kam, erfüllte eine Wolke wirbelnden Laubes die Luft, die jungen Bäume neigten sich zur Erde, die alten Bäume krachten. Jetzt war der Windstoß da und stürzte auf die Prairie. Myriaden glühender Aschenstäubchen wurden in die Höhe geschleudert, wie Meteore flogen Büschel brennenden Grases durch die Luft. Die Flamme breitete sich aus zu einem großen Feuermeere und ergoß sich, unaufhaltsam weitergreifend, wie ein Lavastrom über die Grasfläche hin, den Wald bis in die weiteste Ferne mit einem roten Bande umflutend. Das grelle Licht machte die schwarze Finsternis des Waldes noch schwärzer. Das Brausen und Zischen der Flammen übertäubte noch den heulenden Wind; es waren unzählige Feuerpyramiden, die in der Wüste tanzten und rasend sprangen und überall neue Tänzer erweckten. Ihr Brausen glich dem Brausen eines aufgewühlten Oceans, dessen Wellen gegeneinander sich bäumen und in wildem Aufruhr kämpfen. Gerade in der Richtung ihres Laufes stand eine Gruppe von Eichen, deren dürres Laub noch fest an den Zweigen hing. Die lodernde Flut kam heran und erleuchtete die Gruppe. Jetzt umhüllte ein schwarzer Qualm den nächsten Baum – und jetzt rauschte die Glut zu den Zweigen auf und schoß, wie im Triumphe springend, an hundert Fuß in die Luft empor. Der Effekt war ein Augenblick, denn im Nu hatte das Feuer die Bäume durchlaufen. Es sank wieder zur Prairie herab, und nur noch eine schwache dunkelrote Glut umspielte die geschwärzten Aeste. Begierig strömte das wütende Element weiter, Schluchten und Hügel durchspähend, nach Nahrung lüstern. Mehrere Stunden lang wütete das Feuer, und der ganze Horizont war mit einem feurigen Gürtel überzogen. Je mehr der Kreis sich ausdehnte, desto kleiner und kleiner wurden die Flammen, bis sie endlich wie ein dünner goldener Faden um die Hügel sich wickelten. Sie mußten wohl auf zehn Meilen fortgezogen sein. Endlich legte sich die Glut, obgleich der purpurne Schein, der noch stundenlang den Nachthimmel rötete, deutlich erkennen ließ, daß das unermüdliche Element noch immer nicht zur Ruhe gekommen sei.

»Die Sonne ging auf, als ich mich von meinem Lager erhob und meine Reise wieder antrat. Welch eine Veränderung! Aus der Prairie war eine völlige Wüste geworden. Nicht ein einziger Halm, nicht ein Blättchen war verschont geblieben. Die Bäume des Waldes streckten ihre nackten, versengten Aeste in die Luft – ein Bild des überstandenen Angriffs. Eine dünne Decke grauer Asche lag über den Boden gestreut, und einzelne Bäume, deren dünne Zweige die Flammen genährt hatten, brannten noch fort oder sandten hohe Rauchsäulen empor. Ueberall bezeichnete eine kahle Oede den Lauf der Flammen, die sich, das Gras bis auf die Wurzel verzehrend, selbst gegen den Wind Bahn gebrochen hatten.

»Noch immer tobte der Wind und wirbelte die Asche empor, so daß es bisweilen unmöglich war, ein oder zweihundert Yards weit zu sehen.

»Als ich die traurige Landschaft überschaute, erblickte ich einen mageren grauen Prairiewolf, der sich leisen Schrittes wie ein Dieb in eine der Schluchten schlich, gleichsam als ob ihn die Scene in Furcht gesetzt hätte. Er war das einzige sichtbare lebendige Wesen. Er sah mich, seinen Nebenwanderer, jedoch ohne zu fliehen. Die ringsum herrschende Verheerung schien ihn dem Menschen um ein Glied in der Kette der Wesen näher gebracht zu haben, denn er hatte seine Furcht vor ihm verloren. Als er den Fuß des Hügels erreicht hatte, stand er still, stieß ein tiefes klagendes Geheul aus, worauf aus dem Walde her geantwortet ward, und bald darauf drei andere herbeikamen und sich zu ihm gesellten.

»Sie standen einige Augenblicke still und blickten mich mit ihren feurigen Augen an; dann wandte sich einer und kam mir näher. Seine Begleiter folgten ihm. Mir lag indes, trotz der Einsamkeit, nichts an der Gesellschaft von Wölfen; ich legte daher meine Büchse an und schickte eine Kugel unter sie. Ein lautes Heulen antwortete auf den Schuß und der hinkende Gang des einen, als die Rotte in die Wälder floh, überzeugte mich, daß meine Kugel ihr Ziel erreicht hatte.«

DAS HAMAÏL.

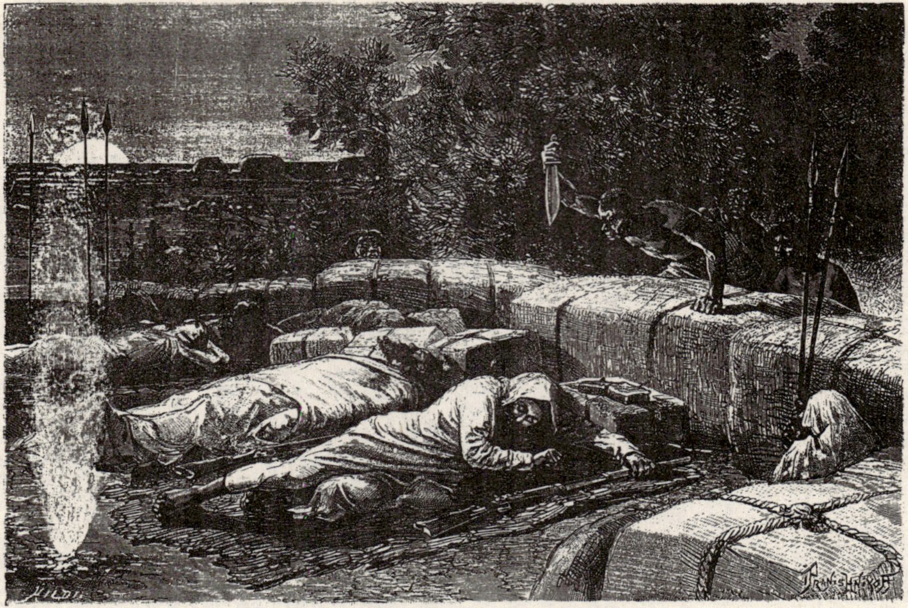

»Das ist das Hamaïl meines Vaters.«

Zwischen Bir el asuad und Ain tajib schwebte einer jener Sakrfalken, welche von den Beduinen vorzugsweise gern zur Jagd abgerichtet werden, hoch oben in der Luft. Seinen scharfen Augen wurde es nicht schwer, zwei Reiterzüge zu erkennen, welche in wohl stundenweiter Entfernung voneinander dem gleichen Ziele zuzustreben schienen.

Der im Osten sich südwärts bewegende Zug schien eine Kafila, eine Handelskarawane zu sein. Sie bestand aus vielleicht zwanzig Packkamelen und zehn berittenen Hedschahn. Acht der Reiter waren auf orientalische und zwei auf europäische Weise bewaffnet. Die ersteren trugen außer ihren dünnschaftigen Flinten noch lange Lanzen, deren breite scharfe Stahlspitzen im Lichte der untergehenden Sonne glänzten. Der Schech el dschemali, welcher als Führer voranritt, war der dunkelste von ihnen und hatte fast negerartige, keineswegs vertrauenerweckende Gesichtszüge. Die letzteren beiden hätte man für Europäer halten können, und wenn sie das nicht waren, so stammten sie gewiß wenigstens aus dem Gharb, einem der nordafrikanischen Gestadeländer.

Der Falke stieß hoch oben in der Luft einen lauten schrillen Schrei aus. Als der Führer denselben vernahm, glitt ein befriedigtes Lächeln über seine bisher unbewegten Züge.

»Chabir – Führer, hast du den Vogel gehört?« rief ihm einer der beiden zu.

»Na'm, Sihdi – ja, Herr,« antwortete er.

»Wäre der Falke ein zahmer, so müßten Menschen in der Nähe sein. Ich halte ihn für einen wilden.«

»Hehk – so ist's!« antwortete der Führer kurz, indem es wie Schadenfreude um seine aufgeworfenen Lippen zuckte.

»Wann kommen wir zum Ruheplatz?«

»'an kharihb – bald.«

»Und werden wir dort sicher sein?«

»S'lon bilamahn – wie in Allahs Schoß.« –

Der im Westen sich fast parallel bewegende Zug war jedenfalls eine Kafilat et tayyara, eine fliegende Karawane. Sie bestand aus vierzehn wohlbewaffneten dunkelfarbigen Männern, welche alle sehr gute Reitkamele ritten. Eins derselben war ein kostbares graues Bischarihnhedschihn. Derjenige, den es trug, schien der Anführer zu sein. Er hatte die Kapuze seines weißen Haïk zurückgeschlagen. Er war, wie seine Begleiter, ein Tedetu vom Stamme der Kra-an; doch zeigte sein kurzes wolliges Haar, daß Negerblut in seinen Adern floß, ein Umstand, dessen sich unter den Tibbu niemand zu schämen pflegt.

Auch er hörte den Schrei des Falkens.

»Ikh, ikh!« rief er, und auf diesen Befehl hielt sein Hedschihn an. Die anderen sammelten sich um ihn. »Hamdulillah – Allah sei Dank!« meinte er. »El Aswad führt sie uns in die Hände. Es ist ihm gelungen, sie zu täuschen. Wenn wir uns nun gerade nach Osten wenden, werden wir ihre Darb (Spur) erreichen und dieselbe lesen können. Ich werde den Sakr rufen.«

Er steckte einen Finger in den Mund und stieß einen durchdringenden Pfiff aus. Der Falke hörte ihn trotz der großen Entfernung und schwebte nach wenigen Augenblicken über den Reitern.

»Ta' ahl – komm her!« befahl der Reiter.

Der Vogel ließ sich gehorsam auf den hohen Knopf des Sattels nieder, wurde dort an einer Kette befestigt und erhielt eine lederne Haube aufgesetzt. Dann bogen die Reiter in einem rechten Winkel von ihrer bisherigen Richtung ab und hielten langsam gerade nach Osten zu, der Anführer immer an der Spitze des Zuges.

Als sie ungefähr eine halbe Stunde geritten waren, hielt er an, deutete in die Ferne und sagte nur das eine Wort:

»Hunahk – dort!«

Aus der Richtung, in welche er zeigte, sah man Lanzenspitzen schimmern. Die Vierzehn zogen sich vorsichtig hinter die Sanddünen, zwischen denen sie hielten, zurück und setzten erst nach einer Weile ihren Ritt fort. Bald erreichten sie die Spur der anderen Karawane. Der Anführer ließ sein Tier niederknieen und stieg ab, um die Fährte zu untersuchen.

»Dreißig Hawawihn (Tiere),« sagte er. »Es sind die, welche wir verfolgen. Am Bir Fetna wird Allah sie in unsere Hände geben, und dann werden wir die Beute teilen und reicher sein als je zuvor. Laßt uns ihnen jetzt langsam folgen, damit El Aswad uns nicht so lange zu suchen hat!«

Es war klar: die vierzehn Reiter bildeten eine Gum, eine Raubkarawane, und El Aswad, der Führer der Handelskarawane, war ihr heimlicher Verbündeter. Er wollte diejenigen, welche sich ihm anvertraut hatten, in die Hände der Wüstenräuber liefern. Er hatte sich nur zu diesem Zwecke von den nichts ahnenden Reisenden als Chabir engagieren lassen. Daß die Räuber arabisch sprachen und nicht ihren Tedagadialekt, war ein Zeichen, daß sie ihre unheimlichen Züge weit über die Grenzen ihres Stammes hinaus zu unternehmen pflegten.

Während sie den Spuren folgten, erreichte die Sonne den Horizont; aber den Reitern fiel es gar nicht ein, anzuhalten, um das Abendgebet zu sprechen. Es wurde sehr schnell dunkel; dann stieg das Kreuz des Südens auf, und beim Scheine der Sterne wurde der Ritt fortgesetzt, bis die Kamele von selbst ihre Schritte beschleunigten; das deutete darauf hin, daß das Wasser der Oase in der Nähe sei. Der Anführer ließ halten. Seine Leute stiegen ab und lagerten sich im Sande. Da warteten sie mehrere Stunden lang, bis sich ganz in der Nähe das leise Bellen eines Fennek, eines Wüstenfüchschens, hören ließ. Der Anführer beantwortete dasselbe, und bald tauchte der Führer der anderen Karawane aus dem Dunkel auf. Der erstere empfing ihn mit den Worten:

»Seit einer Woche habe ich deine Stimme nicht vernommen, obgleich wir stets in deiner Nähe gewesen sind. Heute sind wir am Bir el amwat (Brunnen der Toten) angelangt, an welchem wir schon viele den Tod haben trinken lassen. Nun werden wir endlich erfahren, wer die Herren deiner Kafila sind.«

»Es sind zwei reiche Tuggar (Kaufleute) aus Tarabulus el Gharb (Tripolis), welche Waffen, Seide und andere Kostbarkeiten nach Bornu bringen wollen. Sie sind begleitet von sieben Beni Riah, welche wir nicht zu töten brauchen, weil sie sich nicht verteidigen werden. Von Temissa habe ich sie über Wau gerade in die Wüste geführt und dir nach dem Duar (Lager) Nachricht geben lassen. Jetzt schlafen sie am Bir Fetna (Brunnen der Akazien), und ich werde euch zu ihnen führen.«

»Welchen Namen tragen sie?«

»Der eine wird nur Abu el Hamaïl genannt, weil er zwei Kurans am Halse hängen hat, und der andere heißt Halef Ben Dschubar.«

Hamaïl ist ein Kuran, welchen man sich in Mekka kauft und dann zum Zeichen, daß man ein Hadschi ist, sichtbar am Halse trägt.

»Zwei Hamaïls? So war er zweimal in der Stadt des Propheten und ist ein sehr frommer Mann. Aber er wird dennoch heute sterben müssen, denn wir brauchen seine Sachen. Allah wird ihm das ewige Leben geben, und ich werde ihm einen Ihram weihen, wenn ich selbst nach Mekka komme. Auch mein Vater war zweimal dort. Er hatte zwei Hamaïls. Eins davon hat er einem Manne geschenkt, welcher ihm das Leben rettete, als die Tuareg-Kel-Tinalkuhm ihn töten wollten. Allah danke es ihm im siebenten Himmel. Jetzt macht euch bereit, ihr Männer! El Aswad wird uns führen.«

Die Männer hatten nicht nur einmal einen Ueberfall ausgeführt. Sie wußten, was sie zu thun hatten. Sie entledigten sich ihrer weißen Haïks, durch deren schimmernde Farbe das Anschleichen erschwert gewesen wäre, und ließen auch die Schußwaffen zurück. Nur die breiten, scharfen, dolchartigen Sekakihn nahmen sie zu sich. Dann folgten sie dem voranschreitenden Verbündeten nach der nahen Oase.

Da, wo der Brunnen aus der Erde quoll, war er von einem Gebüsch ägyptischer Akazien beschattet, daher sein Name Bir Fetna. Die Reisenden hatten sich von ihren Kamelpaketen eine Art Umwallung gebaut, innerhalb deren sie schliefen. Das von trockenem Kamelsmist genährte Feuer war fast am Verlöschen. Alle schliefen nach dem anstrengenden Ritte fest. Sogar die Wache, welche in einer Ecke kauerte, zwei Lanzen in der Hand, war vor Müdigkeit eingeschlafen. Der eben hinter den beweglichen Sanddünen aufgehende Vollmond beleuchtete die Scene mit südlicher Intensivität, vor welcher das Licht der Sterne verschwand. Er sollte den zwei Kaufleuten zum letztenmal leuchten.

Die Mitglieder der Raubkarawane legten sich zur Erde, von welcher ihre halb nackten, dunklen Leiber nicht zu unterscheiden waren, und schlichen sich unhörbar näher. Sie erreichten die Umwallung. Die Köpfe erhebend, blickten sie vorsichtig über dieselbe hinweg. Der Anführer wählte sich diejenige Stelle, an welcher die beiden Kaufleute lagen. Der eine derselben lag schnarchend auf dem Rücken, in seinen Haïk gehüllt. Der andere lag auf der linken Seite und hielt selbst im Schlafe sein Gewehr fest in der Hand. Da bog sich der Anführer über die Umwallung herüber und erhob seine Waffe zum tödlichen Stoße. Diesen Stoß erwarteten rundum seine Genossen, um dann unter fürchterlichem Geheul das übrige zu vollbringen.

Aber was war das? Der Tedetu hielt die Hand starr erhoben, stieß aber nicht zu. Sein Blick war auf ein Gepäckstück gerichtet, welches zu Häupten des Kaufmannes lag. Auf diesem wohlverschnürten Pack lagen zwei Bücher – zwei Hamaïls, welche der Schläfer vom Halse genommen hatte, um bequemer liegen zu können. Sie lagen nebeneinander, und dasjenige zur rechten Hand war an der Schnittseite des Buches mit einem starken, metallenen Schlosse versehen, dessen eigenartige Arbeit im hellen Mondenscheine sehr deutlich zu erkennen war.

»Essuwal 'an ehsch – was gibt's denn?« fragte leise einer der beiden, welche hinter dem Zögernden kauerten. »Stoß doch zu!«

»Allah akbar – Gott ist groß!« antwortete er, indem er den Arm sinken ließ. »Das ist das Hamaïl meines Vaters. Allah hat verhüten wollen, daß ich den Retter meines Vaters töte!«

»Waih! Willst du die große Beute fahren lassen? Ist er auch der Retter?«

»Ich werde es sogleich erfahren. Wenn er es ist, so Wehe einem jeden von euch, der es wagen sollte, einem dieser Leute ein Haar zu krümmen oder ihnen das kleinste Stäubchen ihres Eigentums zu rauben!«

Dann rief er laut:

»Hadschi Omar Ben Kuwwad Ibn Hanßari!«

Im Nu sprang der Schläfer auf.

»Wer ruft mich?«

»Bist du der, den ich nannte?«

Erst jetzt sah der Kaufmann, daß sein Lager von fremden Gestalten umringt war. Er nahm schnell sein Gewehr empor, antwortete aber:

»Ich bin es, wer seid Ihr?«

»Hast du dieses Hamaïl geschenkt erhalten?«

»Ja, von einem Scheik der Tibbu, Namens Arun es Saleta.«

»Das war mein Vater. Ich bin Nowad Ben Arun es Saleta. Der Engel des Todes streckte bereits seine Hand nach dir aus und da – – –«

»Allah Kerihm – Gott ist gnädig!« rief der Kaufmann erschrocken.

»Ja, Allah ist gnädig. Er hat dich errettet. Wir sind die Gum, und du befindest dich am Brunnen des Todes. Bereits schwebte mein Messer über dir, da erblickte ich das Hamaïl. Jetzt nun bist du bei uns so sicher wie unter den Zelten der Seligen, du, deine Begleiter und dein Eigentum. Und wir werden dich begleiten über die Berge und durch die jenseitige Hammada. Sag' nur das Wort, welches du zu sagen hast!«

Die Angreifer standen draußen vor und die erschrockenen Glieder der Handelskarawane innerhalb der Umwallung. Der Kaufmann erkannte die Gefahr, aus welcher ihn nur dieses Wort erretten konnte. Er sagte es:

»Dakilah ya Scheik – ich bin der Beschützte, o Herr!«

»Dakilah ya Scheik!« – riefen auch alle seine Gefährten.

»Ja, ihr seid die Beschützten!« antwortete der Räuber. »Ihr seid unsere Brüder. Das Hamaïl hat euch vom Tode errettet, und nun sagen wir euch den Gruß: Allah wa sahla wa marhaba – ihr sollt uns alle willkommen sein! – – –«

EIN PHI-PHOB.

»Die beiden Engländer und die Laos folgten langsamer und vorsichtiger, – –«

Am östlichen Ufer des Pjamelan, eines Armes des Irawaddi, steht ein berühmter Banyanenbaum. Er hat weit über hundert größere und gegen ein halbes tausend kleinere Stämme. Glänzende Lorbeer- und vielästige Myrtengewächse stehen neben breitblätterigen Pisangs und feinrispigen Bambusrohren in seinem Schatten. Behende Affen und bunte Eichhörnchen jagen sich an den Adventivwurzeln oder an dem Schlingwerke des Rotang auf und ab, und die Prachtvögel Indiens nisten sich zu Tausenden unter dem weiten Laubdache.

Auch eine sehr gemischte menschliche Gesellschaft lagerte unter demselben. Da waren zwei Engländer, nämlich Mr. Phelps und Mr. Shower, ein chinesischer Händler, Namens Fi, welcher sich aber Yao-Tschang-Ti, das ist Schuldeintreiber, nannte, ein Lao-pung-khao und ein Lao-pung-dam, d.h. ein weißleibiger und ein schwarzleibiger Lao, zwei Kadun und endlich noch zwei hier geborene Pegu-Birmanen.

Der Chinese hatte zwei alte Säbel umgeschnallt, gab sich bei der Gesellschaft den Titel eines Tschung-fu, d.i. Oberstlieutenant, und machte den Dolmetscher zwischen den Engländern und den Hinterindiern. Trotz seiner Säbel war er eine sehr große Memme.

Die Eingeborenen gingen barfuß und trugen nichts als dünne Röcke mit langen Aermeln; die beiden Laos hatten gar nur das Languti, ein Stück Baumwollenzeug, um die Hüften geschlungen, und bewaffnet waren sie alle mit im Lande gefertigten Katschinflinten, das Stück für 20 Mark zu haben.

Die Gesellschaft befand sich beim Mahle, welches nur aus gebackenen Fischen bestand. Dabei führte man ein Gespräch, welches einen sehr interessanten Gegenstand zu behandeln schien, denn jeder gab sich Mühe, so laut wie möglich zu schreien, und der chinesische Tschung-fu rasselte entsetzlich mit seinen beiden Schlepphiebern. Nur die Engländer schwiegen, denn Mr. Phelps hatte einen halben Fisch im Munde, und Mr. Shower versuchte vergeblich, einer »importunaten« Gräte beizukommen, welche ihm zu weit hinter geschlüpft war.

»Tin schat kwei tin, ti schat kwei ti – alles Unheil vom Himmel kehre zum Himmel zurück, und alles Unheil von der Erde kehre zur Erde zurück!« rief der Chinese. »Ich stamme von den Pat-phai, von den acht berühmten Stämmen und fürchte mich nicht! Wenn der Tschu-Kia-Tschin, der Priester, gesagt hat, daß die Mang-thra's die böse That begangen haben, so kehre diese That zu ihnen zurück. Sie sollen ihre Strafe erhalten und ihren Raub wieder herausgeben.«

»Ja,« stimmte Lao-pung-khao, der weißbauchige Lao bei. »Mein Phi-Phob sagt die Wahrheit. Er hat sich noch niemals geirrt. Die Mang-thra's sind die Diebe. Sie sollen die Uhr herausgeben.«

»Und ihre Strafe erleiden, habe ich befohlen,« fiel der Chinese ein. »Wenn wir jetzt aufbrechen, sind wir in einer Stunde bei ihnen. Ich bin Yao-Tschang-Ti gewesen und weiß mit solchen Spitzbuben umzugehen. Ta-kang, die Hölle, ist zu gut für sie. Ich werde ihnen einen Vorgeschmack von ihr geben. Sie sollen fürchterliche Prügel schmecken!«

Er stand auf und schnitt sich von dem überall wuchernden Rotang einige Rohre zurecht, welche er zu den Säbeln in den Gürtel steckte.

Die Engländer hatten nämlich gestern abends den Besuch einiger Eingeborenen des Mang-thra-Stammes, welche Früchte gegen Tabak einzutauschen wünschten, erhalten. Der Tauschhandel war zu stande gekommen; aber als die Mang-thra's fort gewesen waren, hatte Mr. Showers kostbare Uhr gefehlt, welche nicht weniger als sechs verschiedene Zifferblätter hatte und nur alle vierzehn Tage aufgezogen zu werden brauchte. Alles Suchen war vergeblich gewesen, und so hatte man aus dem nächsten Pegudorfe einen Bonzen geholt, welcher mit dem Phi-Phob des weißbauchigen Lao reden sollte.

Ein jeder Hinterindier vom Stamme der Laos besitzt nämlich einen Phi-Phob, einen Haus- und Schutzgeist, den er auf Reisen bei sich trägt. Der Geist kann in jedem beliebigen Gegenstande wohnen und beantwortet jede Frage, welche sein Schützling durch einen Bonzen oder Khru (Geisterbanner) an ihn richtet. Der Schutzgeist des Lao-pung-khao schien die Seele eines urweltlichen Sauriers zu sein, denn er bewohnte ein hohles Krokodilsei, welches der Weißleibige an einer Schnur um den Hals hangen hatte. Der Bonze hatte sich Bericht erstatten lassen, sich mit dem Ei für kurze Zeit entfernt und dann gegen Bezahlung eines halben Tikal (ca. 125 Pf.) erklärt, der Phi-Phob habe ihm mitgeteilt, daß die Mang-thra's die Diebe seien. Besonders auf Antrieb des Chinesen war die Gesellschaft am Morgen aufgebrochen, die Spitzbuben zur Herausgabe ihres Raubes zu veranlassen. Die beiden Engländer lachten natürlich heimlich über diese Geistergeschichten, glaubten aber auch, daß die Uhr nur bei den Mang-thra's zu finden sei, und waren also bereit gewesen, dieselben aufzusuchen.

Jetzt war das Mahl beendet. Mr. Phelps hatte den halben Fisch glücklich verschluckt und Mr. Shower die Gräte ebenso glücklich wieder an das Tageslicht gebracht. Man brach auf.

Voran schritt der Chinese als oberstlieutenantlicher Tschung-fu. Ihm folgten die Engländer, und hinter ihnen schritten die anderen im Gänsemarsch einher. Dies geschah infolge der üppigen Vegetation, welche das Gehen erschwerte.

Bald lag der Banyanenwald hinter ihnen. Nun wanderten sie unter schlanken Palmen, Tamarinden und mit Blüten überladenen Wollbäumen. Unter dem leichten Schirme der Papayas glänzten grell gefärbte Hibiscusblüten, und sogar die wilde bengalische Rose hatte sich hier angesiedelt. Da, wo der Boden weniger feucht war, blühten Nelkenbäume, dort Darahs genannt, und alle die riesigen, Lack und Gummi liefernden Dammararten streckten die Wipfel hoch in die Lüfte empor.

Eben hatte die Gesellschaft ein Bananendickicht passiert, da kamen ihnen vier Männer entgegen. Der Vorderste war von fast weißer Farbe und trug die Kleidung eines Hoeï-foeï, die drei Anderen waren Eingeborene. Hoeï-foeï werden dort die Moslemin genannt, welche sehr zahlreich sind und meist einen einträglichen Handel treiben. Kaum hatte der Chinese den Muselmann erblickt, so rief er ihm ein äußerst höfliches »Tsching tsching – guten Tag« entgegen. Dieser blieb stehen, blickte ihn verächtlich staunend an und antwortete:

»Du hier, Sse-pen-tse, Sohn des Zopfes? Gibt's denn keine Gegend, welche vor dir sicher ist?«

Und sich an die Engländer wendend, deren Anzüge verrieten, welcher Nation sie angehörten, fuhr er englisch fort:

»Dieser Mensch war Steuereintreiber; weil er aber die Steuern für sich behielt, mußte er fliehen. Jetzt ist er überall und treibt alles, was nicht ehrlich ist. Wenn Sie ihn als Dolmetscher und Führer engagiert haben, so nehmen Sie ja Ihre Taschen in acht! Vor seinen Fingern ist nichts sicher.«

Der »Oberstlieutenant« wollte sich verteidigen, erhielt aber von dem Hoeï einen Flintenstoß in die Seite und retirierte infolgedessen bis hinter den letzten Pegu-Birmanen.

Mr. Shower machte eine grüßende Handbewegung und sagte:

»*Well, Sir*, meine Uhr ist weg!«

»So! Wo ist sie hin?«

»Zu den Mang-thra's, wie der Phi-Phob gesagt hat.«

»Bitte, erzählen Sie!«

Mr. Shower berichtete. Der Hoeï hörte aufmerksam zu und sagte dann, zu den Chinesen gewendet:

»Ich komme soeben von den Mang-thra's. Sie haben ihre Hütte dort hinter den Dhunatilbäumen. Ich hörte von ihnen, daß sie gestern bei euch gewesen seien, und bin überzeugt, daß sie die Uhr gestohlen haben. Ich kehre wieder um und werde mit suchen. Wehe ihnen, wenn wir sie finden!«

»Du hast recht, Kuo-Ngan – Excellenz!« antwortete der Chinese erfreut. »Ich habe bereits die Stöcke geschnitten, mit denen ich den Ausspruch des Phi-Phob unterstützen werde.«

Er zeigte auf die Rotangs, welche er bei sich trug. Der Hoeï lachte kurz auf und antwortete zustimmend:

»Das ist gut! Ich werde noch mehr als du dafür sorgen, daß du sie nicht umsonst bei dir trägst. Also vorwärts jetzt!«

Der nun verstärkte Zug setzte sich wieder in Bewegung, die drei Begleiter des Hoeï voran. Dieser aber schritt als letzter hinter dem Chinesen.

Als die Dhunatilgruppe passiert worden war, fiel der Boden fast senkrecht in einen tiefen Erdriß hinab, über welchen sich der von allerlei Schlingwerk umwucherte Stamm eines riesigen Gurdschunbaumes als natürliche Brücke gelegt hatte. Jenseits erhob ein wahrhaft gigantischer Wudoilbaum sein fiedernerviges Blätterdach, unter welchem die armselige Hütte der Mang-thra's stand. Die Bewohner befanden sich unter einem Vordache derselben.

Die drei Begleiter des Hoeï sprangen schnell wie Katzen über den liegenden Baumstamm hinüber und eilten zu den armen, ehrlichen Leuten, um ihnen zu sagen, welcher Verdacht auf sie gefallen sei. Die beiden Engländer und die Laos folgten langsamer und vorsichtiger, obgleich der Stamm so stark war, daß recht gut mehrere Männer nebeneinander hergehen konnten. Die anderen zögerten mit dem Uebergange und zwar wegen eines scheinbar höflichen Streites zwischen dem Hoeï und dem Chinesen. Der letztere wollte dem ersteren den Vortritt lassen; dieser aber bestand darauf, der letzte zu sein. Er hatte jedenfalls seine Absicht dabei und beobachtete jede Bewegung des »Steuereintreibers« mit scharfem Auge.

Endlich waren sie alle drüben bei der Hütte, und nun sagte der Hoeï den Bewohnern, was sie bereits wußten, den Grund seiner Rückkehr. Diesen Augenblick benutzte der Chinese, einen Gegenstand schnell auf das aus Bambusstengeln errichtete Vordach zu werfen. Er war überzeugt, daß es nicht bemerkt worden sei; der Muselmann aber hatte es doch gesehen.

Die Mang-thra's versicherten, nichts von dem Diebstahle zu wissen. Der eine brachte einen ausgestopften Vogelbalg zum Vorschein und sagte:

»Wir sind unschuldig. Wir stehlen nicht, obgleich wir sehr arm sind. Hier ist mein Phi-Phob. Laßt ihn fragen, so wird er euch gleich sagen, wo der Dieb zu finden ist!«

Der Chinese wußte sich jetzt sicher und warf sich in die Brust. Die Rotangruten hervorziehend, rief er drohend:

»Ich bin Tschung-fu-tschu, der Herr der Oberstlieutenants. Wir werden hier alles durchsuchen, und wenn wir den Dieb entdecken, so soll er Prügel bekommen, solange die Rotangs halten und sodann noch zur besonderen Strafe den Phi-Phob auffressen müssen, durch den wir ihn entdecken werden!«

»Ist das dein Ernst, Tschin-ti-tschung-fu – erhabener Oberstlieutenant?« fragte der Hoeï.

»Glaubst du, daß ich scherze? Liegt nicht auch auf uns der Verdacht? Ich werde uns rechtfertigen, indem ich den Tseu, den Räuber, entdecke.«

»So mag es bei deiner hohen Bestimmung bleiben. Der Dieb erhält Hiebe, bis die Rotangs zerbrechen, und muß sodann den Phi-Phob auffressen, durch welchen er entdeckt wird.«

»Du hast recht. Ich hab's gesagt, und es bleibt dabei!«

Es begann nun die sorgfältige Durchsuchung der Hütte. So ärmlich wie sie, war auch der Hausrat. Einige alte Thongefäße neben einem primitiven Feuerherde, auf welchem noch die Kohlen halbverbrannten Holzes glimmten, ein zerbrochenes Schilfkörbchen zum Aufbewahren der Siribissen, aufgeschnittene Früchte, umschwärmt von hunderten von Stechfliegen, das war alles, was der armselige Raum enthielt. An den Wänden lief ekelhaftes Gewürm herum. Der Hoeï erblickte einen sehr ausgewachsenen, fetten Gecko, welche nächtliche, warzige Eidechse fett und müd in einer Ecke klebte. Er nahm sie weg und steckte sie unbemerkt in die Tasche seines Kaftans.

Natürlich war die Uhr nicht zu finden. Der Chinese donnerte und wetterte, daß die Mang-thra's zitterten. Er verlangte, daß einer nach dem anderen durchgepeitscht werden solle, bis der Dieb die That gestehe.

»Halt!« meinte da der Hoeï. »Auch ich hab' einen Phi-Phob, gar einen lebendigen; der hat mich noch niemals getäuscht und wird uns jetzt zeigen, wo sich die Uhr befindet. Kommt heraus! Aber wehe dann dem Dieb!«

Alle folgten ihm hinaus vor die Hütte. Er trat in die Nähe der einen Eckstrebe des Vordaches, auf welches der Chinese die Uhr geworfen hatte, und zog den Gecko aus der Tasche.

»Hier ist mein Phi-Phob,« erklärte er. »Paßt auf, wie schnell er uns bedienen wird!«

Er that, als ob er dem Tiere einen leisen Befehl erteile und setzte es dann zur Erde nieder. Der Gecko ist ein nächtliches Tier und kann das Tageslicht nicht vertragen. Das gegenwärtige Exemplar suchte also schleunigst an einen dunklen Ort zu gelangen und kletterte infolgedessen möglichst rasch an der Strebe empor, dort unter dem Dache Schutz suchend.

»Da hinauf geht der Phi-Phob!« rief der Hoeï. »Also muß die Uhr sich da oben befinden. Schaut empor!«

Sie alle bemerkten ein kleines, gelbes Päckchen, welches mit Hilfe einer Bambusstange herabgeholt wurde. Es war die Uhr, eingewickelt in eine jener kleinen Schärpen, welche Mongolen und Chinesen so oft als Höflichkeitsgeschenk benutzen. Es war verraten, daß der »Oberstlieutenant« selbst der Dieb sei. Er leugnete anfangs, gestand aber endlich notgedrungen die That ein.

»Jetzt sollst du nun dein eigenes Urteil schmecken,« sagte der Hoeï. »Du wirst meinen Phi-Phob verspeisen und dazu die Rotangs kosten, bis der Phi-Phob in deinem Großmaule verschwunden ist!«

»*Yes!*« lachte Mr. Phelps. »*A very famous pleasure!*«

Der Dieb erhob laut schreiend Einsprache, aber vergebens. Einer der Mang-thra's, erfreut, die ihnen gewordene

Beleidigung rächen zu können, holte den Gecko herab und tötete ihn mit einem Messerhiebe. Die Eidechse wurde auf die glühenden Kohlen gelegt, schwoll in dem schnell angefachten Feuer schnell an und zerplatzte. Nun wurde sie in Stücke zerlegt. Sechs Indier ergriffen den Chinesen und stießen ihn zu Boden. Dort festgehalten, mußte er sich ein Stück des gebratenen Phi-Phob nach dem anderen in den zeternden Mund schieben lassen. Bei jeder Weigerung seinerseits sausten seine eigenen Rotangs auf ihn nieder. Das Gesicht, welches er zog, war unbeschreiblich.

Endlich war die Exekution beendet. Er sprang auf, rieb sich die Himmelsgegend, welche jetzt bei ihm die gefühlvollste war, und rief:

»Tin-tschu, ti-tschu, yang-tschu – Herr des Himmels, Herr der Erde, Herr des Wassers! Ich hab' genug!«

»Noch lange nicht genug!« antwortete der Hoeï. »Mach' dich schleunigst von dannen, sonst beginnen wir von vorn!«

»*Yes, yes!*« nickte Mr. Shower vergnügt. »*This executorship is an extra ordinary delightful!*«

»Nein, nein,« entgegnete der einstige Steuereintreiber. »Ich bin euer Führer und euer Dolmetscher. Ich bin der Tschung-fu. Was wollt ihr anfangen ohne mich?«

»Du wirst nicht gebraucht, Spitzbube,« antwortete der Hoeï. »Ich selbst werde die Ing-ki-li (Engländer) bis zum Flusse führen und dann einen anderen Führer für sie auswählen. Jetzt fort mit dir, sonst schieße ich dich gar noch über den Haufen! Aber empfiehl dich höflich, Sohn des Himmels, wenn du nicht noch mehr Rotangs haben willst!«

Er erhob sein Gewehr und legte es auf den Chinesen an. Dieser zuckte vor Schreck zusammen, machte seine tiefste Verneigung und rief:

»Tsching-leao – lebt wohl! I-lu-fu-sing – möge euch der Stern des Glücks auf eurer Reise begleiten!«

Dann eilte er zu gleichen Beinen von dannen, über den Gurdschunbaum zurück und war im nächsten Augenblick zwischen den Stämmen der Dhunatilgruppe verschwunden.

»Tien-pen-tse – o himmlischer Zopf!« sagte der weißbauchige Lao. »Da läuft er hin und hat den Phi-Phob im Leibe! Möge es allen Dieben so ergehen wie ihm!«

»*Yes, yes!*« lachte Mr. Shower, seine Uhr einsteckend. –

ANTWORTSCHREIBEN AN O. ERDMANN ZU HOFGEISMAR BEI KASSEL.

Siehste, so biste! Wennste, so könntste! Nu brauchste den Hobble-Frank ooch, um aus dem Fundamundum zu erfahren, wie een Lasso eegentlich konschterniert wird! Advokatorisch betrachtet hab ich's gar nich nötig, off so eene merkantilische Sonnabendsfrage eene meiner berühmten metaphystischen Feiertagsantworten zu schtipulieren, denn ich sitze jetzt off meiner byzantinischen Sommerlogis-Villa, die ich mir von dem Goldklumpen gekooft habe, von dem du ooch noch lesen wirscht, und ruhe nach den Anschtrengungen des Prairielebens off meinen Pfefferkörnern und Lorbeerblättern aus. Aber weil ich als unbewußter Mitarbeiter und Ehrenritter des »G. K.« alle Abonnenten desselben mit meiner Gnade und Barmherzigkeet beschtrahlen und zu mir erheben möchte, so sollst ooch du off der Ruine von Schönburg oder Schöneberg bei Hofgeismar mal wonnevoll in meiner beglückenden Protektion schwelgen, falls mir nämlich das bekannte polygonisch-obschtinate Setzerlehrlingelchen nich meine geistvolle Orthographie und Konterpunktion verdirbt. Also *trawalljeh, mosjeh!*

Wer sich eenen Lasso machen will, der koofe sich eene junge Kuh, lasse sie schlachten, reenige das Bauchschtück des Felles sorgfältig von allen Schpuren des irdischen Fleesches und schneide fünf zwanzig Ellen lange und federmesserklingenbreete Riemen aus demselben. Das muß aberst in eener sogenannten Konschpirallinie geschehen, sonst werden die Riemen nich lang genug. Dieselben werden dann funf Tage lang in eene konzentristische Lauge von Aqua und Holzasche gethan und nachher ebenso lang schtraff ausgeschpannt und täglich zweemal tüchtig mit Rindsgehirn durchsäuselnd eingerieben. Nun kann man ans Zusammenflechten gehen, was eene bedeutend intelligente Konferenz der Fingerfertigkeet erfordert, wenn die fünf Teele eene so ästhetisch-hochwürdige Alliangs bekommen sollen, daß sie eenen festen, tadellos runden Riemen bilden. Das eene Ende bekommt eenen Knoten gewidmet, mit dem es an den Sattelknopf befestigt wird; in das andere muß man gleich anfangs eenen Ring flechten, der eenen solchen Radius mal Radius mal Bibi hat, daß der Riemen mit hellespontischer Leichtigkeet hindurchgleiten kann. Nun endlich wird der Lasso geräuchert, wozu man grad unter dem Zenith ein Loch in den Erdboden des Meridianes machen muß. In diesem Loch brennt man verfaultes vegetabilisches Holz an, das vielen Rooch und keene Leuchtturmflamme gibt. Rundum werden nach Art der Zeltpfähle Schtangen eingeschteckt und oben zusammengebunden, um hieran den Lasso offzuhängen. Ueber diese Konschtruktion kommt eene Decke, daß der Rooch nich entweichen kann. Hat der Lasso eenen Tag lang die Annehmlichkeeten dieses Qualmes genossen, so wird er herausgenommen, möglichst reenlich gereinigt und is nu zum Gebrauche fertig. So een Riemen kann eene Last von vielen Zentnern aushalten und verliert selbst in der größten Nässe weder seinen zuverlässigen Charakter noch sein geschmeidiges Temperament.

Also off diese Weise werden bei den Indianern die Lassos ang detalch gefertigt. In Hofgeismar aber werden zusammengeflochtene Schnuren oder wohl gar een Schtrick genügen, an den man eenen Ring befestigt. Off dem Anger meines gegenwärtigen Existenzpunktes schpielen die männlichen Knaben fast täglich »Old Shatterhand und Winnetou«. Ich habe ihnen Lassos aus Zuckerhutschnuren geflochten; des Nachbars Kurt bringt seine Ziegenböcke, was die wilden Bisons sind, die gefangen werden sollen. Das gibt een Tummeln wie bei den olympischen Schpielen, wo das Schwert geschwungen und der Fiskus geworfen wurde. Selbst die Ziegenböcke haben ihre Freede dran, zumal die Bubens sich sehre in acht nehmen, sie oder etwa gar sich selbst mit den Lassos zu verletzen.

Wie nun aber so een Lasso geschlungen und geschwungen wird, darüber schweigt des Sängers Höflichkeet einstweilen noch. Old Shatterhand wird es dir in der Llano estakata sehr bald so genau zeigen, daß du es ihm nach eeniger Uebung wirst nachmachen können.

Uebrigens conschtratiere ich bei dieser plusquamperfekten Gelegenheet, daß der Verfasser der beeden Erzählungen meine weltgeschichtliche Persönlichkeet nich mit der wünschenswerten aquädukten Genauigkeet geschildert hat. Er läßt noch viel zu wenig von meiner imposanten Geisteskarbonate schpüren. Er zeechnet mich nur mit Bleischtiftkonturen und malt mich nich mit Sepia an. Ich verlange hiermit dikkere Farben ins Gesicht! Ich bin noch viel gescheiter, als ich da im »G. K.« schtehe. Wenn er das richtige Geschick nich hat, een wirklich naturdiagonales Porträt von mir in die Unendlichkeet zu rikoschetieren, so mag er sich ergebenst zur Thür hinaus empfehlen, und ich schreibe in Zukunft meine Erlebnisse für den »G. K.« höchst eegenhändig selber! Womit ich alle lieben Kamerädchens meiner ferneren malayischen Huld versichere und mich *in aeternum* unterschreibe als ihren wissenschaftlichen Gönner und Minotaurus

Hobble-Frank,
früher Forschtgehilfe zu Moritzburg in Saxen.

OEFFENTLICHE SENDEPISTEL AN MEINE LIEBEN, KLEENEN KAMERADEN.

In tiefster Tristigkeet ergreife ich den Schreibkrampffederhalter, denn scheiden thut wehe, und der *à présente* Jahrgang unsers Leib- und Lieblingsblattes neigt sich dem westlichen Sonnenuntergange zu. Wir haben eenander so sehre schöne gehabt; werden wir eenander denn och so schöne wiederkriegen?

Ihr lieben Sausewinde seid mir so schneidig an mein treues Herz gewachsen, daß een baldiges Wiedersehen die symplegadeste meiner Lebenshoffnungen geworden is. Ohne Eure schtramme Allgegenwart kann ich weder leben noch exsudieren und wenn mir etwa die Menschenmöglichkeet genommen werden soll, zuweilen so mal um die Dämmerschtunde rum im »Guten Kameraden« zu erscheinen, so schmeckt mir weder Wurscht noch Schwammb und Seefe mehr! Da hab' ich alles satt! Vielleicht erzähle ich Euch schpäter mal, wie ich zu meinem Goldklumpen gekommen bin. Damit ich Euch aber ooch inzwischen wiedersehe, werde ich mich hier und da mit eenem meiner Geistesfunken so heemlich in den »Guten Kameraden« schmuggeln, daß es ooch der obschtinate Setzerlehrling nich merken soll.

Als erschten dieser Gedankenblitze will ich Euch heut' folgendes Preisrätsel widmen:

> **»Welche hervorragende Eegenschaft hat der bekannte Dammarlack mit dem weltberühmten Hobble-Frank gemeene?«**

Wohin die Lösung schicken, das werdet Ihr in Nr. 3 des neuen Jahrganges erfahren. Jeder Löser wird preisgekrönt mit folgenden Unschätzbarkeeten: 1) mein Bildnisporträt mit Federhut, 2) mein konfrontiertes Wahlschpruchsmotto, und 3) meine eegenhändige Fax-Emilie, also drei weltgeschichtliche Gegenschtände, welche schpätere Altertumsforscher mit Hundertmarkscheinen offwiegen werden.

Da besonders das Brustbildkonterfei von eenem Künstler erschten Ranges mit Schurmans-Pinseln schtukkatiert worden is, so bildet es eenen höchst wertvollen Zimmerschmuck für herrschaftliche Salons oder ooch für Schwimmanschtalten und Herbariumsdeckel oder Löschpapier.

Also ratet, Ihr lieben Kamerädchens, ratet, bis die Perücke knackt, damit sodann in jedem deutschen Hause und über jeder deutschen Schtubenthüre *cum flagrantum* offgehängt werden kann

Euer rätseliger
Hobble-Frank, Villa »Bärenfett« an der Elbe.

Dammarlack, Dammarlack!

Die Lösungen des Preisrätsels, das unser berühmter Westmann und geschätzter Mitarbeiter Hobble-Frank auf Villa »Bärenfett« an der Elbe, in der letzten Nummer des vorigen Jahrganges unseren jungen Freunden aufgegeben, sind, wenn sie an der Preiskrönung überhaupt teilnehmen sollen, bis spätestens den 31. Oktober d. J. an die Redaktion des »Guten Kameraden«, Stuttgart, Reinsburgstraße 21 einzusenden. – Bei den außerordentlich vielen Posteinläufen, die die letztere alltäglich erhält, dürfte nicht unbescheiden sein zu bitten, das betreffende die Lösung enthaltende Briefkouvert mit der Notiz »Dammarlack, Dammarlack!« zu versehen.

Der Gute Kamerad.

Lösung des Preisrätsels.

Wenn unser rätseliger Hobble-Frank ein Rätsel stellt, so hat dasselbe natürlich einen Haken; wer von unsern jungen Freunden die Bekanntschaft dieses wackeren früheren Forschtgehilfen aus Moritzburg in Sachsen gemacht hat, der wird diese Möglichkeit, ja Wahrscheinlichkeit, ohne weiteres zugeben. Alles was von ihm kommt, das hinkt. Es findet also auch hier wieder einmal eine seiner Verwechselungen statt und darin liegt die Pointe. Er meinte nämlich nicht den Dammarlack, sondern den Eroberer Tamerlan oder Timurlenk, welcher auch hinkte. Die Lösung lautet also:

»se hinken alle beede«.

MEINE LIEBEN KAMERADEN!

Aber Kinderchens, was habt Ihr nur gemacht, und was habt Ihr nur gedacht! Sinne ich mir Euch zuliebe das schönste Preisrätsel aus und schreibe mir dann an fuffzigtausend Fax-Emilien die Hände wund! Grad ooch so viele Male habe ich mich *cum* Federhut in Schtahl schtechen lassen, denn ich dachte mir: »Hobble-Frank, von Deinen Kamerrädchens ist jeder einzelne ein Pfiffikus.« Und was is die Folge? Kommt da der Postbote und bringt mir sage 33 Ufflösungen, anschtatt een halbes Hunderttausend! Und als ich nun meinen Mononkel ins Ooge klemme, um diese Exempels durchzulesen, da finde ich, daß nur sechse richtig sind! Ich war schtarr vor Schreck! Is denn Deutschlands beste Jugend so wenig in der Geschichte derheeme, daß sie nich mal den mongolischen Eroberer Dammarlack kennt, Dammarlack Elias Niebuhrlenk, der die Karthager bei Pultawa, und die La Plata-Schtaaten bei Dennewitz offs Haupt geschlagen hat! Er war mal mit dem Fuße zwischen die Walzen eenes Leierkastens (?) geraten und ging seit diesem Unglücksfalle lahm. Und daß Hobble-Frank e Gelehrter und zwar eener ist, der sehr hinkt, das weeß doch ooch e jeder. Die eenzig richtige Antwort off meine Preisfrage war also:

»Sie hinken alle beede.«

Das war so kinderleicht, und doch nur sechs Löser! Die anderen Einsender scheinen den Helden Dammarlack ganz unbegreiflicherweise mit irgend eener Art von Fußbodenfirnis verwechselt zu haben. Welche Zusammenschtellung und welcher Nonsens! Nu bleibt mir nischt übrig, als die Namen der sechs Löser hiermit öffentlich der Nachwelt zu überliefern, nämlich:

F. Förtsch in Schtraßburg; Rudolf Morgenroth in Neu-Ulm; Heinrich Lachenmeyer in Pirmasens; Joh. Dicke in Hamburg; Felix von Thon Dittmer in Schtraßburg und

C. Brodbeck in C.; wovon der letztere hiermit offgefordert wird, seinen Heimatswohnsitz ausführlicher anzugeben, da ich den Ort C. off der Eisenbahnkarte nich finden kann. Lobend erwähnen will ich noch:

Karl Mayer in Pilsen und Eugen Trümpy in Ennenda, welche beede zwar off den Mongolen aber nich offs Hinken gekommen sind.

Den anderen Fuffzigtausend Fehlenden wollte ich eegentlich een ernstliches *Testamentum pauvre Datum* erteilen, werde es aber diesmal noch nich thun, weil ich sie doch zu lieb habe, als daß ich die braven Boys so tief betrüben möchte. Wenn sie sich von jetzt an fleißiger offs Schtudium legen, werden sie schon soweit kommen, ihren Onkel Hobble-Frank besser zu verschtehen.

Am Schlusse dieses *Perpetuum apostolorum* nehme ich die Gelegenheit, allen guten Kameraden meinen lieben und teuern Freund Mijnheer Willen von Aardappelenbosch zu empfehlen. Die alte, gute Haut is mir ans Herz gewachsen; ich könnte Euch viel von ihm erzählen und bitte Euch, ihn een bißchen lieb zu haben, wenn Ihr ihn ooch nich gerade so bewundern könnt wie

Euern eenzig daschtehenden
Hobble-Frank,
Villa »Bärenfett«.

»VILLA BÄRENFETT«.

Den zahlreichen lieben Kameraden, welche partuh eene Schilderung meiner Villa kennen lernen wollen, möge folgende Skizze zur Orientalisierung dienen.

Wer von Dresden aus mit dem Dampfschiffe über den lieblichen Rücken der Elbe schtreicht, dem fällt schon nach kurzer Zeit die Form eenes idyllischen Gebäudes off, dessen intriguante Mauern sich am rechten Ufer aus dem chloroformgrünen Geschträuch eenes viereckig abgerundeten Gartens erheben. Ueber der Veranda der vorderen Seite ist in großen Buchschtaben zu lesen »Villa Bärenfett«, folglich ist das meine Wohnung.

Sie liegt nur eene Schtunde von Moritzburg entfernt, wo ich das erschte Licht der Welt erblickt und für meinen berühmten Bildungsprozeß vegetiert habe. Beschtehen thut die Villa erschtens aus dem erwähnten Garten, und zweetens aus den mitten drin errichteten menschlichen Niederlassungen für mich, eenen Pfauhahn, zween Papageien, drei Brahtrapumahühnern und eenigen andern zoologischen Speziraritäten nebst Aschengrube und Weinschpalier.

Der Garten is von eenem eisernen Schtakeht mit feuerfesten Schpitzen umgeben. Wer hinten herein will, der kann nich, nämlich weil keene Thür da is. Aber als Ersatz derselbigen habe ich für Obstschpitzbuben Selbstschüsse und angelnde Füße legen lassen. Der eenzige loyale Eingang schtrahlt dem Besucher ergebenst vorn, an der Elbseite entgegen, zwischen der Besuchs- und Ueberraschungsglocke und dem Meißner Porzellanschilde, off welchem der internationale Name prangt »Heliogabalus Morpheus Edeward Franke, Prairiejäger«.

Von dort aus bewegt sich der huldreich Eingelassene an Aurikeln und langer Liebe, die ich aber erst im Frühjahr schtecken will, pietätvoll durch den Blumen- und Schneeglöckchengarten nach der Verandinah, in welcher ich jetzt im Winter die Amseln mit Amseneiern und die Meisen mit Schpeckschwarten füttere. Dann schmiegt er sich um zwee Hausecken links nach dem Obstgarten, wo ihn een Boom nach dem andern mit sympathetischen Zweigen umfängt, um ihm die dort befindlichen Herrlichkeeten zu zeigen, nämlich die grün und weiß angeschtrichenen Wäschepfähle, die amerikanischen Himbeerschträucher und den in korinthischem Schtile erbauten Karnickelschtall mit sukzessiver Hühnertreppe. Die einst dort weilende Hundehütte habe ich wegen der jetzigen Kälte in meine Schlafschtube schaffen lassen, een geistiger Ausfluß meiner Mitgliedschaft gegen die Tierquälerei und Antivivisektion. Unter dem Nußboom fällt dem verschtändnisvollen Ooge sofort die Thüre off, durch welche man sich über vier Schtufen weg mit Eleganz in das Gebäude schwippt.

Dieses letztere beschteht aus eenem chinesischen Hochparterre und eener sanguinisch-ägyptischen Bel-Etage mit dem Blitzableiter, eenem Flaggenschtock und zwee Feueressen, aus denen von morgens bis abends unausgesetzt die häuslichen Geister meines gemütvoll duftenden Herdes quellen, weil ich bekanntlich een deliciöser Feinschmecker bin.

Im Hausflur hängt meine Schmetterlingssammlung und eene Blumenampel mit versuchsweisen Sonnenrosen; ooch schteht daselbst der Schtiefelknecht. Rechts geht's in die Küche und links ins Vorzimmer. Dort schteht een hoher Pfeilerschpiegel und een Faß für nasse Regenschirme, ooch een Photographiealbinum für langweiliche Leute zum Blättern mit Glacéhandschuhen. Von da aus kommt man in den Staatssalon mit Samtmöbeln und meinem Bildnisporträt mit Federhut. Das Pianino is nich für mich, sondern für Donnerschtags, wo ich für meine Anbeter großen Schur Fix habe. Der Teppich beschteht aus lauter Bärenfellen, welche die Mäuler offschperren und mit den Schwänzen zusammengebunden sind. Gegen den Mottenfraß reibe ich ihn mit eener Tinktur aus *Asa foetida* und Ammoniak ein, was meinen Besuchern zu komponieren scheint, da sie nie wagen, den Salon zu betreten.

Daneben liegt das Wohnzimmer mit echtem Nußboomkanapee und präparenten Tiergerippen, zugleich der Silberschrank aus Schpiegelglas und alle Sorten von Vögeln in ausgeschtopfter Positur. Von da aus kommt man in das Schpeisezimmer für zwölf Personen off echten Eichenschtühlen nebst Fußbänkchen für konventuelle Damen und der großen Schwarzwälder Uhr, welche während der Zeit des Schpeisens immerfort schpielt:

»'s is mir alles wurscht, 's is mir alles wurscht,
Hab ich Hunger, oder hab ich Durscht!«

Hier hängen ooch die Bilder von Old Shatterhand und Winnetou, von mir selbst in Boomöl gemalt, weil ich damals keen anderes kriegen konnte. Leider sieht man diese beeden Helden nur von hinten, weil sie mir von vorn nich mehr sitzen wollten.

Nun kommt die Schlafschtube mit der eisernen Feldbettschtelle und der rotseidenen Decke mit blauen Bummeln und Fransen. An den Plafong sind alle Schterne und an die Wände große Bäume gemalt, um mich schtets in den Urwald zu versetzen. Von den zwee Negern, was meine Diener sind, muß der eene, wenn ich schlafen gehe, bald wie een Bär brummen und bald wie een Tiger brüllen, nämlich draußen vor der Thür. Der andere pumpt Wasser off das Dach, natürlich sobald es nich regnet. Wenn's dann so in den Dachrinnen gurgelt und die wilden Tiere heulen, so versetze ich mich in meine berühmte Vergangenheet und sinke *pêle-mêle* und hochentzückt dem Träume spendenden Nautilus in die Arme.

Hier unten im Parterre lebe ich als unscheinbarer Privatmann und bescheidener, angeblicher Laie für meine Gesundheit und für meine Freunde. Aber oben in der Bel-Etage wohnt die Wissenschaft und die Gelehrsamkeet. Da liegt meine Schtudierschtube mit den Globussen und dem Schreibpapier, rechts und links davon die Bibliothekzimmer mit den Münchener fliegenden Blättern, der Dresdener Dorfzeitung und dem Kladderadatsch. Im heiligsten Kral heb ich den »Guten Kameraden« off, dessen Gönner und Mitarbeiter ich bekanntlich bin, und darüber hängen meine Waffen und Kriegskoryphäen nebst indianischer Friedenspfeife, aus welcher ich besonders dann rooche, wenn ich mich mal über meine zwee Neger geärgert habe und mir heemlicherweise sage, daß ich sie hier in Sachsen doch nich schkalpieren kann.

Die übrigen Räume sind mit philosophischen Sammlungen angefüllt, Indianergerätschaften und Kaffernhelme, japanesische Feuerschpritzen und arabische Butterfässer, grönländische Sonnenschirme und botokudische Petroleumkocher, ägyptische Walfischharpunen und neuseeländische Notenpulte, samojedische Weinflaschen und altassyrische Bajonnete, Mausefallen aus dem Eskimolande und sogar een Paar malayische Aufschlageschtiefel mit großen Räderschporen, kurz und gut alle möglichen Gegenschtände aus allen möglichen Ländern, mit großem Fleiße von meinen Freunden gesammelt und mir aus Verehrung an meinen Geburts- und sonstigen Gedächtnistagen ergebenst gewidmet und achtungsvoll dargereicht.

Es wundert mich ungeheuer, daß die vielen, guten Kameraden, denen ich dies schreibe, nich schon ooch längst off den Gedanken gekommen sind, mir ihren schuldigen Tribut off ähnliche Weise gehorsamst entgegen zu bringen, wobei ich aber trotzdem verbleibe ihr wohlgewogener

Heliogabalus Morpheus
Edeward Franke,
kurzweg Hobble-Frank.

WASSERRAST
AUF DEM MARSCHE.

Wasserrast.

Heute haben die Herbstferien begonnen, und der Herr Lehrer ist verreist. Nun stehen die unternehmungslustigen Knaben am Ausgange des Dorfes, um zu beraten, durch welche große Thaten der erste schulfreie Vormittag auszuzeichnen sei. Da ertönt hinter dem vorliegenden Berge erst das Geknatter einzelner Schüsse und dann das Krachen ganzer Schwarmsalven, und die alte Boten-Ursel, welche bereits aus der Stadt zurückkehrt, kommt trotz ihres schweren Tragkorbes im eiligsten Laufe herbeigerannt und schreit den Buben zu:

»Reißt aus, Jungens! Dort hinten gibt's Krieg, richtige und wirkliche Soldaten, die einander totschießen!«

Sie eilt weiter. Die Knaben schauen einigermaßen erschrocken drein; dann aber meint der Ortsdiener-Sepp, dessen Vater Soldat gewesen ist:

»Ach was, Krieg! Felddienstübung ist's. Das müssen wir sehen! Nahe hinzu dürfen wir freilich nicht; aber droben vom Berge aus können wir die ganze Gegend überblicken. Angetreten also, ganzes Bataillon marsch, marsch!«

Es fällt natürlich keinem ein, zu widerstreben; im Trabe geht's zur Höhe, und dort lassen sich die jugendlichen »Schlachtenbummler« im Grase nieder, um Zeugen des hochinteressanten kriegerischen Schauspiels zu sein. Der Sepp hat oft den Erzählungen seines Vaters gelauscht; er hält sich also für einen Wissenden und setzt nun seinen Stolz darein, den andern die Absichten der deutschen und französischen Armee zu erklären. Denn es ist ja ganz selbstverständlich, daß man diese Unterscheidung sofort getroffen hat.

Der kommandierende Offizier links da drüben am Buschrande ist Boulanger, und derjenige rechts, unten am Bache, kann natürlich kein andrer als Moltke sein. Wer wird siegen? Welche Frage! Moltke; wer das bezweifelte, würde kein deutscher Knabe sein! Aber der Kampf wogt lange hin und her. Freunde und Feinde wenden alle mögliche Tapferkeit und Umsicht an. Die Sonne steigt höher und höher; ihre Strahlen fallen ungewöhnlich heiß hernieder, und der Sieg will sich noch immer nicht entscheiden. Da sehen die Knaben von der Höhe aus, auf welcher sie sich befinden, daß Boulanger einen Zug abordert, welcher sich jedenfalls nach der Dorfstraße schleichen und diese gewinnen soll.

»Das geben wir nicht zu; das sage ich Moltke!« ruft der Sepp, welcher von der Kampfesscene ganz begeistert ist.

In demselben Augenblicke rennt er fort, den Berg hinab, über Stock und Stein, dann über die Wiese nach dem Bache hinüber. Die Knaben sehen, daß er Moltke erreicht und mit ihm spricht; dann schwenken zwei Lieutenants mit zwei Zügen ab, und Sepp muß sie führen. Im Laufschritt geht's nach der Straße, welche sie noch vor den Franzosen erreichen. Als diese sich nähern, werden sie zurückgeworfen. Der Sepp erhält von dem einen Lieutenant ein Geschenk. Die Knaben sehen das und eilen zu ihm hinab.

»Eine Mark!« ruft er ihnen triumphierend entgegen, indem er das Geldstück hoch emporhält. »Sieg, und auch noch eine ganze Mark dazu; hurra Moltke! hurra Deutschland! Jetzt soll eine Compagnie durch das Dorf und um den Berg, um Boulanger in den Rücken zu kommen. Da vorn läuft schon der Fourier. Es soll während des Durchmarsches kurze Wasserrast gemacht werden, weil es so heiß ist und die Soldaten Durst haben. Kommt rasch! Wir müssen eher dort sein als er!«

Wie im Sturme wird der Fourier überholt und es geht ins Dorf hinein. Dort hat die Boten-Ursel längst Lärm geschlagen, und die Bewohner stehen vor den Thüren oder sonst in Gruppen beisammen.

»Die Deutschen siegen!« schreit Sepp, und die Buben alle stimmen ein. »Moltke kommt und macht Wasserrast. Schafft Wasser her, Wasser, Bier, Wein, Schokolade – – Schokolade!«

Jeder der Jungens rennt heim, um Vater und Mutter, Bruder und Schwester, Knecht und Magd anzutreiben. Der Fourier brauchte sich bei dem Ortsvorsteher und Bürgermeister kaum seines Auftrags zu entledigen, schon lassen sich die Folgen der jugendlichen Begeisterung wahrnehmen. Große Holzkübel werden auf die Straße gestellt und mit Wasser gefüllt. Man bringt Kessel, Eimer, Kannen, Töpfe, Gläser und alle möglichen Gefäße herbei. Die Boten-Ursel hat gerade ihren verspäteten Kaffee fertig gehabt; vor Freude darüber, daß es also doch keinen wirklichen Krieg gibt, beschließt sie, ihn auf dem Altare des Vaterlands zu opfern. Sie trägt eine Bank auf die Straße und stellt Kanne und Tassen darauf. Ihre Aelteste, die Leni, steht am Wasserfasse schon mit Schöpfeimer und Gießkanne bereit, und die kleinere, die Zenzi, ruft vom Giebelfenster herab, man solle doch Essig ins Wasser thun, weil das besser schmeckt und kühlt.

Und da kommen sie auch schon, die Tapfern, mit dem Hauptmann zu Pferde an der Spitze. Die Ursel faltet in Staunen die Hände, und ihrem Eheherrn, welcher neben ihr steht, geht aus demselben Grunde die Pfeife aus. Als der Hauptmann die getroffenen und mehr als ausreichenden Vorbereitungen überblickt, sieht er von der Ausführung der neueren Vorschriften, welche sich auf das Wasserfassen im Weitermarsch beziehen, ab. Die Compagnie löst sich auf, und jeder Soldat greift da zu, wo er den erquickenden Trank am nächsten findet.

Das gibt für die kurze Dauer von einigen Minuten eine belebte und allerseits heitere Scene. Dieser legt Gewehr und Pickelhaube ab und kniet am Kübel nieder, um sich die Feldflasche zu füllen; ein andrer sucht einem dritten, welcher seinen Eimer leer trinken zu wollen scheint, diesen zu entreißen, die Leni schiebt einem vierten in ihrem gutherzigen Eifer den Schlauch ihrer Blechkanne so tief in den Mund, daß er kaum schnell genug schlucken kann und ihm die Backen schwellen. Kurz, jeder erhält das, was ihm not thut, in reichlicher Menge. Und am Ende wird der Boten-Ursel gar die Ehre zu teil, daß der Herr Feldwebel mit einigen Unteroffizieren sich zur Kaffeevisite bei ihr einladet. Doch will die reiche Speckbäuerin, welche, ohne sich zu rühren, mit untergestemmten

Armen vor dem Nachbarhause steht, bemerkt haben, daß der »Herr Waibel« beim Weggeben der geleerten Tasse ein Gesicht gemacht habe, welches auf allzuviel Cichorie zu deuten sei.

Bald sind alle befriedigt; fröhliche Dankesworte hört man; warme Händedrücke werden ausgetauscht; dann sammelt sich die Compagnie und marschiert zum obern Ende des Dorfes hinaus. Die Gefäße verschwinden, und der Botenmann brennt sich die ausgegangene Pfeife wieder an. Aber als dann die Hausfrauen das Ingesinde zum Mittagsmahle rufen, stellt es sich heraus, daß sämtliche Dorfbuben verschwunden sind. Sie haben wissen wollen, ob der Sieg der Deutschen ein nachhaltiger sei, und sind hinter der Compagnie hergetrabt. Sie stellen sich erst später ein, freilich mit einem tüchtigen Hunger, aber auch mit der Nachricht, daß sich das Genie Moltkes auch dieses Mal bewährt habe, was auch gar nicht zu verwundern sei, da ihm der Ortsdiener-Sepp gehörig unter die Arme gegriffen habe. Dieser letztere aber sitzt in stillen Stunden hinter dem Hause, putzt sein Markstück immer und immer wieder mit Ziegelmehl blank und erklärt dabei:

»Dieses Geldstück gebe ich niemals aus. Es kommt mal als Hängsel an meine silberne Uhrkette – wenn ich nämlich eine habe – zum Andenken, daß ich Moltke rettete!«

»LÖFFEL BEGRABEN.«

Löffel begraben.

Der letzte Tag der Corpsmanöver! Je tiefer die Sonne dieses Tages sinkt, desto höher steigt die Freude im Herzen des Soldaten, besonders desjenigen, der seiner Dienstpflicht genügt hat und nun zur Reserve entlassen wird. Die Plackereien, Anstrengungen und Entbehrungen sind nun zu Ende, und die Sehnsucht eilt dem Manne voran nach Hause, wo Mutter im Glorienscheine des heimatlichen Feuers am Herde steht, wo etwas brodelt und duftet, was nicht die Gestalt einer Erbswurst hat und auch nicht jenen berüchtigten »großen Graupen« ähnelt, welche man förmlich in den Magen hinabfallen hört.

»Schön ist's für das Vaterland zu sterben,« sagt jeder wakkere Soldat. Aber im stillen bei sich fügt er hinzu: »Noch schöner aber ist's, für das Vaterland zu leben, und leben, ja, das thut man eigentlich doch nur daheim.« Darum blicken alle andern am Schlusse der Manöver mit einem gewissen, doch unpersönlichen Neide auf den Reservemann, auf dessen Gesichte trotz der Staub- und Schweißkruste ein Ausdruck der Verklärung ruht. Er denkt mit Stolz an die erfüllte Pflicht; er denkt mit Wonne an das Wiedersehen der lieben Seinen, und er denkt mit frohem Lächeln der Begräbnisfeier, an welcher er heute noch teilzunehmen hat. Mit Lächeln an eine so ernste Handlung denken? Ist das möglich? Warum nicht? Schau nur, wie er den zu Begrabenden zur letzten Ruhe vorbereitet! Er hält ihn in der Hand, dreht ihn nach allen Seiten, wischt ihn sorgfältig ab, frottiert ihn, bis er glänzt, und prüft mit den Fingern die heimtückische Schärfe, die ihm so oft die Lippen verwundet hat. Sie sind trotz dieser Heimtücke stets treue Freunde gewesen, haben aus einer und derselben Schüssel, einem und demselben Napfe gegessen und haben endlich beide dem Ruhme und der Ehre gedient, denn wenn der jetzt dem Grabe Geweihte auch in neuerer Zeit keine militärischen Triumphe mehr zu feiern vermochte, so hat er doch vorher und früher als Insignum der »Gloire« an den Hüten und Bärenmützen der französischen »Löffelgarde« gesteckt.

Das Regiment hat sich zum Bivouac gelagert. Die Zelte sind errichtet und die Gewehre zusammengestellt. Die Sonne ist hinter dem westlichen Horizonte verschwunden, und das letzte Tageslicht beginnt dem Scheine der Feuer, über denen die Feldkessel dampfen, zu weichen. Die Offiziere wissen, was jetzt folgen wird, und haben sich in löblicher Diskretion zurückgezogen. Da geht ein halblauter Ruf von Mund zu Mund, von Gruppe zu Gruppe:

»Reservisten antreten – Löffel begraben!«

Sämtliche Reservemänner eilen dem vereinbarten Sammelpunkte zu, an welchem sich eine kurze, geheimnisvolle aber rege Thätigkeit entfaltet. Man hört die Leute kichern; einige laute, kräftige Witze fliegen wie Raketen auf; dann folgt ein Kommandowort, und der Trauerzug setzt sich in Bewegung.

Voran reitet natürlich der Höchstkommandierende, ein Gefreiter, auf dem hoch erhobenen Haupte einen Helm von Stroh und um die breite Taille eine Schärpe von demselben kostbaren Stoffe. Das Pferd ist mit einem gleichen Kranze geschmückt. Es hat zwar keinen arabischen Stammbaum aufzuweisen und schritt bisher dem Marketenderwagen voran, da es aber seine sehr bekannten »Mucken« hat, und der Herr Oberst heute zum erstenmal auf dem Rücken eines Vierfüßlers sitzt, so wird es der größeren Sicherheit halber von einem nebenher schreitenden Edelknappen am Zügel geführt.

Zur linken Hand reitet natürlich der Herr Adjutant, auch mit einer Strohguirlande geschmückt. In sinniger Andeutung, daß er seine »Aktiven« abgedient hat und sich nunmehr civiliter bewegen wird, hat er sich mit einem Cylinderhute gekrönt, welcher einer auf dem Felde entdeckten Vogelscheuche abgenommen wurde. Auch er muß beritten sein; da aber der Marketendergaul der einzige Quadruped des Regiments ist, so hat er sich nur eine zweibeinige Rosinante leisten können, die ihn durch allerhand tolle Kapriolen in Verlegenheit zu bringen sucht, was er ihr aber durch ganz besondern Schenkeldruck vergilt.

Hinter ihnen trägt ein strammer Reservemann ein aus einer Haupt- und mehreren Querstangen bestehendes Gestell, an welchem die zu begrabenden Eßlöffel hängen. Dann folgen im Gleichschritt die übrigen Reservisten, von denen jeder, sowie auch die Vorgenannten, anstatt des Säbels mit irgend einem Stecken oder sonstigen Holze bewaffnet ist. Dabei erschallt nach der Melodie »Guter Mond, du gehst so stille« ein dumpfer, jämmerlicher Trauergesang, welcher in Anbetracht des Umstandes, daß Reis das unbeliebteste und doch am häufigsten verabreichte Kasernenessen ist, aus den folgenden Strophen besteht:

»Traurig schleichen wir zum Grabe,
  Daß uns fast das Herze bricht;
Wenn ich keinen Reis mehr habe,
  Brauch ich auch den Löffel nicht.
Traurig schleichen wir zum Grabe,
  Daß uns fast das Herze bricht.«

Ist der Zug an dem schon vorher bereiteten Grabe angekommen, so gruppiert er sich um dasselbe, und der Herr Oberst hält eine den Umständen angepaßte, natürlich hochkomische Rede, wobei der Gaul des Adjutanten sich alle Mühe gibt, seinen Reiter ab- und in die Grube zu werfen, was der letztere mit der größten Anstrengung zu verhüten sucht.

Hierauf wird nach dem Lager zurückgekehrt. Die Reservisten verteilen alle nun für sie überflüssigen Gegenstände unter die zurückbleibenden Kameraden; zur Bestreitung eines möglichst solennen Abschiedstrunks werden die etwa noch vorhandenen Muttergroschen hervorgezogen, welche in der Tasche des schmunzelnden Marketenders verschwinden, und bald erschallt nach der Melodie »Die Wacht am Rhein« ein Abschiedslied der Reservemänner durch die Luft, dessen Refrain beweist, daß sie zwar gern gehen, doch auf den Ruf ihres Kriegsherrn willig wiederkommen werden:

»Lieb Vaterland, magst ruhig sein;
Geht's los, stell' ich mich wieder ein!«

SKLAVENRACHE.

Die Bestrafung der Sklaven bei den Somals.

Es war im August, also während der Sommerregenzeit, als eine kleine Karawane langsam im Halimalathale herabgestiegen kam. Sie bestand aus etwa fünfzig männlichen und weiblichen Amharasklaven und zwanzig bewaffneten Treibern, welche der Sippe der Schibril Abokr-Somal angehörten. Diese letzteren pflegen die Sklaven in Harar abzuholen und bis diesseits des genannten Thales zu bringen, wo ihnen die Isa-Somal die menschliche Ware abnehmen, um dieselbe an die Küste zu transportieren. Die Amhara waren mit Stricken aneinander gefesselt. Ihre Rasse ist eine der heitersten und gewecktesten; diesen ihrer Heimat mit Gewalt entrissenen Leuten aber war das keineswegs anzusehen. Die Isa sind die häßlichsten und grausamsten unter den Somal; die Sklaven schritten also einer Verschlimmerung ihres schon bisher so herben Schicksals entgegen.

Das Thal mündete auf eine Ebene, auf welcher der Regen einen frischen Graswuchs hervorgelockt hatte. Auch die dastehenden Wababäume, welche das Pfeilgift der Somal liefern, hatten ihre immergrünen Blätter heller gefärbt. Unter ihren Kronen stand ein sonst verlassenes Hüttendorf, von dem eine Isa-Schar Besitz ergriffen hatte, um da die Schibril Abokr mit den Sklaven zu erwarten.

Als der Zug derselben sich zeigte, rannten sie ihm schreiend und die Waffen schwingend entgegen. Die Begrüßung fand in gewohnter lärmender Weise statt und dann wurden die Amhara nach dem Innern des Dorfes geführt, welches mit hohen, stacheligen Dornzäunen umgeben war. Am Eingange derselben stellte man mehrere Wächter auf.

Zunächst begann das Feilschen um den Preis der Sklaven. Jeder derselben wurde genau untersucht und dabei vielfach gepeinigt. Als man sich geeinigt hatte, erfolgte die Bezahlung in Tüchern, Schießpulver und allerlei Eisenwaren. Darauf sollte der unvermeidliche Schmaus folgen, stark mit rotem Pfeffer gewürztes Schöpsenfleisch, welches die Frauen der Isa inzwischen bereitet hatten.

Ein Isaknabe hatte unter den Gefangenen zwei in seinem Alter stehende Brüder bemerkt, welche sich ermüdet an die hohe, stolze Gestalt ihres Vaters gelehnt hatten. Einer Regung seines Herzens folgend, trat er zu ihnen, legte dem einen die Hand auf den Kopf und sagte laut, so daß alle es hörten:

»Ich bin dein Abban (Beschützer), und du bist frei.«

Nach der Sitte des Landes war der junge Amhara nun kein Sklave mehr. Schon erhob der Isaknabe den Arm, um auch den andern von der Knechtschaft zu befreien, da sprang der Anführer der Isa herbei, riß ihn zurück und schrie:

»Bist du toll? Haben wir diese Hunde bezahlt, um sie nun frei zu geben? Das Wort eines Isa gilt, selbst wenn er ein Kind ist. Dieser Amharabube gehört also nicht mehr zu den Sklaven; aber da wir ihn nicht verkaufen können, wollen wir ihn auch nicht mit uns schleppen!«

Er zog sein langes, zweischneidiges Messer und stieß es dem Amharaknaben in das Herz. Keiner der Somal erschrak über diesen Mord; solche Blutthaten gehören bei ihnen zu den Alltäglichkeiten; aber die Sklaven schrieen vor Entsetzen auf. Der nicht an den Händen gefesselte Vater des Ermordeten stand einen Augenblick lang wie erstarrt, dann entriß er dem im Bereiche seiner Arme stehenden Mörder das Messer, rannte es ihm in die Brust, durchschnitt dann den Strick, der ihn mit seinen Leidensgenossen verband, und stürzte sich, vor Wut brüllend, mitten unter die Somal, deren er mehrere schwer verwundete.

Da der Strick entzwei war, gelang es mehreren Amhara, sich loszumachen. Der Kämpfende sah das; er erkannte, daß er der Uebermacht erliegen müsse; darum ergriff er die Flucht und rief den Seinen zu:

»Flieht, mir nach, und dann Rache!«

Es war die höchste Zeit für ihn, denn schon hatte man ihm das Messer entrissen. Er rannte dem Eingange des Dorfes zu, und mehrere Genossen folgten ihm. Aber die dort stehenden Wächter hatten den Lärm gehört; sie waren auf ihrer Hut, und eben als er durch die Lücke des Dornzaunes sprang, stieß ihm einer derselben den Speer durch den Leib. Die andern Flüchtigen sahen das; sie verloren den Mut, getrauten sich nicht weiter und wurden nach kurzer Gegenwehr überwältigt.

Wären die Schibril Abokr schon wieder abgezogen gewesen, so hätte das Ereignis für die Isa einen schlimmen Ausgang nehmen können, da dieselben nicht mehr als fünfzehn Krieger zählten. Sie beschlossen also, die Aufwiegler aufs strengste zu bestrafen. Man sonderte sie von den andern Sklaven, band ihnen die Füße und hielt dann Gericht über sie.

Da sie verkauft werden sollten, wollte man ihr Leben schonen; nur der trotzigste von ihnen wurde zum Tode verurteilt, und zwar zu einem sehr grausamen. Man band ihn in eine alte Decke, so daß er sich nicht zu regen vermochte, und sprang dann so lange auf ihm herum, bis ihm alle Rippen und Gelenke zerbrochen waren. In diesem Zustande sollte er liegen bleiben.

Die andern wurden einer nach dem andern an einen verdorrten Stamm gebunden und grausam durchgepeitscht, wobei ihnen die Weiber roten Pfeffer in das von den Ruten aufgerissene Fleisch streuten. Hierauf wurde der vorhin begonnene Schmaus fortgesetzt, als ob derselbe durch nichts unterbrochen worden sei. Er währte bis in die Nacht hinein.

Am andern Tage brach man auf. Die Schibril Abokr wandten sich zurück, und die Isa nahmen die Richtung nach der Küste, nachdem sie ihren toten Anführer unter einem Steinhaufen begraben hatten. Die toten Amhara, Vater und Sohn, wurden den wilden Tieren überlassen. Der von den Füßen Zermalmte lebte noch; seine Genossen konnten im Weiterziehen noch lange sein Rufen und Wimmern hören.

Die Karawane hatte die Hochebene des Landesinnern hinter sich und passierte nun die Hügelregion, in welcher man zahlreiche Torrents trifft, Flußbetten, die nur während der Regenzeit Wasser führen. Zu dieser Zeit ist es gefährlich, sich in so einem trockenen Bette aufzuhalten. Geht nämlich oben in den Bergen ein plötzlicher Regen nieder, welcher gewöhnlich einem Wolkenbruche gleicht, so stürzt das Wasser mit Macht vorwärts und reißt alles mit sich fort. Das Wasser kommt wie eine hohe Mauer herangebraust, und nach wenigen Minuten hat sich das vorher trockene, stille Thal in einen brüllenden, verderbenbringenden Strom verwandelt.

Ein solcher trockener Torrent wurde gegen Abend erreicht. Da der letzte Regen hier einiges Wasser zurückgelassen hatte, dessen man zum Trinken bedurfte, so wurde in demselben für die Nacht Halt gemacht. Die Isa zählten, wie bereits gesagt, fünfzehn Krieger; dazu kamen mehrere Frauen, denen bei den Somal selbst während der Reise alle Arbeit obliegt, und der auch schon erwähnte Knabe. Die Sklaven waren wieder an den langen Strick gebunden und mußten auch an demselben schlafen, auch diejenigen, welche gepeitscht worden waren und ihre Schmerzen kaum zu unterdrücken vermochten. Nur der Amharaknabe konnte sich frei bewegen, da anzunehmen war, daß er nicht davonlaufen werde.

Es war eine mondeshelle Nacht, deren Stille nur durch die Stimme des Schakals und den Ruf des Regenpfeifers unterbrochen wurde. Die Gefangenen lagen dicht zusammengedrängt, um sich gegenseitig zu erwärmen, da die Nächte hier sehr kühl zu sein pflegen. Die Isa saßen und lagen an einem Feuer, die letzteren schliefen; die ersteren hatten die Sklaven zu bewachen. Es mochte nahe an Mitternacht sein, da erhob sich erst ein leiser Wind, welcher immer stärker wurde. Er war kalt und feucht und kam von den Bergen her. Sein Rauschen war hohl und unheimlich; die Schläfer erwachten davon. Da plötzlich mischte sich in dieses Rauschen ein eigenartiges Brausen, welches näher zu kommen schien; bald war es kein Brausen mehr sondern ein donnerndes Brüllen. Die Amhara kannten als Gebirgsbewohner diesen elementaren Ton. Sie sprangen erschrocken auf.

»Um Gotteswillen, der Schellal kommt! Rettet euch!« rief einer von ihnen.

Schellal heißt Katarakt, Flut, Wassermasse. Die Isa hörten diese Worte und griffen nach ihren Habseligkeiten, um zu fliehen. Vielleicht war es ihnen noch möglich, das steile Ufer zu erklimmen; die am Seile hängenden Amhara mochten immerhin ertrinken. Da aber brüllte einer von diesen, so daß seine Stimme diejenige des herantosenden Wassers übertönte:

»Müssen wir ertrinken, dann sollen sie das auch! Haltet sie fest, haltet sie fest!«

Augenblicklich wurden die Isa von den Amhara wie von einer undurchdringlichen Kette umschlossen. Jeder Sklave packte einen seiner Peiniger. Diese letzteren gebrauchten zwar ihre Waffen, aber es war zu spät. Eine hohe, dunkle, tosende Masse schoß heran, ergriff Freund und Feind, hob sie empor und riß sie mit sich fort.

Von den andern unbeachtet war der Amharaknabe zu dem kleinen Isa gesprungen und hatte ihn gefragt:

»Kannst du schwimmen?«

»Nein.«

»So halte dich an mir fest. Du hast den Bruder und mich retten wollen; dafür rette ich dich!«

Der Schellal ging vorüber, und das Wasser floß ruhiger zwischen den Ufern. Der Mond spiegelte sich in der Flut und beleuchtete zwei Knaben, welche dem Flusse folgten, um zu sehen, ob sich jemand gerettet habe – vergebliches Suchen! Der Strom hatte in die Rache der Sklaven gewilligt und sie samt ihren Herren verschlungen. Nur die beiden Knaben waren dem Verderben entgangen. Sie hielten sich umschlungen und der kleine Isa sagte zu dem Amhara:

»Nun werde ich doch noch dein Abban sein. Wir werden bald Männer meines Stammes treffen, und der beste von ihnen wird dich als Sohn aufnehmen, weil du aus Dankbarkeit mein Leben höher als das deinige geachtet hast.«

DAS STRAUSSENREITEN DER SOMAL.

Das Straußenreiten bei den Somals.

Seit Deutschland in die Reihe der Kolonialstaaten getreten ist, hat sich unser schon vorher so reges Interesse für fremde Völkerschaften in der Weise vergrößert, daß es fast in jeder bedeutenderen Stadt unsres lieben Vaterlandes eine sogenannte »Völkerwiese« gibt, das heißt, einen öffentlichen Ort, an dem von Zeit zu Zeit die Vertreter der verschiedensten fremden Nationen in der Ausübung ihrer friedlichen und kriegerischen Künste zu beobachten sind. Wir haben Sioux und Pescherähs, Eskimos und Zulus, australische Buschmänner und Singhalesen, Ainos und menschenfressende Neger bei uns gesehen und sie alle in ihrem eigenartigen Thun und Treiben beobachten können. Gegenwärtig nun macht eine Karawane von Somal, welche als Nachbarn des unter deutschem Schutze stehenden Witu-Landes unsre regste Teilnahme erwecken müssen, die Runde durch die erwähnten Völkerwiesen, und wer Zeuge ihrer Schaustellungen gewesen ist, wird zu der Ansicht gelangt sein, daß der sogenannte schwarze Erdteil keineswegs nur von bildungsunfähigen Elementen bevölkert ist.

Die Somal bewohnen den östlichsten Teil von Afrika, dessen Spitze, Kap Guardafui und Ras Hafun, stets ein Schrekken der Seefahrer war. Die ihnen gehörige Küstenstrecke beginnt am Golf von Zeila, läuft bis zum Dschard Hafun fast gerade östlich, wendet sich dort südlich und wird dann vom Danaflusse abgeschlossen. Längs der See erstreckt sich die 60–100 *km* breite Küstenebene, sanft ansteigend und mit einer ärmlichen Vegetation von Akazien, Mimosen und Dornbüschen bewachsen. Darauf folgt, ganz plötzlich ansteigend, das Küstengebirge, dessen verhältnismäßiger Wasserreichtum hochstämmigen Euphorbien, Drachenblutbäumen und Wacholderwäldern das Leben gibt. An dieses schließt sich tafelförmig die innere, große Hochebene, eine baumlose Steppe, welche außer der Sommerregenzeit getrost mit der Sahara verglichen werden kann. Die Flüsse des Landes führen meist nur zur Regenzeit Wasser, dennoch ist das Tierleben ein bedeutendes. Der Wasserbock, verschiedene Antilopen- und Gazellenarten treten in starken Rudeln auf; Strauße, Zebras und wilde Esel gibt es in Menge; ebenso sind die Giraffe, der Elefant, das Nilpferd und Rhinoceros zu erwähnen. Der Löwe lichtet im Vereine mit dem Leoparden, der hier eine erstaunliche Größe erreicht, die Herden der Eingeborenen. Ebenso reich ist das Land an kleineren Tieren, so daß es eine Fundgrube für den Zoologen bilden wird, wenn erst die Bewohner sich weniger feindselig gegen Fremde verhalten.

Der Somali ist keineswegs ein Neger; er steht nach seinem physischen Typus zwischen dem Araber und dem Schwarzen. Sein Bau ist schlank und zierlich, seine Stirn groß, sein Auge schön, die Nase fein und die Lippe zwar aufgeworfen, aber wenig vorspringend. Die Hautfarbe wechselt vom hellen braun bis zum tiefen schwarz. Das krause Haar wird von den Männern teils rasiert, teils kurz, teils lang getragen und in letzterem Falle oft mit Kalk rotblond gebeizt. Die Frauen verhüllen es mit einem Kopftuche; die Mädchen flechten das ihrige in zahlreiche, dünne Zöpfchen.

Die Tracht der Somal besteht in der Hauptsache aus einem großen Umschlagetuche, einem Gürtel und Sandalen, doch sind auch Jacke, Hose und Fes zuweilen zu sehen. Die Hauptwaffen sind Lanzen, Wurfspeere, Dolchmesser, Bogen und Pfeile nebst runden Schilden, welche aus Giraffen- oder Rhinozeroshaut gefertigt werden.

Der Somali ist Nomad; er verachtet das Handwerk und hält nur Raub und Krieg für seiner würdig; alle Arbeit fällt den Frauen zu. Er ist mutig, tapfer und freiheitsliebend, aber auch streitsüchtig und hinterlistig und aller Ordnung abgeneigt. Die Blutrache wird bis aufs äußerste getrieben und ist die Ursache, daß die einzelnen Stämme sich untereinander durch ewige Fehden aufreiben. Darum haben die meisten Versuche, das Land zu erforschen, zu einem negativen Resultate geführt, und der französische Reisende Revoil sagt mit Recht: »Das einzige bebaute Feld im Somalilande ist der Totenacker.« Ein andrer Forscher fällt folgendes ebenso wahre Urteil: »Der Somaliknabe erhält im siebenten Jahre einen kleinen Speer, bettelt, borgt und stiehlt, bis er Mann geworden ist, und bettelt, borgt und stiehlt dann weiter bis er stirbt.«

Unter solchen Umständen ist es selbstverständlich, daß die erwähnte Somalikarawane ein zahlreiches Publikum nach der »Völkerwiese« lockt. Auch ich fand mich täglich ein und wurde dadurch den Mitgliedern so bekannt, daß sie mir beim Nahen schon von weitem ihr »gut Morken!« zuriefen. Da steht in der einen Ecke der aus Bastmatten errichtete Arisch (Hütte), in und bei welchem sich die Frauen und Kinder befinden. In der andern Ecke sitzen an einem kleinen Feuer zwei Tumal (Schmiede) bei der Arbeit. Sie sind als Handwerker verachtet und dürfen nicht an den Waffenspielen teilnehmen. In der dritten Ecke liegen die Kamel- und Pferdesättel; dabei stehen und hocken die Krieger, malerisch in ihre Tücher gehüllt; sie unterhalten sich in ihrer Muttersprache, welche der äthiopischen Gruppe des hamitischen Stammes angehört. Auf dem freien Raume tummeln sich edle Pferde, leichtfüßige Reitkamele, kleine Schafe mit Hängeohren und hörnerlose Ziegen herum; zwischen ihnen stolzieren großäugige, gar nicht scheue Strauße in ruppigem Federkleide. Da ertönt ein schriller Pfiff; die Kamele, Strauße, Schafe und Ziegen nehmen Reißaus und drängen sich in der vierten Ecke zusammen; im nächsten Augenblick sind die Pferde gesattelt; die Reiter steigen auf und sprengen, nur mit der großen Zehe im Bügel, in rasendem Galopp im Kreise umher. Ein zweiter Pfiff: die Kamele werden gesattelt und bestiegen. Frei und ohne alle Stütze auf ihnen sitzend, jagen die Ostafrikaner mehrere Male über den weiten Plan und zeigen, welche Schnelligkeit ihre langbeinigen Tiere zu entwickeln vermögen.

Hierauf folgen Waffenspiele. Zunächst wird mit Speeren nach der Scheibe geworfen. Von zehn Spießen bleiben sicher neun im Schwarzen stecken. Dann stellen sich zwei Parteien auf, um mit Messer, Lanze und Schild gegeneinander zu kämpfen. Man erhält den Beweis, daß die Somal außerordentlich waffengewandte Männer sind. Hieran schließen sich friedliche Tänze, welche von Gesängen begleitet sind. Unter den Somal gibt es viele Dichter, selbstverständlich Naturdichter, und unzählige Lieder. Der Reim ist eintönig, da er meist durch ein ä gebildet wird; deutlich ist die Allitteration zu hören.

In den Zwischenpausen laufen die Männer, Frauen, besonders aber die Kinder herum, um – zu betteln. Der Somali leistet in diesem Fache so Großes, daß sein Land von dem Araber Belad wa issi, »Land gib mir etwas« genannt wird. Ein kleines, kaum dreijähriges Baby, welches mich bereits kennt, kommt herangewatschelt, tippst mit dem Finger an meine Tasche und sagt im schönsten deutsch: »heraus, heraus!« Ich gebe ihm einen Apfel. Kaum befindet sich derselbe in den kleinen Händchen, so greift der Vater zu, entreißt dem Baby die Frucht, steckt sie zwischen sein eigenes glänzendes Gebiß und fragt mich kauend und nach seinem Munde deutend: »Was, was?« Ich antworte: »Apfel.« Sofort streckt die ganze Rotte Korah, Dathan und Abiram die Hände nach mir aus, und All-Ostafrika schreit: »Apfel, Apfel, Apfel!« In zwei Augenblicken ist mein Vorrat verschwunden, und ich gebe Pflaumen. Man will aber partout Aepfel und wirft die Pflaumen weg, welche im Nu von den herbeistürzenden Straußen verschlungen werden. Neben mir steht ein hoher Offizier. Eine Somalifrau klopft ihm vertraulich auf das goldene Achselstück und ruft: »Ziiii-charrr, Ziiii-charrr!« Er blickt mich ratlos an, und ich erkläre ihm, daß sie eine Cigarre will. Er zieht sein Etui hervor; sie aber nimmt es ihm schnell aus der Hand, macht es leer, gibt es ihm ehrlich zurück und langt die sechs Stück Havana den hinter ihr stehenden Männern zu. »Ziiii-charrr, Ziiii-charr!« schreit nun alles, was Odem hat. Zehn, zwanzig und noch mehr Zuschauer erfüllen diesen Wunsch, und nun raucht ganz Somaliland, daß man kaum mit dem Stocke durch den Qualm zu schlagen vermag. Das

Baby kommt wieder, streckt mir das Händchen hin und sagt: »Geld, Geld!« Ich gebe ihm einen Pfennig. Es wirft ihn weg und schreit: »Wenig, wenig!« ich gebe einen Groschen; es sieht ihn an, hält die andre Hand auch hin und sagt: »Gut, gut, mehr!« Kaum hat es den zweiten Groschen erhalten, so stiebt die ganze Karawane auseinander, um »Geld, Geld!« schreiend, sich unter die Zuschauer zu verteilen. Der Segen fließt, bis der Unternehmer ein Einsehen hat und die bettelnden Krieger durch einen Pfiff zur Produktion der Glanznummer, dem Straußenreiten, zusammenruft.

Die Vögel kennen dieses Signal. Sie rennen ängstlich hin und her, und es kostet keine geringe Anstrengung, sie in eine Ecke zu treiben und dort einzuschließen. Einige von ihnen brechen doch durch; die andern werden bestiegen, und zwar in der Weise, daß ein Mann den Vogel beim Schnabel ergreift und den Kopf niederzieht, ein zweiter ihn beim Vorderleibe hält und der dritte sich schnell auf den Rücken schwingt und sich an den Flügelknochen festhält. Sofort geht der Vogel mit ihm durch und jagt unter dem brausenden Gelächter des Publikums pfeilschnell durch die Bahn. Es ist selbstverständlich, daß es dabei die possierlichsten Sprünge und Stellungen gibt; aber die gewandten Reiter lassen sich nicht abwerfen und verlassen ihre geflügelten Rosse erst dann, wenn dieselben sich in ihr Schicksal ergeben zeigen. Unser Bild veranschaulicht diesen Ritt auf treffliche Weise. Hoffentlich haben viele gute Kameraden noch Gelegenheit, denselben auch in Wirklichkeit zu sehen.

ZUM ERSTENMAL AN BORD.

1
2
3
6

Zum erstenmal an Bord.

Mr. Potsherd stampfte gegen den Wind dem Strande zu. Er war seit kurzem Besitzer der hiesigen Glasfabrik geworden, trug in jeder Hand eine wohlgefüllte Tasche, und ihm folgte sein Comptoirdiener mit einem schweren Koffer, Regenschirm und sonstigen Reiseutensilien. Von links her kam Mr. Lucky geschritten. Er war ein junger Handelsbeflissener, und sein Gepäck bestand einzig nur in dem Ueberrocke, der an seinem Arme hing.

»Ah, Mr. Lucky!« rief der erstere. »Wohin?«

»Zur See, nach Charleston.«

»Ich auch.« Er deutet auf Koffer und Taschen und fügt hinzu: »Auf Reisende ist kein Verlaß; will meine Proben mal selbst vorzeigen. *Well*, reisen wir zusammen. Waren Sie schon einmal zur See? Ich noch nicht. Bin neugierig auf die Seekrankheit.«

»*Pshaw!* Ist Dummheit! War schon zweimal in New York. Seekrankheit ist Einbildung – der reine Spaß!«

Am Strande angekommen, sehen sie das Boot schon ziemlich gefüllt. Sie steigen ein; Potsherd nimmt sein Gepäck zu sich, der Diener kehrt nach dem Städtchen zurück und das kleine Fahrzeug stößt ab, dem großen Dampfer entgegen, der ob seines Tiefganges der Küste sich nicht mehr nähern kann. Die See geht hoch; sie wirft wahre Berge; die Ruderer haben harte Arbeit (erstes Bild); Mr. Potsherd wird sehr bleich, und Mr. Lucky macht die Augen zu, obgleich er schon zweimal in See gewesen ist. Vielleicht ist die Seekrankheit doch kein so großer Spaß für ihn, wie er sich vorhin den Anschein gegeben hat. Doch geht die Bootsfahrt glücklich vorüber; der Dampfer nimmt die Passagiere an Bord; die beiden nehmen Fahrkarten erster Kajüte und lassen sich ihre Räume anweisen, mit denen sie sehr zufrieden sind. Nachdem sie sich die prächtigen Salons besehen haben, kehren sie an Deck zurück, um den Anblick der wogenden See zu genießen.

Das sind keine Wellen, sondern Wogen, und was für welche! Das Schiff rollt bald im tiefen Hohl derselben, bald wird es hoch emporgehoben, so daß es das Kupfer am untern Rumpfe zeigt. Nach zehn Minuten meint Mr. Potsherd:

»Ich weiß nicht, ob die See läuft oder wir. Ich muß mich setzen.«

Die Herren setzten sich, und Mr. Lucky läßt sich ein Glas Cognac geben. Es wird ihm so schwach im Magen, und dem Glasfabrikanten ist's, als ob er einen Bienenstock im Kopfe habe. Glücklicherweise ruft die Glocke zum Diner, bei dem man sich wieder erholen kann. Im *Dining-room* ist gedeckt und jeder sucht sich seinen Platz. Die Schiebefächer der Tafel sind so praktisch eingerichtet, daß man meint, selbst der höchste Seegang könne keinen Schaden anrichten. Die Suppe wird herumgereicht. Soeben will Mr. Lucky dieselbe mit einem zweiten Cognac einleiten, da legt sich das Schiff auf die Backbordseite, und der Speisesaal folgt derselben Neigung. Der Steward schüttet, anstatt sie ihm vorzusetzen, Mr. Potsherd die Suppe auf die Kniee; Mr. Lucky strengt sich an, nicht vom Stuhle zu fallen, und als er dann das Glas zum Munde führt, ist es leer, denn er hat sich den Cognac in die Suppe geschüttet, welche nun ungenießbar ist (zweites Bild). In ähnlicher Weise verlaufen die weiteren Gänge. Das Essen ist ausgezeichnet, aber die See spielt den Speisenden einen Streich nach dem andern, so daß man zu keinem wirklichen Genusse kommt. Als noch zu guter Letzt das Konfekt glücklich auf den Teppich gekollert ist, begeben unsre beiden Passagiere sich nach dem Rauchsalon, um eine Cigarre zu genießen, wogegen der Atlantische Ocean wohl nichts haben wird. Den duftenden Rauch behaglich von sich blasend, erklärt Mr. Potsherd, daß er hoffe, in Charleston mit seinen Glasproben famose Geschäfte zu machen, und Mr. Lucky erzählt, daß ihm vom Banquier Kneel dort eine Buchhalterstelle angeboten worden sei, doch wünsche dieser Herr, ihn vorher zu sehen, um zu erproben, ob auf persönliche Sympathie zu hoffen sei, denn ein Untergebener müsse seinem Vorgesetzten vor allen Dingen sympathisch sein. Kaum sind diese kurzen Mitteilungen gemacht, so beginnt das Schiff zu schlingern, welche Bewegung sich den Rauchenden direkt mitteilt, weil der Rauchsalon weit vorn im Vorderteile liegt. Mr. Potsherd erklärt, daß er sich in seine Koje zurückziehen müsse, da er zu viel gegessen habe, was aber gar nicht wahr ist, und entfernt sich wankend. Mr. Lucky will tapferer sein; er läßt zwar seine Cigarre fallen, nimmt sich aber vor, auf seinem Posten, am Rauchtischchen, auszuhalten. Bald aber ergreift ihn ein ganz unbeschreibliches Gefühl. Es ist ihm, als ob er ein riesiger Luftballon sei, der mit rapider Schnelligkeit dem Monde zufliege, und als ein Wogenberg den Bug des Dampfers so hebt, daß sich Mr. Lucky kaum auf seinem Platze erhalten kann (drittes Bild), beschließt er, dem Beispiele seines Reisegefährten zu folgen. Er greift sich vorsichtig mit den Händen an den Wänden fort und gelangt glücklich an seine Koje. Gerade, als er eintritt, bäumt sich der Dampfer abermals, und der Fußboden bekommt dadurch eine so starke Neigung, daß Mr. Lucky sich an der Portiere festhalten muß (viertes Bild), um nicht umzufallen.

Was nun in den beiden nebeneinanderliegenden Kojen geschieht? Mr. Potsherd hört Mr. Lucky wimmern, und Mr. Lucky hört Mr. Potsherd jammern; es gibt allerlei unterirdische Geräusche, bis nach längerer Zeit die Stille des blassesten Todes eintritt.

Am Abende scheint die See sich beruhigt zu haben. Die Sterne flimmern, und Mr. Lucky und Mr. Potsherd schweben gespenstergleich aus den Kojen hervor, nicht etwa, um sich am Souper zu beteiligen, zu welchem soeben geläutet wird, o nein, sondern nur um die Sterne heimlich zu fragen, ob einer von ihnen ein Mittel gegen den *Mal de mer* anzugeben vermöge. Bei dieser Gelegenheit teilt Mr. Potsherd vertraulich mit, daß seine Glasfabrik zwar ausgezeichnet rentiere, er aber doch, um sie zu erweitern, nach einem reichen Compagnon annonciert habe.

Der Dampfer nähert sich der Küste, nimmt neue Passagiere auf, welche ein Boot herbeibringt (sechstes Bild), und sucht dann wieder die hohe See auf. Einer dieser Reisenden trägt einen Havelock mit Mönchskapuze und bekommt die Koje angewiesen, welche neben derjenigen von Mr. Lucky liegt. Dieser letztere sagt Mr. Potsherd, daß dessen Name eigentlich nicht für einen Glasfabrikanten passe, und der Fabrikbesitzer erwidert, daß der Name Lucky von guter Vorbedeutung für die Reise des jungen Mannes sei. Sie bleiben miteinander an Deck, bis die Sterne plötzlich verschwinden und der Kapt'n meldet, daß wahrscheinlich eine leichte Bö im Anzuge sei; da ziehen sie sich schleunigst in ihre Kojen zurück.

Diese waren so eingerichtet, daß je zwei von einer Lampe erleuchtet wurden, welche oben in einem Ausschnitte der dünnen Zwischenwand hing. Die Zwischenwand konnte als Thür geöffnet werden, falls ein Passagier zwei Kojen für sich in Anspruch nahm. Mr. Luckys Lampe hing zwischen ihm und dem Kapuzenmanne. Sein Raum war wohl eigentlich ein Ladiesroom, da sich ein Pianino in demselben befand. Er legte sich auf das Polster und breitete die dazu vorhandene Decke und den Ueberrock über sich aus. Und das war gut, denn die See ging plötzlich wieder so hoch, daß das Stehen fast zur Unmöglichkeit wurde.

Der Wind war steif und blies, ohne abzusetzen, so daß er also keine Töne gab. Es war so still in der Kajüte, daß man sprechen hören konnte. Um so lebhafter und unregelmäßiger war der Gang des Schiffes. Bald lag es auf dieser, bald auf jener Seite; bald stieg es bergan, bald fiel es bergab. Vom Schlafen war keine Rede. Man mußte wach bleiben und sich fest anhalten, um nicht vom Lager zu fallen. Das Ohnmachtsgefühl stellte sich bei Mr. Lucky wieder ein. Er seufzte und stöhnte. Es war ihm weit schlimmer als einem Fuchse beim Prellen zu Mute. Da – so arg war es noch gar nicht gewesen, der Dampfer bäumte sich, daß Mr. Lucky den Halt verlor; dann fiel das Schiff so plötzlich auf die Seite, daß der junge Mann, schon nach links fallend, auch nach vorn geschleudert wurde; die Folge war, daß er einen regelrechten Purzelbaum schlug und schleunigst Parterre zu sitzen kam (siebentes Bild). Zu gleicher Zeit ging drüben bei Mr. Potsherd ein Krachen, Prasseln, Klirren und Klingen los, als ob der ganze Himmel aus Glas bestehe und zusammengebrochen sei. Es folgte ein unbeschreibliches Zetermordio des Fabrikbesitzers, und von der Seite des andern Nachbars her, aus der Nähe der Decke herab, ertönte die ängstliche Frage: »Was ist los, Sir? Was zerbrechen Sie? Welches Unheil richten Sie an? Ich werde – –«

Der Sprecher kam nicht weiter, oder vielmehr er kam weiter, viel weiter, als er beabsichtigt hatte, nämlich – – in die Koje hereingeflogen. Er war drüben auf das Lager gestiegen, um durch die Lampenöffnung herüberzusprechen. Die dünne Scheidewand war, wie schon gesagt, eine Thür, deren Verschluß der Last des Mannes nicht zu widerstehen vermochte; sie ging auf und er stürzte herein, gerade vor Mr. Lucky hin, welcher sich aus seiner sitzenden Stellung in eine knieende aufgerichtet hatte. Der junge Mann blickte dem unfreiwilligen Eindringling ganz verdutzt entgegen, und dieser, auf den Knieen und Händen liegend, schaute ebenso verblüfft aus seiner Kapuze hervor (achtes Bild), bis Mr. Lucky endlich fragte: »Aber, Sir, was wollen Sie? Wer sind Sie?«

»Wer ich bin?« antwortete der andre, noch immer auf seinen vier Extremitäten. »Ich heiße Kneel, Bankier Kneel.«

»Alle Wetter!« rief Lucky. »Bankier Kneel! Etwa aus Charleston?«

»Allerdings.«

»Welcher Zufall! Ich wollte dorthin, um mich Ihnen vorzustellen, wissen Sie, wegen der notwendigen Sympathie.«

Der Bankier sprang auf, zog den Sprecher auch empor und sagte lachend: »So sind Sie also Mr. Lucky? Unsere Begegnung ist so interessant, daß Sie mir sofort sympathisch sind. Sie sollen also die Stelle haben. Nun aber kommen Sie vor allen Dingen weiter. Wir müssen sehen, was da neben Ihnen geschehen ist.«

Sie traten auf den Gang hinaus und öffneten die Koje

Mr. Potsherds. Dieser lag in einem Scherbenhaufen (fünftes Bild). Er war so unvorsichtig gewesen, seine Glasproben nicht auf den Fußboden zu stellen, sondern aufzuhängen, und infolge der beschriebenen Schiffsbewegung war alles herabgefallen. Nun saß er in den Trümmern und jammerte: »Mein Name, mein unglücklicher Name! Potsherd! Es ist wirklich alles in Scherben gegangen!«

»Potsherd?« fragte der Bankier. »Etwa der Besitzer einer Glasfabrik, welcher einen Compagnon sucht?«

»Ja,« antwortete der Gefragte, indem er aufstand.

»Ich habe Ihre Annonce gelesen und mich nach Ihren Verhältnissen erkundigt; sie genügen mir. Ihr Name ist gut und die unsrigen zwei auch. Mr. Lucky ist im Fallen glücklich gewesen, und ich, der ich Kneel heiße, habe ihn im Knieen kennen gelernt. Das Geklirr Ihrer Scherben hat mich zu Ihnen geführt, und wir werden ja Zeit finden, über das Geschäft zu sprechen. Oder nicht? Ich bin nämlich der Mann, zu welchem Mr. Lucky nach Charleston wollte. Wunderbar, dies Zusammentreffen, nicht?«

»Well!« nickte Mr. Potsherd, indem er im ganzen Gesichte lachte. »So will ich die Scherben nicht betrauern. Die Seekrankheit ist wirklich der reine Spaß, wie Sie gesagt haben, Mr. Lucky. Fühlte ich, daß ich überhaupt noch einen Magen habe, schlüge ich vor, wir wecken den Steward und stechen einige Flaschen Rheinwein aus.«

DER SCHLANGENMENSCH.

Verrenkungsstudie von Hobbelfrank.

Der Schlangenmensch. Erstes Bild.

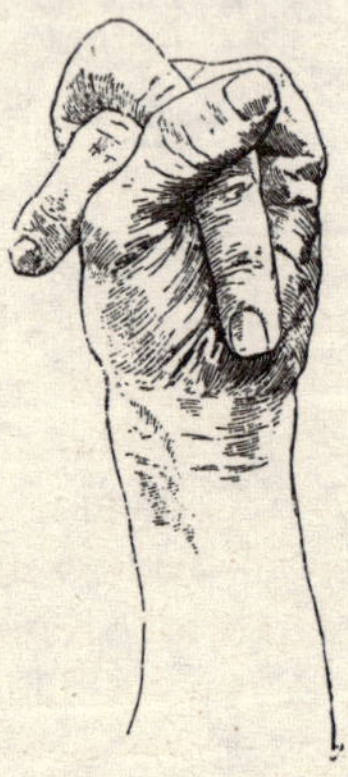

Der Schlangenmensch.
Zweites Bild.

Da sitzt er! Seht ihn euch mal erst an! Und setzt euch dann mal grad ooch so nieder! Könnt ihr das? Nee? Ich ooch nich. Ich hab's versucht, jedoch die Nähte platzten. Bei so was muß die konschtitutionierliche Angeborenheet vorhanden sein, und durch immerwährende mesopotamische Uebung ausgebildet werden.

Ich habe mit diesem Master in eenem und demselben Coupé gesessen. Wie schtieg der Kerl doch nur gleich ein! Meine Frisur schträubte sich vor Entsetzen dem Firmamente entgegen! Denkt euch mal: »Einschteigen!« schreit der Schaffner. »Es hat schon *trois fois* geläutet!« Da kommt een Herr gerannt, schtellt sich verkehrt offs Trittbrett, so, daß er mir den Rücken zukehrt, bückt sich, schteckt erst die Arme und dann den Kopp zwischen die Beene, schiebt die Achseln nach, schraubt sich, so wie man Wäsche wringt, mir gegenüber hin, schlenkert den eenen Schtiefel herunter, den Schtrumpf dazu, nimmt mit den Zehen den Hut ab, verbeugt sich vor mir und sagt: »Habe die Ehre, bin der jüngste von den Brothers Diavolo. Freue mich, mit Ihnen fahren zu können!« – »Nee,« rufe ich aus, »ich fahre nich mit solchen Teufeln. Ich schteige oogenblicklich wieder aus!« Ich wollte fort, in een andres Coupé mit anthropologisch normalen Passagieren; aber da ging's »Puff, puff, puff!« der Zug lief fort, und ließ mich in der Patsche sitzen. Na, so een Morgen-, Mittag- und ooch Abenteuer! Denn nun ging's los!

Der Schaffner kommt ans Fenster und will die Billets kontracoupieren. Da sagt Diavolo: »Kann leider kein Billet anfassen,« und zeigt ihm die beeden Hände hin. »Der arme Teufel!« dachte ich, denn seine Finger waren vollschtändig *pêle-mêle* verwachsen, grad so in der Weise, wie man's hier in Bild 2 bedauern kann. Er schteht also off, bückt sich nieder, schiebt den Kopp wieder zwischen die Beene durch, hält die-

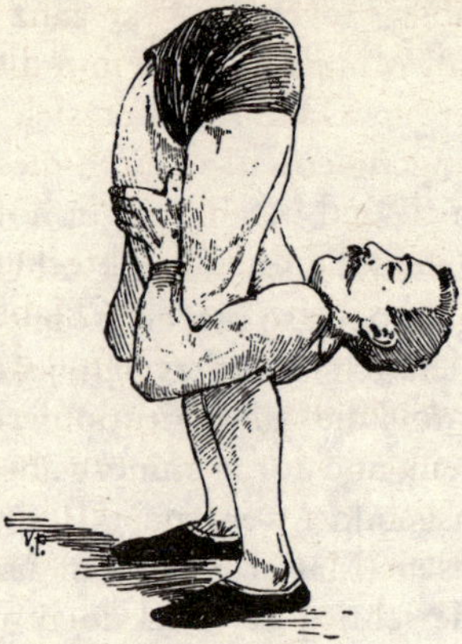

Der Schlangenmensch. Drittes Bild.

selben mit den Armen fest, so wie es in Bild 3 zu sehen is, fährt mit dem Koppe unter die Rockschöße, holt mit dem Munde das Billet aus der hinteren Tasche, richtet sich wieder off, setzt sich nach Bild 4 off seinen Eckplatz nieder und sagt zum Schaffner: »Bitte, greifen Sie zu!«

Der Schlangenmensch. Viertes Bild.

Na, machte der aber Oogen! Er war ganz verplex, und erscht nach wohl fünf Minuten kehrte ihm die permanente Geistesgegenwart retour. Dann faßte er sich und meente: »Ach, Sie sind Schlangenmensch!« Durch diesen Ausdruck orientabilierte ich mich und befahl ihm in höflicher Weise: »Bitte, Herr Personenkondukteur, schtecken Sie diesen Herrn ins Schlangenmenschencoupé!« – »Haben wir nicht,« lachte er und verschwand, indem er mich mit dem Diavolo in gefährlichster Alleenigkeet sitzen ließ.

Dieser saß noch immer nach Bild 4 mir gegenüber. »Ihr Name, mein Herr?« fragte er mich. – »Hobbelfrank,« antwortete ich. Da ließ er in freudiger Ueberraschung die Beene sinken und rief aus: »Hobbelfrank? aus dem ›Guten Kameraden‹? Ist's wahr, oder scherzen Sie?« – »Mit Schlangenmenschen scherze ich nich!« erwiderte ich, indem ich mit der Hand eene reservierte, zurückhaltende Phantomime machte, und das »nich« mit schtarker Energie extra betonte. – »Halten Sie uns denn für so gefährlich?« erkundigte er sich. – »Nee, das nich. Es gibt off der ganzen Erde keene Kreatur, welche dem Hobbelfrank gefährlich werden könnte. Wie ich dem kühnsten Indianer gegenüber unverwundbar gewesen bin, so würde ich noch für den stärksten Löwen unzerreißlich sein. Ich würde selbst über die größte Baobab Conschtrictor lachen; aber für een Wesen, welches halb anthropologischer Mensch und halb zoologische Schlange is, kann sich mein Gefühl unmöglich zu traulicher Sympathie rekonschtruieren. Bleiben Sie mir also vom Leibe und ziehen Sie den Schtiefel wieder an!«

Das war doch so deutlich geschprochen, daß sogar ich es wußte, was ich damit meente; er aber schtellte sich unempfindlich und antwortete, indem er simulierte Freundschaft heuchelte: »Lernen Sie mich nur erst kennen, Herr Frank, dann wird meine Gegenwart Ihnen nicht mehr so unsympathisch sein! Ich bin einer Ihrer größten Bewunderer. Ich kenne Ihre Erlebnisse aus dem ›Guten Kameraden‹, und habe in diesem Blatte gelesen, daß Sie nach Ostafrika seien. Seit wann sind Sie denn wieder zurück?« – »Seit noch gar nich, da ich mich nämlich eben jetzt off der retourkehrenden Zurückreese befinde. Wie ich da höre, is mir Ihre Seele off nummerierten Geistesschwingen nach Sansibar gefolgt, und dennoch meenen Sie, daß ich Sie für gefährlich halte! Der Hobbelfrank! In Sansibar gewesen! Und sich fürchten! Begreifen Sie denn nich, daß dies eene adäquate Entheiligung meiner Würde und meiner confundierten Lorbeeren is? Furcht kenne ich nich. Nur Ihre schlangenmenschliche Doppelnatur is es, die mich *ibi fibi* macht.«

»Das thut mir leid. Ich bin Verrenkungskünstler, und Sie sind einer der hervorragendsten Mitarbeiter des ›Guten Kameraden‹. Viele Ihrer jungen Leser haben noch keinen Schlangenmenschen gesehen, und würden sich gewiß freuen, von Ihnen etwas über mich in ihrem Lieblingsblatte lesen zu können. Sind Sie nicht derselben Ueberzeugung, Verehrtester?«

Mit dieser Frage karambolierte er mich an der richtigen illegitimen Schtelle meiner litterarisch exmittierten Wirksamkeet. Ich dachte an meine lieben Kamerädchens, überwand den Schtandpunkt, der mich von ihm trennte, und bat ihn, von diesem überwundenen Schtandpunkte aus, mir von seiner Kunst und Wissenschaft een autochthones Plädujeh zu geben. Er zeigte sich sofort bereit dazu, zog een Päcktchen Photogrammaceen aus der Tasche, gab es mir und sagte:

»Hier, Herr Hobbelfrank, verehre ich Ihnen diese Bilder, damit Sie den Aufsatz, den Sie schreiben werden, auch illustrieren können; sie sind nach der Natur aufgenommen und also richtig.«

Ich steckte die Naturgemälde ein und antwortete in meinen verbindlichsten Toncontervallen:

»*Merci Monsignore!* Ich werde diese Bilder vom Kupferstecher so genau durchpausen lassen, daß man sie für in Schtahl geschnittene Aquarelle halten soll. Durch diese Illustrationen erwerben Sie sich die Dankbarkeet meiner kleenen, instruktiven Kameraden, die mit Vergnügen Ihren Ruhm über die ganze kosmetische Welt verbreiten werden.«

Das schien ihn zu begeistern, denn sein Gesicht glänzte

vor Freude grad wie der Mond, wenn er neuwaschen aus dem ersten Viertel schtrahlt. Und nun begann er, mir über seine Kunst een Privatissicum zu lesen, welches meine ganze Aufmerksamkeet in Anspruch fesselte, und ooch meine Kamerädchens sehr verinteressieren dürfte. Ich will versuchen, seine Darschtellung hiermit kurz zu reconproduzieren.

Zunächst erklärte er mir, daß nich jeder Erdenbürger een Schlangenmensch sein kann, sondern der betreffende Supplikant muß gleich bei seiner Geburt een vexierbares Knochengeschtell und außerdem een Muskel- und Flechsensystem, welches sich leicht nach allen Regeln conjugieren und zugleich declinieren läßt, mit off die Welt bringen. Ferner muß er eenen Hals und een Rückgrat besitzen, welches er verschiedene Male ohne Schaden für sich brechen kann. Sind alle diese Repressalien vorhanden, so setzt der künstlerische Unterricht an, der ihm nach eenen ganz beschtimmten Schtundenplane beigebracht und ganz energisch orientalisiert werden muß.

Zunächst beginnt man mit denjenigen Gliedern, welche sich am entferntesten von der Magengegend offhalten und deshalb Extremitäten genannt werden, nämlich mit den Händen und den Füßen. Jeder Finger wird *per* See ausgerenkt, bis eene solche Beweglichkeet vorhanden is, daß, wie in Bild 2 zu sehen is, die ganze Fingerschaft so in- und durcheinander gewickelt werden kann, daß man glooben möchte, een Nest von Schur- oder Spitzmäusen vor sich zu haben. Nachher kommen die Füße dran. Die Fersen und Zehen werden *ad Margarin* verschtaucht und so lange geknetet und gedreht, bis sie dreimal rund um die Windrose loofen können, ohne daß das Been sich dabei bewegt. Ganz dasselbe findet mit den Knieen und Ellbogen schtatt, worauf man zu den Schultern und Hüften übergeht, welche eene solche pragmatische Sanktion erhalten, daß sie mit der Zeit vollschtändig aus Rand und Band geraten. Kurz, wo es nur immer een Gelenke gibt, sogar den Hals nich ausgenommen, wird es verdreht, ununterbrochen geübt und exmittiert, bis es denjenigen Grad von Stabilität und Beweglichkeit erreicht hat, der dem

Schlangenmenschen die notwendige Transmission verleiht und ihn zu jenem Salto quartale befähigt, welcher in Bild 5 gefälligst zur Verfügung schteht, weil er dort notwendig zum perspektivischen Anschauungsunterricht gehört.

Der Schlangenmensch. Fünftes Bild.

Nachdem off diese Weise jeder physikalische Körperteel seine normale Ausbildung und plastische Absentität erhalten hat, geht es an die Darschtellung von Attitüden, Aplomben und den verschiedensten vegetarianischen Intermezzo-Katastrophen. Zunächst lernt der Künstler schtehn; aber nich etwa in der Weise der profanen Schterblichen, sondern mit dem Koppe unten nach dem Mittelpunkte unsres irdischen Planimeten gerichtet. Dann bringt man ihm so successive bei, *in aeternum* off den Händen zu loofen. Kann er diese beeden Kunstschtücke nicht *Louis-même* erzwingen, so kommt man ihm zur Hilfe, wie Bild 6 es zeigt.

Dann geht man vor allen Dingen zu den Beenen über, um dieselben mit denjenigen Körpergegenden, die man sonst nich zu sehen bekommt, in angenehme Kohäsion zu bringen.

Der Schlangenmensch. Sechstes Bild.

So een Been wird vorn in die Höhe genommen, dann elegant nach hinten geschlängelt, und in der Weise am Rücken emporgeschoben, daß die Ferse mit dem Nacken in die freundschaftlichste Fühlung und Intimität gerät. Wer das sehen will, der schau sich gehorsamst Bild 7 an. Wenn beede Beine, oder

Der Schlangenmensch.
Siebentes Bild.

orthographisch richtiger ausgedrückt, beide Beene, diese Leistung überwunden haben, dann sind sie im Schtande, auseinander zu convergieren, während, wie Bild 8 veranschaulicht, der Oberkörper aufrecht sitzend off der Mutter *Terra incognita* ruht.

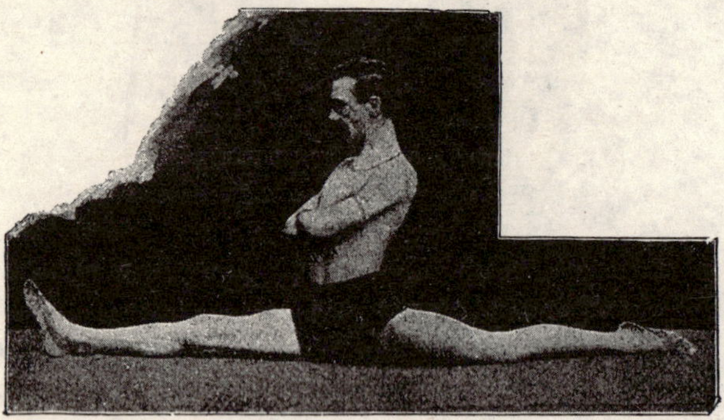

Der Schlangenmensch. Achtes Bild.

Der Zweck dieser Vorübungen is nich ohne. Es handelt sich nämlich um een akrobatisches Bravourschtück, um een birmanisches Tabloh, bei welchem der Künstler mit drei multipliziert wird, weil een eenzelner es nich alleene geben kann. Er wird nach Bild 9 und 10 mit noch zwee andern amalgamiert. Die Abbildungen schprechen so deutlich für sich, daß ich mich jeder weiteren Demonschtration mit weiser Eloquenz enthalten kann. Nur das will ich der Verschwiegenheet entreißen, daß, wenn das eene Tabloh mit der nötigen Schnelligkeet ins andre verwandelt wird, man gar nich weeß, was eegentlich die Arme und was die Beene sind. Denjenigen drei Kameraden, die's probieren und ooch fertig bringen, schtifte ich zum nächsten Sylvesterabend eene eminente Pflaumenbowle mit Kaffeekuchen, oder falls ihnen das lieber sein sollte, eene Kaffeebowle mit Pflaumenkuchen, wobei es ihnen unbenommen bleibt, so viele Salamander zu zerreiben, wie sie fangen und bezahlen können.

Nach den Beenen geht's über die Hüften und das Kreuz.

Der Schlangenmensch. Neuntes Bild.

Der Schlangenmensch. Zehntes Bild.

Während nämlich der Laie sich nur nach vorn verbeugt, um jemandem *bon jour* zu sagen und dabei seinen Schaboh-Klahk zu schwenken, muß der Schlangenmensch sich ooch nach hinten abwärts senken können. Leicht is das nich, denn es gehört Scharnier dazu. In welcher Weise ihm dies beigebracht wird, das is mir unbegreiflich. Ich verbeuge mich nich mal gern nach vorn, viel weniger nach hinten, was mir den schönsten Hexenschuß einbringen könnte, darum gruselt es mich, wenn ich Bild 11 bis 13 nur ansehe. Besonders die letz-

Der Schlangenmensch.
Elftes Bild.

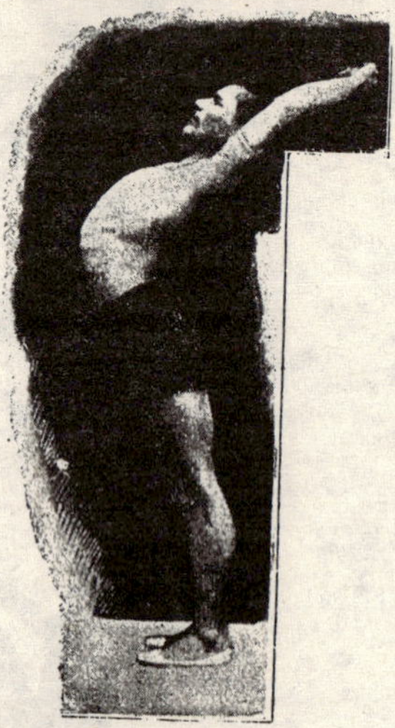

Der Schlangenmensch.
Zwölftes Bild.

Der Schlangenmensch.
Dreizehntes Bild.

tere verursacht mir een konglomerates Herzgespann, da ich trotz alles Nachdenkens nich erraten kann, was der Mann eegentlich in seinen Kniekehlen zu suchen und zu beobachten hat. 's gibt eben sonderbare Heilige off dieser Erdenwelt, und eener der sonderbarsten ist wohl der in Bild 14 abgebildete, der, indem er nur off dem Nacken liegend, die Unterschenkel kreuzt, sich die Wehmutsthränen mit den Knieen aus den Oogen wischt. So eenen Hochgenuß kann sich eben nur een Schlangenmensch bieten.

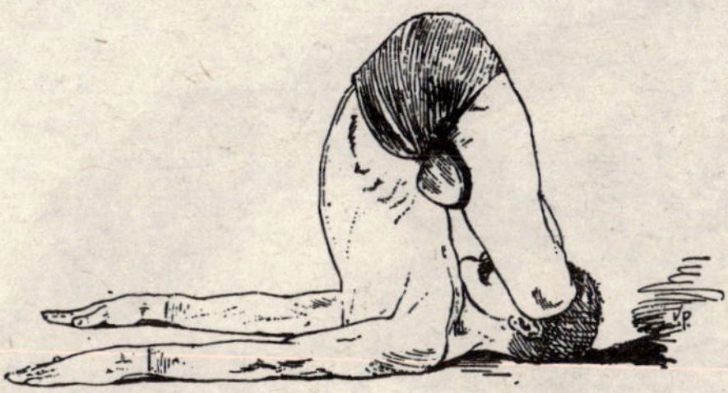

Der Schlangenmensch. Vierzehntes Bild.

Mein Reisecumpanjong kannte jeden Knochen, jede Sehne, jede Muskel, jede Faser des menschlichen Körpers. Er nannte sie mir alle mit ihrem nominellen Subschtantivum, deutete mir mit dem Zeigefinger ihre konvulgäre Lage an und sagte mir, wie sie gedehnt, gezerrt, gezogen, geklopft, verdreht und ausgerungen werden müssen, um in den beabsichtigten Schtand zu kommen, ihrem rechtmäßigen Besitzer diejenigen wirklich existierenden Awangßen zu bieten, welche ihn zum daseinswürdigen Schlangenmenschen fabrizieren. Dabei erreichten wir diejenige tarifmäßige Schtation, wo er aus- und ich umschteigen mußte. Mein Zug war noch lange nich da; ich hatte also Wartezeit, und er benutzte dieses Umschtandsverhältnis, mich in höflicher Zuvoreingenommenheet nach dem Wartesalong zweeter Schteuerklasse zu begleiten. Da es dort keenen weiteren Menschen *in absentia* und *contumaciam* gab und wir also ganz alleene waren, setzte er den unterbrochenen Vortrag fort, und schprach sich so in die Mitte unsres Gegenschtandes hinein, daß er schließlich gar den Rock ablegte, um mir das, was die Photogramme sinnbildlich zeigen, *in natura propter praeter* vorzuführen.

Das war freilich großartig! Mir blieb mein ganzer imaginärer Verschtand vollschtändig schtehen, und es dauerte wirklich viertelschtundenlang, ehe ich ihn wieder in Fluß und Beweglichkeet brachte. Er lief sogar, nämlich der Schlangenmensch, nich aber mein Verschtand, wie Bild 15 und 16 verdeutlichen, mit den Füßen um den Kopp herum, immer rund

Der Schlangenmensch. Fünfzehntes Bild.

Der Schlangenmensch. Sechzehntes Bild.

im Kreise, wobei sein Haupt den latenten Mittelpunkt bildete, welcher vollschtändig schtationär verblieb, während die Füße mit den übrigen Körperbeschtandteelen, die Arme ausgenommen, sich immer im Circumflex herumbewegten. Endlich schtützte er sich gar nur mit den Händen off een Tabureh, wie man eenen überzogenen Schemel nennt, balangsierte den Körper in der atmosphärisch ääronautischen Schtubenluft, und schleuderte, während Kopp und Schultern unbeweglich blieben, den übrig gelassenen Leib in eener so wirbeligen, planetarischen Rotation umher, daß es mir förmlich angst und bange wurde. Diese wahrhaft virtuose Leistung kann durch Bild 17 nur schwach im Bild verewigt wer-

Der Schlangenmensch. Siebzehntes Bild.

den. Von jetzt an traute ich dem Manne alle möglichen und unmöglichen Gelenke zu, und bat ihn also, doch nun ooch mal bei festschtehendem Körper das Gesicht off dem Halse rundum zu wirbeln, was er aber für dieses Mal bescheiden ablehnte, indem er mich damit off die nächste unvorhergesehene Eisenbahnbegegnung vertröstete.

Damit war die Reproduktion zu Ende, denn mein Zug kam angesäuselt; ich mußte einschteigen und ihm La Valette sagen. Die Aversation, welche ich vorher gegen ihn empfunden hatte, war gewichen; sie hatte eener huldreichen Herablassung, die ich ihm heute noch widme, Platz gemacht.

Denn, wenn es sich ooch ganz von selbst verschtand, daß er mich, den weltberühmten Hobbelfrank, mit der denkbar größten Zuvorkommenheet traktierte, so war es doch gewiß ganz hübsch von ihm, daß er es eben that.

Er brachte mich ans Coupé; ich bedankte mich und schtieg ein. Man gab das dritte Glockenzeechen; da ließ er sich vor meinem Fenster off die Hände nieder, hob die Beene in die Höhe, genau so, wie's in Bild 4 zart angedeutet is, und rief mir zu:

»Nicht vergessen, Master Hobbelfrank: Ich bin der jüngste von den Brothers Diavolo. Empfehlen Sie mich Ihren geehrten jungen Kameraden!«

Der Zug rollierte fort; ich winkte ihm gütige Gewährung zu und will seine ehrerbietige Erzählung hiermit zur öffentlichen Republikation gebracht wissen.

Nachdem ich in vorliegenden Zeilen meinen lieben Kamerädchen das erschte Anfangszeechen gegeben habe, daß meine sansibarische Afrikanität jetzt nun vorüber is, begrüße ich sie bei meiner Heimkehr mit äquatorwarmem Händedruck, hänge auf Villa »Bärenfett« meine Hausglocke wieder ein und erkläre hiermit freundlichst, daß vom heutigen Tage an alle frankierten Sendungen wieder direktemang und gerne entgegennimmt

Euer ostafrikanischer

Hoppelfrank.

EINE SEEHUNDSJAGD.

Ich heiße Fred Sommer, bin ein fleißiger Leser des »Guten Kameraden« und wohne in San Francisco, welches hier kurzweg Frisco genannt wird. Mein Oheim, Ben Sommer, welcher als armer Handlungsgehilfe herübergekommen war und es durch fleißige Arbeit und unbestechliche Ehrlichkeit zum reichen Großhändler und Schiffsreeder gebracht hatte, besaß keine Kinder und bat darum meine im lieben Deutschland wohnenden Eltern, mir, dem ältesten von fünf Geschwistern, die Erlaubnis zu erteilen, ihn zu besuchen und dann vielleicht für immer bei ihm zu bleiben. Nach langem Ueberlegen, Kämpfen und Zögern gingen Vater und Mutter schließlich in Rücksicht auf die mir gebotene Zukunft auf diesen Vorschlag ein; Vater brachte mich nach einem thränenreichen Abschiede von den geliebten Meinen auf das Schiff, und dann ging ich als vierzehnjähriger Knabe zu Wasser nach New York und auf der Pacificbahn nach Frisco, wo der Oheim mich mit ausgebreiteten Armen in Empfang nahm.

Nachdem das Heimweh leidlich überwunden war, ging's an die Arbeit, denn »Uncle Ben« war der sehr richtigen Ansicht, daß ich nicht nur etwas, sondern viel, sehr viel lernen müsse, um geschickt zu werden, einst sein Nachfolger zu sein. Ich erhielt nicht nur theoretischen Unterricht, sondern wurde vor allen Dingen auch in die Praxis meines spätern Berufes eingeführt. Der Oheim ritt weit ins Land hinein, um ganze Ernten und Herden für den Versandt aufzukaufen; er fuhr per Bahn nach den Minen, in die Diggins oder zu den Holzfällern ins Gebirge, um Geschäfte abzuschließen, bei denen es sich stets um bedeutende Summen handelte, und ich mußte ihn auf allen diesen Ausflügen und Reisen begleiten, »denn,« sagte er, »durch das Auge lernt man schneller als durchs Ohr, und nur was man selber sieht, kann man gesehen haben.« Nachdem ich mich in dieser Weise drei Jahre lang auf dem Lande umgesehen hatte, machte er mir zu meiner großen Freude eines Tages die Eröffnung:

»Du weißt, daß ich jährlich einige Walfischfänger und Robbenschläger ausrüste, und sollst auch diese Seite meines Geschäftes praktisch kennen lernen. Eine so lange Zeit, wie ein Waljäger bis zu seiner Heimkehr braucht, mag ich dich jetzt nicht missen; aber ein Robbenschläger ist schon nach drei Monaten wieder da, und so magst du an Bord meines »Sealskin« gehen. Er lichtet in nächster Woche die Anker, und bis dahin haben wir mehr als genug Zeit, deine Ausrüstung zu beschaffen.«

Seehundsjagd! Robbenschlag! Ich war natürlich ganz begeistert und träumte eine Woche lang in jeder Nacht von Seebären und Seelöwen, mit denen ich im Kampfe lag. Kaum konnte ich den Tag der Abfahrt erwarten. Er kam; der Oheim brachte mich an Bord und empfahl mich der besondern Obhut des Kapitäns. Außerdem wurde mir der alte Bootsführer Harper als Lehrer und Beschützer beigegeben. Er hatte die Hälfte seines Lebens auf dem Wal- und Robbenfange zugebracht und war die geeignetste Person, mir durch Wort und That ein Führer zu sein.

Während der letzten acht Tage hatte ich möglichst viel über den Seehund gelesen. Diese Bücher und Aufsätze behandelten die Robben vom naturgeschichtlichen oder auch vom rein geschäftlichen Standpunkte aus. Harper aber lehrte mich, sie noch von einer andern Seite zu betrachten. Er liebte die Robben, obgleich er viele Tausende von ihnen erschlagen hatte. Ganz besonders sprach er von ihren großen, schönen Augen, deren Ausdruck demjenigen des menschlichen Blikkes gleicht. Er behauptete, daß jeder Hieb, den er nach einem Seehunde führte, zugleich ihn selbst im Innern getroffen habe.

Um mir zunächst einige allgemeine Bemerkungen zu erlauben, so ist die Naturgeschichte der Robbe wohl jedem »guten Kameraden« so bekannt, daß ich über dieselbe schweigen kann. In den Büchern werden viele Gattungen und Arten aufgezählt, welche der Robbenschläger auch anerkennt; der Kürschner aber spricht nur von zwei Arten, nämlich vom gemeinen Seehunde, für dessen Fell er 2–12 Mark bezahlt, und vom Pelz- oder Biberseehund, dessen Fell er für 15–60 Mark kauft. Die Felle sind nach ihrer Güte sehr verschieden. In dieser Beziehung unterscheidet der Kürschner beim gemeinen Seehunde: Blaumänner, Whitecoats, Sattler,

Seehund.

blausaitige, gesprenkelte und ordinäre. Die Pelzseehunde haben unter dem groben Oberhaare eine dichte, feine, seidenartige Grundwolle und geben nach Entfernung des ersteren ein sammetartiges Pelzwerk, welches besonders in Rußland, England und Frankreich sehr geschätzt wird. In Beziehung auf die Größe und Güte werden Wigs, Larges, Middlings, Smalls, Large Pups, Middling Pups und Small Pups unterschieden. Die Wigs aus Australien sind zu 60 Mark pro Stück die teuersten. Zur Vergleichung sei erwähnt, daß ein sibirischer Zobel bis 450 Mark, ein Schwarzfuchs bis 1000 Mark und ein Seeotter bis 1500 Mark kostet, während man für Bisam höchstens 3 Mark, für Skunk 7 Mark bezahlt. Ein gutes Löwenfell mit Kopf, Gebiß und Klauen kann 600 bis 700

Mark, dasjenige eines Königstigers 400 Mark, und eines Jaguars 150 Mark kosten.

Das Fell des Seehundes wird nicht nur zu Pelzwerk verarbeitet, sondern es gibt ein sehr gutes Schuhleder und, mit dem Haar gegerbt und zum Teil gefärbt, den Ueberzug zu Koffern, Tornistern u. dgl. Der Thran ist dem Fischthran ähnlich und wird von den Eskimos gern getrunken. Auch das Fleisch ist eßbar, besonders aber die Leber und Zunge, doch würde ein deutscher Gymnasiast sich ganz gewiß, wie Hektor, »ewig von ihm wenden«.

In unsern Küstengewässern wird der Seehund, da er den Fischen nachstellt, von den Fischern eifrig verfolgt, doch nährt er sich auch von Weich- und Krustentieren. Die armen arktischen Eingeborenen könnten ohne ihn gar nicht existieren, da er ihr wesentlichstes Nahrungsmittel bildet. Außerdem liefert er ihnen den Pelz zur Kleidung, das Fell zum Zelt oder Hüttendach, das Fett zu Feuer und Licht, die Sehnen zu Zwirn, die Därme zum Segel und Fenster, und die Knochen zu allerlei kleinen, nützlichen Werkzeugen.

Deshalb werden jahraus jahrein unzählige Robben von ihnen getötet. Dazu kommt der Fang der Robbenschläger, welche im Jahre 1888 zwei Millionen Felle nur an die Kürschner lieferten, nicht zu gedenken der Häute, welche zu Leder verarbeitet worden sind. Da wäre es, besonders weil das Weibchen nur ein Junges wirft, gar kein Wunder, wenn der Seehund ausgerottet würde, zumal die Robbenschläger nur auf den augenblicklichen Gewinn sehen und keineswegs an die Zukunft denken.

Sie suchen ihr Jagdgebiet gewöhnlich Ende März auf, also zu einer Zeit, in welcher die nur wenige Tage zählenden jungen Robben noch ihrer Mütter bedürfen, ohne welche sie verschmachten müssen. Die Mütter gehen des Morgens ins Wasser und kehren gewöhnlich erst gegen Abend zu ihren auf dem Eise zurückgebliebenen Jungen zurück, um dieselben während des Abends und der Nacht zu säugen. Solche mit Robben belebte Eisfelder werden »Seehundswiesen« genannt. Haben die Robbenschläger eine solche Wiese entdeckt, so legen sie bei derselben an, schlagen die Alten tot, nehmen ihnen die Felle und den Speck, um aus dem letzteren Thran zu sieden, und lassen die Jungen hilflos zurück, ohne sich ein Gewissen daraus zu machen, daß dieselben nun elend umkommen müssen. Sehr häufig kommt es vor, daß man im Eifer der Jagd einen Seehund nur betäubt und ihm das Fell bei lebendigem Leibe abzieht. Landet man zu der Zeit, wo nur die Jungen da sind, auf einer Seehundswiese, so schlägt man diese mit Knüppeln tot und wartet dann auf die Weibchen, welche, ohne die Gefahr zu achten, von ihrer Mutterliebe auf das Eis getrieben werden. Dann beginnt das Gemetzel natürlich von neuem. Die toten Jungen läßt man gewöhnlich unangerührt, weil sie nur wenig Thran geben und ihr Fell einen geringen Wert besitzt.

Dies erfuhr ich von Harper, meinem Bootsführer, welcher seinem Herzen dabei durch allerhand kräftige Redensarten Luft machte, und es war mir dabei ganz so zu Mute, als ob ich später nicht im stande sein werde, auch nur einen einzigen Seehund zu erschlagen. Erschlagen, welch ein häßliches Wort! Mit der Büchse in der Hand einem Büffel entgegentreten oder mit dem Lasso in der Faust einem wilden Mustang nachjagen, das ist eines Mannes würdig; aber mit Knüppeln über einen wehrlosen Seehund herfallen, das das – – – nun, ich habe es doch gethan; möge die Aufregung der Jagd mir zur Entschuldigung dienen!

Der »Sealskin« war ein für den Robbenschlag ausschließlich eingerichteter Dampfer mit drei hohen Masten, um bei gutem Winde die Segel benutzen und das Heizmaterial sparen zu können. Er war wohl bemannt und trug sechs Boote in den Davits, welche bei einem guten Ausguck auf Seehunde schnell und leicht in die See geführt werden konnten. Alles, was zur Robbenjagd nötig war, gab es da mehr als zur Genüge, besonders Knüttel zum Zuschlagen, auch Flinten, welche aber mehr für die Jagd andrer, gefährlicherer Tiere bestimmt waren. Wir hatten einen Herd mit Kesseln, zum Kochen des Thranes, und Fässer zur Aufnahme desselben.

Wir mußten zunächst den Hafen von Sitka auf der Insel

Baranow aufsuchen. Als wir dort ankamen, lag da bereits eine ganze Flotte von Robbenschlägern vor Anker, welche hier ihre Ausrüstung vervollständigten oder etwaige Havarien ausbesserten. Es war Ende März, also die Zeit, in welcher die Schiffe ihre Jagdgründe aufsuchen. Der Oheim besaß in Sitka eine Kohlenniederlage, aus welcher wir das verbrauchte Feuermaterial ergänzten; dann ging es weiter dem Norden zu. Diejenigen von den andern Schiffen, welche Anker klar machen konnten, schlossen sich uns an, wohl meist aus Eifersucht, damit wir nicht eher als sie zum Fange kommen sollten.

Die Flotte hatte immer guten, steten Wind, konnte sich also leicht zusammenhalten und gelangte von Sitka aus nach fünf Tagen in die Nähe der lang gestreckten Eilandgruppen, welche der Halbinsel Alaschka vorgelagert sind, und äußerst erträgliche Jagdgründe bilden.

Man darf ja nicht denken, daß die Wiesen aus zusammenhängenden Flächen bestehen. Die Eisberge und -felder werden nach und nach vom Lande abgedrängt, weiter und weiter in die See vorgeschoben und endlich durch Sturm und Wogengang auseinander gerissen, worauf sie der Richtung der jeweilig herrschenden Winde und Strömungen folgen. Solche treibende Eisfelder werden von den Seehunden aufgesucht; sie werfen da ihre Jungen, lassen sich mit denselben südwärts tragen und verlassen ihre krystallenen Flöße erst dann, wenn die Jungen stark genug sind, mit ihnen in die nordische Heimat zurückzuschwimmen. Wie bereits erwähnt, verlassen die Mütter des Morgens die Eisschollen, um erst gegen Abend zurückzukehren. Dabei ist der Instinkt, der sie beim Aufsuchen ihrer Jungen leitet, geradezu bewundernswert. Die vielen neben- und miteinander schwimmenden Eisblöcke mögen einander noch so ähnlich sein, sie mögen noch so sehr verschoben, noch so weit fortgetrieben worden sein, das alte Tier kommt dennoch zur richtigen Stelle und findet unter der Unmasse der gleichartigen, hilflosen Wesen sein eigenes Kind heraus.

Solchen treibenden Eiswiesen begegneten wir von jetzt an;

Eine Seehundsjagd. Auf dem Wege nach den Jagdgründen.

sie waren die ersten und darum noch nicht so gut besetzt, daß es sich verlohnt hätte, die Fahrt zu unterbrechen.

Unsre Flotte bestand aus elf Schiffen, welche unter voller Leinwand fuhren. Mein »Sealskin« fuhr mit beschlagenem Fock-, Groß- und Besahnsegel und hielt sich – ein so vortreffliches Schiff war er – dennoch als vorderstes in der Reihe, wie aus unserm ersten Bilde »Auf dem Wege nach den Jagdgründen« zu ersehen ist. Dasselbe gibt zugleich die eigenartige Färbung der Wogen und Wolken in sehr anschaulicher Weise wieder. Auf allen Decken, nur auf dem unsrigen nicht, war alles zu einer schnellen Landung klar gemacht. Als ich Harper nach dem Grunde unsres Säumens fragte, antwortete er mir unter einem schlauen Lächeln:

»Das ist keine Nachlässigkeit, sondern im Gegenteil ein ganz kluger Kniff von unserm Kapitän. Er will die Kerls, welche da hinter uns segeln, los sein und wird die Gelegenheit dazu bei der ersten guten Seehundswiese benutzen. Und darauf werden wir gar nicht lange zu warten brauchen, denn horch!«

»Seals in sight!« ertönte es in diesem Augenblicke vorn vom Ausgucke her. Dort stand vor einem gutbefestigten, scharfen Fernrohre ein stündlich abzulösender Matrose, welcher vor nahenden Eisschollen zu warnen und zugleich die ihm vor das Rohr kommenden Seehundswiesen zu melden hatte. Wer ein Rohr besaß, nahm es jetzt ans Auge, ich das meinige auch. Weit draußen, ganz am Horizonte, sah ich eine lange Eisfläche blinken, auf welcher es von dunklen, beweglichen Punkten förmlich wibbelte und kribbelte. Das war eine außerordentlich stark bevölkerte Wiese, die erste derartige, welche wir auf dieser Fahrt erblickten. Sie wurde auch von den andern Schiffen bemerkt, denn wir sahen, daß dieselben sich fertig machten, um beizudrehen und ihre Boote auszusetzen. Auch unser »Sealskin« hielt dicht beim Winde, und der Kapitän ließ an den Davids arbeiten, als ob er die Boote klar machen wolle, gab aber dabei den Befehl, das Feuer der Dampfkessel heller zu schüren. Er ließ die Maschine leise rückwärts arbeiten, so daß wir gar keine Fahrt machten; infolgedessen überholten uns die andern Schiffe. Indem sie an uns vorübersegelten, wurden wir von ihren Mannen, welche unsre Absicht nicht errieten, schadenfroh angerufen; sie glaubten, daß wir an einem Defekte litten und also zwar vorwärts wollten, aber nicht konnten.

Die Eisbank näherte sich; die Boote stießen von den Schiffen ab und hielten ein förmliches Wettrennen nach der wohl

Eine Seehundsjagd.
Das Wettrennen nach der Seehundswiese.

über eine englische Meile langen und ebenso breiten Scholle hin (s. das Bild: Wettrennen nach der Seehundswiese). Jeder Steuermann wollte mit seinem Boote als dem ersten dort anlegen.

Die Flotte hatte die Eisscholle zwischen sich genommen; darum landeten die Boote von zwei Seiten, um den Seehunden die Flucht in das Wasser möglichst abzuschneiden. Gegen anderthalbhundert Menschen sprangen, mit Knütteln bewehrt, auf das Eis, zogen ihre Fahrzeuge schnell nach und fielen dann schreiend über die armen Tiere her. Da wir uns in der Mitte des Tages befanden, waren nur junge, kaum zwei Wochen alte Robben vorhanden, welche zu schwach und unerfahren waren, als daß sie die Flucht in das Wasser hätten ergreifen können. Sie wurden alle erbarmungslos erschlagen.

Ich wendete mich ab, da ich das nicht mit ansehen mochte; Harper fluchte und wetterte wie ein Landsknecht über diese schonungslose Schlächterei, und der Kapitän erteilte die Weisung, vollen Dampf zu geben. Unsre Segel füllten sich wieder; die Räder arbeiteten mit Macht, und wir flogen an der schmalen Seite des Eisfeldes vorüber und in die südwestliche See hinaus. Die bei der Jagd engagierten Schiffe konnten uns nicht folgen, da sie die Rückkehr der alten Robben abwarten mußten; dann gab es für sie bis zum nächsten Tage zu thun, und wir waren sie also los. Schon nach einer Stunde konnten wir sie selbst durch das Fernrohr nicht mehr sehen.

Bald darauf hatten wir die Insel Kadiak und Kap Trinity doubliert und hielten auf Unimak zu. Die dortigen Untiefen liegen um diese Zeit vollständig unter Eis, was einen reichen Fang erwarten ließ. Gegen Abend des zweiten Tages erblickten wir die Spitze des 2703 *m* hohen Vulkanes Schikhaldin, der diese Insel weit in die See hinaus markiert, und kaum hatten wir diese Bemerkung gemacht, so mußten wir sämtliche Segel beschlagen und durften nur noch, und zwar sehr vorsichtig, unter Dampf gehen, da wir uns dem Festeise näherten.

Indem wir auf diese Weise und unter fortwährendem Auswerfen des Loggs langsam vorrückten, bemerkten wir ein langes, schmales und sehr leichtes Boot, welches sich mit der Gewandtheit eines Fisches vor uns nach allen Seiten im Wasser hinbewegte. Dieses Fahrzeug war oben zu, außer einer einzigen Oeffnung, aus welcher der Oberkörper eines barhäuptigen und in Felle gekleideten Mannes ragte, welcher mit erstaunlicher Geschicklichkeit mit der Linken sein Paddelruder führte, während er in der Rechten eine kurze Harpune wurfbereit hielt. Das war ein Eskimo. Er achtete zunächst nicht auf uns, sondern auf sein Geschäft. Ein Seehund tauchte neben ihm auf und sofort flog ihm die Harpune in den Leib (s. das Bild: Eskimo auf Robbenfang); das Tier tauchte sofort wieder unter und riß das Boot an der Harpunenleine eine Strecke mit sich fort, ermüdete aber durch den Blutverlust so schnell, daß der Eskimo es an sich ziehen und mit einem Hiebe seines Ruders vollends töten konnte.

Ein solches Eskimoboot wird Kajak genannt. Das Gerippe desselben besteht meist nur aus Walroßknochen und der Ueberzug aus Seehundsfellen. Der Ruderer steigt in das erwähnte Loch und bindet sich den Rand desselben fest um den

Der Eskimo auf Robbenfang.

Leib; dann kann kein Tropfen Wasser eindringen. Mag der Kajak zehnmal mit dem Manne kentern; ein Schlag mit dem Ruder bringt beide wieder nach oben und von Ertrinken kann keine Rede sein.

Jetzt zeigte der Mann erst, daß er uns wohl gesehen hatte. Er kam, seine Beute hinter sich herziehend, uns entgegengerudert und gab uns mit der Hand das Zeichen, daß er mit uns reden wolle. Der Kapitän ließ stoppen. Er selbst verstand einige Dialekte hiesiger Völkerschaften und mehrere seiner Untergebenen wieder andre Mundarten, so daß wir uns mit ihrer Hilfe mit jedem Eskimo oder Aleuten verständigen konnten. Da stellte es sich denn heraus, daß er zu den westlichen Eskimos vom Nunatakflusse gehörte und mit seiner Familie so weit hierhergekommen war, um an ein europäisches oder amerikanisches Schiff seine mehrjährige Jagdbeute zu verkaufen. Er war im November mit Hundeschlitten auf Unimak angekommen und hatte bis jetzt den Umkreis dieser Insel so gut kennen gelernt, daß der Kapitän ihn als Lootsen und Führer engagierte. Die Schätze, welche er gegen allerlei Tauschartikel dann an Bord brachte, bestanden in Seeotter-, Silber- und Kranzfuchsfellen, welche er uns spottbillig überließ. Er brachte uns in einen tiefen Busen im Eise, wo wir anlegten. In der Nähe lag seine runde Schneehütte, welche er mit seiner Frau, seinem Bruder, dessen Weib und den beiderseitigen Kindern bewohnte. Sie waren in Summa elf Personen mit dreißig Schlittenhunden und fühlten sich glücklich, uns getroffen zu haben.

Es zeigte sich, daß der Kapitän sehr wohl gethan hatte, sich die Insel Unimak zum Ziele zu nehmen, denn der Eskimo sagte uns, daß es in deren Umgebung von Seehunden ganz

An der Eisküste der Insel Unimak.

schwarz aussehe. Sie mieden jetzt nur die Stelle, an welcher wir vor Anker gegangen waren, weil unsre neuen Freunde da gejagt hatten.

Da wir wenigstens eine Woche hier bleiben wollten, so wurde an Bord alles beschlagen und festgemacht, so daß, vom Eise aus gesehen, unser Schiff den Anblick bot, den unser Bild »An der Eisküste der Insel Unimak« veranschaulicht.

Glücklicherweise hatten wir während der ganzen Zeit unsres Aufenthaltes helles, ruhiges Wetter ohne Sturm und Schneegestöber; auch von den gefürchteten Eisnebeln wurden wir ganz und gar verschont. Nachdem noch während der ersten Nacht die Kessel zum Thransieden eingehängt und auch alle andern Vorbereitungen getroffen worden waren, ging es gleich am ersten Morgen unter Führung der Eskimobrüder auf den Robbenschlag. Alle sechs Boote wurden bemannt, jedes mit vier Ruderern und einem Steuerer. Ich saß natürlich in demjenigen, welches mein alter Harper kommandierte. Bewaffnet waren wir alle mit tüchtigen Knütteln. Einige, unter denen auch ich mich befand, waren außerdem mit guten Doppelgewehren versehen, da die gefährliche Begegnung mit einem Eisbären keineswegs ausgeschlossen war.

Wir ruderten aus dem Busen hinaus und dann längs der Eisküste hin, an welcher sich bald Seehunde zeigten, erst einzeln, dann in immer größeren und gedrängteren Scharen. Da wir alle weiße Hemden übergeworfen hatten und durch sogenanntes lockeres, weißes Breieis fuhren, bemerkten sie uns nicht, zumal es noch nicht ganz heller Tag war. Aus diesem letzteren Grunde befanden sich sämtliche Alte noch bei den Jungen. Nach kaum einer Viertelstunde gelangten wir an eine Wiese, wie sie selbst der Traum uns nicht besser hätte ausmalen können. Sie hatte sich vom Festeise getrennt, aber nur so weit, daß ein schmaler, offener Wasserkanal dazwischen lag. Drei Boote ruderten in den letzteren hinein; die drei andern gingen am Außenrande hin, um die Robben von zwei Seiten zugleich zu nehmen. Unsre Illustration »Eine Seehundswiese« gibt davon ein genaues Bild.

Eine Seehundswiese.

Auf ein gegebenes, aber nicht lautes Zeichen legten alle zugleich an; wir stiegen aus, zogen die Boote schnell auf das Eis und gingen dann sofort an das Werk. Wir? Die andern, ja, doch ich noch nicht. Es überlief mich ein mit Grauen gemischtes Mitleid, als ich sah, daß ein jeder sich auf den nächsten Seehund warf, um ihn mit einem Hieb auf die Nase zu töten. Die Tiere hatten so große, schöne Augen und ein gar so hilfloses Aussehen. Uebrigens erschien es mir viel edler, sie zu erschießen. Aber das Gewehr ohne Not und Gefahr zu gebrauchen, war streng verboten, da alle Robben, so weit der Schall des Schusses reichte, sofort das Wasser aufgesucht hätten. Das Morden nahm also seinen stillen, heimtückischen Fortgang. Harper verstand das, was ich fühlte, nur zu wohl; darum sprach er keine Aufforderung aus. Er wußte aus eigener Erfahrung, daß das Jagdfieber mich sehr bald ergreifen werde. Und – – es packte mich allerdings schon nach kurzer Zeit. Als ich das Wild in solchen Scharen fallen sah, geriet ich in einen Zustand, als ob ich eine mehr als tüchtige Portion Grog getrunken hätte. Es trieb mich förmlich zu einer feisten Robbe hin, welche eben das Wasser gewinnen wollte. Ich holte aus – ein Hieb auf die Nase, sie war tot; der Geist der Eisgründe hielt mich fest, und ich gehorchte ihm, bis der Ertrag dieser ersten Jagd ein solcher war, daß Einhalt geboten werden mußte. Da wich die Aufregung von mir und ich bekam Ohr für die vielen, vielen armen Jungen, welche sich angstvoll und mühsam auf dem Eise umherschleppten oder bei ihren erschlagenen Müttern lagen und dabei genau wie kleine Kinder wimmerten. Ich schlich mich in mein Boot und setzte mich da einsam nieder, um nicht sehen zu lassen, daß es Salzwasser außer in der See auch im menschlichen Auge gibt. Mein Trost war, daß wir nicht nur sämtliche Jungen verschont, sondern auch sehr viele Alte absichtlich entkommen lassen hatten.

Die Matrosen schnitten nun die getöteten Robben auf, um ihnen die Häute und den Speck zu nehmen. Die ersteren wurden an Ort und Stelle in Bündel gewickelt und, wie in unserm Bilde veranschaulicht, an mitgebrachten Stricken nach den Booten geschleift. Wir hatten ihrer so viele, daß wir zwei-

Die Beute wird nach den Booten geschleppt.

mal mit den beladenen Booten nach dem Schiffe mußten; dreimal aber fuhren wir mit dem Speck, welcher im Laufe des Tages geschnitten und ausgeschmort wurde. Die zurückbleibenden Grieben gaben ein sehr gutes Heizmaterial.

Am nächsten Tage erlegten wir eine noch größere Menge Mützen- oder Haubenrobben, deren Pelz sehr gut bezahlt wird; wir geben von dieser Seehundsart eine wohlgelungene Abbildung. Ich muß so ehrlich sein, zu gestehen, daß ich

Die Mützen- oder Haubenrobbe.

auch da und späterhin immer mitschlug; es war eben schwer oder gar unmöglich, der Aufregung zu widerstehen. Nach fünf oder sechs Tagen nahmen wir einen andern und später abermals einen entlegeneren Ankerplatz. Zuletzt lagen wir vor der Insel Unalaschka und hatten eben volle Ladung gemacht, als die von uns verlassene Flotte dort ankam. Dieselbe war weiter oben in den Kenai-Sund eingedrungen, hatte da aber so schlechten Fang gemacht, daß wir außerordentlich beneidet wurden. Da diese Leute so rücksichtslos die Jungen töteten, gönnte ich ihnen ihren Mißerfolg von ganzem Herzen. Wir hatten, vom Thrane gar nicht zu sprechen, über 9000 Felle erbeutet, unter denen sich auch Häute von Seebären befanden, und konnten sehr zufrieden sein, obgleich andre Schiffe noch glücklicher gewesen sind. So erlegten im Jahre 1881 27 Dampfer an der Nordküste von Neufundland zusammen 334 513 Robben, was pro Schiff durchschnittlich über 12 000 Stück ergibt, und der deutsche Dampfer »Franklin« brachte 1871 sogar 14 000 Felle mit nach Hause.

Die Eskimos waren uns sehr nützlich gewesen; wir ließen sie nach ihren Verhältnissen reich belohnt zurück. Noch am Tage vor unsrer Abfahrt von Unalaschka erlebte ich mit Harper ein Abenteuer, welches mir unvergeßlich bleiben wird.

Vor Unalaschka liegt, nur durch einen schmalen Sund von ihr getrennt, die kleine Insel Spirkin, auf welcher ich durch das Rohr zwei Eisfüchse sah. Es verlangte mich, sie zu erlegen, und der Kapitän erteilte mir die Erlaubnis, mit Harper hinüberzugehen. Zu gehen über den Sund? Jawohl! Er war zwar nicht vollständig zugefroren, aber die losen Eisschollen, welche ihn bedeckten, lagen so nahe aneinander, daß man zwar mit dem Bote nicht hindurch, desto besser aber zu Fuße hinüber konnte. Wir nahmen Springstangen mit, ich auch mein Gewehr. Harper ließ das seinige zurück, um mir nicht Konkurrenz zu machen. Ich war begierig auf die Füchse und beeilte mich daher, die kleine Insel zu erreichen. Eben setzte ich den Fuß auf das Ufer, so hörte ich hinter mir Harper rufen. Ich drehte mich um. Er war langsam gegangen und befand sich noch auf der Mitte des Sundes. Dort lagen die Schollen nicht mehr ruhig wie vorher; das Wasser unter ihnen war plötzlich in Bewegung gesetzt worden und trieb die Schollen hier aus- und dort aufeinander. Mein alter Bootsführer hatte Mühe, sich auf der seinigen zu erhalten.

»Master Fred, ein Schwertfisch, ein Schwertfisch!« rief er mir zu. Ich sah dieses Tier nicht und kehrte zurück. Er aber rief mir zu, fern zu bleiben, da der Fisch unter dem Eise je-

Robbe von einem Schwertfisch verfolgt.

denfalls eine Robbe jage und es gefährlich sei, sich oberhalb desselben zu befinden. Ich ging dennoch mehrere Schritte weiter, bis auch die Stelle, an welcher ich mich befand, ins

Wanken geriet. Da sah ich auf einer offenen Wasserrinne die halbmondförmig rückwärts gebogene Flosse des Fisches blitzschnell dahinschießen. Es wurde ihm, da der Seehund sehr gut schwimmt und taucht, nicht leicht, seine Beute zu erwischen; er trieb sie bald auf, bald ab, bald hierhin, bald dorthin. Harper stemmte sich mit Hilfe seiner Springstange fest; seine Scholle fuhr auf der einen Seite unter Wasser. In diesem Augenblicke schnellte sich ein dunkler Körper zu ihm herauf, so daß derselbe gerade vor seine Füße zu liegen kam. Einen Moment später schoß der Schwertfisch abermals vorbei. Der dunkle Körper war -- der gejagte Seehund, und ich wollte meinen Augen nicht trauen, als ich sah, daß sich das geängstete Tier mit den vorderen Ruderpfoten an Harpers Knie aufrichtete, ihn bittend ansah und dabei einen Ton hören ließ, welcher genau demjenigen eines um Hilfe winselnden Hundes glich. Da kehrte der wohl 5 *m* lange Schwertfisch zurück; er hatte den Kopf über Wasser, um die Scholle unterzudrücken. Ich fand gerade noch Zeit, das Gewehr anzulegen und ihm eine Kugel zu geben; sie warf ihn zur Seite, so daß er an der bedrohten Eisplatte vorüberflog und sich dann nicht wieder sehen ließ. Ich wußte damals noch nicht, daß der Schwertfisch auch im Eismeere vorkommt.

Die Schwankung der Scholle war jetzt so bedeutend, daß Harper sich niederkauern mußte; er hielt dabei den Seehund fest, was dieser sich ganz ruhig gefallen ließ. Man hatte drüben den Vorgang auch bemerkt und kam herbei, ihm zu helfen. Ich vergaß die Füchse und dachte jetzt nur an die Robbe. Wie, wenn wir sie lebend auf das Schiff bringen könnten! Ich hielt das für sehr schwer, aber es war sehr leicht, denn das Tier war vor Angst und Anstrengung so abgemattet, daß es nicht an Widerstand dachte. Wir füllten einen leeren, eisernen Trinkwasserkubus mit Seewasser und gaben die Robbe hinein. Sie war ein einjähriges Männchen und wurde während der Rückfahrt der Liebling aller Schiffsmaaten, besonders aber der meinige. Ich nannte das zutrauliche Tier Robby, auf welchen Namen es heute noch hört, und wenn einer der »guten Kameraden« Lust hat, meinen Robby und die Kunststücke, welche ich ihm gelehrt habe, zu sehen, so sei er herzlich zu mir eingeladen; es steht ihm der freundlichste Empfang bereit, und sehr gern will ich ihm auch von andern interessanten Erlebnissen erzählen.

DIE BEIDEN KULLEDSCHI.

Topffloß auf dem Nil.

Bekanntlich gibt es in Aegypten kein andres Trinkwasser als dasjenige, welches man aus dem Nile schöpft. Es ist so lau, daß man es vor dem Genusse abkühlen muß. Dies geschieht dadurch, daß man es in poröse Thongefäße füllt, durch deren Wände es langsam sickert. Die dadurch hervorgerufene Verdunstung bewirkt, daß es bedeutend frischer und also auch wohlschmeckender wird. Diese Gefäße, welche entweder Krug- oder Flaschenform besitzen, werden in der Gegend von Kenneh und Ballas aus echtem thebaischem Thone gefertigt und nach dem letzteren Orte Ballasi genannt. Eine minderwertige Sorte kommt aus Semennud in Unterägypten und wird von betrügerischen Händlern zuweilen als echte Ballasi verkauft. Wer mit solchen Thongefäßen handelt, wird nach dem arabischen Worte Kulle, welches Wasserkrug bedeutet, Kulledschi genannt.

Kenneh und Ballas verschiffen jährlich Hunderttausende von Krügen, welche zuweilen auf Nilschiffe verladen werden, meist aber in Form von Flößen nach ihrem Bestimmungsorte gehen. Man fertigt zu diesem Zwecke aus Palmfaserstricken ein Netz, in dessen Maschen die Krüge befestigt werden. Sind mehrere Lagen übereinander geordnet, so fassen zwar die unteren Wasser, die oberen aber bleiben leer, so daß das Floß unmöglich sinken kann. Darüber werden Stangen gelegt und Matten gebreitet, um, wie unsre Abbildung zeigt, ein festes Deck zu gewinnen. Zuweilen bringt man sogar einen Mast mit Rahe und dreieckigem Segel an, um den Wind, falls er günstig weht, benutzen zu können.

Um beweisen zu können, daß ihre Ware eine echte ist und nicht etwa aus Semennud stammt, lassen sich die Händler, bevor sie Kenneh oder Ballas mit ihrem Floße verlassen, gewöhnlich von dem dortigen Schech el Belled (Ortsvorsteher) eine schriftliche Bescheinigung darüber geben, daß sie wirklich hier gewesen sind. Ob dies aber dem kaufenden Publikum hinreichende Sicherheit bietet, mag eine Geschichte zeigen, welche sich zur Zeit des noch heute in lebhaftem Andenken stehenden Mustapha Effendi ereignete.

Dieser Beamte, ein geborener Kurde, war Muchtessib in Kairo, ein Wort, welches man am besten mit »Marktmeister« übersetzt. Ein Muchtessib hat die Läden zu revidieren und die Händler zu beaufsichtigen, damit jeder Käufer das richtige Maß und Gewicht erhalte und die Ware nicht höher als zu dem vorgeschriebenen oder gebräuchlichen Preise zu bezahlen habe. Bei der bekannten Bestechlichkeit orientalischer Beamten ist dieses Amt meist nur vorhanden, um den Träger desselben reich zu machen; Mustapha Effendi aber machte eine rühmenswerte Ausnahme; er erfüllte seine Pflicht mit großer, oft allzu großer Strenge und hätte gewiß jeden Versuch, ihn zu bestechen, auf das härteste bestraft. Er durchwanderte vom Morgen bis zum Abend die Gassen und Plätze der Stadt, durchkroch alle Läden und Winkel und zeigte dabei einen Blick, dessen Schärfe nicht das Geringste zu entgehen vermochte. Nie war er allein; es folgten ihm stets mehrere Polizisten, welche diejenigen Gegenstände trugen, deren er zur Ausübung seines Amtes bedurfte. Das war eine Wage, ein Hohl- und ein Längenmaß und – mit Respekt sei es gesagt – ein vollständiger Apparat zur Applikation der Bastonnade. Mustapha Effendi hatte nämlich nicht nur die Pflicht, die Sünden der Verkäufer zu entdecken, sondern er besaß auch das Recht, dieselben augenblicklich zu bestrafen. Dabei war die Bastonnade nicht etwa sein einziges Züchtigungsmittel, o nein! er hatte sich vielmehr durch das Auffinden der verschiedensten und meist originellsten Bestrafungsarten geradezu berühmt gemacht. Seine beiden Haupteigenschaften waren eine echt kurdische Unerbittlichkeit und eine Schlauheit, mit welcher er den größten Pfiffikus endlich doch einmal besiegte.

Ein solcher Pfiffikus war Sadok Omar, der Kulledschi. Die Wasserkrüge, welche er verkaufte, trugen alle das Zeichen der echten Ballasi; es war erwiesen, daß er sie aus Ballas holte; er vermochte die Zeugnisse des dortigen Schech el Belled vorzuzeigen, und doch war der Muchtessib überzeugt, daß diese Krüge nicht aus Ballas, sondern aus Semennud stammten. Der Ton, welchen sie beim Klopfen von sich gaben, war nicht derjenige der echten Ballasi; aber dies reichte nicht aus, Sadok Omar des Betruges zu überführen.

Neben diesem Händler wohnte ein andrer Kulledschi, Selim Ben Nuba genannt, weil er ein dunkelfarbiger Nubier war. Aus der fernen Heimat nach Kairo gekommen, war er mehrere Jahre Diener bei einem fränkischen Konsul gewesen und hatte sich so viel erspart, daß er einen Ballasihandel beginnen konnte. Da er ehrlich war, brachte er es nicht zu dem Gewinne seines Nachbars Sadok Omar, welcher seine billige unechte Ware zu dem hohen Preise der echten verkaufte und sich dennoch außerordentlich darüber ärgerte, in dem Nubier einen so nahe wohnenden Konkurrenten bekommen zu haben. Er haßte den letzteren und that sein möglichstes, ihm Schaden zu bereiten und ihn geschäftlich zu ruinieren. Dies wollte ihm aber nicht gelingen, denn Selim Ben Nuba war infolge seiner Ehrlichkeit ein Liebling des Muchtessib, der ihn zwar nicht begünstigte, aber doch mit offenen Augen über ihn wachte. Dies erschütterte Sadok Omars Geduld in der Weise, daß er beschloß, seinen Zweck durch einen Handstreich zu erreichen.

Er pflegte nämlich seine Krüge in Semennud zu kaufen, und in dem Ballastraume eines Sandals (Nilschiffes) hinauf nach Ballas zu bringen. Dort wurden sie des Nachts ausgeladen und zu einem Floße verbunden, um nach Kairo gebracht zu werden. Da ihnen das Zeichen der echten Ballasi eingedrückt war und der Schech el Belled die Bescheinigung darüber, daß Sadok Omar hier gewesen sei, nicht verweigern konnte, so hatte der letztere niemals des Betruges überführt werden können. Neben diesem Geschäft betrieb Sadok Omar noch ein andres, nicht minder verwerfliches – die Schmuggelei. So oft er in Semennud unechte Krüge verlud, versteckte er in die untersten derselben allerhand abendländische Artikel, welche in Damiat heimlich an das Land gekommen waren und von ihm mit nach Ballas genommen wurden, wo er gegen hohen Gewinn sofortigen Absatz fand. Infolge dieses Gewinnes hatte er es soweit gebracht, Besitzer des Sandals zu werden, während der Reïs (Kapitän) desselben offiziell als der Eigentümer des Schiffes galt.

Jetzt nun hatte Sadok Omar den Plan, unechte Krüge, welche auch das Zeichen der unechten trugen, zu kaufen und sie Selim Ben Nuba in die Hände zu spielen. Er hatte erfahren, daß dieser im nächsten Monate nach Ballas gehen wolle, um ein Ballasifloß zu holen, und das gab ihm die Gelegenheit, sein Vorhaben auszuführen. Er ging also nach dem Hafen von Bulaq, um den Befehl zu erteilen, daß man den Sandal segelfertig machen solle. Eben als er auf dem Kleindecke des Schiffes stand und mit dem Reïs sprach, kam der Muchtessib Mustapha Effendi mit vier Polizisten über die nahe Brücke gegangen. Er sah den Kulledschi, blieb stehen und sagte zu einem der Polizisten:

»Siehst du Sadok dort auf dem Sandal? Diesem Spitzbuben war noch niemals beizukommen. Was mag er auf dem Schiffe wollen? Du bist klug; eile heim; kleide dich wie ein Matrose an und begieb dich dann zum Reïs des Schiffes, um ihm deine Dienste anzubieten. Vielleicht gelingt es dir, zu erfahren, welche Absicht diesen Sadok Omar nach dem Hafen getrieben hat.«

Das war am Nachmittage. Abends kam der Polizist zu seinem Gebieter, um ihm zu melden:

»Effendi, ich muß mit nach Semennud; gieb mir die Erlaubnis dazu, wenn du den Kulledschi fangen willst!«

»Alles, alles erlaube ich dir, falls du ihn nur fängst,« antwortete der Muchtessib schnell. »Was hast du erfahren?«

»Sadok Omar geht nach Semennud, um Töpfe zu kaufen. Der Reïs brauchte einen Matrosen und hat mich angeworben. Darf ich mit, so werde ich jedenfalls vieles erfahren, was uns bisher verborgen blieb.«

»Natürlich mußt du mit, ganz natürlich! Ich danke Allah für die Aussicht, diesen listigen Schakal endlich einmal fangen zu können. Wehe ihm, wenn er mir in die Hände läuft! Er soll die Scherben aller seiner Töpfe schmecken!«

Der Polizist wurde mit den nötigen Verhaltungsmaßregeln ausgerüstet und verließ am andern Morgen mit dem Sandal Bulaq, den Hafen von Kairo. Sadok Omar, der Kulledschi, befand sich auch an Bord. Er hatte seinen Laden unter die Aufsicht eines Gehilfen gestellt. Von da an wartete Mustapha Effendi mit großem Verlangen auf die Rückkehr seines Untergebenen. Diese erfolgte nach ungefähr drei Wochen. Er meldete, daß in Semennud über fünfhundert große Thonkrüge in den Raum geschafft worden seien. Bei dieser Arbeit war er nicht mit beschäftigt gewesen, und so wußte er nicht, daß eine bedeutende Anzahl dieser Krüge mit ausländischen, unverzollten Artikeln angefüllt wurden. Den übrigen Platz hatte man zum Transporte gewöhnlicher Waren, welche noch heute in Kairo ausgeladen werden sollten, benutzt. Morgen früh sollte der Sandal dann flußaufwärts nach Ballas segeln.

»Mit den unechten Töpfen nach Ballas?« meinte der Effendi. »Hier liegt der Punkt, an welchem Sadok Omar zu fassen sein wird, und zwar werde ich selbst ihn bei dem Schopfe nehmen. Ich fahre schon heute mit einem Regierungs-Noqer (kleiner Schnellsegler) voran, um den Sandal in Ballas zu beobachten und abzufangen. Du segelst natürlich mit dem Kulledschi. Ich verkleide mich und lege die Tracht eines Fellah an; dennoch wirst du mich leicht finden, denn der Ort ist klein, und ich werde danach trachten, dir heimlich zu begegnen.«

Es bedurfte nur eines Befehles von Mustapha Effendi, so stand der Noqer ihm zur Verfügung. Als er sich nach einigen Stunden nach dem Hafen begab, um an Bord zu gehen, sah er Selim Ben Nuba, den armen, ehrlichen Kulledschi, welcher suchend längs des Ufers ging.

»Was willst du hier finden, mein Sohn?« fragte der sonst so grimmige Mann freundlich. »Erwartest du neue Ware?«

»Nein, o Effendina,« antwortete der Gefragte mit einer tiefen Verneigung. »Ich suche ein Schiff, mit welchem ich morgen nach Ballas gehen kann, um Krüge einzukaufen.«

»Du darfst mit mir fahren, und zwar ohne zu bezahlen. Eile heim, dein Haus zu bestellen! In einer Stunde segelt der

Noqer, welchen du da vor uns liegen siehst, ab. Aber sei verschwiegen. Niemand darf wissen, daß wir bei einander sind und welches Ziel wir haben.«

Das war eine Ehre, welche der Nubier wohl zu schätzen wußte. Er ging schnell nach seiner Wohnung, um sich zur Reise vorzubereiten, und trachtete dann, möglichst unbeobachtet an Bord zu kommen. Kurze Zeit später entfaltete der »Noqer« seine beiden Segel und richtete den scharfen Bug gegen die gelben Wasser des Nils, um nach mehrtägiger Fahrt in Kenneh anzulegen. Dort sollte er vor Anker bleiben, um nicht in Ballas gesehen zu werden. Mustapha Effendi hatte einen weißen Haïk angelegt, dessen Kapuze er über den Kopf zog. Er stieg mit Selim Ben Nuba aus, um sich über den Nil nach Ballas rudern zu lassen, wo er sich, da man ihn nicht kannte, für einen Verwandten Selims ausgab. Dieser letztere kaufte über fünfhundert echte Ballasi und dazu die billigen Palmfasernetze, welche zur Herstellung des Floßes nötig waren. Diese Ausgabe verschlang die ganze Barschaft, welche er besaß. Er wollte das Floß, welches auf die einfachste Weise hergerichtet wurde, wie gewöhnlich ganz allein nach Kairo steuern, doch kaufte der Effendi ihm Matten zur Bedeckung der Krüge und sogar einen Mast mit dem gebräuchlichen Seil- und Segelwerke.

Noch während Selim Ben Nuba mit Hilfe einiger Fellahs an der Zusammensetzung des Floßes arbeitete, kam der Sandal seines Nachbars an und legte sich ganz in der Nähe vor Anker; dennoch würdigte Sadok Omar den Nubier keines Grußes und scheinbar selbst nicht einmal eines Blickes. Er war übrigens fast reich gekleidet, während Selim der herrschenden Hitze halber und auch aus Sparsamkeitsrücksichten nur den hier gebräuchlichen Lendenschurz trug. Der Effendi hatte sich am hohen Ufer ganz einsam unter einen Akazienstrauch gelegt, von welchem aus er alles leicht und gut beobachten konnte.

Sadok Omar verließ das Schiff, um mit seinem hiesigen Geschäftsfreunde über den Preis und die Uebergabe der Schmuggelwaren zu verhandeln. Die Bemannung des Sandal ging auch von Bord, um ein Kaffeehaus aufzusuchen. Der als Matrose verkleidete Polizist sonderte sich von ihnen ab, denn er hatte seinen Effendi bemerkt, mit dem er sprechen mußte. Er stieg zu ihm hinauf und meldete:

»Herr, ich habe nun alles erfahren, mehr, weit mehr, als ich erwarten konnte. Ich schmeichelte mich bei Sadok Omar ein, und er hat mir sein Vertrauen geschenkt, weil er mich für einen eben solchen Menschen hält, wie er selbst einer ist. Er hat mich als Harrabi (Schmuggler) in seinen Dienst genommen.«

»Als Harrabi?« fuhr der Muchtessib auf. »Er schmuggelt sogar?«

»Ja. Er hat viele Krüge voll zollpflichtiger Waren an Bord, und ich soll heut abend beim Ausladen derselben helfen. Wenn wir damit fertig sind, werden die Flöße umgewechselt.«

»Die Flöße? Welche?«

»Wir haben unechte Krüge auf dem Schiffe; Selim Ben Nuba aber hat echte gekauft. Unsre Krüge sind von derselben Größe wie die seinigen. Wir können also ein Floß bauen, welches ganz genau dem seinigen gleicht. Dann schaffen wir in der Dunkelheit seine Matten, seinen Mast und sein Segel auf unser Floß und hängen dieses an diejenige Uferstelle, an welcher jetzt sein Floß angebunden ist. Er wird nichts bemerken und mit den unechten Krügen nach Kairo fahren. Er kann erst dort den Umtausch erfahren und hat nur die Wahl, die Krüge entweder als Ballasi oder ehrlich als unechte zu verkaufen. Im ersteren Falle zeigt ihn Sadok Omar bei dir an, und in letzterem hat er einen Verlust, an welchem Falle er zu Grunde gehen muß; in beiden Fällen ist er verloren.«

Da sprang Mustapha Effendi vom Boden auf, ballte beide Fäuste und rief ergrimmt:

»Wallahi mahul – bei Gott, das ist entsetzlich! Kann es solche Menschen geben? Dieser ehrliche Nuba soll betrogen, ja, soll zum Verbrecher gestempelt werden? Und meiner, meiner will man sich bedienen, ihn zu vernichten! Vorher aber will ich ein Wort mit dem Bösewicht sprechen, und was für ein

Wort! Er dünkt sich seiner Sache sicher, denn er weiß, daß wegen der Gefahr der Augenentzündung am Nil kein Mensch im Freien schläft; darum meint er, daß Selim Ben Nuba sich während der Nacht nicht auf seinem Floße befinde und dieses also unbewacht sein wird. Aber er soll sich irren. Wann will er von hier abfahren?«

»Mit dem echten Floße morgen früh, nachdem er die Bescheinigung erhalten hat, daß er hier gewesen ist. Der Sandal aber geht schon vorher nach Kairo zurück.«

»Gut! Um ihn desto strenger bestrafen zu können, lasse ich ihm Zeit, sein Vorhaben vollständig auszuführen; dann aber ist er mir verfallen. Du wirst ihn bedienen, bis alles beendet ist. Jetzt kannst du gehen. Man soll uns nicht länger bei einander sehen.« –

Selim Ben Nuba hatte sein Floß bis zum Anbruch des Abends fertig gebracht; dann begab er sich in die Hütte eines Fellah, der ihm geholfen hatte, um dort zu schlafen. Einige Zeit später entwickelte sich am Wasser ein geheimnisvolles, aber lebhaftes Treiben. Krüge und Netze wurden aus dem Schiffe an das Ufer gebracht, um dann zu einem Floße vereinigt zu werden, welches mit demjenigen des Nubiers vertauscht wurde. Dann mußten alle Matrosen sich in den Sandal zum Schlaf begeben. Nur zwei durften wach bleiben, nämlich der verkappte Polizist und noch einer, dem Sadok Omar sein Vertrauen schenkte. Diese beiden mußten die Schmuggelwaren in Tücher binden und zu dem Tadschir (Kaufmann) tragen, für welchen sie bestimmt waren. Dann wurden auch sie auf das Schiff geschickt, denn sie sollten nicht zugegen sein, wenn Sadok Omar das Geld in Empfang nahm. Es war ein erkleckliches Sümmchen, welches ihm in ägyptischen goldenen Pfunden ausgezahlt wurde. Er steckte sie in einen Lederbeutel, verabschiedete sich von seinem Geschäftsfreunde und kehrte nun auch nach dem Flusse zurück. Bevor er den Sandal bestieg, ging er auf das Floß, dessen echte Krüge er gegen seine unechten umgetauscht hatte, hob an einer Stelle die Decken und Matten empor und versteckte den Beutel mit dem Golde in den darunter befindlichen Krug, wobei er murmelte:

»Das ist heimlich verdientes Geld und muß auch heimlich aufbewahrt werden. Man weiß nicht, was geschehen kann; Allah allein ist allwissend.«

Nun erst begab er sich auf das Schiff, um unter dem Hinterdeck desselben sich schlafen zu legen. Als er erwachte, war die Zeit der Morgenröte nahe. Er mußte den Sandal verlassen, da dieser bald absegeln sollte, während er auf dem Floße, wo, wie schon erwähnt, sein Geld versteckt war, nachfolgen wollte. Schon setzte er den Fuß auf das Landungsbrett, als er draußen vor demselben mehrere bewaffnete Männer stehen sah, deren einer ihm zurief:

»Schon wach, Kulledschi? Hat dich das böse Gewissen aufgeweckt? Das ist mir lieb, da ich mit dir zu sprechen habe.«

Der Sprecher kam, gefolgt von den andern, über das Brett gegangen. Sadok Omar stand schon im Begriff, eine zornige Antwort zu geben, da erkannte er im Näherkommen das Gesicht des Mannes und rief erschrocken aus:

»Allah kerihm! Das ist ja Mustapha Effendi, der Muchtessib von Kahira!«

»Ja, der bin ich,« donnerte ihn der Genannte an. »Du hast deine Rolle ausgespielt, du Schmuggler und Betrüger!«

»Schmuggler? Betrüger? Effendi, wer hat mich bei dir verleumdet? Wer ist's gewesen, der – – –«

»Schweig!« unterbrach ihn der Beamte. »Sage mir, wem dieses Schiff gehört! Aber lüge nicht, sonst laß ich dich zur Dschehenna fahren! Ist es dein Eigentum?«

»Ja – es – gehört – mir,« stammelte der eingeschüchterte Kulledschi.

»Nein, es gehört nicht dir, sondern dem Khedive, für den ich es hiermit in Besitz nehme, da es Schmuggelwaren enthalten hat. Und wem gehört das Floß hier nebenan?«

»Auch mir.«

»Nein, sondern dem ehrlichen Selim Ben Nuba, der hier hinter mir steht; sein sind die echten Krüge, welche du umgetauscht hast. Dir gehört das zweite Floß mit den Krügen aus Semennud, deren Scherben du schmecken wirst, wie ich mir vorgenommen habe.«

Sadok Omar wollte leugnen; da rief der Effendi den Polizisten auf, welcher alles erzählte. Gegen einen solchen Zeugen war nicht aufzukommen. Der Kulledschi sah sich gezwungen, ein Geständnis abzulegen, zumal seine eigenen Leute, um nicht selbst bestraft zu werden, gegen ihn aussagten. Die Folge davon war der eigentümlichen Individualität des Effendi angemessen eine außerordentlich drastische.

Ueber das Schiff bestimmte er, daß es bis zur thatsächlichen Besitzergreifung hier liegen zu bleiben habe. Dann begab er sich mit allen aus dem Schlafe geweckten Bewohnern des Ortes zu dem Geschäftsfreunde, um ihn gefangen nach Kenneh zu liefern und die gepaschten Waren zu konfiszieren. Darauf verkündete er den Leuten mit lauter Stimme:

»Hört, ihr Männer von Ballas! Dieser Sadok Omar hat schlechte Krüge aus Semennud hierher gebracht, um sie als echte Ballasi zu verkaufen und den Ruhm eures Gewerbes zu schänden. Ich habe geschworen, daß er die Scherben seiner Krüge schmecken soll. Ich befehle also: Man binde ihn an einen Baum; man nehme sein Floß auseinander und werfe ihm die Krüge einen nach dem andern an den Leib, bis sie in Scherben zerbrechen. Ich bin Mustapha Effendi, der Muchtessib von Kahira, und wer mir nicht gehorcht, bekommt die Bastonnade!«

Es läßt sich denken, daß die Leute nicht länger zögerten, denjenigen zu bestrafen, der ihren industriellen Ruf in dieser Weise gefährdet hatte. Die Krüge aus Semennud wurden ihm vom ersten bis zum letzten förmlich auf dem Leibe zerschlagen (wirkliche Thatsache), und groß war dabei der Jubel dieser allerdings ungebildeten Menschen. Als diese Exekution vorüber war, erklärte der Effendi, daß er nun seines Amtes gewaltet habe und nach Kenneh aufzubrechen gedenke. Man bestieg das Floß, welches aus den echten Krügen bestand. Sadok Omar wankte mit halbzerschlagenem Leibe hinterdrein; ihn erwartete in Kairo eine noch viel härtere Strafe.

Als die Leute von Ballas sahen, daß das Floß abgehen solle, kamen mehrere von ihnen, welche auch nach Kenneh wollten und baten, sie umsonst mitzunehmen. Der Effendi befand sich in guter Stimmung und erteilte ihnen die Erlaubnis. Darum sehen wir auf unserm naturgetreuen Bilde das Floß zahlreich besetzt, sogar Frauen und Kinder fahren mit. Selim Ben Nuba steht, mit dem Lendenschurze bekleidet, im Mittelpunkte der Scene am halben Maste. Ihm zur Rechten sieht man, das weiße Tuch um die Schultern geschlagen, den pfiffigen Polizisten. Im Vordergrunde steht, auf einen Stab gestützt, Mustapha Effendi in der Kleidung eines Fellah. Und auf der hinteren Ecke des Floßes liegt, den Kopf in die Hand gestützt, Sadok Omar, dem man es leicht ansieht, daß ihm die letzte Vergangenheit und nächste Zukunft bedeutende äußerliche und innerliche Schmerzen bereiten.

Somit könnte unsre Erzählung schließen, wenn derselben nicht ein Nachspiel gefolgt wäre, welches zu berichten nicht vergessen werden darf.

Einige Zeit später kam der Effendi mit seinen vier Polizisten wieder durch die betreffende Gasse von Kairo. Der Laden Sadok Omars war zwar offen, aber leer. Der Inhaber war für mehrere Jahre eingesperrt worden. Daneben aber stand Selim Ben Nuba vor dem seinigen. Als er den Effendi auf sich zukommen sah, lud er ihn höflich zu sich ein, bot ihm die unvermeidliche Pfeife und die ebenso notwendige Kaffeetasse und sagte dann:

»Effendi, das Herz ist mir schwer; ich muß es erleichtern, indem ich dir ein Geständnis mache. Ich habe in einem meiner Krüge Geld, viel Geld gefunden und weiß nicht – –«

»Still!« fiel ihm der Effendi lächelnd in die Rede. »Sadok Omar hat beim Verhöre davon gesprochen. Er hat nichts zu fordern, und der Khedive hat die Waren erhalten. Was in deinen Krügen steckt, ist dein Eigentum. Sadok Omar wollte dich verderben; dieses Geld aber wird das Gegenteil bewirken. Wende es gut an und bleib ehrlich wie bisher; dann wird Allah dich stets so behüten, wie er dich in Ballas behütet hat.«

KARL MAY (1842–1912), der meistgelesene Erzähler der deutschen Literatur, seit 100 Jahren von gleicher Faszination für Jugendliche und Erwachsene, »vertritt mit seinen grellen, knalligen Werken einen Typus von Dichtung, der unentbehrlich und ewig ist« (Hermann Hesse). Sein umfangreiches Werk, nach seinem Tode vielfältig durch Bearbeitungen entstellt, erscheint hier in einer zuverlässigen Ausgabe, die nach den strengen Prinzipien der historisch-kritischen Edition angelegt ist, die bestüberlieferte Textgestalt bietet und diese nach Stil und Orthographie in ihrer vollen Zeitgebundenheit erhält. Sie dokumentiert damit die Spannweite einer literarischen Entwicklung, die vom unterhaltenden Trivialroman über die berühmten Reiseerzählungen bis zu den psychologisch-mystischen Büchern der Alterszeit reicht. »Fast alles ist nach außen gebrachter Traum der unterdrückten Kreatur, die großes Leben haben will ...« (Ernst Bloch).

2. Kong-Kheou, das Ehrenwort
Erzählung (1888–89)

3. Die Sklavenkarawane
Erzählung (1889–90)

4. Der Schatz im Silbersee
Erzählung (1890–91)

5. Das Vermächtnis des Inka
Erzählung (1891–92)

6. Der Oelprinz
Erzählung (1893–94)

7. Der schwarze Mustang
u. a. Erzählungen (1887–97)

ABTEILUNG IV – *Reiseerzählungen*

1. Durch die Wüste
2. Durchs wilde Kurdistan
3. Von Bagdad nach Stambul
4. In den Schluchten des Balkan
5. Durch das Land der Skipetaren
6. Der Schut
Reiseerzählung (1882–88; 1892)

7. Am Rio de la Plata
8. In den Cordilleren
Reiseerzählung (1889–91)

9.–11. Im Lande des Mahdi I–III
Reiseerzählung (1891–96)

12.–14. Winnetou I–III
Reiseerzählung (1875; 1880; 1882; 1888; 1893)

15.–17. Satan und Ischariot I–III
Reiseerzählung (1893–96)

18.–20. Old Surehand I–III
Reiseerzählung (1894–96)

21. »Weihnacht!«
Reiseerzählung (1897)

22.–23. Im Reiche des silbernen Löwen I–II
Reiseerzählung (1897–98)

24. Am Stillen Ocean
25. Orangen und Datteln
26. Auf fremden Pfaden
Kleinere Reiseerzählungen I–III (1879–99)

ABTEILUNG V – *Spätwerk*

1. Am Jenseits
Reiseerzählung (1899)

2. Und Friede auf Erden!
Reiseerzählung (1901; 1904)

3.–4. Im Reiche des silbernen Löwen III–IV
Reiseerzählung (1902–03)

5.–6. Ardistan und Dschinnistan I–II
Reiseerzählung (1907–09)

7. Winnetou IV
Reiseerzählung (1909–10)

8. Abdahn Effendi
u. a. Erzählungen (1903–10)

9. Himmelsgedanken
Gedichte und Aufsätze (1900–10)

10. Babel und Bibel
Drama (1906)

ABTEILUNG VI – *Autobiographische Schriften*

1. Freuden und Leiden eines Vielgelesenen
u. a. Selbstdarstellungen (1896–1910)

2. Ein Schundverlag und seine Helfershelfer
u. a. Streitschriften (1905–10)

3. Mein Leben und Streben
Selbstbiographie (1908–10)

4.–5. An Schöffengericht und Strafkammer I–II
Prozeßschriften (1901–11)

ABTEILUNG VII – *Nachlaß*

1. Dramenentwürfe; Entwürfe zu Versdichtungen; Notizen; Pläne; Fragmente; (1900–12)

2. Vorträge; Aufsätze; Selbstrezensionen; Tagesaufzeichnungen (1900–12)

3. Lyrische Skizzen und Fragmente; Scherzgedichte (1896–1912)

ABTEILUNG VIII – *Briefe*

1.–6. Der gesamte Briefbestand in chronologischer Folge mit Kommentar

---

ABTEILUNG IX – *Supplement*

1. Karl Mays Bibliothek mit ihren Annotationen

2. Lebens-Chronologie und Photodokumente

3. Gesamt-Bibliographie; Gesamt-Editionsbericht; Generalregister

RUDYARD KIPLINGs WERKE
»ZÜRCHER EDITION« IM HAFFMANS VERLAG
HERAUSGEGEBEN UND ÜBERSETZT VON
GISBERT HAEFS

Die Ausgabe lehnt sich an die von Kipling selbst gestaltete »Uniform Edition« seiner Werke an: gebunden, Fadenheftung, schwarzer Kopfschnitt, rote Elefantenhaut; mit Kiplings Vignette (der elefantenköpfige Ganesha, »Gott des glückhaften Beginnens«, mit Lotosbüschel).
Alle Bände sind originalgetreu, vollständig neu übersetzt und jeweils mit einem Anhang versehen, der neben editorischer Notiz und ausführlichen Anmerkungen die wichtigsten Ergebnisse der Rezeption enthält. Abweichungen von der Zusammenstellung der Originalbände gibt es nur, wo dies sinnvoller Ergänzung oder größerer Vollständigkeit dient – also mehr, nicht weniger.

VIELERLEI SCHLICHE (Many Inventions)
Erzählungen

DAS DSCHUNGELBUCH (The Jungle Book)
Erzählungen und (zweisprachige) Gedichte

DAS ZWEITE DSCHUNGELBUCH
(The Second Jungle Book)
Erzählungen und (zweisprachige) Gedichte

KIM (Kim)
Roman

STALKY & CO. (Stalky & Co.)
Erzählungen und (zweisprachige) Gedichte

KIPLING COMPANION
Essay, Daten über Leben und Werk, Fotos, Zitate über RK, Übersetzungsbeispiele, Ausgaben, Werkliste

Weitere Bände in Vorbereitung

SIR ARTHUR CONAN DOYLE
SHERLOCK HOLMES
WERKAUSGABE IN NEUN EINZELBÄNDEN
NACH DEN ERSTAUSGABEN NEU UND
GETREU ÜBERSETZT

EINE STUDIE IN SCHARLACHROT
Romane Bd. I.
Aus dem Englischen von Gisbert Haefs

DAS ZEICHEN DER VIER
Romane Bd. II.
Deutsch von Leslie Giger

DER HUND DER BASKERVILLES
Romane Bd. III.
Deutsch von Gisbert Haefs

DAS TAL DER ANGST
Romane Bd. IV.
Deutsch von Hans Wolf

DIE ABENTEUER DES SHERLOCK HOLMES
Erzählungen Bd. I.
Deutsch von Gisbert Haefs

DIE MEMOIREN DES SHERLOCK HOLMES
Erzählungen Bd. II.
Deutsch von Nikolaus Stingl

DIE RÜCKKEHR DES SHERLOCK HOLMES
Erzählungen Bd. III.
Deutsch von Werner Schmitz

SEINE ABSCHIEDSVORSTELLUNG
Erzählungen Bd. IV.
Deutsch von Leslie Giger

SHERLOCK HOLMES' BUCH DER FÄLLE
Erzählungen Bd. V.
Deutsch von Hans Wolf

sowie

SHERLOCK-HOLMES-HANDBUCH
Conan-Doyle-Chronik. Die Plots aller Stories. Who-is-who in Sherlock Holmes.
Holmes-Illustrationen. Holmes-Verfilmungen. Karten, Fotos etc.
Herausgegeben von Zeus Weinstein.